KB080661

夏目漱石

吾輩は猫である

•

# 이 몸은 고양이야

창 비 세 계 문 학

54

•

# 이 몸은 고양이야

•

나쯔메 소오세끼

서은혜 옮김

창비

# 차례

•

이 몸은 고양이야
7

작품해설 / 나쯔메 소오세끼와 그의 첫 소설『이 몸은 고양이야』
512

작가연보
543

발간사
548

일러두기

1. 이 책은 夏目漱石『吾輩は猫である』(旺文社 1986)를 번역 저본으로 삼았다.

2. 본문 중의 각주는 옮긴이의 것이다.

3. 외국어는 가급적 현지 발음에 준하여 표기하되, 일부 우리말로 굳어진 것은 관용을
   따랐다.

# 1

이 몸은 고양이야. 이름은 뭐, 아직 없고.

어디서 태어났는지 도통 모르겠어. 어쨌든 어두컴컴하고 질척한 곳에서 야옹야옹 울고 있었던 것만은 기억이 나. 이 몸은 거기서 처음으로 인간이란 걸 봤지. 더구나 나중에 듣자니까 그건 서생[1]이라고, 인간 중에서도 가장 막돼먹은 종족이라더군. 이 서생이라는 것들은 가끔 우리를 잡아다가 삶아 먹기도 한다잖아. 하지만 그때는 아무것도 몰랐으니까 굳이 무서울 것도 없었어. 그저 손바닥에 나를 올려놓고 쓱 들어올렸을 땐 뭐랄까, 둥둥 뜬 느낌이 괜찮더라고. 손바닥 위에서 좀 안정이 되고서 서생의 얼굴을 본 것이 말하자면 인간이라는 것과의 첫 대면이었지. 그때 참 묘한 것도 다 있구나 싶었던 그 느낌이 지금도 남아 있어. 우선 털로 장식되어 있

---
1 남의 집에 묵으면서 가사를 도우며 공부하는 사람.

어야 할 얼굴이 반질반질한 게 영락없는 주전자야. 그뒤로 고양이들을 꽤나 만났지만 이런 빙신은 한번도 본 적이 없어요. 그뿐 아니라 얼굴 한가운데가 너무 튀어나와 있잖아. 그리고 그 구멍에서 가끔 뭉게뭉게 연기까지 뿜더라고. 진짜 숨 막혀 죽는 줄 알았다니까. 그게 인간이 피우는 담배라는 물건인 건 최근에야 알게 됐지.

이 서생의 손바닥에 잠깐 기분 좋게 앉아 있으려니까 갑자기 엄청난 속도로 움직이기 시작하는 거야. 서생이 움직이는 건지 나 혼자 움직이는 건지 모르지만 겁나 어지럽더라고. 속이 뒤집히고. 이러다가 죽는구나 싶더니 쿵, 하는 소리가 나면서 눈앞이 번쩍. 거기까진 기억이 나는데 그뒤는 깜깜해.

문득 정신을 차리고 보니 서생은 없었어. 여럿 있던 내 형제들도 하나도 안 보여. 엄마조차 모습을 감춰버렸고. 게다가 지금까지와는 달리 너무 밝아. 눈을 뜨고 있을 수가 없을 정도야. 이건 좀 이상한데 싶어 꼼지락꼼지락 기어나오는데 온몸이 엄청 아팠어. 이 몸은 지푸라기 위에서 느닷없이 조릿대 수풀 위로 내던져져 버려진 거였지.

가까스로 수풀을 기어나왔더니 건너편에 커다란 연못이 있더군. 이 몸은 연못 앞에 앉아서 어떻게 할까 생각해봤지. 이렇다 할 방도가 떠오르지 않더라고. 잠시 후에, 울어대면 서생이 다시 데리러 와주지 않을까 싶은 생각이 들데. 야옹야옹, 시험 삼아 울어봤지만 아무도 안 와. 그러는 동안 연못 위로 살랑살랑 바람이 불면서 해가 지기 시작했어. 배가 너무 고팠지. 울고 싶어도 소리가 안 나. 할 수 없지, 뭐든 먹을 게 있는 데까지 가보자, 마음먹고는 슬금슬금 연못을 왼쪽으로 돌기 시작했어. 정말 너무 힘들었어. 꾹 참고 억지로 기어가다보니 얼마 후에 어쩐지 인간 냄새가 나는 곳이 나오더군. 이리로 들어가면 어떻게든 되겠지 싶어 대나무 울타리 망가진 구멍을 통해 어느 집 안으로 기어들어갔어. 인연이란 참 신기하지. 만약 이 대울타리가 망가지지 않았으면 이 놈은 결국 길바닥에서 굶어 죽었을지도 모르니까. 한 나무 그늘[2]이라더니 과연 그럴듯한 말이야. 이 울타리 구멍은 지금까지 이 몸이 이웃집 얼룩 양을 방문하는 통로가 되어주고 있지. 그건 그렇고, 집 안으로 숨어들긴 했지만 이제부터 뭘 어떻게 해야 할지 알 수가 있나. 그러다보니 어두워지지, 배는 고프지, 춥기는 춥지, 비까지 내리는 판이니 더이상 앉아만 있을 수 없잖아. 할 수 없이 어쨌든 밝고 따뜻해 보이는 쪽으로 걸어갔어. 이제 와 생각하면 그때 이미 집 안으로 들어와 있었더라고. 여기서 이 몸은 그 서생 아닌 다른 인간을 볼 기회를 얻은 것이지. 제일 먼저 만난 것이 하녀였어. 이 인간은 앞서의 서생보다 더 고약해서 이 몸을 보자마자 우악스레 뒷덜미를 움켜쥐더니 밖으로 내던져버리더군. 아, 이젠 끝인가보다 싶어 눈을 감고 하늘에 운명을 맡겼지. 하지만 배고픔과 추위는 정말 참을 수가 없었어. 이 몸은 다시 한번 틈을 노려 부엌으로 기어올랐지. 곧장 다시 내던져졌고. 이 몸은 내던져지면 다시 기어올라가고, 올라갔다 싶으면 내던져지기를 한 네댓번은 되풀이했던 것 같아. 그때 정말 하녀라는 것이 진절머리 나게 싫어지더군. 얼마 전에 하녀의 꽁치를 훔쳐 먹는 걸로 복수를 하고 나니 겨우 마음이 좀 풀리더라고. 이 몸이 마지막으로 내팽개쳐지려던 찰나, 이 집 주인이 뭐가 이리 소란하냐? 하면서 나왔어. 하녀는 이 몸을 답싹 집어들고는 주인을 보며, 이 집 없는 새끼 고양이가 아무리 쫓아내도 자꾸 도로 들어

----

2 '같은 나무 그늘에서 쉬는 것도 전생의 인연'이라는 뜻으로, 불교 교리서 『설법명안론(說法明眼論)』에 나오는 말.

오잖아요, 하더군. 주인은 코 밑에 난 검은 털을 꼬면서 이 몸의 얼굴을 한동안 바라보더니 마침내, 그럼 그냥 들여놔, 하고는 안으로 들어가버렸어. 꽤나 과묵해 보이는 사람이었지. 하녀는 약이 오른 듯 이 몸을 부엌 구석에 내던졌어. 이리하여 이 몸은 마침내 이 집을 이 몸의 거처로 정한 것이지.

이 집 주인은 얼굴 보기가 너무 힘들어. 직업은 교사라나봐. 학교에서 돌아오면 온종일 서재에 틀어박혀 거의 밖으로 나오질 않아. 식구들은 엄청 열심히 공부하는 줄 알고 있지. 당사자도 공부하는 척하고. 하지만 실은 식구들이 말하는 것처럼 부지런하지는 않아. 이 몸이 가끔 그의 서재를 몰래 들여다보는데, 자주 낮잠을 자고 있거든. 어떤 때는 읽고 있던 책에 침까지 흘리던걸. 그는 위장이 약한 탓에 피부가 누렇고 탄력이 없이 푸석해. 그런 주제에 밥은 얼마나 먹어대는지. 엄청나게 먹고는 타까디아스타아제[3]를 먹는 거야. 그러고는 책을 펴고 앉아. 두세 페이지 읽다보면 졸음이 와. 책 위에 침을 흘려. 이것이 밤마다 반복되는 그의 일과지. 이 몸은 고양이지만 이따금 생각하곤 해. 교사라는 건 진짜 편한 직업이구나. 인간으로 태어나면 교사가 제일이야. 이렇게 잠만 자고 있어도 되는 거라면 고양이라고 못할 것도 없을 텐데. 그런데도 주인 말로는 교사만큼 힘든 직업도 없다나 뭐라나, 친구만 왔다 하면 이러쿵저러쿵 불평을 해댄다니까.

이 몸이 이 집에 들어온 당시엔 주인 말고는 알아주는 인간이 거의 없었어. 어딜 가나 발로 걷어차기나 하고 상대해주질 않았지. 얼마나 무시했으면 지금까지 이름도 안 지어주겠냐고. 이 몸은 어쩔

---

3 소화제의 상품명. 소화효소인 '디아스타아제'에 발명자 타까미네 조오끼찌(高峰讓吉)의 이름을 붙인 것.

수 없이 나를 들여준 주인 곁에 붙어 있으려고 무진 애를 쓰지. 아침에 주인이 신문을 읽을 때는 반드시 그의 무릎 위로 기어올라가고, 그가 낮잠을 잘 때는 기를 쓰고 그 등짝에 올라타고. 이건 굳이 주인을 좋아해서라기보다는 달리 상대할 인간이 없으니 별수 없이 그러는 것뿐이야. 그후 여러 경험 끝에 아침에는 밥통 위, 밤에는 코따쯔 위, 날씨가 좋은 낮엔 대청에 누워 있기로 했어. 하지만 가장 기분 좋은 건 밤에 이 집 아이들 이불 속으로 파고들어가 함께 자는 거지. 이 집 애들은 다섯살, 세살인데 밤이 되면 둘이 한 이불에서 자거든. 나는 언제나 둘 사이에서 이 몸이 들어갈 만한 빈틈을 찾아내 어떻게든 비집고 들어가는데 재수 없게 한 녀석이 잠에서 깨었다간 호되게 당하기도 해. 아이가 ─ 특히 작은 녀석이 성깔이 더러워 ─ 고양이가 왔어, 고양이가 왔다니까, 하며 한밤중이고 뭐고 소리를 질러가며 우는 거야. 그러면 또 신경성 위장병이 있는 주인은 꼭 일어나서 옆방에서 달려오지. 실은 얼마 전에도 나무 자로 엉덩이를 된통 얻어맞았는걸.

　이 몸은 인간과 함께 살면서 그들을 관찰하면 할수록 이들이 얼마나 제멋대로인가 싶어. 특히 이 몸이 때로 동침하는 아이들은 완전히 말도 못하지. 자기들 마음이 내킬 때면 남을 거꾸로 집어들고, 머리에 봉지를 씌우고, 집어던지고, 아궁이에 가두기까지 해. 그러다가도 어쩌다 이쪽에서 약간이라도 반격할라치면 온 집안이 달려들어 쫓아다니면서 박해를 가하는 거야. 지난번에도 잠깐 타따미에 발톱을 좀 다듬었더니 안주인이 불같이 화를 내면서 그뒤로 좀처럼 방에 들여놓질 않더라고. 남은 부엌 마룻바닥에서 떨고 있는데 아주 태연하더라니까. 이 몸이 존경하는 길 건너 집 하양이 님은 만날 때마다 인간만큼 인정머리 없는 건 없다고 말씀하시더군.

하양이 님은 얼마 전 구슬 같은 새끼 고양이를 네마리나 낳았지. 그런데 그 집 서생이 사흘 만에 그걸 뒤편 연못으로 가져다가 네마리를 몽땅 버리고 왔다지 뭐야? 하양이 님은 눈물을 흘리며 자초지종을 이야기하더니 우리 고양이족이 부모 자식 간의 사랑을 다하여 아름다운 가족적 생활을 누리기 위해서는 어떻게든 인간과 싸워 이들을 박멸해야만 한다고 하셨어. 어쩌면 그렇게 하나하나 옳은 말씀만 하시는지. 또 이웃집 얼룩이는 인간이 소유권이라는 걸 이해를 못한다며 몹시 분개했어. 원래 우리 동족 사이에선 정어리 대가리가 됐든 숭어 배꼽이 됐든 가장 먼저 발견한 자가 이를 먹을 권리가 있는 걸로 되어 있거든. 만약 상대가 이 규약을 어겼다간 완력에 호소해도 좋을 정도야. 그런데 인간들이란 털끝만치도 이런 관념이 없는지, 우리가 발견한 음식을 대놓고 자기 것처럼 약탈해가는 거야. 자기들이 힘이 세다는 것만 믿고 마땅히 우리가 먹어야 할 것을 빼앗고도 시치미를 떼지. 하양이 님은 군인 집에 있고 얼룩이의 주인은 변호사야. 이 몸은 교사 집에 살고 있는 만큼 이런 일에 관해서는 둘보다 오히려 마음 편하지. 그저 그날그날 이럭저럭 지내면 되니까. 아무리 인간이라 한들 언제까지 그렇게 번영할 리는 없으니까 느긋하게 고양이 시대를 기다리는 것이 좋겠지.

제멋대로라니까 생각난 김에 잠깐 우리 주인이 그 때문에 실수한 이야기를 할까? 원래 주인은 남보다 딱히 잘하는 게 없는 인간인데도 뭐든 닥치는 대로 손을 대거든. 하이꾸[4]를 시작해서『호또또기스』에 투고했다가, 신체시를『묘오조오』에 냈다가, 온통 틀린 말로 영어 문장을 썼다가, 때로는 활쏘기에 빠지고, 노래를 배우고,

--------

4 일본 고유의 단시(短詩).

또 어떤 때는 바이올린 같은 걸 끼익끼익 켜대기도 하지만 불쌍하게도 제대로 하는 게 아무것도 없어요. 그런 주제에 일단 시작하면 위장도 나쁘면서 엄청 열심인 거야. 뒷간에서 노래를 불러대서 동네 사람들이 '똥간 선생'이라는 별명을 붙였는데도 아랑곳없이 여전히 '코레와 타이라노 무네모리니떼 소오로후……'⁵를 되풀이하고 있지. 모두가 어이, 또 무네모리야, 하고 웃음을 터뜨릴 정도라니까. 이 주인이 무슨 생각을 했는지 이 몸이 들어온 지 한달쯤 지난 어느 월급날 커다란 꾸러미를 들고 서둘러 돌아왔어. 뭘 사왔나 했더니 수채물감과 붓, 와트만이라는 종이였으니 그날부터 노래와 하이꾸를 그만두고 그림을 그릴 결심인 듯하더군. 과연 이튿날부터 한동안은 날이면 날마다 서재에서 낮잠도 안 자고 그림만 그리고 앉았어. 하지만 그려놓은 걸 보면 도대체 뭘 그린 건지 아무도 몰라. 본인도 잘 안 된다 싶었는지 어느날 미학인가 뭔가를 한다는 친구가 왔을 때 다음과 같은 이야기를 하는 것이 들렸어.

"정말 제대로 안 되네. 남들 것을 보면 아무것도 아닌 것 같은데 정작 붓을 들어보면 새삼 어렵게 느껴지거든." 이것이 주인의 술회. 과연 이게 솔직한 심정이겠지. 친구는 금테 안경 너머로 주인을 바라보며 "그야 처음부터 잘 그릴 수는 없지. 무엇보다 방 안에 앉아 상상만 해서 그림이 그려질 리가 있나? 옛날 이딸리아의 대가 안드레아 델 싸르또⁶가 한 말이 있어. 그림을 그리려면 무엇이든 자연을 있는 그대로 묘사할지라. 하늘에는 별이 있고 땅에는 이슬 있도다. 날아가는 새, 달리는 짐승 있고 연못에는 금붕어 있도다. 마른 나무에 겨울 까마귀 있도다. 자연은 그 자체로 한폭의 큰 그림

⁵ 요오꾜꾸(謠曲) 「유야(熊野)」의 첫 구절.
⁶ 안드레아 델 싸르또(Andrea del Sarto, 1486~1530). 이딸리아의 화가.

이로다. 어떤가? 자네도 그림다운 그림을 그리고 싶다면 사생부터 시작하지그래."

"오, 안드레아 델 싸르또가 그런 말을 한 적이 있나? 전혀 몰랐어. 듣고 보니 정말 그렇구먼. 정말 그래" 하고 주인은 무척이나 감탄했어. 금테 안경 너머로 조롱하는 듯한 웃음이 보이더군.

이튿날 이 몸이 평소처럼 대청에서 기분 좋게 낮잠을 자고 있노라니까 주인이 평소와 달리 서재에서 나와 내 뒤에서 열심히 뭔가를 하고 있었어. 문득 잠이 깨서 뭘 하는가 싶어 눈을 살짝 뜨고 보아하니 그는 완전히 안드레아 델 싸르또가 되어 있더군. 이 몸은 그 꼬락서니를 보고 나도 모르게 헛웃음이 나오는 걸 참을 수 없었어. 그는 친구에게 놀림을 받은 결과로서 우선 이 몸을 사생하고 있는 것이었지. 이 몸은 이미 충분히 주무셨어. 하품을 하고 싶어 죽겠다고. 하지만 주인이 기껏 열심히 붓을 놀리고 있는 판에 움직이는 건 가엾다 싶어 꼼짝 않고 참고 있었어. 그는 이 몸의 윤곽을 완성하고 얼굴 부분에 색칠을 하고 있더군. 그래, 고백하지. 나는 고양이로서 결코 잘생긴 편은 아니야. 키로 보나 털로 보나 얼굴 생김새로 보나 결코 다른 고양이보다 낫다고는 생각하지 않아. 하지만 아무리 못생겼다고 해도 그렇지, 지금 주인이 그리고 있는 것처럼 이상한 모습은 결코 아니야. 우선 색이 다르다고. 이 몸은 페르시아고양이처럼 노란빛이 도는 옅은 회색에 옻칠한 것처럼 반점이 들어간 털옷의 소유자거든. 이것만은 누가 봐도 의심할 수 없는 사실이라고 생각해. 그런데도 지금 주인이 색칠한 걸 보면 노란색도 검은색도 아냐. 회색도 아니고 갈색도 아니고, 그렇다고 이것들을 섞어놓은 것도 아냐. 그저 일종의 색이라고밖에는 뭐라 달리 할 말이 없는 색이라니까. 게다가 이상하게도 눈이 없어. 물론 자고 있는 모습을 그린 것이니 그럴 수도 있겠지만 눈 비슷한 것도 보이질 않으니 장님 고양인지 자고 있는 고양인지 알 게 뭐냐고요. 이 몸은 내심 제아무리 안드레아 델 싸르또라도 이건 아니다 싶었어. 하지만 그 열정에는 감탄할 수밖에. 될 수 있으면 움직이지 않고 있어주고 싶었지만 아까부터 오줌이 마려워. 온몸의 근육이 찌릿찌릿하고. 이제 단 일분도 참을 수 없을 정도가 되었기에 할 수 없이 미안하지만 양발을 앞으로 쭉 펴고 머리를 나지막이 내밀며 아 ─ 함 하고 커다랗게 하품을 했어. 자, 이러고 보니 더는 점잔을 빼고 있을 것도 없잖아? 어차피 주인의 계획은 틀어졌으니 집 뒤로 가서 볼일을 봐야겠다 싶어 살금살금 걷기 시작했지. 그랬더니 주인은 실망과 분노를 뒤섞은 듯한 목소리로 "이런 멍텅구리!" 하고 고함을 질렀어. 주인은 누구를 혼낼 때 꼭 멍텅구리라고 하는 것이 버릇이지. 그것 말곤 욕을 할 줄 모르니까 어쩔 수 없겠지만, 지금까지 참아준 남의 속도 모르고 댓바람에 멍텅구리 운운하는 건 무례하다고 생각해. 게다가 평소에 이 몸이 자기 등에 올라탈 때 조금이라도 좋은 얼굴을 해주거나 했으면 이런 험한 소리도 참아줄 수 있겠지만, 이쪽이 원하는 건 뭐 하나 흔쾌히 해준 적이 없는 주제에 오줌 누러 가는 걸 멍텅구리라고 하다니 너무하지 않아? 대저 인간이라는 것은 다들 자기 역량을 자만해서 너무 잘난 체하고 있어. 인간보다 힘센 것이 나타나서 눌러주지 않으면 앞으로 어디까지 잘난 체를 할지 몰라.

이 정도 제멋대로인 건 참아줄 수도 있지만, 이 몸은 인간의 부덕에 대해 이보다 몇배 더 서글픈 이야기를 들은 적이 있어.

우리 집 뒤에 한 열평쯤 되는 차밭이 있거든. 넓진 않지만 깔끔하니 기분 좋고 햇볕도 잘 드는 곳이지. 이 집 꼬맹이들이 너무 시끄러워서 제대로 낮잠을 잘 수 없거나 너무 심심해서 기분이 좋지 않을 때면 이 몸은 언제나 여기 나와 호연지기를 기르곤 해. 어느 따스한 늦가을 날 오후 2시쯤 되었을까, 이 몸은 점심을 먹고 나서 기분 좋게 한잠 잔 뒤에 운동도 할 겸 차밭으로 걸음을 옮겼지. 차나무 둥치를 일일이 냄새 맡아가며 서쪽 삼나무 울타리 근처까지 가니 시든 국화를 깔아뭉개놓고 그 위에서 커다란 고양이 하나가 정신없이 자고 있더군. 내가 다가가는 걸 전혀 모르는 듯, 혹은 알아도 상관없다는 듯 코를 드르렁드르렁 골면서 길게 드러누워 자고 있는 거야. 남의 집 마당에 숨어들어온 놈이 이렇게까지 태평스러울 수가 있나 싶어 이 몸은 내심 그 대단한 배짱에 놀라지 않을 수 없었어. 그는 완벽한 까망이었어. 정오를 갓 지난 태양이 투명한 광선을 그 털 위에 쏟아부어 반짝반짝 빛나는 그 털오라기 사이에서 눈에 보이지 않는 불꽃이라도 일렁이는 것 같더군. 그는 고양이의 대왕이라고나 할 정도로 대단한 체격을 지니고 있었어. 분명 이 몸의 두배는 될걸. 나는 감탄하는 마음과 호기심에 앞뒤 가리지 못하고 그 앞에 멈춰 서서 홀린 듯이 바라보고 있었지. 고요한 늦가을 바람이 삼나무 울타리 위로 뻗어나온 오동나무 가지를 가볍게 흔들어 이파리 두세장이 살랑살랑 시든 국화 덤불 위로 떨어지더군. 대왕이 번쩍하고 그 동그란 눈을 떴어. 지금까지도 기억하고 있어. 그 눈은 인간들이 애지중지하는 호박이라는 보석보다도 훨씬 더 아름답게 빛나고 있었지. 그는 꿈쩍도 하지 않았어. 두 눈 저 안쪽에서부터 내쏘는 듯한 눈빛을 이 몸의 자그마한 이마에 고정하고는 네놈은 도대체 누구냐? 하고 묻더군. 대왕치고는 약간 말투가 상스럽다 싶었지만, 그 목소리에는 개들조차 주눅 들게 할 만한 힘이 깃들어 있었기에 이 몸은 적잖이 겁을 먹었지. 그래도 인사도 안 하는 건 위험하겠다 싶어 "이 몸은 고양이야. 이름은 뭐, 아직 없고" 하고 짐짓 아무렇지도 않은 척 차분하게 대답했어. 하지만 그때 이 몸의 심장은 분명 평소보다 격렬하게 두근거리고 있었지. 그는 몹시 경멸하는 듯한 투로 "뭐, 고양이라고? 고양이가 들으면 졸도하겠군. 도대체 어디 살고 있나?" 하고 꽤나 방약무인하더군. "이 몸은 여기 교사 집에 있는데." "어쩐지 그럴 거 같더라니. 빼빼 말라빠진 것이" 하며 대왕다운 기염을 토하는 것이었어. 말본새를 보아하니 양갓집 고양이 같진 않더군. 하지만 살이 쪄서 기름이 오른 걸 보면 좋은 음식을 먹으면서 풍족하게 사는 것 같더라고. 이 몸은 "그렇게 말하는 자넨 도대체 누군가?" 하고 물을 수밖에. "나는 인력거집 까망이다." 잘난 척하기는. 인력거집 까망이라면 이 근처에서 모르는 이가 없는 깡패야. 인력거집 고양이답게 힘만 세지 교양이라곤 없어서 다들 별로 어울리려 하지 않지. 동맹경원주의同盟敬遠主義의 대상이 되어 있는 녀석이야. 이 몸은 그 이름을 듣자 약간 꼬리가 오그라드는 듯한 동시에 한편으로는 좀 경멸스럽기도 하더군. 이 몸은 우선 그가 얼마나 무식한지 시험해보자 싶어 다음과 같은 질문을 해보았어.

"도대체 인력거집과 교사는 어느 쪽이 훌륭할까?"

"당연히 인력거집이 세지. 네놈 주인을 봐. 아예 뼈하고 가죽밖에 없잖아."

"자네는 인력거집 고양이답게 무척 세 보이는군. 인력거집에 살면 진수성찬을 먹을 수 있나봐."

"아니, 나야 어딜 가나 먹을 것 걱정은 안 하지. 네놈도 차밭이나 빙빙 돌지 말고 내 뒤를 따라다녀봐. 한달도 안 돼서 몰라보게 살이 찔걸."

"이다음에 부탁할게. 그래도 집은 교사 쪽이 인력거집보다 큰 것 같은데."

"멍청한 놈, 집이 아무리 커봤자 배를 채우진 못하잖아."

그는 몹시 약이 오른 듯 조릿대를 잘라놓은 듯한 귀를 자꾸만 씰룩거리며 서둘러 가버렸어. 이 몸이 인력거집 까망이와 알게 된 것은 이때부터지.

그뒤로 이 몸은 가끔씩 까망이와 만나는데, 그때마다 그는 인력거집에 걸맞은 기염을 토하곤 해. 아까 이 몸이 말한 부덕한 일이라는 것도 실은 까망이가 들려준 거야.

어느날 평소처럼 이 몸과 까망이는 따뜻한 차밭에 널브러져서 이런저런 잡담을 하고 있었지. 그는 늘 하는 제 자랑을 마치 처음인 듯 늘어놓고 나서 이 몸을 향해 다음과 같은 질문을 하더군. "네 놈은 지금까지 쥐를 몇마리나 잡아봤냐?" 교양 면에서야 까망이보다 훨씬 낫지만 완력이나 용기는 도저히 비교가 안 된다고 각오는 하고 있었지만 이런 질문을 접했을 땐 참 뻘쭘하더군. 그래도 사실은 사실이니 거짓말을 할 수는 없어서 이 몸은 "실은 잡아야지, 잡아야지 하면서 아직 못 잡아봤어" 하고 대답했지. 까망이는 그 코끝에서 쭉 뻗어나온 기다란 수염을 부르르 떨어가며 엄청 웃어댔어. 제 자랑 하는 것만 봐도 알 수 있듯이 까망이는 어딘가 좀 모자라는 구석이 있어서, 그가 토해내는 기염에 감탄했다는 듯이 목을 고롱고롱 울려가며 경청하기만 하면 정말 다루기 쉬운 고양이더라고. 이 몸은 그와 어울리기 시작하면서 금세 이런 비결을 눈치챘거든. 이 경우에도 섣불리 자신을 변호해서 상황을 더 악화시키는 건 어리석지. 아예 그에게 자기 자랑을 한바탕 늘어놓게 해서 대충 넘어가는 게 낫겠다 싶었어. 그래서 점잖게 "자네는 나이도 있고 하니 꽤나 잡았겠군" 하고 부추겨주었어. 아니나 다를까 그가 바로 걸려들더군. "많지는 않고 한 삼사십은 잡았을 거야." 으스대는 그의 대답이었어. 그는 이어서 "쥐새끼 일이백마리쯤이야 혼자서라도 얼마든지 상대하겠지만 족제비란 놈은 안 되겠더군. 한번은 족제비한테 호되게 당했다니까." "오, 저런" 하고 맞장구를 쳤지. 까망이는 커다란 눈을 빛내가며 말했어. "작년 대청소 날이었어. 우리 주인이 석회 자루를 들고 대청마루 아래로 기어들어갔는데 글쎄, 커다란 족제비 놈이 놀라서 뛰쳐나온 거야." "저런" 하고 놀라는 척했어. "족제비라고 해봤자 약간 큰 쥐 같은 놈이야. 이런 놈쯤이야 싶어 쫓아가서 마침내 하수구 속으로 몰아넣었거든." "잘했네" 하고 마구 갈채를 보냈지. "아, 그런데 말이야, 이놈이 막상 몰리니까 결국엔 방귀를 한방 쏘더라고. 그 냄새가 어찌나 지독하던지 그다음부터는 족제비를 보기만 해도 속이 뒤집어져." 그러더니 그는 마치 작년의 냄새가 아직도 난다는 듯이 앞발을 들어 콧잔등을 두세번 문질렀어. 이 몸도 약간 안됐다는 생각이 들더군. 좀 격려를 해주자 싶어서 "그래도 쥐들은 자네가 한번 봤다 하면 그걸로 끝장이겠지? 자넨 쥐잡기엔 완전히 명수니까 쥐를 많이 먹어서 그렇게 살이 찌고 윤기가 흐르는 거지?" 까망이의 비위를 맞추려던 이 질문은 이상하게 반대의 결과를 불러왔지. 그는 풀이 죽어 한숨을 내쉬며 말하더군. "생각해보면 참 한심해. 아무리 부지런히 쥐를 잡아봤자 — 도대체 인간처럼 뻔뻔스러운 건 세상에 없을 거야. 남이 잡은 쥐를 전부 빼앗아서 파출소로 가져간다니까. 파출소에선 누가 잡았는지 모르니까 그때마다 5전씩을 주잖아. 우리 주인은 내 덕분에 벌써 1엔 50전쯤은 벌었을 텐데도 제대로 된 먹이 한번 준 적이 없다니까. 정말이지 인간이란 겉만 번지르르한 도둑놈들이라고." 아무리 무식한 까망이지만 그 정도 이치는 알고 있는지 몹시 화가 나는 듯 등의 털을 곤두세우고 있더군. 이 몸은 약간 기분이 착잡해서 적당히 그 자리를 피해 집으로 왔어. 그때부터 이 몸은 결코 쥐를 잡지 않으리라 결심했지. 그렇다고 까망이의 졸개가 되어 쥐 말고 다른 먹이를 잡으러 돌아다니지도 않았어. 맛난걸 찾아다니느니 잠이나 자는 게 편하지. 선생 집에서 살다보면 고양이도 선생 같은 성격이 되나봐. 조심하지 않으면 조만간 위장이나빠질지도 몰라.

선생이라니까 생각났는데, 이 집 주인도 요즘 와서는 수채화는 도저히 가망이 없다는 걸 깨달았는지 12월 1일 일기에 이런 소리를 적었더군.


○○라는 사람을 오늘 모임에서 처음 만났다. 이 사람은 꽤나 방탕하다고들 하더니 역시나 한량다운 세련된 풍모였다. 여자들은 이런 사람을 좋아하는 법이니 ○○가 방탕하다기보다는 방탕할 수밖에 없다고 하는 것이 적당하겠다. 그이의 부인은 게이샤라고 한다. 부러운 일이다. 원래 남더러 방탕하다고 흥보는 사람들은 대개 방탕할 자격이 없는 자가 많다. 또 한량이라고 자부하는 치들 가운데도 방탕할 자격이 없는 자가 많다. 이들은 불가피한 것이 아닌데도 억지로 자진해서 그러는 것이다. 마치 나의 수채화나 마찬가지로 도저히 발전할 기미가 안 보인다. 그럼에도 불구하고 저 혼자 잘났다고 거들먹거린다. 요릿집에서 술을 마시거나 방석집에 드나든다고 해서 한량이 될 수 있다고 한다면 이 몸도 수채화의 대가가 될 수 있다는 소리다. 이 몸이 수채화 같은 것은 그리지 않는 편이 나은 것처럼, 어리석은 한량보다는 시골 촌뜨기가 훨씬 낫다.

한량론은 약간 수긍하기 어려워. 또 게이샤 부인이 부럽다거나 하는 것도 교사로서 입에 올려서는 안 될 어리석은 소리지만 자기 수채화에 대한 비평만은 정확하더군. 내 주인은 이처럼 자신을 알 만큼은 명철하면서도 자아도취만은 좀처럼 떨쳐내질 못해. 이틀 건너서 12월 4일 일기에는 이렇게 적어놓았어.

어젯밤에는 내가 수채화를 그리다가 도저히 안 되겠다 싶어 아무렇게나 던져두었던 것을 누군가가 멋들어진 액자에 넣어 상인방上引枋 위에 걸어준 꿈을 꾸었다. 막상 액자에 넣어놓고 보니 엄청나게 잘 그렸다. 무척 기쁘다. 이 정도면 대단하다 싶어 혼자서 바라보고 있다가, 날이 새어 잠에서 깨고 나니 역시나 원래대로 형편없다는 사실이 아침 해와 함께 명료해져버렸다.

주인은 꿈속에서조차 수채화에 대한 미련을 등에 짊어지고 다니나봐. 이래서야 수채화는커녕 자신이 말하는 이른바 한량도 될 수 있을 리가 없지.

주인이 수채화를 꿈에서 본 이튿날, 금테 안경 미학자가 오랜만에 주인을 찾아왔어. 그는 자리에 앉자마자 대뜸 "그림은 어떤가?" 하고 입을 열더군. 주인은 태연한 얼굴로 "자네 충고대로 열심히 사생을 하고 있네만, 역시 사생을 하니 지금까지 안 보이던 사물의 형태나 색깔의 미세한 변화 따위가 보이는 것 같아. 서양은 옛날부터 사생을 주장한 결과로 오늘날과 같이 발달한 모양이야. 과연 안드레아 델 싸르또야"하며, 일기에 썼던 건 어디로 가고 또 안드레아 델 싸르또에게 감탄하고 앉았어. 미학자는 웃으면서 "여보게,

실은 그건 엉터리였어" 하고 머리를 긁적였지. "뭐가?" 주인은 그 때까지도 놀림을 당했다는 걸 깨닫지 못하더군. "아니, 자네가 열심히 감탄하는 안드레아 델 싸르또 말이야. 그건 내가 살짝 지어낸 이야기거든. 자네가 그렇게까지 진지하게 믿을 줄은 몰랐지, 하하하" 하고 좋아 죽더라고. 이 몸은 대청에서 이 대화를 들으며 그가 오늘 일기에는 또 어떤 말을 쓸지 미리 상상하지 않을 수가 없었지. 이 미학자는 이런 쓸데기 없는 소리를 떠벌려서 남들 골려먹는 걸 유일한 낙으로 삼는 사내거든. 그는 안드레아 델 싸르또 사건이 주인의 감정에 어떤 영향을 끼칠지 털끝만큼도 염려하지 않는 듯 신이 나서 다음과 같은 소릴 떠들어댔어. "아니, 가끔 이렇게 농담을 하면 남들이 진담으로 받아들이니까 골계적 미감을 도발하는 것이 재밌어. 일전에도 어떤 학생에게 니컬러스 니클비[7]가 기번[8]에게 충고해서 일세의 대작인 『프랑스 혁명사』를 불어로 쓰지 말고 영어로 출판하게 했다고 말했더니, 그 학생이 또 기억력은 엄청 좋아서 일본문학회 연설회에서 진지하게 내 말을 따라 하는데 얼마나 웃기던지. 방청객이 한 백명 되었는데 다들 열심히 경청하더라고. 재밌는 얘기는 또 있어. 지난번엔 어떤 문학자가 있는 자리에서 해리슨[9]의 역사소설 『테오파노』 이야기가 나와서 내가 그건 역사소설의 백미다, 특히 여주인공이 죽는 장면은 소름이 끼칠 정도라고 평을 했더니 맞은편에 앉아 있던, 모르는 게 없다는 그 선생이 맞아, 맞아, 그 부분은 정말 명문이지, 하더군. 그래서 나는 그

---

**7** 영국의 소설가 찰스 디킨스(Charles Dickens)의 소설 『니컬러스 니클비의 생애와 모험』(*The Life and Adventures of Nicholas Nickleby*)의 주인공.

**8** 에드워드 기번(Edward Gibbon, 1737~94). 영국의 역사가.

**9** 프레더릭 해리슨(Frederic Harrison, 1831~1923). 영국의 법률가, 문학가, 철학자.

남자도 나처럼 그 소설을 안 읽었다는 걸 알았어." 신경성 위장병인 주인은 눈을 동그랗게 뜨고 물었어. "그런 말 같잖은 소릴 했다가 만약에 상대방이 읽었으면 어쩌려고?" 이건 마치 사람을 속이는 건 괜찮지만 들통이 나면 곤란하지 않으냐고 하는 것과 같잖아. 미학자는 까딱도 안 해. "뭐, 그때야 다른 책이랑 헷갈렸다고 하면 되지" 하더니 껄껄 웃더군. 이 미학자는 금테 안경을 썼지만 그 됨됨이는 인력거집 까망이와 비슷한 구석이 있어. 주인은 말없이 히노데 담배 연기를 도넛 모양으로 내뿜고는 나한텐 그런 용기는 없지, 하는 표정을 짓더군. 미학자는 그러니 그림을 그려봤자 소용없어, 하는 눈길로 "어쨌든 농담은 농담이고, 그림이란 정말 어려워. 레오나르도 다빈치는 문하생에게 사원 벽의 얼룩을 그리라고 가르쳤다더군. 하긴 변소 같은 데 들어앉아 비가 새는 벽을 골똘히 들여다보고 있노라면 제법 그럴듯한 선묘화 같은 것이 저절로 만들어지긴 하지. 자네도 신경 써서 그려보게나. 틀림없이 재미있는 게 나올 거야." "또 사람을 놀리는 거지?" "아니, 이건 진담이야. 정말 기발하지 않은가? 다빈치가 했을 법한 말이지." "그러게, 기발하긴 하네" 하며 주인은 수그러들었어. 하지만 아직까진 변소에 앉아서 그림을 그리진 않는 모양이야.

인력거집 까망이는 그후에 절름발이가 되었어. 그의 윤기 나던 털은 점점 색이 바래고 성글어져갔지. 이 몸이 호박보다 아름답다고 평했던 그의 눈에는 눈곱이 잔뜩 끼었어. 특히 이 몸의 주의를 끈 것은 그의 의기소침과 왜소해진 체격이었지. 이 몸이 차밭에서 그를 마지막으로 만난 날, 좀 어떠냐고 물었더니 "족제비 방귀와 생선가게 멜대엔 질렸어" 하더군.

적송 사이로 겹겹이 물들었던 단풍은 옛꿈처럼 져버리고, 번갈아가며 돌확 가까이에 꽃잎을 떨구던 붉고 흰 동백꽃도 남김없이 떨어져버렸지. 세칸 반짜리 남향 대청에 겨울 해가 일찌감치 기울고 찬바람이 불지 않는 날이 드물어지면서 이 몸의 낮잠 시간도 줄어든 듯해.

주인은 날마다 학교에 나가. 돌아오면 서재에 틀어박히고. 누가 찾아오면 교사라는 직업이 지긋지긋하다고 말하지. 수채화도 거의 그리지 않아. 타까디아스타아제도 효과가 없다고 안 먹고. 아이는 기특하게도 유치원에 안 빠지고 다녀. 돌아와서는 노래를 부르고 공놀이를 하고 가끔씩 이 몸의 꼬리를 잡고 거꾸로 들어올려.

이 몸은 산해진미를 먹을 리 없으니 별로 살이 찌진 않지만 그런 대로 건강하게 절름발이가 되지도 않고 그날그날을 지내고 있어. 쥐 같은 건 절대로 잡지 않아. 하녀는 여전히 싫어. 이름은 여전히 지어주질 않지만, 욕심을 부리자면 한이 없으니 평생 이 교사네 집에서 이름 없는 고양이로 지낼 작정이야.

# 2

이 몸이 신년 초에 약간 유명해져서 고양이치고는 살짝 콧대가 높아졌으니 좋은 일이지?

설날 아침 일찍 주인 앞으로 그림엽서 한장이 왔어. 그의 친구 모 화가가 보낸 연하장이었는데 윗부분을 빨강, 아랫부분을 짙은 녹색으로 칠하고는 그 한가운데 동물 하나가 웅크리고 앉은 모습을 파스텔로 그렸더라고. 주인은 서재에서 이 그림을 바로 봤다 모로 봤다 하며 색깔이 멋지네, 했어. 한번 감탄을 했으니 이제 그만하나 싶더니 또 바로 들었다가 모로 들었다가 하는 거야. 몸을 비틀기도 하고 팔을 쭉 뻗어 늙은이가 『삼세상』[1] 보듯 하는가 하면 창쪽을 향하고 코끝까지 끌어당겨 보기도 하는 거지. 그만 좀 해두지, 무릎이 흔들리니 위태로워 견딜 수가 있나. 그러다 이제 좀 덜 흔

---

1 『三世相』. 과거·현재·미래의 인과와 길흉을 생년월일 등으로 풀어놓은 책. 에도 시대부터 메이지 시대 들어서까지 유행했다.

들리나 싶더니 조그만 소리로 도대체 뭘 그린 거야, 하더군. 주인은 그림엽서의 색깔엔 감탄을 했지만 그려놓은 동물의 정체를 몰라 아까부터 고민하고 있었던 건가봐. 그렇게 어려운 그림인가 싶어 자고 있던 눈을 고상하게 반쯤 뜨고 점잖게 바라보니 틀림없이 나의 초상화야. 주인처럼 안드레아 델 싸르또인 양하려는 건 아니지만, 화가답게 형체나 색채 할 것 없이 제대로 갖추어져 있더라고. 누가 보나 고양이야. 약간의 안목이 있는 자라면 고양이 중에서도 다른 고양이가 아니라 바로 이 몸이라는 사실을 확실히 알 수 있도록 멋지게 그려놓았더군. 이런 명료한 사실도 모르고 이렇게까지 고민을 하나 싶어서 인간이라는 것이 약간 불쌍해지더라고. 할 수만 있다면 그림이 이 몸이라는 것을 알려주고 싶었지. 설령 이 몸이라는 걸 모르더라도 하다못해 고양이라는 것만이라도 알려주고 싶었어. 하지만 인간이라는 것은 우리 고양이족의 언어를 이해할 만큼 하늘의 은혜를 입지 못한 동물이니 안타깝지만 그냥 내버려둘 수밖에.

잠깐 독자들에게 일러두고 싶은데, 원래 인간들이 툭하면 고양이가 어쩌고저쩌고하지만, 대놓고 경멸하는 투로 우리를 평가하는 버릇은 정말 좋지 않아. 인간의 찌꺼기로부터 소와 말이 생기고 소와 말의 똥에서 고양이가 만들어진 것처럼 생각하는 것은 자신의 무지를 깨닫지 못하고 오만한 얼굴을 하고 있는 교사 따위에겐 흔해빠진 일이지만 옆에서 보기엔 정말이지 꼴불견이거든. 아무리 고양이라도 그렇게 아무렇게나 뚝딱 만들어지진 않아. 얼핏 보기엔 모조리 똑같이 평등무차별, 고양이에게 자기 고유의 특색 따위 없는 것 같겠지만, 고양이 사회에 들어와보면 꽤나 복잡해. 십인십색이라는 인간계의 말이 그대로 여기서도 통용된다고. 눈매

하며 콧대하며 털하며 다리 모양까지 모두 달라. 수염의 탄력이나 귀가 선 각도, 꼬리가 늘어진 정도에 이르기까지 같은 게 단 하나도 없지. 미모의 차이, 식성, 세련된 정도까지 치면 완전히 천차만별이라고 할 정도야. 그처럼 확연한 구별이 있음에도 불구하고 인간의 눈은 그저 향상이니 뭐니 하면서 하늘만 쳐다보고 있어서 이 몸의 성격은 물론이고 용모를 식별하는 것조차 도저히 불가능하니 참말 딱해. 초록은 동색이라고 옛말에도 있지만 정말로 떡장수는 떡장수, 고양이는 고양이, 고양이에 관해서는 역시 고양이가 아니면 알 수가 없지. 아무리 인간이 진보해봤자 이것만은 안 될 거야. 게다가 솔직히 말해서 그들은 스스로 믿고 있는 것처럼 훌륭하지도 않으니 더 어림없는 이야기야. 또 워낙에 동정심 모자라는 이 몸의 주인 같은 치는 서로를 남김없이 이해하는 것이 사랑의 첫걸음이라는 사실조차 모르는 사내이니 어쩔 수가 없지. 그는 성질 나쁜 굴 딱지처럼 서재에만 들러붙어서 일찍이 바깥세상을 향해 입을 연 적이 없어. 그러면서 저 혼자 달관한 듯한 얼굴을 하고 있으니 사실 좀 웃겨. 달관하지 못했다는 증거로는, 우선 이 몸의 초상화를 눈앞에 두고도 전혀 알아채지 못하고 올해가 러일전쟁 이년째이니 아마 곰 그림이겠지,[2] 하고 말도 안 되는 소리를 아무렇지도 않게 하는 걸 봐도 알 수가 있잖아.

이 몸이 주인의 무릎 위에서 눈을 감고 이런 생각을 하고 있는데 하녀가 마침 두번째 그림엽서를 가지고 오더군. 봤더니 외국 고양이가 네댓마리 죽 늘어서서 펜을 쥐거나 책을 펼쳐놓고 공부를 하고 있더라고. 그 가운데 한마리는 줄에서 벗어나 책상 모퉁이에서

2 러일전쟁(1904~05) 무렵 러시아를 곰에 빗대 그린 풍자화가 유행했다.

서양의 '고양이야, 고양이야'[3] 춤을 추고 있었어. 그 위에 일본 먹으로 '이 몸은 고양이야'라고 시꺼멓게 써놓고 오른쪽 끝에는 '글을 읽느냐 춤을 추느냐, 고양이의 봄날 하루'라는 하이꾸까지 적혀 있더군. 이것은 주인의 옛 문하생에게서 온 건데 누가 봐도 한눈에 의미를 알 수 있을 것을, 둔해빠진 주인은 아직도 알아차리지 못했는지 이상하다는 듯 고개를 갸웃거리며 그런데 올해가 고양이 해였나? 하고 혼잣말을 하는 거야. 이 몸이 이 정도로 유명해졌다는 걸 아직도 눈치채지 못한 거지.

그 참에 하녀가 또 세번째 엽서를 들고 왔어. 이번엔 그림엽서는 아니야. '공하신년恭賀新年'이라고 쓰고 한쪽에 '송구하오나 고양이에게도 부디 안부 전해주시기를'이라고 적혀 있었어. 아무리 멍청한 주인이라도 이렇게 확실히 썼으니 이해가 되는지 이제야 알겠다는 듯이 흠, 하며 이 몸의 얼굴을 바라보더군. 그 눈초리가 지금까지와는 달리 약간은 존경심을 담은 것 같더라고. 이제까지 세상으로부터 그 존재감을 인정받지 못하던 주인이 갑자기 인정을 받기 시작한 것도 전적으로 이 몸의 덕분이니 이 정도 눈초리는 지당하겠다 싶어.

마침 격자문 초인종이 치링, 치링, 치리리링, 하고 울렸어. 아마 손님이 온 거겠지. 손님이라면 하녀가 나갈 거야. 이 몸은 생선가게 우메 아저씨가 올 때 말고는 나가지 않기로 정해두었으니까 느긋하게 주인의 무릎에 그대로 앉아 있었지. 그러자 주인은 고리대금업자라도 들이닥친 것처럼 불안한 얼굴로 현관 쪽을 보는 거야. 아무래도 신년 손님을 맞아 술상대를 하는 것이 끔찍한가봐. 인간이

---

**3** "고양이야, 고양이야, 하시지만 고양이가, 고양이가 나막신 신고 지팡이 짚고 시보리 유까따 입고 올까요?"라는 속요의 가사를 가리킴.

이 정도로 괴팍해져버리면 할 말이 없지. 그렇다면 일찌감치 외출이라도 하면 좋을 것을, 그럴 만한 용기도 없으니 점점 굴 딱지 같은 근성이 드러나는 거야. 삼시 뒤에 하녀가 와서 칸게쯔 씨가 오셨습니다, 하더군. 이 칸게쯔라는 남자 역시 주인의 옛 문하생이었다고 하는데, 지금은 학교를 졸업하고 주인보다 더 잘나가고 있다는 이야기야. 이 남자가 어쩐 일인지 곧잘 주인에게 놀러 오곤 해. 와서는 자기를 사랑하는 여자가 있다는 듯도 하고 없다는 듯도 한, 세상 사는 것이 재미있다는 듯도 하고 지겹다는 듯도 한, 무서운 듯도 하고 외설적인 듯도 한 말만 늘어놓고는 돌아가지. 주인처럼 시들기 시작한 인간을 찾아와 굳이 이런 이야기를 하는 게 이해가 안 되지만, 굴 딱지 같은 주인이 그런 이야기를 들으며 가끔 맞장구를 치는 것이 더 재미있어.

"한동안 격조했습니다. 실은 지난 연말부터 활발히 활동을 하다 보니 와야지, 와야지 하면서도 이쪽 방향으로 발길이 향하지를 않는 통에" 하고 하오리[4] 끈을 비틀어가며 수수께끼 같은 소리를 했지. "어느 방향으로 발길이 향하던가?" 하고 주인은 정색을 하며 가문家紋이 찍힌 검은 무명 하오리 소매를 잡아당겼어. 이 하오리는 무명인데 길이가 짧아서 밑에서 명주 속옷이 좌우로 닷푼씩 삐져나와 있지. "헤헤헤, 약간 다른 방향으로" 하고 칸게쯔 군이 웃었어. 오늘은 앞니가 하나 빠져 있더군. "자네, 이가 어찌 된 건가?" 하고 주인은 화제를 바꿨지. "아, 실은 어디서 표고버섯을 먹었거든요." "뭘 먹었다고?" "저기, 표고버섯을 좀 먹었는데, 표고버섯 갓을 앞니로 끊으려다가 이가 쑥 빠져버렸어요." "표고버섯에 앞

---

**4** 옷 위에 입는 짧은 일본 전통 겉옷.

니가 빠지다니 영감 같구먼. 하이꾸는 될지 모르지만 사랑은 안 되겠는데" 하며 손바닥으로 이 몸의 머리를 가볍게 두드렸어. "아 참, 이게 그 고양이죠? 꽤나 통통해졌네요. 이 정도면 인력거집 까망이한테도 안 지겠는걸요. 멋있는데" 하며 칸게쯔 군은 이 몸을 엄청 칭찬해대더군. "최근 들어 꽤 컸어" 하며 주인은 자랑스럽다는 듯이 머리를 콩콩 때렸지. 칭찬을 듣는 거야 신나지만 머리는 좀 아프더라고. "어젯밤에도 잠깐 합주회를 했거든요" 하고 칸게쯔 군은 다시 말머리를 돌렸어. "어디서?" "어딘지는 굳이 묻지 않으셔도 되잖아요. 바이올린 석대와 피아노 반주였는데 제법 재미있더라고요. 바이올린도 석대쯤 모이면 서툴러도 들을 만하던데요. 둘은 여자였고 제가 그 가운데 끼었는데, 스스로 생각해도 잘 켠 것 같아요." "흠, 그 여자라는 건 누구야?" 하며 주인은 부럽다는 듯이 캐물었어. 원래 주인은 평소엔 목석같은 표정을 짓고 있지만 실은 결코 여자에게 냉담한 편은 아니지. 예전에 서양의 어느 소설을 읽었는데 거기 나오는 한 인물이 대부분의 여자에게 반드시 금방 반하는 거야. 계산을 해보면 길 가는 여자의 약 7할 정도에게 반해버린다고 풍자적으로 쓰여 있었는데 그걸 보고는 이건 진리라며 감탄했을 정도의 남자거든. 그런 바람기 많은 남자가 어째서 굴 딱지 같은 평생을 보내고 있는 건지 이 몸 고양이로서는 도저히 이해가 안 돼. 어떤 사람은 실연 때문이라고도 하고 어떤 사람은 위장이 약한 탓이라고도 하고 또 다른 사람은 돈이 없고 겁쟁이 기질이기 때문이라고도 하더군. 아무려나 메이지 역사에 관계될 만한 인물도 아니니 상관없지 뭐. 하지만 칸게쯔 군의 여자들을 부럽다는 듯이 물어본 것만은 사실이야. 칸게쯔 군은 재미있다는 듯 잘라놓은 어묵을 젓가락으로 집어 앞니로 반을 잘라 먹더군. 이 몸은 또 빠지는 거 아닌가 싶어 걱정했지만 이번엔 괜찮았어. "뭐, 두 사람 다 그럴듯한 가문의 따님들이죠. 아시는 분은 아닙니다" 하고 데면데면한 대답을 했어. 주인은 "그렇――" 하고 끌더니 '구먼'을 생략하고 생각에 잠겼어. 칸게쯔 군은 지금이다 싶었는지 "날씨가 참 좋네요. 괜찮으시면 함께 산책이나 할까요? 뤼순이 함락되어서 시내가 왁자하던데요" 하고 권해보았어. 주인은 뤼순 함락보다는 여자들 이야기를 듣고 싶은 얼굴로 잠깐 골똘히 생각하더니 마침내 마음을 정했다는 듯이 "그럼 나가보세" 하고 일어섰지. 검은 무명 하오리에 형의 유품이라는, 한 이십년은 입은 명주 솜옷을 입은 채로 말이야. 아무리 명주가 질기다곤 해도 이렇게 입어서야 당해낼 수가 없지. 군데군데가 하늘하늘 닳아서 햇빛에 비춰보면 안으로 덧대어 기운 바늘 자국이 보일 지경. 주인의 복장엔 섣달도 정월도 없어. 평상복과 외출복도 없고. 외출할 땐 그냥 두 손을 양 소매에 끼워넣고 나가는 거지. 달리 입을 옷이 없어서인지 있는데도 귀찮아서 안 갈아입는 건지 이 몸은 모르겠어. 다만 이건 실연 때문은 아닌 듯싶어.

두 사람이 나가고 나서 이 몸은 살짝 실례해서 칸게쯔 군이 먹다 만 어묵을 먹어치웠어. 이 몸도 요즘엔 평범한 일반 고양이가 아니거든. 우선 모모까와 조엔[5] 이후의 고양이나, 그레이[6]의 금붕어를 훔친 고양이 정도의 자격은 충분히 있다고 생각해. 인력거집 까망이 같은 건 아예 안중에도 없고. 어묵 한조각쯤 먹었다고 해서

---

**5** 모모까와 조엔(桃川如燕, 1832~98). 「금석백묘전(今昔百猫傳)」 등 고양이 이야기가 장기였던 이야기꾼.

**6** 토머스 그레이(Thomas Gray, 1716~71). 영국의 시인. 금붕어를 훔친 고양이는 그의 시 「금붕어 어항에 빠져 죽은 사랑하는 고양이를 애도하는 시」에 나온다.

남들이 이러쿵저러쿵할 것도 없겠지. 게다가 이렇게 남들 눈을 피해 간식을 먹는 버릇이야 굳이 우리 고양이족에게만 있는 것도 아니잖아. 우리 집 하녀도 안주인이 없을 때면 곧잘 떡 같은 걸 실례해서는 먹고, 먹음으로써 실례하곤 하지. 하녀뿐 아니라 사실 고상한 가정교육을 한답시고 안주인이 줄곧 잔소리를 해대는 이 집 꼬맹이조차 이런 경향이 있거든. 한 네댓새 전 일인데, 두 아이가 웬일로 엄청 일찍 일어나서는 아직 주인 부부가 자고 있는 동안에 식탁에 마주 앉더군. 아이들은 평소에 주인이 먹는 빵 조각에 설탕을 뿌려 먹곤 하는데, 이날은 마침 설탕 단지가 식탁 위에 놓여 있는 데다가 스푼까지 꽂혀 있었어. 평소처럼 설탕을 나눠줄 사람이 없으니 큰놈이 먼저 단지에서 설탕 한 스푼을 떠다가 제 접시에 담더군. 그러자 작은놈이 제 언니와 같은 분량의 설탕을 같은 방법으로 자기 접시에 덜었지. 둘은 잠깐 서로 노려보더니 큰놈이 다시 스푼을 들고 가득 담아 자기 접시에 옮겼어. 작은놈도 바로 스푼을 들고 언니와 똑같은 짓을 했어. 그랬더니 언니가 또 한 스푼을 덜었어. 동생도 지지 않고 한 스푼 더 덜었고. 언니가 다시 단지에 손을 대고, 동생이 또 스푼을 잡고. 눈 깜짝할 사이에 한 스푼 또 한 스푼 하더니 결국 두 사람 접시에 설탕이 수북하게 쌓이고 단지 속엔 설탕 한 스푼도 남지 않게 되었을 때, 주인이 부스스한 눈을 비비며 침실에서 나오더니 열심히 퍼낸 설탕을 단지에 도로 부어버리더군. 이런 걸 보면 인간이 이기주의에서 만들어낸 공평이라는 관념은 고양이보다 나을지 모르지만 지혜는 오히려 고양이보다 떨어지는 듯해. 그렇게 산처럼 쌓느니 얼른 핥아 먹어버리면 될 것을, 싫었지만 언제나 그렇듯이 이 몸이 하는 말은 통하질 않으니 참 안됐다 하면서도 밥통 위에 올라앉아 그냥 구경만 할밖에.

칸게쯔 군과 외출했던 주인은 어디를 어떻게 돌아다녔는지 그날 밤늦게야 돌아오더니 이튿날 아침 식탁에 나와 앉은 것은 9시쯤이었지. 평소처럼 밥통 위에서 보고 있자니까 주인은 말없이 떡국[7]을 먹고 있었어. 덜어 먹고, 또 덜어 먹고. 떡 조각이 작긴 하지만 적어도 예닐곱조각은 먹더니 마지막 한조각을 그릇에 남기고는 그만 먹자, 하며 젓가락을 내려놓더군. 다른 사람이 그런 짓을 했다가는 좀처럼 용서하지 않으면서 가장의 위세를 휘두르며 젠체하는 그는 탁한 국물에 눌은 채로 불어터진 떡의 사체를 보면서도 태연하더라고. 아내가 문갑에서 타까디아스타아제를 꺼내 탁자 위에 놓으니 주인은 "그건 안 들으니까 안 먹어" 했어. "그래도 여보, 전분질 음식에는 굉장히 효과가 있다니까 드시는 게 좋을 거예요" 하며 먹이려 들었지. "전분이고 뭐고 안 들어" 하며 고집을 부리더군. "당신은 정말 변덕스러워" 하고 부인은 혼잣말처럼 말했어. "변덕이 아냐. 약이 안 듣는 거지." "그렇지만 얼마 전까지는 정말 잘 든다, 잘 들어, 하면서 날마다 드셨잖아요?" "그때는 들었으니까. 요즘엔 안 든다고" 하며 대구對句를 쓴 것 같은 대답을 했어. "그렇게 먹었다 말았다 해가지고는 아무리 좋은 약도 들을 리가 없죠. 좀 참을성이 있어야지, 위장병은 다른 병과 달라서 잘 안 낫는다고요" 하며 쟁반을 들고 기다리던 하녀를 돌아보았지. "그건 정말 그래요. 조금 더 드셔보시지 않고는 좋은 약인지 나쁜 약인지 알 수가 없어요." 하녀는 두말할 것 없이 부인 편을 들었지. "어쨌든 안 먹는다고, 안 먹어. 여자들이 뭘 안다고. 조용히 해." "그래요, 여자랍니다" 하며 부인은 타까디아스타아제를 주인 앞에 내밀며 어떻

---

7 일본의 떡국은 대개 네모난 찰떡 한두조각을 석쇠에 살짝 구워 넣는데 찰기가 강해 쉽게 잘리지 않는다.

게든 먹이려 기를 쓰더군. 주인은 아무 말도 없이 일어서더니 서재로 들어갔어. 부인과 하녀는 얼굴을 마주 보며 웃더군. 이럴 때 뒤따라 들어가서 무릎에 올라앉았다간 호되게 당할 수도 있으니까 살짝 마당 쪽으로 돌아 서재 앞마루로 올라가서 장지문 틈으로 들여다보니, 주인은 에픽테토스[8]라나 하는 사람의 책을 펼쳐놓고 보고 있었어. 만약 그걸 평소처럼 이해할 수 있다면 좀 대단한 구석이 있는 거지. 오륙분 지나더니 그 책을 내동댕이치듯이 책상 위에 던지더군. 그러면 그렇지, 하고 계속 지켜보고 있었더니 이번엔 일기장을 꺼내 다음과 같은 소릴 적었어.

칸게쯔와 함께 네즈, 우에노, 이께노하따, 칸다 언저리를 산책. 이께노하따 방석집 앞에서 게이샤가 화려한 봄옷을 입고 하네쯔끼[9]를 하고 있었다. 옷은 아름다우나 얼굴은 영 못생겼다. 어딘지 우리 집 고양이를 닮았다.

굳이 못생긴 얼굴의 예로 이 몸을 끌어다대지 않아도 되지 않나? 이 몸도 이발소에 가서 얼굴만 면도해놓으면 인간과 그다지 다를 것도 없으련만. 인간이란 이런 식으로 자아도취라서 곤란해.

호오만 모퉁이를 돌자 게이샤 하나가 또 나왔다. 이쪽은 키가 늘씬하고 조붓한 어깨에 맵시 있는 여자였는데 연보라색 키모노 역시 담백하게 차려입어 고상해 보였다. 하얀 이를 드러내고 웃으며 "겐짱, 어젯밤엔 ― 너무 바빴거든" 하고 말했다. 아뿔싸, 그 목소리가 까마

8 에픽테토스(Epiktetos, 60~138). 로마 제정 시대의 스토아 학파 철학자.
9 깃털을 꽂은 나무열매를 나무 채로 치는 놀이.

귀처럼 거칠어서 기껏 괜찮은 용모가 갑자기 별 볼 일 없어지는 바람에 겐짱이라는 자가 과연 어떤 인물인지 돌아보는 것조차 귀찮아서 양손을 소매에 넣은 채 오나리미찌로 나섰다. 칸게쯔는 어딘가 들떠 있는 듯했다.

인간의 심리만큼 이해 못할 것도 없어. 지금 주인의 심경이 화를 내는 건지 들떠 있는 건지, 혹은 철학자의 유서에서 한줄기 위안을 찾고 있는 건지 전혀 알 수가 없거든. 세상을 냉소하는 건지 세상 속에 섞이고 싶은 건지, 하찮은 일에 짜증을 부리는 건지 만사에 초연한 건지 짐작도 가지 않는다니까. 고양이는 그런 점은 단순하거든. 먹고 싶으면 먹고, 자고 싶으면 자고, 화를 낼 때는 있는 힘을 다해 화를 내고, 울 때는 절체절명으로 울지. 무엇보다 일기같이 쓰잘데기 없는 건 절대 안 써. 쓸 필요가 없으니까. 주인처럼 표리부동한 인간은 일기라도 써서 세상이 모르는 자신의 진면목을 어둠속에서나마 발휘할 필요가 있을지 모르지만, 우리 고양이족으로 말하자면 일거수일투족, 똥 싸고 오줌 누는 하나하나가 진정한 일기인 까닭에 굳이 그런 성가신 짓을 해가며 자신의 진면목을 보존할 필요가 없다는 말씀. 일기 따위 쓸 시간이 있으면 대청마루에서 낮잠이나 잘 것이지.

칸다 모 정某亭에서 저녁을 먹었다. 오랜만에 정종을 두세잔 마셨더니 오늘 아침은 위장 상태가 아주 좋다. 위장이 나쁜 사람에게는 반주가 제일이구나 싶다. 타까디아스타아제는 물론 안 된다. 누가 뭐라 해도 그건 아니다. 어쨌든 안 듣는 건 안 들으니까.

덮어놓고 타까디아스타아제를 공격해. 저 혼자 씨름을 하고 있다고나 할까. 오늘 아침 부렸던 짜증이 바로 여기서 꼬리가 드러나지. 하긴 인간이 쓰는 일기의 본색은 이런 데 있는 건지도 모르겠군.

지난번엔 ○○가 조반을 안 먹으면 위가 좋아진다기에 이삼일 아침을 굶어보았지만 배가 꾸룩꾸룩할 뿐 효능은 없었다. △△는 절인 음식을 끊으라고 충고했다. 그의 설에 의하면 위장병의 원인은 채소 절임에 있다. 채소 절임만 먹지 않으면 위장병의 근원을 없애는 것이니 회복은 의심할 바 없다는 논법이었다. 그때부터 일주일을 절인 음식엔 젓가락도 대지 않았지만 별 효험을 못 보아서 최근에는 다시 먹기 시작했다. ××의 말을 들으면 오직 복부안마 치료법뿐이었다. 다만 보통 안마로는 안 되고 미나가와류라는 오랜 안마법으로 한두번만 받으면 대개의 위장병은 완치된다고 한다. 야스이 솟껜[10] 역시 이 안마술을 무척 애용했다고 한다. 사까모또 료오마[11] 같은 호걸도 때때로 치료를 받았다고 하기에 서둘러 카미네기 시까지 찾아가 받아보았다. 그런데 뼈를 주무르지 않으면 안 된다는 둥, 내장의 위치를 한번 뒤집어야 완치가 된다는 둥 하면서 정말이지 잔혹하게 주물러댔다. 나중에는 온몸이 솜처럼 풀어지고 혼수상태에 빠진 듯한 기분이 들어 단한번에 완전히 질려 그만두기로 했다. A 군은 절대로 딱딱한 것을 먹지 말라고 한다. 그래서 온종일 우유만 마시며 지내보았으나 이때는 배 속에서 쿨렁쿨렁하는 소리가 나며 홍수라도 난 듯해서 밤새도록 잠을 못 잤다. B 씨는 횡격막 호흡을 해서 내장을 운동시키면 자연히 위장의 움직임이 건강해질 것이니 시도해보라고 한다. 이것도 조금

---

10 야스이 솟껜(安井息軒, 1799~1876). 에도 시대의 유학자.
11 사까모또 료오마(坂本龍馬, 1835~67). 에도 시대의 지사(志士).

해보았지만 어쩐지 배 속이 불안해서 견딜 수가 없었다. 게다가 때로 생각이 나서 일심불란 시작은 하지만 오륙분 지나면 잊어버린다. 잊지 않으려고 횡격막에 신경을 쓰노라면 책을 읽을 수도 글을 쓸 수도 없다. 미학자 메이떼이가 이 꼴을 보고는 입덧하는 남자도 아니고 관두라며 놀려대서 요즘은 그만두었다. C 선생은 메밀을 먹으면 좋다고 하기에 그때부터 카께소바와 모리소바를 번갈아 먹었지만 설사만 날 뿐 아무런 효능도 없었다. 나는 몇년이나 된 위장병을 고쳐보려 좋다는 건 다 해보았지만 모두 소용이 없었다. 다만 어젯밤 칸게쯔와 기울였던 정종 석잔만은 확실히 효과가 있었다. 이제부터는 밤마다 두세잔씩 마시기로 해야겠다.

이것도 결코 오래가진 않을 거야. 주인의 마음은 이 몸의 눈동자처럼 쉴 새 없이 변하니까. 뭘 해도 오래 못 가는 남자거든. 게다가 일기에서는 위장병을 이렇게 걱정하는 주제에 겉으로는 아닌 척 오기를 부리니 웃기는 거지. 얼마 전에는 친구인 아무개라는 학자가 찾아와서 어떤 견지에선지 모든 질병은 다름 아닌 조상과 자신의 죄업의 결과라는 주장을 했어. 꽤나 연구를 한 모양인지 조리 있고 질서정연한 멋진 주장이었지. 딱하게도 우리 주인은 도저히 이것을 반박할 정도의 두뇌도 학문도 없어. 하지만 자신이 위장병으로 고생하고 있는 참이니 이러쿵저러쿵 변명을 해서라도 체면을 지켜보겠다고 마음을 먹었는지 "자네 주장은 재미는 있네만, 칼라일[12]도 위가 약했지" 하며 마치 칼라일이 위장병이니 자기 위장병도 명예롭다는 듯 얼토당토않은 소릴 했어. 그러자 친구가 "칼라일

--------

12 토머스 칼라일(Thomas Carlyle, 1795~1881). 영국의 사상가, 역사가, 평론가.

이 위장병이라고 해서 위장병 환자가 다 칼라일이 되는 건 아니지" 하고 잘라 말했으니 주인도 입을 다물 수밖에. 이렇게 허영심이 가득 차 있기는 하지만 실은 역시 위가 튼튼했으면 좋겠다 싶긴 한지 오늘밤부터 반주를 시작하겠다고 하는 것도 좀 웃기지 않아? 생각해보면 오늘 아침에 떡국을 그렇게 잔뜩 먹어치운 것도 어젯밤 칸게쯔 군과 정종을 들이켠 탓인지도 모르겠네. 이 몸도 떡국을 좀 먹어보고 싶어졌어.

이 몸은 고양이라도 못 먹는 게 거의 없지. 인력거집 까망이처럼 골목 안 생선가게까지 원정을 갈 기백은 없고 샛길의 이현금[13] 선생 집 얼룩 양처럼 호사를 누릴 처지도 물론 아니야. 따라서 의외로 싫어하는 것이 별로 없는 편이거든. 꼬맹이들이 먹던 빵 부스러기도 먹고 떡에 든 팥소도 핥아 먹어. 채소 절임은 정말 맛이 없지만 경험을 위해 단무지 두조각을 먹은 적은 있어. 그러다보니 신기하게도 못 먹을 게 거의 없더라고. 교사네 고양이는 이건 싫다, 저것도 싫다 하는 건방지고 분수 모르는 소리는 도저히 입에 담을 처지가 못 되거든. 주인 말로는 프랑스에 발자끄라는 소설가가 있다더군. 이 남자가 엄청나게 호사스러운 사람이어서 — 물론 이건 입이 호사스럽다는 것이 아니라 소설가인 만큼 문장이 호사스러웠다는 것이지. 발자끄가 어느날 자기가 쓰고 있는 소설 속 인물에게 이름을 붙이려고 이것저것 생각해봤는데 도무지 마음에 들지 않더래. 그러던 차에 친구가 놀러 와서 함께 산책을 나갔다지. 친구는 물론 아무것도 모르고 끌려나갔지만 발자끄는 자신이 고민하고 있는 이름을 찾아보기도 할 겸 나온 것이니 길에서도 오로지 가게 앞의 간

<hr />

**13** 二絃琴. 두 줄 현악기의 일종으로 일현금(一絃琴)을 메이지 초기에 반주용으로 개량한 악기.

판만 보면서 걷고 있었다는 거야. 그런데도 여전히 마음에 드는 이름이 없었대. 친구를 데리고 무턱대고 걸었지. 친구는 영문도 모른 채 따라갔고. 그들은 결국 아침부터 저녁까지 빠리 시내를 탐험했다는군. 돌아오는 길에 발자끄가 문득 어느 바느질집 간판을 보았는데 그 간판에 마르뀌스라는 이름이 붙어 있는 거야. 발자끄는 손뼉을 치면서 "이거다, 이거야. 이것밖에 없어. 마르뀌스라니 좋은 이름 아닌가. 마르뀌스 앞에 Z라는 두문자를 붙여야지. 그러면 더할 나위 없는 이름이 되는걸. Z가 아니면 안 되지. Z. Marcus는 정말 멋지군. 아무래도 내가 직접 짓는 이름은 잘 지은 성싶어도 어딘가 억지스러운 구석이 있어서 불만스럽거든. 가까스로 마음에 드는 이름을 만들었네" 하며 친구의 고생은 완전히 잊어버리고 혼자 기뻐했다고 하는데, 소설 속 인물의 이름 하나를 지으려고 온종일 빠리를 탐험해야만 한대서야 정말 성가신 이야기지. 호사라는 것도 이 정도까지 할 수 있다면 훌륭하다고 해야겠지만, 이 몸처럼 굴 딱지 같은 주인을 둔 처지로는 그런 마음은 안 생겨. 뭐든지 좋아, 뭐든 먹을 수만 있다면야, 하는 마음이 드는 것도 내 처지로는 어쩔 수 없어. 그러니 지금 떡국이 먹고 싶어진 것도 결코 호사스러운 소리가 아니라 뭐든지 먹을 수 있을 때 먹어두자는 생각에, 주인이 먹다 남긴 떡국이 혹시라도 부엌에 남아 있지나 않을까 싶었기 때문이야. 부엌으로 가볼까.

오늘 아침 보았던 떡이 오늘 아침 보았던 색깔 그대로 그릇 바닥에 들러붙어 있어. 고백하건대 떡이라는 것은 지금까지 한번도 입에 넣어본 적이 없어. 보아하니 먹음직스럽기도 하고 또 약간 징그럽기도 하네. 앞발로 위에 붙어 있는 푸성귀를 긁어냈어. 발톱을 보니 떡이 끼어서 끈적끈적하더군. 냄새를 맡아보니 밥솥 바닥의 누룽지를 밥통에 옮겨담을 때 같은 냄새가 났어. 먹을까 말까 하며 주변을 둘러보았지. 다행인지 불행인지 아무도 없더군. 하녀는 연말이나 연초나 똑같은 표정으로 하네쓰끼를 하고 있어. 꼬맹이는 안방에서 '무슨 말씀을요 토끼님'이라는 노래를 부르고 있고. 먹으려면 지금이지. 만약 이 기회를 놓친다면 내년까지 떡이라는 것의 맛을 모르는 채로 지내야만 하잖아. 이 몸은 이 찰나에 고양이로서 하나의 진리를 깨달았어. '얻기 어려운 기회는 모든 동물로 하여금 하고 싶지 않은 일도 굳이 하게 만드는 법이로다.' 이 몸은 실은 그다지 떡국을 먹고 싶지는 않았어. 아니, 그릇 바닥의 꼬락서니를 보면 볼수록 정나미가 떨어져서 굳이 먹고 싶지가 않더라고. 이럴 때 만일 하녀라도 뒷문을 열었더라면, 안방 꼬맹이의 발소리가 다가오는 것이 들렸더라면 이 몸은 미련 없이 그릇을 포기했을 텐데. 그리고 떡국 같은 건 내년까지 아예 생각도 안 했을 텐데. 그런데 아무도 안 오는 거야. 아무리 망설이고 있어도 아무도 안 와. 얼른 먹으라니까, 얼른 먹어, 하고 재촉이라도 당하는 듯한 기분이 들었지. 이 몸은 그릇 속을 들여다보며 빨리 누가 좀 와주면 좋으련만 하고 기원했다고. 역시 아무도 와주지 않더군. 이 몸은 결국 떡국을 먹어야만 하는 거였어. 마침내 온몸의 무게를 실어 그릇 바닥의 떡 덩이를 덥석 물었어. 이 정도 힘을 주어 물었으니 웬만한 거라면 잘릴 텐데, 놀라워라! 이제 됐겠지 싶어 이빨을 빼내려는데 안 빠져. 다시 한번 고쳐 물어보려 해도 꼼짝도 안 해. 떡이란 요물이구나, 깨달았을 땐 이미 늦었지. 늪에 빠진 인간이 발을 빼내려 애를 쓰면 쓸수록 푹푹 더 깊이 빠지는 것처럼, 씹으면 씹을수록 주둥이가 점점 묵직해지는 거야. 이빨을 움직일 수 없게 되고. 뭔가 씹히긴 하지만 씹힌다고 해서 어떻게 해볼 도리가 없어. 미학자 메이떼이 선생이 일찍이 이 몸의 주인을 평하기를 자네는 이도 저도 못할 남자라고 한 적이 있는데 정말 정곡을 찌르는 말이었어. 이 떡도 주인과 마찬가지로 정말이지 이도 저도 못하겠더군. 씹어도 씹어도, 10을 3으로 나누는 것처럼 언제까지나 영겁을 두고 이어질 것만 같더라고. 이런 번민의 때에 이 몸은 무심결에 두번째 진리를 깨쳤어. '모든 동물은 직감적으로 사물의 좋고 나쁨을 예지하는도다.' 진리는 이미 둘이나 발견했으나 떡이 들러붙어 있는 바람에 전혀 기쁘지가 않아. 이빨이 떡 속에 파묻혀 빠질 듯이 아프더군. 얼른 잘라내고 도망치지 않으면 하녀가 올 테지. 꼬맹이들의 노랫소리도 그친 듯하니 틀림없이 부엌으로 달려올 텐데. 극도의 번민에 꼬리를 휘휘 휘둘러봤지만 아무런 효과도 없더군. 귀를 세웠다가 눕혔다가 해봤자 소용없어. 생각해보니 귀나 꼬리는 떡과는 아무런 관계도 없더라고. 요컨대 흔들어도 세워도 눕혀도 손해라는 것을 깨닫고 그만두었어. 그제야 앞발의 도움을 빌려 떡을 떼어내는 수밖에 없겠다는 생각이 들더군. 우선 오른발을 들어 입 주변을 문질렀어. 문지른다고 떨어질 리가 없지. 이번엔 왼발을 뻗어서 입을 중심으로 빠르게 원을 그려보았어. 그런 주술로 악마는 떨어지지 않아. 인내심이 중요하다 싶어 좌우를 번갈아가며 움직였지만 역시 이빨은 여전히 떡 속에 잠겨 있어. 아 귀찮아, 하며 양발을 한꺼번에 썼지. 그랬더니 글쎄 신기하게도 이때만은 뒷발만으로도 설 수가 있었어. 어쩐지 고양이가 아닌 듯한 기분조차 들더라니까. 고양이든 아니든 이렇게 된 바에야 상관없지, 어쨌든 악마 같은 떡이 떨어질 때까지 해봐야지 하는 오기가 생겨서 정신없이 온 얼굴을 비벼댔어. 앞발의 운동이 맹렬하니 자칫하면 중심을 잃고 비틀거리지. 비틀거릴 때마다 뒷발로 균형을 잡아야 하니 한군데 있을 수도 없어서 온 부엌 구석을 여기저기 휘돌아다닌 거야. 내가 생각해도 어쩌면 이렇게 잘 서 있는지 참 용하다 싶더라니까. 세번째 진리가 문득 드러났어. '위기에 처하면 평소 하지 못하던 일도 하게 되나니, 이것을 천우天祐라 이른다.' 다행히도 천우를 입은 이 몸이 열심히 떡의 악마와 싸우고 있노라니 발소리가 나면서 안에서 사람이 나오는 기척이 느껴졌어. 여기서 사람을 만났다간 큰일이다 싶어 더더욱 미친 듯이 부엌 바닥을 뛰어다녔지. 발소리는 점점 다가오고. 아아, 안타까운지고, 천우가 약간 모자라는구나. 결국 꼬맹이에게 들키고 말았지. "어머, 고양이가 떡을 물고 춤을 추네" 하고 큰 소리로 떠드는 거야. 이 소리를 가장 먼저 들은 것이 하녀였어. 하녀와 하녀 채를 집어던지고는 뒷문에서 "세상에나" 하며 뛰어들어왔지. 안주인은 가문이 찍힌 치리멘[14] 차림으로 "이상한 고양이네" 하고 한 말씀. 주인까지 서재에서 나오더니 "이런 멍청한 놈" 하더군. 재미있어, 웃긴다, 하는 것은 꼬맹이뿐이었어. 그러고는 모두들 약속이나 한 듯이 깔깔대며 웃는 거야. 화는 나지, 약은 오르지, 춤을 멈출 수도 없고 정말 끔찍하더라고. 겨우 웃음이 잦아드는가 싶더니 다섯살 먹은 계집아이가 "엄마, 고양이도 제법이네" 하는 바람에 광란狂瀾을 기도既倒에 어쩐다[15] 하는 기세로 다시 한번 비웃음을 당했지. 동정심 부족한 인간의 행동이야 꽤나 보고 들었지만 이때만큼 그것이 원망스럽게 느껴진 적은 없어. 마침내 천우도 어디론가 사라져버리고 원래대로 네발로 기면서 눈을 희번

---

**14** 키모노 등에 많이 쓰이는 오글오글한 질감의 비단.

**15** 한유(韓愈)의 「진학해(進學解)」에 나오는 "이미 뒤집힌 강바닥에 세찬 물결을 되돌리다(廻狂瀾於旣倒)"라는 구절에서 온 말로, 기울어진 대세를 다시 되돌린다는 뜻.

덕이는 추태를 보이는 데까지 갔지 뭐야. 그래도 죽는 꼴은 볼 수 없었던지 "그만 떡 좀 떼어줘라" 하고 주인이 하녀에게 명했지. 하녀는 좀더 춤을 추게 두죠? 하는 듯한 눈초리로 안주인을 보았어. 안주인은 춤을 더 보고 싶긴 하지만 죽이면서까지 볼 마음은 없으니 잠자코 있었고, "떼어내지 않으면 죽어. 어서 떼어주라니까" 하며 주인은 다시 한번 하녀를 돌아보았어. 하녀는 한창 맛있는 걸 먹다가 꿈에서 깨어났을 때처럼 뿌루퉁한 얼굴로 떡을 잡고는 휙 당겼어. 칸게쯔 군이 아니라도 앞니가 몽땅 빠져버리나 싶더군. 정말이지 얼마나 끔찍하게 아프던지, 찰떡 속에 단단히 박혀 있는 이를 인정사정없이 잡아당기니 견딜 수가 있나? 이 몸이 '모든 안락은 곤고를 통과해야만 하는도다'라는 네번째 진리를 경험하고 두리번두리번 주변을 둘러보았을 때는 식구들은 이미 방 안으로 들어가버리고 없었어.

이런 실수를 하고 나서 집 안에서 하녀와 마주치는 것도 어딘가 뻘쭘하지. 차라리 마음을 바꿔 샛길 이현금 선생님 집의 얼룩 양이라도 방문하자 싶어 부엌에서 뒷문으로 나왔어. 얼룩 양은 이 근처에서 유명한 미모거든. 이 몸은 고양이임은 분명하지만 남녀의 정에 대해서 대강은 알고 있어. 집에서 주인의 찡그린 얼굴을 보거나 하녀에게 쥐어박혀 기분이 좋지 않을 때는 언제나 이 이성 친구를 찾아가 이야기를 나누지. 그러다보면 어느새 마음이 깨끗이 풀려서 지금까지의 걱정이나 고생도 모두 잊어버리고 새로 태어난 듯한 기분이 된다니까. 여성의 영향이란 실로 막대한 거야. 삼나무 울타리 틈으로 어디 있나 하고 둘러보니 얼룩 양은 설날이라고 새 목줄을 하고 얌전하게 대청에 나와 앉아 있더군. 그 둥그런 등허리가 말로 할 수 없이 아름다워. 곡선의 아름다움의 극치라고나 할까. 꼬리가 휘어진 정도, 다리를 구부린 맵시, 약간 우울하다는 듯 귀를 쫑긋거리는 모습까지 도저히 뭐라 표현할 수가 없지. 더구나 해 잘 드는 곳에 포근한 듯 고상하게 앉아 있으니, 정숙하고 단정한 태도를 지녔음에도 불구하고 벨벳은 저리 가라 할 만큼 매끄러운 온몸의 털이 봄빛을 반사해 바람이 없이도 산들산들 흔들리는 것만 같아. 이 몸은 한동안 황홀하게 바라보고 있다가 마침내 정신을 차리고는 나지막한 목소리로 "얼룩 양, 얼룩 양" 하고 앞발로 불렀어. 얼룩 양은 "어머나, 선생님" 하며 대청에서 내려왔지. 빨간 목줄에 달린 방울이 딸랑딸랑 울리더군. 설날이라고 방울까지 달았구나, 참으로 좋은 소리다, 하고 감탄하고 있는 새에 이 몸의 옆으로 다가와서는 "어머 선생님, 새해 복 많이 받으세요" 하며 꼬리를 왼쪽으로 흔들었어. 우리 고양이족은 서로 인사를 나눌 때 꼬리를 막대기처럼 세워 왼쪽으로 빙글 돌리지. 동네에서 이 몸을 선생님이라고 불러주는 것은 이 얼룩 양뿐이야. 이 몸은 이미 말한 대로 아직 이름이 없지만 교사의 집에 산다고 그러는지 얼룩 양만은 이 몸을 존경하며 선생님, 선생님, 하고 불러주고 있어. 이 몸도 선생님 소리를 들어서 굳이 기분 나쁠 것도 없으니 네, 네, 하고 있고. "새해 복 많이 받으세요. 정말 멋지게 단장하셨네요." "네, 지난 연말에 저희 스승님이 사주셨어요. 멋지죠?" 하며 딸랑딸랑 흔들어 보이더군. "정말 좋은 소리네요. 나는 태어나서 지금까지 이런 멋진 물건은 본 적이 없어요." "어머, 별말씀을. 다들 달고 있잖아요" 하고 또 딸랑딸랑 울렸어. "좋은 소리죠? 정말 좋아" 하더니 딸랑딸랑, 딸랑딸랑 하고 연달아 울려댔지. "이 집 스승님은 얼룩 양을 무척 귀여워하는 모양이군요" 하고 내 처지와 비교하며 슬쩍 부러운 기색을 내비쳤어. 얼룩 양은 순진하게 "그럼요, 마치 자기 아이처럼

요” 하며 해맑게 웃었어. 고양이라고 안 웃는 건 아냐. 인간들은 자기들 말고는 웃을 수 있는 존재가 없다고 생각하지만 그건 오산이라고. 우리가 웃는 것은 콧구멍을 삼각형으로 하고 목울대를 진동시키는 것이니 인간들이 알 리가 없지. “도대체 얼룩 양네 주인은 어떤 분인가요?” “어머, 주인이라니 이상하네요. 스승님이세요, 이현금 스승님.” “그거야 나도 알고 있지만, 그 신분이라 할까, 분명히 옛날엔 높은 분이었겠죠.” “그럼요.”

그대를 기다리며 잣나무 아래……

장지문 안에서 스승님이 이현금을 뜯기 시작했어. “목소리 좋죠?” 하고 얼룩 양이 뻐기더군. “좋은 것 같긴 한데 난 잘 몰라서. 도대체 뭐라는 거죠?” “저거? 저건 뭐라고 하던데. 스승님은 저걸 무척 좋아해요. ……스승님은 지금 예순둘인데, 정말 정정하죠?” 예순두살에 살아 있다니 정정하다고 할 수밖에. 이 몸은 “네” 하고 대답했어. 약간 싱거운 대답이지만 달리 명답도 떠오르지 않으니 별수 없지. “저래 봬도 근본은 꽤 좋은 신분이었대요. 늘 그렇게 말씀하시죠.” “호오, 원래는 뭐였는데요?” “뭐라더라, 텐쇼오인 님[16]의 문서담당관의 누이동생이 시집간 댁 어머니의 조카의 따님이라던데요.” “뭐라고요?” “그러니까 텐쇼오인 님의 문서담당관의 누이동생이 시집간……” “그러니까, 잠깐만요. 텐쇼오인 님의 누이동생의 문서담당관의……” “아니, 그게 아니고요, 텐쇼오인 님의

---

**16** 텐쇼오인(天璋院, 1836~83). 에도 막부의 13대 쇼오군(將軍) 토꾸가와 이에사다(德川家定)의 부인으로, 남편이 죽자 불교에 귀의해 계명(戒名)인 텐쇼오인(天璋院)으로 불렸다.

문서담당관의 누이동생의……" "좋아요, 알았다고요. 텐쇼오인 님이잖아요." "그래요." "문서담당관이고요." "그렇죠." "시집을 가고." "누이동생이 시집갔다니까요." "아, 틀렸네. 누이동생이 시집간 댁의." "어머니의 조카의 따님이라니까요." "어머니의 조카의 따님인가요?" "네, 이제 알겠죠?" "아뇨, 너무 복잡해서 전혀 모르겠네요. 결국은 텐쇼오인 님의 뭐가 되는 거죠?" "정말 말귀를 못 알아들으시네요. 그러니까 텐쇼오인 님의 문서담당관의 누이동생이 시집간 댁의 어머니의 조카의 따님이라고 아까부터 말했잖아요?" "그건 잘 알겠지만요." "그것만 알았으면 됐죠." "네" 하고 그냥 항복했어. 우리는 때때로 어쩔 수 없이 거짓말을 해야 하는 경우가 있잖아.

장지문 뒤에서 이현금 소리가 뚝 끊기더니 스승님이 "얼룩아, 얼룩아, 밥 먹어" 하고 부르더군. 얼룩 양은 기뻐하며 "어머나, 스승님께서 부르시네. 저 갈게요. 괜찮죠?" 안 괜찮다고 해봤자지. "그럼 또 놀러 오세요" 하고는 방울을 딸랑딸랑 울리며 마당까지 달려가더니 갑자기 되돌아와서는 "근데 안색이 너무 나쁘시네. 무슨 일 있어요?" 하고 걱정스럽게 묻는 거야. 그렇다고 떡국을 먹다가 한바탕 춤을 추었다고 할 수도 없으니 "뭐 별일이 있는 건 아니지만 뭘 좀 깊이 생각을 했더니 골치가 아파서요. 실은 이야기라도 좀 나누면 나을까 싶어서 찾아온 거예요." "그래요? 몸조심하시고요. 안녕히 가세요." 약간 아쉬운 듯도 하더군. 이로써 떡국 사건의 의기소침은 완전히 회복했지. 기분도 좋아졌고. 돌아오는 길엔 평소처럼 차밭을 가로지르자 싶어 녹기 시작한 서리를 밟으며 망가진 켄닌지 울타리[17] 틈으로 얼굴을 내밀었더니 인력거집 까망이가 시든 국화 위에 등을 높이 세우고 기지개를 켜고 있더군. 이제는 까망이를 무서워할 이 몸도 아니지만 이야기를 시작하면 성가시니까 모른 체하고 지나치려 했어. 까망이의 성격상 누가 자기를 무시한다 싶으면 절대 그냥 넘어가질 않거든. "어이, 이름 없는 꼬맹이, 요즘 너무 잘난 척하는 거 아냐? 아무리 선생네 밥을 먹는다지만 그렇게 교만한 얼굴을 해서야 원. 누굴 우습게 보고 말이야." 까망이는 이 몸이 유명해진 것을 아직 모르는 모양이야. 설명해주고 싶지만 어차피 알아들을 놈도 아니니 그냥 대충 인사나 하고 가능하면 빨리 사라지는 게 좋겠다 싶었지. "이런, 까망 군, 새해 복 많이 받아. 변함없이 씩씩하군" 하며 꼬리를 세워 왼쪽으로 빙 돌렸어. 까망이는 꼬리만 세울 뿐 인사도 안 해. "뭐라? 복 많이 받아? 설날이라 복을 받는 거면 너 같은 놈은 일년 내내 복에 겨운 거 아닌가? 조심해라, 이 호랑말코 같으니라고." 호랑말코라는 것은 욕지거리인 듯하지만 나야 전혀 모르지. "저기, 좀 묻겠는데, 호랑말코라는 건 무슨 뜻이지?" "흥, 지가 욕을 먹으면서 뜻을 묻다니 기가 막히네. 그러니까 복에 겨운 놈이라는 거지." 복에 겨운 놈이라니 시적이긴 하지만 의미를 따지자면 호랑말 어쩌고보다 더 불명료한 말이잖아. 참고삼아 잠깐 물어보고 싶었지만 물어봤자 명료한 답변은 못 얻을 게 뻔하니 그냥 멀뚱하게 얼굴을 마주 보며 서 있었어. 약간 뻘쭘한 꼴이었지. 그런데 갑자기 까망이네 안주인이 큰 소리로 "이런, 선반에 두었던 연어가 없어졌네. 큰일이야. 또 그 까망이놈이 물어간 거야. 정말이지 밉살스러운 고양이라니까. 들어오기만 해봐라, 가만 안 둘 거야" 하고 고함을 질러댔어. 정월의 고즈넉한 분위기를 마구 휘저어 태평한 세상을 아주 엉망으로 망가뜨린

---
**17** 쿄오토의 사찰 켄닌지(建仁寺)에서 유래한 대나무 울타리의 일종.

거지. 까망이는 고함을 지르려면 얼마든지 질러보라는 듯 시건방진 표정으로 네모난 턱을 앞으로 내밀며 저 소리가 들리느냐는 몸짓을 했어. 여태 까망이와 이야기하느라 깨닫지 못했지만 그러고 보니 그의 발밑에 한조각에 2전 3리는 할 듯한 연어의 뼈가 흙투성이가 되어 뒹굴고 있더군. "자네, 여전히 대단하군" 하고 지금까지 당한 것도 잊어버리고 나도 모르게 감탄을 내뱉었지. 까망이는 그 정도로는 쉽게 풀어지지 않았어. "뭐가 대단하다는 거냐, 이놈아. 연어 한두조각으로 여전히는 또 뭐고. 나를 우습게 보는 거야? 이래 봬도 인력거집 까망이라고" 하고 팔을 걷어붙이는 대신 오른쪽 앞발을 어깨까지 치켜들더군. "자네가 까망 군이라는 건 처음부터 알고 있지." "알고 있으면서 여전히 대단하다는 건 또 뭐야? 뭐냐고?" 하며 더운 김을 마구 뿜어댔어. 인간이라면 멱살을 잡고 휘두를 판이었지. 약간 질려서 내심 큰일 났다 싶었는데 다시 한번 안주인의 고함이 들렸어. "잠깐 니시까와 씨, 니시까와 씨, 볼일이 있다니까 이 사람. 쇠고기 한근만 바로 좀 가져와. 알겠지? 쇠고기 연한 걸로 한근이야" 하고 쇠고기를 주문하는 소리가 사방의 적막을 깼어. "칫, 일년에 한번 쇠고기를 사는 주제에 쓸데없이 소리 질러대기는. 쇠고기 한근이 온 동네 자랑이니 참 한심한 인간이야" 하고 까망이는 비웃으면서 네발로 버티고 몸을 쭉 폈어. 나야 대꾸할 말도 없으니 잠자코 있을 수밖에. "한근 정도로는 성에 안 차지만 어쩔 수 없지. 알았으니 사놓기만 해라, 당장 먹어치워주지" 하고 마치 자기 주려고 사는 것인 양 말하더군. "이번엔 제대로 된 음식이군. 좋겠어" 하고 이 몸은 어떻게든 그를 보내려고 했어. "네놈이 아는 척할 것 없어. 닥치고 있어. 성가시게" 하면서 갑자기 뒷발로 서리 녹은 흙을 내 머리에 픽, 하고 뒤집어씌우는 거야. 내가 놀라서 몸에 묻은 흙을 터는 사이에 까망이는 울타리 밑을 빠져나가 어디론가 자취를 감추고 말았지. 보나 마나 니시까와의 쇠고기를 노리고 간 거지 뭐.

집으로 돌아와보니 온 집 안에 봄기운이 가득한 것이 주인의 웃음소리까지 명랑하게 들리더군. 무슨 일인가 싶어 활짝 열린 대청으로 올라가 주인 옆으로 다가가보니 낯선 손님이 와 있어. 머리를 깔끔하게 가르고 가문이 찍힌 무명 하오리에 두꺼운 하까마[18]를 입은, 더없이 성실해 보이는 서생 같은 남자였어. 주인의 손화로 귀퉁이를 보니 옻칠 담뱃갑과 나란히 '오찌 토오후우 군을 소개해올립니다. 미즈시마 칸게쯔'라는 명함이 있어서 이 손님의 이름과 그가 칸게쯔 군의 친구라는 사실을 알았어. 주인과 손님의 대화는 도중부터 들었으니 맥락은 잘 모르겠지만, 아무래도 이 몸이 지난번에 소개한 미학자 메이떼이 군에 관한 일인 듯하더군. "그러면서 아주 재미있는 계획이 있으니 꼭 오라고 하시길래"하고 손님은 차분하게 말했어. "뭔가요? 그 서양 요릿집에 가서 점심을 먹는 데 무슨 계획이 있다는 건가요?"하고 주인은 차를 더 따라서 손님 앞으로 밀어놓았지. "글쎄, 그 계획이라는 것이 뭔지 그때는 저도 몰랐는데요, 아무래도 그분 일이니 뭔가 재미있는 일이겠지 싶어서……" "함께 갔었군요, 결국." "그런데 놀랐습니다." 주인은 그럴 줄 알았다는 듯이 무릎 위에 있던 이 몸의 머리를 톡, 하고 치는 거야. 조금 아팠지. "또 이상한 짓을 한 거죠? 그 사람은 그게 버릇이라서"하고 갑자기 안드레아 델 싸르또 사건을 떠올렸어. "예. 여보게, 뭐 좀 색다른 걸 먹지 않겠나, 하시길래." "뭘 먹었나요?" "우선 메뉴

---

**18** 통이 넓고 주름이 잡힌 일본 전통 하의.

를 보면서 음식에 대해서 이것저것 이야기를 하셨고요.”“주문 전에 말인가요?”“네.”“그러고는?”“그러고는 고개를 갸웃거리며 종업원을 보고는 별로 색다른 건 없는 것 같네, 하시니까 종업원도 지지 않고 오리 로스나 송아지 갈비 같은 건 어떠실까요? 했고, 선생님이 그런 진부한 걸 먹으러 일부러 여기까지 오진 않지, 하고 말씀하시니 종업원은 진부하다는 말이 무슨 뜻인지 모르는지 묘한 얼굴로 입을 다물더군요.”“그렇겠지요.”“그러더니 저를 보시면서 프랑스나 영국에 가면 아마 텐메이쪼오나 만요오쪼오<sup>19</sup>를 먹을 수 있겠지만 일본에선 어딜 가나 판에 박은 듯하니 서양 요릿집에 갈 맘이 안 난다는 식으로 기염을 토했고 — 도대체 그분은 서양에 가본 적은 있으신가요?”“메이떼이가 서양엘 왜 가겠어요? 그야 돈도 있고 시간도 있으니 가려고만 하면 언제든 갈 수야 있겠지만. 아마 앞으로 갈 작정인 것을 과거에 빗대서 장난한 거겠죠” 하고 주인은 스스로 생각해도 멋진 말을 했다는 듯이 자기가 먼저 웃기 시작했지. 손님은 그다지 감동한 기색이 없어. “그런가요? 저는 어느 틈에 서양을 가셨었나 싶어 저도 모르게 경청했지요. 더구나 마치 보고 온 듯이 달팽이 수프나 개구리 스튜 이야기를 하시더라고요.”“그야 누군가에게 들었겠죠. 거짓말하는 게 장기니까요.”“정말 그러신가봅니다” 하며 꽃병의 수선화를 바라보더군. 다소 유감스럽다는 기색으로도 읽었어. “그럼 계획이라는 건 그 얘기였군요” 하고 주인이 확인차 묻더군. “아뇨, 지금까진 예고편이고 본론은 이제부터예요.”“흐음” 하고 주인은 호기심 어린 감탄사를 끼워넣었지. “그러고는, 아무래도 달팽이나 개구리를 먹자 한들 있을

---

**19** 일본 시가의 작풍을 일컫는 말인 ‘텐메이쪼오(天明調)’와 ‘만요오쪼오(万葉調)’를 서양 요리 이름처럼 쓴 말장난.

리가 없으니 그냥 토찌멘보오[20] 정도 선에서 봐주기로 하는 게 어떤 가, 자네, 하며 의논을 하시길래 저도 무심결에 아무 생각 없이 그게 좋겠네요, 해버렸죠." "허어, 토찌멘보오라니 기묘하구먼." "예, 정말 기묘하지만 선생님이 너무 진지하시니까 전혀 알아채지 못했습니다" 하고 마치 주인에게 자신의 실수를 변명하는 듯도 하더군. "그래서 어떻게 되었죠?" 하고 주인은 눈치 없이 물었어. 손님의 사죄에는 전혀 동정을 표하지 않았지. "그러고는 종업원더러 어이, 토찌멘보오를 이인분 가져와, 하니까 종업원이 멘찌보오[21] 말씀이죠? 하고 되물었지만 선생님은 한층 더 진지한 얼굴로 멘찌보오가 아니라 토찌멘보오라니까, 하고 정정하셨어요." "아이고, 그 토찌멘보오라는 요리는 도대체 있기나 한 건가요?" "글쎄요, 저도 좀 이상하다 싶기는 했지만 선생님이 너무나 침착하시고 게다가 그렇게 서양통이신데다가, 더구나 그때는 서양에 다녀오셨다고 믿어 의심치 않았기 때문에 저도 거들어서 '토찌멘보오야, 토찌멘보오' 하고 종업원에게 가르쳐주었답니다." "종업원은 뭐라던가요?" "종업원이 말이죠, 지금 생각하면 정말 우습지만 잠깐 고민하더니 정말 죄송합니다만 오늘은 토찌멘보오가 안 되지만 멘찌보오라면 바로 이인분을 준비하겠습니다, 하니까 선생님이 몹시 유감스럽다는 듯이, 그러면 일부러 여기까지 온 보람이 없지, 어떻게든 토찌멘보오를 먹게 해줄 수는 없을까? 하며 종업원에게 20전짜리 은화를 건네시니 종업원은 그러시면 어쨌든 주방장과 의논을 해보고 오겠습니다, 하고 안으로 들어갔어요." "꽤나 토찌멘보오가 먹고 싶었던가보군요." "잠시 후에 종업원이 나와서 정말 죄송하지만 주

---

20 하이꾸 시인 안도오 토찌멘보오(安藤橡面坊)의 이름을 이용한 말장난.
21 미트볼의 옛 일본식 이름.

문하시면 만들 수는 있지만 조금 시간이 걸리겠습니다, 하니 메이떼이 선생님은 태연하게, 어차피 우리는 정초라서 한가하니까 좀 기다려서 먹고 가지 뭐, 하시며 주머니에서 궐련을 꺼내 뻐끔뻐끔 피우기 시작하셨고, 저도 할 수 없이 품에서 『닛뽄日本』 신문을 꺼내 읽기 시작했습니다. 그러자 종업원은 다시 안으로 의논을 하러 들어갔지요." "정말 번거롭네요" 하고 주인은 전쟁 소식이라도 읽는 듯이 관심을 보이며 앞으로 다가앉았어. "그러다가 종업원이 나와서 요즘은 토찌멘보오 재료가 떨어져서 카메야에 가도 요꼬하마 15번가에 가도 살 수가 없으니 당분간은 안 되겠다고 미안하다는 듯이 말하니 선생은 그것참 곤란하군, 일부러 왔는데 말이야, 하고 제 쪽을 보시며 몇번이고 반복하시니 저도 잠자코 있을 수가 없어서 정말 유감스럽군요, 유감천만입니다, 하고 맞장구를 쳐드렸어요." "그렇겠죠" 하며 주인은 동의하는 거야. 뭐가 그렇다는 것인지 이 몸은 모르겠더라고. "그랬더니 종업원도 딱해 보였던지 조만간 재료가 갖추어지면 꼭 오십시오, 했어요. 선생님이 재료는 뭘 쓰나? 하고 물으니 종업원은 헤헤헤, 하고 웃으며 얼버무리더군요. 재료는 일본파 하이진[22]이겠지, 하고 선생이 되물으니 종업원은 네, 그렇죠, 그러다보니 요즘은 요꼬하마에 가도 살 수가 없어서요, 정말 죄송합니다, 하더군요." "하하하, 그게 정점이구먼. 이것 참 재밌네" 하고 주인은 보기 드물게 큰 소리로 웃어댔어. 무릎이 흔들려서 이 몸은 떨어질 뻔했지 뭐야. 주인은 그래도 아랑곳하지 않고 웃었어. 안드레아 델 싸르또에 걸려든 것이 자기 혼자만이 아니라는 사실을 알고는 갑자기 기분이 좋아진 거겠지. "그러고는 둘이

--------------------------------

**22** 俳人. 하이꾸 시인.

서 밖으로 나오자 어때, 자네? 한건 했지? 토찌멘보오를 재료로 삼은 게 재밌잖아, 하며 무척 뻐기시더라고요. 감탄할 따름입니다, 하고 헤어졌지만 실은 점심이 너무 늦어져서 배가 고파 죽을 뻔했습니다." "그것참 힘들었겠군요" 하고 주인은 비로소 동정을 표했어. 거기에 대해서는 이 몸도 이견은 없어. 잠시 이야기가 끊기고 이 몸이 가르랑대는 소리가 주인과 객의 귀에 들렸지.

토오후우 군은 식어버린 차를 벌컥벌컥 마시고는 "실은 오늘 찾아뵌 것은 선생님께 좀 부탁드릴 일이 있어서입니다" 하고 자세를 가다듬더군. "아, 무슨 일인가요?" 하며 주인도 지지 않고 표정을 바꾸고. "아시는 바와 같이, 문학과 미술을 좋아하다보니……" "좋은 일이죠" 하고 기름을 붓더군. "동료들이 모여서 얼마 전부터 낭독회라는 걸 만들었는데, 매달 한번씩 모여서 이 방면의 연구를 계속하려고요. 이미 첫 모임은 작년 연말에 열었습니다." "잠깐 묻고 싶은데, 낭독회라고 하면 뭐랄까, 운율을 붙여 시가나 문장 같은 걸 읽는다는 것 같은데 도대체 어떤 식으로 하는 건가요?" "뭐, 처음에는 옛날 작품부터 시작해서 장차 동인들의 창작 같은 것도 할 작정입니다." "옛날 작품이라 하면 백낙천의 「비파행」[23] 같은 거라도 합니까?" "아니요." "부손의 「춘풍마제곡」[24] 같은 종류인가요?" "아니요." "그럼 어떤 걸 했나요?" "지난번엔 치까마쯔[25]의 신주우모노[26]를 했습니다." "치까마쯔? 조오루리[27]의 치까마쯔인가요?" 치까마

---

**23** 「琵琶行」. 당나라의 시인 백낙천(白樂天), 즉 백거이(白居易, 722~846)가 지은 88구의 칠언고시.

**24** 「春風馬堤曲」. 하이꾸 시인 요사 부손(与謝蕪村, 1716~84)의 시.

**25** 치까마쯔 몬자에몬(近松門左衛門, 1653~1725). 에도 시대의 조오루리, 카부끼 작가.

**26** 心中物. 연인들의 동반자살 이야기를 다룬 작품.

쯔가 두 사람인가? 치까마쯔라고 하면 희곡가인 치까마쯔밖에 없지. 그런 걸 되묻는 주인도 참 멍청하다고 생각하고 있는데 주인은 아무것도 모르고 이 몸의 머리를 정성껏 쓰다듬더군. 사팔뜨기가 자신에게 반해서 곁눈질하는 줄 아는 인간도 있는 세상에 이 정도 오류야 놀랄 것도 없으니 그냥 쓰다듬는 대로 내맡겨두었어. "네" 하고 답하고 토오후우 군은 주인의 안색을 살피더군. "그렇다면 혼자서 낭독하는 건가요, 아니면 역할을 정해서 하는 건가요?" "역할을 정해 번갈아가며 해봤습니다. 주의할 사항이라면, 최대한 작중인물에 동화되어 그 성격을 발휘하는 것을 제일로 삼고, 거기에 손짓 발짓을 보탰지요. 대사는 가능하면 그 시대 사람을 그대로 그리는 것이 중요하니 아가씨든 하인이든 그 인물이 직접 나온 듯이 하는 거죠." "그렇다면 연극 같은 거 아닌가요?" "네, 의상과 무대배경만 없는 정도지요." "실례지만 제대로 되던가요?" "그럭저럭 처음치고는 성공적이었다 싶습니다." "그런데 지난번에 하셨다는 신주우모노라고 하면……" "그 왜, 사공이 손님을 태우고 요시와라[28]에 가는 부분인데요." "대단한 막을 하셨군요" 하면서 역시 선생이니만큼 고개를 살짝 갸웃했어. 코에서 뿜어져나온 히노데 담배 연기가 귀를 스쳐 얼굴 옆으로 휘감아돌고. "뭘요, 그렇게 대단할 것도 없죠. 등장인물은 손님과 뱃사공, 창기, 여급, 뚜쟁이, 권번뿐인걸요" 하며 토오후우 군은 아무렇지 않게 말했지. 주인은 창기라는 말을 듣고 약간 얼굴을 찡그렸지만 여급이니 뚜쟁이, 권번이라는 용어에 관해서는 명료한 지식이 없었던 듯 우선 질문을 쏟아냈지. "여급이라는 건 창가의 하녀에 해당하는 건가요?" "아직 잘 연

---

**27** 반주에 맞추어 이야기를 낭송하는 극의 한 장르.
**28** 토오꾜오 아사꾸사에 있던 유곽.

구를 하진 않았지만 여급은 찻집의 하녀이고 뚜쟁이라는 건 유곽에서 보조하는 사람이 아닌가 싶습니다." 토오후우 군은 조금 전에 그 인물이 직접 나온 듯이 흉내를 낸다고 한 것치고는 뚜쟁이나 여급의 성격을 잘 모르는 듯하더군. "그렇군. 여급은 찻집에 묶여 있는 사람이고 뚜쟁이는 유곽에서 먹고 자는 사람이군요. 그런데 권번이라는 건 사람인가요, 아니면 어떤 장소를 가리키는 건가요? 만약 사람이라면 남자인가요, 여자인가요?" "권번은 아무래도 남자인 것 같습니다." "어떤 일을 하는 건가요?" "글쎄요, 거기까진 아직 조사를 못했습니다. 조만간 알아보죠." 이걸로 다시 조사까지 하는 날엔 또 얼마나 뚱딴지같은 소리들을 할까 싶어 이 몸은 주인의 얼굴을 슬쩍 올려다보았어. 주인은 엄청 진지한 표정이야. "그래서 낭독회엔 토오후우 군 말고 또 누가 참가했나요?" "여러 사람이 있었지요. 창기를 법학사인 K 군이 했는데, 콧수염을 기른 채로 여자의 애교 섞인 대사를 하니까 좀 묘했죠. 게다가 그 창기가 복통을 일으키는 장면이 있어서……" "낭독을 하면서도 복통이 일어나야 하는 거죠?" 하고 주인은 걱정스럽다는 듯이 물었어. "예, 어쨌든 표정이 중요하니까요" 하면서 토오후우 군은 자기는 어디까지나 문예가라는 식이었어. "제대로 배가 아프던가요?" 주인은 미심쩍다는 듯이 물었지. "그건 첫 번엔 좀 무리였어요." 토오후우 군이 되받더군. "그래서 토오후우 군은 어떤 역할이었죠?" 하고 주인이 물었어. "저는 뱃사공이었습니다." "허어, 토오후우 군이 뱃사공이라." 네가 뱃사공이면 나도 권번쯤은 하고도 남겠다는 말투였지. "뱃사공은 무리였나요?" 하고 솔직한 소리를 하더군. 토오후우 군은 그다지 불쾌할 것도 없는 모양이야. 여전히 침착한 어조로 "그 뱃사공 때문에 기껏 연 낭독회가 용두사미로 끝났지요. 실은 낭독회장 근처에 여학생 네댓이 하숙을 하고 있었는데, 어디서 들었는지 그날 낭독회가 있다는 걸 알고는 낭독회장 창문 아래에서 듣고 있었나봅니다. 제가 뱃사공 흉내를 내는 데 슬슬 익숙해져서 이러면 되겠구나 싶어 자신이 붙어가던 참에…… 말하자면 몸짓이 너무 과장되었던 걸까요, 그때까지 참고 있던 여대생들이 한꺼번에 와하하 하고 웃음을 터뜨려버리는 통에, 놀라기도 했거니와 어찌나 창피하던지, 결국 맥이 끊겨버리는 바람에 아무래도 계속할 수가 없어서 결국 그대로 마쳤습니다." 첫번째치고는 성공이었다는 낭독회가 이 정도라면 도대체 실패라는 건 어떤 걸까 상상하니 웃음을 참을 수가 없었어. 나도 모르게 목울대가 가르릉 울렸지. 주인은 더 부드럽게 머리를 쓰다듬어주더군. 남을 비웃고 사랑을 받다니, 고맙긴 하지만 약간 켕기더구먼. "그것참, 별일이 다 있었군요" 하고 주인은 정월 초하루부터 조사弔詞를 읊었지. "두번째부터는 좀더 분발해서 성대하게 할 작정입니다. 오늘 찾아뵌 것도 오로지 그것 때문인데, 실은 선생님께서도 좀 입회하셔서 힘을 보태주십사 하고요." "나는 도저히 복통 같은 건 못하는데" 하며 소극적인 주인은 단번에 거절하려 드는 거야. "아뇨, 배는 안 아프셔도 되고요, 여기 찬조원 명부가……" 하며 보라색 보자기에서 작은 크기의 장부를 조심스레 꺼냈어. "여기에 부디 서명 날인을 좀 부탁드립니다" 하고 장부를 주인의 무릎 앞에 펼쳐놓더군. 살펴보니 목하 이름이 알려진 문학박사, 문학사의 이름이 예의 바르게 늘어서 있더라고. "거참, 찬조원이 못 될 것도 없긴 하지만, 어떤 의무가 있는 건가요?" 굴 딱지 선생은 곤혹스러운 모양이야. "의무라고 해봤자 별건 없고, 그냥 성함만 기입하셔서 찬성의 뜻만 표해주시면 됩니다." "그렇다면 가입하죠." 의무가 없다는 사실을 알자마자 주인은 금세 안심하더군. 책임이 없다는 것만 확실하다면 역모의 연판장에라도 이름을 써넣겠다는 표정이야. 하긴 이렇게 유명한 학자들이 이름을 늘어놓은 데에 자기 이름만이라도 올리는 건 지금까지 이럴 일이 없었던 주인으로서야 더없는 영광일 테니 대답에 힘이 들어가는 것도 무리는 아닐 거야. "잠깐 실례" 하고 주인은 도장을 가지러 서재로 들어갔어. 이 몸은 타따미 위에 툭 떨어졌지. 토오후우 군은 과자 접시 위의 카스텔라를 집어들더니 한입에 덥석 삼켰어. 우물우물 한참을 고생하더군. 이 몸은 오늘 아침의 떡국 사건을 잠시 떠올렸어. 주인이 서재에서 도장을 들고 나왔을 때는 이미 토오후우 군의 위 속에 카스텔라가 자리 잡은 무렵이었어. 주인은 과자 접시의 카스텔라가 한조각 모자란다는 것은 눈치채지 못한 모양이야. 만약 눈치챘다면 제일 먼저 의심받는 것은 이 몸이겠지. 토오후우 군이 돌아가고 나서 주인이 서재에 들어가 책상 위를 보니 어느새 메이떼이 선생의 편지가 와 있었지.

신년을 경하하오며……

평소와 달리 시작이 진지하다고 주인은 생각했어. 메이떼이 선생의 편지가 진지한 적은 거의 없거든. 지난번 편지에는 "그후 그다지 연모할 만한 여인도 없고 어느 누구도 연서 따위 보내지 않아 그럭저럭 무고하게 지내고 있으니 부디 마음 놓아주기를……" 운운했을 정도야. 그에 비하면 이 연하장은 예외적으로 평범한 거지.

잠깐 댁으로 찾아뵙고도 싶으나, 대형의 소극주의에 반하여 가능한 한 적극적인 방침으로써 이 천고 미증유의 신년을 맞이하려는 계획 탓에 매일매일이 현기증이 날 정도로 다망하니 미루어 짐작하여주기를……

아니나 다를까 그 녀석이 그렇지, 정월은 놀러 돌아다니느라 분주할 게 틀림없지, 싶어 주인은 마음속으로 메이떼이 군에게 동의했어.

어제는 잠깐 틈을 내어 토오후우 군에게 토찌멘보오를 대접하려 생각하였으나 공교롭게도 재료가 동이 나는 바람에 뜻을 이루지 못하여 유감천만이었다네……

슬슬 평소대로 돌아왔다 싶어 주인은 말없이 미소를 지었지.

내일은 모 남작의 카루따[29] 모임, 모레는 심미학 협회의 신년회, 그다음 날은 토리베 교수 환영회, 또 그다음 날은……

성가셔라, 하고 주인은 건너뛰었어.

위와 같이 요오꾜꾸[30] 모임, 하이꾸 모임, 탄까[31] 모임, 신체시 모임 등 모임이 이어져 당분간은 잠시도 쉬지 않고 참석하는 까닭에 부득이하게 연하장으로 새해 인사를 대신하고자 하니 부디 양해하고 노여워 말기를 바라며……

---

**29** 카드 게임의 일종.
**30** 일본의 전통극 노오(能)의 대본에 가락을 붙여 읊는 것.
**31** 5구 31음절로 된 일본 전통시가의 하나.

군이 올 것도 없어, 하고 주인은 대답했지.

　다음에 왕림하실 때는 오랜만에 만찬이라도 대접하고 싶은 마음으로 있다네. 가난한 주방이라 진미는 없으나 하다못해 토찌멘보오라도 지금부터 준비하고자 하나……

아직도 토찌멘보오를 써먹고 있네. 무례하긴, 하고 주인은 약간 발끈했어.

　하지만 토찌멘보오는 요즘 재료가 동이 나 어쩌면 제대로 준비할 수 없을지도 모르니, 만약 그렇게 되면 공작의 혀라도 맛보일 수 있도록 하고자……

양다리를 걸치는군, 싶어 주인은 그 뒤를 읽고 싶어졌어.

　아시다시피 공작 한마리의 혀 살 분량은 새끼손가락의 절반에도 미치지 못하는 까닭에 튼실한 대형의 위장을 채우기 위해서는……

거짓말쟁이, 주인은 내뱉듯이 말했어.

　어쩔 수 없이 이삼십마리의 공작을 포획하여야 할 것이네. 그러한데 공작은 동물원, 아사꾸사 유원지 등에서는 이따금씩 보이지만 보통 새를 파는 집에는 전혀 보이지를 않으니, 고민은 여기에 있다네……

누가 그런 고민 하라고 했나, 하며 주인은 털끝만큼도 감사를 표하지 않아.

공작 혀 요리는 옛 로마 전성기 시절 한때 대단히 유행했던 것으로 호사풍류의 극치라 평소부터 남몰래 먹고 싶어하던 것이니 그 점 헤아려주기를……

뭘 헤아려, 얼간이, 하고 주인은 더없이 냉담해.

그후 16, 17세기 무렵까지 전유럽 어디서나 공작은 연회에 빠져서는 안 될 진미가 되었던 것이네. 레스터 백작[32]이 엘리자베스 여왕을 케닐워스에 초대하였을 때에도 분명 공작을 사용하였다고 기억하네. 유명한 렘브란트가 그린 후작의 향연 그림에도 공작이 꽁지를 펼친 채 식탁 위에 드러누워 있고……

공작 요리의 역사를 쓸 정도면 뭐 그리 다망할 것도 없구먼, 하고 불평하더군.

어쨌든 요즘과 같이 산해진미의 연속이어서는 아무리 소생이라도 머지않아 대형과 같은 위장병이 될 것이 뻔한지라……

대형과 같다니 무슨 소리야, 굳이 나를 끌어다가 위장병의 표준으로 삼을 건 뭐람, 주인은 중얼거렸어.

---

**32** 제1대 레스터(Leicester) 백작 로버트 더들리(Robert Dudley, 1532~88).

역사가의 주장에 따르자면 로마인은 하루에 두번 세번 연회를 열었다고 하네. 하루에 두번 세번씩 잔뜩 먹어대서야 제아무리 위가 튼튼한 사람일지라도 소화기능이 이상해질 것이니, 따라서 자연히 대형과 같이……

또 대형과 같이냐? 무례하기는.

그러하니 사치와 위생을 양립시키고자 연구를 거듭했던 그들은, 지나치게 많은 양의 진미를 탐함과 동시에 위장을 건강하게 유지할 필요를 인정하고 이에 하나의 비법을 고안해내었으니……

과연 뭘까 싶어 주인은 갑자기 열심이었지.

그들은 식후에는 반드시 목욕을 하였다 하더군. 입욕 후에는 모종의 방법을 써서 목욕 전에 삼켰던 것들을 모조리 토해내서 위장을 청소했던 것이네. 위 내부를 정결히 하는 수고를 다한 후에 다시 식탁에 앉아 질리도록 진미를 즐기고, 즐기고 난 후에는 다시 탕에 들어가 이를 토해내는 것이지. 이와 같이 하면 좋아하는 음식을 먹고 싶은 만큼 먹고도 전혀 내장 기관에 장애를 일으키지 않으니 일거양득이란 이런 것을 가리키는 것이 아닌가 생각하네……

과연 일거양득이 틀림없군. 주인은 부러운 표정이야.

20세기 오늘날 교통이 빈번하고 연회가 증가함은 물론이거니와 군

국군國이 다사多事하여 러시아 정벌 이년째에 접어든 이때에 우리 전승
국 국민은 반드시 로마인을 본받아 이러한 입욕구토의 기술을 연마해
야 할 때에 이르렀다고 믿네. 그렇지 않으면 기껏 대국의 국민이 되었
으나 가까운 장래에 모두가 대형과 같은 위장병 환자가 될 것임을 남
몰래 마음 아파하고 있다네……

또 대형처럼이야? 고약한 녀석이군, 주인은 생각했어.

이번 기회에 우리들 서양 사정에 정통한 자들이 역사와 전설을 연
구함으로써 이미 폐지된 비법을 발견하여 이를 메이지 사회에 응용한
다면 이러한 재앙을 미연에 방지하는 공덕이 될 것이니 평소 마음껏
일탈한 데 대한 은혜도 갚을 수 있겠다고 여겨지네……

묘한 소리를 하는구먼, 고개를 갸웃거렸어.

그리하여 일전부터 기번, 몸젠[33], 스미스[34] 등 제가의 저술을 섭렵하
고 있으나 아직 발견의 단서조차 찾을 수 없으니 지극히 유감스럽네.
하지만 이미 아는 바와 같이 소생은 한번 마음먹은 일은 성공할 때까
지 결코 중도에 그만두지 않는 성격이어서 구토법을 다시 한번 발흥
하게 할 날도 멀지 않다고 믿고 있네. 이는 발견하는 대로 보고해 올
릴 것이니 그렇게 알아주기를 바라네. 따라서 앞서 적은 토찌멘보오
및 공작의 혀 요리 대접 역시 가능하면 이의 발견 이후에 하고 싶으
니, 그리하면 소생의 형편은 물론이거니와 이미 위장병으로 고생하고

---

**33** 테오도어 몸젠(Theodor Mommsen, 1817~1903). 독일의 역사가.
**34** 윌리엄 스미스(William Smith, 1813~93). 영국의 고전학자, 사전 편찬자.

있는 대형을 위해서도 좋지 않을까 여겨지네. 그럼 이만 총총.

뭐야, 또 장난질이야? 너무 진지하게 쓰니까 나도 모르게 끝까지 심각하게 읽고 말았네. 새해 시작부터 이런 장난이나 하고 있으니 메이떼이도 꽤나 할 일 없는 인간이야, 하고 주인은 웃으며 말했어.

그리고 네댓새는 별일 없이 지나갔지. 백자 항아리에 꽂힌 수선화가 점점 시들어가고 매화가 꽃병 안에서도 조금씩 피기 시작하는 것을 바라보고 있기도 심심해서 한두번 얼룩 양을 찾아가보았지만 만날 수가 없더군. 처음엔 어딜 갔나 했는데 두번째 가서는 아파서 앓아누웠다는 걸 알았지. 장지문 안에서 스승님과 하녀가 이야기하는 것을 돌확 옆 엽란 그늘에 숨어 듣고 있었어.

"얼룩이는 밥을 먹니?" "아뇨, 아침부터 아무것도 안 먹네요. 따뜻하게 코따쯔에 눕혀두었어요." 어딘가 고양이답지 않아. 마치 인간처럼 대접하고 있잖아.

한편으로 내 처지와 비교하면 부럽기도 하지만 다른 한편으론 내가 사랑하는 고양이가 이렇게 융숭한 대접을 받는 것이 기쁘기도 하지.

"정말 큰일이네. 밥을 안 먹으면 몸이 더 약해지기만 할 텐데." "그러게 말이에요. 우리도 하루만 밥을 안 먹으면 다음날은 일을 못 하는데."

하녀는 자기보다 고양이가 더 고등동물이라는 듯이 대답했어. 사실 이 집에서는 하녀보다 고양이가 더 중한지도 모르지.

"의사한테는 보였니?" "예. 그 의사는 정말 이상해요. 내가 얼룩이를 안고 진료실에 들어갔더니 감기라도 걸렸냐면서 내 맥을 짚으려 드는 거예요. 아뇨, 환자는 제가 아니라 이쪽이에요, 하고 얼룩이를 무릎 위에 올려놓으니 히죽히죽 웃으면서 고양이 병은 나도 몰라, 내버려두면 금방 낫겠지, 하는 거예요. 정말 너무하지 않아요? 화가 나서, 그럼 안 보셔도 돼요, 이래 봬도 중요한 고양이라고요, 하고 얼룩이를 안고 그냥 와버렸어요."" 아무렴, 그렇구나."

'아무렴'이라, 우리 집 같은 데서는 도저히 들을 수 없는 말이야. 역시나 텐쇼오인 님의 어쩌고저쩌고가 아니면 쓸 수 없는 무척 우아한 말이로구나, 하고 감탄했어.

"어쩐지 좀 콜록거리는 거 같은데……"" 네, 분명히 감기에 걸려서 목이 아프신 걸 거예요. 감기에 걸리시면 어느 분이나 기침이 나오시는 법이니까요."

텐쇼오인 님의 어쩌고저쩌고의 하녀인 만큼 엄청난 경어를 쓴다니까.

"게다가 요즘은 폐병인가 하는 것도 생겼다지 않아."" 정말 요즘처럼 폐병이니 페스트니 새로운 병만 늘어나서는 잠시도 마음을 놓을 수가 없다니까요. "막부 시대에 없다가 새로 생긴 것 중에 쓸 만한 거라곤 아무것도 없으니 너도 조심해야 해."" 그런가요?"

하녀는 무척 감동했지.

"감기에 걸릴 만큼 나돌아다니지도 않은 것 같은데……"" 아니, 저기, 실은 요즘 질 나쁜 친구가 생겼거든요."

하녀는 비밀스러운 나랏일이라도 이야기하듯 젠체하는 거야.

"질 나쁜 친구?"" 네, 저 큰길의 선생 집에 사는 지저분한 수고양이요."" 선생이라면 그, 아침마다 이상한 소리를 내는 사람인가?"" 맞아요, 세수할 때마다 거위가 목 졸려 죽는 것 같은 소리를 내는 사람요."

거위가 목 졸려 죽는 것 같은 소리라니 절묘한 표현이야. 이 몸의 주인은 아침마다 욕실에서 양치질을 할 때 칫솔로 목을 찔러 이상한 소리를 질러대는 버릇이 있거든. 기분이 안 좋을 때는 더 심하게 가악가악 소리를 내고, 기분이 좋을 때는 힘이 나서 또 가악가악 하지. 요컨대 기분이 좋을 때나 나쁠 때나 쉼 없이 힘차게 가악가악 한다는 뜻이야. 안주인 말로는 여기로 이사 오기 전까지는 이런 버릇은 없었다는데 어느날 갑자기 시작하더니 오늘까지 하루도 빼먹지 않는다는 거야. 약간 남우세스러운 버릇인데, 어째서 이런 짓을 끈질기게 계속하는지 우리 고양이로서는 도저히 짐작도 안 가. 그건 일단 그렇다 치고 지저분한 고양이라니 꽤나 혹평이다 싶어 더욱 귀를 세우고 다음 이야기를 들었어.

"그런 소리로 무슨 주문을 왼다는 건지 몰라. 유신 전에는 중인들도 하인들도 모두 격에 맞는 예의범절을 알아서 무가에서는 그런 식으로 얼굴을 씻는 이는 한 사람도 없었건만." "그렇고말고요."

하녀는 마냥 감탄하면서 그저 맞장구만 치더군.

"그런 주인을 둔 고양이니 어차피 도둑고양이겠지. 다음에 오거든 좀 때려주려무나." "그럼요, 때려주고말고요. 얼룩이가 병이 난 것도 그놈 탓이 분명한걸요. 복수를 해줘야죠."

어이없는 누명을 써버렸네. 자칫하다간 큰일 나겠다 싶어 결국 얼룩 양은 못 만나고 돌아왔어.

돌아와보니 주인은 서재에서 뭔가 심각한 모습으로 붓을 들고 있더군. 이현금 스승님 댁에서 내가 들은 이야기를 주인도 들었다간 엄청 화를 낼 텐데, 모르는 게 약이라고 흐으음, 해가며 신성한 시인이라도 된 양 끙끙대고 있어.

그런 참에 다망하여 당분간 올 수 없다며 일부러 연하장까지 보냈던 메이떼이 군이 홀연히 나타났지. "뭐, 신체시라도 짓는 건가?

그럴듯한 게 있으면 보여주게." "응, 꽤 괜찮은 문장이다 싶어 지금 번역해볼까 하고." 주인은 무게를 잡으며 말했지. "문장? 누구 문장인데?" "누구 건진 몰라." "무명씨라, 무명씨라도 좋은 것이 꽤 있으니까 무시할 순 없지. 대체 어디 있던 건데?" 하고 물었어. "제2독본[35]." 주인은 태연하게 대답했지. "제2독본? 제2독본이 어쨌다고?" "내가 번역하고 있는 명문이라는 게 제2독본에 있는 거라니까." "농담이로군. 공작 혓바닥 복수를 딱 이런 때 하겠다는 속셈이지?" "난 자네 같은 허풍쟁이가 아니야" 하며 콧수염을 꼬더군. 태연자약. "옛날 어떤 사람이 산요오[36]더러 선생님, 요즈음 명문은 없습니까? 물으니 산요오가 마부가 쓴 빚 독촉장을 보이며 근래의 명문은 우선 이거겠지요, 했다더니 자네 심미안도 의외로 괜찮은지도 몰라. 어디 읽어보게나. 내가 비평을 해주지" 하고 메이떼이 선생은 심미안의 대가 같은 소릴 했어. 주인은 선승이 다이또오 국사[37]의 유언이라도 읽는 듯한 목소리를 내며 읽기 시작했지. "거인, 인력." "뭐야? 그 거인, 인력 하는 건?" "거인, 인력이라는 제목이야." "묘한 제목이구먼. 무슨 뜻인지 모르겠네." "인력이라는 이름을 지닌 거인이라는 거지." "약간 억지스럽지만 제목이니까 일단 그렇다 치고, 어서 본문을 읽어봐. 자넨 목소리가 좋으니까 꽤 재미있을 거야." "끼어들면 안 돼" 하고 먼저 다짐을 놓고 읽기 시작했어.

케이트는 창문 밖을 내다본다. 어린아이가 공놀이를 하고 있다. 그들은 공을 허공으로 높이 던져올린다. 공은 위로 위로 올라간다. 한참

---

**35** 메이지 시대 초기의 영어 교과서.
**36** 라이 산요오(賴山陽, 1780~1832). 에도 시대의 역사가, 사상가, 시인.
**37** 大燈國師. 카마꾸라 시대의 승려 슈우호오 묘오쪼오(宗峰妙超, 1282~1337)의 시호.

있다가 떨어진다. 그들은 다시 한번 공을 높이 던져올린다. 두번 세번. 던져올릴 때마다 공은 떨어진다. 왜 떨어지는 거냐고, 어째서 위로 위로만 올라가지 않느냐고 케이트가 묻는다. "거인이 땅속에 살고 있거든" 하고 엄마가 대답한다. "그는 거인 인력이야. 힘이 세지. 만물을 자기 쪽으로 끌어당긴단다. 집을 땅 쪽으로 끌어당겨주지. 안 그러면 날아가버리니까. 아이들도 날아가버릴 거야. 나뭇잎이 떨어지는 걸 봤지? 그것도 거인 인력이 불러서 그래. 책을 떨어뜨린 적도 있지? 거인 인력이 오라고 하니까 그래. 공이 하늘로 올라가. 거인 인력이 부르지. 부르면 내려오는 거야."

"끝인가?" "응, 대단하지 않나?" "이야, 이것 참. 엉뚱하게 토찌멘보오의 보답을 받았구먼." "보답 같은 거 아닐세. 정말 대단하니까 번역해본 거야. 자넨 그렇게 생각 안 하나?" 하며 금테 안경 속을 들여다보았어. "정말 놀랐네. 자네가 이런 재주가 있을 줄이야. 정말이지 이번엔 당했네. 항복, 항복" 하며 저 혼자 납득하고 혼자 떠들었어. 주인에겐 전혀 통하지 않았지. "자넬 항복시킬 생각은 전혀 없네. 그냥 재미있는 문장이다 싶어서 번역해본 것뿐이라니까." "아니, 정말 재밌어. 그렇게 해야 진짜지. 대단하구먼. 내가 졌어." "졌다고 할 일은 아니지. 나도 요즘 수채화를 관뒀으니 그 대신 글이라도 써볼까 싶어서." "그럼, 원근 무차별에 흑백 평등인 수채화에 비하겠나. 지극 감탄일세." "그렇게 칭찬을 해주니 나도 힘이 나는걸." 주인은 완전히 착각하고 있어.

그런 참에 칸게쯔 군이 지난번엔 실례했습니다, 하면서 들어왔어. "어서 오게. 지금 엄청난 명문을 들고 토찌멘보오의 망령을 퇴치당한 참일세" 하고 메이떼이 선생은 뭔 소린지 모를 소리를 했지. "네, 그러셨군요." 이쪽도 알 수 없는 인사를 하고. 주인만 그다지 들뜬 기색도 없어. "지난번엔 자네가 소개한 오찌 토오후우越智東風라는 이가 왔었어." "아, 왔던가요? 그 오찌 코찌라는 녀석은 정말 진국이긴 한데 약간 유별난 데가 있어서 혹시 폐가 되진 않을까 싶긴 했지만, 꼭 좀 소개를 해달라는 바람에……" "군이 폐가 될 거야 없지……" "여기 와서도 자기 이름에 대해 뭔가 설명을 늘어놓던가요?" "아니, 그런 이야긴 없었던 것 같은데." "그렇군요. 어딜 가나 처음 만나는 사람에게는 자기 이름을 설명하는 게 버릇이라서." "무슨 설명을 하는데?" 하고 기다렸다는 듯이 메이떼이 군이 끼어들었어. "그 코찌東風라는 걸 음으로 읽으면 너무 싫어하거든요."[38] "그렇군" 하며 메이떼이 선생은 금박무늬 가죽 담배주머니에서 담배를 꺼내들었어. "내 이름은 오찌 토오후우가 아니라 오찌 코찌입니다, 하고 꼭 확인을 하죠." "재미있네" 하고 쿠모이 담배 연기를 배 속까지 들이마시더군. "그게 완전히 문학열에서 나온 거라서, 코찌라고 읽으면 원근遠近이라는 뜻이 된다, 그뿐 아니라 그 이름이 운에 맞는다, 하는 것이 자랑이죠.[39] 그러니 토오후우라고 음으로 읽으면 자기가 기껏 고심해서 지은 걸 남들이 몰라준다고 불평을 한답니다." "그것참, 정말 별나구면" 하고 메이떼이 선생은 흥미를 보이며 배 속에서 끌어올린 담배 연기를 콧구멍으로 뿜어냈어. 도중에 연기가 길을 잃어 목구멍 쪽 출구에 걸렸지. 선생은 담뱃대를 쥔 채로 콜록콜록 사레가 들렸어. "지난번에 와서는 낭독회에서 뱃사공을 하다가 여학생들에게 놀림을 받았다고 하더군."

---

**38** '越智東風'를 음으로 읽은 '오찌 토오후우'는 '오찌 토오후'(떨어진 두부)라는 말과 발음이 비슷하다.
**39** '오찌꼬찌'(遠近, 彼方此方)는 '여기저기'라는 뜻.

주인이 웃으며 말했어. "응, 그거 말이야." 메이떼이 선생이 담뱃대로 무릎을 쳤지. 이 몸은 위험하다 싶어 옆으로 살짝 비켜 앉았어. "그 낭독회라는 것이, 요전번 토찌멘보오를 대접하면서 이야기가 나왔었거든. 뭐라더라, 두번째부터는 유명한 문사를 초청해서 대회를 열 작정이니 선생님도 부디 왕림해주시기를 바란다더군. 그래서 내가 이번에도 치까마쯔 작품을 할 거냐고 물었더니, 아뇨, 다음엔 아예 새로운 걸로 골라서 『콘지끼야샤』[40]를 할 겁니다, 하길래 자넨 어떤 역을 하기로 했나, 물었더니 저는 오미야[41]예요, 하는 거야. 토오후우의 오미야는 재밌을 거야. 난 꼭 가서 갈채를 보내려고." "재미있겠네요" 하며 칸게쯔 군이 묘하게 웃었어. "그래도 그 사람은 어디까지나 성실하고 경박한 구석이 없어서 좋아. 메이떼이 따위와는 전혀 다르지" 하고 주인은 안드레아 델 싸르또와 공작의 혀와 토찌멘보오의 복수를 단숨에 해치웠어. 메이떼이 군은 아랑곳하지 않고 "어차피 나는 교오또꾸의 도마[42] 격이니까, 뭐" 하고 웃더군. "뭐 그런 거지." 주인이 말했어. 사실 교오또꾸의 도마가 뭔지 주인은 모르지만, 오랫동안 선생 노릇을 하다보니 얼버무리는 덴 이골이 나서 이럴 때 교직 경험이 사교에 응용되는 거지. "교오또꾸의 도마라는 게 뭡니까?" 하고 칸게쯔가 솔직하게 물었어. 주인은 토꼬노마[43]를 바라보며 "저 수선화는 연말에 내가 목욕탕에

---

**40** 『金色夜叉』. 우리나라에서 『장한몽』으로 번안된 오자끼 코오요오(尾崎紅葉, 1867~1903)의 소설.

**41** 『콘지끼야샤』의 여주인공.

**42** 교오또꾸 지역에서는 개량조개가 많이 잡혀 이를 손질하느라 도마가 닳는다는 데서 온 표현으로, 어리석으면서 닳아빠진 인간을 뜻한다. 개량조개는 일본어로 '바까가이(馬鹿貝)'여서 '바보 조개'라는 뜻도 된다.

**43** 일본 집의 객실 정면에 바닥을 한 층 높게 만들어 꽃병이나 장식품 등을 놓아두

다녀오는 길에 사다 꽂았는데 아직도 괜찮네" 하며 교오또꾸의 도마를 덮어버리더군. "연말이라니까 생각나는데, 작년 연말에 난 정말 신기한 경험을 했어" 하며 메이떼이가 담뱃대를 곡예라도 하듯 손가락 끝으로 돌렸지. "어떤 경험인지 들어보세나" 하고 주인은 교오또꾸의 도마를 멀찌감치 치워버렸다 싶어 안도했지. 메이떼이 선생의 신기한 경험이란 이런 거였어.

"아마 세밑의 27일이었을 거야. 토오후우가 찾아뵙고 꼭 문예에 관한 말씀을 듣고 싶으니 댁에 계셔달라고 미리 연락이 왔길래 아침부터 일껏 기다리고 있었는데 좀체 안 오지 뭔가. 점심을 먹고 스토브 앞에서 배리 페인[44]의 유머집을 읽고 있으려니까 시즈오까에 계신 어머니에게서 편지가 왔어. 연로하신 탓에 지금도 나를 어린애 취급하시지. 겨울에는 야간에 외출을 하지 말라느니, 냉수욕도 좋지만 스토브를 켜서 방을 따뜻하게 하지 않으면 감기에 걸린다느니 온갖 주의사항을 늘어놓으셨더군. 역시 부모는 고마운 존재구나, 남들은 도저히 이렇겐 못하지, 하고 아무리 무사태평한 나지만 크게 감동했어. 그러니 이렇게 뒹굴뒹굴하는 것도 아깝다, 뭔가 크게 저술이라도 해서 가문의 명예를 드높여야지, 어머니 살아생전에 출세를 해서 메이지 문단에 메이떼이 선생이 있음을 알리고 싶다, 하는 마음이 들더라고. 그러고 나서 또 읽어보니, 너는 참으로 운이 좋은 사람이다, 러시아와 전쟁이 터져 젊은 사람들이 엄청나게 고생하며 나라를 위해 애쓰고 있는데 이 바쁜 세밑을 정월 보내듯 마음 편하게 놀고 있으니,라고 적혀 있는 거야. ─나는 이래 봬도 어머니가 생각하는 것처럼 놀고만 있는 건 아닌데 말이

---

는 곳.

**44** 배리 페인(Barry Pain, 1864~1928). 영국의 작가.

70

야―그뒤에는 글쎄, 내 초등학교 친구 중에서 이번 전쟁에 나가 죽거나 부상을 당한 친구들 이름이 나열되어 있었어. 그 이름을 하나하나 읽다보니 뭐랄까, 세상이 참 허무하고 인간이 하찮다는 생각이 들더군. 제일 마지막에는 나도 이제 나이를 생각하면 이번 설 떡국이 마지막이 아니겠느냐며…… 어쩐지 서글픈 소리를 써놓으셨으니 더 마음이 울컥해져서 얼른 토오후우가 오면 좋으련만, 하고 있는데 이 양반이 도무지 안 오네. 그러다가 결국 저녁이 되었길래 어머니께 답장이라도 쓸까 싶어 한 열두세줄이나 썼나, 어머니 편지는 6척도 넘는데 나는 도저히 그런 재주는 없으니 언제나 열줄 안팎으로 끝나기 일쑤지. 하루 온종일 꼼짝 않고 있다보니 위가 더부룩한 게 영 안 좋아. 토오후우가 오면 좀 기다리겠지 싶어 편지도 부칠 겸 산책을 나가기로 한 거야. 평소와 달리 후지미 방향으로는 발길이 안 가고 도떼산반쪼오 쪽으로 무심결에 나가게 됐지. 마침 그날 저녁은 약간 흐리고 강 건너에서 세찬 바람이 불어와서 몹시 춥더군. 카구라자까 쪽에서 온 기차가 삐익, 하고 울며 강둑 아래로 지나갔지. 너무나 쓸쓸하더라고. 세밑, 전사, 노쇠, 쏜살같은 무상한 세월…… 이런 것들이 머릿속을 빙빙 맴돌았지. 사람들이 목을 매는 건 이럴 때 문득 죽고 싶은 생각이 들어서가 아닐까 싶더군. 언뜻 고개를 들어 강둑 위를 봤더니 어느샌가 바로 그 소나무 밑에 와 있는 거야.”

“바로 그 소나무란 게 뭔가?” 하고 주인이 말을 잘랐지.

“목매다는 소나무 말이야.” 메이떼이는 옷깃을 여미더군.

“목매다는 소나무는 코오노다이에 있는데요?” 칸게쯔가 파문을 넓혔지.

“코오노다이에 있는 건 종을 매단 소나무고 도떼산반쪼오 것이 목매는 거야. 어째서 이런 이름이 붙었느냐 하면, 옛날부터 전해오기를 누구나 이 소나무 아래 오기만 하면 목을 매고 싶어진대. 강둑 위에 소나무가 몇십그루나 있지만 저런, 목을 맸네, 하고 와서 보면 꼭 이 나무에 매달려 있는 거지. 한해에 두세번은 꼭 매달려 있는 거야. 아무래도 다른 나무에선 죽을 마음이 안 드는 거겠지. 아닌 게 아니라 보아하니 딱 목매달기 좋게 길 쪽으로 가지가 뻗어 있더라고. 정말 멋들어진 가지로구나, 그냥 내버려두긴 아깝네, 어떻게든 저 가지에 인간을 매달아보고 싶어, 누가 안 오나, 하며 사방을 둘러봤지만 아쉽게도 아무도 없네. 할 수 없지, 내가 매달려버릴까? 아니, 내가 매달렸다간 목숨이 끝장나는 것 아닌가, 위험하니 관두자. 그런데 옛날 그리스인들은 연회 자리에서 목매다는 시늉을 하면서 여흥을 즐겼다는 이야기가 있어. 한 사람이 발판 위에 올라가 올가미에 머리를 집어넣는 순간 다른 사람이 발판을 걷어차고, 목을 집어넣은 사람은 발판이 빠짐과 동시에 올가미를 풀고 뛰어내린다, 하는 식이지. 과연 그것이 사실이라면 그다지 무서울 것도 없으니 나도 한번 시험해보자 싶어 가지를 붙잡아보니까 낭창낭창한 것이 딱 좋아. 부드럽게 휘어지는 느낌이 아주 미적이었지. 목을 매고 한들한들할 것을 생각하니 좋아서 어쩔 줄 모르겠더라고. 이건 꼭 실행해야겠다 마음먹었지만, 만약 토오후우가 와서 기다리고 있으면 미안하다는 생각이 드는 거야. 그래서 일단 토오후우를 만나 약속했던 이야기를 마치고 다시 오자 생각하면서 결국 집으로 돌아왔다네."

"그래서 오래오래 행복하게 잘 살았습니다, 이건가?" 하고 주인이 물었어.

"재미있네요." 칸게쯔가 히죽거리면서 말했지.

"집에 와보니 토오후우는 안 왔더라고. 하지만 오늘은 부득이한 일이 있어 못 가니 조만간 다시 찾아뵙겠다는 엽서가 와 있길래, 겨우 안심하고 그렇다면 마음 놓고 목을 맬 수 있겠구나 생각했지. 그래서 서둘러 나막신을 꿰신고 잰걸음으로 그 자리에 돌아와보니……" 하고는 주인과 칸게쯔의 얼굴을 보며 뜸을 들이더군.

"돌아와보니 어쨌다고?" 하고 주인은 살짝 조급해했어.

"흥미진진해지는군요." 칸게쯔는 하오리 끈을 꼬았고.

"보았더니, 벌써 누가 와서 먼저 매달려 있는 거야. 겨우 한발 차이로 말일세. 여보게, 정말 아쉽더라니까. 이제 와 생각해보면 아무래도 그때는 사신에게 사로잡혀 있었던 거지. 제임스[45] 같은 사람 말로 하자면 잠재의식 속의 유명계幽冥界와 내가 존재하는 현실계가 일종의 인과법에 따라 서로 감응한 것이겠지. 정말이지 불가사의한 일이 아닌가?" 메이떼이는 시치미를 떼며 말했지.

주인은 또 당했구나 싶었는지 아무 말 없이 찹쌀떡을 한입 가득 물고 우물우물하고 앉았어.

칸게쯔는 화로의 재를 정성껏 고르며 고개를 숙이고 싱글싱글 웃고 있다가 이윽고 입을 열더군. 더없이 조용한 어조였지.

"말씀을 듣고 보니 정말 이상하고 좀처럼 있을 수 없는 일 같지만, 저 같은 사람도 비슷한 경험을 바로 얼마 전에 했으니 전혀 의심하지 않습니다."

"저런, 자네도 목을 매고 싶었나?"

"아뇨, 저는 목이 아니고요. 이 역시 작년 세밑의 이야기입니다만, 선생님과 같은 날 거의 같은 시각에 일어난 일이라 더욱 불가

---

**45** 윌리엄 제임스(William James, 1842~1910). 미국의 철학자, 심리학자.

사의하군요."

"그거 재미있구먼" 하고 메이떼이도 찹쌀떡을 우물거렸어.

"그날은 무꼬오지마에 있는 친구네 집에서 망년회 겸 합주회가 있어서 저도 거기 바이올린을 들고 갔었어요. 열댓명 되는 아가씨와 사모님이 모여 꽤나 성황이었는데, 근래의 경사다 싶을 만큼 모든 것이 순조로웠죠. 만찬도 끝나고 합주도 마친 다음, 온갖 이야기가 나오고 시간도 꽤나 늦어져서 이제 돌아갈까 하고 있는데 어느 박사 사모님께서 제 곁으로 오더니 아무개 양이 아픈 거 알고 계세요? 하고 조그만 목소리로 묻는 거예요. 실은 한 사흘 전에 만났을 때까지는 평소와 다름없이 건강해 보였던지라 놀라서 자세히 물었더니 저를 만난 바로 그날 밤부터 갑작스레 열이 나면서 뭐라고 끊임없이 헛소리를 한다는 것 아닙니까? 더구나 그 헛소리 속에 제 이름이 자주 나온다는 거예요."

주인은 물론 메이떼이 선생조차 "얼씨구" 같은 추임새도 없이 조용히 경청하고 있었어.

"의사를 불러서 진찰했더니, 병명은 잘 모르지만 일단 열이 너무 심해 뇌까지 이르렀으니 만일 수면제가 생각만큼 듣지 않으면 위험하다고 진단했다는데, 저는 그 말을 듣자마자 뭔가 불길한 생각이 들더군요. 마치 가위에 눌렸을 때처럼 주변의 공기가 고체가 되어 사방에서 제 몸을 무겁게 짓누르는 것 같았어요. 돌아오는 길에도 머릿속이 그 생각뿐이니 얼마나 괴롭던지. 그렇게 어여쁘고 쾌활하고 건강하던 아무개 양이……"

"잠깐, 실례지만 아까부터 그 아무개 양이라는 소릴 두번이나 하는데, 큰 지장이 없으면 누군지 알려주게나" 하고 주인을 돌아보니 주인도 "그러게" 하며 건성으로 맞장구를 치더군.

"아니, 그것만은 당사자에게 폐가 될 수도 있으니 그럴 수가 없어요."

 "그냥 끝까지 애매모호 오리무중으로 가겠다는 심산인가?"

 "비웃으시면 안 되지요, 심각한 이야기잖아요…… 어쨌든 그 여성이 갑작스레 그런 병에 걸렸다는 걸 생각하면 정말이지 꽃 시들고 낙엽 지는 허망함으로 가슴이 미어지고 온몸의 활기가 한꺼번에 파업이라도 일으킨 듯 순식간에 힘이 빠져서, 그저 참담한 심정으로 비틀거리며 아즈마 다리에 이르렀습니다. 난간에 기대어 아래를 보니 밀물인지 썰물인지 모르지만 검은 물이 굳어진 채로 그저 흔들리고 있는 것처럼 보이더군요. 하나까와도 쪽에서 인력거가 한대 달려와 다리 위를 지나갔어요. 그 초롱불을 바라보고 있자니까 점점 작아지더니 삿뽀로 맥주 근처에서 사라졌어요. 저는 다시 물을 봤죠. 그러자 까마득한 상류 쪽에서 제 이름을 부르는 소리가 들려오지 않겠어요? 설마 이런 시간에 누가 부를까 싶어 수면을 뚫어지게 바라보았지만 어두워서 아무것도 분간이 안 되더군요. 잘못 들었겠지, 얼른 돌아가야겠다, 하고 한두걸음 걷기 시작하는데 또 가느다란 목소리로 멀리서 제 이름을 부르는 겁니다. 저는 다시 멈춰 서서 귀를 기울였습니다. 세번째로 부르는 소리를 들었을 때는 난간을 붙잡았는데도 무릎이 후들후들 떨리더군요. 그 목소리는 멀리서, 아니면 강바닥에서 나는 것 같은데 틀림없는 아무개 양목소리인 거예요. 저는 저도 모르게 '예' 하고 대답을 했죠. 그 소리가 워낙 커서 고요한 물에 메아리치는 바람에 저는 제 목소리에 놀라서 얼른 주위를 돌아보았어요. 사람도 개도 달도 아무것도 안 보였지요. 그때 저는 이런 '밤'에 휩싸여 그 목소리가 나는 곳으로 가고 싶다는 생각에 걷잡을 수 없이 빠져들었습니다. 아무개 양의 목소리가 다시 고통스럽게 하소연하듯이, 구해달라는 듯이 저의 귀를 찌르고 지나갔기에 이번에는 '지금 바로 갈게요' 하고 대답하며 난간에서 윗몸을 내밀어 검은 물을 내려다보았지요. 아무래도 저를 부르는 목소리가 물결 아래에서 가까스로 새어나오는 듯했거든요. 이 물 아래로구나 싶어 저는 마침내 난간 위로 올라섰습니다. 이번에 부르면 뛰어내리자고 마음먹고 물결을 지켜보고 있는데 또다시 가냘픈 목소리가 실오라기처럼 떠올랐어요. 바로 지금이다 싶어 힘주어 일단 위로 솟구쳤다가 마치 돌멩이처럼 미련 없이 뛰어내려버렸지요."

"결국 뛰어든 건가?" 하고 주인은 눈을 끔벅이며 물었어.

"거기까지 가리라곤 생각 못했네" 하고 메이떼이가 자기 콧잔등을 살짝 쥐었지.

"뛰어들고 나서는 정신이 없어서 한동안은 뭐가 뭔지 몰랐어요. 이윽고 눈을 뜨고 보니 춥긴 하지만 아무 데도 젖은 곳이 없고 물을 먹었다는 느낌도 없는 거예요. 분명 뛰어들었는데 정말 이상하다, 이건 뭔가 싶어 주변을 둘러보고는 깜짝 놀랐지요. 물속으로 뛰어든다는 것이 그만 잘못해서 다리 한가운데로 내려섰으니…… 그때는 참 아쉽더군요. 앞뒤를 착각하는 바람에 그 목소리가 들리는 곳으로 갈 수가 없었던 거죠." 칸게쯔는 싱글싱글 웃어가며 버릇처럼 하오리 끈으로 손장난을 했어.

"하하하, 이거 재미있구먼. 내 경험과 거의 비슷한 것이 정말 기묘해. 역시 제임스 교수의 자료가 되겠는걸. 인간의 감응이라는 제목으로 사생문을 쓰면 분명히 문단을 놀라게 할 걸세…… 그런데 그 아무개 양의 병은 어떻게 되었나?" 하고 메이떼이 선생이 추궁했어.

"이삼일 전 연초에 가봤더니 대문 앞에서 하녀와 하네쯔끼를 하고 있더군요. 병은 완전히 나은 것 같았습니다."

주인은 좀 전부터 깊은 생각에 잠긴 듯하더니 이제야 겨우 입을 열고는 "나도 있는데" 하고 질세라 말을 꺼냈지.

"있다니, 뭐가 있는데?" 메이떼이의 안중에 주인 따윈 물론 없어.

"나도 지난 세밑의 일이야."

"다들 지난 세밑이라니 묘한 우연의 일치로군요" 하고 칸게쯔가 웃었어. 빠진 앞니 틈에 찹쌀떡이 붙어 있더군.

"역시 한날한신가?" 메이떼이가 끼어들었어.

"아니, 날짜는 다른 것 같아. 아마 20일경이었지. 아내가 연말 선물 대신 셋쯔다이조오⁴⁶를 듣고 싶다길래, 못 데려갈 것도 없지만 오늘은 뭘 하느냐고 물었더니 신문을 보고는 '우나기다니'⁴⁷라더군. 우나기다니는 싫으니 오늘은 관두자고 하고 그날은 안 갔지. 이튿날 아내가 또 신문을 들고 오더니 오늘은 '호리까와'⁴⁸니까 괜찮죠? 하는 거야. 호리까와는 샤미센 반주라 요란스럽기만 하지 내용이 없으니까 관두자고 했더니 아내는 불만스러운 표정을 짓고 물러갔어. 또 다음날이 되자 아내가 말하기를 오늘은 '산주우산겐도오'⁴⁹를 한대요, 나는 꼭 셋쯔의 산주우산겐도오를 듣고 싶으니 당신이 싫어하더라도 나를 위해서 함께 갈 수 있잖아요? 하고 담판을 지으려는 듯이 덤비더군. 당신이 그렇게 가고 싶으면 가도 좋다, 다

---

**46** 타께모또 셋쯔다이조오(竹本攝津大掾, 1836~1917). 조오루리의 일종인 기다유우부시(義太夫節)의 명인.

**47** 鰻谷. 조오루리 「사꾸라쯔바우라미노사메자야(櫻鍔恨鮫鞘)」의 한 대목.

**48** 堀川. 조오루리 「치까고로까와라노따떼히끼(近頃河原達引)」의 한 대목.

**49** 三十三間堂. 조오루리 「산주우산겐도오무나기노유라이(三十三間堂棟由来)」의 약칭.

만 평생 한번 볼까 말까 한 공연이라 해서 사람들이 엄청나게 몰려들 테니 무턱대고 가봤자 못 들어갈 게 뻔하다, 원래 그런 곳에 가려면 예매처라는 게 있어서 미리 연락을 해서 자리를 예약하는 것이 정당한 절차이니 그렇게 하지 않고 상식에 어긋나는 짓을 하는 건 좋지 않다, 아쉽지만 오늘은 관두자, 했더니 아내가 눈을 매섭게 치뜨고는 나는 여자라서 그런 어려운 절차 같은 건 몰라요, 하지만 오오하라의 어머니도 스즈끼 씨 댁 키미요 씨도 정당한 절차 같은 거 없이도 잘만 보고 왔으니 아무리 당신이 선생이라지만 그렇게 까탈스럽게 굴 건 없잖아요? 당신 정말 너무해요, 하며 울먹이지 않겠나? 그럼 안 되더라도 일단 가보기나 하자, 저녁을 먹고 전차로 가자고 항복했더니 갈 거면 4시까지는 도착을 해야 돼요, 그렇게 우물쭈물하면 안 된다고요, 하며 갑자기 기가 살아나더라고. 왜 4시까지 가야 하느냐고 물었더니 그 정도로 일찍 가서 자리를 잡지 않으면 못 들어간다고 키미요 씨에게 들었다는 거야. 그럼 4시가 넘으면 안 되는군, 하고 재차 확인했더니 그럼요, 안 되고말고요, 하는 거야. 그러자 글쎄, 이상하게도 그때부터 느닷없이 오한이 들기 시작했어."

"사모님이요?" 하고 칸게쯔가 물었지.

"아니, 아내는 쌩쌩했어. 내가 말이야. 뭐랄까, 구멍 난 풍선에서 바람이 빠지듯이 단번에 쪼그라드는 느낌이 드는가 싶더니 눈앞이 빙글빙글 돌면서 꼼짝을 못하겠더라고."

"급환이로군." 메이떼이가 주석을 달았어.

"아, 이거 큰일 났다, 일년에 단 한번뿐인 아내의 부탁이니 꼭 들어주고 싶은데, 노상 말도 제대로 안 섞으면서 입만 열면 야단이나 치고, 쪼들리는 살림에 고생만 시키고, 애들 뒤치다꺼리에 온갖 집

안일을 다 하건만 뭐 하나 제대로 해준 것도 없는데, 오늘은 다행히 시간도 나고 주머니에 지폐도 네댓장 있으니 데려가려면 갈 수도 있는데, 아내도 가고 싶겠지만 나도 데려가고 싶은데, 꼭 데려가주고 싶은데 이렇게 오한이 나고 눈이 빙빙 돌아서야 전차를 타기는커녕 신발도 못 신겠구나, 아, 안타깝다, 하고 생각하니 오한이 더 나고 눈앞이 빙글빙글해. 빨리 의사한테 보이고 약을 먹으면 4시 전에는 낫겠지, 하고 아내와 의논해서 아마끼 선생을 부르러 보냈더니 하필이면 어젯밤 당직이라 아직 대학에서 돌아오질 않았더군. 2시쯤엔 돌아올 테니 오는 대로 바로 가라고 하겠다는 거야. 큰일이지. 행인수[50]라도 마시면 4시 전에 분명 좋아지겠지만 운이 나쁘려면 만사가 어긋나는 법이지. 어쩌다가 집사람의 웃는 얼굴이 보고 싶다고 마음먹었는데 전혀 도와주질 않으니. 아내는 원망스러운 눈초리로 도저히 못 가시겠지요? 하고 묻더군. 갈 거야, 반드시 간다고, 4시까지는 분명히 좋아질 테니 안심하고 있어, 어서 세수하고 옷 갈아입고 기다리고 있어, 말은 그렇게 했지만 속은 타들어갔어. 오한은 점점 더 심해지지, 눈은 더욱 빙글빙글하지, 이러다 4시 약속을 지키지 못했다가는 속 좁은 여자이니 무슨 짓을 할지 몰라. 정말 난처하더라고. 어쩌면 좋을까, 만일의 사태에 대비하여 지금 유위무상, 생자필멸의 도를 깨우쳐주어 만약의 불상사에도 이성을 잃지 않을 정도의 각오를 해두도록 하는 것도 남편 된 자의 의무가 아니겠는가 싶었지. 나는 얼른 아내를 서재로 불렀어. 그러고는 당신은 여자지만 'many a slip 'twixt the cup and the lip'[51]이라는 서양 속담 정도는 알고 있겠지? 하고 물었더니 그런 서

---

**50** 살구씨 기름에 물을 섞어 증류한 액체. 기침이나 가래를 치료하는 데 쓰였다.

**51** '컵을 입술에 가져가는 순간에도 실수는 얼마든지 있다'는 말로, 죽음은 언제라

양 말을 어떻게 알아요? 당신은 내가 영어를 모른다는 걸 뻔히 알면서 일부러 영어를 써서 사람을 놀리는 거죠? 좋아요, 전 어차피 영어 같은 건 모른다고요, 그렇게 영어가 좋으면 어째서 야소학교[52] 졸업생과 결혼하지 않은 거죠? 당신처럼 냉혹한 사람은 없을 거야, 하고 악을 써대니 나도 기껏 세운 계획이 무산되어버렸지. 자네들에게 변명하자면, 나는 결코 나쁜 뜻으로 영어를 쓴 게 아니라네. 오직 아내를 사랑하는 마음에서 나온 건데 그걸 집사람처럼 해석해서야 나도 할 말이 없지. 게다가 아까부터 오한과 현기증으로 약간 머리가 이상해져 있기도 하고, 어서 유위무상, 생자필멸의 이치를 가르쳐주려고 조급해져 있었으니 그만 아내가 영어를 모른다는 사실도 잊고 아무 생각 없이 말해버린 거야. 생각해보면 이건 내가 잘못했지. 완전히 실수였어. 이 실패 때문에 오한은 더더욱 심해지고 눈앞은 한층 더 빙글빙글했지. 아내는 내가 말한 대로 욕실에 가서 씻고 화장을 하고 장롱에서 키모노를 꺼내 갈아입었어. 이제 언제라도 나갈 수 있어요, 하는 표정으로 기다리고 앉아 있더군. 나는 제정신이 아니었지. 어서 아마끼 군이 와주면 좋을 텐데, 하면서 시계를 보니 벌써 3시더라고. 4시까진 한시간밖에 없어. 슬슬 나갈까요? 하며 아내가 서재 문을 열고 얼굴을 내밀었어. 자기 마누라 칭찬은 팔불출이라지만 나는 이때처럼 아내가 예뻐 보인 적이 없어. 온몸을 비누칠해 씻고 닦아놓으니 피부에 윤기가 자르르 도는 것이 검은 치리멘 하오리에 비치는 거야. 그 얼굴이 비누와 셋쯔다 이조오를 들겠다는 희망 두가지로 유형무형의 양방향에서 반짝이

도 찾아올 수 있다는 뜻. 그리스 신화에서 안카이오스의 불행을 예언한 점쟁이의 말에서 유래했다.

52 '야소'는 '예수'의 음역으로, 미션스쿨을 가리킴.

더군. 어떻게든 그 희망을 이루어주기 위해 나가야겠다 하는 마음
이 들었지. 그럼 어디 힘을 내서 가볼까 하며 담배 한대를 피우고
있자니까 아마끼 선생이 겨우 왔어. 부탁대로 와서 다행이었지. 하
지만 증상을 설명했더니 아마끼 선생은 내 혀를 들여다보고 손을
잡아보고 가슴을 두드려보고 등짝을 쓸어내리고 눈꺼풀을 뒤집고
두개골을 어루만지더니 한참을 생각하더군. '어쩐지 많이 안 좋은
것 같아서요' 했더니 선생은 또 태연히 '아뇨, 별거 아니겠죠' 했
어. '잠깐 외출을 해도 별일은 없겠지요?' 하고 아내가 물었어. '글
쎄요' 하고 선생은 또 생각에 빠졌지. '기분만 괜찮으시면……' '기
분은 안 좋죠.' 내가 말했지. '일단 한번 먹을 약과 물약을 드리죠.'
'이거 어쩐지 위험한 것 같은데요.' '아뇨, 절대 걱정하실 정도는
아닙니다. 너무 신경 쓸 것 없어요' 하더니 선생은 돌아갔어. 3시
30분이 되었지. 약을 받아오라고 하녀를 보냈어. 아내의 엄명을 받
고는 뛰어갔다가 뛰어오더군. 4시 15분 전. 4시까진 아직 15분이 있
었지. 그런데 4시 15분 전부터, 그때까지는 전혀 그런 낌새가 없었
는데 갑자기 구역질이 나기 시작했어. 아내가 물약을 그릇에 따라
내 앞에 내려놓길래 마시려고 했더니 위장 속에서 우웩, 하는 소리
가 터져나오더군. 할 수 없이 그릇을 내려놓았어. 아내는 '어서 드
셔야죠' 하며 채근을 하더군. 어서 마시고 서둘러 나가야 하는 건
나도 알아. 눈 딱 감고 마셔버리자 하고 그릇을 입에 대는 순간 또
우웩,이 집요하게 훼방을 놓는 거야. 마시려다가 내려놓고 또 마시
려다가 내려놓고 하다보니 거실의 괘종시계가 댕, 댕, 댕, 댕, 4시를
알리더군. 저런, 4시네, 우물쭈물할 시간이 없어, 하고 그릇을 다시
들어올렸더니 신기하게도, 여보게, 정말 신기하다는 건 이런 거지,
4시를 알리는 소리와 함께 구역질이 완전히 사라지고 물약을 아무

렇지도 않게 마셨다니까. 그리고 4시 10분쯤 되니까, 아마끼 선생이 명의라는 걸 처음으로 알았네만, 등짝이 으슬으슬하던 것도 눈앞이 빙글빙글 돌던 것도 꿈처럼 사라지고, 한동안 일어서지도 못하겠다 싶던 것이 순식간에 싹 나아버렸으니 얼마나 좋던지.”

“그래서 카부끼 극장에 함께 갔나?” 메이떼이가 무슨 이야기인지 모르겠다는 얼굴로 묻더군.

“가고 싶었지만 4시가 지나면 못 들어간다는 것이 아내의 의견이었으니 별수 없잖아. 포기했지. 아마끼 선생이 한 15분만 빨리 왔더라면 나도 할 일을 하고 아내도 좋아했을 것을 겨우 15분 차이로 말이야. 정말 아쉽더라고. 생각해보면 참 아슬아슬했어.”

말을 마친 주인은 겨우 자기 의무를 다했다는 듯한 표정이야. 이것으로 두 사람에게 체면이 섰다고 생각하는 건지도 모르지.

칸게쯔는 빠진 이를 드러내고 웃으면서 “그거참 안타깝네요” 하더군.

메이떼이는 의뭉스러운 얼굴로 “자네같이 친절한 남편을 둔 사모님은 정말 행복하겠네” 하고 혼잣말처럼 한마디 했지. 장지문 너머로 홍, 하고 안주인이 헛기침하는 소리가 들렸어.

이 몸은 점잖게 세 사람의 말을 듣고 있었는데 기쁘지도 슬프지도 않았어. 인간이라는 건 시간을 죽이느라 억지로 입 운동을 해가며 우습지도 않은데 웃기나 하고 재미 하나 없는 것을 좋아하는 것 말고는 다른 재주가 없구나 싶더라고. 이 몸의 주인이 제멋대로에 편협하다는 거야 전부터 알고 있었지만 평소엔 그나마 말수가 적으니까 어딘지 알기 힘든 구석이 있다고 생각했었지. 그 알기 힘들다는 것이 약간 무섭다는 느낌도 없지 않았는데, 지금 이야기를 듣고 보니 갑자기 경멸스럽더라니까. 왜 두 사람의 말을 입 다물고 듣지 못하느냔 말이야. 쓸데없는 오기로 멍청이 같은 헛소리를 지껄여봤자 무슨 소득이 있냐고요. 에픽테토스가 그런 짓을 하라고 적어놨나 몰라. 요컨대 주인이나 칸게쯔나 메이떼이나 모두 태평일민,[53] 자기들은 수세미처럼 바람 불면 부는 대로 초연하게 산다는 듯이 시치미 떼고들 있지만 기실 그들도 속된 구석도 있고 욕심도 있지. 경쟁심, 남을 이기려는 마음은 그들이 평소 하는 말 속에서도 불쑥불쑥 드러나고, 여차하면 그들이 항상 핏대 올려 비판하는 속물들과 한통속이라는 건 고양이 입장에서 보자면 안쓰럽기 짝이 없어. 다만 그들의 행동거지가 보통의 반거충이들 같은, 틀에 박힌 천박함이 없는 것이 그나마 다행이겠지.

이런 생각을 하니 갑자기 세 사람의 이야기가 시시껄렁해지더군. 얼룩 양이나 보러 갈까 싶어 이현금 스승님의 마당 쪽으로 돌아갔어. 정월도 이미 10일이나 되었으니 설날 장식 소나무 가지는 이미 치웠지만 화창한 햇볕이 구름 한점 없는 깊은 하늘에서 사해천하四海天下를 한꺼번에 비추어 열평도 채 안 되는 마당이 설날 아침 서광을 받을 때보다 더 활기차 보이더군. 대청마루에 방석이 하나 있는데 인기척은 없고 장지문도 꼭 닫혀 있는 걸 보니 스승님이 목욕이라도 가셨나. 스승님이야 안 계셔도 좋지만 얼룩 양이 좀 나았는지 그게 걱정이었어. 쥐 죽은 듯 인적이 없어서 흙발 그대로 대청으로 올라가 방석 한가운데 벌렁 누워보니 기분이 좋아. 나도 모르게 꾸벅꾸벅, 얼룩 양도 잊어버리고 졸고 있는데 갑자기 장지문 안에서 사람 소리가 들리더군.

"수고했다. 다 되었든?" 스승님은 역시 집에 계셨던 거야.

---

53 太平逸民. 태평한 시대를 한가하게 지내는 사람.

"예, 좀 늦었네요. 갔더니 마침 다 되어간다길래.""어디, 한번 보자꾸나. 아, 참 예쁘구나. 이 정도면 우리 얼룩이도 극락왕생하겠지. 금박이 벗겨지지는 않겠지?""그럼요. 제가 다짐을 두었더니 고급품을 썼으니까 사람의 위패보다 더 오래갈 거라고 하던걸요…… 그리고 묘예신녀猫譽信女의 예 자는 좀 흘려 쓰는 편이 멋있으니까 약간 획을 바꿨다고 했어요.""자, 어서 불단에 올려놓고 향이라도 피우자꾸나."

얼룩 양에게 무슨 일이 있나, 뭔가 낌새가 이상하다 싶어 방석에서 일어섰어. 쨀랑, 나무묘예신녀 나무아미타불 나무아미타불, 하는 스승님의 목소리가 들리더군.

"너도 불공을 드리려무나."

쨀랑, 나무묘예신녀 나무아미타불 나무아미타불, 하고 이번엔 하녀의 목소리가 들렸어. 이 몸은 갑자기 가슴이 두근거리기 시작했어. 방석 위에 선 채 목각 고양이처럼 눈도 움직이지 못했지.

"정말 속상하네요. 처음엔 살짝 감기에 걸린 거였는데요."

"아마끼 씨가 약이라도 주셨더라면 나았을지도 몰라.""애당초 아마끼 씨가 나빠요. 얼룩이를 너무 하찮게 여겼다니까요.""그렇게 남 이야기 나쁘게 하는 게 아니야. 이것도 제 운명이니까."

얼룩 양도 아마끼 선생한테 진찰을 받은 모양이야.

"결국은 큰길의 선생 집 도둑고양이가 쓸데없이 꾀어냈기 때문이라고 나는 생각해.""맞아요. 그 나쁜 놈이 얼룩이의 원수예요."

조금은 변명을 하고 싶었지만 이럴 땐 참아야지 싶어 침을 삼키며 듣고 있었어. 이야기는 간혹 끊기곤 했지.

"세상만사 마음대로 안 되는구나. 얼룩이 같은 예쁜 고양이는 일찍 죽는데 못생긴 도둑고양이는 건강하게 살아 장난질이나 치고 있으니……" "정말 그렇다니까요. 얼룩이처럼 귀여운 고양이는 사방팔방으로 찾아다녀봐야 두 사람은 없을 테니까요."

두 마리라고 하는 대신 두 사람이라고 했어. 하녀 생각으로는 고양이와 인간은 동족인 모양이야. 그러고 보니 이 하녀의 얼굴은 우리 고양이족과 무척 유사하더군.

"할 수만 있다면 얼룩이 대신에……" "그 선생네 도둑이가 죽었더라면 딱 좋았을 텐데 말예요."

딱 좋다니, 그건 아니지. 죽는다는 것이 어떤 건지 아직 경험한 적이 없으니 좋다 싫다 말할 수는 없지만, 지난번에 너무 추워서 숯불 끄는 항아리 속에 파고들어가 있었는데 하녀가 이 몸이 있는 것도 모르고 위에서 뚜껑을 덮어버린 적이 있거든. 그때의 고통은 생각만 해도 끔찍해. 하양이 님의 설명으로는 그 고통이 조금 더 계속되면 죽는 거라던데. 얼룩 양 대신이라면 불만이야 없지만, 그 고통을 당해야만 죽을 수 있다면 누구를 위해서도 죽고 싶진 않아.

"그래도 고양이지만 스님이 독경도 해주었고 계명도 지어주었으니 여한은 없겠지." "그럼요, 그렇고말고요. 정말이지 복이 많은 거죠. 다만 욕심을 부리자면 스님의 독경이 너무 소홀했던 것 같긴 해요." "너무 짧은 것 같아서 무척 빨리 끝나셨네요, 했더니 겟께이지月桂寺의 스님이 예, 효력이 있는 데만 딱 읊었지요. 고양이니까 그 정도면 충분히 정토에 갑니다, 하시던데." "그렇군요…… 어쨌든 그 도둑은……"

이 몸은 이름이 없다고 몇번이나 얘기하는데도 이 하녀는 툭하면 도둑, 도둑 하고 이 몸을 부르지. 무례한 것 같으니라고.

"죄가 깊으니 아무리 좋은 독경이라도 극락엔 못 갈걸요."

이 몸은 그뒤로도 도둑 소리를 몇백번이나 더 들었는지 몰라. 이 몸은 이 끝없는 수다 듣기를 도중에 그만두고 방석에서 미끄러져 내려와 대청마루에서 뛰어내리면서 팔만 팔천팔백팔십 오라기의 털을 한꺼번에 곤두세우고 몸서리를 쳤어. 그뒤로는 이현금 스승 집 근처에도 가지 않아. 지금쯤은 스승님 자신이 겟께이지 스님에게서 소홀한 독경을 듣고 있을지도 모르지.

요즘은 외출할 용기도 없어. 어쩐지 세상이 부질없이 느껴지더군. 주인에 지지 않을 만큼 게으름뱅이 고양이가 되었지. 주인이 서재에만 틀어박혀 있는 걸 남들이 실연이야 실연, 하는 것도 무리는 아니구나 싶어지더라고.

쥐는 여전히 잡아본 적이 없어서 한동안 하녀로부터 쫓아내자는 말까지 나온 적도 있지만, 주인은 이 몸이 흔해빠진 보통 고양이가 아니라는 사실을 알고 있으니 이 몸은 여전히 빈둥빈둥 이 집에서 살고 있어. 이 점에 관해서는 주인의 은혜에 감사함과 동시에 그 혜안에 경의를 표함에 한점 주저함도 없다고 해두지. 하녀가 이 몸을 몰라보고 학대하는 건 딱히 화도 나지 않아. 오래지 않아 히다리 진고로오[54]가 나타나 이 몸의 초상을 누각 기둥에 새기고 일본의 스땡랑[55]이 기꺼이 이 몸의 초상화를 캔버스 위에 그리게 될 터이니, 이 무식꾼들은 그때 비로소 자신의 어리석음을 부끄러워하겠지.

---

**54** 히다리 진고로오(左甚五郞). 에도 시대 초기에 활약했다는 전설적인 조각가.

**55** 떼오필 스땡랑(Théophile Steinlen, 1859~1923). 프랑스의 화가.

# 3

 

 

얼룩 양은 죽어버렸지, 까망이는 상대가 안 되지, 약간 적막하긴 하지만 다행히 인간 중에 지기가 생겼으니 그다지 심심하진 않아. 저번엔 주인에게 이 몸의 사진을 보내달라고 편지로 부탁한 남자가 있었어. 얼마 전엔 오까야마의 특산품인 수수경단을 일부러 이 몸 앞으로 보내준 사람도 있었고. 점점 인간들로부터 관심을 받게 됨에 따라 내가 고양이라는 사실을 조금씩 망각하게 되었지. 어느샌가 고양이보다 인간 쪽에 가까워진 듯한 심정이 되니, 동족을 규합하여 두 발로 걷는 선생들과 자웅을 겨뤄보겠다거나 하는 생각은 지금으로서는 전혀 없어. 그뿐인가, 때로는 이 몸 역시 인간 세계의 한 사람이라고 생각하는 경우도 있을 만큼 진화했으니 마음든든해. 감히 동족을 경멸하는 건 아냐. 다만 성정이 가까운 쪽을 향해 일신의 안위를 꾀하려는 것은 당연한 일이니 이를 변심이라는 둥 경박하다는 둥 배신이라는 둥 평하는 것은 살짝 언짢지. 이런 언어로 남을 욕하는 치들이야말로 융통성 없는 가난뱅이 기질의 사내들이 많은 것 같아. 이렇게 고양이의 습성에서 벗어나고 보니 얼룩 양이나 까망이 생각만 하고 있을 수는 없더라고. 역시 인간과 동등한 기품을 지니고 그들의 사상과 언행을 품평하고 싶어지는 거야. 이것도 무리는 아니잖아? 다만 그 정도의 식견을 지닌 이 몸을 평범한 고양이나 다를 것 없이 여기고 주인이 이 몸에게 한마디 말도 없이 수수경단을 제 것인 양 먹어치운 건 유감천만이야. 사진도 아직 찍어 보내지 않은 것 같고. 이것도 불만이라면 불만이지만 주인은 주인, 이 몸은 이 몸이니 서로 견해가 다른 거야 어쩔 수 없지 뭐. 이 몸은 어디까지나 인간이다 생각하고 있으니 그다지 교제하지 않게 된 고양이들의 언행은 아무래도 좀 글로 옮기기 어려워. 메이떼이, 칸게쯔 선생을 품평하는 것만으로 양해해 주시길.

오늘은 날씨 좋은 일요일이라 주인은 어슬렁어슬렁 서재에서 나오더니 이 몸의 옆에 필묵과 원고용지를 늘어놓고 엎드려서 열심히 뭐라고 웅얼거리고 있어. 아마 초고를 쓰기 시작하는 표시로 묘한 소리를 내는가보다 싶어 주목하고 있으니 한참 있다가 굵은 붓으로 '향일주'[1]라고 썼어. 과연 시가 될까 하이꾸가 될까, 향일주라니, 주인으로서는 너무 멋을 부린 게 아닌가, 하고 생각할 틈도 없이 그는 향일주를 내버려두고 새로 행을 바꾸어 "아까부터 천연거사[2]에 대해서 쓰려고 생각하고 있었지" 하면서 붓을 놀리더군. 하지만 딱 거기까지 하고 멈추더니 움직이지 않아. 주인은 붓을 들고 고개를 갸웃거렸지만 딱히 좋은 생각이 떠오르지 않는지 붓 끝

1 香一炷. '한줄기의 향 연기'라는 뜻.
2 天然居士. 소오세끼의 친구인 요네야마 야스사부로오(米山保三郎, 1869~97)의 호.

을 빨기 시작했어. 입술이 새까매졌구나, 하며 보고 있으려니 이번엔 그 밑에 슬쩍 동그라미를 그리더군. 동그라미 안에 점을 두개 찍어 눈을 그리고, 한가운데 들창코를 그리고 한일자로 입을 옆으로 그었지. 이래서야 문장도 하이꾸도 아니고말고. 주인 역시 저도 정나미가 떨어졌는지 얼른 얼굴을 먹으로 지워버리더군. 주인은 다시 줄을 바꿨어. 그의 생각으로는 줄만 바꾸면 시詩든 찬贊이든 어誘든 록錄이든 뭐든 되겠지 싶어 무작정 해보는 듯해. 마침내 "천연거사는 공간을 연구하고 논어를 읽고 군고구마를 먹고 콧물을 흘리는 사람이다" 하고 언문일치체로 일필휘지 써내려갔지. 어쩐지 어수선한 문장이야. 그러더니 주인은 망설임 없이 이를 낭독하고는 평소와 달리 "하하하, 재밌네" 하고 웃더니 "콧물을 흘리는건 좀 심하니까 지우자" 하면서 그 구절만 줄을 그었지. 한줄이면될 것을 두줄 긋고 세줄 긋고, 말끔한 평행선을 그어댔어. 줄이 다른 행까지 넘어가는데도 상관없이 긋고 앉았어. 줄이 여덟개나 되어도 다음 구절이 안 나오는지 이번엔 붓을 던지고 수염을 비틀어보더군. 수염에서 문장을 비틀어 짜내 보여주겠다는 기세로 맹렬하게 꼬아올렸다가 꼬아내렸다가 하던 차에 거실에서 부인이 나오더니 주인의 코앞에 바짝 다가앉았어. "여보, 잠깐만요.""뭐야?" 하고 주인은 물속에서 징을 치는 듯한 소리를 냈어. 대답이 마음에 들지 않았는지 부인이 다시 "여보, 잠깐만요" 하고 불렀지. "뭐냐고" 하며 이번엔 콧구멍 속에 엄지와 검지를 집어넣어 코털을 쑥 뽑더군. "이번 달엔 좀 모자라는데요……""모자랄 리가 없지. 의사한테 약값도 치렀고 책방에도 지난달에 줬잖아. 이번 달엔 남아야 되는데" 해버리고는 뽑아낸 코털이 천하에 진기한 물건이라도 되는 듯이 들여다보고 있어. "그래도 당신이 밥을 안 드시고 빵을 드시고 잼도 드시니까요.""도대체 잼을 몇통이나 먹었다는 거야?""이번 달엔 여덟개 들었어요.""여덟개? 그렇게 많이 먹은 기억은 없는데.""당신뿐이 아니에요. 애들도 먹어요.""아무리 먹어봤자 5, 6엔 정도지"하며 주인은 태연한 얼굴로 코털을 하나하나 정성스레 원고지 위에 심고 있네. 모근이 붙어 있으니 바늘이라도 세운 듯이 딱 서 있어. 주인은 뜻밖의 발견에 감탄한 듯 후, 하고 불어봤어. 접착력이 강해서 절대 날아가지 않아. "이것 참 대단하네" 하고 주인은 열심히 불어댔어. "잼뿐이 아니에요. 그것 말고도 사야 할 게 있다고요." 부인은 불만스러운 기색이 양 볼에 가득해. "있을지도 모르지" 하고 주인은 또 손가락을 집어넣어 쑥, 하고 코털을 뽑았어. 붉은 것, 검은 것, 온갖 색이 섞여 있는데 하나가 새하얀 게 있어. 몹시 놀랐는지 뚫어져라 들여다보던 주인이 그 코털을 손가락 사이에 끼우더니 부인의 얼굴 앞으로 내밀었어. "어머, 치워요" 하고 부인이 얼굴을 찡그리며 남편의 손을 밀어냈지. "좀 봐봐, 하얀 코털이야." 주인은 무척이나 감동한 모양이야. 아무리 부인이라도 어쩔 수 없었는지 웃으면서 일어나 거실로 들어가더군. 경제 문제는 단념한 듯해. 주인은 다시 천연거사로 돌아가고.

코털로 부인을 퇴각시킨 주인은 일단 이걸로 안심이라는 듯이 코털을 뽑으며 원고를 써보려고 서두르는 기색이었지만 좀처럼 붓은 나아가질 않아. "군고구마를 먹는다는 것도 사족이야. 덜어내자" 하고 마침내 이 구절도 없애버렸어. "향일주도 너무 뜬금없으니 관두고" 하며 과감하게 말살. 남은 거라곤 "천연거사는 공간을 연구하고 논어를 읽는 사람이다"라는 한 구절이 되고 말았지. 주인은 이래서는 어쩐지 너무 간단한 듯하다고 생각했지만 아이고 귀찮아, 문장은 관두고 명문銘文만으로 하자, 하고 붓을 종횡으로 휘둘러 원고지 위에 서툰 문인화로 기세 좋게 난을 쳤어. 기껏 고심했지만 한 자도 남김없이 낙제. 그러더니 종이를 뒤집어서 "공간에 태어나 공간을 연구하고 공간에 죽다. 공이며 간이로구나 천연거사, 아아" 하고 뜻을 알 수 없는 소리를 늘어놓고 있던 참에 여느 때처럼 메이떼이가 들어왔지. 메이떼이는 남의 집도 제집처럼 여기는지 누굴 부르지도 않고 성큼성큼 밀고 들어와. 그뿐 아니라 때로는 뒷문으로 홀연히 들이닥치는 경우도 있지. 걱정, 사양, 배려, 고생 같은 것을 태어나면서 어딘가에 떨쳐버리고 온 사내야.

"또 거인 인력인가?" 하고 선 채로 주인에게 물었어. "만날 거인 인력만 쓰고 있진 않아. 천연거사의 묘비명을 짓던 참이라네" 하고 허풍을 떨었어. "천연거사라는 건 우연동자偶然童子 같은 계명인가?" 하고 메이떼이는 변함없이 이상한 소릴 했지. "우연동자라는 것도 있나?" "아니, 있다는 게 아니라 일단 그런 비슷한 거 아닌가 하고." "우연동자는 내가 아는 자는 아닌 것 같은데, 천연거사는 자네가 아는 사람이잖아." "도대체 누가 천연거사 같은 이름을 붙이고 그러나?" "그 왜, 소로사끼라고 있잖아. 졸업하고 대학원에 들어가서 공간론이라는 주제로 연구하고 있었는데 너무 열심히 공부하다가 복막염으로 죽어버린. 소로사끼는 그래도 내 친구였거든." "친구인 건 좋아. 절대 나쁘다는 게 아니라고. 하지만 그 소로사끼를 천연거사로 둔갑시킨 건 도대체 누구 짓이야?" "나야. 내가 붙여준 거야. 원래 중들이 붙여주는 계명만큼 속된 것도 없으니까" 하고 천연거사가 엄청나게 고상한 계명이라는 듯 잘난 척이야. 메이떼이는 웃으면서 "어디 그 묘비명이라는 걸 한번 보세나" 하고 원고지를 집어들더니 "뭐야…… 공간에 태어나 공간을 연구하고 공간에 죽다. 공이며 간이로구나 천연거사, 아아" 하고 큰 소리

로 읽었어. "과연, 이거 참 좋구먼. 천연거사에게 걸맞아." 주인은
기쁜 듯이 "괜찮지?" 했어. "그 묘비명을 짠지 누르는 돌에 새겨서
본당 뒤쪽에 힘겨루기 돌[3]처럼 던져두는 거지. 고상해서 좋아. 천연
거사도 성불할 거고." "나도 그럴 생각이었어" 하고 주인은 더없이
진지하게 대답하더니 "난 잠깐 실례하지. 금방 돌아올 테니까 고양
이라도 데리고 놀고 있게나" 하고는 대답도 듣기 전에 홀연히 사라
졌어.

뜻밖에 메이떼이 선생의 접대 역을 맡았으니 무뚝뚝한 얼굴로
있을 수도 없어서 야옹야옹하고 애교를 떨며 무릎 위로 기어올라
가봤지. 그러자 메이떼이는 "야아, 엄청 살쪘네. 어디 보자" 하더니
무지막지하게 이 몸의 뒷덜미를 붙잡고 공중으로 들어올리더군.
"뒷발이 이렇게 늘어져서야 어디 쥐를 잡을 수 있겠어? ……어때
요, 사모님? 이 고양이가 쥐를 잡던가요?" 하고 이 몸만으로는 부
족했던지 옆방의 안주인에게 말을 걸었어. "웬걸요. 쥐는커녕 떡국
을 먹고 춤을 추는걸요" 하고 사모님은 난데없이 옛일을 끄집어내
는 거야. 이 몸은 공중그네를 타면서도 약간 겸연쩍더군. 메이떼이
는 여전히 이 몸을 놔주질 않아. "역시나, 춤이라도 출 것 같은 얼굴
이야. 사모님, 이 고양이는 조심해야 할 관상인걸요. 옛날 그림책에
나오는 네꼬마따[4]를 닮았어요" 하고 말도 안 되는 소리를 하면서
자꾸만 부인에게 말을 걸었지. 부인은 귀찮다는 듯이 바느질을 멈
추고 응접실로 나오더군.

"지루하시겠네요. 곧 오시겠지요" 하고 차를 다시 따라서 메이
떼이 앞으로 밀어놓았어. "어디 간 거죠?" "어디 가면 간다고 말

---

**3** 신사(神社) 경내에 있는 무거운 돌로, 힘겨루기에 쓴다.
**4** 꼬리가 둘로 갈라지고 둔갑을 한다는 늙은 고양이.

을 안 하니 잘 모르지만, 아마 병원에라도 갔겠죠, 뭐.""아마끼 씬가요? 아마끼 씨도 그런 환자한테 걸리면 고생이겠어요.""네"하고 부인은 뭐라 대꾸해야 할지 몰라 간단하게 대답했어. 메이떼이는 전혀 아랑곳하지 않아. "요즘은 어떤가요? 위장은 좀 좋아졌나요?""좋은지 나쁜지 좀체 모르겠어요. 아무리 아마끼 씨가 치료를 해봤자 그렇게 잼만 먹어대서야 위장이 나을 리가 없을 것 같아요"하고 부인은 좀 전의 불만을 메이떼이에게 슬쩍 흘렸어. "그렇게 잼을 먹나요? 꼭 어린애 같네요.""잼뿐 아니라 요즘엔 위장에 약이 된다면서 간 무를 엄청 먹어대니……""놀랍군요."메이떼이는 감탄했어. "뭐라더라, 간 무에 디아스타아제가 들어 있다나 하는 이야기를 신문에서 읽었거든요.""그렇군. 그렇게 해서 잼으로 입은 손해를 만회해보겠다는 거군요. 제법 생각을 했네, 하하하"하고 메이떼이는 부인의 하소연이 꽤나 기분 좋은 모양이야. "요전에는 아이한테까지 먹여서……""잼을요?""아뇨, 무 간 걸…… 아가, 아빠가 맛있는 걸 줄게 이리 와, 하더니 ─ 어쩌다 애를 귀여워하나 싶으면 그런 바보짓만 한다니까요. 이삼일 전에는 둘째 딸아이를 번쩍 안아 장롱 위에 올려놓고는……""그건 또 무슨 속셈인가요?"메이떼이는 뭐든지 속셈으로 해석하거든. "속셈은 무슨 속셈이에요. 그냥 그 위에서 뛰어내려보라는 거예요. 서너살 된 여자애더러 그런 부잡스러운 짓을 어떻게 하라고.""그건 정말 아무런 속셈도 아니군요. 그래도 속마음은 독한 데 없는 호인이에요.""거기다가 독하기까지 하면 어떻게 참고 살아요?"부인은 마음껏 기염을 토하더군. "그렇게 불평하실 것까지야. 이렇게 부족한 것 없이 그날그날을 살아가면 되는 거죠. 쿠샤미 군이야 뭐 사치를 하나, 옷에 신경을 쓰나, 수수하고 가정적인 사람이니"하고 메이떼이는 어울리지도 않는 설교를 명랑하게 늘어놓았어. "근데 그게 전혀 아니라서……" "뭐 남들이 모르는 일이라도 있나요? 워낙 마음을 놓을 수가 없는 세상이니" 하며 아무렇지도 않은 듯 가볍게 물었지. "뭐, 별건 아니지만 무턱대고 읽지도 않을 책을 사들이잖아요. 그것도 좀 적당히 골라서 사면 좋을 텐데 무작정 마루젠에 가서 몇권씩 집어오고는 월말이면 시치미를 뗀다니까요. 작년 연말에 보니 다달이 쌓인 게 엄청나더라고요." "뭘요, 책 정도야 집어올 만큼 집어와도 되죠. 돈을 받으러 오면 곧 준다, 곧 준다, 하면 가버리잖아요." "그렇다고 언제까지나 그렇게 버틸 수도 없다니까요" 하고 부인은 뾰로통해졌지. "그러면 사정을 설명하고 책값을 줄이시든지요." "그런 소리 해봤자 좀처럼 들어주길 하나요. 요전에는 너는 학자의 아내로 어울리지 않는다, 서적의 가치를 털끝만큼도 모른다, 옛날 로마에 이런 이야기가 있다, 후학을 위해 들어둬라, 하는 거예요." "그거 재미있군요. 어떤 이야기죠?" 메이떼이는 흥미진진. 부인을 동정하기는커녕 호기심에 사로잡힌 거야. "뭐라더라, 옛날 로마에 타루낀樽金이라나 하는 왕이 있었는데……" "타루낀? 타루낀은 좀 이상하네요." "저는 서양 사람 이름 같은 건 어려워서 기억 못해요. 무슨 7대째라던가 하던데." "7대 타루낀이라니 묘하구먼. 흠, 그 7대째 타루낀이 어쨌다는 거죠?" "정말, 선생님까지 놀려대면 어쩌라는 거예요. 알고 계시면 가르쳐주면 되잖아요. 참 나쁘네" 하고 부인은 메이떼이에게 대들었어. "놀리다뇨, 그런 나쁜 짓을 할 제가 아니죠. 다만 7대 타루낀이라니 멋지다 싶어서…… 아, 잠깐만요, 로마의 7대째 왕이면, 확실히 기억은 못하지만 아마 타퀸 더 프라우드[5]겠죠. 뭐, 누구면 어때요. 그 왕이 어쨌다고요?" "그 왕에게 한 여자가 책을 아홉권 가져와서는 사지 않겠느냐고 그랬대요.”“그렇군요.”“왕이 얼마면 팔겠느냐고 물었더니 엄청나게 비싸게 불렀답니다. 너무 비싸니까 좀 깎아달라고 했더니 그 여자가 갑자기 아홉권 중에서 세권을 불에 던져버렸다는 거예요.”“거 참, 아까워라.”“그 책 속에는 예언이라나 뭐라나, 다른 데서는 볼 수 없는 것이 쓰여 있었다죠.”“저런.”“왕은 아홉권이 여섯권이 되었으니 값이 좀 내렸겠다 싶어서 여섯권에 얼마냐고 물었더니 역시 원래대로 한푼도 깎아주지 않더랍니다. 그건 억지다, 했더니 그 여자는 또 세권을 집어 불에 던져버렸대요. 왕이 아직도 미련이 남았는지 남은 세권을 얼마에 팔겠느냐고 물었더니 역시 아홉권 값을 내라고 했죠. 아홉권이 여섯권이 되고 여섯권이 세권이 되었는데도 가격은 원래대로 한푼도 안 내려갔고, 그걸 깎으려다가는 남아 있는 세권까지 태워버릴지도 모르니 왕은 마침내 비싼 값을 내고 타고 남은 세권을 샀다나요…… 그러고는 어떠냐, 이 이야기를 듣고 책의 소중함을 조금은 알았겠지, 어때? 하고 잘난 척을 하는데 저는 뭐가 소중하다는 건지 모르겠더라고요”하고 부인은 나름의 의견을 내놓으며 메이떼이의 답을 재촉했어. 여기엔 그 잘난 메이떼이도 답이 좀 궁했는지 소맷부리에서 손수건을 꺼내 이 몸에게 장난을 걸고만 있더니 “하지만 사모님”하고 갑자기 뭔가 생각난 듯 큰 소리로 불렀어. “그렇게 책을 사서 마구 쌓아두니까 남들이 그나마 학자라는 둥 뭐라는 둥 하는 거예요. 저번에 어느 문학 잡지를 보니 쿠샤미 군 평이 나와 있던걸요.”“정말요?”하고 부인은 고쳐 앉았어. 남편의 평판이 마음 쓰이는 걸 보니 역시 부부인가봐. “뭐라고 하던가요?”“아니, 뭐 두세줄 정도였지만요. 쿠샤미

5 Tarquin the Proud. 로마의 제7대 왕 타르퀴니우스의 영어식 이름.

군의 문장은 행운유수行雲流水와 같다고 하더군요." 부인은 생글생글하면서 "그게 다예요?" "그다음이요 — 나오는가 싶으면 홀연히 사라지고, 가서는 영원히 돌아올 줄 모른다고 했더라고요." 부인은 묘한 얼굴로 "칭찬한 건가요?" 하고 미심쩍은 모양이야. "뭐, 칭찬한 거라고 봐야겠죠" 하고 메이떼이는 시치미를 떼고는 손수건을 내 눈앞에 늘어뜨렸어. "책이야 장사 밑천이니 어쩔 수 없다 치더라도 사람이 너무 괴팍하잖아요." 메이떼이는 이번엔 또 다른 쪽에서 왔구나 싶어 "괴팍하기야 좀 괴팍하죠. 학문하는 치들이란 어차피 그래요" 하고 맞장구를 치는 듯 변호를 하는 듯 부즉불리不卽不離한 묘한 답을 했어. "지난번엔 학교에서 돌아와서는 금방 나갈 텐데 옷을 갈아입기가 성가시다며, 글쎄 외투도 벗지 않고 책상에 걸터앉아서 밥을 먹는 거예요. 밥상을 코따쯔가에 올려놓고는 — 저는 밥통을 안고 앉아서 보고 있었는데 얼마나 우습던지……" "뭐랄까, 하이칼라의 수급 검사⁶ 같군요. 하지만 바로 그런 구석이 쿠샤미 군이 쿠샤미 군다운 점이라서 — 어쨌든 범속하진 않죠." 애틋한 칭찬법이야. "범속한지 아닌지야 여자라서 모르겠지만, 아무리 그래도 너무 제멋대로예요." "그래도 범속한 것보다는 낫죠" 하고 무턱대고 편을 드니 부인은 불만스러운지 "도대체 범속하다, 범속하다, 다들 그러시는데 어떤 게 범속한 거죠?" 하며 작정하고 범속의 정의를 질문하더군. "범속이라, 범속이라 하면 — 그래요, 좀 설명하기 어렵지만……" "그렇게 모호한 거라면 범속한 게 어때서요?" 하고 부인은 여자들만의 논리로 따지고 들었어. "모호한 게

---

6 쿠샤미가 외투도 벗지 않고 책상에 걸터앉아 아내에게 밥통을 들고 있게 한 모양이 옛날 싸움터에서 베어온 적의 머리를 대장이 앉아서 확인하던 모습과 닮았다는 뜻으로 한 말.

아니고요, 알고는 있죠. 다만 설명하기가 쉽지 않을 뿐이지.""뭐든지 자기가 싫은 건 범속하다고 하는 거죠?" 하고 부인은 엉겁결에 핵심을 찔렀어. 메이떼이도 이쯤 되면 어떻게든 범속에 대해서 정리하지 않을 수가 없지. "사모님, 범속하다는 것은요, 일단 이팔청춘 꽃다운 나이의 아가씨를 생각하면서 빈둥거리다가 날씨 한번 화창하다 싶으면 허리춤에 술병 차고 스미다 강으로 꽃구경 나가는 놈들을 말하는 거예요."[7] "그런 사람들이 있기는 한가요?" 부인은 무슨 소린지 이해가 안 되니 적당히 대꾸했어. "뭐가 그리 복잡한지 전 모르겠네요" 하고 결국은 수그러들었지. "그럼 바낀[8]의 몸에 펜더니스 소령[9]의 목을 달아 한두해 유럽의 공기로 싸놓는 거지요." "그렇게 하면 범속해지는 건가요?" 메이떼이는 대답 없이 웃기만 했어. "뭐, 그런 성가신 짓을 안 해도 되죠. 중학생 아이에 시로끼야[10] 지배인을 더해서 둘로 나누면 그야말로 제대로 범속해질 거예요." "그런가요?" 하고 안주인은 고개를 갸웃거리며 납득하기 어려운 모양이야.

"자네 아직도 있었나?" 하고 주인이 어느새 들어와 메이떼이 옆에 앉더군. "아직도 있었냐니 너무하네. 금방 돌아올 테니 기다려달라며?" "매사가 저렇다니까요" 하고 부인은 메이떼이를 돌아보았지. "지금 자네 없는 틈에 온갖 이야기를 다 들었다네." "여자들은 하여간 말이 많아 탈이야. 인간도 이 고양이처럼 침묵을 지키면 좋을 텐데" 하며 주인은 이 몸의 머리를 쓰다듬어주었지. "자네가

---

**7** 당시의 상투적인 표현들을 이용해서 속물적인 행태를 비꼬는 뜻으로 한 말.

**8** 쿄꾸떼이 바낀(曲亭馬琴, 1767~1848). 에도 시대 후기의 작가.

**9** 영국의 소설가 윌리엄 새커리(William Thackeray, 1811~63)의 소설 『펜더니스 이야기』(*The History of Pendennis*)의 주인공.

**10** 메이지 시대 백화점식 영업방식을 최초로 도입한 포목점 겸 양복점.

아이한테 간 무를 먹였다면서?" "응" 하고 주인은 웃더니 "요즘 어린애들은 꽤나 영리해. 그뒤로 아가, 매운 거 어딨어? 하면 혀를 쏙 내밀어 보이지 않겠나?" "마치 강아지한테 재주라도 가르치는 것 같구먼. 너무한 거 아냐? 그런데 칸게쯔가 올 때가 됐는데." "칸게쯔가 온다고?" 하고 주인은 의아한 표정을 지었어. "올 거야. 오후 1시까지 쿠샤미네 집으로 오라고 엽서를 보내두었으니까." "남의 형편도 물어보지 않고 제멋대로구먼, 아주. 칸게쯔를 불러서 뭘 하려고?" "아니, 오늘은 내가 뭘 하는 게 아니라 칸게쯔 선생의 요구야. 선생이 무슨 이학理學협회에서 연설을 한다나 어쩐다나. 그 연습을 할 테니까 나더러 들어보라길래 그럼 마침 잘됐다, 쿠샤미한테도 들어보라고 하자 그랬지. 그래서 자네 집으로 부르기로 한 거야 ─ 뭐, 자네야 시간이 남아도니 마침 잘됐잖아? ─ 지장이 있을 리가 없지. 들어두면 좋을 거야" 하고 메이떼이는 저 혼자 납득했어. "물리학 연설 같은 건 난 몰라" 하고 주인은 메이떼이의 전횡에 발끈한 듯이 말했어. "그런데 그 주제가 '자기화磁氣化된 노즐에 관하여' 같은 무미건조한 게 아니거든. '목매달기의 역학'이라는 탈속 비범한 제목이니까 경청할 가치가 있다고." "자네야 목을 매달다 만 사람이니 경청하면 좋겠지만 나야……" "카부끼 정도로 오한이 날 정도인 사람이니까 들을 것 없다는 결론은 내리기 어려울 걸" 하고 늘 그렇듯 흰소리를 늘어놓더군. 부인은 호호, 하고 웃으며 주인을 돌아보고는 옆방으로 가버렸지. 주인은 말없이 이 몸의 머리만 쓰다듬고. 이럴 때만은 얼마나 정성껏 쓰다듬는지.

그러고 나서 한 칠분쯤 지나 칸게쯔 군이 찾아왔어. 오늘은 저녁에 연설을 한답시고 평소와 달리 멋들어진 프록코트를 입고 새로 빨아 다린 와이셔츠를 뽐내가며 이할쯤 더 멋있는 모습으로 "좀 늦었습니다" 하고 점잖게 인사를 하더군. "아까부터 둘이서 학수고대하고 있던 참일세. 바로 시작하지, 어서" 하며 메이떼이가 주인을 보았어. 주인도 할 수 없이 "그러게" 하고 마음에 없는 대답을 했지. 칸게쯔 군은 급할 게 없어. "물 한 컵 주십시오" 하더군. "얼씨구, 본격적으로 가는구먼. 다음엔 박수를 요청하실 작정이겠어" 하고 메이떼이는 혼자서 난리가 났어. 칸게쯔 군은 안주머니에서 원고를 꺼내서 천천히 "연습이니까 가차 없는 비평을 부탁드립니다" 해놓고는 드디어 연설을 시작하더군.

"죄인을 교수형에 처하는 것은 주로 앵글로색슨족 사이에서 행해진 방법이었고, 보다 고대로 거슬러올라가보면 목매달기란 대개 자살의 방법으로 사용된 것이었습니다. 유대인에게는 죄인에게 돌을 던져 죽이는 관습이 있었다고도 합니다. 구약성서를 연구해보면 이른바 '행잉'(hanging)이라는 단어는 죄인의 사체를 매달아두어 야수나 육식조의 먹이가 되게 한다는 의미로 이해됩니다. 헤로도토스의 설에 따르면 유대인은 이집트를 떠나기 전부터 한밤중에 사체를 바깥에 두는 것을 끔찍이 싫어했던 듯합니다. 이집트인은 죄인의 머리를 자르고 몸통만을 십자가에 못 박아 밤에도 그대로 매달아두었다고 합니다. 페르시아인은……" "칸게쯔 군, 목매달기와는 점점 멀어지는 것 같은데 그래도 되나?" 하고 메이떼이가 끼어들었어. "이제부터 본론으로 들어가는 참이니 조금만 참아주시지요…… 그리고 페르시아인은 어떤가 하면, 이 역시 처형에 십자가를 사용했던 듯합니다. 다만 살아 있는 동안에 매달았는지 죽고 나서 못을 박았는지 그 부분은 잘 모르겠습니다……" "그런 건 몰라도 돼" 하고 주인은 따분하다는 듯이 하품을 했어. "아직 이것저것 하고 싶은 이야기가 많지만, 지루하옵실 듯하여……" "'하옵실

듯'보다는 '하실 듯'이 낫지. 안 그런가, 쿠샤미 군?" 하고 또 메이
떼이가 말을 자르자 주인은 "아무려면 어떤가" 하고 건성으로 대
답했어. "자, 드디어 본론으로 들어가 아뢰어 올리겠습니다." "아뢰
어 올리다니, 만담가도 아니고. 연설가라면 좀더 고상한 말을 써줬
으면 좋겠군" 하고 메이떼이 선생이 또 끼어들어. "'아뢰어 올리겠
습니다'가 상스럽다면 뭐라고 하면 좋을까요?" 하고 칸게쯔 군은
약간 발끈해서 되물었지. "메이떼이는 듣고 있는 건지 훼방을 놓고
있는 건지 모르겠구먼. 칸게쯔 군, 그런 되도 않은 소리는 무시하고
얼른 하게나" 하고 주인은 가능한 한 빨리 난관을 돌파하려 들었
지. "'발끈해서 아뢰어 올리누나 수양버들'[11]이로고" 하고 메이떼
이는 여전히 태평스러운 소리를 했어. 칸게쯔는 저도 모르게 웃어
버렸지. "실제로 처형으로서 교살을 사용한 것은 제가 조사한 결과
로는 『오디세이아』 22권에 나옵니다. 즉 텔레마코스가 페넬로페의
열두 시녀를 목매달아 죽이는 대목이죠. 그리스어로 본문을 낭독
해도 좋겠지만 너무 잘난 체하는 것 같으니 그만두겠습니다. 465행
부터 473행까지를 보시면 됩니다." "그리스어 운운하는 건 관두는
게 좋아. 마치 저는 그리스어를 할 수 있어요, 하는 것 같잖아. 안
그런가, 쿠샤미 군?" "그건 나도 찬성일세. 그렇게 젠체하는 소리
는 안 하는 편이 뭔가 있어 보이지." 주인은 평소와 달리 주저 없이
메이떼이 편을 들더군. 둘 다 그리스어라곤 털끝만큼도 모르니까.
"그러면 이 두세 구절은 오늘밤에는 빼기로 하고 다음을 아뢰 ─
아니, 말씀드리겠습니다.

이 교살을 지금 상상해보건대, 이를 집행하는 데는 두가지 방법

----

**11** 에도 중기의 시인 오오시마 료오따(大島蓼太, 1718~87)의 하이꾸 "발끈하고 돌
아오니 마당에 수양버들인가(むつとしてもどれば庭に柳かな)"를 빗댄 말.

이 있습니다. 첫째는, 텔레마코스가 에우마이오스와 필로이티오스의 도움을 받아 밧줄 한쪽을 기둥에 묶습니다. 그리고 그 밧줄 군데군데 고리매듭을 짓고 그 구멍에 여자들의 머리를 하나씩 집어넣고는 한쪽 끝을 힘껏 잡아당겨서 매단 것 같습니다."  "요컨대 서양 세탁소의 셔츠처럼 여자들을 매달았다고 보면 되는 거지?"  "네, 바로 그겁니다. 두번째는 밧줄 한쪽 끝을 앞에서처럼 기둥에 매놓고 다른 한쪽도 처음부터 천장 높이 매다는 거죠. 그리고 그 높은 밧줄에서 별개의 밧줄을 여러가닥 내려뜨리고 그것에 고리매듭을 지어 그 구멍 속에 여자들 목을 집어넣고는 때가 되면 여자들의 발판을 치워버리는 식입니다."  "예를 들어 말하자면 새끼줄 포럼 끝에 초롱 전구를 매단 것 같은 모습이라고 생각하면 틀림없겠구먼."  "초롱 전구라는 것을 본 적이 없으니 뭐라 말씀드리기 어렵지만, 그런 게 있다면 아마 비슷하지 않을까 싶습니다. ──그래서 지금부터 역학적으로 첫번째 경우는 도저히 성립할 수 없다는 사실을 입증해 보이겠습니다."  "재미있네" 하고 메이떼이가 말하자 "그러게, 재미있군" 하고 주인도 동의했어.

"우선 여자들이 등간격으로 매달린다고 가정하겠습니다. 또 지면에 가장 가까운 두 여자의 목과 목을 연결하는 밧줄이 수평이라고 가정합니다. 그래서 $a_1 a_2 \cdots\cdots a_6$를 밧줄이 지평선과 이루는 각도라 하고, $T_1 T_2 \cdots\cdots T_6$를 밧줄의 각 부분이 받는 힘으로 간주하여 $T_7 = X$는 밧줄의 가장 낮은 부분이 받는 힘이라 칩니다. $W$는 물론 여자의 체중이라고 생각해주시고요. 어때요, 이해가 되십니까?"

메이떼이와 주인은 얼굴을 마주 보며 "대충 알겠네" 하더군. 단, 이때의 대충이라는 정도는 두 사람이 멋대로 만든 거니까 다른 경우엔 응용할 수 없을지도 몰라. "자, 잘 알고 계시는 다각형의 평균성 이론에 의하면 다음과 같은 열두개의 방정식이 성립합니다. $T_1 \cos a_1 = T_2 \cos a_2$…… (1) $T_2 \cos a_2 = T_3 \cos a_3$…… (2) ……"방정식은 그만하지" 하고 주인은 막말을 했지. "실은 이 수식이 연설의 핵심인데요." 칸게쯔 군은 몹시도 유감스러운 모양이야. "그럼 그 핵심만 나중에 따로 듣기로 하세나" 하고 메이떼이 역시 적잖이 미안해하는 모습이더군. "이 수식을 생략해버리면 기껏 해놓은 역학적 연구가 아무 의미가 없어지는데요……" "뭐, 그리 망설일 것 없네. 싹둑싹둑 잘라버리게나." 주인은 아무렇지도 않게 말하더군. "그렇다면 말씀하시는 대로, 무리이기는 하지만 생략하죠." "그게 좋겠어" 하고 메이떼이는 엉뚱한 데서 손뼉을 짝짝 쳤어.

"이번엔 영국으로 건너가 논하자면, 『베어울프』에 교수대, 즉 '갈가'(galga)라는 단어가 보이므로 교수형은 이 시대부터 행해지고 있었음이 분명해 보입니다. 블랙스톤[12]의 주장에 따르면 교수형에 처해진 죄인이 만에 하나 밧줄이 잘못되어서 죽지 않았을 때는 다시 한번 같은 형벌을 받아야 한다고 되어 있습니다만, 이상하게도 『농부 피어스의 환상』[13]에는 아무리 흉악한 죄인일지라도 두번 목을 매달 수는 없다는 구절이 있습니다. 어느 쪽이 사실인지는 모르지만 어쩌다 단번에 죽지 못하는 일이 실제로 왕왕 있었던 모양입니다. 1786년에 피츠제럴드라는 악한을 교수대에 매단 일이 있었는데, 어찌 된 일인지 처음에는 발판에서 뛰어내릴 때 밧줄이 끊어져버렸지요. 다시 매달았더니 이번엔 밧줄이 너무 길어서 발이 땅에 닿는 바람에 죽을 수가 없었어요. 결국은 세번째에 구경꾼의 도

---

12 윌리엄 블랙스톤(William Blackstone, 1723~80). 영국의 법률가.
13 14세기 후반 영국의 시인 윌리엄 랭글런드(William Langland)가 지었다는 장편 풍자시.

움을 받아 가까스로 저세상으로 갔다는 이야기입니다." "아이고, 저런." 메이떼이는 이런 대목에서 갑자기 기운이 나나봐. "말 그대로 죽을 때 못 죽은 거로군" 하며 주인까지 들떴어. "재미있는 게 또 있습니다. 목을 매달면 키가 한치쯤 늘어난다는군요. 이건 의사가 재본 것이니 틀림없어요." "그건 처음 듣는 소리구먼. 어떤가 쿠샤미, 한번 매달려보면? 한치쯤 커지면 좀 사람 같아질 텐데" 하고 메이떼이가 주인을 쳐다보자 주인은 의외로 진지하게 "칸게쯔 군, 한치쯤 키가 늘어나서 되살아날 수도 있는 건가?" 하고 물었어. "그건 물론 안 되지요. 매달려서 척추가 늘어난다는 건데, 다시 말하자면 키가 크는 게 아니라 척추가 망가져버리는 거니까요." "그럼 그만둬야겠구먼." 주인은 포기했어.

연설은 그뒤에도 한참 남아 있었고 칸게쯔 군은 목을 매달 때의 생리작용까지 언급할 참이었지만, 메이떼이는 불쑥불쑥 허튼소리를 해대지, 주인은 또 아무 때나 거리낌없이 하품을 해대니 결국 도중에 관두고 가버렸어. 그날 밤 칸게쯔 군이 어떤 태도로 어떤 웅변을 토했는지는 멀리서 일어난 일이니 이 몸이야 알 리가 없고.

이삼일은 별일 없이 지나갔는데, 어느날 오후 2시쯤 언제나 그렇듯이 메이떼이 선생이 우연동자처럼 홀연히 나타나더군. 자리에 앉자마자 뜬금없이 "자네, 오찌 토오후우의 다가나와 사건이라고 들어봤나?" 하고 뤼순 함락의 승전보라도 알리러 온 듯한 기세로 물었어. "몰라, 요즘 통 못 만나서" 하며 주인은 늘 그렇듯 심드렁했지. "오늘은 그 토오후우 군의 실수담을 보고하자 싶어 다망한 중에 일부러 찾아왔다네." "또 그런 싱거운 소리를 하다니, 자넨 참 한심한 사낼세." "하하하, 한심한 놈이 아니라 한량이라고 해야지. 그것만은 좀 구분해주지 않겠나. 명예에 관한 이야기니까." "같은 소리야." 주인은 끄떡도 안 해. 완전히 천연거사의 재림이지. "지난 일요일에 토오후우 군이 다까나와에 있는 센가꾸지泉岳寺에 갔었대. 이 추위에 거길 갈 일인가? ― 무엇보다 이런 때 센가꾸지 같은 델 간다는 건 그야말로 토오꾜오를 모르는 촌뜨기 같지 않은가?" "그 거야 토오후우 맘이지. 자네가 그걸 말릴 권리는 없어." "맞아, 권 리는 없지. 권리는 아무래도 좋네만, 그 절 안에 의사[14] 유물 보존회 라는 볼거리가 있잖아. 자네 알고 있었나?" "아니." "몰라? 센가꾸 지엔 가봤지?" "아니." "아니라고? 놀랄 일이군. 어쩐지 토오후우 를 엄청 감싼다 싶더라니. 토오꾜오 토박이가 센가꾸지를 모른다 니 한심하구면." "그런 건 몰라도 선생 노릇은 할 수 있으니까." 주 인은 점점 더 천연거사가 되어가더군. "그건 그렇고, 그 전시장에 토오후우가 들어가서 구경을 하고 있는데 어떤 독일인 부부가 들 어오더래. 처음에는 일본어로 토오후우에게 뭐라고 질문을 한 모 양이야. 그런데 이 친구가 노상 독일어를 써보고 싶어 못 견디는 녀석이잖아. 옳다 싶어 두세 마디 그럴듯하게 지껄였다는 거야. 그 런데 뜻밖에 제대로 되더라는군 ― 나중에 생각하니 그것이 재앙 의 시작이었지." "그래서 어쨌길래?" 하고 주인도 결국은 낚였어. "독일인이 오오따까 겐고[15]의 금박 그림 약상자를 보더니 저걸 사 고 싶은데 파는 건지 묻더래. 그때 토오후우의 대답이 재밌어. 일본 인은 모두 청렴군자이니 절대 안 될 거라고 했다는 거야. 거기까진 아주 그럴듯했는데, 그때부터 독일인 쪽에서는 마침 딱 좋은 통역 을 만났다 싶었는지 자꾸 물어대더라는 거야." "뭘?" "그게 뭔지 알

---

**14** 義士. 1702년 주군의 원수를 갚기 위해 목숨을 바친 아꼬(赤穂) 번의 무사 47명 을 말함.

**15** 오오따까 겐고(大鷹源吾, 1672~1703). 47명의 아꼬 무사 가운데 한 사람.

정도면 걱정할 게 없지만 엄청난 속도로 들입다 물어대니까 전혀 뭔 소린지 알 수가 있나. 어쩌다 알아듣나 싶으면 쇠갈고리나 나무떡메에 대해 묻는 거지. 이게 서양 말로 뭐라는지 토오후우가 배운 적이 없으니 얼마나 난감하겠나?" "그렇겠지" 하며 주인은 교사인 자기 처지에 미루어 동정을 표했어. "그런 판에 할 일 없는 사람들이 뭔가 싶어 하나둘씩 모여들더라는군. 결국 토오후우와 독일인을 사방에서 에워싸고 구경하는 거야. 토오후우는 얼굴이 새빨개져서는 안절부절못하고. 처음 기세는 어디로 가고 이 친구, 완전히 당황한 거지." "결국 어떻게 됐나?" "마침내 토오후우가 견딜 수가 없었던지 '잘 가라요' 하고 일본어로 하고는 내뺐다더군. '잘 가라요'가 뭐냐. 자네 고향에선 '잘 가세요'를 '잘 가라요'라고 하느냐고 물었더니 물론 '잘 가세요'라고 하지만 상대가 서양 사람이니까 알아듣기 좋게 '잘 가라요' 했다는 거야. 토오후우는 곤경에 빠져서도 남을 생각하는 사나이라고 감탄했다네." " '잘 가라요'는 됐고, 그 서양 사람은 어쨌다던가?" "서양 사람은 얼이 빠져 멍하니 보고만 있더래. 하하하, 재밌지 않나?" "별로 재밌을 것도 없는 것 같은데. 그걸 굳이 이야기하겠다고 이렇게 찾아오는 자네가 훨씬 재밌군그래" 하고 주인은 담뱃재를 화로에 떨었어. 그때 마침 대문 초인종이 깜짝 놀랄 만큼 크게 울리면서 "실례합니다" 하는 날카로운 여자 목소리가 들리더군. 메이떼이와 주인은 저도 모르게 마주 보며 입을 다물었지.

주인집에 여자 손님이 웬일인가 싶어 보고 있으니 이 새된 목소리의 주인이 겹으로 입은 치리멘 키모노 자락을 타따미 바닥에 끌 듯이 하며 들어왔어. 나이는 마흔을 좀 넘긴 정도일까. 훤칠한 이마에 앞머리를 둑이라도 쌓듯이 높다랗게 빗어올려 적어도 얼굴 길이의 반은 되는 높이로 하늘을 향해 솟아올라 있더군. 눈은 가파른 언덕길 같은 급경사를 그리며 직선으로 찢어져 좌우로 대립해 있고. 여기서 말하는 직선이라 함은 고래 눈보다 더 가늘다는 뜻이지. 코만은 엄청나게 크던걸. 남의 코를 훔쳐다 얼굴 한가운데 붙여놓은 것처럼 보였어. 세평 정도 되는 좁아터진 마당에 야스꾸니 신사의 석등이라도 옮겨놓은 것처럼 혼자서 떡하니 자리를 차지하고 있으니 어쩐지 안정감이 없어. 이른바 매부리코로, 한동안 있는 대로 치솟았다가 아무래도 너무했나 싶어 도중에 겸손을 떨었는지 끝으로 가면서 처음 기세는 어디로 가고 축 처져서 아래에 있는 입술을 들여다보고 있더라니까, 글쎄. 이렇게 눈에 띄는 코이니 이 여성이 말을 할 때는 입이 말을 한다기보다 코가 말을 하고 있는 걸로밖에 안 보여. 이 몸은 이 위대한 코에 경의를 표하기 위해 앞으로 이 여성을 이르기를 코주부 여사라 할 작정이야. 코주부 여사는 우선 초면 인사를 마치더니 "근사한 집이네요" 하면서 집 안을 둘러보았어. 주인은 속으로 '뻥치시네' 하며 뻐끔뻐끔 담배를 피워댔지. 메이떼이는 천장을 올려다보며 "여보게, 저건 비가 샌 건가, 판자 무넌가. 묘한 얼룩이 생겼구면" 하고 은근히 주인의 대답을 재촉했지. "물론 비가 샌 거지" 하고 주인이 대답하니 "근사하구면." 메이떼이는 시치미를 떼고 말했어. 코주부 여사는 사교가 뭔지 모르는 인간들이야, 하고 속으로 발끈했어. 한동안 세 사람은 둘러앉은 채로 말이 없었지.

"좀 여쭐 일이 있어 찾아온 건데요" 하고 코주부 여사가 다시 말을 꺼냈어. "네" 하고 주인이 더없이 냉담하게 받았지. 이래서는 안 되겠다 싶었는지 코주부 여사는 "실은 제가 바로 이웃에 —— 건너편 길모퉁이 저택에 살거든요." "그 창고 딸린 커다란 양옥집 말인가요? 집에 어울리게 카네다라는 문패가 붙어 있던데요" 하고 주인은 그제야 카네다의 양옥집과 카네다의 창고를 떠올린 듯했지만 카네다 부인에 대한 존경의 정도는 전과 마찬가지였어. "실은 바깥양반이 와서 말씀드려야겠지만 회사 일이 워낙 바쁘다보니" 하면서 이번엔 좀 효과가 있겠지, 하는 눈빛이 되었어. 그래도 주인에겐 전혀 안 먹혀. 아까부터 코주부 여사의 말투가 초면의 여자치곤 너무 막돼먹었다 싶어 이미 불만이 가득할 뿐. "회사도 하나가 아니랍니다. 두세개씩 겸하고 있거든요. 게다가 여기저기서 모두 중역이다보니 — 아마 알고 계시겠지만." 이래도냐, 하는 표정이었지. 원래 이 집 주인은 박사라거나 대학교수라거나 하면 엄청 공손해지는 사람이지만 묘하게도 실업가에 대한 존경도는 극히 낮거든. 실업가보다는 중학교 선생이 훌륭하다고 믿고 있으니까. 꼭 그게 아니더라도 워낙 꽉 막힌 성격이라 실업가니 갑부니 하는 치들의 은총을 입을 일이 뭐가 있겠느냐고 마음을 접은 거겠지. 아무리 저쪽이 세력가, 재산가라 해봤자 자기가 신세 질 일이 없다고 단정한 사람에겐 더없이 무심하니까. 그러다보니 학자들 사회를 제외하고 다른 방면에는 완전히 어둡고, 특히 실업계 같은 데선 어디서 누가 뭘 하고 있는지 전혀 몰라. 설령 안다 해도 존경이나 외경의 마음 따위는 털끝만큼도 없고. 코주부 여사 쪽에서는 천하에 이런 위인이 같은 햇빛을 받으며 살고 있을 줄은 꿈에도 몰랐을걸. 지금까지 세상 사람들을 꽤 만나봤지만 카네다의 안사람입니다, 하는 말에 갑자기 태도가 변하지 않는 경우는 없었고, 어떤 모임에 나가건 아무리 신분이 높은 사람 앞이건 카네다 부인이라면 얼마든지 통했으니 고작 이런 꾀죄죄한 늙다리 책상물림쯤이야 우리 집은 건너편 길모퉁이 저택입니다, 하는 걸로 직책 같은 건 말하기도 전에 놀라 자빠지리라 예상했을 거야.

"카네다라는 사람, 자네 아나?"하고 주인은 메이떼이에게 건성으로 물었어. "알다마다. 카네다 씨는 우리 큰아버지 친구시라네. 지난번 원유회園遊會에도 오셨던걸"하고 메이떼이는 정색을 하고 답했어. "흠, 자네 큰아버지가 누구신데?" "마끼야마 남작"하고 메이떼이는 점점 더 진지해지더군. 주인이 뭐라 말을 하려는데 코주부 여사가 갑자기 몸을 돌려 메이떼이를 보더군. 메이떼이는 오오시마산産 명주에 코와따리 사라사[16]인지 뭔지를 겹쳐 입고 능청스레 앉아 있어. "어머나, 그러면 마끼야마 님과 ─ 뭐가 되신다고요? 전혀 몰랐네요. 정말 실례했습니다. 마끼야마 님께는 늘 신세를 지고 있다고 바깥양반이 항상 말씀하신답니다"하고 갑작스레 정중한 말투가 되면서 덤으로 절까지 하더라고. 메이떼이는 "아니, 뭘요. 하하하"하고 웃고 있고. 주인은 어안이 벙벙한지 말없이 두 사람을 바라보았지. "아마 딸아이 혼인 일로도 이것저것 마끼야마 님께 부탁을 드렸다던데……" "아, 그랬나요?" 이것만은 메이떼이에게도 뜻밖이었는지 얼빠진 소리를 하더군. "실은 사방팔방에서 달라고 달라고 난리들이지만 이쪽 신분도 있고 하니까 어중간한 곳에 보낼 수도 없는 일이고……" "그렇고말고요"하고 메이떼이는 겨우 안도했지. "그것 때문에 선생께 좀 물어보러 온 건데요"하고 코주부 여사는 주인 쪽을 보며 갑자기 막된 말투로 돌아갔어. "이 집에 미즈시마 칸게쯔라는 남자가 자주 온다던데, 그 사람은 대체 어떤 사람인가요?" "칸게쯔에 대해서 왜 묻는 거죠?"하고 주인은 불쾌한 듯 되물었어. "역시 따님의 혼사와 관련해서 칸

---

**16** 17~18세기에 일본에 들어온 값비싼 사라사(다채색의 염색 무늬 옷감).

게쯔의 성격이나 품행에 대해서 알고 싶으신 거겠지"하고 메이떼이가 눈치 빠르게 말했어. "그런 말씀을 좀 들을 수 있으면 참 좋겠는데……" "그럼 따님을 칸게쯔에게 주고 싶다는 말씀인지?" "주고 싶다는 게 아니고요" 하고 코주부 여사가 갑자기 주인을 당황하게 만들었어. "거기 아니라도 오라는 데가 많으니까 억지로 보낼 거야 전혀 없지요." "그렇다면 칸게쯔 이야기 같은 건 안 들어도 되겠군요" 하고 주인도 오기를 부렸어. "그렇다고 굳이 숨기실 건 없잖아요?" 하며 코주부 여사도 싸울 태세야. 메이떼이는 두 사람 사이에 앉아서 은담뱃대를 씨름판 심판의 부채처럼 들고는 속으로 싸워라, 싸워라, 하고 고함을 질러대고 있어. "그럼 칸게쯔 쪽에서 꼭 혼인을 하고 싶다는 얘기라도 하던가요?" 하고 주인은 정면으로 한방 먹였지. "아니, 꼭 그렇다고 한 건 아니지만……" "하고 싶을 거라고 짐작하시는 건가요?" 주인은 이 여자에겐 정면 돌파밖에 없다고 깨달은 모양이야. "이야기가 거기까지 진전된 건 아니지만──칸게쯔 씨도 굳이 싫은 건 아닐걸요" 하고 씨름판 끝에서 간신히 버텨냈어. "칸게쯔가 뭔가 따님에게 마음이 있다고 할 만한 일이라도 있었나요?" 있으면 말해보라는 기세로 주인이 으스대더군. "뭐, 그렇다고 봐야겠죠." 이번엔 주인의 공격도 효과가 없어. 지금까지 재미있어하며 심판이라도 보듯이 구경하고 있던 메이떼이도 코주부 여사의 한마디에 호기심이 일었는지 담뱃대를 내려놓고 다가앉았지. "칸게쯔가 따님에게 편지라도 보냈나요? 이거 잘됐네. 새해 들어 이야깃거리가 하나 늘었어" 하며 혼자서 신이 났어. "편지 정도가 아니에요. 그보다 더한 일인데, 두분 다 알고 계시지 않나요?" 하고 코주부 여사가 두 사람을 걸고넘어졌어. "자네, 알고 있나?" 하고 주인은 여우에게 홀린 듯한 얼굴로 메이떼이에게 물었지. 메이떼이 역시 넋이 나간 듯이 "난 몰라. 알면 자네가 알지" 하고 엉뚱한 데서 겸손을 떨더군. "아뇨, 두분 다 알고 계시는 일입니다" 하며 코주부 여사만 득의양양해. "호오." 두분께서 동시에 감탄하셨어. "잊어버리셨다면 제가 말씀드리죠. 작년 세밑에 무꼬오지마의 아베 씨 댁에서 연주회가 열려서 칸게쯔 씨도 가셨잖아요? 그날 밤 돌아오는 길에 아즈마 다리에서 뭔가 일이 있었던 거죠 ─ 자세한 이야기는 하지 않겠어요. 당사자에게 폐가 될지도 모르니까 ─ 그 정도 증거라면 충분할 것 같은데, 어떤가요?" 하고 다이아몬드 반지 낀 손가락을 무릎 위에 내려놓더니 허리를 쭉 펴며 고쳐 앉더군. 위대한 코가 더더욱 이채를 발해 메이떼이나 주인 따위 있어도 없는 것 같았지.

주인은 물론 천하의 메이떼이조차 이 불의의 일격에는 얼이 빠졌는지 한동안 멍하니 학을 뗀 병자 같은 표정으로 앉아 있었지만 점차 놀라움이 가라앉아 본래 상태로 돌아옴과 동시에 우스움이 한꺼번에 몰려왔어. 두 사람은 약속이라도 한 듯이 "와하하하하" 하고 웃음을 터뜨리더군. 코주부 여사만 예상이 빗나갔지. 이런 판국에 웃다니 정말 예의가 아니라는 듯 두 사람을 흘겨보았어. "그게 따님이셨군요. 거참, 맞습니다. 말씀하시는 대로죠. 쿠샤미 군, 칸게쯔는 완전히 따님한테 빠진 게 분명하지…… 숨겨서 될 일도 아니니까 다 털어놔야겠어." "으흠." 주인은 헛기침만. "정말로 숨기시면 안 되죠. 이미 다 알고 있는데" 하고 코주부 여사는 다시 의기양양. "이렇게 되면 할 수 없지. 칸게쯔에 관한 건 모조리 참고하시라고 진술할 수밖에. 어이, 쿠샤미 군, 자네가 집주인인데 그렇게 히죽히죽 웃고만 있으면 안 되지. 정말이지 비밀이라는 건 무섭구면. 아무리 숨겨봤자 어디선가 새나가니 말이야. ─ 그래도 이상하긴 하네. 사모님, 어떻게 이런 비밀을 아신 건가요? 정말 놀라운데요" 하고 메이떼이 혼자 떠들었어. "저도 빈틈이 없는 편이니까요" 하고 코주부 여사가 뻐겼지. "빈틈이 없어도 너무 없는 것 같네요. 대체 누구한테 들으신 거죠?" "바로 이 집 뒤에 있는 인력거집 마누라한테요." "그 검은 고양이가 있는 인력거집요?" 주인은 눈이 휘둥그레졌지. "네, 칸게쯔 씨 일로 이것저것 부탁을 했죠. 칸게쯔 씨가 여기 올 때마다 무슨 이야기를 하나 싶어 인력거집 마누라에게 일일이 알려달라고 했거든요." "그건 좀 너무하네" 하고 주인이 언성을 높였어. "아니, 댁에서 뭘 하시든 무슨 이야기를 하시든 그건 상관없고요, 칸게쯔 씨만요." "칸게쯔든 누구든 ── 도대체 그 인력거집 아낙네는 마음에 안 들어" 하고 주인은 혼자서 화를 내더군. "그래도 이 집 울타리 밖에 와서 서 있는 거야 그 사람 마음이죠. 말소리 들리는 게 싫으면 더 작은 소리로 하든지, 더 큰 집에 살든지 하시면 되죠." 코주부 여사는 전혀 켕기는 구석이 없어. "인력거집뿐이 아니랍니다. 샛길의 이현금 선생님한테서도 꽤나 많은 이야기를 들었어요." "칸게쯔 이야기를요?" "꼭 칸게쯔 씨만이 아니고요" 하고 심상치 않은 소리를 했어. 주인이 움찔하나 싶더니 "그 선생은 쓸데없이 고상을 떨면서 자기만 인간인 척하는 멍텅구리 녀석이죠." "저런, 여자랍니다. 녀석이라니, 기가 막혀서" 하고 코주부 여사 말투가 점점 바탕을 드러내더군. 이래서야 마치 싸움을 걸러 온 것 같은데, 이런 판에도 메이떼이는 역시나 메이떼이, 이 담판을 흥미진진하게 듣고만 있어. 철괴선인[17]이 닭싸움이라도 구경하는 듯이 초연하게 듣고 있었지.

---

**17** 鐵拐仙人. 중국의 팔선인(八仙人) 가운데 한 사람. 그림으로 자주 그려졌다.

험한 말 주고받기로는 도저히 코주부 여사를 대적할 수 없음을 깨달은 주인은 한동안 침묵을 지킬 수밖에 없는 듯했지만, 겨우 생각이 미쳤는지 "댁에서는 칸게쯔 쪽에서 따님에게 마음이 있는 것처럼 말씀하시지만, 내가 듣기론 좀 다르던데, 안 그런가, 메이떼이 군?" 하고 메이떼이에게 구원을 요청했어. "그러게, 그때 이야기로는 따님이 처음에 병이 나서 — 뭐라고 헛소리를 했다고 들었는데." "아뇨, 그렇지 않아요" 하고 카네다 부인은 확실하게 치고 나왔어. "그래도 칸게쯔는 분명히 ○○ 박사 사모님에게 들었다던데요." "그게 이쪽에서 수를 쓴 거였거든요. ○○ 박사 사모님을 통해서 칸게쯔 씨 마음을 떠본 거죠." "○○ 박사 사모님은 그걸 알면서 받아들인 건가요?" "그럼요, 부탁하는 건 공짜가 아니죠. 이것저것 온갖 물건이 들었으니까." "군이 칸게쯔 군에 대해 들쑤셔내서 듣기 전엔 돌아가지 않겠다는 결심이군요." 메이떼이 역시 좀 불쾌해졌는지 평소와 달리 막된 말을 썼어. "그래, 여보게, 이야기해서 손해 볼 것도 아니니 이야기를 하세나, 쿠샤미 군 — 사모님, 나나 쿠샤미나 칸게쯔 군에 대해서 큰 지장 없는 이야기는 모조리 이야기할 테니 — 순서대로 찬찬히 물어보시면 좋겠군요."

코주부 여사는 겨우 납득하고 슬슬 질문을 끄집어냈어. 잠시 거칠어졌던 말투 역시 메이떼이에 대해서만은 다시 원래대로 공손해졌지. "칸게쯔 씨도 이학사라고 하던데, 대체 어떤 걸 전문으로 하고 계시나요?" "대학원에서는 지구 자기 연구를 하고 있지요" 하고 주인이 점잖게 대답했어. 불행히도 코주부 여사는 무슨 뜻인지 모르니 "네" 하긴 했지만 미심쩍은 표정이었지. "그걸 공부하면 박사가 될 수 있나요?" 하고 물었어. "박사가 못 되면 딸을 못 준다는 말씀인가요?" 주인은 불쾌하다는 듯 물었지. "그렇죠. 그냥 학사라면 얼마든지 있으니까요" 하고 코주부 여사는 아무렇지도 않게 대답했고. 주인은 메이떼이를 보며 더더욱 불쾌하다는 표정을 짓더군. "박사가 될지 못 될지는 우리도 보증할 수 없으니 다른 질문을 받기로 하지" 하는 메이떼이 역시 좋은 얼굴은 아냐. "요즘도 그 지구의 — 뭐라든가를 공부하고 있는 건가요?" "이삼일 전에는 목매달기의 역학이라는 연구 결과를 이학협회에서 강연했습니다." 주인은 눈치도 없이 말했어. "저런, 세상에. 목매달기라니, 정말 별난 사람이네. 목매달기니 뭐니 해가지고 무슨 박사가 되겠어요?" "본인 목을 매달아버린다면 어렵겠지만 목매달기의 역학이니 안 된다고도 못하죠." "그런가요?" 하고 이번엔 주인 안색을 살피더군. 슬프게도 역학이라는 말뜻을 모르니 안절부절못할 수밖에. 하지만 이런 걸 물었다간 천하의 카네다 부인 체면을 구긴다고 생각해선지 그저 상대의 안색으로 짐작해볼 뿐. 주인의 얼굴은 그저 떨떠름해. "그것 말고 뭐 좀 알기 쉬운 건 공부 안 하나요?" "글쎄요, 저번엔 「도토리의 스터빌러티를 논함과 더불어 천체의 운행에 이름」이라는 논문을 쓴 적이 있지요." "도토리 같은 걸로도 대학교에서 공부를 하는 건가요?" "글쎄, 저도 문외한이라 잘은 모르지만, 어쨌든 칸게쯔 군이 할 정도라면 연구할 가치가 있는 모양이지요" 하고 메이떼이는 천연덕스럽게 놀렸어. 코주부 여사는 학문상의 질문은 안 되겠다고 포기했는지 이번엔 화제를 바꾸더군. "좀 다른 이야기지만 — 이번 설에 표고버섯을 먹다가 앞니 두개가 부러졌다면서요?" "네, 바로 그 빠진 자리에 찹쌀떡이 들러붙었죠" 하고 메이떼이는 이 질문이야말로 자기 전문영역이라는 듯 갑자기 신이 났어. "칠칠맞지 못한 사람이네요. 어째서 이쑤시개를 안 쓰는 거죠?" "다음에 만나면 그렇게 일러두겠습니다" 하고 주인이 킥킥거리며 웃었어. "표고버섯으로 이가 부러질 정도면 꽤나 이가 안 좋은 모양인데, 어떤가요?" "좋다고 말하긴 어렵겠죠 — 그렇지, 메이떼이?" "좋지는 않지만 애교는 있잖아. 부러진 채로 때우지 않고 놔두는 게 묘해. 지금까지도 찹쌀떡이 끼는 자리가 되어 있으니 별나지." "때울 돈이 없어서 부러진 채로 둔 건가요, 아니면 별난 사람이라 그냥 둔 걸까요?" "뭐, 언제까지나 마에바 카께나리[18]로 있지는 않을 테니 안심하시지요." 메이떼이는 점차 기분이 회복되어가는 듯했어. 코주부 여사는 또다른 문제로 접어들었지. "혹시 댁에 그 사람이 쓴 편지 같은 게 있으면 잠깐 보여주실 수 있나요?" "엽서라면 얼마든지 있죠. 보시지요" 하고 주인은 서재에서 삼사십장을 들고 나왔어. "그렇게 다 볼 건 없고 — 두세장만……" "어디 보자, 내가 좋은 걸 골라드리지" 하더니 메이떼이 선생은 "이런 거 재밌잖아요?" 하고 그림엽서 한장을 뽑아들었어. "어머나, 그림도 그리나요? 재주가 많은 사람이네요. 어디 한번 볼게요" 하고 들여다보더니 "어머, 이게 뭐야. 너구리잖아. 하필이면 왜 너구리 같은 걸 그렸을까요? — 그래도 너구리로 보이니 신기하네" 하고 가볍게 감탄했어. "그 문장을 읽어보세요." 주인이 웃으며 말했어. 코주부 여사는 하녀가 신문이라도 읽듯이 낭독했지. "음력 섣달그믐밤, 산속 너구리가 원유회를 열고 신나게 춤을 춥니다. 노래하여 가로되, 오늘밤은 그믐밤, 산길 밟고 올 이도 없구나, 얼씨구나 어절씨구." "이게 뭐예요? 사람을 놀리는 건가요?" 코주부 여사는 불만 가득. "이 선녀는 마음에 드세요?" 메이떼이가 또 한장을 뽑았어. 선녀가 날개옷을 입고 비파를 켜고 있더군. "선녀의 코가 너무 작은 것

18 前齒欠成. '앞니 빠진 사람'이라는 뜻으로 사람 이름처럼 만든 말장난.

114

같네요."아니, 이게 보통이죠. 그보다 문장을 읽어보세요."문장은 이런 거야. "옛날 어느 곳에 천문학자 한 사람이 있었습니다. 어느 날 밤 평소처럼 높은 곳에 올라가 열심히 별을 보고 있는데 하늘에 어여쁜 선녀가 나타나 이 세상에서는 들어볼 수 없을 만큼 신묘한 음악을 연주하기에 천문학자는 살을 에는 추위도 잊어버리고 홀린 듯이 듣고 있었습니다. 아침에 보니 그 천문학자의 주검에 서리가 하얗게 내려 있었습니다. 이건 진짜라고 어떤 거짓말쟁이 할아범이 말했습니다."이건 또 뭐예요? 의미고 뭐고 없잖아요. 이러고도 이학사로 통하나요?『문예구락부』라도 좀 읽으면 좋을 것을."칸게쓰 군, 엄청 깨지는군. 메이떼이는 장난삼아 "이건 어떤가요?"하며 석장째를 내밀었지. 이번엔 활판인쇄로 돛단배가 찍혀 있는데 여기도 뭐라고 휘갈겨 써놨더군. "어젯밤 묵은 곳의 열여섯 여자아이, 부모가 없다며 거친 바다 물떼새, 한밤에 잠 깬 물떼새 보며 울었네, 부모는 뱃사람 파도 아래 있네."잘 썼네. 감동이야. 이건 말이 되잖아요."말이 되나요?""그럼요, 이 정도면 샤미센으로 불러도 되겠네요."샤미센까지 가면 진짜죠. 이건 어떤가요?"메이떼이는 계속 내밀었어. "아뇨, 이 정도 봤으면 됐어요. 그다지 촌스러운 사람은 아니라는 건 알았으니" 하고 혼자 수긍했어. 코주부 여사는 칸게쓰에 관한 질문은 대충 끝났는지 "이거 참 실례가 많았습니다. 부디 제가 다녀간 것은 칸게쓰 씨에겐 비밀로 해주세요" 하고 제멋대로 요구하더군. 칸게쓰에 관해선 시시콜콜 다 알고 싶지만 자기 이야기는 일절 칸게쓰에게 알려선 안 된다는 방침인가봐. 메이떼이도 주인도 "아, 예" 하고 건성으로 대답하자 여사는 "조만간 답례는 할 테니까요" 하고 다짐을 두며 일어섰어. 배웅을 마친 두 사람이 자리로 돌아오자마자 메이떼이가 "저건 뭐야?"

하니 주인 역시 "저건 뭐지?" 하고 둘이 똑같은 질문을 했어. 안방에서 안주인이 더는 못 참겠는지 킥킥 웃어대는 소리가 들렸어. 메이떼이는 큰 소리로 "사모님, 사모님, 범속함의 표본이 왔네요. 범속함도 저 정도 되면 걸물이죠. 사양 마시고 마음껏 웃으세요."

주인이 불만스러운 어투로 "일단 생긴 게 마음에 안 들어" 하고 밉살스럽다는 듯이 말하자 메이떼이가 바로 "코가 얼굴 한가운데 진을 치고 떡하니 버티고 있잖아" 하고 받았어. "거기다가 구부러지기까지 했어." "약간 새우등이지? 새우등 콧날이라니 어딘가 기발하군" 하고 재밌다는 듯이 웃었지. "남편을 깔아뭉갤 얼굴이야." 주인은 여전히 괘씸한 모양이야. "19세기에 재고로 남아서 20세기에 헐값에 떨이당할 상이구면" 하고 메이떼이는 묘한 소리만 골라 했어. 그때 안주인이 안방에서 나오더니 같은 여자라서인지 "그렇게 흉한 소리 하시다간 인력거집 부인이 일러바치겠네요" 하고 주의를 주더군. "이런 건 좀 일러바쳐주는 게 좋아요, 사모님." "그래도 남의 얼굴을 갖고 이러쿵저러쿵하는 건 좀 그렇죠. 누군들 좋아서 그런 코를 타고난 것도 아닌데 ─ 더구나 여자를 상대로 너무들 하시네" 하고 코주부 여사의 코를 변호하면서 자신의 용모도 슬쩍 변호했지. "뭐가 너무해. 저 따위는 여자도 아냐. 멍청이지. 안 그런가, 메이떼이 군?" "멍청인지도 모르지만 제법일세그려. 꽤나 당했잖나?" "도대체 교사를 뭘로 보고." "뒷집 인력거집 정도로 보는 거지. 저런 인물에게 존경받으려면 박사밖에 없어. 애당초 박사가 못 된 것이 자네 잘못이지. 그렇죠, 사모님?" 하고 메이떼이는 웃으며 안주인을 돌아보았어. "박사라니, 도저히 불가능하죠." 주인은 아내에게마저 버림받았어. "이래 봬도 언젠가 될지도 몰라. 무시하지 말라고. 당신이 알 리가 없지만 옛날 이소크라테스라는 사람은 아흔네살까지 엄청난 저술을 했어. 소포클레스가 걸작을 써서 천하를 놀라게 한 것도 거의 백살이 되어서였지. 시모니네스는 여든에 명시를 썼고. 나라고……" "말도 안 돼. 당신 같은 위장병 환자가 그렇게 장수할 것 같아요?" 안주인은 이미 주인의 수명까지 예상하고 있는 거지. "무례하긴 — 아마끼 씨한테 가서 물어봐 — 당신이 애초에 이런 꾸깃꾸깃한 검은 무명 하오리나 넝마 같은 옷을 입혀두니까 저런 여자한테까지 무시당하는 거야. 내일부터 메이떼이가 입은 옷 같은 걸 입을 테니까 내놓으라고." "내놓으라뇨? 저런 좋은 옷은 없어요. 카네다 부인이 메이떼이 씨한테 정중하게 대한 건 큰아버님 이름을 듣고 나서라고요, 옷 때문이 아니라" 하고 안주인은 용케 빠져나가더군.

주인은 큰아버지라는 말을 듣고는 갑자기 생각이 났는지 "자네한테 큰아버지가 있다는 소린 오늘 처음 들었네. 지금까지 그런 소린 한 적이 없잖아. 정말 있는 건가?" 하고 메이떼이에게 물었어. 메이떼이는 기다리고 있었다는 듯이 "응, 큰아버지 말이야? 그 양반이 터무니없이 완고하신 분이지 — 역시 19세기부터 지금까지 연면히 살아 계시니까 말이야" 하고 주인 부부를 번갈아 보더군. "호호호호, 농담도 잘하시지. 어디 살고 계신데요?" "시즈오까에 사시는데요, 그냥 살아 계신 게 아니고요, 머리에 떡하니 상투를 틀어올린 채로 살고 계시니 기가 막히죠. 모자라도 쓰시라고 하면 나는 이 나이 되도록 아직 모자를 쓸 만큼 추위를 느껴본 적이 없다, 하고 뻐기신다니까요 — 추우니까 좀더 누워 계시라고 하면 인간은 네시간만 자면 충분하다, 네시간 이상 자는 건 쓸데없는 짓이다, 하면서 해뜨기 전부터 일어나는 거예요. 게다가 말이죠, 나도 수면 시간을 네시간으로 줄이느라 오랫동안 수련을 했다, 젊을 때는 졸려서 안 됐지만 요즘 와서는 자유자재의 경지에 들어 정말 기쁘다, 하고 자랑까지 늘어놓으시죠. 예순일곱이나 되었으니 잠이 줄어드는 건 당연한 거지 수련은 무슨 수련이에요. 본인만 그게 극기훈련에 성공한 거라고 착각하신다니까요. 그리고 외출할 때는 꼭 쇠부채를 들고 나서시죠. "어디 쓰시려고?" "어디 쓰시는지 모르지. 그냥 들고 나가셔. 지팡이 대신이라고 생각하시는지도 몰라. 그런데 저번에 묘한 일이 있었거든요" 하고 이번엔 안주인을 보고 말했어. "네" 하고 부인은 무던하게 대답했어. "올봄에 난데없이 편지를 보내와서 중산모자와 프록코트를 급히 보내라는 거예요. 무슨 일인가 싶어 우편으로 물었더니 노인네 본인이 입을 거라는 답장이 왔어요. 23일에 시즈오까에서 뤼순 함락 축하연이 있으니 그때까지 맞출 수 있도록 급히 조달하라는 명령이었죠. 그런데 웃기는 건 그 명령이 이렇게 되어 있어요. 모자는 적당한 크기로 사다오, 양복도 치수를 짐작해서 다이마루[19]에 주문해다오……" "요즘엔 다이마루에서도 양복을 짓나?" "아니지, 시로끼야랑 혼동한 거야." "치수를 짐작하라는 건 무리 아냐?" "바로 그런 점이 큰아버지다운 점이지." "그래서?" "할 수 없이 짐작해서 보냈어." "자네도 참 어지간하네. 시간엔 맞췄나?" "뭐, 어떻게 그럭저럭 맞았나봐. 고향 신문을 보니 당일 마끼야마 옹은 보기 드문 프록코트에 쇠부채를 들고……" "쇠부채만은 놓지 않으셨나보군." "응, 돌아가시면 관 속에 쇠부채는 꼭 넣어드릴 작정이야." "그래도 모자랑 양복을 잘 맞췄으니 다행이네." "그런데 큰 착각이었지. 나도 무사히 넘어가서 다행이다 생각했는데, 얼마 후에 고향에서 소포가 왔길래 무

**19** 다이마루(大丸) 백화점의 전신인 포목점.

슨 답례품이라도 보냈나 하고 열어보니 내가 보낸 중산모자야. 편지가 들어 있는데, 애써 구해주었으나 약간 크니 모자점에 보내어 줄여 보내도록, 줄이는 값은 우편환으로 이쪽에서 보내겠음, 해놓았더라고."“정말 물정 어두우시군” 하고 주인은 자기보다 더 세상 물정에 어두운 사람이 있다는 것을 발견하고 엄청 만족스러운가봐. “그래서 어쨌나?” 하고 묻더군. “어쩌긴 뭐. 별수 없이 내가 쓰고 다녀.”“그 모자 말이군” 하고 주인이 히죽거리며 웃었어. “그분이 남작이신가요?” 하고 안주인이 이상하다는 듯이 물었지. “누구요?”“그 쇠부채 큰아버지.”“웬걸요, 한학자인데요. 젊었을 때 성당[20]에서 주자학인가 뭔가에 푹 빠져서 전등 아래서도 공손하게 상투를 틀고 계세요. 정말 기가 막힌다니까요” 하고 턱을 문질러댔어. “그런데 자네, 아까 그 여자한테 마끼야마 남작이라고 했잖아.”“그렇게 말씀하셨어요. 저도 거실에서 들었는데요.” 안주인도 이것만은 남편에게 동의했어. “그랬던가요? 하하하하하” 하고 메이떼이는 실없이 웃었어. “그야 거짓말이죠. 남작 큰아버지가 있었으면 지금쯤 국장쯤은 되어 있으리고요?” 하고 능청을 떨어. “어쩐지 이상하더라니” 하고 주인은 기쁘기도 하고 께름칙하기도 하다는 표정이야. “어머나 세상에, 아무렇지 않게 잘도 그런 거짓말을 하시네요. 정말이지 엄청난 허풍쟁이라니까” 하고 안주인은 무척이나 감탄했어. “나보다도 그 여자 쪽이 한수 위였죠.”“아뇨, 막상 막하던걸요.”“그래도 사모님, 내 허풍은 그냥 허풍이죠. 그 여자는 모조리 속셈이 있는 수상쩍은 거짓말이라니까요. 질이 나쁘다고요. 잔꾀에서 나온 술수와 타고난 골계 취미를 혼동하시면 코미디

--------------------------------

20 에도 시대에 유학을 가르치던 공자 사당인 유시마 성당(湯島聖堂)을 말한다.

의 신도 안목 없음을 한탄하지 않을 수 없게 될 거예요." 주인은 눈을 내리깔고 "글쎄올시다" 했어. 안주인은 웃으면서 "그게 그거죠" 하더군.

이 몸은 아직까지 길 건너 골목에 발을 들인 적이 없어. 모퉁이 집 카네다라는 것도 물론 본 적이 없지. 들은 것도 오늘이 처음인 걸. 주인집에서 실업가가 화제에 오른 적이 한번도 없으니 주인의 밥을 먹는 이 몸마저도 이 방면에는 무관심할 뿐 아니라 거의 냉담하지. 그런데 좀 전에 예상치 않게 코주부 여사의 방문을 받아 옆에서나마 그 대화를 청취하고는 그 아가씨의 요염함을 상상하고 또한 그 부귀권세를 떠올려보니 고양이라도 한가하게 대청마루에서 뒹굴고만 있을 수는 없더라고. 더구나 이 몸은 칸게쯔 군에 대해서는 깊은 동정을 금치 못하니까. 저쪽에서는 박사 사모님이니 인력거집 마누라니 이현금 텐쇼오인까지 매수해서 남몰래 앞니 빠진 것까지 정탐을 하고 있건만 칸게쯔 군은 그저 히죽히죽하며 하오리 끈이나 주무르고 있으니, 아무리 갓 졸업한 이학사라고 해도 너무 한심한 거지. 그렇다고 그렇게 위대한 코를 얼굴 한가운데 달고 있는 여자한테는 웬만한 사람은 접근조차 하기 어렵잖아. 이런 일에 관한 한 주인은 너무 무심한데다가 설상가상 돈도 너무 없지. 메이떼이는 돈은 많지만 저리 우연동자이니 칸게쯔에게 도움을 줄 일은 별로 없을 거고. 그러고 보면 불쌍한 건 목매달기의 역학을 연설하는 선생뿐이야. 이 몸이라도 분발하여 적진에 뛰어들어 그 동정을 정탐해주지 않으면 너무 불공평하잖아. 이 몸은 고양이지만 에픽테토스를 읽다가 책상 위에 집어던질 정도의 학자와 더불어 살고 있는 고양이니까 세상에 흔해빠진 바보 같고 어리석은 고양이와는 격이 다르다고. 이 모험을 감행할 정도의 의협심이야 애

초부터 꼬리 끝에 담겨 있어. 딱히 칸게쯔 군에게 은혜를 입은 것
도 없으니 이건 단지 개인을 위해 혈기로 난리를 치는 것도 아니
야. 크게 말하자면 공평을 좋아하고 중용을 사랑하는 하늘의 뜻을
실현하기 위한 훌륭한 의거라고나 할까? 아즈마 다리 사건을 남의
허락도 없이 가는 곳마다 퍼뜨리는 이상, 남의 처마 밑에 개를 풀
어 거기서 얻은 정보를 득의양양 만나는 사람마다 떠들어대는 이
상, 인력거꾼, 마부, 무뢰한, 건달 같은 서생, 날품팔이 할망구, 산
파, 요망한 노파, 안마쟁이, 얼뜨기에 이르기까지 모조리 이용해 국
가에 유용한 인재를 번번이 빠뜨리고 돌아보지 않는 이상 — 고양
이에게도 생각이 있지. 다행히 날씨도 좋고, 서리 녹은 질척한 길은
다소 끔찍하지만 도리를 위해서는 이 한 목숨 바치겠어. 발바닥에
진흙이 묻어 대청마루에 매화꽃 도장을 찍는 정도는 하녀에게야
폐가 될지 모르지만 이 몸의 고통이라고는 할 수 없지. 이튿날까지
갈 것도 없이 지금 당장 출진이다, 용맹정진 큰 결심을 하고 부엌
까지 달려갔는데 잠깐, 싶더라고. 이 몸은 고양이로서 진화의 극에
달해 있을 뿐 아니라 두뇌 발달에서는 감히 중학 3학년생에 뒤지
지 않으리라 장담하지만, 슬프구나, 목구멍 구조만은 어디까지나
고양이라서 인간의 언어를 말할 수가 없네. 설령 카네다 저택에 용
케 숨어들어 충분히 적의 동정을 살폈다 한들 정작 칸게쯔 군에게
가르쳐줄 방도가 없도다. 주인에게도 메이떼이 선생에게도 이야기
할 수가 없으니. 말을 못한다면 땅속 다이아몬드가 햇빛이 없어 빛
나지 못하는 거나 마찬가지, 기껏 얻은 정보도 쓸데없는 물건이 되
지. 이것 참 망했다, 관둘까, 하고 문간에 엎드려 고민했어.

 하지만 일단 마음먹은 일을 도중에 관두는 것은 소나기가 오나
하고 기다리던 참에 검은 먹구름이 모조리 옆 마을로 가버린 것처

럼 너무 아쉽지. 그것도 이쪽 잘못이라면 모를까 이른바 정의를 위해서, 인간의 도리를 위해서라면 설사 헛된 죽음이라도 갈 데까지 가는 것이 의무를 아는 사나이의 본령 아니겠어? 헛수고를 하고 헛걸음을 하는 정도야 고양이로서 당연한 일이야. 고양이로 태어난 까닭에 칸게쯔, 메이떼이, 쿠샤미 선생들과 세치 혀로 서로 사상을 교환할 재주야 없지만, 고양이인 만큼 몰래 숨어드는 기술만은 선생들보다 나으니까. 남이 못하는 일을 성취한다는 것은 그 자체로 유쾌한 일이야. 나 하나라도 카네다의 내막을 알 수 있다면 아무도 모르는 것보다 유쾌한 일이지. 남에게 말은 못할지라도 누군가 알고 있을 거라는 자각을 그들에게 줄 수 있는 것만으로도 유쾌한 일이고. 이렇게 유쾌한 일이 많은데 안 갈 수야 없지. 역시 가야겠어.

건너편 골목으로 나와보니 듣던 대로 양옥집이 모퉁이를 떡하니 차지하고 앉아 있어. 이 집 주인도 이 양옥만큼이나 오만한 인간이겠지, 하며 문으로 들어가 그 건물을 바라보니 그저 사람을 겁주려고 이층으로 솟은 것 말고는 아무런 의미도 없는 구조더라고. 메이떼이가 말하는 이른바 범속이라는 것이 이런 걸까. 현관을 오른쪽에 두고 정원수 가운데를 지나 주방 문으로 돌아갔어. 역시나 주방이 넓더군. 분명히 쿠샤미 선생네 부엌의 열배는 될 거야. 지난번 『닛뽄』 신문에 자세히 나온 오오꾸마 백작네 주방에 뒤지지 않을 정도로 번쩍번쩍 정리되어 있었어. '모범적인 주방이로군' 하며 기어들었지. 살펴보니 두평쯤 되는 회칠한 토방에 바로 그 인력거집 마누라가 서서 찬모와 인력거꾼을 상대로 열심히 뭐라고 떠들어대고 있더라고. 이크, 하며 물통 뒤로 숨었어. "그 선생은 우리 집 어르신의 이름도 모르는 건가?" 하고 찬모가 말했어. "모를 수가 있나? 이 근방에서 어르신네 저택을 모르면 눈도 귀도 없는 병신이지." 이건 이 집에 딸린 인력거꾼의 목소리. "그럴 수도 있어. 그 선생이란 작자는 책 말고는 아무것도 모르는 별종이라서. 어르신을 조금이라도 알면 무서워할지 모르지만, 아닐걸? 제 자식 나이도 모르는데 뭐." 인력거집 마누라쟁이가 말했어. "어르신을 몰라보다니 골치 아픈 벽창호로군. 어쩌겠어, 다 같이 겁을 좀 줘야지 뭐." "그게 좋아. 마님의 코가 너무 크다는 둥, 얼굴이 맘에 안 든다는 둥 — 정말 심한 소리를 하더라고. 자기 낯짝은 진흙으로 주물러놓은 너구리 꼴인데 — 주제에 저 혼자 잘난 척이니 정말 못 봐주겠다니까." "얼굴뿐이 아니야. 수건을 목에 걸고 목욕탕에 가는 것부터 시작해서 잘난 척은 얼마나 하는지. 자기가 세상에서 제일 잘난 줄 안다니까." 쿠샤미 선생은 찬모에게조차 완전히 인망을 잃었어. "다 같이 그 집 울타리에 몰려가서 실컷 욕을 퍼부어주자고." "그러면 분명 겁을 먹을 거야." "그래도 이쪽 모습을 들키면 곤란하니까 소리만 들리게 해서 공부를 방해하면서 한껏 약을 올려주라고, 아까 마님이 이르시던데." "그야 그렇지" 하고 인력거집 마누라쟁이는 욕지거리의 삼분의 일을 자기가 맡겠다는 뜻을 표했어. 결국 이 패거리들이 쿠샤미 선생을 혼내주러 오겠구나, 하며 세 사람 옆을 소리 없이 지나서 안으로 들어갔지.

고양이 발은 있는 듯 없는 듯, 어디를 걸어도 쓸데없이 소리를 내는 일이 없어. 허공을 밟듯, 구름을 디디듯, 물속에서 경[21]을 치듯, 동굴에서 슬[22]을 켜듯, 세상 묘미를 맛보아 절로 진리를 깨닫는 것과 같지. 범속한 양옥집은 뭐고 모범적인 주방은 또 뭐야. 인력거집 마누라도, 하인도, 찬모도, 따님도, 하녀도, 코주부 여사도, 여사

---

**21** 磬. 돌판을 쳐서 소리를 내는 중국 고대의 타악기.
**22** 瑟. 25줄로 이루어진 중국 고대의 현악기.

의 남편도 아무것도 아냐. 가고 싶은 곳에 가서 듣고 싶은 것을 듣고, 혀 내밀고 꼬리를 흔들며 수염을 척 세우고 유유자적 돌아갈 뿐. 특히나 이 몸은 이런 일에는 일본 제일의 달인. 옛이야기에 나오는 네꼬마따의 피를 이은 것 아닐까 싶을 정도지. 두꺼비 이마에는 야광명주夜光明珠가 있다고 하지만 이 몸의 꼬리에는 모든 인간사의 비밀은 물론이고 만천하의 인간을 얼간이로 만들 가문 대대의 묘약이 쟁여져 있거든. 카네다가의 복도를 남몰래 돌아다니는 정도야 인왕仁王님이 묵사발 짓밟기보다 쉬워. 이때 이 몸은 나 자신의 역량이 너무 감탄스럽고 이것도 다 평소에 소중히 여기던 꼬리 덕분이다 싶어 가만히 있을 수가 없더라고. 이 몸이 존경하는 꼬리 신령님을 경배하고 묘운猫運이 장구長久하기를 기원해야지, 하고 잠깐 고갤 숙였지만 이게 아니지 싶더라고. 최대한 꼬리 쪽을 보면서 삼배三拜를 해야 하잖아. 그런데 꼬리를 보려고 몸을 돌리니 꼬리도 같이 도는 거야. 따라잡으려고 고개를 비틀면 꼬리 역시 같은 간격을 두고 앞으로 달려가버리지. 과연 천지현황天地玄黃을 세치 안에 품을 만한 영물인 만큼 도저히 이 몸의 상대가 아냐. 꼬리를 잡으려 돌기를 일곱바퀴 반 만에 기진맥진해서 포기했어. 약간 어지럽군. 어디에 있는 건지 방향도 모르겠고. 그래도 이 정도 쯤이야, 하며 비틀대며 걸었어. 장지문 안쪽에서 코주부 여사의 목소리가 들리네. 여기다, 하고 멈춰서 좌우의 귀를 쫑긋 세우고 숨을 죽였지. "가난뱅이 선생 주제에 얼마나 건방진지 몰라요" 하고 바로 그 새된 소리를 냈어. "그래, 건방진 놈이구먼. 정신을 차리게 혼을 좀 내주지. 그 학교엔 고향 사람들도 있으니까." "누가 있는데요?" "츠끼핀스께하고 후꾸찌 키샤고가 있으니 부탁해서 손을 좀 봐줘야겠군." 이 몸은 카네다 군의 고향은 모르지만 괴상망측한 이름의 인간들만 모인 동네구나 싶어 좀 놀랐어. 카네다 군은 말을 이어 "그 놈이 영어 선생이라고?" 하고 물었어. "네, 인력거집 마누라 말로는 영어 리더[23]라나 뭐라나를 전문으로 가르친다던데요." "그래봐야 형편없는 선생일겨." 이 '겨'라는 말도 꽤나 감탄스럽지? "저번에 핀스게를 만났더니, 우리 학교에 이상한 놈이 있어요, 학생이 '선생님, 싸구려 차는 영어로 뭐라고 하나요?' 하고 물었더니 그 선생이 싸구려 차는 savage tea[24]라고 정색하고 대답해서 선생들 사이에서 웃음거리가 됐죠, 그런 선생들이 있으니까 다른 사람들까지 욕을 먹는다니까요, 하던데 분명 그 녀석일 거야." "그놈 말고 누가 있겠어요. 그런 소리를 하고도 남을 면상이라고요. 꼴에 수염까지 길러가지고." "괘씸한 작자구면." 수염을 길러서 괘씸하다면 고양이는 모조리 괘씸죄겠군. "거기다가 그 메이떼이라나 망태라나 하는 인간은 또 얼마나 짓까불고 나대던지. 마끼야마 남작이 큰아버지라니, 그런 상판대기에 무슨 남작 큰아버지? 있을 리가 없지." "당신이 어디서 굴러온 말뼈다귀인지 모를 인간 말을 믿는 것도 문제야." "아니, 그래도 그렇지, 사람을 놀려도 분수가 있는 거 아녜요?" 하고 몹시도 억울한 모양이야. 신기한 것은 정작 칸게쯔 군 이야기는 일언반구도 없다는 사실. 이 몸이 몰래 납시기 전에 이미 인물평이 끝난 것인지 아니면 이미 낙제라고 정해두고 아예 염두에도 없는 것인지, 그 부분은 유감스럽게도 알 수가 없네. 잠깐 웅크리고 있으려니 복도 건너편 방에서 벨소리가 났어. 그렇다면 저쪽에도 무슨 일이 있는 거야. 늦기 전에 가보자, 하고 그 방향으로 걸음을 옮겼지.

........................
**23** reader. 영어 독본.
**24** 싸구려 차를 뜻하는 '番茶'를 '蠻茶'로 바꾸어 직역한 것.

와보니 여자 혼자서 뭐라고 큰 소리로 떠들고 있더군. 그 목소리가 코주부 여사와 무척 닮은 걸로 짐작건대 이 집의 따님, 즉 칸게쯔 군으로 하여금 투신자살 미수를 하게 만든 인물이렷다. 안타깝도다, 장지문에 가로막혀 옥안을 배알할 수가 없다니. 따라서 얼굴 한가운데 커다란 코가 좌정하고 계신지도 알 수가 없구나. 하지만 대화하는 중에 콧김이 거친 것 등을 종합하여 생각해보건대 남의 이목을 끌지 않을 낮고 펑퍼짐한 코는 아닐 터. 여자는 열심히 떠들어대는데 상대방 목소리가 들리지 않는 걸로 봐서는 소문으로 듣던 전화라는 물건이겠지. "거기 야마또²⁵지? 내일 말이야, 갈 거니까 메추라기 3²⁶으로 잡아줘, 알겠지? — 알았어? — 뭐? 모르겠다고? 안 돼, 메추라기 3을 잡으라니까 — 뭐라고? — 못 잡아? 못 잡을 리가 없다. 잡으라니까 — 헤헤헤헤, 농담하시긴? — 뭐가 농담이라는 거야? — 사람 놀리는 거야? 도대체 너 누구니? 초오끼찌라고? 초오끼찌인지 뭔지 말이 안 통하네. 주인아줌마더러 전화 받으라고 해 — 뭐라고? 제가 뭐든지 알아서 합니다? — 정말 버릇없네. 내가 누군지 알아? 카네다라고 — 헤헤헤헤, 잘 알고 있습니다요? 정말 바보네, 이 인간 — 카네다라니까 — 뭐야? — 늘 찾아주셔서 감사합니다? — 뭐가 감사해. 그런 소리 듣고 싶지 않다고 — 어머, 또 웃네. 너 진짜 멍청이구나 — 말씀하시는 대로라고? — 이런 식으로 사람을 놀리면 전화 끊어버릴 거야, 알겠어? 그럼 어쩌려고? — 입 다물고 있으면 모르잖아. 뭐라고 말을 하라

<hr />

**25** 카부끼 극장 이찌무라자(市村座)에 딸려 좌석 안내, 식사 등을 제공하던 찻집의 이름.

**26** '메추라기(鶉, 우즈라)'는 카부끼 극장의 특등석을 가리키는 말로, 앞에서 세번째가 가장 좋은 자리이다.

고."초오끼찌 쪽에서 끊어버렸는지 아무 대답도 없나봐. 아가씨는 짜증을 부리며 찌링찌링 전화기를 돌려댔어. 발치에서 강아지가 놀라 갑자기 짖기 시작하더군. 이런, 위험하다, 싶어 얼른 뛰어내려 마루 밑에 숨었지.

마침 그때 복도로 다가오는 발소리가 나더니 장지문 여는 소리가 났어. 누가 왔나 싶어 열심히 들어보니 "아가씨, 어르신과 사모님께서 부르십니다" 하는 하녀의 목소리였지. "싫어" 하고 아가씨가 펀치를 날렸어. "잠깐 일이 있으니 아가씨를 불러오라고 하셨는데요." "시끄러워. 싫다잖아" 하고 아가씨는 다시 한번 펀치. "⋯⋯미즈시마 칸게쯔 씨 일로 하실 말씀이 있다던데요" 하고 하녀는 눈치 빠르게 기분을 맞추려 했어. "칸게쯔인지 스이게쯔인지 모르지만 — 질색이라고. 찌그러진 수세미 같은 얼굴을 해가지고는." 세번째 펀치는 가엾은 칸게쯔 군이 부재중에 얻어맞는군. "어머, 너 언제 머리를 틀어올린 거야?" 하녀는 멈칫하더니 "오늘요" 하고 최대한 간단히 대답했지. "시건방지긴, 하녀 주제에" 하고 네번째 펀치는 다른 방향으로 날리더군. "게다가 동정까지 새로 달았잖아." "네, 지난번에 아가씨가 주신 거예요. 아까워서 고리짝에 넣어두었다가 쓰던 것이 너무 더러워졌길래 바꿔 달았어요." "내가 언제 그런 걸 줬지?" "이번 설에 시로끼야에 가셨을 때 사셨던 — 황록색 바탕에 씨름꾼 순위표 무늬를 염색한 거요. 나한텐 너무 수수해서 싫어, 너 줄게, 하셨던 그거예요." "칫, 잘 어울리네. 얄미워." "고맙습니다." "칭찬한 거 아냐. 밉살맞기는." "네." "그렇게 잘 어울리는 걸 어째서 말없이 받은 거지?" "그냥⋯⋯" "너한테 그 정도 어울리는 걸 보면 나한테도 이상할 것 같진 않잖아?" "분명히 잘 어울리실 거예요." "어울릴 걸 알면서 왜 잠자코 있었어? 그렇게 시치미 떼고 네가 하고 있다니, 못된 것." 펀치는 쉬지 않고 연발. 앞으로 어떤 국면이 펼쳐질까 하고 경청하고 있는데 건너편 방에서 "토미꼬, 토미꼬" 하고 큰 소리로 카네다 씨가 딸을 불렀어. 딸은 할 수 없이 "네" 하고 전화실을 나섰지. 이 몸보다 조금 큰 강아지가 얼굴 한가운데 눈과 입이 오종종하게 모인 듯한 얼굴로 따라가더군. 이 몸은 소리 없이 다시 주방에서 길 쪽으로 나와 서둘러 주인집으로 돌아왔어. 탐험의 실적은 우선 이걸로 충분했지.

멋들어진 집에서 갑자기 궁색한 곳으로 돌아오고 보니, 뭐랄까 햇볕 좋은 산꼭대기에서 어둑어둑한 동굴 속으로 들어온 듯한 기분이 들더군. 탐험 중엔 다른 것에 신경을 쓰느라 방 안 장식, 방문, 장지문 따위엔 눈도 주지 않았지만, 내가 사는 곳이 얼마나 허접한지를 느낌과 동시에 소위 범속함이 그리워지더라고. 교사보다는 역시 실업가가 훌륭하다는 생각이 들었어. 이건 좀 아닌가 싶어 꼬리 신령님께 여쭈어보았더니, 맞아, 맞아, 하며 꼬리 끝으로 신탁을 내려주시더군. 방으로 들어가보니 놀랍게도 메이떼이 선생이 아직 안 가고 있네. 담배꽁초를 벌집처럼 화로 가운데 꽂아놓고 떡하니 양반다리로 앉아서 뭐라 이야기하고 있어. 어느새 칸게쯔 군까지 와 있던걸. 주인은 팔베개를 하고 누워 천장의 비 샌 자국을 골똘히 올려다보고 있고. 변함없는 태평일민의 모임이야.

"칸게쯔 군, 헛소리로 자네 이름을 부르기까지 했던 여성의 이름은 당시엔 비밀이었던 모양이네만 이제 말해도 되지 않나?" 하고 메이떼이가 놀리기 시작했어. "저 혼자 이야기라면 얼마든지 하겠지만 상대방에게 폐가 되니까요." "아직 안 되려나?" "게다가 ○○ 박사 사모님께 약속을 해버렸으니." "남한테 이야기하지 않겠다는 약속인가?" "네" 하고 칸게쯔 군은 늘 그렇듯 하오리 끈만 꼬아댔어. 그 끈은 아무 데서나 팔지 않을 보라색이었지. "그 끈, 색을 보아하니 텐뽀오풍²⁷이로군" 하고 주인이 누운 채 말했어. 주인은 카네다 사건 따위는 관심도 없어. "그러게, 도저히 러일전쟁 시대의 물건은 아니구먼. 전쟁에 나가서 투구 쓰고 말 탈 때 입는 하오리에나 어울릴 허리끈일세그려. 오다 노부나가²⁸가 장가갈 때 머리를 위로 묶어올렸다던데 그때 썼던 게 분명히 저런 끈이야." 메이떼이는 역시나 말이 많아. "사실 이건 할아버지가 초오슈우 정벌²⁹ 때 썼던 거예요" 하고 칸게쯔 군은 진지할 따름. "이제 그만 박물관에 기증하면 어떤가? 목매달기의 역학을 강연하시는 천하의 이학사 미즈시마 칸게쯔 군께서 철 지난 무사 같은 차림을 하고 다녀서야 체면을 구기지 않겠나?" "충고 말씀을 따라도 좋습니다만, 이 끈이 무척 잘 어울린다고 해준 이가 있어서요 —" "누군가? 그런 형편없는 소리를 하는 것이." 주인이 돌아누우면서 큰 소리로 물었어. "아시는 분이 아니어서 —" "아시지 못해도 괜찮아. 도대체 누구냐고?" "어떤 여성입니다." "하하하하, 꽤나 별종인가보군. 맞혀볼까? 스미다 강 바닥에서 자네 이름을 불렀다는 그 여자겠지. 그 하오리 차림으로 한번 더 뛰어들어보면 어떻겠나?" 하고 메이떼이가 옆에서 끼어들었어. "하하하하, 이젠 강바닥에서 부르진 않습니다. 여기서 북서쪽 방향에 해당하는 청정한 세계에서……" "그다지 청정할 것도 없는 것 같던데. 지독한 코야." "네?" 칸게쯔는 의아한 표정. "건너편 골목의 코주부 여사가 좀 전에 쳐들어왔더라고, 여기로. 우리 둘이 얼마나 놀랐던지. 안 그래, 쿠샤미 군?"

---

27 덴뽀오(天保)는 에도 말기의 연호(1830~44)로, 시대에 뒤떨어졌다는 뜻.
28 오다 노부나가(織田信長, 1534~82). 전국 시대의 무장.
29 1864년, 1866년 에도 막부가 초오슈우(長州) 번과 벌인 전쟁을 말한다.

"그러게" 하고 주인은 누운 채로 차를 마셔. "코주부 여사라니 누구요?" "자네의 친애하는 구원의 여성의 자당님이지." "네?" "카네다의 처라는 여자가 자네 이야기를 물어보러 왔다니까." 주인은 정색을 하고 설명해주더군. 놀랄까, 기뻐할까, 창피해할까, 하고 칸게쯔 군의 표정을 살폈지만 전혀 아무렇지도 않아. 평소와 같은 조용한 어조로 "모쪼록 저더러 그 아가씨를 받아달라는 부탁이겠죠?" 하고 다시 보라색 끈을 꼬았어. "그게 전혀 아니더라고. 그 자당 되시는 분께서 위대한 코의 소유자여서 말이야……" 메이떼이가 말을 꺼내려는데 주인이 "어이, 여보게, 내가 아까부터 그 코에 관해 하이꾸풍 시를 하나 생각했는데 말이야" 하고 엉뚱한 소리를 했어. 옆방에서 부인이 키득키득 웃었지. "자네도 참 할 일 없구먼. 완성됐나?" "일부만. 첫 구는 '이 얼굴에 하나 마쯔리[30]'라는 거야." "다음은?" "다음은 '이 하나에 신주神酒 공양' 하는 거지." "다음 구절은?" "아직 거기까지밖에 못 지었네." "재밌는데요" 하고 칸게쯔 군이 히죽히죽 웃었어. "다음에는 '구멍 두 개 어렴풋하도다' 하고 붙이면 어떤가?" 메이떼이가 금세 짓더군. 거기다 칸게쯔가 "'속이 깊어 털도 안 보여' 하면 안 될까요?" 하고 저마다 엉뚱한 소리를 늘어놓고 있는데 울타리 근처 길거리에서 "진흙 너구리, 진흙 너구리" 하고 네댓명이 웅성웅성하는 소리가 들렸지. 주인도 메이떼이도 놀라서 울타리 틈으로 바깥쪽을 내다보자 "와하하하하" 하고 웃는 소리가 나더니 멀리 도망치는 발소리가 들려. "진흙 너구리가 뭘까?" 하고 메이떼이가 이상하다는 듯 주인에게 물었지. "뭔 소린지 모르겠군" 하고 주인이 답했어. "그럴듯한데요." 칸게쯔 군

........................................................
**30** 일본어로 '코'와 '꽃'이 '하나(はな)'로 발음이 같은 것을 이용해 '꽃 축제(하나 마쯔리)'에 빗댄 말장난.

이 비평했어. 메이떼이는 무슨 생각을 했는지 갑자기 일어서더니 "이 몸은 몇년간 미학상의 관점에서 코에 관하여 연구해온 바 있어 그 일부를 피력하고자 하오니, 두분께서는 경청해주시옵기를 바랍니다"하며 연설 흉내를 내더군. 주인은 너무 뜬금없는 일인지라 멍하니 메이떼이를 바라보았지. 칸게쯔는 "모쪼록 들려주시지요"하고 작은 목소리로 말했어. "여러가지로 조사를 해보았습니다만 코의 기원은 확실히 알 수가 없더군요. 첫번째 문제는, 만약 이것을 실용적인 도구로 가정하면 구멍 두개로 충분하죠. 군이 이렇게 건방지게 얼굴 한가운데 툭 튀어나올 필요가 없다는 겁니다. 그런데 어째서 보시는 바와 같이 튀어나오게 되었는가?"하고 자신의 코를 잡아 보였어. "별로 튀어나오지도 않았구먼"하고 주인이 까칠한 소리를 했지. "어쨌든 안으로 파여 있진 않으니까요. 그냥 구멍 두개가 나란히 뚫려 있는 상태와 혼동하셔서는 오해가 생길지도 모르니 미리 주의를 부탁드립니다. ─ 그래서 어리석은 저의 견해로는 코의 발달이란 우리 인간이 코를 푸는 미세한 행위의 결과가 자연히 축적되어 이렇게 현저한 현상을 노정하기에 이르렀다는 겁니다." "말 그대로 어리석은 의견이로군"하고 또 주인이 촌평을 끼워넣었지. "주지하시는 바와 같이 코를 풀 때는 코를 잡을 수밖에 없죠. 코를 잡고 특히 이 부위에만 자극을 주다보면, 진화론의 대원칙에 의해 이 부분은 이 자극에 대응하기 위하여 다른 곳과는 비교할 수 없이 발달하게 됩니다. 피부도 자연히 단단해지지요. 살도 점차 딱딱해지고요. 마침내 뭉쳐서 뼈가 되는 겁니다." "그건 좀 ─ 그렇게 맘대로 살이 뼈로 단숨에 변화할 수는 없겠지요." 이학사답게 칸게쯔 군이 반론했어. 메이떼이는 태연한 얼굴로 말을 이어갔지. "뭐 얼마든지 이견을 제기하실 수 있지만 이론보다는 증거, 보시는 바와 같이 뼈가 있으니 어쩔 수 없습니다. 이미 뼈가 만들어졌습니다. 뼈가 생겼어도 콧물은 나오지요. 나오니 풀지 않을 수가 없고요. 이런 작용으로 뼈의 좌우가 깎여나가면서 가늘고 높은 융기로 변화해갑니다 ─ 실로 무서운 작용이지요. 빗방울이 바위를 뚫고, 빈두로賓頭盧 나한[31]의 머리가 절로 광명을 발하는 것처럼 신묘막측이라고나 할까, 이처럼 콧대가 또렷하니 단단해지는 겁니다." "그런데 자네 것은 뒤룩뒤룩한데." "연사 자신의 부위에 관해서는 무리한 변호의 위험이 있으므로 굳이 논하지 않겠습니다. 저 카네다 자당님이 소지하고 계신 코와 같은 경우는 지극히 발달하여 더없이 위대한 천하의 진품으로서 두분께 소개해 올리고자 합니다." 칸게쯔 군은 자기도 모르게 "이야, 그것참" 하더군. "하지만 무엇이든지 극도에 달하면 진경임은 분명하오나 어쩐지 두려워서 접근하기 어려운 법이올시다. 그 콧대도 훌륭한 것은 분명하지만 다소 지나치게 가파른 것이 아닌가 싶습니다. 옛사람들 가운데도 소크라테스, 골드스미스[32], 혹은 새커리[33]의 코는 구조적으로 말하자면 부족한 점이 있겠지만 바로 그 부족한 부분에 애교가 있습니다. '코가 높아 귀한 것 아니라 기이해서 귀하도다'[34]란 바로 이런 경우가 아니겠습니까? 속담에도 '코보다 경단'[35]이라 하듯 미적

**31** 불교의 16나한 중 하나로, 일본에서는 이 나한상을 만지면 병이 낫는다고 여겨 머리가 반질반질해진 것이 많다.

**32** 올리버 골드스미스(Oliver Goldsmith, 1728~74). 영국의 시인, 소설가, 극작가.

**33** 윌리엄 메이크피스 새커리(William Makepeace Thackeray, 1811~63). 영국의 소설가.

**34** 아동 교훈서 『지쯔고꾜오(實語敎)』에 나오는 구절 "산이 높아 귀한 것 아니라 나무가 있어서 귀하도다"를 비튼 말장난.

**35** '금강산도 식후경'과 같은 뜻인 '꽃보다 경단'이라는 속담을 이용한 말장난.

가치로 말씀드리자면 일단 본인 메이떼이 정도가 적당하지 않나 사료되옵니다." 칸게쯔와 주인은 "흐흐흐" 하고 웃음을 터뜨렸지. 메이떼이 자신도 유쾌하게 웃더군. "자, 지금까지 아뢰어 올린 것은—" "선생님, '아뢰어 올린'이란 말은 만담가 같아서 상스러우니 관두시죠" 하고 칸게쯔 군은 며칠 전의 복수를 했어. "과연 그러하오시면 세수라도 하고 다시 할까요? — 에에 — 지금부터 코와 얼굴의 균형에 관해 한마디 언급하고자 합니다. 다른 것과 관계없이 단독으로 비론鼻論을 전개하자면 그 자당님은 어디에 내놔도 부끄럽지 않을 코 — 쿠라마 산<sup>36</sup>에서 전람회가 열려도 틀림없이 일등상이라고 여겨질 정도의 코를 소유하고 계시오나, 슬프도다, 이는 눈, 입, 그밖의 다른 선생들과 아무런 상의도 없이 저 혼자 만들어진 코이올시다. 율리우스 카이사르의 코도 대단했음은 틀림없습니다. 하오나 카이사르의 코를 가위로 싹둑 잘라다가 이 집 고양이 얼굴에 붙여놓는다면 어찌 되겠습니까? 비유에도 '고양이 이마'라고 할 정도의 좁은 바닥에 영웅의 콧대가 떡하니 솟아 있다면 바둑판 위에 나라奈良의 대불大佛을 모셔놓은 것과 같아서 완전히 균형을 잃어버린 나머지 그 미적 가치를 떨어뜨릴 것입니다. 자당님의 코는 카이사르와 마찬가지, 그야말로 영웅의 풍채로 융기해 있음이 분명합니다. 하지만 그 주위를 둘러싼 안면적 조건은 어떠할까요? 물론 이 집 고양이처럼 열등하진 않지요. 그러나 간질병 걸린 추녀처럼 미간에 팔자주름이 잡히고 가느다란 눈이 치켜올라간 것은 사실입니다. 여러분, 이 얼굴에 이런 코라니, 하고 탄식할 수밖에 없지 않겠습니까?" 메이떼이의 말이 잠깐 끊기자마자 뒷문 쪽

---

36 쿄오또에 있는 쿠라마 산에는 얼굴이 붉고 코가 높은 텐구(天狗)라는 요괴가 산다는 전설이 있다.

에서 "아직도 코 이야기를 하고 있어. 정말 괘씸한 인간이야" 하는 목소리가 들렸어. "인력거집 마누라야" 하고 주인이 메이떼이에게 알려줬지. 메이떼이는 다시 시작하더군. "뜻밖에도 뒤쪽에 새로이 이성 방청객이 있음을 발견한 것은 연사로서는 더없는 영광이라고 여기는 바입니다. 더구나 매끄러운 교성으로 무미건조한 강연장에 한점 요염함을 더하여주신 것은 실로 뜻하지 않은 행복이올시다. 가능하면 통속성을 가미하여 아름다운 숙녀분의 기대를 저버리지 않도록 노력하겠사오나, 지금부터 다소 역학상의 문제에 접어드는 바 어쩌면 여성분들께는 이해하기 어려울지도 모르겠습니다. 모쪼록 잠시 참아주시옵기를 바랍니다." 칸게쯔 군은 역학이라는 말을 듣더니 다시 히죽거렸어. "제가 논증하고자 하는 것은 이 코와 이 얼굴이 도저히 조화롭지 못하다, 차이징[37]의 황금률에 어긋난다는 것으로서, 그것을 엄격하게 역학상의 공식에서 연역하여 보여드리고자 하는 것이올시다. 우선 H를 코의 높이라고 합시다. $a$는 코와 얼굴 평면이 교차하는 각도입니다. W는 물론 코의 중량이라고 생각해주십시오. 어떠세요, 대충 아시겠지요?" "알 게 뭐야" 하고 주인이 말했어. "칸게쯔 군은 어떤가?" "저도 잘 모르겠네요." "거참, 곤란하네. 쿠샤미야 그렇다 치고 자네는 이학사이니 알 줄 알았는데. 이 공식이 연설의 핵심이니까 이걸 생략하면 지금까지 이야기한 보람이 없는데 — 뭐, 별수 없군. 공식은 생략하고 결론만 말하지." "결론이 있다고?" 주인이 신기하다는 듯 물었어. "당연하지. 결론이 없는 강연은 디저트 없는 서양 요리 같은 거 아닌가 — 자, 두 사람 모두 잘 듣게나. 이제부터가 결론이거든. — 그래서 이상

**37** 아돌프 차이징(Adolf Zeising, 1810~76). 독일의 미학자.

과 같은 공식에 피르호[38], 바이스만[39] 등의 주장을 참작하여 생각해 보자면 선천적인 형체 유전은 물론 인정해야만 합니다. 또 이런 형체에 뒤따르는 심리적 상황은, 비록 후천성은 유전하지 않는다는 유력한 학설이 있음에도 불구하고 어느정도까지는 필연의 결과로 인정해야만 합니다. 따라서 이렇게 신분에 걸맞지 않은 코의 소유주가 낳은 자녀의 코에도 무언가 이상이 있으리라고 짐작됩니다. 칸게쯔 군의 경우는 아직 나이가 젊은 까닭에 카네다 양의 코의 구조에 대해 특별히 이상하다고 생각하지 않을지도 모르지만, 이러한 유전은 잠복기가 긴 법이니 언제 어느 시점에 기후의 급변과 함께 갑자기 발달하여 자당님의 그것처럼 순식간에 팽창할지 모릅니다. 그런 연유로 이 혼례는 메이떼이의 학리적 논증에 따르면 지금 당장 중단하는 것이 안전할 듯합니다. 이것은 이 집 주인은 물론이고 저기 뒹굴고 계시는 네꼬마따 님께서도 이견이 없으리라 사료됩니다." 주인은 슬렁슬렁 일어나 앉더니 "그야 물론이지. 그런 위인의 딸을 누가 데려가겠어? 칸게쯔 군, 데려가면 안 돼" 하고 꽤나 강하게 주장했어. 이 몸도 찬성의 뜻을 표하기 위해 야옹야옹하고 두번쯤 울어줬지. 칸게쯔 군은 그다지 동요하는 기색도 없이 "선생님들의 의향이 그러시다면 저도 마음을 접어도 상관없지만, 만약 당사자가 그 때문에 병이라도 나면 죄를 짓는 거라서 —" "하하하, 사랑의 죄라는 거로구먼." 주인만 공연히 열을 내며 "그런 멍청한 소리가 있나. 그 인간의 딸이니 변변치 않을 게 분명해. 남의 집에 처음 찾아와서는 나한테 작정하고 덤빈 인간이야. 오만한 인간이라고" 하며 혼자서 붉으락푸르락했어. 그러자 다시 울타리 옆에

......................................
**38** 루돌프 피르호(Rudolf Virchow, 1821~1902). 독일의 병리학자, 인류학자.
**39** 아우구스트 바이스만(August Weismann, 1834~1914). 독일의 유전학자.

서 "와하하하하" 하는 소리가 났지. 한 사람이 "오만한 벽창호 같으니라고" 하더니 다른 사람이 "더 큰 집에 살고 싶지?" 하더군. 또 다른 사람이 "불쌍하긴 하지만 아무리 잘난 척해봤자 방 안 통소야" 하고 고함을 쳤어. 주인은 대청으로 나가 질세라 소리를 쳤지. "시끄러워! 뭐 하는 짓이야? 남의 집 담 밑에 와서." "와하하하하. 쌔비지 티다, 쌔비지 티!" 하고 저마다 약을 올리더군. 주인은 크게 부아가 치밀었는지 느닷없이 일어나 지팡이를 들고는 길로 뛰쳐나갔어. 메이떼이는 박수를 쳐가며 "잘한다, 신난다" 하더군. 칸게쯔는 하오리 끈을 꼬며 히죽히죽. 이 몸이 주인 뒤를 따라 개구멍을 통해 길로 나와보니 길 한가운데 주인이 뻘쭘하게 지팡이를 짚고 서 있었어. 길에는 아무도 없고, 여우에게 홀렸나 싶더라니까.

# 4

줄곧 그랬듯이 카네다 저택으로 숨어들었어.

여기서 '줄곧'이라 함은 새삼 설명할 필요도 없지만, '자주'의 제곱쯤 되는 빈도라고나 할까? 한번 해보면 또 하고 싶은 법이고 두번 해보면 세번 하고 싶은 것은 인간에게만 있는 호기심이 아니야. 고양이 역시 이런 심리적 특권을 지니고 이 세상에 태어났다는 것을 인정해야만 할걸. 세번 이상 반복하다보면 습관이라는 말을 쓸 수 있게 되고 이 행위가 생활상의 필요로 진화한다는 것 역시 인간과 다를 바 없지. 뭐하러 그렇게 자주 카네다 저택에 다니는지 모르겠다고 한다면 그전에 인간들에게 좀 반문하고 싶어. 뭐하러 인간은 입으로 연기를 들이마셨다가 코로 내뿜는 걸까. 배가 부르는 것도 아니고 혈액순환에 약이 되는 것도 아닌데 창피한 줄도 모르고 서슴없이 뻐끔거리는 이상, 이 몸이 카네다가에 들락거린다고 그리 나무랄 일은 아니잖아. 카네다 저택은 이 몸의 담배라고나 해두지, 뭐.

숨어든다는 건 사실 어폐가 있어. 도둑이나 샛서방 같아서 듣기 싫잖아. 이 몸이 카네다 저택에 가는 건 물론 초대받은 건 아니지만 그렇다고 가다랑어 토막을 훔치거나 이목구비가 얼굴 한가운데 오종종한 강아지와 밀담이라도 하려는 게 아니거든. ──뭐, 정탐? ──어림없는 소리. 대저 세상의 천한 직업 중에서도 가장 천한 것이 바로 탐정과 고리대금업자라고 생각해. 물론 칸게쯔 군을 위해 고양이로서는 보기 드문 의협심을 발휘하여 한번은 카네다가의 동정을 얼핏 살펴보긴 했지만 그건 딱 한번뿐이고, 그후론 결코 고양이 양심에 거리낄 만한 비열한 짓은 한 적이 없어. ── 그렇다면 어째서 '숨어든다'라는 수상쩍은 낱말을 썼느냐? ──실은 거기엔 엄청난 의미가 있거든. 이 몸의 생각에 따르면 원래 천공은 만물을 덮기 위해, 대지는 만물을 올려놓기 위해 만들어졌어 ── 제아무리 집요하게 말꼬리 잡기를 좋아하는 인간이라도 이 사실을 부정할 수는 없을 거야. 그런데 이 천공 대지를 만들기 위해 그들 인류가 어느 만큼의 노력을 들였는가 하면 눈곱만큼도 한 게 없다는 거지. 자기들이 만든 것도 아닌 것을 자기 소유라고 정하는 법이 어디 있냐고. 자기 소유라 정하는 것까지야 그렇다 쳐도 남의 출입까지 금할 이유는 있을 수 없지. 이 망망한 대지를 영악스럽게 울타리로 막고 말뚝을 박아 아무개 소유지라고 금을 긋는 것은 마치 청천 하늘에 새끼줄을 치고 이 부분은 내 하늘, 저 부분은 네 하늘, 하는 거나 같아. 만약 토지를 조각내어 한평에 얼마라고 소유권을 매매한다면 우리가 숨 쉬는 공기도 1입방미터씩 잘라 팔아도 되는 것 아니냐? 공기를 잘라 팔 수 없고 하늘에 새끼줄을 못 두른다면 토지의 사유 역시 불합리한 것 아닌가? 있는 그대로를 봄으로써 있는 그

대로의 진리를 믿는 이 몸은 그러니 어디든 갈 수 있어. 물론 가고
싶지 않은 곳엔 안 가지만 마음만 먹으면 동서남북 가릴 것이 없이
초연한 얼굴로 어슬렁어슬렁 다니지. 카네다 같은 위인한테야 꿀
릴 것도 없어. ─ 하지만 고양이의 슬픔이로구나, 힘으로는 도저
히 인간을 못 당한다는 사실. 힘이 곧 권리라는 격언까지 있는 이
뜬세상에 존재하는 이상 아무리 이쪽이 정당해봤자 고양이의 주
장 따위 통하질 않아. 억지로 통하게 하려다간 인력거집 까망이처
럼 느닷없이 생선가게 멜대가 날아올 염려가 있다고. 이쪽이 정당
하나 권력은 저쪽에 있는 경우에는 이것저것 따질 것 없이 자신을
굽혀 굴종하느냐 아니면 권력의 눈을 속여 이익을 얻느냐 둘 중 하
나인데, 이 몸은 물론 후자를 택했지. 멜대는 피하지 않을 수가 없
는 까닭에 '숨을' 수밖에 없고, 인간의 저택에는 들어가도 지장이
없는 까닭에 '들' 수밖에 없다고나 할까? 바로 이런 연유로다가 이
몸은 카네다가에 '숨어드는' 것이야.

숨어드는 횟수가 늘어날수록 정탐을 할 생각이 없어도 저절로
카네다 군 일가의 사정이 보고 싶지도 않은 이 몸의 눈에 보이고
기억하고 싶지도 않은 이 몸의 뇌리에 새겨지는 것은 어쩔 수가 없
어. 코주부 여사가 세수를 할 때마다 유난히 정성 들여 코를 문지
른다든가, 토미꼬 양이 설탕 뿌린 인절미를 엄청나게 드신다든가,
그리고 카네다 군 자신이 ─ 카네다 군은 부인과는 달리 코가 납
작한 사내야. 코뿐 아니라 얼굴 전체가 납작하지. 어렸을 때 싸움
을 하다가 골목대장한테 뒷덜미를 잡혀 흙담에 힘껏 찍어눌렸던
때의 얼굴이 사십년 후인 지금까지 남아 있는 것 아닐까 싶을 정도
로 납작한 얼굴이야. 지극히 온화하고 험하지 않아 보이는 얼굴임
은 분명하지만, 어딘가 너무 심심하다고나 할까. 아무리 화를 내도

마냥 편안한 얼굴이거든. ─ 그 카네다 군이 참치회만 먹으면 자기 대머리를 찰싹찰싹 두드린다든가, 얼굴만 납작한 게 아니라 키까지 납작해서 무턱대고 높다란 모자와 높다란 나막신을 신는다든가, 그걸 또 인력거꾼이 비웃으며 서생에게 이야기했다든가, 서생이 옳거니, 자네는 날카로운 관찰력이 있구먼그래, 하고 감탄했다든가 ─ 일일이 말하자면 끝이 없어.

최근엔 뒷문 옆을 빠져나가 마당 쪽으로 가서 가산假山 그늘에서 맞은편을 건너다보고는 장지문이 닫혀 있고 조용하다 싶으면 천천히 들어가지. 만일 사람 소리가 시끄럽거나 방에서 보일 수도 있겠다 싶을 때는 연못을 동쪽으로 돌아 변소 옆에서 몰래 대청마루 아래로 나오기도 해. 나쁜 짓을 한 기억은 없으니 굳이 숨을 것도 무서울 것도 없지만 그래도 인간이라는 무법자를 만났다간 불운하게도 포기할 수밖에 없으니, 만일 세상이 쿠마사까 초오한[1]투성이라면 아무리 도덕군자라 해도 역시 이 몸과 같은 태도로 나올 거야. 카네다 군은 당당한 실업가이니 애당초 쿠마사까 초오한처럼 5척 3촌을 휘두를 염려야 없겠지만, 귀동냥한 바에 따르면 사람을 사람으로 생각하지 않는 병이 있다는 모양이야. 사람을 사람으로 생각하지 않을 정도라면 고양이를 고양이로 생각할 리가 없지. 그렇다고 한다면 아무리 도덕군자 고양이라 할지라도 그 집에서는 결코 마음을 놓을 수 없다는 이야기가 되는 거야. 하지만 마음을 놓을 수 없다는 바로 그 점이 이 몸에겐 흥미로운 것이어서, 이 몸이 이렇게까지 카네다 집을 드나드는 것도 그저 이런 위험을 겪어보고 싶기 때문인지도 몰라. 그건 앞으로 곰곰이 생각해보고 고양이의 뇌

---

1 쿠마사까 초오한(熊坂長範). 헤이안 시대의 전설적인 도적으로 5척 3촌(약 160센티미터)의 긴 칼을 썼다고 한다.

리를 남김없이 해부할 수 있게 되었을 때 다시 이야기하도록 하지.

오늘은 또 무슨 일이 있으려나 싶어 평소처럼 가산 잔디 위에 턱을 붙이고 앞쪽을 둘러보니 타따미 열다섯장짜리 응접실을 춘삼월 봄볕을 향해 활짝 열어젖히고 그 안에서 카네다 부부와 손님 하나가 한창 이야기를 나누는 중이야. 하필이면 코주부 여사의 코가 이쪽을 향해 연못 너머로 이 몸의 이마를 정면으로 노려보고 있더군. 코가 노려보는 건 또 난생처음이야. 카네다 군은 다행히 옆얼굴을 보이고 손님을 마주하고 있으니 납작한 부분이 반쯤 가려져 보이지 않았지만, 그 대신 코가 어디 붙었는지 확실치가 않아. 다만 희끗희끗한 콧수염이 무성하게 마구 자라 있으니 그 위에 구멍 두개가 있을 거라는 결론이야 쉽게 내릴 수 있지. 봄바람도 저렇게 평평한 얼굴 위로만 불면 정말 편하겠구나 하는 쓸데없는 상상까지 해보았어. 손님은 세 사람 중에서 가장 평범한 용모더군. 다만 그러다보니 이렇다 하고 특별히 소개할 만한 것이 하나도 없네. 평범하다고 하면 적당할 것 같지만 너무도 평범한 나머지 범상함의 당堂에 올라 범속의 실室에 든 것[2]은 오히려 불쌍하기 그지없어. 이런 무의미한 낯짝을 숙명처럼 지니고 빛나는 메이지 시대에 태어난 것은 누구란 말인가. 늘 그렇듯 대청 아래로 기어들어가 그 이야기를 경청하지 않고서야 알 수가 없지.

"……그래서 집사람이 일부러 그 사내 집까지 찾아가서 어떤가 물어봤는데 말이지……"하고 카네다 군은 변함없이 건방진 말투였어. 건방지긴 하지만 험악한 구석이라곤 추호도 없더군. 말투 역

---

2 『논어』에 나오는 "자로(子路)는 이미 당(堂, 마루)에 올랐으나 아직 실(室, 방)에는 들지 않았다(由也升堂矣 未入於室也)", 즉 '높은 수준에는 올랐으나 아직 경지에 이르지는 못했다'는 말을 비틀어 더없이 범속하다는 뜻으로 쓴 것.

시 얼굴처럼 지극히 평평한 거지.

"옳거니, 그 사내가 미즈시마 씨를 가르친 적이 있으니까요 ─ 옳거니, 생각 잘하셨네 ─ 옳거니." 옳거니 범벅인 손님이로군.

"그런데 뭐랄까, 알 수가 없어서."

"그렇죠. 쿠샤미라는 인간이 워낙 알 수가 없으니까 ─ 그 남자는 저와 같이 하숙을 할 때부터 완전히 흐리멍덩해서 ─ 정말 난감하셨겠네요" 하며 손님은 코주부 여사 쪽을 보았어.

"난감이고 뭐고 정말이지, 저는 이 나이가 되도록 남의 집에 가서 그런 푸대접을 받은 건 또 처음이에요." 코주부 여사는 아니나다를까 맹렬한 콧바람을 뿜었지.

"뭐라고 무례한 소리라도 하던가요? 옛날부터 괴팍한 성격이라 ─ 일단 십년을 하루같이 리더 전문 선생질을 하고 있는 것만 봐도 대충 알 만하지 않습니까?" 하고 손님은 그럴듯하게 역성을들었어.

"아니, 이야기랄 것도 없이 집사람이 뭐라고 물어도 마구 쏘아붙이기만 했다잖아."

"그것참, 고얀 인간이군요 ─ 도대체가 좀 배웠다는 인간들은 왜들 그렇게 교만해지는지, 거기다가 가난이 더해지면 오기까지 부리죠 ─ 세상엔 정말 제멋대로인 인간들이 있어요. 자기가 무능한 건 생각도 안 하고 무턱대고 재산 있는 사람들에게 덤벼들고 본다니까요 ─ 마치 자기들 재산이라도 빼앗은 것처럼 구니 놀랄 노자죠, 아하하하" 하고 손님은 아주 좋아 죽더군.

"그러게, 정말 언어도단이고말고. 그런 녀석은 필시 세상 물정을 몰라서 날뛰는 것이니 혼찌검을 내주는 게 좋겠다 싶어서 손을 좀 썼지."

"옳거니, 그럼 좀 풀이 죽었겠군요. 본인한테도 그게 좋은 거죠" 하고 손님은 어떻게 손을 썼는지 듣기도 전에 맞장구를 쳤어.

"그런데 말예요 스즈끼 씨, 얼마나 고집스러운 사내인지, 학교에 가서도 후꾸찌 씨나 츠끼 씨하고는 말도 안 섞는대요. 풀이 죽어 조용해졌나 했더니, 지난번엔 죄도 없는 우리 집 서생을 지팡이를 휘두르면서 쫓아왔다잖아요 ― 서른 넘은 인간이 잘도 그런 멍청한 짓을 한다 싶더라니까요. 너무 약이 올라서 머리가 좀 이상해졌나봐요."

"허, 어째서 또 그런 난폭한 짓을 했을까……" 아무리 옳거니 범벅인 손님이지만 이건 좀 이상하다 싶었나봐.

"아니, 그냥 그 집 앞을 지나면서 뭐라고 좀 했나봐요. 그랬더니 느닷없이 지팡이를 치켜들고 맨발로 뛰쳐나왔다는 거예요. 아니, 설령 뭐라고 좀 했기로서니, 아직 어린애잖아요. 수염 난 어른이, 거기다가 명색이 선생 아녜요?"

"그렇죠, 선생이니까……" 손님이 말하자 카네다 군도 "선생이지" 했어. 선생인 이상 어떤 모욕이라도 부처님처럼 점잖게 견뎌야 한다는 데 이 세 사람이 뜻밖에 의견 일치를 본 것 같더군.

"게다가 그 메이떼이라는 사내도 꽤나 별종인가봐요. 말도 안 되는 거짓말을 야바위꾼처럼 늘어놓고. 저는 그런 괴짜는 처음 봤어요."

"아, 메이떼이요? 여전히 허풍을 떨고 다니나보군요. 역시 쿠샤미네 집에서 만나셨나요? 그 인간한테 걸리면 정말 힘들죠. 그 인간 역시 옛날에 함께 자취하던 사이지만 얼마나 사람을 바보 취급하는지 곧잘 싸우곤 했죠."

"누구라도 화가 나죠, 그런 식이면. 아니, 거짓말하는 건 그렇다

쳐요. 입장이 난처하거나 말을 맞춰야 하거나 — 그럴 때야 누구라도 마음에 없는 소리를 하니까요. 그런데 그 남자는 안 해도 될 말 같잖은 소리를 아무렇게나 해대니까 기가 막혀요. 도대체 뭘 얻어먹겠다고 그런 엉터리 같은 소리를 — 어쩌면 그렇게 뻔뻔스럽게 내뱉는지."

"그렇고말고요. 아주 장난삼아 거짓말을 해대니 안 될 짓이죠."

"일부러 마음먹고 미즈시마 이야기를 들으러 갔는데 엉망진창이 돼버렸다니까요. 정말이지 부아가 치밀어서 다시 보기도 싫었지만 — 그래도 예의라는 게 있으니까, 남의 집에 뭘 물으러 갔는데 맨입으로 넘어가기도 뭐해서 나중에 인력거꾼을 시켜서 맥주를 한상자 보내줬거든요. 아, 그런데 글쎄, 어땠는지 아세요? 이런 걸 받을 이유가 없으니 도로 가져가라고 하더래요. 성의 표시니까 그냥 받아달라고 인력거꾼이 말했더니 — 밉살스럽지 않아요? 나는 잼은 날마다 먹지만 맥주같이 쓴 것은 마셔본 적이 없다면서 휑하니 안으로 들어가버리더래요, 글쎄 — 기가 막혀서 할 말이 없어요. 정말 무례하지 않아요?"

"그것참, 너무하네." 손님은 이번엔 정말 심하다 싶었나봐.

"그래서 오늘 굳이 자네를 불렀네만" 하고 잠시 뜸을 들이더니 카네다 군의 목소리가 들렸어. "그런 얼간이는 원래 뒤에서 욕이나 하면 되는 거지만, 그러고만 있을 수도 없어서……" 하며 참치회를 먹을 때처럼 대머리를 찰싹찰싹 두드리더군. 물론 이 몸은 대청마루 아래 있으니 실제로 두드렸는지 어땠는지는 보일 리가 없지만, 이 대머리 두드리는 소리는 근래에 꽤나 익숙해졌어. 비구니가 목탁 소리를 구별하듯이 대청마루 아래서도 소리만 또렷하면 금방 대머리구나, 하고 그 출처를 감정할 수가 있다는 말씀. "실은 자네한테 부탁이 좀 있어서……"

"제가 할 수 있는 일이라면 뭐든지 주저 마시고 — 이번에 토오꾜오에서 근무하게 된 것도 여러가지로 신경 써주셔서 가능했던 거니까요" 하며 손님은 기꺼이 카네다 군의 부탁을 받아들였어. 말하는 투로 봐서는 이 손님은 역시 카네다 군에게 신세를 진 사람인 듯해. 이거 참 일이 점점 재미있어지네. 오늘은 날씨가 하도 좋아 별생각 없이 와본 건데, 뜻밖에 이런 좋은 이야기를 들을 줄이야. 히간[3]에 절에 갔다가 우연히 주지스님에게 찹쌀떡을 얻어먹는 거나 마찬가지지. 카네다 군이 손님에게 어떤 부탁을 하려나 하고 마루 밑에서 귀를 기울여 들었어.

"그 쿠샤미라는 별종이 무슨 까닭인지 미즈시마에게 훈수를 두면서 카네다네 딸과 혼인해선 안 된다는 식으로 넌지시 말하는 모양이야 — 그렇지, 하나꼬?"

"넌지시 말하는 정도가 아니죠. 그런 놈의 딸을 들이는 멍청이가 세상천지에 어디 있나, 칸게쯔 군, 절대 혼인해선 안 되네, 하던걸요."

"저런 무례한 놈 같으니라고. 그런 막말을 했단 말인가요?"

"하고말고요. 인력거집 마누라가 일부러 알려주러 왔더라고요."

"스즈끼 군, 어떤가? 이런 형편이라네. 정말 골치 아프지?"

"정말 그러네요. 다른 일도 아니고 이런 문제는 남이 공연히 나서서 끼어들 일이 아닌데 말입니다. 그 정도는 아무리 쿠샤미라도 알고 있을 텐데, 도대체 왜 그러는지."

"그래서 말인데, 자네는 학생 시절부터 쿠샤미와 함께 지냈고,

---

3 춘분이나 추분을 전후한 7일간. 멥쌀과 찹쌀을 섞어 만든 떡을 조상에게 공양하는 풍습이 있다.

지금이야 어떻든 한때 친밀한 사이였다고 하니 부탁이네만, 자네가 직접 만나 이해득실을 따져서 잘 좀 타일러주게나. 무엇 때문에 꼬여 있는지 모르겠지만 그것도 그쪽이 잘못한 거고, 그쪽만 점잖게 있어주면 일신상의 편의도 충분히 봐줄 테고 신경을 거스르는 일도 없을 거라고 말일세. 하지만 그쪽이 그렇게 나온다면 이쪽에서도 갈 데까지 가보자 싶은 마음이 들 테니까 ─ 요컨대 그렇게 고집을 부려봤자 자기 손해라고 말이지."

"그럼요, 그렇고말고요. 쓸데없이 저항해봤자 자기 손해지 무슨 득이 있겠어요? 알아듣게 잘 타일러보겠습니다."

"우리 딸아이야 여기저기서 달라는 데가 많으니 꼭 미즈시마에게 주겠다고 마음먹은 건 아니지만, 이것저것 들어보니 학문도 인간성도 나쁘지 않은 모양이니 만일 그 사람이 열심히 공부해서 조만간 박사라도 되면 어쩌면 성사가 될지도 모른다는 정도로 슬쩍 흘려두는 건 상관없네."

"그렇게 해두면 본인도 힘이 나서 공부하겠지요. 좋은 생각이십니다."

"그런데 참 이상한 것이 ─ 미즈시마에게 어울리지 않게도 그 별종 쿠샤미를 선생님, 선생님, 하면서 쿠샤미가 하는 소리는 대체로 다 받아들이는 모양이니 난감하네. 아니, 굳이 미즈시마가 아니면 안 된다는 건 물론 아니니까 쿠샤미가 뭐라고 훼방을 놓든 우리 쪽이야 별 지장이 없지만……"

"미즈시마 씨가 불쌍해서 말이에요" 하고 코주부 여사가 끼어들었어.

"미즈시마라는 사람은 본 적도 없지만 어쨌든 이 댁과 혼인을 할 수만 있다면 평생의 복이니 본인이야 물론 이의 없겠지요?"

"예, 미즈시마 씨는 결혼하고 싶어하는데 쿠샤미니 메이떼이니 하는 별난 인간들이 이러쿵저러쿵하고 있어서요."

"그것참, 고약한 짓이네. 교육깨나 받았다는 자에겐 더구나 어울리지 않는 짓이니 제가 쿠샤미에게 가서 잘 이야기를 하겠습니다."

"그래, 귀찮겠지만 잘 좀 부탁하네. 그리고 사실 미즈시마에 관해서는 쿠샤미가 제일 잘 알 텐데 지난번 집사람이 갔을 때는 지금 얘기한 대로 제대로 듣질 못했으니 자네가 한번 그 사람의 성격이나 재능 같은 걸 잘 물어봐주게나."

"잘 알겠습니다. 오늘은 토요일이니 지금 가면 집에 와 있겠군요. 요즘은 어디 사는지 모르겠네요."

"이 앞에서 오른쪽으로 끝까지 간 다음 왼쪽으로 백 미터 정도 가서 무너져가는 검은 담장이 있는 집이에요" 하고 코주부 여사가 알려주더군.

"그럼 바로 근처네요. 어려울 것 없죠. 돌아가는 길에 잠깐 들러보겠습니다. 문패를 보면 대충 알겠죠."

"문패는 있을 때도 있고 없을 때도 있어요. 명함을 밥풀로 붙여 놓나봐요. 비가 오면 떨어져버리잖아요. 그러면 날이 갰을 때 다시 붙이는 거죠. 그러니 문패는 믿을 게 못 돼요. 그런 성가신 짓을 하느니 하다못해 나무 문패라도 걸면 될 것을. 정말이지 속을 알 수 없는 인간이라니까요."

"정말 놀랍네요. 그래도 무너져가는 검은 담장이 있는 집이라면 대충 알겠지요."

"그럼요, 그런 추레한 집은 마을에 한채뿐이니까 금세 알 거예요. 아, 그래도 모르겠거든 좋은 수가 있어요. 지붕에 풀이 돋은 집을 찾아가면 틀림없으니까요."

"정말이지 특색 있는 집이로군요, 와하하하."

스즈끼 군이 왕림하시기 전에 돌아가는 것이 좋겠지. 이야기도 이 정도 들었으면 충분하고. 대청마루 밑으로 해서 변소를 서쪽으로 돌아서 가산 그늘에서 길로 나와 서둘러 지붕에 풀이 돋은 집으로 돌아와 시치미 뚝 떼고 앞마루로 가봤어.

주인은 흰 담요 한장을 깔고 엎드려서 화창한 봄볕에 등을 쬐고 있더군. 태양의 광선이란 것은 의외로 공평해서 지붕 위의 냉이가 표지가 되는 누옥이라도 카네다 군의 응접실과 마찬가지로 밝고 따뜻해 보이지만, 딱하게도 담요만은 봄답지가 않아. 제조사에서는 흰색이라고 만들었고, 가게에서도 흰색으로 팔아치웠고, 주인 역시 흰색이라고 주문해서 사온 것이지만 ─ 워낙 십이삼년 되다보니 흰색의 시대는 까마득한 옛일이고 지금은 진회색으로 가는 변색의 시기를 지나고 있어. 이 시기를 경과하여 검은색으로 둔갑할 때까지 담요의 생명이 이어질지 어떨지는 의문이야. 이미 완전히 나달나달해져서 씨실과 날실이 뚜렷하게 보일 정도이니 담요라 부르는 것도 분에 넘칠 지경이지. '담' 자는 생략하고 그냥 '요'라고 부르는 게 적당할 듯해. 하지만 주인 생각으로는 일년 쓰고 이년 쓰고, 오년 십년을 썼으니 평생을 써야 한다고 생각하는 모양이야. 참으로 태평하다고나 할까. 어쨌든 바로 그 유서 깊은 담요 위에 앞서 말했듯 떡하니 엎드려 무얼 하고 있나 했더니 튀어나온 턱을 양손으로 받치고 오른 손가락 사이에 궐련을 끼우고 있더군. 그저 그뿐이야. 물론 그의 비듬투성이 머리 속에서는 우주의 대진리가 화차처럼 회전하고 있을지도 모르지만, 밖에서 본 바로는 꿈에도 그럴 것 같진 않아.

담뱃불이 점점 입 쪽으로 타들어가서 3쎈티쯤 되는 재가 툭 하고 담요 위로 떨어지는 것도 아랑곳없이 주인은 골똘하게 담배에서 올라오는 연기만 바라보고 있더군. 그 연기는 봄바람에 살랑살랑 흔들려 몇겹으로 원을 그리면서 방금 감아 검푸른 부인의 머리칼 뿌리 쪽으로 흘러가고 있어. ─아 참, 부인에 대해 말해둔다는 걸 깜빡했네.

부인은 남편 쪽으로 엉덩이를 향하고 ─뭐, 무례한 부인이라고? 굳이 무례하달 것까지야 없지. 예의니 무례니 하는 거야 서로 어떻게 해석하느냐에 따라 다른 거잖아. 주인은 태연히 부인의 엉덩이 부근에 턱을 고이고 있고, 부인 또한 아무렇지 않게 주인의 얼굴 앞에 장엄한 엉덩이를 들이밀고 있을 뿐, 무례고 나발이고 없지. 두 사람은 결혼 후 일년도 채 되기 전에 예의범절 따위 골치 아픈 건 일찌감치 초월해버린 초연한 부부거든. ─어쨌든 이렇게 주인에게 엉덩이를 들이댄 부인은 무슨 요량인지 오늘의 화창한 날씨를 틈타 30센티가 훨씬 넘는 검고 고운 머리를 청각채와 날달걀로 박박 문질러 감고는 곧은 머리카락을 보란 듯이 어깨에서 등 뒤로 늘어뜨린 채 말없이 아이들의 민소매 옷을 열심히 깁고 있어. 실은 감은 머리를 말리기 위해 모슬린 방석과 반짇고리를 대청마루로 들고 나와 공손히 남편에게 엉덩이를 들이민 거지. 아니면 주인 쪽에서 엉덩이 방향으로 얼굴을 들이밀었는지도. 그래서 좀 전에 말한 담배 연기가 풍성하게 나부끼는 검은 머리카락 사이로 흘러들어 때아닌 아지랑이가 피어오르는 것을 주인은 넋을 잃고 바라보고 있었던 거야. 하지만 연기란 애당초 한곳에 머무르지 않고 그 성질상 위로 위로 올라가는 법이니 주인도 이 연기가 머리카락과 얽혀드는 진기한 광경을 지켜보려면 당연히 눈을 따라 움직일 수밖에. 주인은 우선 허리 언저리부터 관찰을 시작하여 천천히 등을 타고 올라가 어깨에서 목덜미에 이르렀는데, 그곳을 통과하여 마침내 정수리에 이르렀을 때 자기도 모르게 앗, 하고 놀랐어. — 주인이 백년해로를 맹세한 부인의 머리 한가운데에 동그란 땜빵이 있는 게 아니겠어. 더구나 그 땜빵이 따스한 햇빛을 반사하며 보란 듯이 반짝이고 있었거든. 뜻하지 않게 이런 신기한 발견을 하고 만 주인은 눈이 부신 와중에도 경악을 드러내며 강렬한 광선에 동공이 열린 것도 아랑곳없이 골똘히 이를 응시하더군. 주인이 이 땜빵을 보았을 때 제일 먼저 그의 뇌리를 스친 것은 집안 대대로 내려온 불단에 몇대에 걸쳐 놓여 있던 등잔이었어. 그의 일가는 정토진종인데 정토진종에서는 불단에 분에 넘치는 돈을 들이는 것이 오랜 관례였지. 주인은 어린 시절 어두침침한 그 집 창고 안에 금박을 두껍게 칠한 궤가 있고 그 궤 안에 늘 놋쇠 등잔이 매달려 있어서 그 등잔에 대낮에도 희미하게 불이 밝혀져 있었던 것을 기억하고 있어. 주변은 어두운데 이 등잔만 비교적 또렷이 빛나고 있어서 어린 마음에 이 등잔불을 몇번이고 바라보곤 했던 그때의 인상이 아내의 땜빵을 보고 갑자기 떠오른 것이지. 등잔불은 일분도 되기 전에 사라졌어. 이번에는 관음보살의 비둘기가 떠올랐지. 관음보살의 비둘기와 아내의 땜빵은 아무런 관련이 없을 것 같지만 주인의 머리에선 둘 사이에 밀접한 관련이 있어. 어린 시절 아사꾸사[4]에 가면 언제나 콩을 사서 비둘기에게 주곤 했거든. 콩은 한접시에 2푼이었는데 빨간 질그릇에 담겨 있었어. 바로 이 질그릇이 색도 그렇고 크기도 그렇고 이 땜빵과 정말 비슷했던 거야.

   "참 닮았군" 하고 주인이 무척 감탄한 듯이 말하자 "뭐가요?" 하

---

4 토오꾜오의 아사꾸사는 관음보살상을 모신 센소오지(淺草寺)로 유명하다.

고 아내는 돌아보지도 않고 물었어.

"뭐긴, 당신 머리에 커다란 땜빵이 있어. 알고 있었어?"

"네" 하고 아내는 일손을 멈추지 않고 태연히 대답했지. 들킬까 봐 걱정한 것 같지도 않던걸. 초연하기 그지없는 모범 부인이라고나 할까.

"시집오기 전부터 있던 거야, 결혼 후에 새로 생긴 거야?" 하고 주인이 물었어. 만약 시집오기 전부터 있던 거라면 속은 거라고, 입 밖에 내진 않았지만 마음속으로 생각했지.

"언제 생겼는지 알 게 뭐예요. 머리 좀 빠졌다고 대순가요?" 거의 달관한 경지야.

"대순가요라니, 자기 머리잖아" 하고 주인은 점차 부아가 치미는 모양이야.

"내 머리니까 아무래도 좋다고요" 하고 말은 하면서도 역시 좀 신경이 쓰이는 모양인지 오른손을 머리에 올려서 빙글빙글 땜빵 자리를 쓰다듬어보더군. "어머나, 꽤 커졌네. 이 정도는 아닌 줄 알았는데" 하는 걸 보니 나이에 비해서 땜빵이 너무 크다는 사실을 이제야 자각한 모양이야.

"여자들은 쪽을 지을 때 여기를 잡아당기니까 다들 머리가 빠져요" 하고 슬쩍 변호를 했지.

"다들 그런 속도로 빠졌다간 마흔쯤 되면 빈 주전자처럼 되겠네. 이건 뭔가 병이라고. 전염될지도 몰라. 얼른 아마끼 씨한테 봐달라고 해" 하고 주인은 자꾸만 자기 머리를 문질러보더군.

"사돈 남 말 하시네요. 그러는 당신도 콧구멍에 흰 털이 나잖아요. 땜빵이 전염이면 흰 털도 전염될걸요" 하고 성깔을 부렸어.

"콧속의 흰 털이야 안 보이니까 괜찮지만 정수리는 — 더구나 젊은 여자가 머리가 그렇게 빠지는 건 보기 안 좋아. 불구라고."

"불구한테 뭐하러 장가를 드셨우? 자기가 좋다고 결혼해놓고는 불구라니……"

"몰랐으니까 그렇지. 지금까지 까맣게 몰랐다고. 그렇게 떳떳하면 어째서 시집올 때 머리를 안 보여준 거야?"

"멍청한 소리 하시네! 세상천지 어디서 머리 시험에 합격해야 시집을 갈 수 있대요?"

"땜빵은 참아준다 쳐도 당신은 키가 너무 작아. 정말 볼품없다니까."

"키는 보면 금방 아는 거 아닌가요? 키 작은 건 처음부터 알면서 결혼한 거잖아요?"

"그거야 알지. 알긴 하지만 좀더 클 줄 알고 결혼한 거야."

"스무살이나 되었는데 키가 더 크다니 — 당신 정말 사람을 바보로 아네요" 하고 안주인은 바느질감을 내던지고 주인 쪽으로 돌아앉았어. 대답 여하에 따라서는 가만있지 않겠다는 기세였지.

"스무살이 되더라도 키가 크지 말라는 법은 없지. 시집오고 나서 영양가 있는 음식을 먹이면 조금이라도 자랄 가능성이 있다고 생각했거든" 하고 심각한 얼굴로 기묘한 이론을 늘어놓고 있는데 문간의 초인종이 요란하게 울리더니 계십니까, 하는 커다란 목소리가 들렸지. 마침내 스즈끼 군이 냉이를 찾아 쿠샤미 선생의 와룡굴[5]을 알아낸 모양이군.

안주인은 싸움을 훗날로 미루며 황급히 반짇고리와 민소매 옷을 끌어안고는 거실로 후퇴했지. 주인은 쥐색 담요를 둘둘 말아 서

---

**5** 『삼국지』에 나오는 제갈량(諸葛亮)의 일화에서 온 말로, 세상에 알려지지 않은 인물의 거처를 뜻한다.

재로 던져넣었고. 잠시 후 하녀가 들고 온 명함을 보더니 약간 놀란 듯한 표정을 지었지만, 이리로 모시라고 한마디 하고는 명함을 든 채로 뒷간으로 가더군. 왜 그렇게 서둘러 뒷간으로 갔는지는 전혀 모르지. 무엇 때문에 스즈끼 토오주우로오 군의 명함을 뒷간까지 들고 갔는지는 더구나 설명하기 어렵고. 여하간 기가 막힌 것은 냄새나는 곳까지 수행하게 된 명함 군 아닐까?

하녀가 사라사 방석을 방바닥에 고쳐 놓으며 앉으시라고 하고는 물러가자 스즈끼 군은 일단 실내를 둘러보았지. 벽에 걸린 '화개만국춘花開萬國春'이라 쓴 모꾸안6의 위조품과 쿄오또산 싸구려 청자에 꽂아놓은 벚꽃 따위를 차례로 점검한 다음 문득 하녀가 권한 방석을 보니 어느새 고양이 한마리가 점잖게 앉아 있는 거야. 말할 것도 없이 그건 바로 이 몸이지. 이때 스즈끼 군의 흉중엔 내색할 정도는 아니지만 잠깐 풍파가 일었어. 이 방석은 의심의 여지 없이 스즈끼 군을 위해 깔아놓은 것이야. 자기를 위해 깔아둔 방석 위에 자기가 앉기도 전에 허락도 없이 묘한 동물이 떡하니 웅크리고 있다, 이것이 스즈끼 군의 마음의 평형을 깨뜨린 첫번째 이유였지. 만약 이 방석이 여기 놓인 채로 앉는 이 없이 봄바람이나 쐬고 있었다면 스즈끼 군은 일부러 겸손의 뜻을 표하려 주인이 어서 앉으시죠, 할 때까지 딱딱한 타따미 위에서 참고 있었을지도 몰라. 그런데 조만간 자신이 앉을 방석 위에 인사도 없이 냉큼 올라앉은 건 누구란 말인가. 인간이라면 양보할 수도 있겠지만 고양이라니 괘씸하지. 앉아 있는 것이 고양이라는 사실이 한층 더 불쾌한 거야. 이것이 스즈끼 군 마음의 평형을 깨뜨린 두번째 이유였어. 마지막으로

---

6 모꾸안 쇼오또오(木庵性瑫, 1611~84). 명나라에서 일본에 건너간 승려로 글씨에 뛰어났다.

그 고양이의 태도에 더더욱 부아가 치밀었어. 약간이라도 미안하다는 기색을 보이기는커녕 올라앉을 권리도 없는 방석 위에 오만하게 버티고 앉아서는 동그랗고 무심한 눈동자를 반짝이며 넌 누구냐? 하는 듯이 스즈끼 군의 얼굴을 빤히 쳐다보고 있으니. 이것이 평형을 깨뜨린 세번째 이유지. 이 정도로 불만이 있다면 이 몸의 목덜미를 움켜쥐고 끌어내리면 될 것을, 스즈끼 군은 잠자코 보고만 있어. 당당한 인간이 고양이가 무서워 손을 못 댈 리가 없으련만 어째서 얼른 이 몸을 치워버리고 자신의 불평을 해소하지 않느냐 하면, 이건 순전히 스즈끼 군이 한 인간으로서 자신의 체면을 유지하고자 하는 자중심 때문으로 보이더군. 만약 완력에 호소한다면 삼척동자라도 이 몸을 마음대로 들었다 놨다 할 수 있겠지만, 체면을 중시한다는 점에서 생각하면 아무리 카네다 군의 수족과 같은 스즈끼 토오주우로오라 할지라도 이 사방 2척 한가운데 정좌해 계신 고양이 신령님을 어찌해볼 도리가 없는 거야. 아무리 보는 사람이 없기로서니 고양이와 자리다툼을 한대서야 인간 체면을 구기잖아. 정색하고 고양이를 상대하여 시비를 따진다는 것은 너무나 점잖지 못하다는 말씀. 웃기는 소리야. 이 불명예를 피하기 위해서는 다소 불편하더라도 참아야 해. 그러나 참아야 하는 만큼 오히려 고양이에 대한 증오심은 더해가는 법이니, 스즈끼 군은 흘끔흘끔 이 몸의 얼굴을 보면서 괴로운 표정을 짓더군. 이 몸은 스즈끼 군의 불만스러운 얼굴을 보는 것이 재미있어서 웃고 싶은 것을 참아가며 최대한 태연한 표정을 짓고 있었어.

이 몸과 스즈끼 군 사이에 이와 같은 무언극이 벌어지는 사이에 주인은 옷매무새를 가다듬고 뒷간에서 나오더니 "어이" 하며 자리에 앉았지만, 손에 들고 있던 명함의 그림자도 보이지 않는 것을 보아하니 스즈끼 토오주우로오 군의 이름은 냄새나는 곳에서 무기 징역에 처해진 모양이야. 명함이야말로 뜻밖의 액운을 만났구나, 생각할 틈도 없이 주인은 이 녀석, 하며 이 몸의 목덜미를 쥐더니 에잇, 하며 대청 쪽으로 내던지더군.

"자, 어서 앉게. 웬일인가? 언제 토오꾜오에 왔나?" 하고 주인은 옛 친구에게 방석을 권했어. 스즈끼 군은 슬쩍 방석을 뒤집더니 그 위에 앉았지.

"어쩌다보니 바빠서 연락도 못했네만, 실은 얼마 전에 토오꾜오 본사로 돌아오게 되었거든……"

"그거 잘됐구먼. 꽤 오래 못 봤지? 자네가 시골로 가고 나서 처음 아닌가?"

"응, 벌써 십년 가까이 되었네. 뭐, 그후에도 가끔씩 토오꾜오에 올 일도 있었지만 워낙 일이 많다보니 연락을 제대로 못 했지. 너무 섭섭해하진 말게나. 회사 쪽은 자네 직업과 달리 꽤나 바쁘거든."

"십년이 지나는 사이에 많이 달라졌구먼" 하며 주인은 스즈끼 군을 위아래로 훑어보았어. 스즈끼 군은 깔끔하게 가르마를 탄 머리에 영국제 트위드재킷을 입고 화려한 넥타이에 가슴팍에는 금사슬까지 번쩍이고 있는 모습이 아무래도 쿠샤미 군의 옛 친구 같아 보이진 않아.

"그러게, 이런 물건까지 달고 다녀야 하게 되었으니 말이야" 하고 스즈끼 군은 자꾸 금사슬이 신경 쓰이는 척했어.

"그거 진짜가?" 주인은 막된 질문을 했지.

"18금일세" 하고 스즈끼 군은 웃으며 대답하더니 "자네도 꽤나 나이가 들었구먼. 아이가 있었을 텐데, 하난가?"

"아니."

"둘?"

"아니."

"더 있나? 셋?"

"응, 셋이야. 앞으로 몇이 될지 모르지."

"여전히 태평한 소리를 하는군. 제일 큰 아이가 몇살인가? 꽤 컸지?"

"응, 몇살인지 잘 모르겠는데 아마 여섯 아니면 일곱살일 걸세."

"하하하, 선생은 마음 편해서 좋구먼. 나도 교사가 될 걸 그랬어."

"한번 돼보게. 사흘이면 지겨워질 테니."

"그런가? 어쩐지 고상하고, 마음 편하고, 한가하고, 좋아하는 공부도 할 수 있고 좋을 것 같은데. 실업가도 나쁠 건 없지만 우리 같아선 안 돼. 실업가가 될 바에야 더 위로 올라가야지. 밑에 있으면 아무래도 시시한 아부나 떨고 좋아하지도 않는 술잔을 받으러 다녀야 하니 정말 한심해."

"나는 학생 시절부터 실업가는 질색이야. 돈만 되면 뭐든지 하잖아. 옛날로 치면 장돌뱅이 아닌가." 실업가를 앞에 놓고 뭔 소리를 하는지, 원.

"굳이 그렇게까지 말할 거야 없지만, 좀 상스러운 구석도 있다는 거지. 어쨌든 돈에 목숨을 걸겠다는 각오가 아니면 견디기 힘들어 — 게다가 그 돈이라는 게 요물이어서 — 좀 전에도 어떤 실업가한테 갔다가 들은 이야긴데, 돈을 버는 데도 삼각술을 써야 한다지 뭔가 — 의리 망각, 인정 소각, 염치 불각, 이로써 삼각이 된다니 재미있지 않나? 하하하하."

"누구야, 그 멍청이는?"

"멍청이라니, 제법 영리한 사내야. 실업계에선 꽤나 유명하지.

자네 모르나? 바로 요 앞 골목에 사는데."

"카네다 말인가? 뭐야, 그놈은."

"화가 많이 났구먼. 아니, 그냥 농담이겠지만 그 정도로 하지 않으면 돈을 못 모은다는 비유지. 자네처럼 그렇게 정색하고 달려들면 곤란하네."

"삼각술이야 농담이라 치고, 그 집 여편네 코는 또 뭔가? 자네 갔었다니 봤겠구먼. 그 코 말이야."

"사모님? 사모님은 꽤 괜찮은 사람이야."

"코 말이야, 엄청난 코. 얼마 전에 내가 그 코에 대해 하이꾸풍 시를 하나 지었다네."

"하이꾸풍 시는 뭔가?"

"하이꾸풍 시를 모른다고? 자네도 꽤나 유행에 어둡구먼."

"그럼, 나처럼 바쁘다보면 문학 따위 도저히 알 수가 없지. 게다가 전부터 별로 좋아하지도 않았고."

"자네, 샤를마뉴의 코가 어떻게 생겼는지 아나?"

"하하하, 정말 한가하군. 몰라."

"웰링턴은 부하들이 코 장군이라는 별명을 붙였지. 알고 있나?"

"왜 그렇게 코에 신경 쓰나? 코 같은 거야 뭉툭하든 뾰족하든 상관없잖아."

"절대 안 그래. 자네 빠스깔은 알고 있지?"

"또 알고 있냐니, 꼭 시험이라도 치러 온 것 같구먼. 빠스깔이 어쨌다고?"

"빠스깔이 이런 말을 했어."

"무슨 말을?"

"만약 클레오파트라의 코가 조금만 낮았더라면 세계의 표면은 크게 달라졌을 것이다."

"그렇군."

"그러니까 자네처럼 무턱대고 코를 무시해선 안 된다고."

"뭐 어쨌든, 이제부터는 중요하게 여길게. 그건 그렇다 치고, 오늘 온 것은 자네한테 좀 볼일이 있어서 온 건데 말이야 ─ 그 왜, 자네가 가르쳤다는 미즈시마 ─ 뭐라더라, 미즈시마…… 생각이 안 나네. ─ 왜, 자네한테 자주 온다던데."

"칸게쯔 말인가?"

"그래, 맞아. 칸게쯔, 칸게쯔. 그 사람에 관해서 좀 묻고 싶어서 왔는데 말이야."

"결혼 건 아닌가?"

"뭐, 그 비슷한 이야기야. 오늘 카네다 씨 댁에 갔더니……"

"지난번에 코주부가 직접 왔어."

"그렇지? 부인이 왔었다고 하더군. 쿠샤미 씨한테 잘 좀 물어보자 싶어 왔는데 하필이면 메이떼이가 와서 훼방을 놓는 바람에 엉망이 되어버렸다고."

"그런 코를 달고 오니까 그렇지."

"아니, 자네 탓을 하자는 게 아니고, 메이떼이 군이 와 있는 바람에 깊은 이야기를 하기가 어려워 유감이었으니 한번 더 나더러 가서 잘 좀 물어봐줄 수 없느냐고 부탁을 하길래 말일세. 나도 지금까지 이런 심부름을 한 적은 없지만 만약 당사자끼리 싫지 않다면 중간에 서서 맺어주는 것도 그리 나쁜 일은 아니다 싶어서 ─ 그래서 이렇게 찾아온 걸세."

"고생이 많구면" 하고 주인은 냉담하게 대답했지만 속으로는 당사자라는 말을 듣자 왠지 모르지만 살짝 마음이 흔들렸어. 찌는 듯이 더운 여름밤에 한줄기 시원한 바람이 소맷부리에 스며든 듯한 기분이랄까. 원래 이 주인은 무뚝뚝 통뼈에 고집불통으로 생겨먹은 위인이지만 그렇다고 해서 냉혹 몰인정한 문명의 산물이라고는 스스로도 생각하지 않거든. 툭하면 발끈해서 버럭버럭하기는 해도 그 속을 짐작할 수 없는 건 아냐. 지난번 코주부와 싸운 것은 코주부가 마음에 안 들어서였지 코주부의 딸에게 무슨 죄가 있겠어? 실업가를 싫어하다보니 실업가인 카네다 뭐라나 하는 사람도 싫은 게 분명하지만 이 역시 그 딸과는 아무 상관이 없다고 해야겠지. 딸에게는 아무런 감정도 없고 칸게쯔는 자기가 친동생보다 사랑하는 문하생 아닌가. 만약 스즈끼 군 말대로 당사자끼리 서로 좋아한다면 간접적으로라도 이를 방해하는 건 군자의 도리가 아니지. ── 쿠샤미 선생은 이래 봬도 자신을 군자라고 생각하거든. ── 만약 당사자끼리 좋아한다면 ── 하지만 이게 문제지. 이 사건에 대한 자기 태도를 고치려면 우선 그 진상부터 확인을 해야 하니까.

"여보게, 그 아가씨가 칸게쯔에게 시집을 가고 싶어하나? 카네다나 코주부는 아무래도 상관없지만, 아가씨 자신의 의향은 어떤가?"

"그야, 뭐랄까 ── 그러니까 ── 아무래도 ── 그래, 가고 싶어하지 않겠나." 스즈끼군의 대답은 다소 애매하더군. 실은 칸게쯔 군 이야기만 물어보고 보고하면 될 일이라 따님의 의향까지는 확인하지 않았거든. 따라서 유들유들한 스즈끼 군도 약간 곤혹스러워하더라고.

"않겠나,라니 흐리멍덩한 말이로군." 주인은 무슨 일이든 정면에서 못을 박아야만 직성이 풀리지.

"아니, 내가 말을 조금 잘못했네. 따님 쪽에서도 분명 맘이 있어. 정말이야 ── 응? ── 사모님이 나한테 그랬다니까. 뭐 가끔 칸게쯔 군 흉을 보기도 한다지만."

"그 아가씨가?"

"응."

"괘씸하구먼, 흉을 보다니. 그렇다면 칸게쯔에게 마음이 없는 것 아닌가?"

"그게 말이야, 세상이란 게 묘해서, 자기가 좋아하는 사람을 일부러 흉보는 경우도 있거든."

"그런 멍청이가 어디 있단 말인가?" 주인은 이런 미묘한 감정에 대해서는 완전히 둔해빠졌지.

"그런 멍청한 사람이 세상엔 꽤나 있으니 도리가 있나. 실제로 카네다 부인도 그렇게 해석하더라고. 당황해서 절절매는 수세미 같다나 뭐라나 하고 때때로 칸게쯔 씨 흉을 보는 걸 보면 꽤나 마음에 두고 있는 게 분명하다고 하던걸."

주인은 이 불가사의한 해석을 듣더니 너무나 뜻밖인지 눈을 휘둥그레 뜨고는 대답도 없이 스즈끼 군의 얼굴을 길가의 관상쟁이처럼 뚫어져라 바라보았어. 스즈끼 군은 이 녀석, 이래가지고야 자칫하면 헛일이다 싶었는지 주인도 판단을 할 수 있을 법한 쪽으로 화제를 돌리더군.

"여보게, 생각해보면 알 것 아닌가? 그 정도 재산에 그만한 용모라면 어디든 걸맞은 집에 보낼 수 있지 않겠나? 칸게쯔 군도 훌륭하겠지만 신분으로 말하자면 — 아니, 신분이라고 하면 실례일지도 모르겠군. — 재산 면에서 보자면, 글쎄, 누가 보더라도 안 어울리니까 말이야. 그런데도 내가 일부러 찾아올 정도로 부모가 애를 태우고 있는 건 본인이 칸게쯔 군에게 마음이 있어서 그런 거 아니겠어?" 하고 스즈끼 군은 제법 그럴듯한 논리로 설명을 했어. 이번엔 주인에게도 납득이 되는 듯해서 겨우 안심을 했지만, 이렇게 우물쭈물하다가는 또 호통을 들을 위험이 있으니 어서 이야기를 진행시켜서 한시라도 빨리 사명을 완수하는 편이 안전하다 싶었겠지.

"그래서 말일세, 지금 말한 대로이니, 저쪽에서 하는 말로는 돈도 재산도 필요 없고 그 대신 본인에게 속한 자격이 있었으면 한다네 ─ 자격이라고 하면, 말하자면 간판이지 ─ 박사가 된다면 딸을 줄 수도 있다는 식으로 뻐기는 건 아니야 ─ 오해하진 말고. 저번에 부인이 왔을 때는 메이떼이 군이 이상한 소리를 해대는 바람에 ─ 아니, 자네 탓이 아니야. 부인도 자네에 대해서는 입에 발린 소리를 하지 않는 정직한 사람이라고 칭찬하더라고. 순전히 메이떼이 군이 나빴던 거겠지. ─ 그래서 본인이 박사라도 되어준다면 저쪽에서도 세상 사람들한테 떳떳하고 체면이 서지 않겠냐고 하던데. 어떤가, 조만간 미즈시마 군이 박사논문을 제출해서 박사학위를 따게 되지는 않겠나? 아니 ─ 카네다 댁에서만 보면 박사도 학사도 필요 없겠지만 세상 사람들 눈이라는 게 있으니까 말이야, 그렇게 쉽지만도 않은가봐."

이런 소릴 듣다보니 저쪽에서 박사를 요구하는 것도 그렇게 턱없는 억지는 아닌 듯이 여겨졌어. 억지가 아니라는 생각이 들기 시작하면 스즈끼 군의 부탁을 들어주고 싶어지는 거지. 주인을 살리는 것도 죽이는 것도 스즈끼 군 마음대로. 역시나 주인은 단순하고 정직한 사내라니까.

"그럼 다음에 칸게쯔가 오면 박사논문을 쓰도록 내가 권해보겠네. 하지만 본인이 카네다 댁의 딸을 데려올 생각인지 어떤지, 그것부터 우선 따져 물어보고 나서 말이야."

"따져 물어보다니, 여보게, 그렇게 정색하고 물어봐서야 일이 제대로 되겠나? 그냥 평소처럼 이야기를 하다가 슬쩍 떠보는 게 제일이지."

"떠본다고?"

"응, 떠본다는 말이 어떨지 모르지만. ──꼭 그런 게 아니라도 말이야, 이야기를 하다보면 저절로 알게 되잖아."

"자넨 알지 모르지만 나는 분명하게 안 들으면 몰라."

"모르면 그걸로 됐네. 다만 메이떼이 군처럼 쓸데없이 훼방을 놓아서 일을 망치는 건 좋지 않아. 권하지는 않더라도 이런 일은 본인의 뜻을 따르는 게 순리니까. 다음에 칸게쯔 군이 오면 아무쪼록 방해를 하지 않도록 해주게나. ──아니, 자네 얘기가 아니고 메이떼이 군 말이야. 그 인간이 입을 놀렸다간 될 일도 안 된다니까" 하고 주인이 대신 메이떼이의 험담을 듣고 있는데 호랑이도 제 말 하면 온다더니 메이떼이 선생이 늘 그렇듯 뒷문에서 홀연히 봄바람을 타고 날아들더군.

"아이고, 진객이로군. 나처럼 단골이 되다보면 쿠샤미가 어찌나 홀대를 하는지 모르는데. 아무래도 쿠샤미 집에는 십년에 한번쯤 와야 해. 이 과자도 평소보다 고급이잖아" 하며 후지무라[7] 양갱을 턱 집어들어 입에 넣었어. 스즈끼 군은 주뼛주뼛, 주인은 히죽히죽, 메이떼이는 우물우물. 이 몸은 이 순간의 광경을 대청에서 보고는 멋진 무언극이구나 싶더라고. 선가禪家에서 무언의 문답을 하는 것이 이심전심이라면 이 무언극도 분명히 이심전심이지. 엄청 짧긴 하지만 엄청 날카로운 장면이야.

"자넨 평생을 철새처럼 사나 했더니 어느새 돌아왔구먼. 오래 살

---

**7** 양갱으로 유명한 토오꾜오의 가게.

고 볼 일이지. 어떤 요행수가 있을지 모르니까 말이야" 하고 메이떼이는 스즈끼 군에 대해서도 주인에게와 마찬가지로 전혀 거리낌이 없어. 아무리 함께 자취를 했다지만 십년이나 만나지 않았으니 어딘가 서먹할 만도 한데 메이떼이 군은 그런 낌새도 보이지 않으니 훌륭한 건지 멍청한 건지 알 수가 없더라고.

"그러게, 뭐 그렇지. 나쁠 건 없어." 스즈끼 군은 무난한 대답을 했지만 어딘가 안절부절못하고 금사슬만 신경질적으로 주물렀어.

"자네, 전기철도에 타봤나?" 하고 주인은 뜬금없이 스즈끼 군에게 이상한 질문을 던졌지.

"오늘은 자네들 놀림감이 되려고 온 것 같군. 아무리 촌뜨기라지만 ― 이래 봬도 철도회사 주식을 육십주나 갖고 있다네."

"그거 대단하구면. 난 팔백팔십팔주 반을 갖고 있었는데 아깝게도 거의 벌레가 먹어치우고 이젠 반 주나 남았나? 자네가 토오꾜오에 조금만 더 일찍 왔더라면 벌레 안 먹은 걸로 한 열주 줬을 텐데, 참 아깝네그려."

"여전히 입이 거칠구면. 여하간 농담은 농담이고, 그런 주식은 갖고 있으면 손해는 안 봐. 해마다 오르니까."

"그러게. 설령 반 주라도 한 천년 가지고 있으면 창고를 세채는 지을 테니까. 자네나 나나 그런 분야에선 빈틈없는 당대의 천재지만, 쿠샤미는 그런 면에선 불쌍하지. 주식이라고 하면 숙주나물 사촌쯤으로나 생각하잖아" 하고 또 양갱을 집어들고 주인 쪽을 보자 주인 역시 메이떼이의 식성이 전염되었는지 저절로 과자 접시에 손이 갔어. 세상은 만사에 적극적인 사람이 남들로 하여금 자기를 따라 하게 만드는 법이니까.

"주식 같은 거야 아무래도 좋지만, 난 소로사끼를 한번이라도 전차에 태워주고 싶었어" 하고 주인은 잇자국 난 양갱을 멍하니 들여다보더군.

"소로사끼가 전차에 탔다간 탈 때마다 시나가와까지 가버릴걸. 그러느니 역시 천연거사로 짠지 누름돌에 새겨져 있는 편이 안전하지."

"소로사끼는 죽었다면서? 불쌍하게. 머리가 좋은 놈이었는데 안됐어" 하고 스즈끼가 말하자 메이떼이가 냉큼 그 말을 받아서,

"머리는 좋았지만 밥은 제일 못했잖아. 소로사끼가 당번일 때는 난 항상 나가서 국수로 연명했다고."

"정말 소로사끼가 지은 밥은 탄내가 나고 설익어서 나도 먹기 힘들었지. 거기다가 반찬으로 늘 생두부를 먹여대니 차가워서 먹을 수가 있나." 스즈끼 군도 십년 전의 불평을 기억의 밑바닥에서 끄집어냈어.

"쿠샤미는 그 시절부터 소로사끼와 친해서 밤마다 같이 단팥죽을 먹으러 다니더니, 그 덕에 지금은 만성 위장병으로 고생하고 있지. 실은 쿠샤미가 단팥죽을 더 많이 먹었으니 소로사끼보다 먼저 죽어야 하는 건데."

"말도 안 되는 소리. 난 단팥죽이나 먹었지만 자넨 운동을 한답시고 밤마다 죽도를 들고 뒷산 묘지 돌탑을 두드려대다가 스님한테 들켜서 호되게 당하지 않았나?" 주인도 질세라 메이떼이의 과거를 폭로하더군.

"하하하, 맞아, 맞아. 그 스님이 나와서는 죽은 사람들 머리를 두드려대면 안면安眠에 방해가 된다며 그만하라고 했었지. 그나마 난 죽도였지만 이 스즈끼 장군은 더했잖아. 돌탑들과 씨름을 해서 크고 작은 것 합해 세개는 무너뜨렸으니까."

"그때 그 스님한테 된통 당했잖아. 꼭 원래대로 세워놓으라기에 인부를 부를 테니 기다리라고 했더니 남의 손은 안 된다, 참회의 뜻을 보이려면 네가 직접 세우지 않으면 부처님 뜻에 어긋난다고 했지."

"그때 자네 꼴이 참 볼만했는데. 얄따란 셔츠에 훈도시 차림으로 빗물 고인 웅덩이 속에서 끙끙대면서……"

"그걸 자네는 태연한 얼굴로 스케치하고 있었으니 너무했지. 난 별로 화를 내본 적이 없는 사람이지만 그때만은 정말 속으로 너무한다 싶더라고. 그때 자네가 한 말을 아직도 기억하는데, 자네는 알고 있나?"

"십년 전에 한 소리를 누가 기억하겠어? 여하간 그 석탑에 '귀천원전歸泉院殿 황학대거사黃鶴大居士 안에이安永 5년 진辰 정월'이라고 새겨져 있던 건 아직도 기억이 나. 그 석탑이 참 고풍스럽게 생겼었지. 이사 갈 때 훔쳐가고 싶었을 정도였다니까. 실로 미학상의 원리에 맞는, 고딕 취향의 석탑이었어"하고 메이떼이는 또 엉터리 미학을 늘어놓았어.

"그건 됐고, 자네가 한 말이 이랬지 — 이 몸은 미학을 전공할 작정이니 천지간의 재미있는 사건은 가능한 한 많이 그려두어야 장래에 참고로 삼을 수 있다, 안됐다거나 불쌍하다거나 하는 사적인 감정은 학문에 충실한 이 몸과 같은 사람이 입에 담아선 안 된다, 그렇게 태연하게 말했잖아. 너무 냉정한 녀석이다 싶어서 나도 진흙투성이 손으로 자네 스케치북을 찢어버렸지."

"나의 유망한 그림 솜씨가 꺾여버려 전혀 빛을 못 보게 된 건 바로 그때부터야. 자네가 예봉을 꺾어버린 것이지. 나는 자네에게 원한이 있다네."

"뭔 소린가. 나야말로 원망스럽지."

"메이떼이는 그 시절부터 허풍선이였지" 하며 주인은 양갱을 모두 먹어치우더니 다시 두 사람의 이야기에 끼어들었어. "약속이라곤 지킨 적이 없고, 따지고 들어도 절대 사과는 안 하고 이러쿵저러쿵하지. 그 절 경내에 백일홍이 피었을 무렵, 이 백일홍이 지기 전에 미학원론을 저술하겠다길래 안 될 거라고, 도저히 가능할 리가 없다고 했지. 그랬더니 메이떼이가 답하기를 나는 이래 봬도 보기와 달리 의지가 강한 놈이다, 정 못 믿겠으면 내기를 하자, 하길래 나는 또 순진하게도 칸다에서 서양 요리 사주기였던가로 내기를 했잖아. 책 같은 걸 쓸 리가 없다고 생각해서 내기를 하긴 했지만 내심 살짝 걱정했어. 서양 요리를 살 돈이 나한테 있을 리가 없으니. 그런데 선생께서는 전혀 원고 따위는 쓸 낌새가 없어. 일주일이 지나고 이십일이 지나도 한장도 안 쓰더군. 마침내 백일홍이 지고 꽃 한송이 남지 않았는데 본인은 태연자약하고 있길래 드디어 서양 요리를 먹겠구나 싶어 약속 이행을 요구했더니 메이떼이는 시치미를 뚝 떼는 거야."

"또 뭐라고 딴소리를 하던가?" 하고 스즈끼 군이 장단을 맞췄어.

"그럼, 정말 뻔뻔한 녀석이지. 이 몸은 다른 재주는 없지만 의지만은 결코 자네한테 지지 않는다며 버티는 거야."

"한장도 안 쓰고 말인가?" 이번엔 메이떼이 군 본인이 질문을 했어.

"물론이지. 그때 자네가 이렇게 말했잖아. 이 몸은 의지 하나만은 감히 누구에게도 한걸음도 지지 않는다. 하지만 유감스럽게도 기억력은 남들보다 배는 나쁘다. 미학원론을 쓰겠다는 의지는 충분했으나 그 의지를 자네에게 발표한 다음날 바로 잊어버렸다. 그러니 백일홍이 질 때까지 저서를 완성하지 못한 것은 기억력의 죄이지 의지의 죄가 아니다. 의지의 죄가 아닌 이상 서양 요리를 사줄 이유가 없다. 그렇게 뻗댔지.”

“역시 메이떼이 군만의 특색을 발휘한 것이 재미있군.” 스즈끼 군은 뭐가 그리 재밌는지 모르겠어. 메이떼이 군이 없을 때의 말투와는 꽤 달라. 이것이 영리한 인간의 특색일지도 모르지.

“뭐가 재미있다는 건가?” 하며 주인은 지금도 화가 나는 모양이야.

“그건 미안하게 됐네. 그래서 내가 그걸 만회하려고 공작 혓바닥 같은 걸 사방팔방 찾아다니는 것 아닌가? 너무 화내지 말고 기다리고 있게나. 그건 그렇고 저서라고 하니, 여보게, 오늘은 엄청난 소식을 듣고 왔다네.”

“자네는 올 때마다 엄청난 소식을 듣고 오니 불안해.”

“그런데 오늘은 정말 엄청나다니까. 정찰제로다 에누리 없이 엄청난 소식일세. 자네 칸게쯔가 박사논문을 쓰기 시작한 걸 아나? 칸게쯔는 묘하게 고상한 척하는 사내이니 박사학위 따위 몰상식한 짓을 할 리가 없다 싶었는데 역시 장가는 가고 싶었나봐. 그 코주부에게 꼭 알려주게나. 요즘 도토리 박사 꿈이라도 꾸고 있는지 모르니까.”

스즈끼 군은 칸게쯔의 이름을 듣더니 말하면 안 돼, 안 돼, 하고 턱짓 눈짓으로 주인에게 신호를 보냈어. 주인에겐 전혀 통하지 않았지. 아까 스즈끼 군에게 설교를 들을 때는 카네다의 딸이 안됐다는 생각만 했지만, 지금 메이떼이한테 코주부 이야기를 들으니 다시 지난번 말다툼이 떠오른 거지. 생각하면 우습기도 하고 적잖이 얄밉기도 한 거야. 하지만 칸게쯔가 박사논문을 쓰기 시작했다는 건 무엇보다 반가운 선물이고 이것만은 메이떼이 선생의 자화자찬 대로 이만하면 근래에 없던 엄청난 소식이지. 그저 엄청난 소식일 뿐 아니라 기쁘고 즐거운 소식인 거야. 카네다의 딸과 결혼하느냐 안 하느냐 따위는 아무래도 좋아. 어쨌든 칸게쯔가 박사가 되는 것은 좋은 일이지. 자기처럼 되다 만 목상은 불상 만드는 집 구석에서 벌레가 먹을 때까지 나무토막 그대로 썩어도 유감은 없지만, 이건 참 잘 만들었다 싶은 조각에는 하루라도 빨리 금박을 입혀주고 싶은 거거든.

"정말 논문을 쓰기 시작했나?" 하고 스즈끼 군의 신호 따위 아랑 곳없이 열띠게 물었어.

"진짜 남의 말을 못 믿는 위인일세. ──물론 주제가 도토리인지 목매달기 역학인지 확실히는 모르지만, 어쨌든 칸게쯔가 하는 일이니 코주부가 황송스러워할 만한 거겠지."

아까부터 메이떼이가 코주부, 코주부 하고 마구 불러대는 것을 들을 때마다 스즈끼 군은 불안한 기색이야. 메이떼이는 그걸 전혀 눈치채지 못하고 천하태평이지.

"그후에 코에 대해 다시 연구했는데, 최근에 『트리스트럼 섄디』[8]에 코 이론이 있는 걸 발견했다네. 카네다의 코도 스턴에게 보여주었으면 좋은 소재가 되었을 텐데 유감이야. 비명鼻名을 천세에 떨칠 자격은 충분하건만 저대로 썩어가다니 가엾기 짝이 없지. 다음에 찾아오면 미학상의 참고를 위해 스케치를 해야겠어" 하고 아니나 다를까 입에서 나오는 대로 마구 지껄이더군.

"그래도 그 딸은 칸게쯔와 결혼하고 싶대" 하고 주인이 스즈끼

---

8 영국의 소설가 로런스 스턴(Laurence Sterne, 1713~68)의 소설.

군에게 들은 대로 말하자 스즈끼 군은 곤란하다는 표정을 지으며 연신 주인에게 눈짓을 해 보였지만 주인은 부도체인 양 전혀 전기가 통하질 않아.

"제법 멋진데, 그런 작자의 아이도 사랑은 한다니. 그래봤자 대단한 사랑도 아니겠지만. 기껏해야 비련鼻戀 정도겠지."

"비련이라도 칸게쯔랑 잘만 되면 좋을 텐데."

"잘되면 좋다니, 자네, 저번엔 기를 쓰고 반대하지 않았나? 오늘은 이상하게 유화적이구먼."

"유화적은 무슨, 결코 유화적인 건 아니지만……"

"유화는 아니지만 동화는 됐구먼. 여보게 스즈끼, 자네도 실업가의 말석을 더럽히는 한 사람이니 참고를 위해 말해두네만, 카네다 아무개라는 위인 말이야, 그 아무개라는 자의 딸내미 따위를 천하의 수재 미즈시마 칸게쯔의 영부인으로 모셔들인다는 건 아무래도 돼지 목에 진주 같아서 친구인 우리가 그저 묵과할 수는 없다고 생각하네만, 비록 실업가인 자네라도 여기에 대해 이견은 없겠지?"

"변함없이 활달하구먼. 좋은 일이야. 자네는 십년 전과 전혀 변함이 없으니 대단해" 하고 스즈끼 군은 딴소리를 하며 어물쩍 넘어가려 했어.

"대단하다고 칭찬을 들은 김에 약간의 박식함을 보여드리자면 말일세, 옛날 그리스인들은 체육을 엄청나게 중시하다보니 온갖 경기에 고액의 현상금을 걸어 백빙으로 장려책을 짜내곤 했지. 그런데 신기하게도 학자의 지식에 관해서만은 어떤 상도 줬다는 기록이 없어서 오늘날까지 실은 몹시도 괴이하다 싶었거든."

"듣고 보니 정말 그렇구먼." 스즈끼 군은 그저 맞장구를 쳐주더군.

"그런데 바로 이삼일 전에야 미학 연구를 하다가 문득 그 이유를 발견해서 오랜 의문이 단박에 해소되었다네. 암흑을 깨뜨리는 통쾌한 깨달음을 얻어 환천희지歡天喜地의 경지에 이른 거지.”

메이떼이의 말이 너무나 허풍스러워서 어지간히 넉살 좋은 스즈끼 군조차 이건 못 당하겠다는 표정이야. 주인은 또 시작했군, 하듯이 상아 젓가락으로 과자 접시 가장자리를 땡땡 두드려대며 고개를 숙이고 있어. 메이떼이만 득의만만하게 떠들어대고.

“그래, 이 모순된 현상의 설명을 명기하여 암흑의 늪에서 우리의 의심을 구해준 자가 누구일 것 같나? 학문이 있은 이래의 학자라 불리는 저 그리스의 철학자, 소요학파의 원조인 아리스토텔레스, 바로 그 사람이라네. 그의 설명에 의하면 — 어이, 과자 접시 좀 두드리지 말고 경청해야지. — 그들 그리스인이 경기에서 얻는 상은 그들이 보이는 기예 그 자체보다 귀중한 것이지. 그런 까닭에 칭찬도 되고 장려의 도구도 되는 것이야. 하지만 지식 그 자체에 이르면 어떤가? 만약 지식에 대한 상으로서 무언가를 주려 한다면 지식 이상의 가치가 있는 것을 주어야만 하지. 하지만 지식 이상의 보물이 세상에 어디 있나? 물론 있을 리가 없어. 어지간한 것을 주어봤자 지식의 위엄을 해칠 뿐이지. 그들은 지식에 대해 돈 보따리를 올림포스 산처럼 쌓아올리고 크로이소스스9의 부를 다 털어서라도 합당한 보수를 주고자 했지만 아무리 궁리해도 도저히 걸맞을 리가 없다는 사실을 간파하고는 그후로는 깨끗하게 아무것도 주지 않기로 해버린 거야. 금은보화가 지식에 필적할 수 없다는 사실은 이로써 충분히 이해가 되지? 그런데 이 원리를 깨닫고 나서 눈앞의 문제를 들여다보면 어떤가? 카네다 아무개는 뭐냐, 지폐에 눈코를

---

9 서기전 6세기 리디아 왕국의 마지막 왕. 거부로 유명해 영어에 ‘크로이소스 같은 부자’라는 표현이 있다.

그려놓은 것뿐인 인간이잖아. 좀 색다르게 표현하자면 그 사람은 일개 활동지폐에 불과하다는 거지. 활동지폐의 딸이라면 활동수표 정도나 되겠지. 반면에 칸게쓰 군은 어떤가? 자랑스럽게도 학문으로는 최고 학부를 1등으로 졸업하고 털끝만큼의 권태감도 없이 초오슈우 정벌 시절의 하오리 끈을 너풀대며 주야로 도토리의 스터빌러티를 연구하고, 그러고도 여전히 만족하지 못하고 조만간 캘빈 경[10]을 압도할 만한 대논문을 발표하고자 하고 있지 않은가? 어쩌다가 아즈마 다리에서 투신의 재주를 잘못 부린 적은 있으나 이 역시 열성적인 청년에겐 있을 수 있는 발작적 소치인바, 그가 지식의 도매상이 되는 데 털끝만큼의 지장조차 초래할 일이 없는 것이지. 메이떼이 특유의 비유로써 칸게쓰 군을 평한다면 그는 활동도서관일세. 지식을 가지고 빚어낸 28쎈티짜리 탄환[11]이야. 이 탄환이 일단 때를 얻어 학계에서 폭발한다면 — 만약 폭발해보게나 — 폭발하겠지 — "메이떼이는 여기에 이르러 메이떼이 특유라고 자칭한 형용사가 마음대로 나오지 않자 흔히 말하는 용두사미 느낌으로 다소 주눅이 든 듯했으나 금세 "활동수표 따위 몇천만장 있어봤자 산산조각 나는 거지. 그러니 칸게쓰에겐 그런 어울리지 않는 여성은 안 되네. 내가 찬성 못 해. 백수 가운데 가장 총명한 코끼리와 가장 보잘것없는 새끼 돼지가 결혼하는 거나 마찬가지야. 안 그런가, 쿠샤미 군?" 하고 말을 마치니 주인은 다시 말없이 과자 접시를 두드리기 시작했지. 스즈끼 군은 조금 기가 죽었는지,

"꼭 그런 것도 아니지" 하고 난감한 듯 말하더군. 좀 전까지 그

---

**10** 윌리엄 톰슨(William Thomson, 1824~1907). 영국의 물리학자. 캘빈(Kelvin) 남작으로도 불린다.

**11** 러일전쟁 중 뤼순 전투에서 큰 효과를 보인 28쎈티미터 유탄포를 말한다.

렇게 메이떼이의 험담을 해댔으니 여기서 자칫 말을 잘못했다가는 주인 같은 무법자가 또 무슨 이야기를 들춰낼지 알 게 뭐야? 가능하면 여기서는 적당히 메이떼이의 예봉을 피하면서 무사히 빠져나가는 것이 상책이지. 스즈끼 군은 영리한 사람이야. 쓸데없는 저항은 피할 수 있는 한 피하는 것이 요즘 세상의 흐름이고 공연한 말다툼은 봉건시대의 유물이라고 생각하거든. 인생의 목적은 말이 아닌 실행에 있다, 자신의 생각대로 착착 일이 진행된다면 그것으로 인생의 목적은 달성되는 것이다, 고생과 걱정과 쟁론이 없어도 일이 진행된다면 인생의 목적은 극락풍으로 달성되는 것이다. 스즈끼 군은 졸업 후 이런 극락주의로 성공했고, 이 극락주의에 의해 금시계를 달고, 이 극락주의로 카네다 부부의 의뢰를 받았고, 마찬가지 이 극락주의로 손쉽게 쿠샤미 군을 설득하여 이 건이 십중팔구까지 성취된 참에, 메이떼이라는 상식으로는 다룰 수 없는, 보통인간과는 다른 심리작용을 가졌나 의심되는 괴짜가 날아드는 통에 그 당돌함에 다소 당황하고 있는 거야. 극락주의를 발명한 것은 메이지의 신사이고 극락주의를 실행하는 것은 스즈끼 토오주우로오 군이며, 지금 이런 극락주의 때문에 곤경에 처한 것 역시 스즈끼 토오주우로오 군이야.

"자넨 아무것도 모르니까 그렇게 '꼭 그런 것도 아니지'라면서 태연하게 평소와 달리 과묵하고 고상하게 점잔을 떨지만, 지난번 그 코주부가 왔을 때의 모습을 봤더라면 아무리 실업가 편을 드는 귀공이라 할지라도 기가 막혔을 것이 분명하네. 어이, 쿠샤미 군, 자네 꽤나 분투했잖아?"

"그런데도 자네보단 내가 평이 낫다는군."

"아하하하, 꽤나 자신감 넘치는 사람이로군. 하긴 그러니까 쎄비지 티라고 학생들과 선생들이 놀려대도 아무렇지 않게 학교에 다닐 수가 있겠지. 나도 의지만은 결코 남에게 뒤지지 않네만 그렇게 뻔뻔스럽지는 못하니 그저 감탄할 따름이야."

"학생이나 선생이 좀 수군덕댄다고 무서울 게 뭐 있나. 쌩뜨뵈브[12]는 고금에 독보적인 평론가지만 빠리 대학에서 강의를 할 때는 평이 너무 나빠서 혹시 학생들이 공격할까봐 외출할 때면 항상 단도를 소매 안에 감추고 다니며 방어한 적도 있다더군. 브륀띠에르[13] 역시 빠리 대학에서 졸라의 소설을 공격했을 때는⋯⋯"

"그런데 자네는 대학교수도 뭣도 아니잖나? 기껏해야 영어강독 선생 주제에 그런 대가를 예로 드는 건 송사리가 고래에 자기를 빗대는 것과 같지. 그런 소릴 하면 더 비웃음을 살 거네."

"닥치게. 쌩뜨뵈브나 나나 똑같은 학자야."

"대단한 교양이로세. 어쨌든 단도를 숨기고 다니는 건 위험하니 흉내 내지 말게나. 대학교수가 단도라니 강독 선생은 주머니칼 정도면 되겠군. 그래도 칼은 위험하니까 시장에 가서 장난감 공기총을 사서 메고 다니면 좋겠지. 애교스러워서 좋잖아. 어때, 스즈끼 군?" 하자 스즈끼 군은 일단 화제가 카네다로부터 벗어난 것에 안도하며,

"여전히 천진난만하니 유쾌하구먼. 십년 만에 처음으로 자네들을 만나니 어쩐지 갑갑한 길에서 널따란 들판으로 나온 듯한 기분이야. 정말이지 우리 사업가들 이야기는 잠시도 마음을 놓을 수가 없거든. 무슨 소리를 하든 조심해야 하니까 신경 쓰이고 답답하고

_____

**12** 샤를 오귀스땡 쌩뜨뵈브(Charles Augustin Sainte-Beuve, 1804~69). 프랑스의 시인, 소설가, 비평가.
**13** 페르디낭 브륀띠에르(Ferdinand Brunetière, 1849~1906). 프랑스의 평론가.

정말 힘들지. 아, 오늘은 뜻밖에 메이떼이 군을 만나서 즐거웠네. 나는 좀 볼일이 있으니 이만 실례할게" 하고 일어서려니까 메이떼이 역시 "나도 이만. 이제 니혼바시에 있는 연예교풍회[14]에 가야 하거든. 거기까지 함께 가세."

"그거 마침 잘됐네. 오랜만에 함께 산책이나 하세나." 두 사람은 손을 맞잡고 돌아갔어.

---

**14** 1888년 창립된 연극운동단체.

# 5

하루 이십사시간 일어난 일을 빠짐없이 적고 빠짐없이 읽으려면 적어도 이십사시간은 걸릴 거야. 아무리 사생문寫生文을 고취하는 이 몸이라도 이건 도저히 고양이가 꾀할 만한 재주가 아니라고 자백할 수밖에. 따라서 아무리 이 몸의 주인이 하루 온종일 정치하게 묘사할 만한 기언 기행을 보여줌에도 불구하고 이를 빠짐없이 독자에게 보고할 능력과 끈기가 없는 것은 더없는 유감이야. 유감이지만 어쩔 수가 없지. 고양이에게도 휴식은 필요하니까. 스즈끼 군과 메이떼이 군이 돌아간 뒤 찬바람이 문득 그쳐 소리 없이 눈 내리는 밤처럼 고요해졌어. 주인은 늘 그렇듯 서재에 틀어박혔지. 아이들은 타따미 여섯장 방에 베개를 나란히 하고 잠들었고. 한칸 반 장지문 뒤의 남향 방에는 안주인이 세살 된 멘꼬에게 젖을 물리고 누워 있어. 흐린 봄날 해는 서둘러 지고 큰길을 오가는 나막신 소리만 손에 잡힐 듯 거실에 울리네. 이웃 마을 하숙집에서 피리

부는 소리가 끊겼다 이어졌다 하며 졸린 귓속에 이따금 은은한 자극을 주더군. 밖은 아마 해거름일 거야. 저녁으로 어묵탕 가득 담긴 전복 껍데기 밥그릇을 비웠더니 배가 불러 아무래도 좀 쉬어야 할 듯해.

얼핏 듣자하니 세간엔 '고양이의 사랑'인가 하는 표현을 하이꾸에 쓰는 현상이 있고 초봄에는 온 동네 묘족들이 잠도 안 자고 들떠 나돌아다니는 밤도 있다던가 하던데, 이 몸은 아직 이런 심적 변화를 맛본 적은 없어. 애초에 사랑이란 우주적인 활력 아닌가. 위로는 하늘의 신 제우스부터 아래로는 흙 속에서 우는 지렁이, 땅강아지에 이르기까지 여기에만은 온몸 바쳐 열중하는 것이 만물의 습성인바, 우리 고양이들이 해거름을 반겨 요란스러운 풍류 기분을 내는 것도 무리는 아니지. 돌이켜보건대 이렇게 말하는 이 몸역시 얼룩 양에게 몸이 달았던 적이 있지. 삼각주의의 장본인인 카네다 군의 따님 인절미 토미꼬 양마저 칸게쯔 군을 연모했다는 소문 아닌가. 그러하니 황금 같은 봄날 저녁에 마음이 들떠 만천하의 수고양이 암고양이가 미쳐 돌아다니는 것을 번뇌 미혹이라고 경멸할 생각은 털끝만큼도 없지만, 어쩌랴, 유혹을 받아도 그런 마음이 생기질 않는 거야 할 수 없지. 이 몸은 지금 그저 쉬고 싶을 따름이야. 이렇게 졸려서야 사랑도 못하지. 어슬렁어슬렁 아이들 이부자리 옆으로 돌아가 기분 좋게 잠들었어.

문득 눈을 떠보니 주인이 어느새 서재에서 침실로 와서 안주인 옆에 펴놓은 이불 속으로 기어들어가 있더군. 주인은 잘 때는 꼭 작은 영어책을 들고 오는 버릇이 있지. 하지만 드러누워서 이 책을 두 페이지 이상 본 적이 없어. 어떤 때는 들고 와서 베갯머리에 던져두고 손도 대지 않은 적도 있어. 한줄도 안 읽을 걸 굳이 들고 올 필요도 없으련만, 그런 점이 주인이 주인다운 구석이니 아무리 안주인이 비웃어도, 그러지 말라고 해도 절대 듣지 않아. 밤마다 읽지도 않을 책을 수고스럽게 침실까지 옮겨오지. 어떤 때는 욕심 사납게 서너권씩 들고 오기도 하는걸. 한동안은 밤마다 웹스터 대사전을 끌어안고 올 정도였다니까. 아무래도 이건 주인의 병인 듯해. 사치스러운 사람이 류우분도오¹ 주전자의 솔바람 소리²를 들어야 잠이 드는 것처럼, 주인 역시 책을 베갯머리에 두지 않으면 못 자는 거겠지, 뭐. 그러고 보면 주인에게 책이라는 것은 읽는 것이 아니라 잠을 유도하는 기계인가봐. 활판 수면제 같은 거지.

오늘밤엔 뭔가 싶어 들여다보니 얄따란 붉은 책이 주인의 콧수염 끝에 닿을락 말락 반쯤 펼쳐진 채 뒹굴고 있어. 주인의 왼손 엄지손가락이 책 사이에 끼워져 있는 걸 보니 기특하게도 오늘밤엔 대여섯줄이나 읽었나봐. 빨간 책과 나란히, 늘 그렇듯 니켈 회중시계가 봄에 어울리지 않는 차가운 색을 발하고 있군.

안주인은 젖먹이를 한 팔 거리쯤에 내던져둔 채 베개도 안 베고 입을 벌리고 코를 골며 자고 있어. 대저 인간에게 있어 꼴불견이라 하면 뭐니 뭐니 해도 입을 벌리고 자는 것만한 것도 없을 거야. 고양이는 평생 이런 창피한 꼴은 보이지 않아. 모름지기 입이란 소리를 내기 위한, 코는 공기를 호흡하기 위한 도구니까. 물론 북쪽으로 가면 인간이 게을러서 가능하면 입을 안 벌리겠다고 작정한 결과 코로 말을 하듯 즈 ― 즈 ― 하기도 하지만, 코를 막아놓고 입으로만 호흡을 하는 것은 즈 ― 즈 ―보다 더 꼴사납다 싶어. 무엇보다 천장에서 쥐똥이라도 떨어지면 어쩔 거야.

1 龍文堂. 주물 장인 시까따 류우분(1780~1841)의 호.
2 주전자의 물 끓는 소리를 비유한 것.

아이 쪽을 보니 이 역시 부모 못지않게 칠칠맞지 못한 모습으로 자고 있군. 언니인 톤꼬는 언니의 권리란 이런 거라는 듯이 오른손을 뻗어 동생 귀 위에 올려놓았어. 동생인 슨꼬는 복수라도 하는지 언니 배 위에 한쪽 다리를 올려놓고 대자로 자고 있고. 양쪽 모두 처음 자세에서 구십도는 확실히 회전한 상태야. 게다가 이런 부자연스러운 자세를 유지하면서도 둘 다 전혀 불평 없이 얌전하게 숙면을 취하고 있군.

정말 봄날의 등잔불은 각별하지. 천진난만하지만 멋대가리 전혀 없는 이 광경 속에서 이 밤을 아쉬워하는 듯 그윽하게 빛나고 있거든. 지금 몇시나 되었을까 싶어 방 안을 둘러보니 사방은 쥐 죽은 듯 고요하고 들리는 것이라곤 괘종시계와 안주인 코 고는 소리, 멀리서 하녀가 이 가는 소리뿐이었어. 이 하녀는 남들이 이를 간다고 알려주면 언제나 딱 잡아떼는 여자야. 저는 태어나서 지금까지 이를 갈아본 기억이 없답니다, 하고 고집을 부리며 절대로 고치겠다거나 죄송하다거나 하지 않고 오로지 그런 기억이 없다고 뻗대지. 하긴 자면서 부리는 재주이니 기억이 있을 리가 있나? 하지만 사실이란 기억이 없어도 존재하는 것이니 참 곤란해. 세상에는 나쁜 짓을 하면서도 자기는 어디까지나 선인이라고 생각하는 자들이 있지. 이건 자기가 죄가 없다고 자신하는 것이니 순진해서 다행이긴 하지만, 남을 곤란하게 한다는 사실은 아무리 순진해봤자 없어지지 않잖아. 이런 신사숙녀들은 이 하녀와 같은 계통에 속하는 거라고 생각해. ─밤이 많이 깊었나봐.

부엌 쪽 덧문을 똑똑, 하고 두번 가볍게 두드리는 소리가 들렸어. 이 시간에 누가 올 리가 없지. 보나 마나 쥐새끼일 거야. 쥐 같은 건 안 잡기로 했으니 맘대로 난리를 치라지. ─다시 똑똑, 하는 소리가 났어. 아무래도 쥐답지가 않군. 쥐라면 너무나 조심성 있는 쥐가 아닌가. 주인네 집 쥐는 주인이 다니는 학교 학생들처럼 밤낮 난리법석을 떠느라 여념이 없어 불쌍한 주인이 놀라서 꿈에서 깨게 하는 걸 천직으로 여기는 놈들이니 이렇게까지 예의 바를 리가 없어. 이건 분명 쥐가 아니야. 지난번엔 주인의 침실까지 난입해 놓지도 않은 주인의 코끝을 깨물고는 개가를 부르며 물러갈 정도였는데 이건 너무 겁이 많잖아. 절대로 쥐는 아니야. 이번에는 끼익, 하고 덧문을 밑에서 위로 들어올리는 소리가 났어. 동시에 장지문을 최대한 부드럽게 소리 없이 밀더군. 점점 더 쥐가 아니군. 인간이야. 이 깊은 밤중에 인간이 말도 없이 문을 열고 왕림하신다면 메이떼이 선생이나 스즈끼 군일 리도 없지. 그 명성만은 예전부터 듣고 있던 양상군자가 아니신가. 정말 그분이시라면 어서 존안을 알현하고 싶었어. 군자님은 이제 부엌으로 두걸음쯤 들어온 모양이야. 세걸음째쯤에 널판에 걸렸는지 삐걱, 하며 밤공기를 흔드는 소리를 냈지. 이 몸의 등에 난 털을 구둣솔로 거꾸로 문지른 듯한 느낌이더군. 한동안은 발소리가 나질 않아. 안주인을 보니 여전히 입을 벌리고 태평스레 공기를 들이쉬고 내쉬는 데 여념이 없어. 주인은 빨간 책에 엄지손가락을 물린 꿈이라도 꾸고 있을 거고. 마침내 부엌에서 성냥을 긋는 소리가 났어. 군자님이라도 이 몸만큼 밤눈이 밝지는 않은 듯해. 부엌이 변변찮아서 무척 불편할 거야.

이때 이 몸은 웅크리고 생각했지. 군자님은 부엌에서 거실 방향으로 출현하실까, 아니면 왼쪽으로 돌아 현관을 지나 서재로 빠지실까. ─ 발소리는 장지문 소리와 함께 대청 쪽으로 나서더군. 군자님은 마침내 서재로 들어갔지. 그러곤 소리가 뚝 끊겼어.

그러는 동안 이 몸은 어서 주인 부부를 깨워야겠다는 생각이 들긴 했지만 막상 어떻게 해야 깨어날지 전혀 생각이 나질 않아 머릿속에서 헛궁리만 물레방아 돌듯 돌고 있었어. 이불자락을 물고 흔들어볼까 하고 두세번 시도해봤지만 전혀 효과가 없었지. 차가운 코를 뺨에 대고 문질러볼까 하고 주인의 얼굴에 갖다댔더니 주인은 잠이 든 채로 손을 쭉 뻗어 내 코를 된통 후려치지 뭐야? 코는 고양이에게도 급소라고. 얼마나 아프던지. 이번엔 할 수 없이 야옹야옹 두어번 울어보았지만 도대체 무슨 일인지 이때만은 목에 뭐가 걸렸는지 생각처럼 소리가 안 나왔어. 가까스로 나지막한 소리를 조금 냈더니, 깜짝이야, 정작 주인은 깨어날 낌새도 없는데 갑자기 군자님 발소리가 들리는 거야. 자박자박 대청마루를 밟는 소리가 다가왔어. 올 것이 왔구나, 이젠 끝이다, 포기하고 방문과 버들고리짝 사이에 잠시 몸을 숨기고 동정을 살폈지.

군자의 발소리는 침실 문 앞까지 와서는 뚝 그쳤지. 이 몸은 숨을 죽이고 다음엔 어떻게 나오려나 하고 있었어. 나중에 생각해봤는데 쥐를 잡을 때는 이런 마음가짐이면 될 것 같아. 혼이 두 눈으로 튀어나올 것 같은 기세지. 군자 덕에 다시없을 깨달음을 얻은 건 정말 고마운 일이야. 순식간에 장지문 세번째 칸이 비에 젖은 듯이 한가운데만 색이 변했어. 그러고는 분홍색 물건이 그 사이로 점점 진하게 비친다 싶더니 종이가 어느 틈에 찢어지고 새빨간 혀가 쏙 들어오더군. 혀는 잠시 어둠속으로 사라졌어. 그 대신 뭔가 끔찍하게 빛나는 것이 하나 찢어진 구멍 저편에 나타나더군. 의심할 바 없는 군자의 눈이었지. 묘하게도 바로 그 눈이, 방 안에 있는 어떤 물건도 보지 않고 오직 버들고리짝 뒤에 숨어 있는 이 몸만을 뚫어지게 보는 것처럼 느껴졌어. 일분도 채 안 되는 동안이었지만 이렇게 노려보다가는 수명이 줄어들겠다 싶을 정도였지. 더는 못 참겠다, 고리짝 뒤에서 튀어나가자 결심한 순간, 침실 문이 슥 열리고 기다리던 군자가 마침내 눈앞에 나타나더군.

　이 몸은 서술의 순서상 불시의 진객인 양상군자를 여기서 여러분에게 소개할 영광을 누려야겠지만, 그전에 잠깐 양해를 구하고 졸견을 개진하고 싶은 일이 있어. 고대의 신은 전지전능하다고 숭상되었지. 더구나 야소교의 신은 20세기 오늘날까지도 이 전지전능이라는 가면을 쓰고 있고. 하지만 속인이 생각할 수 있는 전지전능이란 때로는 무지무능이라고도 해석할 수 있어. 이렇게 말하는 건 분명 패러독스지. 그럼에도 이런 패러독스를 깨달은 자는 천지개벽 이래 오직 이 몸뿐이다 생각하면 스스로가 하찮은 고양이는 아니구나 싶은 허영심도 생기니 모쪼록 여기서 그 이유를 말씀드려서 고양이를 바보로 보면 안 된다는 사실을 오만한 인간 여러분의 뇌리에 새겨주고 싶어. 천지만물은 신이 만들었다고 하지. 그렇다면 인간 역시 신의 작품이야. 실제로 성서라는 것에는 그렇게 명기되어 있다면서? 그런데 이 인간에 대해 인간 자신이 수천년간 관찰을 거듭하여 대단히 현묘하고 불가사의하게 여김과 동시에 더더욱 신의 전지전능을 인정하도록 이끈 사실이 있어. 그건 다름 아니라 인간이 이렇게 우글우글하지만 똑같은 얼굴을 한 건 세상에 단 한 사람도 없다는 거야. 얼굴의 구성은 물론 정해져 있지. 크기도 대충 거기서 거기고. 바꿔 말하자면 그들은 다들 같은 재료로 만들어져 있어. 같은 재료로 되어 있음에도 불구하고 한 사람도 같은 결과물이 되지 못했지. 어쩌면 그렇게 간단한 재료를 가지고 이렇게도 이채로운 얼굴을 고안해냈을까 생각하면 제조가의 재주에 감탄할 수밖에 없어. 웬만큼 독창적인 상상력이 아니고는 이런 변화는 불가능하지. 일류 화가가 심혈을 기울여 변화를 추구해봤자 열두세종 이상은 만들지 못하는 걸 보면 인간 제조를 떠맡은 신의 손재주는 각별하다고 감탄할 수밖에 없어. 도저히 인간 세상에서 목격할 수 있는 재주가 아니니 이를 전능한 재주라고 해도 괜찮겠지. 인간은 이 점에서 신에게 무척이나 황공함을 느끼나봐. 하긴 인간의 관점에서 보면 당연할 수도 있어. 하지만 고양이 입장에서 말하자면 동일한 사실이 오히려 신의 무능력을 증명하고 있다고도 해석할 수 있지. 설령 완전히 무능하진 않더라도 인간 이상의 능력은 결코 없다고 단정할 수 있을 거라 생각해. 신이 인간의 수만큼 다양한 얼굴을 제조했다고 하지만 애초에 마음속에 계산이 있어서 이런 변화를 만들어낸 건지, 아니면 장삼이사 다 똑같은 얼굴로 만들자 생각하고 시작했는데 도저히 마음대로 안 되어서 만드는 것마다 실패하다보니 이렇게 엉망진창인 상태가 되어버린 건지 모르는 것 아니겠어? 그들의 안면 구조는 신의 성공을 기념하는 것이라 볼 수 있는 동시에 실패의 흔적이라고 판단할 수도 있지 않으냐는 거지. 전능하다고 할 수도 있지만 무능하다고 평한다 해서 안 될 것도 없잖아. 인간들의 눈은 평면상에 두개가 나란히 있어서 좌우를 동시에 볼 수 없는 까닭에 사물의 반밖에 시야에 들어오지 않으니 참 딱해. 입장을 바꿔놓고 보면 이 정도로 단순한 일이야 그들 사회에서 주야장천 일어나고 있건만 본인들이 흥분해서 신에게 홀딱 빠져 있으니 깨달을 수가 없지. 제작상 변화를 만들어내기가 어렵다면 철두철미하게 모방하는 것도 마찬가지로 어려워. 라파엘에게 완전히 똑같은 성모상을 두장 그리라고 주문하는 건 전혀 닮지 않은 마돈나를 쌍으로 보여달라고 강요하는 것과 마찬가지로 라파엘에게는 곤혹스러운 일이야. 아니, 같은 것을 두장 그리는 것이 오히려 더 힘들지도 몰라. 코오보오 대사[3]에게 어제 쓴 것과 똑같은 필법으로 '쿠우까이空海'라고 써주세요, 하는 게 오히려 완전히 다른 서체로 써달라는 주문보다 더 힘들지 않을까? 인간이 사용하는 언어는 완전히 모방주의로 전승되는 거지. 인간들이 어머니로부터, 유모로부터, 남들로부터 실용적인 언어를 배울 때는 그저 들리는 대로 따라 하는 것일 뿐 달리 털끝만큼의 야심도 없다고. 할 수 있는 힘을 다해 남을 흉내내는 거야. 이처럼 모방으로 성립되는 언어가 십년 이십년 지나는 사이 발음에 자연스러운 변화를 낳는다는 건 그들에게 완전한 모방 능력이 없다는 사실을 증명하는 것이거든. 순수한 모방이란 이처럼 지극히 어려운 일이라고. 따라서 신이 인간들을 구별이 가지 않게 모조리 판에 박은 듯이 만들 수 있었다면 그야말로 신의 전능을 드러내는 것이었겠지만, 오늘날처럼 모두 제멋대로인 얼굴을 벌건 대낮에 드러내고 돌아다녀서 어지러울 정도로 변화무쌍한 것은 오히려 그 무능을 능히 짐작게 하는 증거가 될 수 있는 거야.

이 몸이 무슨 필요 때문에 이런 긴 논의를 하게 되었는지 잊어버렸어. 기원을 망각하는 것은 인간에게도 흔히 일어나는 일이니 고양이에게는 당연한 일이라고 너그럽게 봐줬으면 해. 어쨌든 나는 침실의 장지문을 열고 문턱에 불쑥 나타난 양상군자를 보았을 때 이상과 같은 감상이 자연스레 가슴속에 떠올랐지. 왜냐고? — 왜 나는 질문이 나왔으니 잠깐 다시 생각해봐야겠군. — 에, 그 까닭은 다음과 같아.

이 몸의 눈앞에 홀연히 나타난 군자의 얼굴을 보니 그 얼굴이 —평소에 신의 솜씨에 관해 그 결과물이 혹시 무능의 징표가

---

3 弘法大師. 헤이안 시대의 고승 쿠우까이(空海, 774~835)의 시호.

아닐까 의심하고 있었는데, 그 의심을 단숨에 없애버릴 만한 특징을 지니고 있었기 때문이야. 특징이란 다른 게 아냐. 그의 이목구비가 나의 친애하는 미남자 미즈시마 칸게쯔 군과 붕어빵이라는 사실. 이 몸은 물론 도둑 친구가 많지 않지만, 그 난폭한 행위로부터 평소 상상으로 마음속에 그려왔던 얼굴이 없지는 않아. 납작한 코좌우에 단춧구멍만 한 눈을 한 까까머리일 것이 분명하다고 혼자 멋대로 단정하고 있었는데 실제로 보니 생각했던 것과는 천지 차이, 멋대로 상상할 일이 아니더군. 이 군자는 키가 늘씬하게 크고 거무스름한 일자 눈썹을 한 늠름하고 멋들어진 도둑이었어. 나이는 스물예닐곱 되었을까, 이조차 칸게쯔 군과 똑같아. 신도 이렇게 닮은 얼굴을 두개나 만들어낼 재주가 있다면 결코 무능하다고는 볼 수 없지. 아니, 솔직히 말하자면 칸게쯔 군 본인이 정신이 이상해져서 한밤중에 뛰쳐나온 게 아닐까 싶어 섬찟했을 정도로 닮았어. 다만 코밑에 거무스름한 수염이 없는 것을 보니 다른 사람이구나 싶더라고. 칸게쯔 군은 야무지게 생긴 미남자로, 메이떼이가 활동수표라고 부른 카네다 토미꼬 양을 능히 흡수하고도 남을 만큼 우수한 제작물이야. 하지만 이 군자 역시 인상으로 관찰하건대 여성에 대한 인력 작용에서 결코 칸게쯔 군에게 한치도 뒤지지 않을 듯해. 만약 카네다의 딸이 칸게쯔 군의 눈이나 입 모양에 반한 거라면 동등한 열정으로 이 군자에게도 빠져야 도리에 맞는 거지. 도리는 차치하더라도 논리에 맞아. 그렇게나 똑똑하고 뭐든 금방 알아듣는 성격이라니 이 정도는 남이 말하기 전에 분명 이해할 거야. 그렇다면 칸게쯔 군 대신에 이 도둑을 내밀어도 필시 온몸으로 사랑을 쏟아부으며 금실 좋게 잘 살 것이 분명하지. 만일 칸게쯔 군이 메이떼이 따위의 설교에 넘어가서 이 천고의 좋은 인연이 파탄

난다 해도 이 군자가 건재하는 한 문제없어. 이 몸은 미래의 사건 전개를 여기까지 예상하고 토미꼬 양을 생각해 안도했어. 이 도둑님이 천지간에 존재하는 것은 토미꼬 양의 삶을 행복하게 해주기 위한 일대 요건이라고.

군자는 옆구리에 뭔가를 끼고 있었어. 살펴보니 아까 주인이 서재에 던져두었던 낡은 담요더군. 짧은 면 윗도리에 회색 허리띠를 동여매고 무릎 아래 희멀건 정강이를 드러낸 채 막 한 발을 들어 타따미 위에 올려놓았지. 아까부터 빨간 책에 엄지를 물린 꿈을 꾸고 있던 주인이 이때 요란하게 돌아누우며 큰 소리로 "칸게쯔다" 하더군. 군자는 담요를 떨어뜨리더니 내밀었던 발을 얼른 거둬들였어. 장지문 그늘에 가느다란 정강이 두개가 선 채로 살짝 움직이는 것이 보였어. 주인은 으음, 쩝쩝, 하며 빨간 책을 집어던지고는 거무스레한 팔을 옴이라도 옮은 것처럼 벅벅 긁어댔어. 그러고는 다시 조용해지더니 베개도 밀어낸 채로 잠들어버렸지. 칸게쯔라고 한 건 완전히 무심결의 잠꼬대였나봐. 군자는 한동안 대청에 선 채로 방 안의 동정을 살피더니 주인 부부가 깊이 잠든 것을 확인하고는 다시 한쪽 발을 타따미 위로 들여놓더군. 이번엔 칸게쯔다, 하는 소리도 들리지 않았지. 마침내 남은 한 발도 들여놓았어. 봄밤의 한줄기 등잔불로 환하게 비쳐지던 타따미 여섯장 방은 군자의 그림자로 예리하게 둘로 나뉘어 버들고리짝 근처에서 이 몸의 머리 위를 지나 벽의 반이 새까매졌어. 돌아보니 군자의 얼굴 그림자가 딱 벽 높이의 삼분의 이 부분에서 흐릿하게 움직이더군. 아무리 미남자라도 그림자만 보아서는 머리 여덟 달린 괴물처럼 기묘한 모습이야. 군자는 안주인의 자는 얼굴을 위에서 들여다보며 왠지 실없이 히죽히죽 웃더군. 웃는 얼굴까지 칸게쯔 군과 똑같아서 나도 놀랐다니까.

안주인의 베갯머리엔 가로 40~50센티, 세로 10센티쯤 되는 상자 하나가 보물단지처럼 모셔져 있어. 이건 히젠 지역 카라쯔 출신인 타따라 산뻬이 군이 지난번 고향에 다녀올 때 선물로 가져온 참마야. 참마를 베갯머리에 모셔두고 자는 건 그다지 흔한 일은 아니지만, 이 집 안주인은 조리용 백설탕을 장롱에 넣어둘 정도로 물건의 제자리라는 개념이 없으니 안주인에게는 참마가 아니라 단무지가 침실에 있다 한들 아무렇지도 않을걸. 하지만 신이 아닌 군자께서 그런 사정을 알 게 뭐람. 이렇게 귀하게 곁에 모셔둘 정도라면 소중한 물건이겠거니 짐작하는 것도 무리가 아니지. 군자는 살짝 그 참마 상자를 들어보았는데 그 무게가 예상대로 꽤 나가는 듯해 무척 만족스러운 모양이더군. 결국 참마를 훔치는구나 생각하니, 게다가 이 멀쩡하게 생긴 도둑이 고작 참마 따위를 훔치는구나 생각하니 얼마나 웃기던지. 하지만 자칫 웃었다가는 위험할 것 같아 가까스로 참았어.

마침내 군자는 참마 상자를 공손하게 헌 담요에 싸기 시작했어. 이걸 묶을 게 뭐 없나 싶어 주변을 둘러보더군. 그런데 운 좋게도 주인이 잘 때 풀어던져둔 치리멘 오비[4]가 있었어. 군자는 참마 상자를 이 끈으로 야무지게 동여매고는 가볍게 등에 짊어졌어. 그다지 여자들이 좋아할 모습은 아니지. 그러고 나서 아이들의 겉옷 두장을 주인의 내복 바지 속에 쑤셔넣으니 허벅지 언저리가 빵빵하게 부풀어 구렁이가 개구리를 삼킨 듯한 — 혹은 산달이 다 된 구렁이 같다고 하는 편이 더 좋을까? 어쨌든 해괴한 모습이 되었어. 거짓

---

**4** 키모노의 허리 부분에 둘러매는 긴 천.

말 같으면 한번 시험해보시든지. 군자는 내의를 목덜미에 친친 감더군. 다음에는 뭘 하나 했더니 주인의 명주 윗옷을 커다란 보자기처럼 펼치고는 그 위에 안주인의 오비와 주인의 하오리와 속옷과 그밖의 온갖 잡동사니를 깔끔하게 개켜서 싸더라고. 그 숙련된 솜씨에 살짝 감동했지 뭐야. 그러고는 안주인의 허리띠 두개를 이어 이 보따리를 묶더니만 한 손에 들었어. 또 뭐 가져갈게 없나 싶어 주변을 둘러보았는데 주인의 머리맡에 아사히 담뱃갑이 있는 것을 발견하고는 슬쩍 소맷부리에 집어넣더군. 그러더니 거기서 한개비를 꺼내서 램프에 대고 불을 붙였어. 맛있게 깊숙이 빨아들이더니 뿜어낸 연기가 우윳빛 등갓을 맴돌며 아직 사라지기도 전에 군자의 발소리는 대청에서 점차 멀어져 들리지 않게 되었지. 주인 부부는 세상모르고 자고 있고. 인간이란 참 생각보다 우둔해.

이 몸은 잠깐 쉬어야겠어. 끊임없이 떠들다간 몸이 못 버티지. 푹 잠들었다가 눈을 떴을 때는 춘삼월 하늘이 화창하게 개었고 부엌 문가에서 주인 부부가 순사와 이야기를 하고 있더군.

"그럼 이리로 들어와서 침실 쪽으로 간 거군요. 두분은 주무시느라 전혀 눈치를 못 채셨고요."

"예." 주인은 약간 멋쩍은 표정이야.

"그렇다면 도난을 당한 것이 몇시쯤일까요?" 하고 순사는 무리한 질문을 하더군. 시간을 알 정도라면 굳이 도둑맞을 일이 뭐 있겠어? 그것도 깨닫지 못했는지 주인 부부는 얼심히 이 질문에 대해 상의를 하고 앉았어.

"몇시쯤일까?"

"글쎄요" 하고 안주인이 생각했어. 생각해보면 알 수 있다는 걸까?

"당신은 어제 몇시에 주무셨어요?"

"내가 잠든 건 당신보다 뒤였지."

"예, 내가 누운 건 당신보다 먼저예요."

"눈을 뜬 건 몇시쯤이었지?"

"7시 반쯤요."

"그렇다면 도둑이 든 건 몇시쯤이었을까?"

"아마 한밤중이겠지요."

"한밤중인 건 당연한데 그게 몇시쯤이냐고."

"확실한 건 잘 생각해봐야 알죠." 안주인은 아직도 생각할 작정인가봐. 순사는 그저 형식적으로 물었을 뿐이니 언제 들어왔든 사실 전혀 궁금하지도 않아. 거짓말이라도 그냥 적당히 대답해주면 좋겠다, 하고 있는데 주인 부부가 말도 안 되는 문답을 하고 있으니 약간 짜증이 난 모양이야.

"그러면 도난 시각은 불명이군요" 하니, 주인은 아무렇지도 않게,

"뭐, 그런 거죠" 하고 대답했어. 순사는 웃지도 않고

"자, 그럼 메이지 38년 모월 모일, 문단속을 하고 잤으나 도둑이 어디어디의 덧문을 열고 어디어디로 숨어들어 물품 몇점을 훔쳐갔으니 위와 같이 고소합니다, 하는 서류를 내십시오. 신고가 아니라 고소하는 겁니다. 수신처는 쓰지 말고."

"품목을 하나하나 쓰는 건가요?"

"예, 하오리 몇점에 가격이 얼마 하는 식으로 밝혀 적어야죠. ― 뭐, 들어가서 봐도 뾰족한 수가 없겠군. 이미 훔쳐간 뒤이니" 하고 태평한 소리를 하고는 돌아갔어.

주인은 먹과 붓을 방 한가운데 가져와 아내를 앞에 불러앉히고는 "지금부터 도난 고소장을 쓸 테니까 도둑맞은 것을 하나씩 불러. 자, 어디 불러봐" 하고 마치 싸움이라도 거는 듯한 투로 말했어.

"어머, 별꼴이야. 어디 불러보라니, 그렇게 험상궂게 물으면 누가 대답할까봐요?" 하고 가느다란 띠로 키모노를 묶은 채로 덜퍼덕 주저앉았어.

"그 꼴이 뭐야, 여관집 여자같이 칠칠치 못하게. 왜 오비를 제대로 안 매는 거야?"

"이 꼴이 보기 싫으면 사주세요. 여관집 여자고 뭐고 도둑맞았으니 어쩌겠어요?"

"오비까지 훔쳐갔다고? 너무하네. 그럼 오비부터 적어놓자. 오비는 어떤 거였지?"

"어떤 거라니, 그렇게 여러개 있었나요? 검은색 공단과 치리멘을 앞뒤로 댄 거예요."

"검은색 공단과 치리멘을 앞뒤로 댄 오비 ― 가격은 얼마나 할까?"

"한 6엔 정도 하겠죠."

"분수 넘치게 비싼 오비를 하고 있었구먼. 다음부턴 1엔 50전 정도 되는 걸 하라고."

"그런 오비가 있기나 하대요? 그러니까 당신더러 인정머리 없다고 그러는 거예요. 여편네가 아무리 초라한 행색을 하고 있어도 자기만 번지르르하면 다라니까."

"됐고, 그다음은 뭐야?"

"명주 하오리요. 그건 코오노 숙모님의 유품으로 받은 건데, 같은 명주라도 요새 거랑은 질이 다르기든요."

"그런 해설은 안 해도 되고. 가격은 얼만데?"

"15엔."

"15엔짜리 하오리를 입다니 신분에 안 맞아."

"남이사, 자기가 사준 것도 아닌 주제에."

"그다음은 뭐야?"

"검은 버선 한켤레."

"당신 거야?"

"당신 거죠. 값은 27전."

"또?"

"참마 한상자."

"참마까지 들고 갔다고? 삶아 먹을 건가, 갈아 먹을 건가?"

"어쩔 작정인지 알 게 뭐래요. 도둑한테 가서 물어보고 오시구려."

"얼마나 할까?"

"참마 가격까지 어떻게 알아요?"

"그럼 12엔 50전 정도로 해두지."

"말도 안 돼. 아무리 카라쓰에서 캐왔다지만 무슨 참마가 12엔 50전씩이나 해요?"

"당신도 모른다며?"

"몰라요. 아무리 몰라도 12엔 50전이 말이 돼요?"

"모르지만 12엔 50전은 말이 안 된다니, 무슨 소리야? 전혀 논리에 맞질 않아. 그러니까 당신더러 오딴찐 팔라이올로고스[5]라고 하는 거야."

"뭐라고요?"

"오딴찐 팔라이올로고스라고."

"무슨 뜻이냐고요, 그 오딴찐 팔라이올로고스라는 게."

"아무것도 아냐. 그다음엔 ─ 왜 내 옷은 하나도 안 나오는 거지?"

"그다음은 아무래도 좋아요. 오딴찐 팔라이올로고스의 뜻을 말

---

5 얼간이라는 뜻의 속어인 '오딴찐'과 동로마 제국의 마지막 황제 콘스탄티노스 11세 팔라이올로고스의 이름을 합친 말장난.

씀해보세요."

"뜻이고 뭐고 있을 게 뭐야?"

"알려줘도 되잖아요. 당신은 정말 사람을 얼마나 바보 취급하는
지. 보나 마나 내가 영어를 모른다고 뭐라고 놀린 거죠?"

"멍청한 소리 그만하고 얼른 그다음을 말하라니까. 빨리 고소를
해야 물건이 돌아오지."

"어차피 이제 와서 고소해봤자 늦었어요. 그보다도 오딴찐 팔라
이올로고스를 가르쳐달라니까요."

"귀찮은 여편네 같으니라고. 의미고 뭐고 없다니까."

"그럼 도둑맞은 물건도 이젠 됐어요."

"고집스럽긴. 그럼 멋대로 하라고. 난 이제 도난 고소장을 안 써
줄 테니까."

"나도 도둑맞은 물건 안 가르쳐줄 거예요. 고소야 당신이 알아서
할 일이지, 난 안 써줘도 아쉬울 것 없어요."

"그럼 관두지" 하더니 주인은 아니나 다를까 벌떡 일어나서 서
재로 들어갔어. 안주인은 거실로 물러나와 반짇고리 앞에 앉았고.
두 사람 모두 십분 정도 아무것도 안 하고 잠자코 장지문만 노려보
고 있더군.

그런 참에 기세 좋게 현관문을 열고 참마의 기증자이신 타따라
산뻬이 군이 들어왔지. 타따라 산뻬이 군은 원래는 이 집 서생이었
는데 지금은 법과대학을 졸업하고 어느 회사의 광산부에 취직했
어. 이쪽도 햇병아리 실업가이니 스즈끼 토오주우로오 군의 후배
라고나 할까. 산뻬이 군은 예전의 인연으로 가끔 옛 선생의 초려를
방문하는데, 일요일 같은 때는 진종일 놀다 갈 정도로 이 가족과는
허물없는 사이지.

"사모님, 날씨가 엄청 좋구먼유" 하고 카라쯔 사투리를 쓰며 양복바지를 입은 채 한쪽 무릎을 세우고 안주인 앞에 앉았어.

"어머, 타따라 씨."

"선생님은 어디 가셨는가유?"

"아뇨, 서재에 계세요."

"사모님, 선생님은 공부만 하심 절대 안 되는구먼유. 모처럼 일요일이잖어유."

"나한테 말해봤자 소용없으니 선생님한테 직접 말하세요."

"그렇지만서두⋯⋯" 하며 산뻬이 군이 방 안을 둘러보고는 "오늘은 따님들두 안 보이는구먼유" 하고 반쯤 안주인에게 묻자마자 옆방에서 톤꼬와 슨꼬가 뛰어들어왔지.

"타따라 아저씨, 오늘은 스시 가져왔어?" 하고 언니인 톤꼬가 지난번 약속을 기억하고 산뻬이 군 얼굴을 보자마자 물었어. 타따라 군은 머리를 긁적이며

"잘도 기억하고 있구먼. 다음엔 꼭 가져올겨. 오늘은 잊어번졌어" 하고 자백했어.

"안돼 ―" 하고 언니가 말하니 동생도 바로 "안돼 ―" 하고 따라 했어. 안주인은 겨우 기분이 좀 나아졌는지 약간 웃더군.

"스시는 안 갖고 왔지만 참마는 갖다줬잖여. 아가씨들 드셨남?"

"참마가 뭐야?" 하고 언니가 물으니 동생이 이번에도 따라서 "참마가 뭐야?" 하고 산뻬이군에게 물었지.

"아직 안 드셨구먼. 어여 어머니헌티 쩌달라고 혀. 카라쯔 참마는 토오꾜오 것하고는 달라서 엄청 맛나지" 하고 산뻬이 군이 고향 자랑을 하자 안주인은 이제야 생각이 났는지,

"타따라 씨, 지난번엔 그렇게나 잔뜩 주셔서 고마워요."

"어떻든가유? 드셔보셨슈? 부러질까봐 상자를 맞춰서 꼭꼭 담아왔응께 긴 것 그대로 있었지유?"

"그런데 기껏 가져다주신 참마를 어젯밤 도둑이 들어서 훔쳐가 버렸어요."

"도적놈이유? 멍청헌 것 같으니. 참마를 다 가져가는 놈이 있구먼" 하고 산뻬이 군은 엄청 기가 막히는가봐.

"엄마, 어젯밤에 도둑놈이 왔어?" 하고 언니가 물었지.

"응" 하고 안주인이 가볍게 대답했어.

"도둑이 들어서 — 그니까 — 도둑이 들어서 — 어떤 얼굴로 들어왔어?" 하고 이번엔 동생이 물었지. 이런 기발한 물음에는 안주인도 뭐라 대답할지를 몰라서,

"무서운 얼굴로 들어왔어" 하고 대답하고는 타따라 군 쪽을 보았어.

"무서운 얼굴이면 타따라 아저씨 같은 얼굴이야?" 하고 언니가 아무렇지도 않게 캐묻더군.

"뭐라고? 그런 버릇없는 소리를."

"하하하, 내 얼굴이 그리 무섭나? 이거 참" 하며 머리를 긁적였어. 타따라 군의 뒤통수에는 직경이 3센티쯤 되게 머리가 벗어진 자국이 있어. 한달쯤 전부터 벗어져서 의사한테 보였지만 쉽게 나을 것 같진 않아. 이 땜빵을 제일 먼저 발견한 건 언니 톤꼬였지.

"어라, 타따라 아저씨 머리가 엄마처럼 반짝이네."

"입 좀 다물라니까."

"엄마, 어젯밤 도둑놈 머리도 반짝였어?" 이건 동생의 질문이었지. 안주인과 타따라 군은 자기도 모르게 웃음을 터뜨렸지만 너무 성가셔서 이야기고 뭐고 할 수가 없었던지 "자, 너희들은 잠깐 마

당에 나가 놀다 오렴. 좀 있다가 엄마가 맛있는 과자 줄 테니까" 하고 안주인이 가까스로 아이들을 쫓아내더니,

"타따라 씨 머리는 어떻게 된 거예요?" 하고 정색을 하고 물었어.

"벌레가 파먹었슈. 좀처럼 낫질 않네유. 사모님도 그런 건가유?"

"징그러워라, 벌레가 파먹다뇨. 여자들은 머리를 틀어올리니까 약간 빠지는 거죠."

"대머리는 전부 박테리아여유."

"난 박테리아 아니에요."

"그건 사모님의 억지소리구유."

"어쨌든 박테리아는 아니라고요. 그런데 영어로 대머리를 뭐라고 하죠?"

"대머리는 볼드라든가 하쥬."

"아뇨, 그게 아니고 더 긴 이름이 있잖아요."

"선생님헌티 물어보믄 금방 알쥬."

"선생님이 절대 안 가르쳐주니까 타따라 씨한테 묻는 거죠."

"나는 볼드 말고는 모르겠는디, 긴 거라니 어떤 거예유?"

"오딴찐 팔라이올로고스라던데요. 오딴찐이라는 게 '대'라는 글자고 팔라이올로고스가 '머리'겠죠?"

"그럴지도 모르겠구먼유. 지금 선생님 서재에 가서 웹스터를 찾아보고 알려드리겠슈. 그런데 선생님도 꽤나 별나구먼유. 이렇게 날도 좋은데 집 안에 틀어박혀서는 ─ 사모님, 저래서는 위병이 안 낫쥬. 잠깐 우에노에 꽃구경이라도 가라고 좀 해보서유."

"타따라 씨가 데리고 나가세요. 선생님은 여자가 하는 말은 절대 안 듣는 양반이니."

"요즘도 잼을 드시는가유?"

"예, 여전하죠."

"지난번에 선생님이 투덜대시던디유. 집사람이 내가 잼을 너무 먹는다고 하는데 나는 그렇게 먹은 적이 없다, 아마 잘못 셌을 거다, 하시길래 그야 따님들이랑 사모님이 같이 드시는 게 아니겠느냐―"

"어머나, 타따라 씨도 무슨 그런 소리를 다 해요?"

"그래도 사모님도 드실 것 같은 얼굴이구먼유."

"얼굴로 그런 걸 어떻게 알아요?"

"모르기는유―그러믄 사모님은 전혀 안 드시나유?"

"그야 조금은 먹지만요. 먹어도 되잖아요, 우리 건데."

"하하하, 그럴 줄 알았슈―그건 그렇고, 도둑이 들다니 참말로 뭔 일이래유. 참마만 갖고 간 건가유?"

"참마뿐이면 큰일도 아니지만, 평소에 입는 옷을 모조리 가지고 가버렸어요."

"당장 큰일이구먼유. 또 빚을 내야 허는 건가유? 이놈의 고양이가 개였으면 좋았을걸―참 안타깝구먼. 사모님, 커다란 놈으로다가 개를 한마리 길러유.―고양이는 안 된다니까유. 밥만 축내지―쥐는 좀 잡나유?"

"한마리도 잡은 적이 없어요. 정말 게으르고 뻔뻔한 고양이라니까."

"저런, 그건 정말 안 되겠구먼. 당장 내다버려유. 아니면 내가 갖다가 삶아 먹어버릴까나?"

"어머, 타따라 씨, 고양이를 먹어요?"

"먹지유. 고양이는 맛나유."

"진짜 호걸이시네."

막돼먹은 서생들 중에 고양이를 먹는 야만인이 있다는 소리는 일찍이·전해들었지만, 평소에 이 몸을 귀여워해 고맙게 여기던 타따라 군이 그런 족속이었다니 정말 놀랄 노 자야. 더구나 그는 이미 서생도 아니지, 졸업한 지 얼마 안 되긴 해도 당당한 법학사로서 무쯔이 물산회사의 임원이니 더욱 기함을 할 수밖에. 사람을 보면 도둑이라 여기라는 격언은 칸게쯔 2세의 행위에 의해 이미 증명되었지만, 사람을 보면 식묘족이라 여기라는 건 나도 타따라 군 덕에 처음 깨달은 진리야. 세상을 살다보면 이치를 알게 되고, 이치를 알게 되는 거야 좋지만 나날이 위험이 많아져서 나날이 방심할 수 없게 돼. 교활해지는 것도 비열해지는 것도 앞뒤 두겹짜리 호신복을 입는 것도 다 이치를 깨달은 결과이니, 이치를 안다는 건 나이를 먹는 벌이지. 노인 중에 변변한 인간이 없는 건 바로 이런 이치로구나, 이 몸도 어쩌면 더 늙기 전에 타따라 군의 냄비 속에서 양파와 함께 성불하는 편이 나을지도 모르겠다 싶어 구석에 찌그러져 있는데 조금 전 아내와 싸우고 일단 서재로 퇴각했던 주인이 타따라 군의 목소리를 듣고는 어슬렁어슬렁 거실로 나왔어.

　"선생님, 도둑을 맞았다면서유? 뭔 멍청한 일이래유?" 하고 초장부터 한방 먹였지.

　"들어오는 놈이 멍청한 거지" 하고 주인은 어디까지나 현자를 자임했어.

　"들어오는 쪽도 멍청하지만 도둑맞은 쪽두 그다지 똑똑할 건 없지유."

　"아무것도 도둑맞지 않은 타따라 씨 같은 사람이 제일 똑똑하다는 거죠?" 하고 안주인이 이번에는 남편을 편들었어.

　"어쨌든 제일 멍청한 건 이 고양이구먼유. 증말이지 뭔 생각을 허구 있는지. 쥐를 잡길 하나, 도둑이 들었는데도 모른 척하구 앉았으니. ─ 선생님, 이 고양이 저나 주서유. 이렇게 놔둬봤자 아무짝에두 못 쓰겠구먼유."

"줘도 되지만, 뭐에 쓰려고?"

"삶아 먹지유."

주인은 사나운 이 한마디에 허어, 하고 위장병 환자의 기분 나쁜 웃음을 흘렸지만 별다른 대답은 하지 않았고, 타따라 군 역시 꼭 먹고 싶다고는 하지 않았으니 이 몸에게는 천만다행이었지. 주인은 이윽고 화제를 바꾸어,

"고양이야 아무래도 좋지만 옷을 도둑맞았으니 추워 죽겠어"하고 엄청 의기소침한 모습이야. 그야 물론 춥겠지. 어제까지는 솜옷을 두벌이나 껴입고 지냈는데 오늘은 겹옷에 반소매 셔츠만 달랑 입은 채 아침부터 운동도 하지 않고 웅크리고 앉아만 있으니, 그러잖아도 모자라는 혈액이 온통 위장으로만 몰려 손발까지는 순환이 되질 않을 수밖에.

"선생님, 교사 노릇 같은 거 해선 안 되겠네유. 잠깐 도둑이 들었다고 금세 쩔쩔매게 되다니 ─ 차라리 지금부터 마음을 고쳐먹고 실업가라도 되시지유."

"선생님은 실업가라면 질색하시니 그런 소리 해봤자 헛일이에요."

안주인이 옆에서 타따라 군에게 말했어. 안주인이야 물론 실업가가 되어주길 바라지.

"선생님, 학교 졸업하고 몇년이나 되셨나유?"

"올해로 구년째죠?"하며 안주인이 주인을 돌아보더군. 주인은 그렇다고도 아니라고도 대답이 없어.

"구년이 지나도 월급은 안 오르고 아무리 공부해도 칭찬하는 사

람 없으니, 낭군 홀로 적막하도다,이구먼유” 하고 중학교 시절에
외운 시구를 안주인을 위해 낭송했지만 안주인은 뭔 소린가 싶어
대답을 못해.

“교사는 물론 싫지만 실업가는 더 싫어” 하고 주인은 그럼 뭐가
좋은지 속으로 생각하는 모양이야.

“선생님은 뭐든지 싫다고만 하니까……”

“싫어하지 않는 건 사모님뿐인가유?” 하고 타따라 군은 어울리
지 않는 농담을 했어.

“제일 싫어.” 주인의 대답은 더없이 간단명료. 안주인은 고개를
돌리고 잠시 딴청을 부리더니 다시 주인을 보고는,

“살아 있는 것도 싫죠?” 하고 이것이 주인에게 결정적 한방이라
는 듯이 말했어.

“별로 좋을 것도 없지” 하고 뜻밖에 태연한 대답. 이래서야 속수
무책이지.

“선생님, 산책이라도 좀 하고 움직이셔야지, 몸이 망가지겠구먼
유. ─ 그리고 실업가가 되셔유. 돈 같은 거 버는 건 식은 죽 먹기
여유.”

“저도 전혀 못 버는 주제에.”

“그야 작년에 막 회사에 들어갔으니께유. 그래도 선생님보다는
저축을 했구먼유.”

“얼마나 저축했어요?” 하고 안주인은 열심히 묻더군.

“벌써 50엔이나 했죠.”

“도대체 월급을 얼마나 받아요?” 이 역시 안주인의 질문.

“30엔유. 그중에서 매달 5엔씩 회사에서 맡아서 적금을 부었다
가 일이 있을 때 줘유. ─ 사모님, 용돈으로 전차 주식을 좀 사시지

유? 지금부터 서너달 지나면 배로 오를 텐디. 정말 돈만 좀 있으믄 금세 두배 세배가 된다니까유."

"그럴 돈이 있으면 도둑을 좀 맞아도 괜찮죠."

"그러니까 실업가밖에 없다니께유. 선생님두 법과를 나와서 회사나 은행에라도 다니셨으면 지금쯤 한달에 3, 4백 엔 수입은 될 텐데 안타깝게 되었구면유. ── 선생님, 그 스즈끼 토오주우로오라는 공학사를 아시는가유?"

"응, 어제 왔었지."

"그러셨구면유. 지난번 어느 모임에서 만났을 때 선생님 이야기를 했더니만, 그러냐, 자네가 쿠샤미 군 집에서 서생을 했었느냐, 나도 쿠샤미 군과 옛날에 코이시까와 절에서 같이 자취를 한 적이 있다, 다음에 가면 안부 전해달라, 나도 조만간 찾아갈 테니까, 하시더구면유."

"최근에 토오꾜오로 왔다더군."

"예, 지금까지 큐우슈우 탄광에 계셨는데 이번에 토오꾜오로 전근했대유. 꽤나 요령이 좋아요. 저 같은 놈한테도 친구 대하듯 하구유. ── 선생님, 그 사람이 얼마나 받는지 아셔유?"

"몰라."

"월급이 250엔에다가 백중이나 연말에 보너스가 나오니까, 다 하믄 평균 4, 5백 엔은 될 거여유. 그런 사람두 오지게 받고 있는디, 선생님은 리더 전문으로 십년을 가난하게 지내시는 긴 어처구니가 없지 않나유?"

"진짜 어처구니가 없군." 주인처럼 초연주의인 사람이라도 금전 감각은 보통 인간과 다를 바가 없어. 아니, 곤궁한 만큼 남들보다 훨씬 돈 욕심이 많을지도 모르지. 타따라 군은 침이 마르게 실업가

의 이점을 떠들어대더니 더 할 말이 없으니까,

"사모님, 선생님한테 미즈시마 칸게쯔라는 사람이 오는가유?"

"네, 자주 오죠."

"어떤 인물이든가유?"

"학문에 아주 뛰어난 분이라던데요."

"잘생겼든가유?"

"호호호, 타따라 씨 정도 되죠."

"그런가유, 저 정도 된다구유?" 하고 타따라 군은 진지했어.

"어떻게 칸게쯔를 아나?" 하고 주인이 묻더군.

"저번에 어떤 사람한테 부탁을 받았거든유. 그런 걸 물을 만한 가치가 있는 인물인가유?" 타따라 군은 묻기도 전부터 이미 칸게쯔보다 자기가 낫다고 생각하는 모양이야.

"자네보다 훨씬 괜찮은 사람이지."

"그런가유? 저보다 괜찮은가유?" 하며 웃지도 않고 화도 내지 않아. 이것이 타따라 군의 특징이거든.

"이제 곧 박사가 되는 건가유?"

"지금 논문을 쓰고 있다더군."

"역시 바보구먼유. 박사논문을 쓰다니, 말이 좀 통하는 인물인 줄 알았더니."

"변함없이 훌륭한 식견이시네" 하고 안주인이 웃으며 말했어.

"박사가 되면 아무개 집에서 딸을 주느니 마느니 하고들 있길래, 아이고, 바보 같으니라구, 남의 딸을 데려오려고 박사가 되다니, 그런 인물에게 주느니 나한테 주는 편이 훨씬 낫겠다고 말해줬구먼유."

"누구한테?"

"저한테 미즈시마에 대해서 물어봐달라고 한 남자한테유."

"스즈끼 아냐?"

"아녀유, 그 사람한테는 아직 그런 이야기까지는 못해유. 그쪽이 윗분이니께."

"타따라 씨는 방 안 퉁소네. 우리 집에 와서는 엄청 잘난 척하면서 스즈끼 씨한테는 꼼짝 못하네요."

"네, 안 그랬다간 위험하니까유."

"타따라, 산책이나 할까?" 뜬금없이 주인이 말했어. 아까부터 겹옷 한벌 입고 너무 추워서 운동이라도 좀 하면 나을까 싶은 생각에 주인은 이렇게 전에 없는 제안을 한 것이지. 닥치는 대로 살아가는 타따라 군이야 물론 망설일 이유가 없고.

"갑시다. 우에노로 갈까유? 이모자까에 가서 경단도 먹고유? 선생님, 그 집 경단 드신 적 있나유? 사모님도 한번 가서 드셔보셔유. 부드럽고 값도 싸유. 술도 마실 수 있구먼유" 하고 아나나 다를까 두서없는 수다를 떠는 사이 주인은 벌써 모자를 쓰고 댓돌로 내려섰어.

이 몸은 다시 약간의 휴식이 필요할 듯해. 주인과 타따라 군이 우에노 공원에서 무슨 짓을 하고 이모자까에서 경단을 몇접시나 먹었는지야 정탐할 필요도 없고 또 미행을 할 용기도 없으니 쭉 생략하고 그동안 휴양을 해야겠어. 휴양은 만물이 하늘에 요구해 마땅한 권리니까. 이 세상에서 살아갈 의무를 지니고 꼼지락거리는 자는 누구나 살아갈 의무를 다하기 위해 휴양하지 않으면 안 되거든. 만약 신이 있어 너는 일하기 위해 태어난 것이지 잠자기 위해 태어난 것이 아니니라, 한다면 나는 이에 답하여 말할 거야. 이 몸은 말씀하신 대로 일하기 위해 태어났으니 일을 하기 위해서 휴양을 원한다고. 주인처럼 마치 기계에 불평을 불어넣은 것 같은 고집불통조차 때로는 일요일 말고도 스스로 날을 정해서 쉬잖아. 다정다감하여 밤이고 낮이고 심신이 피곤한 이 몸이야 설령 고양이라 하더라도 주인 이상으로 휴양이 필요함은 말할 것도 없지. 단지 좀 전에 타따라 군이 이 몸을 가리켜 휴양 이외엔 아무런 재주도 없는 잡동사니처럼 폄훼한 것이 좀 마음에 걸리긴 해. 여하간 물질에만 매여 사는 속물들은 오감을 자극하는 것 외에는 아무런 활동이 없다보니 남을 평가하는 것 역시 겉모습으로만 하니까 참 문제야. 무조건 옷자락을 걷어붙이고 땀을 흘려야만 일을 하는 줄 안다니까. 달마라는 스님은 발이 썩어 문드러질 때까지 좌선을 하고 앉았었다고 하니 설령 벽 틈에서 넝쿨이 기어나와 대사의 눈과 입을 틀어막을 때까지 꼼짝도 안 한다 해도 잠든 것도 죽은 것도 아니지. 머릿속은 끊임없이 활동해 확연무성[6]이니 하는 묘한 궁리를 하고 있는 거라고. 유가儒家에도 정좌공부라는 것이 있다잖아. 이 역시 방구석에 틀어박혀 편하게 앉아 있는 게 아니라고. 머릿속 활력은 남들보다 배나 치열하게 타오르고 있지. 다만 겉으로 보기엔 지극히 조용하고 단정한 모습인 까닭에 세상의 범용한 사람들이 이런 지식 거장을 갖다가 혼수나 가사 상태에 빠진 보통 사람으로 간주하여 쓸데없는 물건이라는 둥 밥버러지라는 둥 말도 안 되는 비방을 퍼붓는 거야. 이 범용한 사람들은 모두 겉을 보고 속을 못 보는 불구의 시각을 타고난 자들이니 ─ 게다가 저 타따라 산뻬이 군 따위는 겉을 보고 속을 못 보는 인물의 대표 격이니 산뻬이 군이 나를 지목하여 똥막대기처럼 여기는 거야 당연하지만, 원망스러운

---

6 廓然無聖. 진리의 세계는 모든 것이 공(空)이어서 성스러운 것이 없다는 뜻으로, 달마대사의 공안(公案) 가운데 하나.

건 그나마 고금의 서적을 읽고 다소 사물의 진상을 깨달았다는 주인마저 천박한 산뻬이 군에게 두말없이 동의하여 고양이탕에 이의를 제기할 낌새가 없다는 거지. 하기야 한발 물러서서 생각해보면 그들이 이렇게까지 이 몸을 경멸하는 것도 꼭 무리는 아냐. 훌륭한 음악은 속인의 귀에 들리지 않고[7] 양춘백설에는 화답하는 자 적다[8]는 옛말이 괜히 있겠냐고. 형체 이외의 활동을 볼 능력이 없는 자에게 네 영혼의 광휘를 보라고 강요하는 것은 중더러 상투를 틀라고 다그치는 것과 같고, 참치더러 연설을 해보라는 것과 같고, 전철에 탈선을 요구하는 것과 같고, 주인에게 사직을 권고하는 것과 같고, 산뻬이에게 돈 생각을 하지 말라고 하는 것과 같지. 필경 무리한 주문에 불과한 거야. 그렇다곤 해도 고양이도 사회적 동물이야. 사회적 동물인 이상 아무리 스스로 높은 경지에 있다 하더라도 어느정도는 사회와 조화를 이루어야만 해. 주인이나 안주인 내지는 하녀, 산뻬이 따위가 이 몸에게 합당한 평가를 해주지 않는 거야 유감스럽지만 어쩔 수 없다 치더라도, 사리에 어두운 결과로 가죽을 벗겨 샤미센 집에 팔아넘기고 살을 잘라 타따라 군의 상에 올리는 것과 같은 몰상식한 짓을 당했다간 정말 큰일이지. 이 몸은 머리로 활동하라는 천명을 받아 이 사바세계에 출현했을 정도로 고금에 전례가 없는 고양이니까 대단히 소중한 몸이거든. 부잣집 자식은 마루 끝에 앉지 않는다[9]는 격언도 있으니 굳이 뛰어남을 코끝에 걸고 쓸데없이 신변의 위험을 무릅쓰는 것은 단지 자신의 재

7 大聲不入於里耳. 『장자』 「천지편」에 나오는 말.
8 '양춘백설(陽春白雪)'은 초나라의 고상한 악곡의 이름으로, 훌륭한 언행은 평범한 사람이 이해하기 어려움을 비유해 쓰는 표현.
9 千金之子坐不垂堂. 『사기』 「열전」에 나오는 말.

난일 뿐 아니라 또한 크게 천의를 등지는 것이지. 맹호도 동물원에 들어가면 똥돼지 옆에 거처를 정하고, 기러기도 새고깃집 주인에게 잡히면 병아리와 도마를 같이하는 거야. 평범한 인간들과 교류하는 이상 스스로를 낮추어 평범한 고양이가 되는 수밖에. 평범한 고양이가 되려면 쥐를 잡지 않을 수 없으니 — 이 몸은 마침내 쥐를 잡기로 결심했어.

얼마 전부터 일본이 러시아와 큰 전쟁을 하고 있다더군. 이 몸은 일본의 고양이니까 물론 일본 편이지. 할 수만 있다면 혼성고양이 여단이라도 조직해서 러시아군을 할퀴어주고 싶을 정도야. 이렇게 혈기왕성한 이 몸이니 쥐새끼 한두마리쯤이야 잡으려고 마음만 먹으면 식은 죽 먹기라고. 옛날 어떤 사람이 당시의 유명한 선사에게 어떻게 하면 깨달음을 얻겠습니까? 물었더니 고양이가 쥐를 노리듯이 하라, 하고 답했다나. 고양이가 쥐를 잡듯이 하라는 건 그렇게만 하면 어긋나지 않는다는 뜻이지. 여자가 영리해도, 하는 속담[10]은 있어도 고양이가 영리해서 쥐를 놓친다는 격언은 아직 없잖아. 그렇다면 아무리 영리한 이 몸이라도 쥐를 못 잡을 리가 없지. 못 잡기는커녕 놓치려야 놓칠 수가 없어. 지금까지 잡지 않은 것은 잡고 싶지 않아서였을 뿐이야. 봄날은 어제처럼 저물어가고, 때때로 부는 바람에 날린 꽃비가 부엌의 찢어진 장지문 틈으로 날아들어 물통 위에 뜬 꽃 그림자가 어슴푸레한 부엌용 램프 불빛에 하얗게 보였어. 오늘밤이야말로 큰 공을 세워 온 집안을 놀라게 하리라 결심한 이 몸은 미리 전장을 둘러보고 지형을 익혀둘 필요가 있었어. 전선은 물론 그다지 넓을 리가 없지. 타따미로 치면 한 네장이

---

10 '여자가 영리해도 소는 못 판다', 즉 여자가 영리해 보이면 오히려 실패한다는 뜻의 속담.

나 될까. 그중 한장을 나누어 반은 개수대, 반은 술집이나 채소가게에서 와서 주문을 받는 토방이야. 부뚜막은 가난뱅이 부엌에 어울리지 않게 근사해서 불그스레한 구리솥이 번쩍번쩍하고, 뒤로는 널마루 끝에서 60센티쯤 되는 곳에 이 몸의 전복 껍데기 밥그릇이 놓여 있지. 거실에 가까운 1미터 80센티쯤 되는 공간에는 공기니 접시니 종발 따위를 넣어두는 찬장이 있어서 그러잖아도 좁아터진 부엌을 더더욱 좁게 만드는데 옆으로 튀어나온 선반과 거의 닿을 듯한 높이지. 그 아래에는 절구가 놓여 있고 절구 안에는 작은 나무통 하나가 엉덩이를 내 쪽으로 들이대고 있네. 강판과 절굿공이가 나란히 걸려 있는 옆쪽으로 불 끄는 항아리만 초연하구나. 새까맣게 그을린 서까래가 엇갈리는 한가운데에서 줄 달린 갈고리를 늘어뜨려 끝에 크고 납작한 바구니를 걸어두었어. 그 바구니가 때때로 바람에 흔들려 점잖게 움직이고 있군. 이 바구니를 뭐하러 걸어두었는지 처음 이 집에 왔을 때는 전혀 짐작도 못했지만, 고양이 손이 안 닿게 하려고 일부러 음식을 여기 넣어둔다는 것을 알고부터는 인간들의 못된 심보에 정나미가 떨어지더라고.

이제부터 작전 계획이야. 어디서 쥐와 전쟁을 할 것인가 하면, 물론 쥐가 나오는 곳에서 해야겠지. 아무리 이쪽에 유리한 지형이라도 혼자서 벼르고 있어봤자 전쟁이 될 리가 없잖아. 그러므로 쥐가 나올 구멍을 연구할 필요가 생기지. 어느 방면에서 올 것인가 하고 부엌 한가운데 서서 사방을 둘러보았어. 왠지 토오고오 대장[11] 이라도 된 듯한 기분이랄까. 하녀는 아까 목욕탕에 가서 안 돌아왔고 애들은 벌써 잠들었어. 주인은 이모자까에서 경단을 먹고 오더

---

**11** 토오고오 헤이하찌로오(東郷平八郎, 1847~1934). 러일전쟁에서 러시아 함대와 싸워 이긴 해군 사령관.

니 변함없이 서재에 틀어박혔지. 안주인은 — 안주인은 뭘 하고 있는지 모르겠네. 아마도 졸면서 참마 꿈이라도 꾸고 있겠지, 뭐. 가끔씩 문 앞을 인력거가 지나가는데, 지나가고 나면 한층 더 쓸쓸해져. 나의 결심도 그렇고 내 용기도 부엌의 풍경도 사방의 적막함도 전체적으로 모두 비장하군. 아무래도 고양이 토오고오 대장이라고 해야 할 듯해. 이런 경지에 이르고 보면 비장함 속에서도 일종의 유쾌함을 느끼기는 누구나 마찬가지겠지만, 이 몸은 이 유쾌함 속에 한가지 커다란 걱정이 있다는 사실을 발견했어. 쥐와 전쟁을 벌이는 거야 이미 각오했으니 몇마리가 오든 무섭진 않지만 어느 방면에서 나올지를 모른다는 건 좀 그렇잖아. 주도면밀한 관찰에서 얻은 자료를 종합해보면 쥐가 나오는 데는 세가지 행로가 있어. 그들이 만일 시궁쥐라면 하수관을 타고 개수대로 해서 부뚜막 뒤로 돌아들어올 거야. 그렇다면 불 끄는 항아리 뒤에 몸을 숨겼다가 돌아가는 길을 막아주지. 아니면 도랑으로 목욕물을 빼내는 회벽 구멍으로 욕실을 우회하여 부엌으로 갑자기 튀어나올지도 몰라. 그렇다면 가마솥 뚜껑 위에 진을 치고 눈 아래 왔을 때 위에서 뛰어내려 단숨에 낚아채야지. 아니면, 하고 주변을 둘러보니 찬장 문 오른쪽 아래가 반달 모양으로 뜯어먹힌 것이 놈들의 출입구가 아닐까 의심스러워. 코를 대고 냄새를 맡아보니 약간 쥐 냄새가 나. 만약 여기서 함성을 지르며 나올작시면 기둥을 방패 삼아 잠깐 기다렸다가 옆에서 확 발톱을 휘둘러주지. 만약 천장에서 온다면, 하고 위를 올려다보니 시커먼 검댕이 램프 불빛에 반짝이는 것이 지옥을 뒤집어 매달아놓은 듯, 내 실력으로는 올라갈 수도 내려올 수도 없을 듯해. 설마 저렇게 높은 곳에서 뛰어내릴 리야 없겠지 싶어 이쪽 방면은 경계를 풀기로 했어. 그래도 여전히 세 방면으로부터 공격당할 염려가 있지. 한군데뿐이라면 한 눈을 감고도 퇴치해 보이지. 두군데라도 그럭저럭 해치울 자신이 있어. 하지만 세군데 가 되면 아무리 본능적으로 쥐를 잡으리라 기대되는 이 몸일지라 도 속수무책이지. 그렇다고 인력거집 까망이 같은 녀석에게 도움 을 청하는 것도 체면을 구기는 일이고. 어떻게 할까. 어떻게 할까, 암만 생각해도 좋은 생각이 떠오르지 않을 때는 그런 일이 일어날 리가 없다고 생각하는 것이 안심에 이르는 지름길이야. 또 어쩔 수 없는 일은 안 일어난다고 생각하고 싶어지기도 하고. 일단 세상을 한번 둘러보시지. 어제 데려온 새 각시가 오늘 죽지 말란 법도 없 건만, 그런데도 신랑은 천년만년 잘 살겠다느니 어쩌겠다느니 하 는 소리를 늘어놓으며 걱정하는 기색이라고는 전혀 없잖아. 걱정 하지 않는 것은 걱정할 가치가 없어서가 아냐. 아무리 걱정해봤자 어쩔 수가 없기 때문이지. 이 몸의 경우도 삼면 공격은 결코 일어 나지 않는다고 단언할 만한 근거는 없지만 일어나지 않는다고 치 는 쪽이 안심하기에 편한 거지. 안심은 모든 만물에게 필요하고, 이 몸 역시 안심을 원하거든. 따라서 삼면 공격은 있을 수 없다고 단 정했어.

그런데도 여전히 걱정이 사라지지 않으니 어찌 된 건가 하고 곰 곰 생각하다가 가까스로 깨달았지. 세가지 책략 중에서 어느 것을 택하는 것이 가장 좋은가 하는 문제에 대해 스스로 명료한 답변을 얻지 못하는 데서 오는 번민이야. 찬장에서 나온다면 이 몸은 이에 대한 대책이 있어. 욕실에서 나타날 때도 이에 대한 계략이 있고, 또 개수대에서 기어나온다면 이를 맞이할 심산 역시 있지만, 그중 에 딱 하나만 정해야 한다면 엄청 당황스러워. 토오고오 대장은 발 트 함대가 츠시마 해협을 통과할지 츠가루 해협으로 나올지, 아니

면 멀리 소오야 해협으로 돌아갈지 무척이나 고심했다던데, 지금
이 몸이 이 몸의 입장에서 상상해보니 얼마나 곤혹스러웠을지 충
분히 짐작이 가. 이 몸은 전체적인 상황에서도 토오고오 각하와 닮
아 있을뿐더러 이 각별한 지위에서도 또한 토오고오 각하와 비슷
한 고민을 할 수밖에.

이 몸이 이렇게 모략을 짜내느라 열중하고 있는데 갑자기 찢어
진 장지문이 열리며 하녀의 얼굴이 쑥 나타났어. 얼굴만 나타났다
고 해서 손발이 없다는 건 아니지. 다른 부분은 어두워서 잘 보이
지 않는데 얼굴만 유독 강하게 시야에 들어왔다는 거야. 하녀는 평
소에도 붉은 얼굴이 한층 더 빨개져서 목욕탕에서 돌아오더니 어
젯밤 일에 놀라선지 일찌감치 부엌 문단속을 하더군. 서재에서 주
인이 내 지팡이 좀 베갯머리에 갖다줘라, 하는 소리가 들렸어. 뭐하
러 머리맡에 지팡이를 두는 건지 이 몸은 전혀 알 수가 없군. 설마
역수易水의 장사壯士[12]라도 된 것처럼 폼을 잡고 장검 대신 지팡이를
휘두르려는 건 아니겠지? 어제는 참마, 오늘은 지팡이, 내일은 뭐
가 놓일까?

아직 밤이 깊지 않아 쥐가 나타날 낌새가 없네. 이 몸은 대전을
앞두고 잠시 휴식.

이 집 부엌엔 들창이 없어. 방에는 천장 아래 30쎈티 정도 폭으
로 창이 뚫려 있어서 여름과 겨울에 바람이 통하는 들창 노릇을 하
지. 미련 없이 흩날리는 벚꽃과 더불어 휙 불어드는 바람에 놀라
눈을 떠보니 어느새 어스름한 달빛마저 비쳐 부뚜막 그림자가 비
스듬히 마룻바닥에 비치더군. 너무 잔 게 아닌가 싶어 두세번 귀를

---

12 중국 전국시대 진시황제를 암살하려 한 자객 형가(荊軻)를 말함.

흔들며 집 안 동정을 살피니 어젯밤처럼 조용하고 괘종시계 소리
만 들리더군. 이제 쥐들이 나올 무렵이야. 어디서 나올까?

찬장 안에서 달각달각 소리가 나기 시작했어. 작은 접시 가장자
리를 발로 누르고 뭔가를 먹고 있는 듯해. 여기서 나오겠군, 하고
구멍 옆에 엎드려 기다렸네. 좀처럼 나올 기색이 없네. 접시 소리는
이윽고 그쳤지만 이번엔 사발이나 뭔가로 옮겼나봐. 둔중한 소리
로 털걱털걱하는 거야. 게다가 찬장 문 바로 너머야. 거리로 따지면
이 몸의 코끝에서 10센티도 안 될걸. 가끔은 구멍 쪽까지 자박자박
발소리가 가까워졌다가 다시 멀어지는데 한마리도 얼굴을 내밀지
않더라고. 문 하나 너머에 목하 적들이 뻔뻔스레 난동을 부리고 있
는데 이 몸은 꼼짝 않고 구멍 출구에서 기다리고 있다니 참으로 느
긋한 노릇이지. 쥐새끼들은 뤼순 밥그릇[13] 속에서 요란스레 무도회
를 열고 있어. 하다못해 이 몸이 들어갈 수 있을 만큼이라도 하녀
가 이 문을 열어두었다면 좋았을 것을, 눈치라곤 없는 촌뜨기 같으
니라고.

이번엔 부뚜막 그늘에서 이 몸의 밥그릇이 딸그락 울렸어. 적이
이 방면으로도 왔구나 싶어 발소리를 죽이고 다가가자 물통 사이
로 꼬리가 살짝 보이는가 싶더니 개수대 밑으로 숨어버렸어. 잠시
후 욕실에서 양치그릇이 양은 세숫대야에 쨍강 부딪치더군. 이번
엔 뒤쪽이구나 싶어 돌아보는 순간, 15센티 가까이 되는 커다란 놈
이 치약가루 봉지를 툭 떨어뜨리더니 마루 밑으로 뛰어들었어. 놓
칠까보냐, 하고 뒤따라 뛰어내렸지만 이미 자취를 감추었더군. 쥐
를 잡는 건 생각보다 어려운 일이야. 이 몸은 선천적으로 쥐를 잡

---

**13** 뤼순 만의 만(灣)과 밥그릇 완(椀)이 일본어로 발음이 같은 것을 이용한 말장난.

는 능력이 없는지도 몰라.

　이 몸이 욕실 쪽으로 돌아가니 적은 찬장에서 뛰어나오고, 찬장을 경계하자니까 개수대에서 튀어오르고, 부엌 한복판에서 버티고 있으니 세 방면 모두 조금씩 소란스러워지더군. 영악스럽다고 할까 비겁하다고 할까, 이것들은 도저히 군자의 적수가 아니야. 이 몸은 열대여섯번이나 이쪽저쪽으로 노심초사 동분서주해보았지만 결국 단 한번도 성공하지 못했어. 유감이긴 하지만 이런 소인배들을 적수로 해서는 아무리 토오고오 대장이라도 어찌해볼 방도가 없지. 처음엔 용기도 있고 적개심도 있고 비장함이라는 숭고한 감정마저 있었지만 결국 귀찮기도 하고 바보 같기도 하고 졸리기도 하고 지치기도 해서 부엌 한가운데 퍼질러앉아 움직이기 않기로 했어. 하지만 움직이지 않아도 사방팔방을 노려보고만 있으면 적은 소인배이니 아무것도 못하게 되어 있지. 적이라고 생각한 녀석이 의외로 별 볼 일 없으니 전쟁이 명예롭다는 느낌이 사라지고 얄밉다는 생각만 남아. 얄밉다는 생각을 넘어서면 긴장이 풀리면서 멍해지지. 멍해진 다음엔 네 멋대로 해봐라, 어차피 그럴듯한 짓은 하지도 못할 테니, 하는 경멸 끝에 졸음이 오고. 이 몸은 이상의 경로를 거친 끝에 결국 졸음이 왔지. 이 몸은 잤어. 적진 속에서도 휴식은 필요하니까.

　차양을 향해 옆으로 열린 들창에서 또다시 거센 바람이 꽃잎 한 무더기를 던져넣으며 나를 휘감는가 싶더니 찬장 문에서 총알처럼 튀어나온 놈이 피할 틈도 없이 바람을 가르며 이 몸의 왼쪽 귀를 물어뜯었어. 그에 이어 검은 그림자 하나가 뒤로 돌아가는가 싶더니 느닷없이 이 몸의 꼬리에 달라붙는 거야. 순식간에 벌어진 일이야. 이 몸은 아무 생각 없이 기계적으로 뛰어올랐지. 혼신의 힘을 털구멍에 모아 이 괴물을 떨쳐내려 했어. 귀를 물었던 놈은 중심을 잃고 내 얼굴 옆으로 툭 떨어졌어. 고무줄처럼 부드러운 꼬리 끝이 엉겁결에 이 몸의 입속으로 들어왔지. 지푸라기라도 잡는 심정으로 부서져라 하며 꼬리를 꽉 물고 좌우로 흔들어대니 꼬리만 앞니 사이에 남고 몸통은 신문지 바른 벽에 부딪혀서 마룻바닥 위로 떨어지더군. 일어나려는 것을 재빨리 덮치려 했더니 차올린 공처럼 내 코끝을 스쳐 선반 가장자리에 엉거주춤 올라서네. 녀석은 선반 위에서 나를 내려다보고 나는 마룻바닥에서 놈을 올려다보았지. 거리는 1미터 50센티. 그 사이로 달빛이 널따란 오비를 공중에 늘어뜨린 듯이 비스듬히 비쳐들더군. 이 몸은 앞발에 힘을 주어 영차, 하고 선반으로 뛰어오르려 했지. 앞발은 용케 선반 가장자리에 걸쳤는데 뒷발은 허공에서 버둥거렸어. 꼬리에는 아까 그 시커먼 놈이 죽어도 못 놔주겠다는 기세로 매달려 있고. 이건 위험해. 앞발을 다시 디뎌서 확실히 매달리려 했어. 그런데 다시 디딜 때마다 꼬리 쪽 무게 때문에 점점 밀려나는 거야. 조금만 더 미끄러지면 떨어질 수밖에. 점점 더 위태로워져. 선반 판자를 발톱으로 박박 긁었어. 이러다간 큰일 나겠다 싶어 왼쪽 앞발을 다시 디디려는 찰나, 발톱이 보기 좋게 미끄러져 이 몸은 오른쪽 발톱 하나로 선반에 매달리고야 말았지. 나와 내 꼬리를 물고 늘어진 놈의 무게 탓에 몸이 빙글빙글 돌더군. 이때까지 꼼짝 않고 노리고 있던 선반 위의 괴물이 이때다 하고 내 이마를 노리고 선반 위에서 돌멩이를 던지듯이 뛰어내리더군. 가까스로 걸려 있던 발톱 하나마저 미끄러졌어. 세 덩어리가 하나가 되어 달빛을 세로로 가로지르며 떨어졌지. 아래 단에 놓여 있던 절구와 절구 안에 있던 작은 통과 빈 잼 병까지 마찬가지로 한 덩어리가 되어 그 아래 있던 불 끄는 항아리까지 이끌고 반은 물동이 속으로, 반은 마룻바닥 위로 나뒹굴었어. 한밤중에 얼마나 요란한 소리가 나던지 기를 쓰고 싸우던 나조차 혼비백산할 정도였다니까.

"도둑이야!" 하고 주인이 고함을 지르며 침실에서 튀어나오더군. 한 손에는 등잔을, 또 한 손에는 지팡이를 든 채 자다 깬 눈에서는 신분에 걸맞은 형형한 안광을 내뿜고 있어. 이 몸은 밥그릇 옆에 얌전하게 웅크리고 앉았지. 두마리 괴물은 찬장 속으로 모습을 감추었고. 주인은 하릴없이 서서 "도대체 어떤 놈이야, 요란을 떤 것이" 하고 듣는 사람도 없는 분노의 일성. 달이 서쪽으로 기울어 흰 빛줄기도 가늘어졌네.

# 6

 

이렇게 더워서야 고양이도 못 살겠군. 가죽을 벗고 살도 벗고 뼈만 남으면 시원하겠다고 영국의 씨드니 스미스[1]라나 뭐라나 하는 사람이 탄식했다는 이야기가 있던데, 뼈만 남지 않아도 좋으니 하다못해 이 연회색 반점 털옷만이라도 좀 빨아 널든지, 아니면 당분간 전당포에라도 맡기고 싶다니까. 인간이 보기엔 고양이 같은 건 일년 열두달을 똑같은 얼굴로 춘하추동 한결같이 단벌옷으로 버티니 지극히 단순무사하고 돈 안 드는 일생을 보내는 것 같을지 모르지만 아무리 고양이라도 나름대로 덥고 춥다는 느낌이야 있지. 때로는 한번쯤 등목이라도 하고 싶지만 이 털옷에 물을 부었다간 말리는 게 쉬운 일이 아니니까 땀내를 꾹 참고 이날 이때까지 목욕탕 문턱을 넘은 적이 없어. 가끔 부채질이라도 해볼까 싶은 마음도 없

---

1 씨드니 스미스(Sydney Smith, 1771~1845). 영국의 목사, 저술가.

지야 않지만, 우선 집어들 수가 없으니 속수무책. 그러고 보면 인간들은 좋겠어. 날것으로 먹어야 할 것을 굳이 삶았다가 구웠다가 식초에 절였다가 된장을 발랐다가 쓸데없는 수고를 하면서도 그저 서로 좋대요. 입는 것도 그렇지. 고양이처럼 일년 내내 단벌로 지내라는 건 불완전하게 생겨먹은 그들에겐 좀 무리일지 모르지만, 그렇다고 그리 잡다한 것을 살갗 위에 걸치고 살지 않아도 되는 거 아냐? 양에게 신세를 지고, 누에에게 폐를 끼치고, 목화밭의 은혜까지 입는 것을 보면 사치는 무능의 결과라고 단언해도 좋을 듯해. 입고 먹는 거야 그저 너그럽게 보고 용서해준다 하더라도 생존하는 데 직접적인 영향도 없는 것에 이르기까지 이런 식으로 밀고 나가는 건 전혀 이해가 안 돼. 우선 머리카락만 해도 그렇지. 자연히 나는 것이니 그냥 내버려두는 게 가장 편하고 자기한테도 좋을 것 같은데 사람들은 쓸데없는 궁리를 해서 온갖 잡다한 모양을 꾸며내고 득의양양하거든. 스님이라 자처하는 자들은 언제 봐도 머리통이 새파래. 더우면 그 위에 양산을 쓰지. 추우면 두건을 두르고. 이럴 거면 뭐하러 새파랗게 깎는지 알 수가 없는 거 아냐? 그런가 하면 빗인가 하는 무의미한 톱 같은 도구를 사용해 머리털을 좌우로 2등분해놓고 좋아하는 작자도 있어. 2등분이 아니면 7 대 3의 비율로 두개골 위에 인위적인 구획을 나누기도 하고. 개중엔 이 가르마가 가마를 지나 그 뒤까지 삐져나와 있는 경우도 있더군. 마치 가짜 파초 잎 같아. 다음으론 정수리를 납작하게 깎고 좌우를 직각으로 잘라내기도 하지. 둥근 머리에 사각의 틀을 끼워놓으니 가지치기한 삼나무 울타리를 베낀 걸로밖에 안 보여. 그밖에 5부 깎기, 3부 깎기, 1부 깎기마저 있다고 하니 마지막엔 머릿속까지 깎아들어가서 마이너스 1부 깎기, 마이너스 3부 깎기 하는 식의 신기한 것이 유행할지도 몰라. 어쨌든 그렇게까지 머리에 열중해서 어쩌자는 건지, 원. 무엇보다 다리가 넷이나 있는데 둘밖에 안 쓴다는 것도 낭비야. 네 다리로 걸으면 그만큼 잘 걸을 수 있을 텐데 늘 두 다리만 쓰고 남는 둘은 선물받은 대구포처럼 하릴없이 늘어뜨리고 있으니 한심하지. 이런 걸 보면 인간이란 고양이보다 꽤나 한가한 족속이어서 너무 심심한 나머지 이런 쓸데없는 장난을 고안해 즐기는 것 같아. 다만 이상한 것은 이 한량들이 툭하면 바쁘다 바빠, 떠들고 다닐 뿐 아니라 그 표정이 얼마나 바빠 보이는지 자칫하면 바빠서 죽어버리는 게 아닐까 싶을 정도로 안달복달한다는 거야. 개중에 어떤 이는 이 몸을 보고는 가끔 저렇게 지내면 편하겠다고 하는데, 그렇게 편하고 싶으면 해보라지. 누가 그렇게 아등바등 살라고 했나? 제 맘대로 감당 못할 일을 만들어놓고 힘들다 힘들어, 하는 건 자기가 불을 활활 피워놓고 덥다 더워, 하는 거나 같아. 고양이라도 머리 모양을 스무가지나 생각해내다가는 이렇게 편하게 못 지내거든. 편하게 살고 싶으면 이 몸처럼 한여름에도 털옷을 입고 버틸 만큼 수련을 쌓는 게 좋아. ──라고는 하지만 조금 덥군. 털옷은 정말 너무 더워.

　이래서는 내 특기인 낮잠도 못 자겠어. 뭐 좀 없을까. 한동안 인간사회 관찰을 게을리했으니 오늘은 오랜만에 그들이 또 엉뚱한 짓에 매달리는 거나 좀 구경할까 생각했지만 공교롭게도 주인은 이 점에 관해서는 엄청 고양이에 가까운 성격이야. 낮잠은 이 몸에 지지 않을 만큼 자고, 특히 여름방학이 되고부터는 뭐 하나 인간다운 일을 하지 않으니 아무리 관찰해봤자 도무지 관찰의 보람이 없다니까. 이럴 때 메이떼이라도 와주면 위장병으로 푸석한 얼굴도 약간은 펴져서 잠깐이라도 고양이에서 멀어질 텐데, 선생이 올 때

도 됐는데, 하고 있는데 누군지 모르지만 욕실에서 좍좍 물을 끼얹
는 소리가 나는 거야. 물소리뿐 아니라 때때로 큰 소리로 추임새까
지 넣어요. "아이고, 좋다" "날아갈 것 같네" "한바가지 더" 하고 온
집 안에 울려퍼질 듯이 소리를 질러대. 남의 집에 와서 이렇게 큰
소리로, 이렇게 무례하게 구는 인간이 또 누가 있겠어. 당연히 메이
떼이지.

옳거니, 이걸로 반나절은 보낼 수 있겠다, 하고 있으니 선생이
물기를 닦고 옷을 걸치더니 여느 때처럼 방까지 성큼성큼 들어와
서 "사모님, 쿠샤미는 뭐 해요?" 하고 부르며 모자를 타따미 위에
집어던졌어. 안주인은 옆방에서 반짇고리 옆에 엎어져 기분 좋게
한잠 자고 있던 참에 요란한 소리가 고막을 울려대니 깜짝 놀라서,
잠이 덜 깬 눈을 억지로 치켜뜨고 나와보니 메이떼이가 삼베옷을
입고 떡하니 버티고 앉아 부채질을 하고 있는 거야.

"어서 오세요" 하긴 했지만 꽤나 당황스러웠는지 "오신 줄 몰랐
네요" 하고 콧등에 땀이 맺힌 채 인사를 했어. "아뇨, 지금 막 오는
참이에요. 잠깐 욕실에서 하녀에게 등목을 좀 부탁하고요. 겨우 정
신이 좀 드네요 ─ 정말 덥지요?" "요 이삼일은 가만히 앉아 있어
도 땀이 날 정도니 정말 엄청나게 덥네요. ─ 그래도 별고 없으시
죠?" 하고 안주인은 여전히 콧등의 땀을 닦지 않아. "뭐, 그렇죠. 더
위 정도로 별고까지야. 어쨌든 올 더위는 유별나군요. 몸이 축축
처져요." "저도 통 낮잠 같은 걸 잔 적이 없는데 너무 더우니까 그
만 ─" "주무셨군요. 좋죠. 낮에 자고 밤에도 잘 수 있으면 그렇게
좋은 일이 없죠" 하고 변함없이 한가한 소리를 늘어놓더니, 그것
만으론 모자랐는지 "나 같은 사람은 잠이 없는 편이라서요, 쿠샤미
처럼 올 때마다 자고 있는 사람을 보면 부러워요. 하긴 위장이 약

하니 이렇게 더우면 힘들죠. 건강한 사람도 오늘 같은 날은 머리를 어깨 위에 올려놓고 있는 것만으로도 힘드니까요. 그렇다고 얹혀 있는 걸 떼낼 수도 없고”하고 메이떼이 군은 평소와 달리 머리통 처치가 힘든가봐. “사모님은 그 머리 위에 또 얹어놓은 것이 있으니 앉아 있기도 힘들 거예요. 머리채 무게만으로도 눕고 싶어지겠죠”하니 안주인은 지금까지 자고 있던 걸 머리 모양 때문에 들켰나 싶었는지 “호호호, 짓궂으시긴”하며 머리를 매만졌어.

메이떼이는 아랑곳없이 “사모님, 어제는 지붕 위에서 달걀 프라이를 해봤거든요”하고 이상한 소릴 했어. “프라이를 하셨다고요?”“지붕 기와가 얼마나 달아올랐던지, 그냥 두기도 아깝다 싶어서요. 버터를 바르고 달걀을 떨어뜨렸죠.”“어머나.”“그런데 역시 햇볕은 마음대로 안 되더라고요. 좀처럼 반숙이 되질 않길래 내려와서 신문을 읽고 있는데 손님이 오는 바람에 까맣게 잊고 있다가 오늘 아침에 문득 생각이 나서 이젠 됐겠지 싶어서 올라가봤더니만 말이죠.”“어떻게 됐던가요?”“반숙은커녕 전부 흘러내려버렸더라고요.”“아이고, 저런.”안주인은 팔자 주름을 지으며 탄식하더군.

“어쨌든 복중엔 그렇게 시원하더니 이제 와서 더워지다니 이상하죠?”“그러게요. 얼마 전까진 홑옷만 입고는 추울 정도였는데 엊그제부터 갑자기 더워지네요.”“게 같으면 옆으로 기어갈 텐데 올해 기후는 뒷걸음친다니까요. 도행역시²가 뭐 어떠냐고 하는 건지도 모르겠군요.”“뭔데요? 그게.”“아뇨, 아무것도 아닙니다. 기후가 거꾸로 돌아가는 게 마치 헤라클레스의 소 같다고요”하고 제

---

2 倒行逆施.『사기』에 나오는 말로 도리나 상식에 어긋나는 일을 말함.

흥에 겨워 더욱 이상한 소리를 하니 그럼 그렇지, 안주인은 못 알
아들어. 하지만 좀 전에 도행역시에 약간 질렸으니 이번엔 그저
"네에" 할 뿐 되묻진 않았어. 이래서야 메이떼이는 기껏 말을 꺼낸
보람이 없지. "사모님, 헤라클레스의 소를 아시나요?" "그런 소는
모르겠는데요." "모르신다고요? 잠깐 설명을 할까요?" 하니 안주
인도 그럴 필요 없어요, 하기도 뭣한지 "네" 하더군. "옛날에 헤라
클레스가 소를 끌고 왔답니다." "그 헤라클레슨가 하는 건 목동인
가요?" "목동은 아니에요. 목동도 아니고 이로햐³ 주인도 아니랍니
다. 그 시절은 아직 그리스에 소고깃집이 하나도 없던 시절이었거
든요." "어머, 그리스 이야기예요? 그럼 그렇다고 말씀을 하실 것
이지." 안주인은 그리스라는 국명만은 잘 알고 있거든. "그래도 헤
라클레스잖아요?" "헤라클레스면 그리슨가요?" "그렇죠. 헤라클
레스는 그리스의 영웅이니까." "어쩐지 모르겠더라니. 그래서 그
남자가 어쨌는데요?" "그 남자가 글쎄, 사모님처럼 쿨쿨 자고 있는
데—" "또 그 소리." "자고 있는데 헤파이스토스의 아들이 왔어
요." "헤파이스토스는 누구예요?" "헤파이스토스는 대장장이죠.
그 대장장이의 아들놈이 그 소를 훔친 거예요. 그런데 소꼬리를 잡
고 낑낑대면서 끌고 가버려서 헤라클레스가 잠에서 깨서 소야! 소
야! 하고 아무리 찾아다녀도 찾을 수가 없었지요. 그도 그럴 것이,
소 발자국을 따라가봤자 앞으로 걸어간 게 아니라 뒤로 뒤로 끌고
갔으니까요. 대장장이 아들놈치곤 훌륭한 거죠" 하고 메이떼이 선
생은 이미 날씨 이야기는 잊어버렸어.

"그런데 바깥양반은 어찌 된 거죠? 또 낮잠인가요? 낮잠도 중국

---
3 토오꾜오의 유명한 소고기 요릿집.

시에 나오면 풍류지만 쿠샤미 군처럼 날마다 자는 건 좀 속된 느낌이죠. 그냥 아무 일도 없이 날마다 조금씩 죽어보는 거잖아요. 사모님, 귀찮겠지만 가서 좀 깨우세요" 하고 채근하니 안주인도 동감인지 "네, 정말 저래서야, 원. 무엇보다 건강에 나쁘니까요. 좀 전에 막 식사를 마친 참인데" 하고 일어서려니까 메이떼이는 "사모님, 식사라 하면, 저는 아직 밥을 못 먹었는데요" 하고 태연한 얼굴로 묻지도 않은 소리를 했어. "어머, 저런. 시간이 이런데 생각도 못하고. ─ 그럼 아무것도 없지만 오짜즈께⁴라도." "아뇨, 오짜즈께 같은 건 안 먹어도 됩니다." "아니, 그래도. 어차피 입에 맞으실 만한 게 없어서요" 하고 안주인이 약간 싫은 소리를 했지. 메이떼이는 알아듣고는 "아니, 오짜즈께든 오유즈께⁵든 사양할게요. 오는 길에 뭘 좀 주문해두었으니 그걸 여기서 먹으면 됩니다" 하고 보통 사람은 결코 못할 소리를 하는 거야. 안주인은 그저 한마디 "어머!" 했는데, 그 '어머'에는 놀람과 토라짐, 성가신 일이 줄어 고맙다는 의미가 모두 들어 있었지.

그런 참에 주인이 평소와 달리 소란스러워서 잠들다 깬 모양으로 어슬렁어슬렁 서재에서 나오더군. "변함없이 시끄러운 인간일세. 겨우 기분 좋게 잠이 들려던 참인데" 하고 하품을 섞어가며 뚱한 얼굴을 했어. "어라, 깼나? 침소에 드신 어른을 기침하시게 하다니 송구하기 짝이 없소이다. 그래도 가끔은 괜찮지? 어서 앉게" 하고 완전히 주객전도라니까. 주인은 말없이 자리에 앉아 요세기⁶ 담뱃갑에서 아사히를 한개비 꺼내 뻐끔뻐끔 피우더니 문득 저쪽 구

4 밥에 더운 차를 부어 먹는 것.
5 더운물에 만 밥.
6 여러 종류의 나무를 짜맞추어 무늬를 만드는 세공 기법.

석에 던져놓은 메이떼이의 모자에 눈길을 주며 "자네, 모자 샀구 먼" 했어. 메이떼이는 바로 "어때?" 하고 뻐기듯이 주인 부부 앞에 내밀었어. "어머나, 예쁘기도 하지. 정말 결이 곱고 부드럽네요" 하며 안주인이 자꾸 어루만졌어. "사모님, 이 모자는 대단한 물건이에요. 마음대로 할 수가 있거든요" 하고 주먹을 쥐더니 파나마모자의 옆구리를 퍽 치니까 과연 마음대로 주먹만 한 파인 자국이 생겼어. 안주인이 "어머" 하고 놀랄 틈도 없이 이번엔 주먹을 안으로 집어넣어 얏, 하고 밀어내니 정수리 부분이 불쑥 솟았지. 다음엔 모자를 잡고 양쪽에서 챙을 눌러 찌그러뜨려 보였어. 찌그러진 모자는 밀방망이로 밀어놓은 반죽처럼 납작해지더군. 그것을 한쪽 끝에서부터 멍석이라도 말듯이 둘둘 말았어. "어때요, 이렇게" 하고 말아놓은 모자를 품에 넣어 보였지. "정말 신기하네요" 하고 안주인이 키뗀사이 쇼오이찌[7]의 마술이라도 보는 듯 감탄하자 메이떼이도 마술사라도 된 양 오른쪽 가슴에 넣었던 모자를 굳이 왼쪽 소맷부리에서 끄집어내고는 "전혀 흠집이 나지 않아요" 하며 원래대로 바로잡더니 집게손가락 끝에 모자를 올려놓고 빙글빙글 돌렸어. 이젠 끝났나 했더니 마지막으로 휙 뒤로 던져놓고는 그 위로 털썩 엉덩방아를 찧더군. "그래도 괜찮나, 자네?" 하고 주인도 걱정스러운 얼굴이었어. 안주인은 물론 걱정스럽다는 듯이 "그렇게 멋진 모자를 망가뜨리기라도 하면 어떡해요? 이제 그만하셔도 되잖아요" 했어. 모자 주인만 득의양양, "그런데 망가지질 않으니 신기하죠" 하고는 찌그러진 걸 엉덩이 아래에서 꺼내 그대로 머리에 얹었는데 신기하게도 금세 모양을 회복하는 거야. "정말 튼튼한 모자네

7 키뗀사이 쇼오이찌(歸天齊正一, ?~?). 메이지 시대의 마술사.

요. 어떻게 된 거죠?" 하고 안주인이 더욱 감탄하니 "뭘요, 어떻게 되고 말고도 없어요. 처음부터 이런 모자인 거죠" 하고 메이떼이는 모자를 쓴 채로 안주인에게 답했어.

"당신도 저런 모자를 하나 사면 좋겠네요" 하고 잠시 후에 안주인이 주인에게 권했지. "아니, 쿠샤미 군은 멋들어진 밀짚모자가 있지 않습니까?" "그런데 글쎄, 저번에 아이가 그걸 밟아서 망가뜨렸어요." "저런, 아까워라." "그러니 이번엔 선생님처럼 튼튼하고 멋진 걸 하나 사면 좋을 것 같은데" 하고 안주인은 파나마모자의 값을 모르니까 "이걸로 해요, 여보" 하고 열심히 주인에게 권했지.

메이떼이 군은 이번엔 오른쪽 소매에서 붉은 케이스에 든 가위를 꺼내더니 안주인에게 보였어. "사모님, 모자는 이쯤 해두고 이 가위를 좀 보세요. 이게 또 엄청난 녀석이어서, 열네가지 쓰임새가 있답니다." 이 가위가 등장하지 않았으면 주인은 안주인한테 파나마모자 공세를 당했을 텐데 다행히 안주인의 여자다운 호기심 덕에 이 액운을 면할 수 있었으니, 이는 메이떼이의 재치라기보다는 오히려 요행수였다고 이 몸은 간파했지. "그 가위를 어떻게 열네가지로 쓴다는 거죠?" 하고 묻자마자 메이떼이 군은 의기양양, "지금부터 하나하나 설명할 테니까 들어보세요. 좋습니까? 여기 초승달 모양으로 파인 곳이 있죠? 여기다 궐련 끝을 넣고 싹둑 자르는 거죠. 그리고 이 안쪽으로 좀 틈이 있잖아요. 이걸로 철사를 툭툭 자르는 거예요. 다음엔 평평하게 종이 위에 눕혀놓고 자로 쓰고요. 또 날 뒷면에 눈금이 있어서 길이를 잴 수가 있죠. 이쪽 바깥은 줄칼처럼 되어 있어서 손톱 손질을 하죠. 아시겠죠? 이 끝을 나사못 머리에 끼워서 빙글빙글 돌리면 드라이버로도 쓸 수 있고. 꽉 끼워서 비틀어 열면 못질한 상자 같은 건 쉽게 열 수 있어요. 또 이쪽 날

끝은 송곳처럼 되어 있고요. 여기 이 부분은 잘못 쓴 글자를 긁어내는 거고, 이렇게 따로 떼어내면 나이프가 되죠. 마지막으로—자, 사모님, 이 마지막이 가장 재미있어요. 여기 파리 눈알만 한 크기의 구슬이 있죠? 자, 한번 들여다보세요." "싫어요. 또 놀리려는 거죠?" "이렇게 못 믿으시니, 원. 속는 셈 치고 한번 보시라니까요. 네? 싫어요? 잠깐이면 되는데" 하고 가위를 안주인에게 건네더군. 아내는 불안하다는 듯이 가위를 집어들고는 그 파리 눈알 부분에다 자기 눈동자를 갖다대더니 열심히 초점을 맞췄어. "어때요?" "그냥 깜깜한데요." "깜깜하면 안 되죠. 장지문 쪽으로 조금만 더, 그렇게 가위를 눕히지 말고—그렇지, 그렇지. 이제 보이죠?" "어머나, 사진이네요. 어떻게 이런 조그만 사진을 붙였을까요?" "그게 바로 재미있는 거죠" 하고 안주인과 메이떼이는 열심히 문답을 주고받았어. 좀 전부터 잠자코 있던 주인이 이때 갑자기 사진이 보고 싶어졌는지 "어이, 나도 좀 보자" 하자 안주인은 가위를 얼굴에 갖다댄 채 "정말 예쁘기도 하지. 벌거벗은 미인이네요" 하며 좀처럼 놓질 않았어. "어이, 나도 좀 보자니까." "아이고, 좀 기다리라니까요. 머리카락도 아름답네. 허리까지 내려와요. 살짝 위를 보면서, 키도 엄청 큰데 정말 미인이네." "어이, 보자고 하면 그만 좀 하고 보여주면 좋잖아" 하고 주인은 안달하며 안주인을 볶아댔어. "치, 오래 기다리셨습니다. 마음껏 보시어요" 하고 안주인이 가위를 주인에게 건네는 참에 부엌에서 하녀가 손님이 주문하신 것이 왔다면서 메밀국수 두그릇을 방으로 들고 왔지.

"사모님, 이게 제가 주문한 거예요. 잠깐 실례를 무릅쓰고 여기서 먹기로 하겠습니다" 하고 정중하게 고개를 숙이더군. 진지한 듯도 장난인 듯도 한 동작이라 안주인도 어떻게 응대할 줄을 몰라

"네" 하고 가볍게 대답하고는 가만히 보고 있더군. 주인은 그제야 사진에서 눈을 떼고 "여보게, 이렇게 더운데 메밀국수는 독이야" 하고 말했어. "뭘, 괜찮아. 좋아하는 음식은 탈 나는 일이 없어" 하고는 대나무 소쿠리 뚜껑을 열었어. "새로 뽑은 거라 다행이네. 불어터진 국수랑 얼빠진 인간은 정말 별로지" 하며 양념을 장국에 넣고는 휘저어댔어. "자네, 와사비를 그렇게 넣었다간 매울 텐데." 주인은 걱정된다는 듯 주의를 주더군. "메밀국수는 장국과 와사비 맛으로 먹는 거야. 자넨 메밀국수 싫어하지?" "난 우동이 좋아." "우동은 마부나 먹는 음식이지. 메밀 맛을 모르는 인간만큼 불쌍한 것도 없어" 하고 삼나무 젓가락을 쑥 찔러넣더니 잔뜩 집어서는 6쎈티 정도 높이로 들었어. "사모님, 메밀국수도 여러가지 먹는 법이 있는데요, 초심자들은 무턱대고 장국에 잔뜩 찍어서는 입안에서 쩝쩝 씹어대죠. 그러면 메밀 맛이 안 나요. 무엇보다 이렇게 한번에 집어올려서는" 하며 젓가락을 들어올리니 기다란 국수 가락이 30쎈티 정도 공중에 매달렸어. 메이떼이 선생이 이제 됐겠지 하고 아래를 보니 아직 열두세가락 꼬리가 바구니 바닥을 떠나지 않고 대발에 달라붙어 있었지. "이것 참 길구면. 어때요, 사모님, 이 길이를 좀 보세요" 하고 또 안주인에게 맞장구를 치라는 거야. 안주인은 "정말 기네요" 하고 엄청 감탄했다는 듯이 대답했지. "이 기다란 놈을 삼분의 일만 장국에 찍어서 한입에 들이마셔버리는 거지요. 씹으면 안 돼요. 씹으면 메밀 맛이 사라져버리거든요. 주르륵, 하고 목구멍을 미끄러져내려가는 게 중요하죠" 하고 한껏 젓가락을 치켜드니 국수 가락이 가까스로 바닥을 떠났어. 왼손에 든 그릇 속으로 젓가락을 조금씩 내려뜨려 끝에서부터 서서히 담그니 아르키메데스의 원리에 의해 국수가 잠긴 양만큼 장국의 높이가 올라갔지. 그런데 그릇에는 원래부터 장국이 8할 정도 들어 있었으니 메이떼이의 젓가락에 걸린 국수의 사분의 일도 채 들어가기 전에 그릇이 장국으로 가득 차버린 거야. 메이떼이의 젓가락은 그릇 위 15쎈티에 이르더니 딱 멈추어 한동안 움직이지 않았어. 움직이지 않는 것도 무리는 아니지. 조금이라도 더 내렸다간 장국이 넘칠 테니까. 메이떼이도 이쯤 되니 약간 주저하는 듯했지만, 곧 달아나는 토끼 같은 기세로 입을 젓가락 쪽으로 가져가는가 싶더니 후루룩 하는 소리와 함께 목울대가 한두번 위아래로 억지로 움직이고는 젓가락 끝의 국수는 종적을 감추었어. 메이떼이를 보니 두 눈에서 눈물 같은 것이 한두방울 눈꼬리에서 볼로 흘러나오더군. 와사비 때문인지 삼키느라 힘들어서 그런 건지 그건 확실하지 않아. "대단하구먼. 그렇게 단번에 들이마시다니" 하고 주인이 감탄하니 "정말 대단하네요" 하고 안주인도 메이떼이의 솜씨를 칭찬하더군. 메이떼이는 아무 말도 없이 젓가락을 내려놓더니 가슴을 두세차례 두드렸지만 "사모님, 소쿠리 국수는 대개 세입 반에서 네입에 먹는 거예요. 그걸 넘어가면 맛이 없거든요" 하고 손수건으로 입을 훔치고는 잠깐 휴식.

그때 칸게쯔 군이 무슨 요량인지 이 더위에 고생스럽게도 겨울 모자를 덮어쓰고 양발이 먼지투성이인 채로 찾아왔어. "이런, 미남자가 납시었군. 그래도 먹던 거니까 잠깐 실례하지" 하고 메이떼이 군은 중인환좌衆人環坐한 가운데 거침없이 남은 국수를 먹어치웠어. 이번엔 좀 전 같은 눈부신 기술이 없는 대신 도중에 손수건을 쓰며 숨을 돌리거나 하는 추태도 없이 바구니 두개를 게 눈 감추듯 해치웠으니 대단하지.

"칸게쯔 군, 박사논문은 이제 탈고했나?" 하고 주인이 물으니 메이떼이도 뒤를 이어 "카네다의 영애께서 학수고대하시는데 빨리 제출하시지" 하더군. 칸게쯔 군은 늘 그렇듯 어딘가 서늘한 웃음을 흘리면서 "너무 기다리게 하는 것도 죄겠다 싶어 가능하면 빨리 끝내서 안심시켜드리고 싶지만, 무엇보다 주제가 주제인지라 정말 힘든 연구를 필요로 하는 까닭에요" 하고 그다지 본심 같지도 않은 말을 본심인 듯이 했어. "그럼, 주제가 주제인 만큼 그렇게 코주부 말대로 될 리가 없지. 물론 그 정도 코라면 콧김을 맞을 만한 가치야 충분히 있겠지만" 하고 메이떼이 역시 칸게쯔 식으로 응수하더군. 그나마 진지한 건 주인이야. "자네 논문 주제가 뭐라고 했더라?" "개구리 안구의 전동 작용에 대한 자외광선의 영향이라는 겁니다." "그거 참 특이하군. 역시 칸게쯔 선생일세. 개구리 안구라니, 멋진데. 어떤가, 쿠샤미 군, 논문 탈고 전에 그 주제만이라도 카네다가에 통지해두지그래." 주인은 메이떼이가 하는 말엔 상대도 하지 않고 "자네, 그게 그렇게 힘든 연구인가?" 하고 칸게쯔 군에게 물었어. "예, 꽤 복잡한 문제거든요. 우선 개구리 안구의 렌즈 구조가 그렇게 단순하지 않아서요. 그래서 이것저것 실험을 해야 하는데 먼저, 동그란 유리구슬을 만들어서 해보려고 합니다." "유리구슬 같은 거야 유리가게에 가면 간단하지 않나." "아니, 어떻게 그런 ── " 하고 칸게쯔 선생도 약간 거들먹거리기 시작했어. "원래 원이니 직선이니 하는 건 기하학적인 것이어서, 그 정의에 들어맞는 이상적인 원이나 직선은 현실세계엔 없거든요." "없으면 안 하면 될 것을" 하고 메이떼이가 끼어들었어. "그래서 우선 실험상 지장이 없을 정도의 유리구슬을 만들어보자 싶어서요. 얼마 전부터 시작했습니다." "되던가?" 하고 주인이 아무렇지 않게 물었어. "될 리가 있나요" 하고 칸게쯔 군이 말하더니, 이건 약간 모순이다 싶었는지 "정말 어려워요. 조금씩 갈다가 이쪽 반경이 약간 길다 싶어 그쪽을 조금 깎아내면 이번엔 저쪽이 너무 길어져요. 그쪽을 또 고생고생 겨우 갈아내고 나면 전체적인 모양이 일그러져버리는 거죠. 가까스로 일그러진 부분을 없애놓으면 또 직경이 달라지고요. 처음엔 사과 정도 크기였던 것이 점점 작아져서 딸기만 해지죠. 그걸 또 끈기있게 하다보면 콩알만 해지는 거예요. 콩알만 해졌는데도 아직 완전한 원은 아닌 거죠. 저도 정말 열심히 갈아서 이번 정월부터 크고 작은 유리구슬을 여섯개나 갈아 없앴답니다" 하고 참말인지 거짓말인지 알 수 없는 소리를 떠들어댔어. "어디서 그렇게 갈고 있나?" "그야 학교 실험실이죠. 아침에 갈기 시작해서 점심시간에 잠깐 쉬고는 어두워질 때까지 가는데, 정말 쉽지 않아요." "그럼 자네가 요즘 바쁘다, 바쁘다 하면서 날마다, 일요일에도 학교에 가는 건 그 구슬을 갈러 가는 거구먼." "정말이지 요즘은 아침부터 밤까지 구슬만 갈고 있습니다." "구슬 만드는 박사가 되옵시니[8] — 하는 거로구먼. 하지만 그렇게 열심이라는 이야기를 들려주면 아무리 코주부라도 조금은 고마워하겠지. 실은 요전에 내가 볼일이 있어 도서관에 갔다 나오는데 문간에서 우연히 로오바이 군을 만났지 뭔가. 이 사람이 졸업 후에 도서관에 발길이 향한다는 건 정말 신기한 일이다 싶어서, 기특하게 공부를 다 하는구먼, 했더니 이 양반이 묘한 얼굴로 뭘, 책을 읽으러 온 게 아니야, 막 문 앞을 지나다가 소변이 마려워서 화장실에 잠깐 들른 거라네, 하길래 크게 웃었는데, 로오바이 군과 자네는 서로 반대되는 좋은 예로서 『신찬몽구』[9]에

---

8 조오루리 「본조 24효(本朝廿四孝)」에 나오는 "꽃 만드는 사람이 되옵시니"라는 구절을 따라 한 말.
9 『新撰蒙求』. 『몽구(蒙求)』는 중국 역대의 뛰어난 인물과 그 행적을 소개한 당나라

꼭 넣고 싶구면" 하고 메이떼이 군은 아니나 다를까 기다란 주석을 붙였어. 주인은 약간 정색을 하더니 "자네, 그렇게 날마다 구슬만 가는 것도 좋지만, 도대체 언제쯤 완성할 작정인가?" 하고 물었어. "뭐, 이대로 가면 한 십년 걸리겠지요" 하고 칸게쯔 군은 주인보다 태평하더군. "십년이라 ── 조금 더 빨리 갈면 좋으련만." "십년이면 빠른 편이죠. 어쩌면 이십년도 걸릴걸요." "그것참, 큰일인데. 그래서야 좀처럼 박사가 되긴 어렵겠구면." "예, 하루라도 빨리 되어서 안심시켜드리고 싶긴 하지만, 어쨌든 구슬을 갈지 않으면 가장 중요한 실험을 할 수가 없으니……"

칸게쯔 군은 잠깐 말을 끊더니 "뭐, 그렇게 염려하실 건 없습니다. 카네다 댁에서도 제가 구슬만 갈아대고 있다는 걸 잘 알고 있거든요. 실은 이삼일 전에 갔을 때도 사정을 잘 설명했습니다" 하고 아무렇지도 않게 말했어. 그러자 지금까지 세 사람의 이야기를 잘 이해는 못해도 경청하고 있던 안주인이 "그런데 카네다 씨네는 온 가족이 지난달부터 오오이소에 가 계시지 않나요?" 하고 이상하다는 듯이 물었어. 칸게쯔 군도 여기엔 좀 찔끔한 모양이었지만 "그것참, 이상하군요. 어떻게 된 걸까요" 하고 얼버무리더군. 이럴 때 중요한 것이 메이떼이 군이지. 이야기가 잠깐 끊긴 틈이나 어색해졌을 때, 졸음이 올 때, 곤란할 때, 어떤 때라도 반드시 끼어들거든. "지난달 오오이소에 간 사람을 이삼일 전에 토오꾜오에서 만나다니 신비로워서 좋구면. 소위 영혼의 교감이네. 상사병이 사무치면 곧잘 그런 현상이 일어나는 법이지. 얼핏 들으면 꿈 같지만 꿈치고는 현실보다 더 확실한 꿈이야. 사모님처럼 군이 사랑하지도

─────────

때의 책으로, 이를 본떠 새로 지은 책이라는 뜻으로 지어낸 제목.

사랑받지도 않는 쿠샤미 군에게 시집을 와서 평생 사랑이 뭔지도 모르는 분에게는 이상한 게 당연하겠지만……" "어머나, 무슨 증거가 있어서 그런 말씀을 하실까? 너무 무시하시네요" 하고 안주인은 말을 끊고 갑자기 메이떼이에게 쏘아붙였어. "자네도 사랑 때문에 고민 같은 걸 한 적은 없을 텐데" 하고 주인도 정면으로 아내 편을 들었어. "그야 나의 염문 같은 건 아무리 많아봤자 전부 75일 이상 경과한 것이니 자네들 기억엔 남아 있지 않을지 모르지만 — 실은 이래 봬도 실연의 결과로 이 나이가 되도록 독신으로 살고 있는 거라네" 하며 좌중의 얼굴을 공평하게 차례차례 둘러보았어. "호호호, 재미있네요" 한 것은 안주인이었고, "사람을 바보로 아나" 하며 정원 쪽을 본 것은 주인이었어. 다만 칸게쯔 군만은 "부디 후학을 위해 회고담을 들려주시지요" 하고 여전히 싱글싱글하고 있더군.

"내 이야기도 꽤나 신비하니까 고故 코이즈미 야꾸모[10] 선생한테 이야기했으면 정말 좋아했을 텐데 안타깝게도 선생이 영면하셨으니 사실 이야기할 보람도 없지만, 굳이 청하니 털어놓지. 그 대신 끝까지 경청해야만 하네" 하고 다짐을 두고는 마침내 본론으로 들어갔어. "회고하자면 지금으로부터 — 그러니까 — 몇년 전일까 — 귀찮으니 대략 십오륙년 전이라고 해두지." "얼씨구" 하고 주인은 코웃음을 흥, 하고 날리더군. "정말 기억력이 나쁘시네" 하고 안주인이 놀렸지. 칸게쯔 군만은 약속을 지켜 한마디도 하지 않고 어서 다음 이야기를 듣고 싶다는 듯한 자세였어. "어느해 겨울

---

**10** 코이즈미 야꾸모(小泉八雲, 1850~1904). 일본에 귀화한 영국 작가. 본명은 패트릭 라프카디오 헌(Patrick Lafcadio Hearn). 일본 각지의 전설, 괴담 등을 모은 『괴담(怪談)』을 썼다.

의 일인데, 내가 에찌고 지방 하고도 칸바라 군 타께노꼬다니를 지나 타꼬쯔보 고개에 이르러 이제부터 드디어 아이즈 영토로 나가려던 참이었지." "묘한 곳이로구면" 하고 또 주인이 훼방을 놓았어. "입 다물고 좀 들으세요. 재밌잖아요" 하고 안주인이 말리더군. "그런데 날은 저물고 길은 모르겠고 배는 고프고, 할 수 없이 고개 한가운데 있는 외딴집 문을 두드리며 이래저래 어쩌고저쩌고 이러쿵저러쿵하니 좀 묵어가게 해달라고 했는데, 어려울 것 없습니다, 어서 올라오십시오, 하면서 촛불을 내 얼굴 앞으로 내민 아가씨의 얼굴을 보고 나는 바들바들 떨었다네. 나는 바로 그때부터 사랑이라는 것의 골치 아픈 마력을 사무치게 자각하게 되었지." "어머나, 별일이야. 그런 산중에 미인이 있다고요?" "산이고 바다고 사모님, 그 아가씨를 한번 보여드리고 싶을 정도랍니다. 머리를 높다랗게 틀어올렸는데요." "저런." 안주인은 기가 막힌 모양이야. "들어가보니 타따미 여덟장 방 한가운데 커다란 이로리[11]가 있어서 그 주위에 아가씨와 할아버지, 할머니, 그리고 나까지 넷이서 둘러앉았는데, 시장하시지요? 하길래 아무거나 좋으니 빨리 뭘 좀 먹게 해달라고 청했지요. 그러자 할아버지가 모처럼 오신 손님이니 뱀밥이라도 지어드리지요, 하는 거예요. 자, 이제부터 드디어 실연으로 들어가는 대목이니까 잘 들어보게나." "선생님, 잘 듣기는 듣겠지만, 아무리 에찌고 지방이라지만 한겨울에 무슨 뱀이 있단 말입니까?" "음, 그건 일단 그럴듯한 질문일세. 하지만 이런 시적인 이야기를 들을 땐 너무 그렇게 이치에만 얽매여선 안 되지. 쿄오까의 소설[12]에는 눈 속에서 게가 나오지 않던가?" 하니까 칸게쯔 군은 "그렇군

---

11 마룻바닥을 사각형으로 파 취사나 난방을 위해 불을 피우는 장치.
12 이즈미 쿄오까(泉鏡花, 1873~1939)의 소설 「긴딴자꾸(銀短冊)」(1905)를 말함.

요” 하고는 다시 경청하는 자세로 돌아갔어.

“그 무렵의 나는 꽤나 혐오식품 먹기 대장이어서 메뚜기, 민달팽이, 송장개구리 등은 질리게 먹었던 터라 뱀밥이라니 반갑다, 얼른 먹고 싶다고 할아버지에게 대답했지. 그러자 할아버지가 이로리 위에 냄비를 걸더니 그 안에 쌀을 넣고는 푹 끓이기 시작했어. 이상하게도 그 냄비 뚜껑을 보니 크고 작은 구멍이 열개쯤 뚫려 있는 거야. 그 구멍으로 뜨거운 김이 푹푹 뿜어져나와서 참 머리도 좋다, 촌구석치고는 대단하구나, 하며 보고 있자니까 할아버지가 문득 일어서서 어딘가로 나가더니 잠시 후에 커다란 소쿠리를 옆에 끼고 돌아왔어. 아무렇지도 않게 그걸 이로리 옆에 내려놓길래 그 안을 들여다봤더니 — 있더라고. 기다란 놈들이, 추우니까 서로 얽히고설켜서 똬리를 틀고 뭉쳐 있더라니까.” “이제 그런 이야기는 그만하세요. 징그러워” 하며 안주인은 미간을 팔자로 찡그렸어. “아니죠, 이것이 실연의 큰 원인이 되었으니 그만둘 수야 없죠. 할아버지가 마침내 왼손으로 냄비 뚜껑을 열고 오른손으로 그 뭉쳐 있던 긴 놈들을 아무렇게나 집어들더니 냅다 냄비 속에 던져넣고 바로 뚜껑을 덮었는데, 천하의 이 몸도 그때만은 헉하고 숨이 막히더라니까요.” “이젠 그만하시라니까요. 소름 끼쳐라” 하고 안주인은 정말 무서운가봐. “이제 곧 실연이니까 잠깐 참아주세요. 그런데 일분이나 됐을까 말까 하는데 뚜껑 구멍으로 대가리 하나가 쑥 나와서 너무 놀랐어요. 아이고, 나왔구나, 하는데 옆 구멍에서도 또 쑥 얼굴을 내밀었어. 또 나왔구나, 하는데 저쪽에서도 나오고, 이쪽에서도 나오고, 결국 냄비 뚜껑이 온통 뱀 대가리가 된 거지.” “왜 그렇게 대가리를 내민 거야?” “냄비 속이 뜨거우니까 기어나오려고 용을 쓰는 거지. 드디어 할아버지가 이젠 됐을 거야, 잡아당겨, 하니까 할머니가 예, 하고 대답했어. 아가씨도 예, 하더니 각각 뱀 대가리를 붙잡고는 쭉 잡아당기더군. 살은 냄비 안에 남고 뼈만 깨끗이 발라져서, 대가리를 잡아당김과 동시에 기다란 것이 깔끔하게 빠져나오더라고.""뱀 뼈 발라내긴가요?" 하고 칸게쯔 군이 웃으면서 묻자 "그렇지, 말 그대로 뼈 발라내기지. 아주 솜씨 좋게 해내더라니까. 그러고는 뚜껑을 열고 주걱으로 밥과 고기를 열심히 섞더니 자, 드세요, 하는 거야." "먹었나?" 하고 주인이 냉담하게 물으니 안주인은 얼굴을 찡그리고는 "그만들 하세요. 속이 메스꺼워서 밥도 뭣도 못 먹겠네" 하고 불평을 했어. "사모님은 뱀밥을 안 먹어봐서 그런 소릴 하시죠. 한번 드셔보세요. 그 맛은 평생 못 잊을걸요." "어머, 징그러워. 누가 그걸 먹는대요?" "그래서 실컷 먹고 추위도 잊어버리고 아가씨 얼굴도 마음껏 보고 이젠 더 바랄 게 없구나, 하고 있으려니까 안녕히 주무세요, 하길래 여행의 피로도 있던 참에 그 말대로 벌렁 드러누워서는 염치도 잊고 정신없이 자버렸다네." "그래서 어떻게 됐어요?" 이번엔 안주인이 채근을 했어. "그러고는 다음날 아침이 되어 눈을 뜨고부터가 실연인데 말이죠." "무슨 일이 있었는데요?" "아니, 딱히 무슨 일이 있은 건 아니고요. 아침에 일어나서 궐련을 피우면서 뒤창을 내다보는데 저쪽 물홈통 옆에서 대머리 하나가 얼굴을 씻고 있는 거예요." "할아버지야, 할머니야?" 하고 주인이 물었어. "그게 말이야, 나도 식별이 잘 안 돼서 한동안 보고 있었는데, 그 대머리가 이쪽을 향하는데 놀라 자빠졌다니까. 바로 나의 첫사랑, 어젯밤의 아가씨더라고." "아니, 아가씨는 올림머리를 했다고 아까 그랬잖아?" "전날 밤엔 그랬지. 그것도 멋들어지게 틀어올렸었지. 그런데 이튿날 아침엔 대머리였다니까." "뭔 소리야?" 하고 주인은 버릇처럼 눈길을 천장으로 돌렸어.

"나도 너무 이상하고 사실 좀 무섭기까지 해서 몰래 지켜보고 있었더니, 대머리가 한참 얼굴을 씻고 나서는 옆에 있는 돌 위에 두었던 올림머리 가발을 아무렇게나 뒤집어쓰고 태연스레 집 안으로 들어오길래 과연 그렇게 된 거구나 생각했어. 생각은 했지만 그때부터 결국 실연의 덧없는 운명을 짊어진 몸이 되고 말았지." "시답잖은 실연도 다 있구먼. 어떤가, 칸게쯔 군? 그러니 실연을 하고도 이렇게 명랑하고 씩씩한 거야" 하고 주인이 칸게쯔 군을 보며 메이떼이 군의 실연을 평하자, 칸게쯔 군은 "하지만 그 아가씨가 대머리가 아니어서 경사스럽게 토오꾜오까지 데리고 오셨더라면 선생님은 더욱 씩씩해지셨을지도 모르죠. 어쨌든 기껏 만난 아가씨가 대머리였다니 천추의 한이겠군요. 그건 그렇고, 그렇게 젊은 여자가 어쩌다가 머리가 다 빠져버린 걸까요?" "나도 그에 관해서 곰곰이 생각을 해봤는데, 뱀밥을 너무 먹은 탓이 분명한 것 같아. 뱀밥이라는 게 열이 많은 거니까." "그래도 선생님은 아무렇지도 않아서 다행이네요." "나는 대머리는 안 됐지만 그 대신 보시다시피 그때부터 근시가 되어버렸답니다" 하고 금테 안경을 벗어 손수건으로 정성껏 닦더군. 조금 있다가 주인이 생각났다는 듯이 "도대체 어디가 신비롭다는 거지?" 하고 오금을 박듯이 물었어.

"그 가발을 어디서 산 건지 주운 건지 아무리 생각해도 여전히 모르겠으니까 그게 신비롭지" 하고 메이떼이 군은 다시 안경을 콧잔등 위로 원위치시켰어. "마치 만담가 이야기를 듣는 것 같네요" 하는 것이 안주인의 평이었지.

메이떼이의 수다도 이걸로 일단락되었으니 이젠 끝났나 생각했더니 웬걸, 선생은 입마개라도 하기 전엔 도대체 입을 다물지 못하는 성격인 듯 다시 떠들기 시작했어.

"내 실연도 괴로운 경험이지만, 그때 그 대머리를 모르고 데려왔더라면 평생 그 꼴불견을 보아야 했을 테니 잘 생각하지 않으면 큰일 나지. 결혼이라는 건 막상 하려는 차에 생각지도 못한 곳에 하자가 숨어 있다는 걸 발견하기도 하는 법이니까. 칸게쯔 군도 그렇게 동경했다가 실망했다가 혼자 안달할 게 아니라 신중하게 마음을 가라앉히고 구슬을 갈아야 하네" 하고 이상한 식으로 이견을 밝히자 칸게쯔 군은 "예, 가능하면 구슬만 갈고 싶은데 그쪽에서 가만두지 않으니까 아주 죽겠어요" 하며 질렸다는 표정을 지었어. "그러니까 자네 경우는 그쪽에서 난리지만 개중엔 웃기는 인간도 있지. 도서관에 소변을 보러 왔던 로오바이 군 같은 경우도 정말 괴상하거든." "어쨌길래?" 하고 주인이 장단을 맞춰 물었지. "아니, 그게 이렇게 된 거야. 선생이 그 옛날 시즈오까의 토오자이깐이라는 곳에 묵은 적이 있거든. ─ 딱 하룻밤이었대 ─ 그런데 그날 밤 바로 그 집 하녀한테 청혼을 한 거지. 나도 꽤나 대범하지만 아직 그 정도까지 진화하진 않았거든. 물론 그 당시엔 그 여관에 오나쯔라는 유명한 미인이 있었고 로오바이 군의 방에 온 것이 마침 그 오나쯔 씨였으니 무리도 아니지." "무리가 아닌 정도가 아니라 자네가 말한 무슨무슨 고개랑 완전히 똑같구먼." "약간 닮았지. 사실은 나랑 로오바이는 큰 차이가 없으니까. 어쨌든 그 오나쯔 씨에게 청혼을 했는데 아직 대답을 듣기 전에 수박이 먹고 싶어진 거야." "뭐가 어째?" 하고 주인은 이상하다는 표정을 지었어. 주인뿐 아니라 안주인도 칸게쯔 군도 약속이나 한 듯이 고개를 갸웃거리며 의아해했지. 메이떼이는 아랑곳하지 않고 이야기를 진행했어. "오나쯔 씨를 불러서 시즈오까에 수박은 없느냐고 물으니 오나쯔 씨가, 아무리 시즈오까라도 수박 정도는 있어요, 하고 쟁반에 수박을 잔뜩 담아 가져왔어. 그래서 로오바이 군이 먹었다더군. 산처럼 쌓여 있던 수박을 모조리 해치우고는 오나쯔 씨의 대답을 기다리고 있는데, 대답을 듣기 전에 배가 아프기 시작하더래. 끙끙 신음을 하다가 아무래도 나아지질 않으니 다시 오나쯔 씨를 불러서 이번엔 시즈오까에 의사는 없느냐고 물으니 오나쯔 씨가 또, 아무리 시즈오까라도 의사 정도는 있지요, 하더니 천지현황이라나 하는, 천자문에서 훔친 듯한 이름의 의사를 데려왔지. 이튿날 아침이 되어 복통도 덕분에 가라앉았다며 떠나기 십오분 전에 오나쯔 씨를 불러서 어제의 청혼에 대한 대답을 청하자, 오나쯔 씨는 웃으면서 시즈오까엔 수박도 있고 의사도 있지만 하룻밤에 만들어내는 신부는 없습니다, 하고 나가더니 얼굴을 안 보이더라는군. 그러니 로오바이 군 역시 나처럼 실연을 하고 도서관엔 소변 볼 때나 오게 된 거래. 생각하면 여자란 죄 많은 존재야" 하니 주인이 평소와 달리 그 말을 받아 "정말 그렇지. 요전번에 뮈세[13]의 희곡을 읽어보니 극중 인물이 로마 시인을 인용해서 이런 이야기를 하더군. ─ 깃털보다 가벼운 것은 먼지다. 먼지보다 가벼운 것은 바람이다. 바람보다 가벼운 것은 여자다. 여자보다 가벼운 것은 없다. ─ 아주 날카로운 말 아닌가? 여자는 어쩔 수가 없어" 하고 이상한 데서 열을 올리더군. 이를 들은 안주인은 가만있지 않았지. "여자가 가벼워서 안 된다고 하시지만, 남자가 무거워서 좋을 건 또 뭐 있어요?" "무겁다는 게 뭐야?" "무거운 건 무거운 거죠, 당신처럼요." "내가 왜 무거워?" "무겁잖아요?" 하고 이상한 말씨름이 벌어졌어. 메이떼이는 재미있다는 듯이 듣고 있더니 이윽고 입을 열어 "그렇게 얼굴을 붉히면

─────────────
**13** 알프레드 드 뮈세(Alfred de Musset, 1810~57). 프랑스의 시인, 소설가, 극작가.

서 서로 비난 공격하는 것이 바로 진짜 부부라는 거겠지? 아무래도 옛날 부부들은 다 가짜였나봐"하고 놀리는 건지 칭찬하는 건지 모를 애매한 소리를 했는데, 그걸로 끝냈으면 좋을 것을 늘 그렇듯이 덧붙여서 다음과 같은 이야기를 하더군.

"옛날엔 남편한테 말대답하는 여자는 하나도 없었다고들 하는데, 그렇다면 벙어리를 마누라로 삼는 거나 마찬가지니까 나 같으면 전혀 안 고마워. 역시 사모님처럼 당신은 무겁잖아요?라거나 하는 소릴 듣고 싶거든. 어차피 마누라를 얻을 거면 가끔은 한두번씩 싸움이라도 해야 안 심심하지. 우리 어머니 같은 사람은 아버지 앞에서 예, 아니면 네,밖에 할 줄 몰랐어. 그리고 이십년을 같이 살면서 절에 가는 것 말고는 외출한 적이 없다고 하니 딱하지. 물론 덕분에 조상 대대의 계명戒名은 모조리 암기하고 있어. 남녀 간의 교제라는 것도 그렇지. 나 어렸을 때는 칸게쯔 군처럼 마음에 둔 사람과 합주를 하거나 영혼의 교감을 하며 몽롱체朦朧体로 만나거나 하는 일은 절대 없었는데.""그것참, 안되셨군요"하며 칸게쯔 군이 고개를 숙이더군. "정말 안된 일이지. 그렇다고 당시 여자들이 반드시 지금 여자들보다 품행이 방정했다고도 못하니까. 사모님, 요즘 여학생들이 타락했다는 둥 뭐라는 둥 떠들지만요, 웬걸, 옛날엔 지금보다 더 심했답니다."" 그런가요?"안주인은 진지해. "그렇고말고요. 그냥 하는 소리가 아니라 증거가 딱 있으니까 빼도 박도 못해요. 쿠샤미 군, 자네도 기억하고 있을지 모르지만, 우리 대여섯 살 때까지는 여자애들을 호박처럼 바구니에 담아서 어깨에 메고 돌아다니면서 팔았잖아. 그지?"" 나는 그런 기억 없는데."" 자네 고향에선 어땠는지 모르지만 시즈오까에선 분명 그랬어."" 설마"하고 안주인이 조그맣게 말하자 "정말요?"하고 칸게쯔 군이 믿지 못하겠다는 듯이 물었어.

"정말이고말고. 실제로 우리 아버지가 흥정을 한 적도 있는걸. 그때 난 아마 여섯살쯤 됐을 거야. 아버지와 함께 아부라마찌에서 토오리쬬오로 산책을 나갔는데, 저쪽에서 큰 소리로 여자애 사세요, 여자애 사세요, 하고 외치더군. 우리가 마침 2초오메 모퉁이에 갔을 때 이세겐이라는 키모노 가게 앞에서 그 남자와 마주쳤지. 이세겐은 출입구 폭이 열칸에 창고가 다섯개나 되는 시즈오까 제일의 키모노 가게야. 다음에 가면 보고 오게나. 지금도 여전히 남아 있거든. 대단한 집이지. 그 지배인 이름이 진베에야. 늘 어머니가 사흘 전에 돌아가신 것 같은 표정으로 계산대 앞에 앉아 있지. 그 옆에는 하쯔라고 스물네댓 된 젊은 녀석이 앉아 있는데, 그 하쯔가 또 운쇼오 율사[14]에게 귀의해서 삼칠 이십일일 동안 국수 삶은 물만 먹고 버틴 것 같은 창백한 얼굴이야. 하쯔 옆에는 초오돈인데 이쪽은 어제 불이 나서 길바닥에 나앉은 듯이 처량하게 주판알을 튕기고 있어. 초오돈과 나란히……" "자네는 키모노 파는 이야기를 하는 건가, 사람 파는 이야기를 하는 건가?" "맞아, 참, 사람 파는 이야기를 하고 있었지. 실은 이 이세겐에 얽힌 엄청난 기담이 있네만 그건 관두고 오늘은 사람 파는 것만 할게." "관두는 김에 그것도 관두게나." "무슨 말씀. 이것이 20세기 오늘날과 메이지 초기 여성의 품성을 비교하는 데 크게 참고가 되는 자료이니 그렇게 쉽게 관둘 수 없지 — 어쨌든 나와 아버지가 이세겐 앞까지 왔더니 그 사람 파는 사람이 아버지를 보고는 어르신, 팔다 남은 여자아이 떨이로 어떻습니까? 싸게 드릴 테니 사가세요, 하면서 멜대를 내려놓

---

**14** 운쇼오(雲照, 1827~1909). 메이지 시대의 승려.

236

고 땀을 닦는 거야. 보니까 소쿠리 안에 앞뒤로 하나씩 양쪽 다 두 살쯤 된 여자아이가 들어 있더군. 아버지가 이 사내에게 싸게 주면 살 수도 있는데 더는 없냐고 묻자 예, 하필 오늘은 다 팔아버리고 딱 두개 남았습죠, 어느 쪽이든 좋으니 사주세요, 하면서 여자아이를 양손에 들고 호박이라도 되는 듯이 아버지 코앞으로 들이미니 아버지는 통통, 하고 머리를 두드려보고는 허, 꽤 좋은 소리군, 했어. 그러더니 마침내 흥정이 시작되어서 깎고 또 깎은 끝에 아버지가 살까 싶은데 물건은 확실하냐고 물으니, 예, 앞의 녀석은 쭉 보고 있었으니 틀림없지만 뒤에 메고 있는 쪽은 글쎄요, 뒤에는 눈이 없으니까 어쩌면 금이 가 있을지도 모르죠, 이 녀석은 보증을 못하는 대신 에누리해드릴게요, 했어. 나는 이 문답을 아직도 기억하는데, 그때는 어린 마음에 여자라는 건 역시 조심해야 하는구나 싶었지. ─ 하지만 메이지 38년인 오늘날엔 이런 당치 않은 짓을 하면서 여자애를 팔러 다니는 자도 없고, 한눈을 팔면 뒤에 멘 쪽은 불안하다거나 하는 소리도 안 들리는 것 같아. 그러니까 내 생각엔 역시 서양 문명 덕분에 여자의 품행도 꽤나 진보한 거라고 단정하는데, 어떤가, 칸게쯔 군?"

칸게쯔 군은 대답을 하기 전에 우선 점잖게 기침을 한번 해 보이더니 일부러 착 가라앉은 목소리로 이런 관찰을 서술하더군. "요즘 여자는 학교에 통학하는 길이나 합주회나 자선회나 원유회 등에서, 좀 사주세요, 어머나, 싫으세요? 하고 자기가 자기를 팔고 다니고 있으니 그렇게 채소가게 돌팔이를 고용해서 여자애 사세요, 하고 상스러운 위탁판매를 할 필요는 없죠. 인간에게 독립심이 발달하다보면 자연히 이렇게 되는 법이에요. 노인들은 쓸데없이 온갖 걱정을 하면서 이러쿵저러쿵하지만, 사실을 말하자면 이것이 문명의 추세이니 저 같은 사람은 더없이 반가운 현상이라고 남몰래 경하의 뜻을 표하고 있답니다. 사는 쪽 역시 머리를 두드리며 물건은 확실하냐고 묻거나 하는 야만인은 한 사람도 없으니까 그 점은 안심이고요. 또 이런 복잡한 세상에 그런 절차를 다 밟으려다간 쉰살, 예순살이 되도록 시집도 장가도 못 갈 거예요." 칸게쯔 군은 20세기 청년인 만큼 실로 첨단의 생각을 개진해두고는 시끼시마 담배 연기를 후, 하고 메이떼이 선생의 얼굴 쪽으로 뿜었어. 메이떼이는 시끼시마의 연기 정도로 물러설 사내가 아니지. "말씀하신 바와 같이 지금의 여학생, 아가씨 등은 뼈와 살, 가죽까지 자존감으로 되어 있어서 뭘 해도 남자에게 지지 않으니 감복할 따름이야. 우리집 근처 여학교 학생들만 봐도 대단하거든. 통소매 옷을 입고 철봉에 매달리니 감탄스럽지. 나는 이층 창문에서 그들의 체조를 목격할 때마다 고대 그리스의 여성들을 추억한다네.""또 그리스야?" 주인이 냉소하듯 내뱉자 "어쨌든 아름답다 싶은 건 대개 그리스가 기원이니 어쩔 수 없어. 미학자와 그리스는 도저히 떼어놓을 수 없거든. ── 특히 까무잡잡한 여학생이 일심불란 체조를 하고 있는 걸 보면 나는 언제나 아그노디케 이야기를 떠올리지" 하고 잘난 체하며 떠들어댔어. "또 어려운 이름이 나왔군요" 하고 칸게쯔 군은 여전히 싱글싱글하고 있어. "아그노디케는 대단한 여자라네. 나는 실로 감탄했어. 당시 아테네 법률에서는 여자가 산파 노릇을 하는 걸 금했지. 얼마나 불편했겠나? 아그노디케 역시 그 불편을 느끼지 않았겠나?""뭐야, 그 ── 뭐라나 하는 게?""여자야. 여자 이름이지. 그 여자가 곰곰이 생각하기에 아무래도 여자가 산파가 될 수 없다는 건 말이 안 돼. 너무 불편해. 어떻게든 산파가 되고 싶다, 산파가 될 방법이 없을까, 하고 사흘 밤낮을 팔짱을 끼고 생각했지. 딱 사흩째 되는 날 새벽에 옆집 아이가 응애, 우는 소리를 듣고는 아, 그렇지, 하고 크게 깨달은 바 있어 얼른 머리카락을 자르고 남장을 하고는 히에로필로스의 강의를 들으러 갔다네. 무사히 강의를 다 듣고는 이제 됐다 싶어서 마침내 산파 개업을 했지. 그런데 사모님, 완전히 성공한 거죠. 여기서도 응애, 태어나고 저기서도 응애, 태어나는 걸 모두 아그노디케가 받았으니 돈을 엄청나게 벌었어요. 그런데 인간만사 새옹지마, 칠전팔기, 설상가상이라고 결국 비밀이 들통나서 마침내 나라의 법률을 어겼다 하여 중한 벌을 받게 되었던 것입니다.” “무슨 만담을 듣는 것 같네요.” “꽤 잘하죠? 그런데 아테네 여자들이 일동 연명해서 탄원을 냈으니 당시의 나리들도 그렇게 뻣뻣하게 굴 수만은 없어서 결국 당사자는 무죄방면, 그리고 아무리 여자라도 산파 영업은 마음대로 할 수 있다는 포고령까지 내려 행복하게 막을 내렸답니다.” “정말 별걸 다 아신다니까. 감탄스러워요.” “예, 대충은 다 알고 있죠. 모르는 게 있다면 제가 바보라는 사실 정도랄까. 그것도 어렴풋하게는 알고 있어요.” “호호호, 재미있는 말씀을……” 안주인이 함박웃음을 짓고 있는데 격자문 초인종이 처음 달았던 때나 마찬가지 소리를 내며 울렸어. “어머, 또 손님이네” 하고 안주인은 거실로 나갔지. 안주인과 교대로 응접실에 들어온 건 누군가 했더니 이미 아시는 바 오찌 토오후우 군이었어.

여기에 토오후우 군까지 왔으니 주인집에 드나드는 별종이 총망라되었다고까진 못해도 최소한 이 몸의 무료함을 달래기에 부족함이 없을 정도의 머릿수는 모였다고 해야겠지. 이런데도 불평을 하는 건 좀 지나친 일이야. 운 나쁘게 다른 집에서 길러졌더라면 평생 인간 중에 이런 선생들이 있다는 것도 모르고 죽어버렸을지도 모르지. 다행스럽게도 쿠샤미 선생 문하의 묘생이 되어 조석으로 귀인을 모시는 덕에 선생은 물론이고 메이떼이, 칸게쯔, 토오후우 등 이 넓은 토오꾜오에서도 그다지 흔치 않은 일기당천 호걸들의 거동을 드러누워서 볼 수 있으니 이 몸에게는 천재일우의 영광 아니겠어? 덕분에 이 더위에 털옷을 두르고 있는 고생도 잊고 재미있게 한나절을 소일할 수 있으니 감사할 따름이야. 어차피 이 정도 모였으니 그냥 끝나진 않을 거고. 무슨 일이 벌어질까 하고 장지문 그늘에서 삼가 지켜보고 있었지.

"한동안 격조했습니다" 하고 인사하는 토오후우 군의 머리를 보니 지난번처럼 역시나 말끔하게 반짝이더군. 머리만 가지고 평하자면 뭐랄까, 무명배우처럼도 보이지만 두꺼운 흰색 하까마가 뻣뻣해서 불편할 텐데도 점잖게 앉아 있는 걸 보면 사까끼바라 켄끼찌[15]의 제자라고밖에 생각되지 않아. 따라서 토오후우 군의 몸에서 보통 인간다운 부분이라곤 어깨에서 허리 사이뿐이지. "여, 이 더운 날 용케 외출을 했군. 자, 어서 이쪽으로 들어오게나" 하고 메이떼이 선생이 자기 집인 양 인사를 하더군. "선생님, 정말 오랜만에 뵙습니다." "그러게, 올봄 낭독회에서 보고 못 봤지. 낭독회는 요즘도 잘되나? 그뒤에 오미야 역은 했고? 그땐 훌륭했지. 내가 엄청 박수를 쳤는데, 자네도 알았나?" "예, 덕분에 일약 용기를 내서 결국 끝까지 해냈죠." "다음엔 언제 또 하나요?" 하고 주인이 끼어들었어. "7, 8월 두달은 쉬고 9월엔 좀 성대하게 하려고 합니다. 뭐 좀 좋은 생각 없으십니까?" "그렇군요" 하고 주인이 건성으로 대답했어. "토오후우 군, 내 창작을 한번 해보겠나?" 하고 이번엔 칸게쯔

---

**15** 사까끼바라 켄끼찌(神原健吉, 1830~94). 에도 말기의 검객.

군이 말했어. "자네 창작이라면 재미있겠네. 도대체 뭔데?" "각본이야" 하고 칸게쯔가 세게 나오자 아니나 다를까 세 사람은 허를 찔렸는지 약속한 듯 당사자의 얼굴을 쳐다보았어. "각본이라니 대단한데? 희극인가 비극인가?" 하고 토오후우가 한걸음 나아가자 칸게쯔 선생은 한층 무게를 잡으며 "아니, 희극도 비극도 아니라네. 요즘은 구극이 어떻고 신극이 어떻고 하도 시끄러워서 나도 새로이 하이게끼俳劇라는 걸 만들어봤어." "하이게끼라는 게 뭔데?" "하이꾸 취향의 연극이라는 말을 줄여서 하이게끼라는 두 글자로 만든 거야" 하자 주인도 메이떼이도 약간 어리둥절한 듯 얌전히 앉아 있어. "그래서 그 취향이라는 건 뭔가?" 하고 물은 것은 이번에도 토오후우 군이었지. "근본적으로 하이꾸 취향에서 나온 거니까, 너무 길게 늘이거나 복잡한 건 안 좋다 싶어서 단막극으로 했다네." "그렇군." "우선 무대장치부터 말하자면, 이것도 지극히 간단한 게 좋지. 무대 중앙에 커다란 버드나무를 한그루 심고 말이야. 그 줄기에서 가지 하나가 오른쪽으로 쭉 뻗어 있고 그 가지에 까마귀 한마리가 앉아 있어." "까마귀가 얌전히 앉아 있어야 할 텐데" 하고 주인이 혼잣말처럼 걱정했어. "뭘요, 문제없어요. 까마귀 발을 실로 가지에 묶어두면 되죠. 그리고 그 아래 목욕통을 놓고 미인이 옆모습을 보이며 씻고 있는 거죠." "그건 좀 데까당인데? 무엇보다 누가 그 여자 역할을 하지?" 하고 메이떼이가 물었어. "뭐, 이것도 문제없어요. 미술학교 모델을 고용하면 되죠." "그건 경시청이 시끄럽게 굴 것 같은데" 하고 주인은 또 걱정이야. "그래도 흥행만 하지 않으면 상관없지 않을까요? 그런 걸 가지고 어쩌고저쩌고하면 학교에서 나체화 사생 같은 걸 할 수가 없죠." "하지만 그건 연습을 위한 거니까 그냥 보는 거하곤 좀 다르지." "선생님 같은 분

이 그런 말씀을 하시다니 일본도 아직 멀었네요. 그림이나 연극이
나 다 같은 예술인데요" 하고 칸게쯔 군은 엄청난 기염을 토했어.
"말씨름은 됐고, 그다음은 어떻게 되는데?" 하고 토오후우 군은 어
쩌면 해도 되겠다 싶은지 줄거리를 듣고 싶어하더군. "거기에 하나
미찌[16]에서 하이꾸 시인 타까하마 쿄시[17]가 지팡이를 들고 하얀 골
풀 모자를 쓰고, 얇은 비단 하오리에다 감색 바탕에 흰 무늬 바지를
걷어올리고 단화를 신은 차림으로 등장하는 거지. 차림새는 육군
조달업자 같지만 하이꾸 시인이니 최대한 유유자적, 속으로는 하이
꾸를 짓느라 여념이 없는 모습으로 걸어야 해. 그래서 쿄시가 하나
미찌를 걸어 마침내 본무대에 올랐을 때, 문득 눈을 들어 정면을 보
니 커다란 버드나무가 있고 나무 그늘에서 뽀얀 미인이 목욕을 하
고 있는 거야. 깜짝 놀라 위를 보니 기다란 버드나무 가지에 까마귀
한마리가 앉아서 목욕하는 여자를 내려다보고 있어. 그리하여 쿄
시 선생이 엄청나게 감동한 듯한 모습으로 50초 정도 뜸을 들이고
나서, '목욕하는 여자에게 홀린 까마귀로구나' 하고 큰 소리로 한
구절 낭송하는 것에 맞춰 박자 막대를 치면서 막을 내린다. ── 어
떤가, 이런 취향은? 마음에 안 드시나요? 자네, 오미야가 되느니 쿄
시가 되는 편이 훨씬 나을걸." 토오후우 군은 뭔가 좀 모자란다는
듯한 표정으로 "너무 허전한 것 같아. 좀더 정감 있는 사건이 있으
면 좋겠는데" 하며 정색을 하고 대답했어. 지금까지 비교적 점잖게
앉아 있던 메이떼이지만 그렇게 언제까지나 조용히 있을 사람이 아
니지. "겨우 그걸 가지고 하이게끼라니 황당하네. 우에다 빈[18] 군의

---

**16** 카부끼 극장에서 객석을 가로질러 무대로 이어지게 만든 통로.
**17** 타까하마 쿄시(高浜虛子, 1874~1959). 하이꾸 시인, 소설가.
**18** 우에다 빈(上田敏, 1874~1916). 시인, 평론가.

설에 의하면 하이꾸니 골계미니 하는 것은 너무 소극적이어서 망국의 운율이라고 하던데, 역시 빈 군은 대단한 소리를 한 거야. 그런 허접한 걸 상연해보게나, 그야말로 우에다 군이 비웃지 않겠나? 무엇보다 연극인지 만담인지 뭔지 너무 소극적이어서 알 수가 없잖아? 실례지만 칸게쯔 군은 역시 실험실에서 구슬을 가는 편이 낫겠네. 하이게끼 따위 백개 이백개를 만들어봤자 망국의 운율로는 곤란하지." 칸게쯔 군은 조금 발끈해서 "그렇게 소극적인가요? 제딴엔 꽤 적극적인 건데요" 하고 아무래도 좋을 소리로 변명을 했어. "쿄시가 말이죠, 쿄시 선생이 여자에게 홀린 까마귀로구나, 하고 까마귀를 가지고 여자한테 홀렸다고 한 점이 엄청나게 적극적이라고 생각해요." "이건 새로운 학설이구면. 부디 강설을 들어봅시다." "이학사로서 생각해건대 까마귀가 여자한테 홀린다는 건 불합리하지요?" "그야 그렇지." "그렇게 불합리한 소리를 아무렇지도 않게 하는데도 전혀 억지스럽지가 않잖아요?" "그런가?" 하고 주인이 미심쩍다는 투로 끼어들었지만 칸게쯔는 전혀 아랑곳하지 않아. "왜 억지스럽지가 않으냐 하면, 이것을 심리적으로 설명하면 금방 알 수 있죠. 사실 홀렸다는 둥 아니라는 둥 하는 것은 시인에게나 존재하는 감정이지 까마귀와는 전혀 상관없는 이야기란 말씀이죠. 그런데 저 까마귀는 홀렸구나, 하고 느낀 것은 사실 까마귀가 이렇다 저렇다 하는 게 아니라 필시 자기가 홀린 것이죠. 쿄시 자신이 아름다운 여인이 목욕하는 것을 보고 깜짝 놀라는 순간 덜컥 홀린 게 분명해요. 자기가 홀린 눈으로 가지 위에 꼼짝 않고 앉아서 아래를 내려다보는 까마귀를 보았으니, 아, 저 녀석도 나와 마찬가지구나, 하고 착각한 겁니다. 착각임은 분명하지만 그 점이 문학적이고 적극적인 거죠. 자기 혼자 느낀 것을 허락도 없이 까마귀에게까지 확장해놓고는 태연한 체하고 앉아 있다니 정말 적극적이지 않습니까? 어때요, 선생님?" "과연, 명강의로세. 쿄시가 들으면 놀라겠군. 설명만은 적극적이지만 실제로 그런 연극을 했다간 보는 사람들은 분명 소극적이 될 거야. 그렇지, 토오후우 군?" "예, 너무 소극적인 것 같은데요" 하며 정색을 하고 대답하더군.

주인은 이야기의 국면을 좀 바꿔보자 싶었는지 "어때요, 토오후우 씨? 요즘 나온 걸작은 없나요?" 하고 물으니 토오후우 군은 "아니, 별로 이거다 하고 보여드릴 만한 것도 아니지만, 조만간 시집을 내볼까 싶어서 — 다행히 원고를 들고 왔으니 비평을 부탁드립니다" 하고 품에서 자주색 보자기를 꺼내 풀더니 오륙십매 정도의 원고지 묶음을 주인 앞으로 내밀었어. 주인은 점잖은 표정으로 좀 볼까요, 했는데 첫번째 페이지에,

세상 사람 아닌 듯 아슬해 보이는
토미꼬 양에게 바친다

라는 두줄이 적혀 있어. 주인이 좀 묘하다는 표정으로 한동안 첫 페이지를 말없이 바라다보고 있으니 메이떼이가 옆에서 "뭐야, 신체신가?" 하며 들여다보더니 "이야, 바치셨구먼. 토오후우 군, 큰 맘 먹고 토미꼬 양에게 바쳤다니 멋지구먼" 하고 들입다 칭찬을 했어. 주인은 더더욱 이상하다는 듯이 "토오후우 씨, 이 토미꼬라는 건 실제로 존재하는 여성인가요?" 하고 물었어. "예, 지난번 메이떼이 선생님과 함께 낭독회에 초대한 여성 중 하납니다. 바로 요 근처에 살고 있어요. 실은 좀 전에 시집을 보여주려고 잠깐 들렀다 온 참인데 하필이면 지난달부터 오오이소에 피서를 가고 없더라고

244

요”하고 더없이 진지해. “쿠샤미 군, 이게 바로 20세기란 거지. 그런 얼굴 하지 말고 어서 걸작이나 읽어보세나. 그나저나 토오후우 군, 이 바치는 글은 좀 별로구면. 이 ‘아슬한’이라는 말은 도대체 무슨 뜻이라고 생각하나?” “연약하다거나 여리다거나 하는 뜻 아닌가요?” “그렇게 해석할 수도 있겠지만 본래 뜻은 위태롭다는 뜻이야. 그러니 나라면 이렇게는 안 쓰겠네.” “어떻게 쓰면 더 시적으로 보일까요?” “나라면 세상 사람 아닌 듯 아슬해 보이는 토미꼬 양의 코밑에 바친다, 이렇게 쓰지. 겨우 세 글자 차이지만 ‘코밑에’가 있느냐 없느냐로 엄청 느낌이 다르거든.” “정말 그렇네요” 하고 토오후우 군은 무슨 말인지도 모르면서 억지로 납득한 척했어.

주인은 말없이 첫 페이지를 넘기고는 드디어 권두의 1장을 읽기 시작했지.

나른하게 피어나는 향내 속에 그대의
영혼인가 서로 사모하는 연기가 뭉게뭉게
오오, 이 몸, 아아 이 몸, 이 매운 세상에서
달콤하게 얻고파라 뜨거운 입맞춤

“난 무슨 뜻인지 모르겠구먼.” 주인은 탄식하며 메이떼이에게 넘겼어. “이건 너무 재주를 부렸네” 하며 메이떼이는 칸게쯔에게 넘기고, 칸게쯔는 “음, 과연” 하고 토오후우에게 돌려주더군.

“선생님이 이해 못하시는 건 당연하죠. 십년 전의 시 세계와 지금의 시 세계는 몰라보게 달라졌으니까요. 요즘 시는 드러누워서 읽거나 정류장에서 읽어서는 도저히 이해가 안 되고 시를 지은 본인조차 질문을 받으면 대답을 못하는 경우도 곧잘 있는걸요. 완전히 인스퍼레이션으로 쓰는 거니까 시인은 아무런 책임이 없습니다. 주석이나 뜻풀이는 학자들이 할 일이지 우리 쪽에선 전혀 상관 안 해요. 요전에도 제 친구 소오세끼送籍[19]가 「하룻밤」이라는 단편을 썼는데, 누가 읽어도 몽롱한 것이 무슨 소린지 알 수가 없길래 본인을 만나서 의도한 바를 따져물었지만 본인도 그런 건 모른다면서 상대를 안 해주더라고요. 바로 그런 구석이 시인의 특색이 아닌가 싶습니다." "시인일지는 모르지만 꽤나 이상한 사람이로군요" 하고 주인이 말하니 메이떼이가 "얼간이지" 하고 간단히 소오세끼 군을 정리해버렸지. 토오후우 군은 아직 이 정도론 할 말이 덜 끝났어. "소오세끼는 우리 중에서도 예외이긴 하지만, 제 시도 부디 그런 마음으로 읽어주셨으면 해서요. 특히 주의해주셨으면 하는 부분은 '이 매운 세상'과 '달콤한 입맞춤'이라는 대구, 이게 제가 고민한 부분이거든요." "얼마나 고민을 하셨는지가 보이네요." "달콤함과 매움을 대조한 부분은 열일곱가지 맛 조미료 조調[20]라 재미있네. 토오후우 군만의 독특한 기량에 감복할 따름이로고" 하며 순진한 사람 하나를 갖고 놀며 아주 좋아 죽더군.

주인은 무슨 생각을 했는지 벌떡 일어나 서재로 가서 종이 한 장을 들고 나왔어. "토오후우 군의 작품을 감상했으니 이번엔 내가 단문을 읽고 여러분의 비평을 부탁하겠네" 하고 정말로 정색을 하고 나오더군. "천연거사의 묘비명이라면 이미 두세편 경청했네만." "거참, 입 좀 다물게. 토오후우 씨, 이건 결코 자랑할 만한 건 아니고 그냥 재미로 하는 거니까 한번 들어보세요." "네, 청해 듣겠

........................................
**19** 나쯔메 소오세끼의 이름을 한자를 바꾸어 쓴 말장난.
**20** 하이꾸가 열일곱 글자인 것을 이용해 일곱가지 맛의 조미료라는 뜻의 '시찌미 또오가라시(七味唐辛子)'를 비틀어 쓴 말장난.

습니다." "칸게쯔 군도 앉아 있는 김에 들어보게나." "안 그래도 듣고 있어요. 긴 건 아니겠죠?" "겨우 육십자 정도야" 하고 쿠샤미 선생, 드디어 손수 지은 명문을 읽기 시작했어.

"야마또 혼[21]! 외치며 일본인이 폐병 환자 같은 기침을 했다."

"시작부터 당차네요" 하고 칸게쯔 군이 칭찬했지.

"야마또 혼! 하고 신문팔이가 말한다. 야마또 혼! 하고 소매치기가 말한다. 야마또 혼이 단번에 바다를 건넜다. 영국에서 야마또 혼을 연설한다. 독일에서 야마또 혼 연극을 한다."

"헐, 이건 천연거사 이상의 작품일세" 하고 이번엔 메이떼이 선생이 뒤집어졌어.

"토오고오 대장이 야마또 혼을 갖고 있다. 반찬가게 긴 씨도 야마또 혼을 갖고 있다. 사기꾼, 야바위꾼, 살인범도 야마또 혼을 갖고 있다."

"선생님, 거기다가 칸게쯔도 갖고 있다고 붙여주세요."

"야마또 혼이 무엇인가 물으니 야마또 혼이지, 대답하고 지나쳤다. 대여섯걸음 가더니 에헴, 하는 소리가 들렸다."

"그 구절이 엄청 좋아. 자네 제법 글재주가 있구먼. 그다음 구절은?"

"세모난 것이 야마또 혼인가, 네모난 것이 야마또 혼인가? 야마또 혼은 말 그대로 혼이다. 혼이라서 늘 너울너울한다."

"선생님, 무척 재미있긴 한데 야마또 혼이란 말이 너무 많은 거 아닌가요?" 하고 토오후우 군이 말했어. "찬성" 하고 말한 건 물론 메이떼이지.

........................................
21 야마또다마시이(大和魂). 일본 고유의 정신을 가리키는 말.

"입에 담지 않는 자 아무도 없지만 누구도 본 적은 없다. 누구나 들었지만 아무도 만난 적은 없다. 야마또 혼이란 도깨비 같은 것인가?"

주인은 여운을 남기는 투로 읽기를 마쳤지만 아무리 명문이라도 너무 짧다보니 어디가 초점인지 몰라서 세 사람 다 아직 남은 줄 알고 기다리고 있었어. 아무리 기다려도 아무 말도 하질 않아 마침내 칸게쯔가 "그게 끝인가요?" 하고 물으니 주인은 가볍게 "응" 하더군. 응, 이라니 천하태평이지.

신기하게도 메이떼이는 이 명문에 대해 평소 같은 웅변을 토하지 않았는데, 결국 고쳐 앉더니 "자네도 단편을 모아 한권으로 묶어서 누군가에게 바쳐보면 어떤가?" 하고 물었어. 주인은 아무렇지 않게 "자네에게 바쳐줄까?" 물으니 메이떼이는 "됐네" 하고 잘라 말하고는 좀 전에 안주인에게 자랑하던 가위를 들고 딱, 딱, 손톱을 깎기 시작했지. 칸게쯔 군은 토오호우 군을 보고 "자네, 그 카네다 댁 따님을 알고 있나?" 하고 물었어. "올봄 낭독회에 초대하고부터 친해져서 자주 만나고 있지. 난 그 아가씨 앞에만 나서면 이상하게 영감을 받아서 한동안 시를 짓든 시조를 읊든 흥이 난다네. 이 시집에도 연시戀詩가 많은 것은 오로지 그런 이성 친구에게 인스퍼레이션을 받았기 때문이겠지. 그래서 난 그 아가씨에게 사무치는 감사의 뜻을 표해야겠다 싶어 이 기회를 이용해서 내 시집을 바치기로 한 걸세. 예로부터 여성 친구가 없는 사람치고 좋은 시를 쓴 사람은 없다지 않나." "그런가?" 하고 칸게쯔 군은 웃음을 참아가며 말했어. 아무리 잡담가들의 모임이라도 그리 길게 이어지지는 않는지 담화의 불꽃은 점차 사그라들었지. 이 몸도 그들의 시시껄렁한 잡담을 온종일 들어야 할 의무는 없으니 실례하고 마

당으로 사마귀를 찾아 나왔어. 푸르른 오동나무 잎 사이로 지는 해
가 얼룩지며 새어들고 줄기에선 매미가 구성지게 울어대고. 어쩌
면 밤엔 한차례 소나기가 내릴지도 모르겠군.

# 7

이 몸은 최근 들어 운동을 시작했어. 고양이 주제에 운동은 무슨, 하고 무턱대고 비웃는 자에겐 잠깐 묻겠는데, 그런 인간 역시 바로 얼마 전까지는 운동이 뭔지도 모르고 먹고 자고 먹고 자고 하는 게 천직인 양하지 않았던가? 무사시귀인[1]이라나 하면서 팔짱 끼고 방구석에 눌러앉아 엉덩이가 문드러지도록 움직이지 않는 것이 남자의 명예랍시고 거들먹거리던 건 기억하고 있겠지? 운동을 하라는 둥 우유를 마시라는 둥 냉수마찰을 하라는 둥 바닷물에 뛰어들라는 둥 여름엔 산속에 들어가 한동안 안개만 먹고 살라는 둥 온갖 시답잖은 주문을 연발하게 된 건 서양으로부터 일본에 전염된 최근의 질병으로 페스트, 폐결핵, 신경쇠약의 일종이라고 이해해도 좋을 정도야. 물론 이 몸은 작년에 태어나 올해 들어 한살이 되

<hr>

1 無事是貴人. 아무 일 없는 사람이 귀한 사람이라는 뜻으로, 『임제록(臨濟錄)』에 나오는 말.

었으니 인간이 이런 질병에 걸리기 시작한 당시의 기억은 없을 뿐만 아니라 그 시절엔 뜬세상 바람 속을 헤매다녔을 리도 없지만, 고양이의 일년은 인간의 십년에 맞먹는다고 해도 좋을걸? 이 몸의 수명은 인간의 반이나 삼분의 일밖에 안 되지만, 그 짧은 시간 안에 한마리 고양이로 충분히 성장 발달하는 걸로 추론해보자면 인간의 세월과 고양이의 세월을 감히 같은 비율로 계산한다는 건 엄청난 오류야. 무엇보다 일년 몇개월밖에 안 된 이 몸이 이 정도의 식견을 지닌 것만 봐도 알겠지? 주인의 셋째 딸 같은 경우 세는나이로 세살이라는데 지식의 발달로 보자면 정말 멍텅구리거든. 울기, 이불에 오줌 싸기, 젖 먹기, 이것 말곤 아는 게 없어. 세상을 걱정하고 시절에 분노하는 이 몸에 비기면 정말 한심하다니까. 그러니 이 몸이 운동, 해수욕, 전지요양의 역사쯤 속속들이 꿰고 있다 한들 전혀 놀랄 일은 아냐. 이 정도로 놀라는 자가 있다면 그건 인간이라는 다리 둘 모자란 얼간이임이 분명하지. 인간은 예로부터 얼간이였어. 그러니 최근에 와서야 겨우 운동의 효능을 떠들어대고 해수욕의 이점에 대해 이러쿵저러쿵하면서 마치 엄청난 발명이라도 한 듯이 여기는 거 아냐? 이 몸은 태어나기도 전부터 그 정도는 다 알고 있었다고. 우선 바닷물이 왜 약이 되는가 하면, 잠깐 바닷가에 가보면 금방 알 수 있는 것 아닌가? 그렇게 넓은 곳에 물고기가 몇마리나 있는지는 모르지만 그 물고기 중 단 한마리도 병에 걸려 의사를 찾아간 일이 없어. 모두들 씩씩하게 헤엄을 치고 있지. 병에 걸리면 몸이 말을 안 듣잖아. 죽으면 떠오르게 되어 있고. 그러니 물고기의 왕생을 '떠오른다'고 하고 새의 서거를 '떨어진다'고 하며 인간의 적멸을 '잠든다'고 하지 않던가? 서양에 가느라 인도양을 횡단한 이에게 여보게, 물고기가 죽는 걸 본 적이 있는가?

하고 물어보라고. 모두들 아니요, 할 게 뻔하지. 그도 그럴 것이, 아무리 오가며 봐도 단 한마리도 파도 위에 지금 막 숨을 거두어 — 숨이 아니겠군, 물고기이니 물을 거두었다고 해야지 — 물을 거두어 떠 있는 걸 본 자는 없으니까. 그 끝없이 넓은 바다를 밤낮없이 계속해서 석탄을 때가며 찾아다녀봤자 고왕금래에 단 한마리 물고기도 '떠오르지' 않는 것으로 추론컨대 물고기는 정말 건강한 존재임이 분명하다는 결론은 금방 내릴 수가 있어. 그렇다면 어째서 물고기가 그렇게 건강한가 하면 이 역시 인간이 알아내길 기다릴 것도 없이 간단한 이야기. 금세 알 수 있지. 오로지 바닷물을 마시며 줄곧 해수욕을 하고 있기 때문이야. 해수욕의 효능은 이와 같이 물고기에게 현저하지. 물고기에게 현저한 이상 인간에게도 현저할 수밖에. 1750년에 닥터 리처드 러셀[2]이 브라이턴 바다에 뛰어들면 사백네가지 병이 즉석에서 완쾌된다는 요란스러운 광고를 낸 건 늦어도 너무 늦은 거라고 비웃어도 좋아. 비록 고양이라 해도 적당한 시기가 오면 모두들 카마꾸라 근처로 갈 작정이야. 다만 지금은 안 돼. 만사엔 때가 있거든. 유신 전의 일본인이 해수욕의 효능을 맛보지 못하고 죽은 것처럼 오늘날 고양이는 아직 알몸으로 바닷물에 뛰어들 기회를 얻지는 못하는 거지. 자칫하면 일을 그르쳐. 오늘날처럼 바닷가 매립지에 내버려진 고양이가 무사히 귀가하지 못하는 동안은 무턱대고 뛰어들어선 안 되는 거야. 진화의 법칙으로 우리 고양이들의 몸이 광란노도를 견딜 만한 힘이 생길 때까지 — 바꾸어 말하자면 고양이가 '죽었다'고 하는 대신 고양이가 '떠올랐다'라는 말이 일반적으로 사용될 때까지는 — 해수욕은 쉽게 할

---

**2** 리처드 러셀(Richard Russell, 1687~1759). 영국의 의사.

수 없다는 이야기지.

해수욕은 나중에 실행하기로 하고 운동만은 일단 시작하기로 마음먹었어. 20세기 오늘날 운동을 안 한다는 건 너무나 가난뱅이 같아 남 듣기에 좋지 않잖아. 운동을 하지 않는다는 건 안 하는 게 아니라 못 하는 거야. 운동할 시간이 없다니 사는 게 여유가 없구나, 하고 판단당하거든. 예전엔 운동하는 자를 머슴이라고 비웃었던 것처럼 요즘은 운동 안 하는 자를 아랫것들이라고 간주하는 거지. 인간들의 평가는 때와 경우에 따라 이 몸의 눈동자처럼 바뀌니까. 이 몸의 눈동자는 그저 커졌다 작아졌다 할 뿐이지만 인간의 품평은 완전히 거꾸로 뒤집혀버린다니까. 뒤집힌다고 해서 별지장은 없어. 만사에는 양면이 있고 양극단이 있잖아. 양극단을 두드려 흑백을 뒤바꿔버리는 것이 바로 인간의 융통성이라고나 할까? 방촌方寸을 뒤집어 촌방寸方으로 만드는 건 애교지.[3] 아마노하시다떼[4]도 가랑이 사이로 보면 또 각별한 멋이 있잖아. 셰익스피어도 천년만년 셰익스피어여서야 재미없지. 가끔은 가랑이 사이로 햄릿을 보면서 여보게, 그럼 안 돼,라고 말해주는 자가 있어야 문학도 진보하지 않을까? 그러니 운동을 나쁘게 말하던 녀석들이 갑자기 운동이 하고 싶어져서 여자들까지 라켓을 들고 거리를 쏘다닌다 해도 이상할 건 없어. 다만 고양이가 운동을 한다고 해서 어디서 들은 건 있어가지고, 하면서 비웃지만 말아줘. 그렇다면 이 몸의 운동은 어떤 종류의 운동인지 궁금해할 이가 있을지도 모르니 일단 설명

......................................
**3** 방촌(方寸)은 한치 사방의 넓이, 또는 사람의 마음이라는 뜻. 촌방(寸方)은 '치수'를 뜻하는 촌법(寸法)과 같은 말.
**4** 쿄오또 북부 미야즈 만에 있는 모래톱으로 일본의 3대 비경 가운데 하나로 꼽힌다.

해볼게. 알고 계시듯이 불행히도 기구를 들 수는 없어. 그러니 공이나 배트도 다루기 어렵지. 게다가 돈이 없으니 살 수도 없고. 이 두 가지 원인으로 이 몸이 고른 운동은 '땡전 한푼 안 들고 기구도 없이'라고 이름 붙일 만한 종류에 속하지. 그렇다면 어슬렁어슬렁 걷거나 참치 토막을 물고 달리거나 하는 거라고 생각할지 모르지만, 그저 네 다리를 역학적으로 운동시켜 지구의 인력에 따라 대지를 오가는 것은 너무 단순해서 재미가 없잖아. 아무리 운동이라는 이름이 붙은들 주인이 때때로 실행하는 것 같은 글자 그대로의 운동은 운동의 신성함을 더럽히는 것 아닐까 싶어. 물론 단순한 운동이라도 어떤 자극이 있다면 할 수도 있긴 하지. 말린 가다랑어 뺏기, 연어 찾기 등이야 좋지만 이건 뭔가 대상물이 있어야만 하니까 이런 자극이 사라지면 시들해지고 말잖아. 포상 같은 흥분제 대신 뭔가 예술적인 운동을 해보고 싶었어. 이 몸은 곰곰이 생각했지. 부엌 차양에서 지붕으로 뛰어오르기, 지붕 꼭대기에 있는 매화 모양 기와 위에 네발로 서기, 바지랑대 건너기 — 이건 도저히 안 되겠군. 대나무가 미끌미끌해서 발톱이 먹질 않아. 뒤에서 느닷없이 아이에게 달려들기 — 이건 진짜 재미있는 운동이지만 함부로 했다가는 호되게 당하니까 기껏해야 한달에 세번 정도밖에 안 해. 종이봉지 뒤집어쓰기 — 이건 답답하기만 하지 전혀 재미가 없어. 특히 인간이라는 상대가 없으면 성공하지 못하니까 안 돼. 다음으로는 책 표지 발톱으로 긁기 — 이건 주인한테 들켰다간 경을 칠 위험이 따를뿐더러 손끝 운동은 되지만 온몸의 근육엔 별로야. 이런 것들이 이 몸의 소위 구식 운동이지. 신식 가운데는 꽤 심오한 취향인 것들이 있어. 첫째로 사마귀 사냥 — 사마귀 사냥은 쥐 사냥만큼 큰 운동이 되지 않는 대신 위험이 그보다 적지. 한여름부터 초가을에 걸쳐 하는 장난치고는 가장 윗길이야. 그 방법을 말하자면, 우선 마당에 나가 사마귀 한마리를 찾아내지. 날씨가 좋으면 한두마리 찾는 건 일도 아냐. 찾았다 하면 사마귀 옆으로 바람을 가르듯이 달려가. 사마귀는 이크, 하고 고개를 바짝 치켜들지. 사마귀라도 제법 다부진 것이 상대의 역량을 모르는 동안은 저항하겠답시고 나서니까 재미있어. 이때 치켜든 고개를 오른쪽 앞발로 살짝 치는 거야. 사마귀의 목은 연약하니까 옆으로 휙 꺾이지. 이때 사마귀 군의 표정이 엄청 재미있어. 아이쿠, 하는 느낌이 살아 있거든. 그때 단걸음에 사마귀 군 뒤로 돌아가서 이번엔 등 뒤에서 사마귀 군의 날개를 가볍게 할퀴는 거야. 그 날개는 평소엔 잘 접혀 있지만 세게 할퀴면 확 흐트러져서 안으로 미농지처럼 엷은 색 속옷이 보여. 사마귀 군은 한여름에도 고생스럽게 두겹으로 멋지게 껴입고 있지. 이때 사마귀 군의 목은 반드시 뒤를 향하게 되어 있어. 어떤 때는 이쪽을 향해 오지만 대개의 경우는 목만 쑥 빼고 서 있거든. 이쪽이 먼저 공격하기를 기다리는 걸까? 상대가 언제까지나 이런 태도로 있어서는 운동이고 뭐고 안 되니까, 정 길어진다 싶으면 슬쩍 한대 더 쳐줘야 해. 이 정도 얻어맞으면 식견 있는 사마귀라면 반드시 도망치게 되어 있어. 그런데도 무작정 덤벼드는 건 정말 교양 없는 야만적인 사마귀라고 해야겠지. 만일 상대가 이런 야만적인 행동을 한다면 다가오는 걸 잘 노리고 있다가 냅다 갈겨줘야 해. 대개 1미터 가까이는 날아가지. 하지만 적이 점잖게 등을 돌리고 물러가면 이 몸은 불쌍하니까 마당의 나무를 두세바퀴 나는 새처럼 돌고 오지. 사마귀 군은 아직 20센티도 채 도망치지 못했어. 이미 이 몸의 역량을 알았으니 저항할 용기도 없고. 그저 우왕좌왕하며 도망치느라 바쁘지. 하지만 이 몸도 이리저리 쫓아가니까 사마귀 군이 마침내 난처해하며 날개를 펼치고 어디 한번 해보자, 하는 경우도 있어. 원래 사마귀 날개라는 게 그 목과 어울리게 엄청 가늘고 길잖아. 듣기로는 완전히 장식용이어서 인간의 영어, 불어, 독일어나 마찬가지로 전혀 실용적이진 않아. 그런 무용지물을 가지고 한번 해보자 한들 그게 이 몸에게 무슨 효과가 있겠냐고. 해본다 한들 기껏 땅 위에 발을 질질 끌며 걷는 것에 불과해. 이렇게 되면 좀 불쌍하긴 하지만 운동을 위해서는 어쩔 수 없지. 실례를 무릅쓰고 단숨에 앞으로 달려나가는 거야. 사마귀 군은 관성 때문에 급회전을 못하니까 역시나 어쩔 수 없이 전진해오지. 그 코빼기를 한대 쥐어갈기는 거야. 이때 사마귀 군은 반드시 날개를 편 채 쓰러져. 그 위에 앞발을 턱 올려놓고 잠시 휴식. 그러고는 다시 놔주는 거지. 놔주었다가 다시 잡아 누르고. 칠금칠종[5] 공명의 전략으로 공격을 계속해. 약 삼십분 동안 이 순서를 반복하다가 꼼짝도 못하게 된 걸 확인하면 잠깐 입에 물고 흔들어보지. 그리고 다시 뱉어내고. 이번엔 땅 위에 널브러져 움직이지 않으니까 손으로 쳐서 그 힘을 받아 날아오르는 걸 다시 잡아 누르지. 이것도 싫증이 나면 마지막으로 와삭와삭 먹어치우는 거야. 말이 나온 김에 사마귀를 먹어본 적 없는 인간에게 말해두자면, 사마귀는 그다지 맛은 없어. 그리고 영양가도 의외로 적은 것 같아. 사마귀 사냥에 이어 매미잡기라는 운동을 해. 그냥 매미라고 해도 다 같은 매미가 아냐. 인간에도 기름 낀 놈, 밍밍한 놈, 악착같은 놈이 있듯이 매미에도 기름매미, 민민매미, 애매미가 있다고. 기름매미는 느끼해서 싫어. 민민매미는 제멋대로라서 골치 아프고. 오직 잡는 재미가 있는 건 애매

---

5 칠종칠금(七縱七擒)에서 따온 것으로, 제갈량이 맹획(孟獲)을 일곱번 사로잡았다가 일곱번 놓아준 일을 말한다.

미지. 이건 여름 끝물이 되기 전엔 나오질 않아. 트인 옷자락 사이로 가을바람이 허락도 없이 살갗을 스쳐서 에취, 하고 감기에 걸렸나 할 무렵이면 맹렬하게 꼬리를 치켜들고 울지. 워낙 잘 우는 녀석이라 이 몸이 보기엔 우는 것과 고양이에게 잡아먹히는 것 말고는 달리 할 일이 없나 싶을 정도야. 초가을엔 이놈을 잡아. 이를 일컬어 매미잡기 운동이라 부르지. 잠깐 여러분에게 말해두지만, 명색이 매미라고 이름 붙은 이상 땅 위에 굴러다녀서는 안 돼. 땅 위에 떨어져 있는 놈에겐 예외 없이 개미떼가 우글거리잖아. 이 몸이 잡는 건 이렇게 개미들의 영역에 널브러진 놈이 아니라고. 높다란 가지 위에 앉아서 오시이쯔꾸쯔꾸 하며 우는 녀석들을 잡는 거지. 이건 말 나온 김에 박학한 인간에게 묻고 싶은데, 그게 오시이쯔꾸쯔꾸 하고 우는 거야, 쯔꾸쯔꾸오시이 하고 우는 거야? 그 해석 여하에 따라 매미 연구상 적지 않은 영향이 있을 듯해. 인간이 고양이보다 나은 점은 바로 이런 데 있고, 인간 스스로 자랑하는 점도 바로 이런 점에 있는 것이니 지금 바로 대답을 못 하면 잘 생각해두는 편이 좋을 거야. 물론 매미잡기 운동이야 어느 쪽이라도 지장은 없어. 그저 소리를 표지 삼아 나무에 올라가서 상대가 정신없이 울어대는 틈에 모조리 잡으면 되는 거니까. 이건 더없이 간단해 보이지만 사실은 제법 힘든 운동이지. 이 몸은 다리가 넷이니까 대지를 걷는 데는 감히 다른 동물에 뒤진다고는 생각하지 않아. 둘과 넷이라는 수학적 지식으로 판단해보면 최소한 인간에게 지지 않겠지. 하지만 나무타기에 있어서는 이 몸보다 대단한 놈이 있지. 그게 본업인 원숭이는 제쳐두고라도 원숭이의 후손인 인간 중에도 좀처럼 무시할 수 없는 상대가 있다니까. 워낙 인력을 거스르는 무리한 일이니 못한다고 해서 별로 치욕스러울 것도 없지만 매미잡기 운동에는 적지 않은 불편을 끼치지. 다행히 발톱이라는 이기가 있으니 그럭저럭 올라가긴 하지만 옆에서 보는 것처럼 쉽진 않아. 거기다가 매미란 놈은 날기까지 하잖아. 사마귀 군과 달리 한번 날았다 하면 끝, 기껏 나무에 올라봤자 안 오른 것과 전혀 다를 바 없는 비운을 만나는 일도 없다곤 못해. 마지막으로 가끔은 매미에게 오줌 세례를 받을 위험이 있어. 그 오줌이 자칫하면 눈을 노리고 날아오는 거야. 도망치는 건 어쩔 수 없다지만 부디 오줌만은 갈기지 말아줬으면 해. 날아가는 순간 오줌 줄기를 세우는 건 도대체 어떤 심리적 상태의 생리적 발현인 걸까? 넘치는 애절함이 오줌으로? 혹은 적이 생각지 못한 방법으로 나오니 도망갈 시간을 벌기 위한 방편일지도 모르지. 그렇다면 오징어가 먹물을 뿜고, 불량배가 문신을 보이고, 우리 주인이 라틴어를 주워섬기는 등과 같은 항목에 들어갈 만한 것이겠네. 이 역시 매미학상 소홀히 해선 안 될 문제겠군. 충분히 연구하면 이것만으로 분명 박사논문을 쓸 가치가 있는 거잖아. 이건 그냥 해보는 소리니 이쯤 해두고 다시 본론으로 들어가지. 매미가 가장 집주集注하는 건 ― 집주가 이상하면 집합인데 집합은 진부하니까 역시 집주로 할게 ― 매미가 가장 집주하는 곳은 벽오동이야. 청동靑桐이라고도 하지. 그런데 이 벽오동엔 잎이 엄청나게 많고 더구나 그 잎이 전부 부채만큼이나 크니까 잎들이 포개져 있으면 가지가 전혀 보이지 않을 정도로 빽빽해. 이건 진짜 매미잡기 운동에 방해가 되거든. '소리는 나건만 모습은 안 보이네' 하는 속요는 특별히 이 몸을 위해 만든 게 아닐까 의심스러울 정도라니까. 이 몸은 어쩔 수 없이 그 소리를 따라갈 수밖에. 밑에서 2미터 정도 올라간 데서 오동나무는 둘로 갈라지게 되어 있으니까 여기서 잠깐 쉬면서 나뭇잎 그늘에서 매미의 소재를 탐색하는 거야. 물론 여기까지 오는 동안 바스락 소리를 내며 날아가버리는 성질 급한 놈들도 있지. 한마리가 날았다 하면 끝이야. 남을 흉내내기 좋아한다는 점에서는 매미는 인간에게 지지 않을 정도로 멍텅구리거든. 남을 따라 계속 날아가버리는 거지. 가까스로 줄기가 갈라지는 곳에 도착할 즈음이면 '온 나무 적막하여 끽소리도 안 들리네'가 돼버려. 여기까지 기어올라왔건만 아무리 둘러봐도, 귀를 아무리 쫑긋거려봐도 매미 기척이 없으니 다시 오기도 귀찮고 해서 일단 휴식을 취하려 줄기 위에 자리를 잡고 두번째 기회를 노리다가 어느새 잠이 들어 나도 모르게 꿈나라를 헤맸어. 퍼뜩 정신을 차려보니 줄기 위 꿈나라에서 마당의 박석 위로 철퍼덕 떨어져 있더라니까. 그래도 대개 올라가면 한마리는 잡아오지. 다만 좀 재미가 덜한 건 나무 위에서 일단 입에 물어야 한다는 거야. 그러니 밑으로 내려와서 뱉어놓을 때는 대개 죽어 있어. 아무리 흔들고 할퀴고 해도 반응이 없다니까. 매미잡기의 묘미는 꾹 참고 기다리다가 애매미 군이 열심히 엉덩이를 내밀었다 움츠렸다 하는 걸 확 앞발로 누르는 순간에 있어. 이때 애매미 군은 비명을 지르며 얇고 투명한 날개를 종횡무진 흔들지. 그 속도, 그 멋들어짐은 이루 말로 다 못 해. 실로 매미 세계의 장관이라고나 할까? 나는 애매미 군을 내리누를 때마다 언제나 그에게 이 미적 연기를 요구하곤 하지. 그게 싫증나면 실례, 하고 입안에 집어넣어버리는 거야. 매미에 따라서는 입안에 들어가서도 여전히 연기를 계속하는 놈이 있어. 매미잡기 다음으로 하는 운동은 소나무 미끄럼이야. 이건 길게 말할 필요도 없으니 잠깐만 이야기할게. 소나무 미끄럼이라고 하면 소나무를 미끄러져내려오는 거라고 생각할지 모르지만 그건 아니고 역시 나무타기의 일종이지. 다만 매미잡기는 매미를 잡기 위해 오르고 소나무 미끄럼은 오르는 것 자체가 목적이라고 할까? 이것이 둘의 차이지. 원래 소나무는 상록이라 사이묘오지의 접대⁶ 이후 오늘에 이르기까지 엄청 거칠거칠하잖아. 따라서 소나무 줄기만큼 미끄럽지 않은 것도 없어. 손으로 잡기에도 좋고 발로 딛기에도 좋지. ─ 바꾸어 말하자면 그만큼 발톱 걸치기에 좋은 것도 없다는 말씀. 그렇게 발톱 걸치기 좋은 줄기에 단숨에 확 뛰어올라. 뛰어올랐다가는 뛰어내리지. 뛰어내리는 데는 두가지 방법이 있어. 하나는 물구나무서듯 머리를 땅으로 향하고 내려오는 것. 또 하나는 뛰어올라간 자세를 흐트러뜨리지 않고 꼬리를 아래로 하고 내려오는 것. 인간에게 묻겠는데 어느 쪽이 어려울까? 인간의 얄팍한 견해로는 어차피 내려오는 거니까 밑을 보고 뛰어내리는 것이 편하다고 생각하겠지? 천만의 말씀. 자네들은 요시쯔네가 히요도리고에를 함락한 것⁷만을 생각하고 요시쯔네도 아래를 향해 내려왔으니 고양이도 물론 똑같이 하겠지 싶을 거야. 그렇게 무시해선 안 돼. 고양이 발톱이 어디를 향해 나 있을 것 같아? 모조리 뒤쪽으로 굽어 있어. 그러니 갈고리처럼 물건을 걸어 끌어올 수는 있지만 거꾸로 밀어낼 힘은 없다고. 지금 이 몸이 소나무를 기세 좋게 뛰어올랐다고 쳐. 그렇다면 이 몸은 원래 지상에 사는 자이니 자연의 순리대로 보자면 오랫동안 소나무 우듬지에 머물 수 없는 건 분명하지.

---

6 요오꾜꾸 「하찌노끼(鉢木)」에 나오는 "소나무는 본래 상록이라"에서 온 표현. 카마꾸라 막부의 집권자였던 호오조오 토끼요리(北條時賴)가 사이묘오지(最明寺)에서 출가하여 여행하던 중 대설을 만나 외딴집에 묵게 되었을 때 집주인이 아끼던 화분의 소나무 등을 땔감으로 잘라 대접했다는 이야기이다.

7 헤이안 시대 말기의 무장 미나모또노 요시쯔네(源義經, 1159~89)가 험준한 히요도리고에 비탈길에서 말을 먼저 내려보내 무사히 내려가는 것을 보고 기병으로 적을 공격한 일을 말한다.

그냥 놔두면 반드시 떨어지게 되어 있어. 하지만 그냥 떨어졌다가는 너무 엄청난 속도라고. 그러니 어떤 수단을 써서든 이러한 자연의 순리를 조금이라도 늦추어야만 해. 이게 바로 내려온다는 것 아니겠어? 떨어지는 것과 내려오는 것은 천지 차이처럼 보이지만 실은 생각만큼 다르진 않아. 떨어지는 걸 천천히 하면 내려오는 것이고 내려오는 걸 빨리 하면 떨어지는 게 되는 거야. 떨어지다와 내려오다는 글자 몇자 차이일 뿐. 이 몸은 소나무에서 떨어지는 건 질색이니까 속도를 늦추어 내려와야만 해. 즉 어떻게든 떨어지는 속도에 저항해야만 한다고. 이 몸의 발톱은 앞에서 말했듯이 죄다 뒤로 굽어 있으니 만약 머리를 위로 두고 발톱을 세우면 이 발톱의 힘은 모조리 떨어지는 힘에 저항하는 데 이용할 수 있다는 말씀. 따라서 떨어지는 게 아니라 내려오는 게 되거든. 실로 알기 쉬운 논리지? 하지만 몸을 거꾸로 해서 요시쯔네풍으로 소나무 내려오기를 해보라고. 발톱은 있어봤자 아무 도움이 안 돼. 줄줄 미끄러져서 자기 체중을 받칠 수가 없어지지. 이렇게 되면 애써 내려올 작정이었던 것이 결국 떨어지는 게 되는 거야. 이처럼 히요도리고에는 쉽지 않아. 고양이 중에서도 이런 재주가 있는 건 아마도 이 몸뿐일걸. 그래서 이 몸은 이 운동을 일러 소나무 미끄럼이라고 하는 거야. 마지막으로 울타리 돌기에 대해 한마디 하지. 주인집 마당은 대울타리로 네모나게 둘러져 있어. 대청과 평행인 한쪽은 15미터쯤 될 거야. 좌우는 양쪽 모두 7미터 정도밖에 안 돼. 지금 이 몸이 말한 울타리 돌기라는 운동은 이 울타리 위를 떨어지지 않고 한바퀴 도는 거야. 이건 실패할 때도 가끔 있지만 제대로 되면 뿌듯하거든. 특히 군데군데 아래쪽을 그을린 통나무가 서 있어서 잠깐 쉬기도 좋아. 오늘은 썩 잘되기에 아침부터 점심때까지 세번 해봤는데 할 때마다 실력이 늘었어. 그럴수록 재미가 더하지. 결국 네번이나 반복했는데 네번째를 절반쯤 돌았을 때 옆집 지붕에서 까마귀세마리가 날아와 2미터쯤 떨어진 곳에 줄을 지어 앉더군. 이런 무례한 놈들이 있나. 남의 운동에 훼방을 놓다니, 게다가 어디 사는 까마귀인지 호적도 없는 주제에 남의 집 울타리에 앉는 법이 어디 있나 싶어서 지나가는 길이다, 썩 비키거라, 하고 말을 걸었어. 맨 앞에 있던 까마귀가 이쪽을 보고는 히죽히죽 웃었지. 다음 놈은 주인의 마당을 바라보고 있고. 세번째 녀석은 부리를 울타리 대나무에 문질러대고 있었어. 뭔가 먹고 온 것이 분명해. 이 몸은 대답을 기다리기 위해 그들에게 삼분간 시간을 주고 울타리 위에 서 있었지. 까마귀는 통칭 칸자에몬⁸이라 한다던데, 역시 칸자에몬이야. 이 몸이 아무리 기다려도 말 한마디 없고 날아가지도 않더군. 이 몸은 어쩔 수 없이 슬금슬금 걷기 시작했어. 그러자 맨 앞의 칸자에몬이 살짝 날개를 펼쳤어. 이제야 이 몸의 위엄에 눌려 도망치는구나 했더니 얼씨구, 오른쪽에서 왼쪽으로 방향만 바꿔 앉았을 뿐이야. 이 녀석! 땅 위에서라면 가만 내버려두지 않겠지만 어쩌겠어, 그러잖아도 힘든 판에 칸자에몬 따위를 상대할 여유가 없어. 그렇다고 가만히 서서 세마리가 물러나기를 기다리는 것도 싫어. 우선 그렇게 기다리다간 다리가 못 견디지. 저쪽이야 날개가 있는 신분이니 이런 데 익숙하겠지. 따라서 맘에 들면 언제까지라도 머물 거야. 이쪽은 이걸로 네바퀴째이니 그것만으로도 파김치라고. 더구나 외줄타기 못지않은 곡예 겸 운동을 하는 거야. 아무런 장애물이 없어도 안 떨어진다는 보장이 없는 판에 이런 시꺼먼 것들이 셋씩이나 앞

---

8 勘左衛門. 까마귀(카라스)와 같은 두운을 써서 까마귀를 의인화한 이름.

길을 가로막고 앉았으니 정말 짜증 나. 정 안 되면 스스로 운동을 중지하고 울타리를 내려오는 수밖에. 귀찮으니 차라리 그럴까, 적은 여럿이기도 하고 특히 이 근처에서 낯익은 얼굴도 아니니. 부리가 유난히 뾰족한 것이 어쩐지 도깨비 새끼 같기도 하고. 어차피 질 나쁜 녀석들일 게 뻔하니 퇴각이 안전할 거야. 너무 깊이 들어갔다가 만일 떨어지기라도 하면 오히려 치욕이지. 이런 생각을 하고 있는데 왼쪽을 보고 있던 까마귀가 바보, 하는 거야. 다음 것도 따라서 바보, 하더라고. 마지막 놈은 정중하게 바보, 바보, 하고 두 번 소리치더군. 아무리 온후한 이 몸이라도 이건 간과할 수 없어. 무엇보다 제집 안에서 까마귀 놈들에게 모욕을 당했다는 건 이 몸의 이름이 걸린 문제잖아. 이름이 아직 없으니 걸릴 수가 없을 거라고 한다면 체면이 걸린 거고. 결단코 퇴각은 할 수 없어. 속담에도 오합지졸이라고 하니 세마리라 봤자 의외로 별것 아닐 수도 있어. 가는 데까지 가보자, 하고 마음을 다잡아 슬금슬금 걷기 시작했지. 까마귀들은 모른 체하고 저희들끼리 뭔가 이야기를 하고 있는 모양이야. 더더욱 부아가 치밀더군. 울타리 폭이 한 15센티만 되었더라도 된통 맛을 보여줄 텐데 유감스럽게도 아무리 화가 나도 슬금슬금 걸을 수밖에 없으니, 원. 이제 한 15센티만 더 가면 공격개시, 하는 참에 칸자에몬들이 약속이라도 한 듯 느닷없이 날개를 퍼덕이며 50센티쯤 날아올랐어. 그 바람이 갑자기 내 얼굴로 불어오는 통에 아차, 하는 순간 그만 발을 헛디뎌 쿵 하고 떨어졌지. 아이고, 이런, 하고 울타리 아래에서 올려다보니 세마리 모두 원래 자리에 앉아서 위에서 부리를 나란히 하고 이 몸의 얼굴을 내려다보는 거야. 뻔뻔스러운 놈들. 노려봐주었지만 전혀 아랑곳하지 않아. 등을 구부리고 으르렁거려보았지만 더욱더 먹히지 않았지. 속인들이 영묘한 상징시를 이해 못 하듯이 이 몸이 그들을 향해 표하는 분노의 기호 역시 아무런 반응도 불러오지 못하더군. 생각해보면 무리도 아니긴 해. 이 몸은 지금까지 그들을 고양이 취급했던 거야. 그게 잘못이지. 고양이라면 이 정도 하면 바로 알아듣겠지만 하필이면 상대가 까마귀잖아. 까마귀 칸자에몬이니 별수 있나. 실업가가 주인 쿠샤미 선생을 압도하려 안달하는 것과 같고, 사이교오西行에게 은으로 된 이 몸을 선물하는 것[9]과 같고, 사이고 타까모리[10] 군의 동상에 칸자에몬 군이 똥을 갈기는 것과 같은 거 아니겠어? 때를 보는 데에 영민한 이 몸은 도저히 안 되겠다 생각하고 깨끗이 대청마루로 돌아왔어. 벌써 저녁 먹을 때가 되었더군. 운동도 좋지만 지나치면 안 된다고, 온몸이 어쩐지 축 처져서 파김치가 된 느낌이야. 그뿐 아니라 아직 가을 초입이라 운동 중에 볕을 쪼인 털옷이 석양빛을 너무 흡수한 탓인지 뜨거워 죽겠더라고. 털구멍에서 비어져 나오는 땀이 흘러내리면 좋으련만 모근에 기름처럼 끈적하게 달라붙어. 등허리는 가렵고. 땀 때문에 가려운 것과 벼룩이 기어다녀서 가려운 것은 확실히 구분이 되거든. 입이 닿는 곳이면 물 수도 있고 발이 닿는 곳이면 긁을 수도 있지만 척추가 이어지는 한가운데는 혼자서는 어떻게 해볼 수 없는 곳이지. 이럴 때는 인간을 찾아서 냅다 문지르든가 소나무 껍질에 마찰술을 행하든가 둘 중 하나를 택하지 않으면 불쾌감 때문에 제대로 잠도 이루기 힘들어. 인간은 어리석은 것이어서 고양이 어르는 소리로 ── 고양이 어르는 소

---

**9** 가마꾸라 시대 당시의 권력자인 미나모또노 요리또모(源賴朝, 1147~99)가 승려 사이교오(西行, 1118~90)에게 은으로 만든 고양이 상을 선물로 주었으나 사이교오가 이를 동네 아이들에게 주어버렸다는 일화를 말한다.
**10** 사이고 타까모리(西鄕隆盛, 1828~77). 메이지 유신을 이끈 정치가.

리란 인간이 이 몸에게 내는 소리지. 이 몸을 기준으로 생각하면 고양이 어르는 소리가 아니라 고양이에게 인간이 얼러지는 소리랄까 — 좋아, 어쨌든 인간은 어리석은 것이어서 얼러지는 소리를 내며 무릎으로 다가가면 대개는 그 혹은 그녀를 좋아하는 걸로 오해하고 내가 하는 대로 맡겨둘 뿐 아니라 때로는 머리까지 쓰다듬어주곤 하지. 그런데 최근에는 이 몸의 털 속에 벼룩이라 칭하는 일종의 기생충이 번식했기 때문에 자칫 잘못 접근했다가는 반드시 목덜미를 움켜쥐고 밖으로 내동댕이를 친다니까. 겨우 눈에 보일까 말까 한 하찮은 벌레 때문에 정나미가 떨어진 모양이야. 손 뒤집으면 비, 다시 뒤집으면 눈이라는 건 바로 이런 거지.[11] 고작 벼룩천마리 이천마리로 어쩌면 이렇게 야박한 짓을 할 수 있는지. 인간세상에 널리 알려진 사랑의 법칙 제1조에 이런 게 있다더군. — 자신의 이익이 되는 동안에는 반드시 남을 사랑하라 — 인간이 갑자기 표변했으니 아무리 가려워도 인력을 이용하는 건 불가능해. 그러니 두번째 방법으로 송피 마찰법을 쓰는 수밖에 없지. 그렇다면 잠깐 문지르고 올까 하고 다시 대청에서 뛰어내리려던 찰나, 아니, 이것도 그다지 수지타산이 맞지 않는 어리석은 방책이란 생각이 들었어. 다른 이유가 아냐. 소나무엔 송진이 있지. 이 송진이라는 것이 엄청나게 집착이 강한 놈이어서 어쩌다 한번 털끝에 묻었다 하면 천둥이 쳐도 발트 함대가 전멸을 해도 결코 떨어지질 않아. 그뿐 아니라 털 다섯오라기에 붙었나 하면 순식간에 열오라기에 만연하지. 열오라기구나 싶으면 이미 서른오라기야. 이 몸은 담백함을 사랑하는 다인茶人적 고양이라고. 이런 질기고, 악독하고, 끈

---

11 두보(杜甫)의 시 「빈교행(貧交行)」의 한 구절 "손 뒤집어 구름 만들고 다시 엎어 비를 만든다(翻手作雲覆手雨)"에서 온 말로, 경박한 인정을 비유한 것.

적거리고, 집착이 강한 놈은 딱 질색이야. 설령 천하제일의 미묘라 할지라도 사양하겠어. 그러니 송진이라면 말할 것도 없지. 인력거 집 까망이의 두 눈에서 북풍을 타고 흘러나오는 눈곱이나 다를 것 없는 신분을 지니고 이 연회색 털옷을 망가뜨리다니 괘씸한 노릇 이지. 조금만 생각해보면 알 거야. 그런데 문제는 이 녀석이 생각할 기미가 전혀 없다는 거지. 소나무 껍질 곁에 가서 등을 갖다대는 순간 어김없이 찰싹 들러붙으실 게 분명해. 이런 분별없는 멍청이 를 상대하는 건 이 몸의 체면에 관한 문제일뿐더러, 나아가 이 몸 의 털에 관한 문제이기도 하다는 말씀. 아무리 근질근질해도 참는 수밖에 다른 방법이 없네. 하지만 이 두가지 방법 모두 쓸 수가 없 다니 엄청 불안하군. 당장이라도 뭔가 다른 방법을 짜내지 않으면 결국 근질근질 끈적끈적하다가 병에 걸릴지도 몰라. 뭔가 수가 없 을까 하고 뒷다리를 모으고 고민하다가 문득 떠오른 것이 있어. 우 리 주인은 때때로 수건과 비누를 들고 홀연히 어디론가 사라지는 일이 있어. 삼사십분 지나 돌아올 때 보면 그 멍하던 얼굴이 약간 은 생기를 띠고 환해 보이더라고. 주인과 같은 너저분한 사내에게 이 정도 영향을 준다면 이 몸에겐 좀더 효과가 있을 게 분명하지. 이 몸은 그냥 있어도 이 정도 용모이니 여기서 더 미남이 될 필요 는 없지만, 만일 병에 걸려 한살 몇개월 만에 요절이라도 했다간 천하의 백성에게 체면이 말이 아니잖아. 듣자 하니 이 역시 인간이 심심풀이로 고안해낸 목욕이라는 것이더군. 어차피 인간이 만든 것이니 별거야 있겠냐만 이런 때이니 시험 삼아 해보는 것도 좋을 듯해. 해보고 효험이 없으면 그만두면 되는 거니까. 하지만 인간이 자기를 위해 만든 목욕탕이라는 설비에 다른 종족인 고양이를 받 아줄 만한 도량이 있을까? 이것이 의문이야. 주인이 태연히 들어갈 정도이니 설마 이 몸을 거절할 일은 없겠지만 만약에 안 되겠네요, 하는 소리라도 하는 날엔 남들 듣기에 좀 그렇잖아. 이건 우선 상황을 한번 살펴보러 가는 게 제일이야. 보고 나서 되겠다 싶으면 수건을 입에 물고 뛰어들어봐야지. 이렇게 마음을 굳히고 어슬렁어슬렁 목욕탕을 찾아갔어.

골목을 왼쪽으로 돌면 맞은편에 굵다란 대나무 장대 같은 것이 우뚝 서서 끝에서 옅은 연기를 내뿜고 있어. 이것이 바로 목욕탕이지. 이 몸은 살짝 뒷문으로 숨어들었어. 뒷문으로 숨어드는 것을 비겁하다는 둥 미숙하다는 둥 하지만 그건 앞문으로밖에 드나들지 못하는 것들이 반쯤은 질투심에서 떠들어대는 헛소리야. 예로부터 영리한 인간은 뒷문으로 갑자기 습격하는 게 정석이지. 『신사양성법紳士養成法』제2권 제1장 5페이지에 그렇게 나와 있다잖아. 그다음 페이지에는 뒷문은 신사의 유서遺書로서 스스로 덕을 얻는 문이다, 라고 되어 있을 정도인걸. 이 몸은 20세기 고양이니까 이 정도 교양은 있어. 너무 무시하면 안 된다고. 자, 숨어들고 보니 왼쪽에 소나무를 30센티쯤으로 잘라놓은 것이 산더미처럼 쌓여 있고 그 옆에는 석탄이 언덕처럼 쌓여 있어. 어째서 소나무 장작은 산 같고 석탄은 언덕 같으냐고 묻는 사람이 있을지 모르겠는데, 별다른 의미 따위 없어. 그저 산과 언덕을 구별해서 써본 것뿐이야. 인간도 쌀을 먹고 닭을 먹고 생선을 먹고 육고기를 먹고 온갖 이상한 것들을 다 먹고 끝내는 석탄을 먹는 데[12]까지 타락한 건 불쌍하지. 막다른 곳을 보니 2미터는 되는 입구가 활짝 열려 있어서 안을 들여다보니 텅텅 비어 있고 쥐 죽은 듯 조용해. 그 맞은편에서 인간의 목

---

**12** 당시 석탄을 이용한 뇌물 사건을 비꼰 것.

소리가 계속 들려오더군. 소위 목욕탕은 이 목소리가 나는 부근이 분명하다 단정하고 소나무 장작과 석탄 사이로 난 골짜기를 빠져나가 왼쪽으로 돌아 직진하니 오른편에 유리창이 있고 그 바깥쪽에 둥근 나무대야가 삼각형, 즉 피라미드처럼 쌓여 있었어. 둥근 물건이 삼각형으로 쌓인 것은 절대 본의가 아니었을 거라고 내심 대야 제군의 뜻을 짐작하겠더군. 대야 남쪽으로 1미터 넘게 판자가 튀어나와 있어 마치 이 몸의 행차를 환영하는 듯하더군. 판자 높이는 지면에서 한 1미터 되니까 뛰어오르기엔 안성맞춤이야. 좋았어, 하고 가볍게 몸을 날리고 보니 소위 목욕탕은 코앞, 눈 아래, 얼굴 앞에 어른거리고 있었어. 천하에 재미있는 게 무어냐 하면 먹어보지 못한 것을 먹고 보지 못한 것을 보는 것만큼 즐거운 건 없지. 여러분도 우리 주인처럼 일주일에 세번쯤 이 목욕탕 세계에서 삼십분 내지 사십분을 지낸다면 몰라도 만약 이 몸처럼 목욕탕이라는 것을 본 적이 없다면 얼른 보는 게 좋을걸. 부모님 임종은 못 지키더라도 이것만은 반드시 구경하는 게 좋다고. 세상이 넓다지만 이런 기이한 광경은 다시없을 거야.

뭐가 기이하냐? 뭐가 기이하냐면 이 몸이 입에 담기조차 꺼려질 정도로 기이한 광경이지. 이 유리창 안에서 시끌시끌, 웅성웅성 소란을 떠는 인간은 모조리 알몸뚱이야. 대만의 생번[13]이지. 20세기의 아담이야. 대저 의복의 역사를 펼쳐보자면 ─ 너무 길어지니까 이건 토이펠스드뢰크 군[14]에게 양보하고 펼쳐보는 건 관두겠지만 ─ 인간은 전적으로 의복으로 유지되는 거야. 18세기 무렵 대영제국

<hr>

**13** 生蕃. 대만의 원주민 가운데 야생생활을 하던 이들을 일본인이 차별해 부르던 말.
**14** 토머스 칼라일의 소설 『의상철학』(*Sartor Resartus*)의 주인공.

의 바스[15] 온천장에서 보 내시[16]가 엄격한 규칙을 제정했을 때는 목욕탕 안에서 남녀 모두 어깨에서 발까지 옷으로 가려야만 했다고. 지금으로부터 육십년 전, 역시 영국의 어느 도시에서 도안학교를 설립한 적이 있대. 도안학교이니만큼 나체화, 나체상의 모사, 모형 따위를 사들여서 여기저기 진열한 것까지는 좋았는데, 막상 개교식을 거행할 단계가 되자 당국자를 비롯해 학교 직원들이 엄청난 곤욕을 치러야 했지. 개교식을 하자면 시의 숙녀들을 초대해야 하잖아. 그런데 당시 귀부인들의 생각으로는 인간은 의복의 동물이야. 가죽을 입은 원숭이와 같은 부류가 아니라는 거지. 인간으로서 옷을 입지 않는다는 것은 코끼리의 코가 없는 것과 같고, 학교에 학생이 없는 것과 같으며, 군대에 용기가 없는 것과 같아서 완전히 그 본질을 잃어버린 것이지. 이렇게 본질을 잃어버린 이상 인간으로서 통용되지 못해. 짐승들이지. 설령 모사, 모형이라 해도 짐승 인간과 함께한다는 것은 숙녀의 품위를 해치는 셈이라. 그러니 우리는 출석을 거절하겠습니다, 한 거지. 그래서 직원들이야 기가 막혔겠지만 워낙에 여자란 동서를 막론하고 일종의 장식품이거든. 방아도 못 찧고 지원병도 못 되지만 개교식에는 없어서는 안 될 단장 도구란 말이야. 그러니 어쩔 수가 없잖아. 포목점에 가서 검은 천 35와 8분의 7필을 사다가 앞서 말한 짐승 인간에게 모조리 옷을 입혔다네. 실례가 되어선 안 된다고 신경 써서 아예 얼굴에까지 옷을 입혔지. 그리하여 가까스로 별일 없이 식을 마쳤다는 이야기. 그 정도로 의복은 인간에게 중요한 거라고. 최근에는 나체화 운운하면서 열심히 나체를 주장하는 선생도 있지만 그건 틀린 거야. 태

15 영국 서부 써머싯 주에 있는 온천 도시.
16 보 내시(Beau Nash, 1674~1761). 바스 온천을 유명한 사교장으로 만든 인물.

어나서 오늘에 이르기까지 단 하루도 나체가 된 적이 없는 이 몸이 보기엔 정말 잘못된 거라니까. 나체란 그리스, 로마의 유풍이 문예 부흥시대의 음란한 바람을 타고 유행하기 시작한 것으로, 그리스 인이나 로마인은 평소에 나체에 익숙했으니 이를 두고 풍속 교화 와 관계가 있다고는 전혀 생각하지 않았겠지만, 북구는 추운 곳이 지. 일본조차 알몸으로 나다닐 수 없을 정도인데 독일이나 영국에 서 알몸이었다간 얼어 죽어버려. 죽어버리면 끝이니까 옷을 입는 거고. 모두가 옷을 입으면 인간은 의복의 동물이 되는 거야. 일단 의복의 동물이 된 후에 갑작스레 나체 동물과 마주친다면 인간으 론 인정하지 못하고 짐승이라 여기는 거지. 그러니 유럽인, 특히 북 방 유럽인은 나체화, 나체상을 짐승으로 취급해도 되는 거야. 고양 이만도 못한 짐승이라고 인정하면 되는 거라고. 아름답다고? 아름 다운 건 좋은데, 그냥 아름다운 짐승으로 간주하면 되지. 이렇게 말 하면 서양 여성의 예복을 보았느냐고 묻는 이가 있을지 모르지만, 고양이니까 서양 여성의 예복을 본 적은 없어. 듣기에는 그들은 가 슴을 드러내고 어깨도 내놓고 팔까지 드러내고는 이것을 예복이라 한다더군. 기가 막히는 일이야. 14세기 무렵까지만 해도 그들의 차 림새는 이렇게 우습지 않았어. 역시 보통 인간이 입는 걸 입었거든. 그랬던 것이 어쩌다가 이렇게 상스러운 곡예사풍으로 변화했는지 는 성가시니까 말 안 할래. 아는 사람은 알고 모르는 사람은 모르 는 얼굴을 하고 있으면 되는 거 아니겠어? 역사야 어쨌든 그들은 야간에는 이렇게 이상한 풍채로 득의양양하지만 내심 인간다운 구 석이 약간은 있는지 해가 뜨면 어깨를 움츠리고 가슴을 감추고 팔 을 감싸서 여기저기를 전부 안 보이게 해버릴 뿐 아니라 발톱 하나 도 남에게 보이는 것을 엄청난 치욕으로 여기지. 이걸로 생각해봐도 그들의 예복이라는 것은 일종의 엉터리 작용에 의해 얼간이와 멍청이가 상의해서 만든 거라고 할 수 있어. 그게 억울하면 대낮에도 어깨와 가슴과 팔을 드러내놓고 있어보라고 해. 나체신자도 마찬가지야. 그렇게도 나체가 좋으면 자기 딸을 알몸뚱이로 만들어서, 내친김에 자기도 알몸으로 우에노 공원 산책이라도 해보시지. 못한다고? 못하는 게 아니지. 서양인이 하지 않으니까 자기도 안 하는 거겠지. 실제로 지극히 비합리적인 예복을 입고 거들먹거리면서 테이꼬꾸 호텔 따위를 드나들고 있잖아. 그 이유를 따져보면 아무것도 아냐. 그냥 서양인이 입으니까 입는다는 것뿐이야. 서양인은 강하니까 억지스럽든 바보 같든 흉내 내야 직성이 풀리는 거지. 긴 것에는 감겨라, 강한 것에는 굽혀라, 무거운 것에는 눌려라, 그렇게 당하기만 하는 건 좀 한심하잖아? 한심해도 할 수 없다면 그냥 넘어갈 테니 일본인을 너무 잘난 인간이라고 생각하지는 말아줘. 학문이라고 해봤자 마찬가지지만 이건 의복과는 관계없으니 이하 생략.

　의복은 이와 같이 인간에게도 중요한 것이지. 인간이 의복이냐 의복이 인간이냐 할 정도로 중요한 조건이니까. 인간의 역사는 살의 역사도 아니요, 뼈의 역사도 아니요, 피의 역사도 아니요, 오직 의복의 역사라고 할 정도야. 그러니 의복을 입지 않은 인간을 보면 인간다운 느낌이 없어요. 마치 도깨비라도 만난 것 같지. 도깨비라도 모두가 약속해서 도깨비가 된다면 도깨비고 뭐고 아닌 게 되겠지만, 그렇게 되었다간 인간 자신이 엄청 곤혹스러워질 거야. 그 옛날 자연은 인간을 평등한 것으로 만들어 세상에 내보냈어. 그러니 어떤 인간이라도 태어날 때는 전부 벌거숭이지. 만약 인간의 본성이 평등에 만족하는 거라면 이런 벌거숭이 그대로 성장함이 마땅하겠지. 하지만 벌거숭이 하나가 말하기를 개나 소나 다 같아서야 노력하는 보람이 없다. 고생한 결과가 보이질 않는다. 어떻게든 나는 나다, 누가 봐도 나다 하는 걸 눈에 띄게 하고 싶다. 그러니 뭔가 남들이 보고 앗, 하고 놀라 자빠질 만한 물건을 몸에 두르고 싶다. 좋은 방법이 없을까? 하고 십년간 생각한 끝에 사루마따[17]를 발명해서는 곧장 이걸 입고 어떠냐, 대단하지? 하고 어슬렁거리고 다닌 거야. 이것이 오늘날 인력거꾼의 선조지. 간단한 사루마따를 발명하는 데 십년이라는 긴 세월이 걸렸다는 게 좀 이상하긴 하지만 그건 오늘날의 몸으로 고대로 거슬러올라가 몽매한 세상을 단정하는 것이고, 그 당시엔 이 정도 대발명은 없었다고. 데까르뜨는 "나는 생각한다. 고로 나는 존재한다"라는, 삼척동자도 알 진리를 생각해내는 데 십몇년이 걸렸다잖아. 뭐든 생각해낸다는 건 힘든 일이니까 사루마따 발명에 십년이 걸렸다고 해도 인력거꾼의 지혜로는 엄청난 일이었다고 해야겠지. 자, 사루마따가 만들어지니 세상에서 잘나가는 건 인력거꾼뿐이었지. 인력거꾼들이 사루마따를 입고 천하의 대로를 잘난 척하며 돌아다니는 데 약이 올라 오기가 난 녀석이 육년간 궁리해서 하오리라는 쓸데없이 기다란 물건을 발명했어. 그러자 사루마따 세력은 순식간에 쇠퇴하고 하오리의 전성기가 왔지. 채소가게 주인, 약재상, 옷가게 주인은 모두 이 대발명가의 후예야. 사루마따 시대, 하오리 시대 뒤에 오는 것이 하까마 시대야. 이건 뭐야, 하오리 주제에? 하고 부아가 치민 녀석이 고안한 것인데 옛날의 무사와 지금의 공무원 등이 모두 이 종족이지. 이와 같이 웬 낮도깨비 같은 놈들이 너 나 할 것 없이 색다름을 뽐내고

.........................................
**17** 남성용의 짧은 속바지.

다투다보니 결국 제비 꽁지를 본떠 만든 기이한 형태마저 출현한 건데, 차분히 그 유래를 따져보면 굳이 억지로, 엉터리로, 우연히, 아무렇게나 만든 건 절대 아냐. 모두들 이겨야지, 이겨야지 하는 용맹심이 뭉쳐서 제각각 새로운 형태가 된 것으로, 나는 너랑 달라, 하고 떠들고 다니는 대신 몸에 걸치고 다니는 거야. 그렇게 보자면 이런 심리로부터 큰 발견을 할 수 있지. 그건 다른 게 아냐. 자연이 진공을 꺼리듯 인간은 평등을 싫어한다는 것. 이미 평등이 싫어서 어쩔 수 없이 의복을 골육처럼 이렇게 휘감고 있는 오늘날에 와서, 이미 본질의 일부인 이것들을 버리고 도로 아미타불인 공평시대로 돌아가는 것은 미친 짓이지. 아니, 미친 짓이라고 불리는 걸 감수한 다 한들 돌아간다는 것 자체가 도저히 불가능해. 돌아간 놈들을 문명인의 눈으로 보면 완전히 도깨비거든. 설령 온 세상 몇억만 인구를 모조리 도깨비의 영역으로 끌어내려놓고 이러면 평등하겠지, 모두 다 도깨비니까 부끄러울 것 없겠지, 하고 안심해봤자 역시 안 돼. 온 세상이 도깨비 천지가 되어버린 이튿날부터 또 도깨비 경쟁이 시작되거든. 옷으로 경쟁을 하지 않으면 도깨비 나름으로 경쟁을 하지. 알몸뚱이는 알몸뚱이대로 어디까지나 차별을 시작할 거야. 이런 점에서 보더라도 의복은 도저히 벗을 수 없는 것이 되어버렸어.

그런데 지금 이 몸이 눈앞에 내려다보고 있는 인간 무리는 벗어서는 안 될 사루마따와 하오리 내지는 하까마까지 모조리 선반 위에 올려놓고 염치없이 본래의 광태를 중목환시衆目環視 가운데 드러내고 태평스럽게 담소를 늘어놓고 있어. 이 몸이 아까 기이한 광경이라 한 것은 바로 이거지. 이 몸은 문명인 여러분을 위해 여기에 삼가 그 무리를 소개하는 영광을 누리기로 하겠어.

뭐랄까, 워낙 정신이 없어서 어디부터 소개해야 할지 모르겠네. 도깨비가 하는 짓에는 규율이 없으니 질서 있게 설명하기가 무척 힘들어. 우선 욕조부터 말하지. 욕조인지 뭔지 모르지만 아마도 욕조라는 게 아닐까 짐작할 뿐이야. 폭이 1미터 정도, 길이는 3미터 정도 되는데 그것을 둘로 나누어 한쪽엔 뿌연 물이 담겨 있어. 무슨 약탕이라나 하는 거라는데 석회를 풀어놓은 것처럼 색이 탁해. 아니, 탁하기만 한 게 아냐. 기름이 둥둥 떠서 걸쭉하게 탁하군. 이야기를 들어보니 썩은 듯이 보이는 것도 이상할 게 없는 게 일주일에 한번밖에 물을 갈지 않는다잖아? 그 옆에는 그냥 물인 것 같지만 이 역시 투명, 청결하다고는 결코 말할 수 없어. 빗물 통을 휘저어놓은 정도의 가치라는 건 그 색만 봐도 충분히 알겠어. 이제부터가 도깨비 이야기야. 정말 힘들어. 빗물 통 쪽에 우뚝 선 젊은 녀석이 둘 있어. 선 채로 서로 마주 보고 물을 배에 좍좍 끼얹고 있어. 정말 볼만하군. 양쪽 모두 검다는 점에서는 흠잡을 데가 없어. 이 도깨비들 꽤나 늠름하네, 하고 보고 있으니 이윽고 한 사람이 수건으로 가슴께를 문지르며 "킨 씨, 아무래도 여기가 너무 아픈데 왜 그럴까?" 하고 묻더군. 킨 씨는 "거긴 위장이야. 위장이란 건 목숨도 뺏을 수 있으니까 조심 안 하면 큰일 나" 하고 열을 올리며 충고를 하더군. "아니, 여기 왼쪽이라니까" 하고 왼쪽 폐를 가리켰어. "거기가 위라니까. 왼쪽이 위, 오른쪽이 폐라고." "그런가? 난 또 위는 이 근처인 줄 알았네" 하며 이번엔 허리 쪽을 두드려 보이니 킨 씨는 "그건 산증疝症이구면" 했어. 그때 스물대여섯 된, 수염이 거뭇거뭇한 남자가 탕에 풍덩 뛰어들었지. 그러자 몸에 묻어 있던 비눗물이 때와 함께 떠오르더군. 철분이 있는 물을 햇빛에 비춰볼 때처럼 반짝반짝 빛나더라고. 그 옆에서 머리 벗어진 영감 하나가 머리를 빡빡 깎은 사람을 붙잡고 뭐라 떠들고 있어. 양쪽 모두 머리만 물 밖으로 나와 있었지. "야, 이렇게 나이를 먹으니 안 되겠네. 사람도 늙어빠지면 젊은이들을 못 당한다니까. 그래도 목욕만은 지금도 확 뜨겁지 않으면 기분이 좋질 않으니 말이야." "그래도 영감님은 건강한 편이에요. 그 정도 튼튼하면 됐죠." "건강하지도 않아. 그저 병만 없다는 거지. 인간은 나쁜 짓만 안 하면 백이십까지는 살게 돼 있거든." "와, 그렇게 오래 사나요?" "살고말고, 백이십까지는 거뜬하지. 유신 전에 우시고메에 마가리부찌라는 무사가 있었는데 그 집 하인이 백삼십이었어." "그것참, 오래도 살았네요." "그러게, 너무 오래 살다보니 그만 제 나이도 잊어버렸지. 백까지는 셌는데 그다음부터는 잊어버렸습니다, 하더라고. 그런데 내가 알던 게 백삼십 때였는데 그때 죽은 게 아냐. 그뒤로 어떻게 됐는지는 모르지. 어쩌면 아직 살아 있을지도 모른다네" 하고 욕조에서 나왔어. 수염 난 남자는 운모 가루 같은 것을 제 주변에 흩뿌리며 혼자서 히죽히죽 웃고 있었지. 그 자리에 또 풍덩 뛰어든 자는 보통의 도깨비와 달리 등짝에 그림이 붙어 있더군. 이와미 주우따로오[18]가 큰 칼을 휘두르며 이무기를 퇴치하는 모습인 듯한데 안타깝게도 아직은 공을 세우는 데는 이르지 못했는지 이무기는 어디에도 보이질 않아. 따라서 주우따로오 선생도 약간 김이 샌 듯한 기색이더군. 뛰어들면서 "개떡같이 미지근허네" 했어. 그러자 연달아 뛰어든 또 한 녀석이 "이거 원…… 좀더 뜨거워야지" 하고 얼굴을 찡그리는 걸 보니 뜨거운 걸 참는 기색으로도 보였는데, 주우따로오 선생의 얼굴을 보더니 "아이고, 형님" 하고 인사를 했어. 주우

---

**18** 이와미 주우따로오(岩見重太郎). 아즈찌모모야마 시대의 전설적인 무사.

따로오는 "여" 하더니 잠시 후 "타미 씨는 어떻게 됐나?" 하고 묻더군. "어떻게 됐는지, 노름만 좋아해서 말이야." "노름만이 아니에요……" "그런가, 그 녀석도 심보가 좋지 않아서. ─ 뭐랄까 사람들이 좋아하질 않아 ─ 뭐랄까 ─ 아무래도 사람들이 신뢰하질 않고. 직인이라는 건 그런 게 아닌데 말이야." "그럼요. 타미 씨는 겸손한 게 아니고 거만하죠. 그러니 아무래도 신뢰할 수가 없고요." "정말 그래. 그런 주제에 제 딴엔 엄청 솜씨가 있는 줄 아니까 ─ 요컨대 제 손해야." "시로가네쪼오에도 어른이 없어서, 이젠 통 장수 모토 씨하고 기와가게 주인하고 형님 정도잖아요. 이쪽이야 이렇게 여기서 태어났지만 타미 씨 경우엔 어디서 굴러왔는지도 모르겠고." "그렇지. 그런데도 용케 그만큼은 됐지." "음, 뭐랄까, 남들이 안 좋아해요. 사람들이 사귀려 들질 않으니" 하고 철두철미 타미 씨를 공격하더군.

빗물 통은 이 정도 해두고, 뿌연 탕 쪽을 보니 이쪽 또한 엄청나게 사람이 많아서 물속에 사람이 들어 있다기보다 사람 사이에 물이 들어 있다고 하는 게 맞을 듯해. 게다가 그들은 엄청 유유자적, 아까부터 들어가는 자는 있지만 나오는 건 하나도 없어. 이렇게 들어가는데다 일주일이나 놔두니 물도 더러워질 수밖에 없겠다 싶어 기가 막혀 자세히 탕 안을 둘러보니 왼쪽 구석에 눌려 찌그러진 쿠샤미 선생이 새빨갛게 익어서 웅크리고 있더군. 불쌍하게도 누가 길을 내서 꺼내주면 좋을 것을, 아무도 움직이려 하지 않고 주인도 나올 기색이 보이질 않아. 그냥 꼼짝 않고 빨개져 있을 따름. 이건 참 고생이로군. 가능한 한 2전 5리 목욕비의 본전을 뽑겠다는 정신으로 이렇게 새빨개진 거겠지만, 얼른 나오지 않으면 뭔 일 나겠다 싶어 이 몸은 창밖에서 주인 걱정을 엄청 했어. 그러자 주인의 한 자리 건너에 있던 남자가 팔자 주름을 지으며 "이건 좀 너무 뜨거운 것 같은데. 어쩐지 등허리 쪽에서 뜨거운 게 술술 솟아나는 걸" 하고 넌지시 옆자리 도깨비에게 동정을 구하더군. "뭘, 이 정도가 딱 좋죠. 약탕은 이 정도가 아니면 안 들어요. 내 고향에선 이것보다 두배는 더 뜨거운 탕에 들어간다고요" 하고 자랑스러운 듯이 설명을 늘어놓는 녀석이 있었어. "도대체 이 약탕은 어디에 든는 걸까요?" 하고 수건을 접어 울퉁불퉁한 정수리를 감춘 사내가 일동에게 물었어. "여러가지에 다 효과가 있죠. 어디에나 좋다고 하니까. 굉장하죠?" 하고 말한 것은 말라빠진 오이 같은 색과 형태를 모두 갖춘 얼굴의 소유자였어. 그렇게 잘 듣는 약탕이라면 조금 더 건강해져야 할 것을. "약을 막 넣었을 때보다 사흘이나 나흘 지났을 때가 딱 좋은 것 같아요. 오늘 때맞춰 왔네요" 하고 아는 체하는 사람을 보니 엄청난 뚱뚱보야. 이건 아마 때가 부어오른 거겠지. "마셔도 효과가 있을까요?" 하고 어디선지 모르겠지만 새된 목소리가 들렸어. "한기가 들거나 할 때는 한잔 마시고 자면 신기하게도 소변보러 일어날 일이 없으니 한번 해보세요" 하고 답한 건 어느 얼굴에서 나온 소린지 모르겠어.

탕 쪽은 이 정도로 하고 마룻바닥 쪽을 보니 많기도 해라, 그림도 안 되는 아담들이 죽 늘어앉아서 각자 제멋대로 자세를 잡고 각자 제멋대로 씻고 있어. 그중에서 가장 놀라운 것은 벌렁 드러누워 높직한 들창을 바라보고 있는 아담과 배를 깔고 엎드려 물고랑 안을 들여다보고 있는 두 아담이야. 꽤나 한가한 아담이다 싶군. 중하나가 벽을 향해 웅크려 앉아 있고 어린 중이 열심히 어깨를 두드리고 있네. 이건 사제지간이니 때밀이 역할을 대신 맡은 거겠지. 진짜 때밀이도 있어. 감기에 걸렸는지 이 더운 데 민소매 솜옷을 입고 타원형 물통으로 손님의 어깨에 좌좍 물을 붓고 있군. 오른쪽 발을 보니 엄지와 검지 발가락 사이에 때수건을 끼우고 있어. 또 이쪽 편에선 대야를 욕심스럽게 세개나 차지하고 앉은 남자가 옆 사람에게 비누를 쓰라고 권해가며 열심히 수다를 떨고 있네. 무슨 소린가 싶어 들어보니 이런 이야기였어. "총포는 외국에서 건너온 거잖아. 옛날엔 그냥 서로 칼로 베는 거였는데, 외국 놈들은 비겁하니까, 그래서 그따위 물건을 만든 거지. 아무래도 중국은 아닌 것 같고, 역시 외국인 것 같아. 와또오나이[19] 시절엔 없었지. 와또오나이는 역시 세이와겐지[20]야. 아무래도 요시쯔네가 에조[21]에서 만주로 건너갔을 때 에조 남자 가운데 학문이 깊었던 사람이 따라갔다는 이야기지. 그래서 그 요시쯔네의 아들이 명나라를 공격했는데 명나라가 어려워지자 3대 쇼오군에게 사자를 보내 삼천명의 군대를 빌려달라고 하니 쇼오군이 이 사자를 붙잡아두고 돌려보내질 않아. ─ 뭐라더라? ─ 어쨌든 뭐라던가 하는 사자야. 그래서 그 사자를 이년 동안 붙잡아두고 마지막엔 나가사끼에서 여자를 하나 붙여줬는데 그 여자가 낳은 아이가 바로 와또오나이지. 그러고 나서 조국에 돌아가보니 명나라는 적에게 멸망당한 뒤였고……" 뭔 소릴 하는지 당최 알 수가 없군. 그 뒤에선 스물대여섯 되는 우울한 얼굴의 사내가 멍하니 사타구니에 뿌연 물을 열심히 붓고 있어. 종기 같은 것 때문에 고생하는 듯해. 그 옆에서 자네가 어쩌고 내가 어쩌고 하며 시건방진 소릴 해대는 열일고여덟살이나 된 듯한 것

---

**19** 조오루리 「코꾸센야 합전(國姓爺合戰)」의 주인공. 명·청 교체기에 청나라에 대항해 싸운 정성공(鄭成功)이 모델이다.
**20** 세이와(淸和) 천황의 후손으로 미나모또(源) 성을 받은 일가.
**21** 홋까이도오의 옛 이름.

278

들은 근처에 사는 서생이겠지. 또 그다음에는 기묘한 등짝이 보이네. 엉덩이 안으로 대나무라도 밀어넣은 것처럼 등뼈 마디가 또렷이 드러나 있어. 그리고 그 좌우로 쑥뜸 자국이 네개씩 마치 고누판처럼 질서정연하게 늘어서 있고. 벌겋게 부어올라 고름이 잡힌 자국도 있더군. 이렇게 일일이 다 말하다간 너무 할 말이 많아서 내 솜씨론 그 일부분도 형용하지 못하겠네. 이거 귀찮은 짓을 시작했구나 싶어 진력이 나는 참에 입구 쪽에 옥색 무명옷을 입은 일흔살쯤 된 민머리가 불쑥 나타났어. 민머리는 공손하게 이 벌거숭이 도깨비들에게 목례를 하더니 "아이고, 여러분, 날마다 변함없이 와주셔서 감사합니다. 오늘은 좀 쌀쌀하니까 모쪼록 천천히들 ── 아무쪼록 백탕에 들어갔다 나왔다 하시면서 천천히 몸을 덥히시기 바랍니다. ── 지배인, 물 온도를 잘 맞춰드리게나" 하고 청산유수 한바탕 늘어놓더군. 지배인은 "그러믄입죠" 했어. 와또오나이는 "애교가 넘치는구면. 저렇게 안 하면 장사가 안 되지" 하고 영감을 칭찬했어. 이 몸은 갑작스러운 이 이상한 영감의 출연에 조금 놀랐으니 이쪽 이야기는 이 정도로 해두고 잠깐 영감을 전문적으로 관찰하기로 했지. 영감은 막 탕에서 나온 네살쯤 되어 보이는 사내아이를 보고는 "아가, 이리 와보렴" 하고 손을 내밀었어. 아이는 찹쌀떡을 짓이겨놓은 듯한 영감을 보고는 큰일 났다 싶었는지 으앙, 하고 울음을 터뜨렸지. 영감은 좀 겸연쩍었는지 "아이고, 우는 거야? 왜? 할아버지가 무서워? 그것참" 하고 탄식하더군. 할 수 없이 얼른 방향을 바꾸어 아이 아빠에게 말을 걸었지. "이야, 겐 씨. 오늘은 좀 쌀쌀하구면. 어제 오오미야에 들었다는 도둑놈은 정말 멍청한 녀석이야. 그 집 쪽문을 네모나게 자르고 들어가긴 했는데 아무것도 훔치지 못했다는구면. 순사나 야경꾼이라도 본 게지" 하고 도둑의 무모함을 크게 비웃더니 또다른 사람을 붙잡고 "아이고, 춥구면. 댁은 아직 젊으니까 별로 못 느끼려나?" 하고 노인이라서 혼자만 춥다고 난리야.

한참을 이 영감한테 정신이 팔려 다른 도깨비들은 완전히 잊고 있을 뿐 아니라 괴로운 듯 쪼그려앉아 있던 주인조차 기억에서 사라졌을 무렵, 갑자기 몸 씻는 곳과 탈의실 사이에서 고함을 지르는 자가 있었어. 틀림없는 쿠샤미 선생. 주인의 목소리가 유별나게 크고 탁해서 듣기 싫은 것은 어제오늘 일이 아니지만 장소가 장소이니만큼 이 몸은 적잖이 놀랐지. 이건 그야말로 열탕 속에서 너무 오래 참고 있다보니 열이 오른 게 분명하다고 순간적으로 판단이 서더군. 단순히 병 때문이라면 나무랄 일도 아니겠지만, 그가 흥분하면서도 충분히 제정신을 유지하고 있음이 분명하다는 것은 무엇 때문에 이렇게 엄청난 소리를 질렀는지 들으면 금방 알 수 있어. 시건방진 서생을 상대로 어른답지 못하게 싸움을 시작한 거였거든. "저리 좀 떨어져. 내 대야에 물이 튀잖아!" 하고 화를 내는 건 물론 주인이야. 사물은 보기에 따라 얼마든지 달라지는 거니까 이 고함 소리를 그저 열이 오른 결과라고만 판단할 필요는 없어. 만명 중에 하나쯤은 타까야마 히꼬꾸로오[22]가 산적에게 호통을 치는 것 같다고 해석해줄지도 모르지. 본인도 딴에는 그럴 작정으로 한 짓일지 모르지만, 상대가 산적임을 자처하지 않는 이상 예상했던 결과가 나오지 않는 건 당연하잖아? 서생은 뒤를 돌아보더니 "여긴 원래부터 제 자린데요" 하고 점잖게 대꾸했어. 이거야말로 당연한 대답이고 다만 그 자리를 떠나지 않겠다고 한 것만이 주인의 뜻

---

**22** 타까야마 히꼬꾸로오(高山彦九郞, 1747~93). 막부 말기의 근황(勤皇) 사상가.

과 다를 뿐, 그 태도나 말이 산적이라고 욕할 정도가 아니라는 건 아무리 화가 난 주인이라도 알 거야. 하지만 주인이 고함을 친 것은 서생들의 자리 자체가 불만이어서가 아니야. 아까부터 이 두 사람이 소년답지 않게 유난히 거만하고 건방진 소리를 늘어놓는 통에 계속 그 소리를 듣던 주인이 부아가 치민 것이지. 그러니 저쪽에서 점잖게 나온다고 해서 잠자코 탈의실로 물러날 순 없어. 이번엔 "뭐야, 멍텅구리가. 남의 대야에 더러운 물을 툭툭 튕겨대서 되겠어?" 하고 소리를 질렀어. 이 몸 역시 이 녀석들이 조금 얄밉다 싶었으니 이때는 내심 쾌재를 불렀지만, 학교 선생인 주인이 이런 언동을 보이는 건 좀 아니다 싶더라고. 주인은 너무 고지식해서 탈이야. 타고 남은 석탄처럼 까칠한데다 너무 딱딱하거든. 옛날에 한니발이 알프스 산을 넘을 때 길 한가운데 커다란 바위가 있어서 군대가 지나가기에 불편하고 방해가 되었대. 그때 한니발이 이 커다란 바위에 식초를 들이붓고 불을 붙여서 부드럽게 만든 다음 톱으로 그 큰 바위를 마치 어묵처럼 톱으로 잘라서 막힘없이 지나갔다잖아. 주인처럼 이렇게 효과 있다는 약탕에 익어버릴 만큼 들어앉아 있어도 전혀 효과가 없는 인간은 역시 식초를 들이붓고 불을 붙이는 수밖에 없지 않나 싶어. 그렇지 않고서야 이런 서생이 몇백명 오고 몇십년이 걸려도 주인의 고집은 나아질 리가 없거든. 여기 탕 안에 앉아 있거나 북적거리면서 몸을 씻는 것들은 문명인에게 필요한 의복을 벗어던진 도깨비 집단이니 물론 상식으로 판단할 수야 없지. 무슨 짓을 해도 된다는 거야. 폐가 있을 자리에 위장이 들어앉고, 와또오나이가 세이와겐지가 되고, 타미 씨가 못 믿을 인간이 되는 거야 그렇다 치자고. 그래도 일단 탕에서 나와 탈의실로 가면 이미 도깨비가 아니야. 보통 인간들이 사는 사바세계로 나온 거라고. 문명에 필요한 옷을 입잖아. 따라서 인간다운 행동을 해야만 하는 거 아니겠어? 지금 주인이 밟고 선 곳은 문턱이야. 몸 씻는 곳과 탈의실의 경계인 문턱에 섰으니 당사자는 이제 곧 환언유색, 원전활탈[23]의 세계로 되돌아가려는 순간이거든. 그런 순간에조차 이렇게 완고하다니, 이 완고함은 본인 스스로는 절대 어쩔 수 없는 질병임이 분명해. 병이라면 그리 쉽게 교정 가능할 리가 없지. 이 병을 고치는 방법은 나의 어리석은 견해로는 단 한가지뿐이야. 교장에게 부탁해서 면직시켜달라고 하는 것이지. 면직을 당하면 융통성이라곤 쥐뿔도 없는 주인이니 분명 길거리를 헤매고 다니겠지. 길거리를 헤맨 결과는 객사밖에 더 있겠어? 말을 바꾸면 면직은 주인에게 죽음의 먼 원인이 되는 거지. 주인은 기꺼이 병을 앓으며 기뻐하고 있지만 죽는 건 아주 질색이야. 죽지 않을 정도로만 병을 앓는 일종의 사치를 부리고 싶은 거겠지. 그러니까 그렇게 병을 앓다간 죽는다고 겁을 주면 겁쟁이 주인이 바들바들 떨 게 분명해. 바로 그렇게 바들바들하는 순간 병이 깨끗하게 떨어져나간다는 거지. 뭐, 아니면 말고.

아무리 바보라도, 환자라도 주인은 주인. 한끼 밥의 은혜도 중하다고 한 시인도 있으니 고양이라도 주인의 처지를 걱정하지 않을 수는 없어. 참 안됐다 싶은 생각에 가슴이 미어져 잠시 그쪽에 정신이 팔려 몸 씻는 곳 관찰을 소홀히 한 사이 갑자기 백탕 쪽을 향해 저마다 욕지거리를 해대는 소리가 들렸어. 여기도 싸움이 벌어졌구나 싶어 돌아보니 좁은 욕조 입구에 입추의 여지도 없이 도깨비들이 들러붙어서는 털북숭이 정강이와 털 없는 허벅지가 뒤섞여

<hr />

**23** '환언유색(歡言愉色)'은 '교언영색(巧言令色)'과 같은 뜻, '원전활탈(圓轉滑脫)'은 모나지 않게 여러 수단을 써서 헤쳐나간다는 뜻.

꿈틀대고 있어. 마침 해는 저물어가는데 뭉게뭉게 몸 씻는 곳 위로 천장까지 온통 김이 가득하고. 이 도깨비들이 밀치락달치락하는 꼴이 그 사이로 몽롱하게 보였지. 앗, 뜨거, 앗, 뜨거, 하는 소리가 이 몸의 귀를 뚫고 좌우로 빠져나가는 듯이 머릿속에서 뒤섞이더 군. 그 목소리엔 노란 것, 파란 것, 빨간 것, 검은 것도 있는데 서로 겹쳐서 일종의 표현 불가능한 음향을 목욕탕 안에 가득 채웠어. 그 저 혼잡과 혼란을 표현하기에 적당한 소리일 뿐 그밖엔 아무런 도 움이 되지 않는 소리였어. 이 몸은 멍하니 이 광경에 홀린 채 서 있 었지. 마침내 와, 와, 하는 소리가 혼란의 극에 달해 여기서부터는 한걸음도 더 나갈 수 없다 싶은 지점까지 왔을 때, 느닷없이 엉망 진창 북새통 속에서 한 거한이 벌떡 일어섰어. 그의 키로 말할 것 같으면 다른 선생들보다 분명 10센티 정도는 더 크더군. 그뿐 아니 라 얼굴에 수염이 난 것인지 수염 속에 얼굴이 동거하고 있는 것인 지 알 수 없는 빨간 얼굴을 젖히고는 한낮에 깨진 종을 치는 듯한 소리로 "찬물 섞어. 섞으라니까. 뜨겁다고. 뜨거워" 하고 고함을 쳤 지. 이 목소리, 이 얼굴이야말로 이 어수선하게 뒤엉킨 군중 위로 높이 솟아올라 그 순간에는 목욕탕 전체가 이 사내 한 사람으로 가 득 찬 듯했어. 초인이다, 니체가 말하는 초인이다, 대마왕이다, 도 깨비들의 두목이다, 하고 생각하며 보고 있으려니까 욕조 뒤에서 "예에" 하고 대답하는 자가 있어. 어라, 하고 얼른 그쪽으로 눈을 돌려보니 어둑해서 제대로 보이지 않는 가운데 아까 그 민소매 때 밀이가 부서져라 하고 석탄 덩어리를 아궁이에 던져넣는 것이 보 였어. 열린 아궁이 안으로 들어간 이 덩어리가 탁탁 소리를 낼 때 때밀이의 얼굴 반쪽이 확 밝아지더군. 동시에 때밀이 뒤에 있는 벽 돌담이 어둠을 뚫고 불타는 듯이 빛났어. 이 몸은 약간 겁이 나서 얼른 창에서 뛰어내려 집으로 돌아왔지. 돌아오면서 생각했어. 하오리를 벗고, 사루마따를 벗고, 하까마를 벗어 평등해지려고 애쓰는 알몸뚱이들 속에서 다시 알몸뚱이 호걸이 나타나 다른 소인배들을 압도해버린다. 평등이란 아무리 알몸뚱이가 되어봤자 얻을 수 없는 게야.

돌아와보니 천하는 태평하여 주인은 목욕을 마치고 반짝반짝하는 얼굴로 저녁을 먹고 있더군. 이 몸이 대청마루에서 방으로 오르는 것을 보더니 태평스러운 고양이구먼, 이 시간까지 어딜 싸돌아다닌 거야? 했어. 상 위를 보니 벌이도 시원찮은 주제에 두세가지 반찬이 올라와 있네. 그중에 구운 생선 한마리가 있었어. 이건 뭐라는 생선인지 모르지만 아무래도 어제쯤 오다이바 근처에서 잡힌 게 분명해. 물고기란 건강한 녀석이라고 앞서 설명했지만 아무리 건강해도 이렇게 굽고 찌고 하는 데야 당할 수가 없지. 병에 걸려 골골하더라도 오래 사는 게 남는 거야. 이런 생각을 하면서 틈을 봐서 뭔가 집어먹으려고 밥상 옆에 붙어앉아 안 보는 척하고 있었어. 이런 위장술을 모르면 맛있는 생선은 아예 포기하는 게 나을 걸. 주인은 생선을 좀 뒤적거리다가 맛이 없다는 표정을 지으며 젓가락을 내려놓더군. 마주 앉은 안주인은 말없이 젓가락이 아래위로 움직이는 모양, 주인의 턱이 열렸다 닫혔다 하는 모습만 골똘히 연구하고 있었어.

"어이, 그 고양이 머리 한번 때려봐" 하고 주인이 뜬금없이 안주인에게 말했지.

"때리라니, 왜요?"

"그냥 한번 때려보라니까."

이렇게요? 하며 안주인은 손바닥으로 이 몸의 머리를 살짝 쳤어.

아무렇지도 않아.

"안 우네?"

"예."

"한번 더 해봐."

"몇번을 해도 마찬가지예요" 하고 안주인은 또 손바닥으로 통, 하고 쳤어. 역시 아무렇지도 않으니까 가만히 있었지. 하지만 도대체 무엇 때문에 그러는지는 지혜 깊은 이 몸도 전혀 이해가 안 되는 거야. 이걸 이해할 수 있다면 뭐라도 방법이 있을 텐데 무작정 때려보라니 때리는 안주인이나 얻어맞는 이 몸이나 답답하잖아. 주인은 두번째도 생각대로 안 돼서 약간 짜증이 났는지 "거 좀 울게 때려보라니까" 하는 거야.

안주인은 귀찮은지 "울려서 뭐 하려고요?" 하고 물으며 다시 찰싹, 하시더군. 이렇게나마 상대의 목적을 알면 어려울 게 뭐야. 울어만 주면 주인은 만족할 거 아냐. 주인은 이렇게 멍청이니까 정나미가 떨어져요. 울게 만들려면 처음부터 그렇게 말할 것이지, 그러면 두번 세번 쓸데없는 짓을 안 해도 되고 이 몸도 한번에 풀려날 것을, 두번 세번 반복할 게 뭐람. 때려보라는 명령은 때리는 것 자체가 목적일 때가 아니면 해서는 안 된다고. 때리는 건 그쪽 일, 우는 건 이쪽 일. 울 것을 처음부터 멋대로 예상해서 그냥 때리라는 명령 속에 이쪽 마음인 우는 것까지 포함되어 있다고 착각하는 건 정말 무례하기 짝이 없는 짓 아닌가? 타인의 인격을 존중하지 않는 거지. 고양이를 뭘로 보고. 주인이 뱀이나 전갈 보듯 하는 카네다군이라면 할 법한 짓이지만, 적나라함을 자랑하는 주인치고는 엄청 비열한 짓이지. 하지만 사실 주인은 그다지 못된 인간은 아니야. 그러니 주인의 이런 명령은 교활함에서 나온 건 아냐. 그저 지혜가 모자라다보니 나온 사소한 바보짓이라고나 할까. 먹으면 배부르게 되어 있다, 찌르면 피가 나게 되어 있다, 죽이면 죽게 되어 있다, 그러니 때리면 울게 되어 있다고 속단한 거겠지, 뭐. 안됐지만 그건 논리에 맞지 않아. 그런 식으로 하면 강에 빠지면 반드시 죽는다, 튀김을 먹으면 반드시 설사를 한다, 월급을 받으면 반드시 출근한다, 책을 읽으면 반드시 출세한다, 이렇게 되는 건가? 반드시 그랬다간 조금 곤란한 인간이 나오지. 때리면 반드시 울어야 한대서야 이 몸도 성가셔. 메지로의 종[24]과 똑같이 간주해선 고양이로 태어난 보람이 있나? 먼저 마음속으로 이 정도 주인에게 쏘아붙이고, 그런 다음 야옹, 하고 주문대로 울어줬어.

그러자 주인은 안주인을 보고 "지금 울었어. 야옹,이라는 건 감탄사일까 부사일까? 어느 쪽인지 아나?" 하고 묻더군.

안주인은 너무 뜬금없는 소리라 대답도 안 해. 사실 이 몸도 목욕탕에서 올랐던 열이 아직 덜 식어서 저러나 싶었을 정도인걸. 원래 주인은 이웃 사방에 유명한 별종이라 어떤 사람은 분명 정신병이라고 단언할 정도거든. 그런데 자신감이 엄청난 주인은 자기가 미친 게 아니라 세상 사람들이 미친 거라고 우겨대요. 주변 사람들이 주인을 개라고 부르면 주인은 공평을 유지하기 위해 필요하다면서 그 사람들을 돼지라고 부르지. 실제로 주인은 어디까지나 공평을 유지할 생각인 듯해. 참 큰일이지. 이런 사람이니 아내에게 이 따위 이상한 질문을 하는 것도 주인에겐 식은 죽 먹기일지 모르지만 듣는 쪽에서 보면 살짝 미친 사람이나 할 소리 같긴 하지. 그러니 안주인은 이 양반이 뭐에 홀렸나 하고 아무 소리도 안 하는 거

---

**24** 토오꾜오 메지로후도오 사원에서 시간에 맞추어 치던 종.

야. 이 몸은 물론 뭐라고 대답할 수가 없고. 그러자 주인은 커다란 소리로,

"어이" 하고 불렀어.

안주인은 놀라서 "예" 하고 답했지.

"그 예,라는 건 감탄사야 부사야? 어느 쪽이야?"

"어느 쪽이라뇨? 그런 거야 아무럼 어때요?"

"아무럼 어떠냐니, 이건 실로 국어학자들의 두뇌를 지배하고 있는 큰 문제라고."

"어머나, 저런, 고양이 울음소리가요? 말도 안 돼. 고양이 울음소리는 일본어도 아니잖아요?"

"그러니까. 그게 어려운 문제라고. 비교연구라는 거지."

"그렇군요." 안주인은 영리하니까 이런 바보 같은 문제엔 관여하지 않아. "그래서 어느 쪽인지 알았어요?"

"중요한 문제니까 그렇게 금방 알 수야 없지" 하더니 좀 전의 생선을 아귀아귀 먹더군. 내친김에 그 옆에 있는 돼지고기감자조림도 먹고. "이건 돼지네." "예, 돼지예요." "흥" 하고 엄청 경멸하는 투로 삼켰어. "술을 한잔 더 해야겠군" 하고 잔을 내밀더군.

"오늘 저녁엔 많이 드시네요. 벌써 꽤 빨개지셨는데."

"마셔야지. ── 당신, 세상에서 가장 긴 단어가 뭔지 알아?"

"네, 사끼노깐빠꾸다이조오다이진[25]이잖아요?"

"그건 이름이고, 가장 긴 단어를 아느냐고."

"단어라니, 서양 말요?"

---

**25** 원래는 '홋쇼오지뉴우도오사끼노깐빠꾸다이조오다이진(法性寺入道前關白太政大臣)'으로, 헤이안 말기의 귀족 후지와라노 타다미찌(藤原忠通, 1097~1164)를 달리 부르는 이름.

"응."

"몰라요 ── 술은 이제 됐죠? 이제 진지를 드세요."

"아니, 더 마실 거야. 제일 긴 단어를 가르쳐줄까?"

"예, 그러고 나서 진지 드세요."

"Archaiomelesidonophrunicherata[26]라는 말이야."

"엉터리죠?"

"엉터리라니, 그리스어야."

"무슨 뜻인데요, 일본어로 하면?"

"뜻은 몰라. 그냥 철자만 아는 거지. 길게 쓰면 한 20쎈티는 될 거야."

남들은 술김에 할 소리를 맨정신으로 하고 있으니 엄청 묘한 광경이야. 하긴 오늘밤은 유난히 술을 마셔대네. 평소엔 작은 잔으로 두잔이라고 정해놓고 있는데 벌써 넉잔을 들이켰어. 두잔이면 꽤 빨개지는데 그 두배를 마셨으니 얼굴이 부젓가락처럼 달아올라서 무척 힘들어 보여. 그런데도 아직 끝이 안 나. "한잔 더" 하더라고. 안주인은 지나치다 싶었는지,

"이제 그만 드시는 게 좋겠어요. 힘들잖아요" 하고 싫은 내색을 했지.

"아니, 좀 힘이 들어도 지금부터 연습을 해야 돼. 오오마찌 케이게쯔[27]가 마시라고 했거든."

"케이게쯔가 뭔데요?" 천하의 케이게쯔도 안주인을 만나서는

---

**26** 아리스토파네스의 희곡 「벌」에 나오는 말로, '시돈(페니키아의 도시)의 시인 프루니코스의 옛 노래와 같이 사랑스럽다'는 뜻.

**27** 오오마찌 케이게쯔(大町桂月, 1869~1925). 시인, 평론가. 이하는 『타이요오(太陽)』 1905년 12월호에 실린 소오세끼에 대한 그의 평문을 의식한 내용이다.

한푼의 가치도 없어.

"케이게쯔는 작금의 일류 비평가야. 그자가 마시라고 했으니 당연히 마셔야지."

"무슨 멍청한 소리예요? 케이게쯔든 바이게쯔든 힘들 정도로 마시라는 건 쓸데없는 소리라고요."

"술뿐이 아냐. 사람도 사귀고 도락도 즐기고 여행도 하라던데?"

"더더욱 나쁜 사람이네요. 그런 인간이 일류 비평가라니 정말 기가 차네. 처자식이 있는 사람한테 도락을 권하다니……"

"도락은 좋은 거지. 케이게쯔가 권하지 않아도 돈만 있으면 했을지도 몰라."

"돈이 없으니 망정이지, 이제 와서 도락을 시작했다간 큰일이죠."

"큰일이라면 안 할 테니까 그 대신 남편을 좀더 소중히 여기고, 그리고 저녁엔 더 맛있는 걸 먹여달라고."

"이게 최선이랍니다."

"과연 그럴까? 그렇다면 도락은 나중에 돈이 들어오는 대로 하기로 하고, 오늘밤은 이 정도로 해두지" 하고 밥공기를 내밀었어. 오짜즈께를 세그릇은 비운 모양. 이 몸은 그날 밤 돼지고기 세조각과 구운 생선 대가리를 얻어먹었당.

# 8

울타리 돌기라는 운동을 설명하면서 주인집 마당을 둘러친 대나무 울타리를 잠깐 이야기한 것 같은데, 이 울타리 너머가 바로 이웃집, 즉 남쪽으로 붙어 있는 지로오짱 집이라고 생각하면 이건 오해야. 집세는 싸지만 명색이 쿠샤미 선생님인데. 욧짱이니 지로 오짱이니 하는 이른바 짱 붙은 녀석들과 얄따란 울타리 하나를 사이에 두고 이웃사촌이라는 친밀한 교제를 맺진 않지. 이 울타리 밖은 10미터쯤 되는 빈터이고 그 끝엔 우거진 노송나무가 대여섯그루 나란히 서 있어. 대청에서 보면 건너편은 무성한 숲이고 여기 사는 선생은 벌판의 외딴집에 이름 없는 고양이를 벗 삼아 세월을 보내는 강호의 처사라고나 할까. 다만 노송나무 가지가 말처럼 무성하지 않아서 그 사이로 군학관群鶴館이라는 이름만 거창한 싸구려 하숙집의 초라한 지붕이 그대로 보이는 통에 선생을 그렇게 상상하기는 무척 힘든 게 사실이지. 하지만 이 하숙이 군학관이라면 선생의 거처는 분명 와룡굴 정도는 되고말고. 이름에 세금이 붙는 건 아니니까 서로 그럴듯한 걸로 멋대로 갖다붙이는 거고. 폭이 10미터쯤 되는 빈터가 대나무 울타리를 따라 동서로 18미터쯤 이어지다가 갑자기 낫처럼 직각으로 꺾여 와룡굴 북쪽 면을 둘러싸고 있지. 바로 이 북쪽이 말썽의 씨앗이야. 본래는 빈터 끝나니 다시 빈터라나 뭐라나 하고 잘난 척을 해도 좋을 만큼 집 양쪽을 빈터가 둘러싸고 있지만, 와룡굴 주인은 물론이고 굴 안의 영묘인 이 몸조차 이 빈터 때문에 골치를 썩이고 있지. 남쪽에 노송나무가 버티고 있는 것처럼 북쪽엔 오동나무 일고여덟그루가 늘어서 있어. 벌써 둘레가 30센티나 될 정도로 자랐으니 나막신 만드는 사람을 데려다 보이면 값을 꽤 쳐서 받으련만, 세입자의 애환이랄까, 아무리 생각은 해도 실행은 못하지. 주인도 참 안됐어. 저번엔 학교 사환이 와서 가지 하나를 잘라가더니 다음에 왔을 때는 새로 만든 오동나무 나막신을 신고 와서는 지난번 그 가지로 만들었습니다, 하고 묻지도 않는 소릴 하더라고. 염치없는 놈 같으니라고. 오동나무는 있지만 이 몸과 주인 가족에겐 한푼 가치도 없는 오동나무라고. 옥을 품는 것이 죄로다,[1] 하는 옛말이 있다던데, 이건 오동을 길러도 돈은 안 되니 말하자면 구슬이 서말이라도 꿰어야 보배라고나 할까? 어리석은 것은 주인도 아니고 이 몸도 아니고 집주인 덴베에야. 어디 없나, 어디 없나, 나막신 장수 어디 없나, 하고 오동나무 쪽에서 재촉을 해대건만 모른 척하고 집세만 받으러 온다니까. 이 몸이 군이 덴베에게 원한이 있는 것도 아니니 그 사람 흉보는 건 이 정도로 하고 본론으로 돌아가서 이 빈터가 말썽의 씨앗

1 『춘추좌씨전(春秋左氏傳)』에 나오는 "보통 사람은 죄가 없어도 옥을 지니면 그것이 죄가 된다(匹夫無罪 懷璧其罪)"에서 온 말.

이 된 전말을 소개해 올릴 텐데, 절대 주인에겐 말하면 안 돼. 여기
서만 하는 이야기라고. 애초에 이 빈터의 가장 큰 문제가 뭐냐 하
면 울타리가 없다는 거야. 툭 트이고, 텅 비고, 뻥 뚫리고, 오가기
엔 천하에 편리한 빈터라고. 빈터라고 하는 건 거짓말 같아서 찜찜
하군. 실은 빈터 '였다'고 해야겠지. 그렇지만 과거 이야기를 안 하
면 이유를 모르잖아. 이유를 모르면 의사라도 처방을 못하는 거고.
그러니 이곳으로 이사 올 당시부터 천천히 이야기를 시작할게. 뻥
뚫린 건 여름에 바람도 잘 통하고 기분이 좋아. 돈 없는 곳에 도둑
이 들 리 없으니 불안할 것도 없고. 그러니 주인집에 벽이나 담, 내
지는 말뚝, 울타리 따위는 전혀 필요 없어. 그렇다곤 해도 이건 빈
터 너머에 거주하는 인간 혹은 동물의 종류가 무엇이냐에 따라 결
정될 문제라고 생각해. 따라서 이 문제를 정하려면 당연히 건너편
에 진을 치고 있는 군자의 성격을 파악해야만 한다는 거지. 인간인
지 동물인지도 모르면서 군자라고 부르는 건 너무 섣부르지 않으
냐 할지 모르지만 대충 군자라 해도 될 거야. 양상군자라나 뭐라나
하고 도둑놈마저 군자라 하는 세상인데, 뭘. 다만 이 경우에 군자란
결코 경찰을 귀찮게 하는 군자가 아니지. 경찰을 귀찮게 하는 대신
숫자로 승부를 보는 건지 겁나게 많아. 득시글득시글해. 낙운관落
雲館이라는 이름의 사립중학교 — 팔백 군자를 더욱 군자로 양성하
기 위해 매월 2엔의 월사금을 징수하는 학교야. 이름이 낙운관이니
풍류를 아는 군자만 오느냐 하면 그건 정말 착각이야. 이름을 믿을
수 없는 거야 군학관에 학이 내려오지 않고 와룡굴에 고양이가 있
는 거나 마찬가지지. 학사니 교사니 하는 것 중에 주인 쿠샤미 군
같은 미치광이가 있는 걸 안 이상 낙운관 군자가 풍류객이 아니라
는 사실은 이해가 갈 거야. 그게 이해 안 되면 일단 한 사흘 주인집

에 와서 살아보시든가.

앞에서 말했듯이 여기에 이사 왔을 당시엔 빈터에 울타리가 없어서 낙운관 군자들이 인력거집 까망이처럼 어슬렁어슬렁 오동나무밭에 들어와서 이야기를 하고 도시락을 까먹고 조릿대 위에 누워 뒹굴고 — 온갖 짓을 다 하더라고. 그러고는 도시락의 사체, 즉 대나무 껍데기, 낡은 신문지, 혹은 낡은 짚신이나 낡은 나막신, 온갖 낡은 쓰레기를 여기다 버렸나봐. 둔해빠진 주인은 의외로 태연해서 굳이 항의도 하지 않고 지냈으니 눈치를 못 챈 건지 알고도 야단치지 않은 건지 모르겠어. 그런데 이 군자들이 학교에서 교육을 받다보니 점점 더 군자다워졌는지 점점 북쪽에서 남쪽으로 잠식해들어오기 시작한 거야. 잠식이라는 말이 군자에게 어울리지 않으면 굳이 안 써도 돼. 하지만 달리 적당한 말이 없네. 그들은 물과 풀을 쫓아 옮겨다니는 사막의 주민들처럼 오동나무를 떠나 노송나무 쪽으로 진격해왔지. 노송나무가 있는 곳은 이 집의 정면이야. 웬만큼 대담한 군자가 아니고선 이 정도 행동을 취하긴 어렵지. 하루 이틀 지나자 그들의 대담함은 한층 더 커져 대대담담이 되더군. 교육의 결과만큼 무서운 건 없다니까. 그들은 단지 집 정면으로 밀고 들어올 뿐 아니라 이 정면에서 글쎄, 노래를 불러대기 시작했다고. 무슨 노래였는지는 잊어버렸지만 결코 서른한 자 탄까 따위 아니고 훨씬 활달하고 훨씬 알기 쉬운 노래였지. 놀란 것은 주인만이 아니었어. 이 몸조차 그 군자들의 재능에 탄복해 무심코 귀를 기울였을 정도인걸. 그러나 독자들도 알겠지만 탄복과 방해는 간혹 양립하는 경우가 있어. 이 두가지가 이때 하필이면 합하여 하나가 된 것은 지금 와서 생각해봐도 두고두고 유감스러워. 주인 역시 유감이었겠지만 어쩔 수 없이 서재에서 뛰쳐나가 여긴 너희들이 들어올 곳이 아니니 나가라고 두세번 쫓아낸 모양이야. 하지만 교양 있는 군자들이 이 정도로 점잖게 물러갈 리가 있나? 내쫓으면 금방 들어오고 들어왔다 하면 활달한 노래를 부르고 큰 소리로 이야기를 하는 거지. 게다가 군자들의 대화이니 어딘가 달라서 '이 자식'이니 '저 자식'이니 해. 그런 말은 메이지 유신 전에는 하인이나 뜨내기, 때밀이의 전문지식에 속했던 모양이지만 20세기 들어서는 교양 있는 군자들이 배우는 유일한 언어라고 하더군. 일반인들이 경멸하던 운동이 오늘날 이렇게 환영받게 된 것과 동일한 현상이라고 설명한 사람도 있어. 주인이 다시 서재에서 뛰쳐나와 이 군자풍 언어에 가장 통달한 한 사람을 붙잡고는 어째서 여길 들어오느냐고 따졌더니 군자는 금세 '이 자식, 저 자식' 하는 고상한 말을 잊고는 "여기가 학교 식물원인 줄 알았습니다" 하고 너무나 상스러운 말로 대답했어. 주인은 다시는 그러지 말라고 훈계하고는 놓아주더군. 놓아주다니 거북이 새끼도 아니고 이상하지만 실제로 그는 군자의 소맷자락을 붙잡고 담판을 지었거든. 이 정도 야단을 쳤으니 이제 괜찮겠지 하고 주인은 생각한 모양이야. 그런데 사실은 여왜씨[2]의 시대부터 예상은 틀리게 마련이라 주인은 이번에도 실패했어. 이번엔 북쪽에서 집을 가로질러 대문으로 나가면서 대문을 덜컹 열어젖히니 손님인가 싶어 보면 오동나무밭에서 웃는 소리가 들리는 거야. 형세는 더더욱 불온해졌지. 교육의 효과는 점차 현저해지고. 가엾은 주인은 이거 안되겠다 싶어서 서재에 틀어박혀 공손히 편지 한통을 낙운관 교장에게 보내 부디 단속을 해달라고 애원했어. 교장 역시 정중한 답장을 주인에게 보내기를 울타

---

2 女媧氏. 중국 신화에 나오는 여신으로 황토를 빚어 인간을 만들었다고 전해진다.

리를 칠 테니 기다려달라고 하더군. 얼마 후에 일꾼 두세명이 오더니 반나절 만에 주인집과 낙운관 사이에 높이 1미터쯤 되는 격자 울타리가 완성되었지. 이젠 안심이다 하고 주인은 기뻐했어. 멍청이. 이 정도로 군자들의 행동이 바뀔 턱이 있나?

남을 놀린다는 게 워낙 재미있잖아. 이 몸과 같은 고양이조차 가끔씩 이 집 딸들을 놀리는 게 낙이니 낙운관 군자들이 꽉 막힌 쿠샤미 선생을 놀려먹는 거야 지극히 당연한 거지. 이걸 불만스러워하는 건 아마 놀림을 당하는 당사자뿐일 거야. 놀리는 심리를 해부해보자면 두가지 요소가 있어. 첫째, 놀림을 당하는 자가 아무렇지도 않으면 안 되지. 둘째, 놀리는 자가 힘으로나 숫자로나 상대보다 강해야 해. 얼마 전에 주인이 동물원에 다녀와서 감탄하며 한 이야기가 있어. 듣자 하니 낙타와 강아지가 싸우는 걸 봤다더군. 강아지가 낙타 주위를 질풍처럼 맴돌며 짖어대는데도 낙타는 아무렇지도 않게 의연히 등에 혹을 지고 가만 서 있더라는 거야. 아무리 짖고 난리를 쳐도 상대를 해주지 않으니 결국엔 강아지도 정나미가 떨어져서 그만두더라는 거지. 정말이지 낙타는 둔해빠진 놈이라고 비웃었는데, 그게 바로 이 경우의 적절한 예라고나 할까? 아무리 놀리고 싶어도 상대가 낙타라면 헛일이야. 그렇다고 사자나 호랑이같이 너무 강한 상대도 안 되고. 놀리자마자 찢어발겨질 테니까. 놀리면 이를 드러내고 으르렁대는데, 으르렁대긴 하지만 어쩌지는 못할 거라고 안심할 수 있을 때 정말 신나는 거거든. 어째서 이런 게 재미있느냐고 묻는다면 이유는 여럿 있어. 우선 심심풀이에 딱이잖아? 심심할 때는 수염 오라기라도 세어보고 싶어지는 법이야. 옛날에 감옥에 던져진 죄인 하나는 너무 무료한 나머지 감방 벽에 삼각형을 거듭해서 그리면서 나날을 보냈다는 이야기도 있던걸.

세상에 심심한 것처럼 참기 어려운 것도 없어. 뭔가 활기를 불러일으킬 만한 사건이 없으면 살아가기 힘든 법이라고. 놀리는 것도 요컨대 이런 자극을 만드는 일종의 오락인 셈이지. 다만 상대방을 약간 화나게 하거나 약을 올리거나 난처하게 하거나 해야 자극이 되는 것이니, 예로부터 놀린다는 오락에 빠지는 자는 남의 마음을 헤아릴 줄 모르는 바보 다이묘처럼 할 일 없는 자, 혹은 제 즐거움 말고는 생각할 틈이 없을 만큼 두뇌 발달이 유치하고 넘치는 활기를 주체하지 못하는 소년뿐이야. 다음으로는, 자기가 우세하다는 것을 실제로 증명하는 데는 이것이 가장 간단한 방법이기 때문이야. 사람을 죽이거나 상처 입히거나 혹은 함정에 빠뜨리거나 하는 걸로도 자기의 우세함을 증명할 수는 있지만 이런 것들은 오히려 죽이거나 상처 입히거나 함정에 빠뜨리는 것 자체가 목적일 때 취할 만한 수단이고, 자신의 우세함은 이런 수단을 수행한 뒤에 필연적 결과로서 일어나는 현상에 불과하거든. 그러니 한편으로는 자신의 힘을 드러내고 싶으면서 그렇다고 남에게 그다지 해를 끼치고 싶지는 않은 경우에는 놀리는 것이 딱 좋아. 남에게 전혀 상처를 입히지 않고 자신이 잘났다는 걸 증명할 수는 없잖아. 눈앞에 사실로 드러나지 않으면 머릿속에서 아무리 잘났다 하고 있어봤자 별 쾌감이 없거든. 인간은 제 잘난 맛에 사는 거야. 그다지 잘난 게 없는 경우에도 잘난 척하고 싶은 법이지. 그러니 나는 이렇게 잘난 인간이다, 이 정도면 안심해도 된다, 이런 사실을 남에게 실제로 응용해봐야만 마음이 놓이는 거야. 더구나 도리를 모르는 속물이나 그다지 자기가 잘난 게 없는 것 같아 안절부절못하는 자는 온갖 기회를 이용해 그 증명서를 손에 넣으려 할 수밖에. 유도를 하는 이가 가끔 남을 메다꽂아보고 싶어하는 거나 똑같아. 유도 기술이 시원찮은 놈이 어떻게든 나보다 약한 놈을 단 한번만이라도 만나고 싶다, 유도를 못하는 사람이라도 좋으니 한번 메다꽂아보고 싶다, 하는 지극히 위험한 생각을 품고 온 동네를 싸돌아다니는 것도 바로 이 때문이거든. 그밖에도 이유야 얼마든지 있지만 너무 길어지니까 생략하기로 할게. 더 듣고 싶으면 가다랑어라도 한토막 들고 오시든가. 그럼 얼마든지 가르쳐줄게. 이상의 이론을 참고하여 추론해보건대, 이 몸의 생각으로는 오꾸야마[3]의 원숭이와 학교 선생이 놀리기엔 가장 좋아. 선생을 원숭이와 비교하긴 좀 아깝지. ── 선생이 아깝다는 게 아니라 원숭이가 아깝다고. 그래도 너무 닮았으니 어쩔 수가 없네. 아시다시피 오꾸야마의 원숭이는 쇠사슬에 묶여 있어. 아무리 이빨을 드러내고 꺅꺅거리면서 소란을 떨어봤자 할퀼 염려는 없지. 선생은 쇠사슬에 묶이지 않은 대신 월급에 묶여 있어. 아무리 놀려도 괜찮아. 사표를 내고 학생을 두들겨팰 염려는 없거든. 사직할 용기가 있는 자라면 처음부터 선생 같은 게 되어서 애보개 노릇이나 할 리가 없잖아? 주인은 선생이야. 낙운관 선생은 아니지만 역시 선생임은 틀림없지. 놀리기엔 안성맞춤이고 지극히 간편한데다가 더없이 안전하다고. 낙운관 학생들은 소년이야. 놀린다는 건 자기 코를 높이는 까닭으로 교육의 효과로서 응당 요구해야 할 권리라고 마음에 새기고 있다니까. 그뿐 아니라 놀리기라도 하지 않으면 활기에 찬 사지와 두뇌를 어떻게 써먹어야 할지 몰라 십분의 쉬는 시간을 주체하지 못하는 놈들이잖아. 이런 조건이 모두 구비되었으니 주인이 저절로 놀림을 당하고 학생들은 저절로 놀리는 건 누가 봐도 전혀 이상할 게 없는 거지. 그걸 가지고 화를

---

3 아사꾸사 공원 유원지에 있던 동물원을 말함.

내는 주인이야말로 야만의 극치, 얼간이의 절정이라고나 할까. 이제부터 낙운관 학생이 어떻게 주인을 골려먹었는지, 이에 대해 주인은 어떤 야만스러운 짓을 했는지 전부 들려주겠어.

여러분은 격자 울타리라는 것이 어떤 물건인지 알고 계시겠지. 바람이 잘 통하고 간편한 울타리야. 이 몸은 격자 틈 사이로 자유자재 왕래할 수 있으니 울타리가 있으나 없으나 마찬가지야. 하지만 낙운관 교장은 고양이 때문에 격자 울타리를 만든 게 아니라 자기가 양성하는 군자들이 빠져나가지 못하도록 일부러 사람을 불러 둘러친 거지. 아닌 게 아니라 아무리 바람이 씽씽 통해도 인간은 못 빠져나가. 대나무를 짜맞춘 12센티 구멍을 빠져나가는 건 청나라 마술사 장세존이라 해도 어려울걸? 그러니 인간에 대해서는 울타리가 충분히 효과를 발휘하는 게 분명해. 완성된 울타리를 본 주인이 이 정도면 되겠지, 하고 기뻐한 것도 무리는 아냐. 하지만 주인의 논리엔 커다란 구멍이 있어. 이 울타리보다 더 큰 구멍이 있다고. 탄주의 물고기[4]도 빠져나갈 만한 큰 구멍이지. 그는 울타리란 모름지기 넘는 것이 아니라는 가정에서 출발했어. 명색이 학교의 학생인 이상 아무리 볼품없는 울타리라도 울타리라는 이름이 붙어 경계선의 구역만 분명하다면 결코 난입할 염려가 없다고 가정한 거지. 다음으로 그는 그 가정을 잠깐 보류하고 설령 난입하려는 자가 있어도 괜찮다고 판단했어. 격자 울타리의 구멍을 빠져나간다는 건 아무리 작은 아이라도 도저히 불가능할 테니 난입할 염려는 절대 없다고 속단해버린 거야. 하긴 그들이 고양이가 아닌 이상 이 네모난 구멍으로 나올 일은 없지. 그건 하고 싶어도 못하겠지만,

---

**4** 탄주지어(呑舟之魚). 배를 삼킬 만큼 커다란 물고기라는 뜻.

타고 넘거나 뛰어넘는 건 일도 아니야. 오히려 운동이 되고 재미있을걸?

울타리가 만들어진 이튿날부터 그들은 울타리가 없을 때와 마찬가지로 북쪽 빈터로 획획 넘어들어왔어. 다만 집의 정면까지 들어오진 않아. 만약 쫓아오면 도망치는 데 시간이 좀 걸리니까 미리 도망갈 시간을 계산에 넣어 붙잡힐 위험이 없는 곳에서 장난을 치는 거지. 그들이 뭘 하고 있는지는 동쪽 별채에 있는 주인에겐 물론 보이지 않아. 북쪽 빈터에서 그들이 놀고 있는 걸 보려면 문을 열고 나가 반대 방향에서 기역 자로 돌아가든가 아니면 뒷간 창문에서 울타리 너머로 바라보는 수밖엔 없거든. 창문을 내다보면 어디에 뭐가 있는지 일목요연하게 볼 수는 있지만 용케 적을 몇명 발견했다 한들 잡을 수는 없어. 그저 창문틀 안에서 야단을 칠 따름. 만약 문으로 나가 우회하여 적진에 돌입하고자 한다면 발소리를 들은 적들은 다시 획획, 붙잡히기 전에 저쪽으로 물러가버릴 거야. 물개가 해바라기를 하고 있는 참에 밀렵선이 온 거라고나 할까. 주인은 물론 뒷간에서 보초를 서는 게 아냐. 그렇다고 문을 열어놓고 소리만 났다 하면 곧장 뛰쳐나갈 준비가 되어 있는 것도 아니고. 만약 그렇게 한대도 선생을 그만두고 그쪽 전문가로 나서지 않고선 따라잡지 못할 거야. 주인 쪽의 불리함이라 하면 서재에서는 적의 소리만 들릴 뿐 모습이 보이지 않는다는 것, 창문에서는 모습만 보일 뿐 속수무책이라는 것이지. 이런 불리함을 간파한 적은 이런 전략을 짰어. 주인이 서재에 틀어박힌 걸 정탐했을 때는 할 수 있는 한 큰 소리로 와자지껄 떠들어대. 들으라는 듯이 부러 주인을 놀리는 말도 적당히 섞어주지. 더구나 그 소리의 출처는 지극히 불분명하거든. 그냥 들어서는 울타리 안에서 떠드는지 아니면 그 너머에서 난리를 치는 건지 판단하기 어려워. 만일 주인이 뛰어나가면 도망을 치거나 아니면 처음부터 건너편에서 시치미를 떼면 되는 거야. 또 주인이 뒷간에 ― 이 몸은 아까부터 뒷간, 뒷간, 하고 지저분한 소리를 하는 걸 전혀 영광스럽게 생각하지 않아. 실은 정말 질색이지만 이 전쟁을 기술하는 데 필요하니 어쩔 수가 없을 뿐. ― 다시 말해 주인이 뒷간에 들어간 걸 간파했을 때는 반드시 오동나무 근처를 배회하며 일부러 주인 눈에 띄는 거야. 주인이 만약 뒷간에서 사방팔방에 다 들리게 큰 소리로 악다구니를 치면 적은 서두르는 기색도 없이 유유히 근거지로 돌아가면 그만이야. 이런 전략을 쓰니 주인은 정말 환장할 지경이지. 분명히 들어왔다 싶어 지팡이를 집어들고 뛰쳐나가보면 적막강산, 아무도 없어. 아무도 없나 싶어 창으로 내다보면 반드시 한두 놈은 들어와 있는 거야. 주인은 뒤로 돌아가봤다가 뒷간에서 내다봤다가, 뒷간에서 내다봤다가 뒤로 돌아가봤다가, 몇번을 말해도 입만 아프지만 몇번을 말해도 입만 아픈 짓을 되풀이하고 있어. 기진맥진이란 이런 거겠지? 본업이 교사인지 전쟁인지 헷갈릴 정도로 열을 받기 시작했어. 이 열이 꼭대기까지 이르렀을 때 다음 사건이 일어난 거야.

사건이란 대개 열을 받아서 생겨나잖아. 열을 받는다는 건 다시 말해 몸 안의 기운이 치받아오른다는 거야. 이 점에 관해서는 갈레노스[5]나 파라셀수스[6], 혹은 고루한 편작[7]일지라도 이의를 제기하지 못할 거야. 다만 어디로 치받아오르느냐 하는 것이 문제일 뿐. 또

---

**5** 갈레노스(Galenos, 129~199). 고대 그리스의 의학자.
**6** 필리푸스 아우레올루스 파라셀수스(Philippus Aureolus Paracelsus, 1493~1541). 스위스의 화학자, 의학자.
**7** 扁鵲. 중국 전국시대의 의사.

무엇이 치받아오르느냐 하는 것도 논의할 만한 점이지. 예부터 유럽인의 전설에 따르면 우리 몸 안에는 네가지 체액이 순환하고 있다고 해. 첫째, 노액怒液이라는 것이 있어. 이것이 거꾸로 올라오면 화를 내는 거지. 둘째는 둔액鈍液이라는 거야. 이것이 올라오면 신경이 둔해져. 다음으로 우액憂液인데, 이건 인간을 우울하게 만들어. 마지막이 혈액, 이것은 신체를 건강하게 하지. 그후 문명이 발전하면서 둔액, 노액, 우액은 어느새 사라지고 작금에 이르러서는 혈액만이 옛날처럼 순환하고 있다는 이야기. 그러니 만약 치받아오르는 게 있다면 혈액밖엔 없는 거지. 그런데 이 혈액의 양은 개인별로 딱 정해져 있거든. 성분에 따라 다소의 증감은 있겠으나 일단은 대개 한 사람분이 5되 5홉 정도야. 그러니까 이 5되 5홉이 거꾸로 치솟으면 올라간 곳은 활발하게 움직이지만 그밖의 부분은 결핍을 느껴 차가워지는 거지. 마치 파출소 방화사건[8] 때 순사들이 모조리 파출소에 몰려 동네에는 한명도 안 보였던 것과 같아. 이 역시 의학적으로 보자면 경찰의 열 받음이라는 이야기가 되지. 그런데 이 열을 치료하려면 혈액을 종전처럼 몸 안 곳곳에 골고루 분배해야만 해. 그러려면 치받아올라온 놈을 밑으로 내려보내야 하는 거고. 그 방법은 여러가지가 있어. 지금은 고인이 되신 주인의 선친 같은 분은 젖은 수건을 머리에 얹고 코따쯔에 들어가 계셨다고 해. 두한족열頭寒足熱은 무병장수의 비결이라는 말이 『상한론』[9]에도 나와 있듯이 젖은 수건은 장수법에서 단 하루도 거르면 안 되는 거야. 그게 아니면 스님들이 상용하는 방법도 써볼 만해. 한곳

----

8 1905년 러일전쟁 강화조약에 반대해 일어난 폭동으로 토오꾜오 곳곳의 파출소가 불탄 일을 가리킨다.
9 『傷寒論』. 후한 때 장중경(張仲景)이 지은 의학서.

에 머물지 않고 늘 떠돌아다니는 스님은 언제나 나무 아래, 돌 위를 거처로 삼지. 수하석상樹下石上이란 굳이 고행을 위해서가 아니야. 오로지 열 받음을 막기 위해 육조[10]가 쌀을 찧으며 고안해낸 비법이야. 시험 삼아 한번 돌 위에 앉아보라고. 엉덩이가 차가워지는 건 당연하잖아? 엉덩이가 차갑다, 열이 내려간다, 이 또한 자연의 섭리로서 추호도 의심할 여지가 없어. 이와 같이 온갖 방법을 써서 열을 내리는 요령은 꽤 발명되었지만 아직까지 열을 오르게 하는 방법은 고안되지 않았으니 유감천만. 얼핏 생각하면 열이 오르는 건 손해만 있지 이익이 없는 현상이지만 그렇게 속단해선 안 되는 경우가 있거든. 직업에 따라서는 열을 받는 게 무지 중요하고 열을 받지 않으면 아무것도 할 수 없는 사람도 있어. 그중에서도 가장 열 받음을 중시하는 것은 시인이지. 시인에게 열 받음이 필요한 것은 증기선에 석탄이 없어서는 안 되는 것과 마찬가지라 이 공급이 하루라도 끊겼다간 그들은 모두 속수무책 밥이나 축내는 것 말고는 아무 재주도 없는 범인이 되고 말아. 다만 열 받음이란 미치광이의 다른 이름이어서, 미치광이가 되어야만 생업을 이어갈 수 있대서야 남들 듣기 안 좋으니까 자기들끼리는 열 받음을 열 받음이라 부르진 않아. 약속이나 한 듯이 인스퍼레이션, 인스퍼레이션하고 잘난 척을 하지. 이건 그들이 세상을 기만하기 위해 만들어낸 이름일 뿐, 실은 그야말로 열 받음이야. 플라톤은 그들 편을 들어 이런 종류의 열 받음을 신성한 광기라고 불렀지만, 아무리 신성해봤자 광기일 뿐이니 남들이 상대해주질 않아. 역시 인스퍼레이션이라는 새로 발명한 약 이름 같은 걸 붙이는 게 그들을 위해서 좋

**10** 六祖. 선종의 제6조 혜능(慧能, 638~713) 선사를 말한다.

을 거야. 어묵의 재료가 참마이듯, 관음상이 1치 8푼짜리 썩은 나무토막[11]이듯, 오리국수의 재료가 까마귀이듯, 하숙집 쇠고기전골이 말고기이듯 인스퍼레이션도 실은 열 받음이라고. 열 받음이라고 보면 임시 미치광이지. 스가모 정신병원에 입원하지 않아도 되는 건 단지 임시 미치광이인 까닭이야. 그런데 이 임시 미치광이를 만들어내는 게 어렵지. 평생 미치광이는 오히려 쉬운데 붓을 들고 종이를 향해 앉은 동안만 미친다는 건 아무리 솜씨 좋은 신이라도 꽤 힘든 모양인지 좀처럼 잘 되질 않아요. 신이 만들어주지 않는 이상 자력으로 만들어내는 수밖에. 그래서 예로부터 오늘날까지 열 받음의 기술은 열 내림의 기술이나 마찬가지로 무척이나 학자들의 골치를 썩였지. 어떤 이는 인스퍼레이션을 얻기 위해 날마다 땡감을 열두개씩 먹었어. 이건 땡감을 먹으면 변비에 걸린다, 변비에 걸리면 반드시 열이 오른다는 이론에서 온 거야. 또 어떤 이는 술병을 들고 뜨거운 탕에 뛰어들기도 했지. 뜨거운 물 안에서 술을 마시면 열이 오르는 건 당연할 테니까. 그 사람의 설에 따르면 이걸로 안 되면 포도주를 데운 탕에 들어가면 단번에 성공할 거라더군. 하지만 돈이 없어서 끝내 실행하지 못하고 죽어버렸으니 참 불쌍하지. 마지막으로 옛사람들을 흉내 내면 인스퍼레이션이 일어날 것이라고 생각한 자가 있어. 이건 어떤 사람의 태도와 동작을 흉내 내다보면 심적 상태도 그 사람을 닮아간다는 학설을 응용한 거지. 주정뱅이처럼 횡설수설하다보면 어느새 술꾼 같은 기분이 된다, 선향 하나가 탈 동안 가만히 앉아 좌선을 하다보면 어딘가 스님 같은 기분이 된다, 그러니 옛날부터 인스퍼레이션을 받았던 유명한

---

**11** 센소오지에 있는 관음상이 1치 8푼(5.45센티미터)이라는 데서 온 표현.

대가를 흉내 내면 반드시 열을 받을 것이 분명하다는 거지. 듣기로는 빅또르 위고는 요트 위에 뒹굴며 문장을 생각했다고 하니 배에 올라 창공을 바라보고 있으면 분명 열에 들뜨게 될 거야. 스티븐슨[12]은 배를 깔고 엎드려 소설을 썼다고 하니 엎어져서 펜을 들고 있으면 피가 거꾸로 치솟을 거야. 이와 같이 많은 사람들이 온갖 생각을 해냈지만 아직 아무도 성공하진 못했어. 일단 오늘날에는 인위적인 열 받음은 불가능한 걸로 되어 있지. 유감이지만 어쩔 수 없어. 조만간 마음대로 인스퍼레이션을 일으킬 수 있는 날이 도래할 것은 의심할 여지가 없으니, 이 몸은 인문학을 위해 이 시기가 하루속히 오기를 바랄 뿐이야.

열 받음의 설명은 이 정도로 충분할 듯하니 이제부터 진짜 사건 이야기를 할게. 그러나 모든 대사건 전에는 반드시 소사건이 일어나는 법이지. 대사건만 이야기하고 소사건을 놓치는 것은 예로부터 역사가들이 늘 빠지는 폐단이야. 주인의 열 받음 역시 소사건을 겪을 때마다 점차 증가하다가 끝내 대사건을 일으킨 것이니만큼 어느정도는 그 발달 과정을 순서에 따라 이야기하지 않으면 주인이 어떻게 열을 받게 되었는지 이해하기 어려워. 그러면 주인의 열 받음은 헛된 것이 되고 세간으로부터 별것 아니라고 무시당할지도 모르잖아. 기껏 열을 받았는데 남들이 훌륭한 열 받음이라고 평가해주지 않으면 무슨 보람이 있겠냐고. 이제부터 이야기하는 사건은 대소에 관계없이 주인에게 그다지 명예로운 건 아냐. 사건 그 자체가 불명예이니만큼 그나마 열 받음만은 결코 남에게 뒤지지 않는 참된 것이라는 사실을 확실히 해두고 싶어. 주인은 남들에 비

---

12 로버트 루이스 스티븐슨(Robert Louis Stevenson, 1850~94). 영국의 소설가, 시인.

해서 이렇다 하게 자랑할 만한 인품이 없어. 열 받음이라도 자랑하지 않으면 달리 고생해가면서 이야기할 만한 거리가 없거든.

낙운관에 우글거리는 적군은 근래에 이르러 일종의 덤덤탄[13]을 발명해서 쉬는 시간 십 분 혹은 방과 후면 북쪽 빈터를 향해 포화를 퍼붓기 시작했어. 이 덤덤탄은 통칭 볼이라고도 하는데, 커다란 절굿공이 같은 걸 가지고 마음대로 이걸 적진에 발사하는 거야. 아무리 덤덤탄이라도 낙운관 운동장에서 발사하는 것이니 서재에 틀어박힌 주인에게 명중할 염려는 없어. 적이라고 해서 탄도가 너무 멀다는 걸 자각 못하는 건 아니지만, 바로 그 점이 전략이거든. 뤼순전쟁에서도 해군이 간접사격을 해서 엄청난 공을 세웠다는 이야기이고 보면 빈터에 굴러떨어지는 볼이라고 해도 상당한 성과를 거둘 수 있는 거지. 하물며 한 발을 쏠 때마다 전군을 모아 와아, 하고 위협적인 함성까지 질러대니 말이야. 주인은 겁을 먹은 나머지 손발로 통하는 혈관이 수축될 수밖에. 어쩔 줄 몰라 그 부근에서 갈팡질팡하던 피는 거꾸로 치솟는 거고. 적의 책략은 제법 교묘하다고 할 수 있어. 옛날 그리스에 아이스킬로스[14]라는 작가가 있었다는군. 이 남자는 학자와 작가에 공통되는 머리를 가지고 있었대. 이 몸이 말하는 학자와 작가에 공통되는 머리란 곧 대머리라는 뜻이야. 어째서 대머리가 되느냐 하면, 머리에 영양이 부족해 머리카락이 자랄 힘이 없으니까 그래. 학자나 작가는 머리를 가장 많이 쓰면서 대개는 틀림없이 가난뱅이거든. 그러니 학자나 작가의 머리는 모두들 영양부족으로 벗어졌을 수밖에. 아이스킬로스 역시 작가였으니 자연히 벗어질 수밖에 없었어. 그는 번쩍번쩍 빛나는 문

---

**13** 명중하면 탄체가 터지면서 납 알갱이 따위가 퍼지게 만든 탄알.
**14** 아이스킬로스(Aeschylos, 525~456 BCE). 그리스의 비극 작가.

어대가리였대. 그런데 어느날 선생이 그 머리 ─ 머리엔 외출복도 평상복도 없으니 당연히 그 머리지 ─ 를 흔들흔들 햇빛에 번쩍이 며 길을 걷고 있었어. 이게 실수였던 거야. 햇빛에 빛나는 대머리 는 멀리서 보면 엄청 번쩍이거든. 높은 나무는 바람을 맞으니, 빛 나는 머리도 뭔가 맞게 마련이야. 이때 아이스킬로스의 머리 위로 독수리 한마리가 날고 있었는데, 보아하니 어디서 잡았는지 거북 이 하나를 발톱으로 움켜쥐고 있어. 거북이나 자라 따위는 맛은 있 지만 그리스 시대부터 딱딱한 등딱지를 달고 있거든. 아무리 맛있 어도 등딱지가 있으면 어떻게 해볼 수가 없잖아. 새우 통구이는 있 지만 거북이 통찜은 지금도 없을 정도니 당시에는 물론 없었던 게 분명해. 천하의 독수리도 어쩔 줄 몰라하던 차에 저 멀리 아래쪽에 번쩍하고 빛나는 것이 있었지. 그때 독수리는 이제 됐다 싶었어. 저 번쩍이는 것 위에 거북이 새끼를 떨어뜨리면 등딱지는 분명 깨질 거다, 깨지고 나면 내려가서 속에 든 걸 먹으면 되겠구나, 했겠지. 옳다구나, 하면서 잘 겨냥해서 거북이 새끼를 높은 곳에서 냅다 머 리 위로 떨어뜨린 거야. 슬프게도 작가의 머리가 거북이 등딱지보 다 연약했던 까닭에 대머리는 산산조각 나버리고 유명한 아이스킬 로스는 이렇게 비참한 최후를 맞이했다는 말씀. 그건 그렇고, 이해 하기 힘든 것은 독수리의 마음이야. 그것이 작가의 머리인 줄 알고 떨어뜨린 건지, 아니면 그냥 반질반질한 바위라고 착각하고 떨어 뜨린 건지 알 수가 없네. 그걸 알아야 낙운관의 적과 이 독수리를 비교하든 말든 할 텐데 말이야. 주인의 머리는 아이스킬로스나 또 는 빼어난 학자들처럼 번쩍번쩍하진 않아. 그래도 타따미 여섯장 넓이나마 서재라 부르는 방을 마련하고 들어앉아 졸면서도 어려운 책에 얼굴을 들이미는 이상 학자나 작가와 동족이라고 간주해야겠지? 그런데도 주인의 머리가 벗어지지 않은 것은 아직 벗어질 자격이 없어서이니 조만간 벗어지는 것이 이 머리 위에 떨어질 운명이야. 그렇다면 낙운관 학생들이 이 머리를 노리고 덤덤탄을 쏘아대는 건 시의적절한 전략이라고 할 수밖에 없겠군. 만약 적이 이런 행동을 이주 동안 계속한다면 주인의 머리는 두려움과 번민 때문에 틀림없이 영양부족에 걸려 문어대가리, 주전자, 혹은 놋냄비로 변할 거야. 거기서 이주 더 했다간 문어대가리는 찌그러지고 주전자는 새기 시작하고 놋냄비엔 금이 가겠지. 이런 뻔한 결과를 예상하지 못하고 끝까지 적들과 전투를 계속하겠다고 기를 쓰는 건 본인인 쿠샤미 선생뿐이야.

　어느날 오후, 이 몸은 평소처럼 대청에 누워 낮잠을 자면서 호랑이가 된 꿈을 꾸고 있었어. 주인더러 닭고기를 가져오너라, 하니까 주인은 예이, 하고 벌벌 떨며 닭고기를 가져오더군. 메이떼이가 왔기에 메이떼이더러는 기러기가 먹고 싶다, 기러기전골집에 가서 주문하고 오너라, 했더니만 순무 절임과 소금 전병을 같이 드시면 기러기 맛이 납니다, 하고 늘 하는 헛소리를 하길래 커다란 입을 쩍 벌리고 어홍, 하고 겁을 줬더니 메이떼이는 새파랗게 질려 야마시따에 있는 기러기전골집은 폐업했는데 어떡할까요? 하더군. 그러면 쇠고기로 봐줄 테니 어서 니시까와에 가서 등심을 한근 사오너라, 서두르지 않으면 너부터 먹어치우겠다, 했더니 메이떼이도 꽁지가 빠져라 달려갔어. 이 몸은 갑자기 몸이 커졌으니 대청마루가 꽉 차게 드러누워 메이떼이가 돌아오기를 기다리고 있는데 느닷없이 온 집 안에 큰 소리가 나면서 모처럼 쇠고기도 먹기 전에 꿈에서 깨어나 정신이 들었어. 그러자 조금 전까지 벌벌 떨며 내 앞에 엎드려 있는 줄 알았던 주인이 갑자기 뒷간에서 뛰쳐나오더니 이 몸의 옆구리를 된통 걷어차는 거야. 깜짝 놀라서 보니 단숨에 나막신을 꿰어신고는 문으로 돌아나가 낙운관 쪽으로 달려가더군. 이 몸은 갑자기 호랑이에서 고양이로 쪼그라들었으니 어쩐지 민망하기도 하고 우습기도 했지만 주인의 이 난리와 옆구리의 통증 탓에 호랑이는 금세 잊어버렸지. 동시에 주인이 마침내 출전하여 적과 맞붙는구나, 신난다, 하고 아픈 것도 참고 뒤를 따라 뒷문으로 나갔어. 그 순간 주인이 도둑놈아! 하고 고함치는 소리가 들려서 봤더니 교모를 쓴 열여덟아홉 된 우람한 녀석 하나가 격자 울타리를 뛰어넘는 참이더라고. 이런, 늦었나, 하는 사이 그 교모는 달리기 자세를 잡고 근거지를 향해 마치 위타천[15]처럼 도망갔어. 주인은 도둑놈아!가 크게 성공했기에 또 한번 도둑놈아! 하고 고함을 지르며 쫓아가더군. 하지만 이 적군을 따라잡으려면 주인도 울타리를 넘어야 하잖아. 여기서 더 들어가면 주인 자신이 도둑놈이 된다는 말씀. 앞에서 말했듯 주인은 제대로 열을 받는 사람이야. 이런 기세로 도둑놈을 쫓는 이상 스스로 도둑놈이 되더라도 쫓을 작정인지 돌아설 기색 없이 울타리까지 달려갔어. 한걸음만 더 가면 도둑놈의 반열에 오를 그 순간, 적진 가운데에서 볼품없는 수염을 엉성하게 기른 장군이 어슬렁어슬렁 이쪽으로 다가왔지. 두 사람은 울타리를 사이에 두고 담판을 벌이더군. 들어보니 다음과 같은 시시껄렁한 이야기.

"저건 이 학교 학생입니다."

"명색이 학생이라는 자가 어째서 남의 집에 침입하는 겁니까?"

"어쩌다 볼이 날아갔으니까요."

---

15 韋陀天. 불법을 지키는 신장(神將)의 하나로 달리기에 능하다고 한다.

"어째서 양해를 구하고 들어오지 않는 겁니까?"

"앞으로 주의를 주겠습니다."

"그럼 됐소."

용쟁호투의 장관을 기대한 교섭은 이런 산문적인 담판으로 무사 신속하게 종료. 주인은 그저 방 안 퉁소일 뿐이야. 막상 때가 되면 언제나 요 모양이라니까. 마치 이 몸이 호랑이 꿈에서 갑자기 고양이로 돌아온 것과 같지. 이 몸이 소사건이라고 한 건 바로 이거야. 소사건을 말했으니 순서상 대사건을 이야기해야겠지.

주인은 장지문을 열어놓고 배를 깔고 엎드려 뭔가 골똘히 생각하는 중이야. 아마도 적에 대한 방어책을 궁리하고 있겠지. 낙운관은 수업 중인지 운동장도 의외로 조용하네. 다만 어느 교실에서 윤리 강의를 하는 게 손에 잡힐 듯이 들려. 낭랑한 음성으로 제법 능숙하게 떠드는 걸 듣자 하니 바로 어제 적진에서 나와 담판을 맡았던 그 장군이더라고.

"……그러니 공중도덕이란 중요한 것으로서, 저쪽에서는 프랑스, 독일, 영국 어디에 가도 이 공중도덕이 지켜지지 않는 나라는 없다. 또 아무리 비천한 자라 해도 이 공중도덕을 중시하지 않는 자는 없다. 슬프게도 우리 일본은 아직 이 점에서 외국과 겨룰 수가 없는 것이다. 그러니 공중도덕이라 하면 뭔가 새로이 외국에서 수입해온 것처럼 생각하는 사람이 있을지 모르지만 그건 큰 착각으로, 옛사람들도 공자의 가르침은 오직 충忠과 서恕로 일관한다고 했다. 이 서恕라는 것이 다름 아닌 공중도덕의 출처이다. 나도 인간이니 때로는 큰 소리로 노래를 불러보고 싶을 때도 있지. 하지만 내가 공부하고 있을 때 옆방에서 누가 큰 소리로 노래를 부르면 글이 눈에 안 들어오는 게 내 성격이다. 그러니 내가 『당시선唐詩選』이라도 목청껏 읊으면 기분이 좋겠다 싶은 때라도 혹시 나 같은 사람이 옆집에 있어서 본의 아니게 그 사람에게 피해를 주면 안 된다고 생각해서 그럴 때는 늘 삼가는 거지. 그러니 여러분도 되도록 공중도덕을 지켜서 혹시라도 남에게 피해가 되는 일은 절대로 해서는 안 되는 것이다……”

주인은 귀를 기울여 이 강의를 경청하다가 이 대목에서 비죽이 웃더군. 이 ‘비죽이’의 뜻을 잠깐 설명할 필요가 있어. 심보 나쁜 사람이 이 말을 들으면 ‘비죽이’ 속에 냉소적인 요소가 섞여 있다고 생각하겠지. 하지만 주인은 결코 그렇게 나쁜 사람이 아니라니까. 아니, 나쁘다기보다 그렇게 머리가 좋질 않아. 주인이 왜 웃었느냐, 그저 좋아서 웃었을 뿐이야. 윤리 선생이라는 자가 이렇게 통절한 훈계를 했으니 앞으로는 영원히 덤덤탄을 난사하는 일은 없겠거니 한 거야. 당분간 머리도 벗어지지 않을 테고, 열 받는 건 단숨에 낫진 않겠지만 시간이 흐르면 점차 회복될 테고, 젖은 수건을 머리에 이고 코따쯔에 들어가지 않고 수하석상을 거처로 삼지 않아도 괜찮을 거라 생각해서 비죽비죽 웃은 거라고. 빚은 반드시 갚는 거라고 20세기인 오늘날에도 정직하게 믿을 정도인 주인이 이 강의를 진지하게 들은 건 당연하잖아.

시간이 다 되었는지 강의는 툭 끊겼어. 다른 교실의 수업도 동시에 끝났지. 그러자 지금까지 교실에 갇혀 있던 팔백의 무리가 함성을 내지르며 건물을 뛰쳐나오더군. 그 기세가 1척 정도 되는 벌집을 들쑤셔놓은 듯했어. 붕붕, 웽웽, 하면서 창문으로 앞문으로 뒷문으로, 어쨌든 온갖 구멍이란 구멍으로 엄청나게 쏟아져나온 거지. 바로 이것이 대사건의 발단이었어.

우선 이 벌떼의 진용부터 설명할게. 이런 전쟁에 진용 같은 게 있을 리 없다고? 그건 착각이야. 보통 사람들은 전쟁이라 하면 사허나 펑텐, 혹은 뤼순[16] 같은 곳 말고는 전쟁이 없는 것처럼 생각하겠지. 좀 배웠다는 야만인들은 아킬레우스가 헥토르의 시체를 끌고 트로이아 성벽을 세바퀴 돌았다는 둥, 연나라 사람 장비가 장판교에서 장팔사모를 옆에 차고 조조의 백만 대군을 눈빛으로 물리쳤다는 둥 하는 거창한 것만 연상하고. 연상이야 제 마음이지만 그것 말곤 전쟁이 없다고 생각하는 건 말이 안 되지. 태곳적 몽매한 시절에야 그런 바보 같은 전쟁도 있었는지 모르지만 태평성대인 오늘날 대일본제국 수도 한가운데에서 이런 야만적 행위는 있을 수 없는 기적에 속해. 아무리 소동이 벌어진다 해도 파출소 방화 정도잖아? 그렇다면 와룡굴 주인 쿠샤미 선생과 낙운관 팔백 건아들의 전쟁은 일단 토오꾜오 시가 생긴 이래의 대전쟁 가운데 하나로 쳐야만 할 거야. 좌씨左氏가 언릉鄢陵의 싸움을 기록할 때[17]도 우선 적의 진용부터 적고 있잖아. 예로부터 서술에 능한 자는 모두 이런 필법을 쓰는 것이 통례가 되어 있어. 그러니 이 몸이 벌떼의 진용을 이야기하는 것도 문제 될 건 없겠지. 우선 벌떼의 진용이 어떠한지 살펴보면, 우선 격자 울타리 바로 바깥에 일렬종대로 정렬한 부대가 있어. 이건 주인을 전투선 안으로 유인하는 임무를 띤 자들인가봐. "항복이냐?" "아냐, 아냐." "안 되지, 안 돼." "안 나오네." "함락될까?" "안 될 리가 없지." "짖어봐." "멍멍." "멍멍." "멍멍멍." 그러고는 종대가 한꺼번에 함성을 질러대. 종대에서 약간 오른쪽으로 떨어진 운동장 방면에는 포대가 좋은 자리를 차지하

---

**16** 사허(沙河), 펑텐(奉川), 뤼순(旅順)은 모두 러일전쟁의 격전지.
**17** 노나라 좌구명(左丘明)의 『춘추좌씨전(春秋左氏傳)』 성공(成公) 16년조의 기록을 말함.

고 진을 치고 있어. 와룡굴을 향해 장군 하나가 커다란 절굿공이를 들고 대기 중. 이와 마주 보고 10미터쯤 떨어져서 또 한 사람이 서고, 절굿공이 뒤에 또 하나, 이건 와룡굴 쪽을 바라보고 서 있군. 이와 같이 일직선으로 서서 마주 보고 있는 것이 포대야. 어떤 사람 말로는 이건 야구 연습이지 결코 전투 준비는 아니라더군. 이 몸은 야구가 뭐 하는 건지 모르는 무식쟁이야. 하지만 듣자 하니 미국에서 수입된 놀이로서, 오늘날 중학 정도 이상의 학교에서 행하는 운동 가운데 가장 유행하는 거라고 해. 미국은 황당한 것만 고안해 내는 나라이니 포대로 착각하는 게 당연한, 이웃을 괴롭히는 놀이를 일본인들에게 가르치려고 그렇게 친절했던 건지도 모르겠군. 또 미국인은 이걸 정말로 일종의 운동으로 믿고 있겠지. 하지만 순수한 놀이라 하더라도 이렇게 이웃을 놀라게 하기에 충분한 능력을 가진 이상, 경우에 따라서는 포격용으로도 충분히 쓸 수 있어. 내 눈으로 직접 관찰한 바로는 그들은 이 운동술을 이용하여 포화의 공을 세우려는 걸로밖에 안 보이더라고. 세상일은 말하기에 따라 뭐든 되는 법이지. 자선이라는 이름으로 사기를 치고, 인스퍼레이션이라 부르면서 열 받기를 즐기는 자가 있는 이상 야구라는 놀이로 전쟁을 하지 못할 이유도 없잖아. 그 사람이 말하는 건 일반적인 야구 이야기겠지. 지금 이 몸이 말하는 야구는 특별한 경우의 야구, 즉 성을 공격하는 포술이니까. 이제부터 덤덤탄 발사법을 소개할게. 직선으로 자리잡은 포대원 중 하나가 덤덤탄을 오른손에 쥐고 절굿공이 소유자에게 집어던져. 덤덤탄은 뭘로 만들었는지 외부인은 모르지. 단단하고 둥근 돌 경단 같은 걸 가죽으로 정성껏 감싸서 꿰맨 거야. 앞서 말한 대로 이 탄환이 포대원 중 한 사람의 손을 떠나 바람을 가르며 날아가면 맞은편에 서 있던 사람 하나가 절굿공이를 휙 휘둘러서 이걸 쳐내는 거야. 가끔 쳐내지 못한 탄환이 뒤로 빠져버리기도 하지만 대개는 꽝, 하는 커다란 소리를 내며 튀어나가는 거야. 그 기세는 정말 엄청나더군. 신경성 위장병 환자인 주인의 머리를 깨뜨리는 것쯤은 식은 죽 먹기라고. 포대는 이걸로 끝이지만 그 주변엔 구경꾼 겸 원군이 구름처럼 몰려 있어. 꽝, 하고 절굿공이가 경단을 맞히자마자 와, 짝짝, 큰 소리를 치고 손뼉을 두드리고 잘한다는 둥 맞았다는 둥 떠들어대지. 이제 알겠어? 겁먹었냐? 항복이냐? 운운. 이뿐이면 또 괜찮은데 쳐낸 탄환은 세 번에 한번꼴로 꼭 와룡굴 안으로 굴러들어오거든. 이게 굴러들어오지 않으면 사실 공격의 의미가 없지. 덤덤탄은 최근 여기저기서 만들긴 하지만 꽤 비싸니까 아무리 전쟁이라도 그렇게 충분한 공급을 바랄 수는 없어. 대개 포대 한 부대에 한개 또는 두개꼴이지. 꽝, 할 때마다 이 귀한 탄환을 버릴 수는 없거든. 그래서 그들은 공 줍는 부대를 따로 두고 떨어진 탄환을 주우러 오는 거야. 떨어진 곳이 괜찮으면 줍는 건 어렵지 않지만 들판이나 남의 집에 떨어지면 쉽게 찾아오기 어렵잖아. 그러니 평소에는 될 수 있는 한 수고를 덜기 위해 줍기 쉬운 곳에 떨어뜨릴 테지만, 이 경우는 반대야. 목적이 놀이가 아니라 전쟁에 있으니 일부러 덤덤탄을 주인집 안에 떨어뜨리는 거지. 집 안에 떨어졌으니 집 안으로 들어와서 주워 갈 수밖에. 집 안에 들어오는 가장 편한 방법은 격자 울타리 뛰어넘기. 울타리 안쪽에서 소란을 떨면 주인이 화를 내야만 하고. 그렇지 않으면 항복할 수밖에 없고. 고뇌의 결과 머리는 점점 벗어져가리로다.

　바로 지금도 적군이 쳐낸 탄환이 조준한 대로 격자 울타리를 넘어 오동나무 이파리를 떨구며 제2의 성벽, 즉 대나무 울타리에 명중. 엄청난 소리가 났어. 뉴턴의 제1운동법칙에 이르기를 다른 힘이 가해지지 않으면 일단 움직이기 시작한 물체는 균일한 속도로 직선으로 움직인다고 하지. 만약 이 원칙만이 물체의 운동을 지배한다면 주인의 머리는 이때 아이스킬로스와 같은 운명을 맞았을 거야. 다행히도 뉴턴이 제1법칙과 함께 두번째 법칙도 만들어준 덕분에 주인은 가까스로 목숨을 건진 셈이지. 제2운동법칙에 이르기를 운동의 변화는 가해진 힘에 비례한다, 그러나 그 힘이 작용하는 직선 방향에서 일어난다. 이건 무슨 소린지 잘 모르겠지만 이 덤덤탄이 대나무 울타리를 뚫고 나가 장지문을 찢고 주인의 머리를 부숴놓지 않은 걸 보면 어쨌든 뉴턴 덕분임은 분명해. 잠시 후 아니나 다를까 적이 집 안으로 쳐들어온 모양인 듯 "여긴가?" "좀더 왼쪽 아냐?" 하며 나무막대기로 조릿대 이파리를 치고 다니는 소리가 났어. 누가 됐건 적군이 주인집 안으로 들어와서 덤덤탄을 주울 때는 반드시 유난히 큰 소리를 내지. 몰래 들어와서 살짝 주워가서는 중요한 목적을 달성할 수 없으니까. 덤덤탄도 중요하겠지만 주인을 골려먹는 건 덤덤탄보다 훨씬 더 중요해. 이런 경우는 멀리서 봐도 덤덤탄이 어디 있는지는 뻔하거든. 대나무 울타리에 맞는 소리도 들렸고, 어디 맞았는지도 알아. 따라서 어디 떨어졌을지도 알고말고. 그러니 조용히 주우려면 얼마든지 조용히 주울 수 있어. 라이프니츠의 정의에 따르면 공간은 함께 존재할 수 있는 현상의 질서라잖아. 가나다라마바사는 항상 같은 순서로 나타나지. 버드나무 아래에는 반드시 미꾸라지가 있고. 박쥐에겐 저녁달이 따라붙고. 울타리에 볼은 안 어울릴지도 모르지. 하지만 날이면 날마다 남의 집 안에 볼을 던져넣는 놈의 눈에 비치는 공간은 분명 이런 배열에 익숙해져 있을 거야. 척 보면 바로 알 수 있지. 그런데도 이렇게 소란을 떠는 것은 어떻게든 주인에게 싸움을 걸려는 책략인 게야.

이렇게 되면 아무리 소극적인 주인이라도 응전할 수밖에. 아까 방에 앉아 윤리 강의를 들으며 비죽비죽 웃던 주인은 분연히 떨치고 일어났어. 맹렬하게 달려나갔지. 닥치는 대로 적군 한 놈을 생포했고. 주인으로서는 엄청난 거야. 엄청난 건 분명하지만 잘 보니 열네댓살짜리 꼬맹이였어. 수염 난 주인의 적치고는 좀 안 어울리긴 하지. 하지만 주인은 이걸로 충분하다 싶었나봐. 사과하는 꼬맹이를 억지로 대청 앞까지 끌고 오더군. 여기서 잠깐 적의 책략에 대해 한마디 해둬야겠어. 적은 주인이 어제 보여준 서슬 퍼런 모습을 보고 오늘도 분명 직접 출전할 거라고 예측했지. 그때 만일 도망치다가 큰 녀석이 붙잡혔다간 성가신 일이 된다, 이럴 땐 공을 주우러 일이학년짜리 꼬맹이를 보내 위험을 피하는 게 상책이다, 만일 주인이 꼬맹이를 붙잡아 어쩌고저쩌고 설교를 늘어놓아도 낙운관의 명예엔 흠이 되지 않는다, 이런 녀석을 어른답지 못하게 상대하는 주인의 치욕이 될 따름. 적의 생각은 이것이었어. 이게 보통 사람들이 지극히 상식적으로 생각하는 바지. 다만 적은 상대가 보통 사람이 아니라는 사실을 계산에 넣는 걸 깜빡했을 뿐이야. 주인에게 이 정도 상식이 있다면 어제도 뛰쳐나가지 않았을걸? 열 받음은 보통 인간을 보통 이상의 인간으로 끌어올리고 상식 있는 자에게 비상식을 부여하는 법이지. 여자다, 어린애다, 인력거꾼이다, 마부다, 하는 구별이 있는 동안은 아직 열 받았다고 남들에게 자랑하기엔 부족해. 주인처럼 상대도 안 되는 중학 1학년짜리를 사로잡아 전쟁의 인질로 삼을 정도가 아니면 열 받은 축에도 못 낀다고. 불쌍한 건 포로야. 그저 선배 명령대로 공 줍는 졸병 역할을 했을 뿐인데 운 나쁘게도 몰상식한 적장, 열 받기의 천재에게 추격당한 끝에 울타리를 넘을 틈도 없이 마당에 꿇어앉혀지고 말았구나. 이렇게 되면 적군도 한가하게 자기편의 치욕을 보고 앉았을 수 없지. 너도 나도 격자 울타리를 넘어 마당으로 난입해들어왔어. 그 수가 대충 한 다스, 주인 앞에 죽 늘어섰지. 대부분 웃옷도 조끼도 걸치지 않았어. 흰 셔츠의 소매를 걷어올리고 팔짱을 낀 놈, 색 바랜 플란넬 셔츠를 등짝에 슬쩍 걸친 놈이 있고, 그런가 하면 튼튼한 흰색 면 셔츠에 검은 테두리를 두르고 가슴 한복판에 검은색으로 알파벳을 수놓은 멋쟁이까지 있어. 하나같이 일기당천의 맹장들, "탄바 지방 하고도 사사야마에서 어젯밤에 막 도착하였나이다"¹⁸ 하듯이 거뭇하게 그은 근육이 아주 당당하더라니까. 중학교 따위에 들어가 학문을 하기엔 너무 아까워. 어부나 선장을 시켰으면 분명 국가에 도움이 되었을 것을. 그들은 약속이나 한 듯이 맨발에 바짓가랑이를 높이 걷어올리고 불이라도 끄러 나서는 것 같은 모습이야. 그들은 주인 앞에 가만히 버티고 서서 한마디도 하지 않더군. 주인도 말이 없어. 한동안 쌍방이 서로 눈싸움만으로 살기등등.

"네놈들은 도둑놈들이냐?" 주인이 신문을 시작했어. 기염을 토하더군. 어금니로 잘근잘근 씹어누른 분노가 화염이 되어 콧구멍으로 뿜어져나오는 탓에 콧방울이 눈에 띄게 열 받은 것처럼 보여. 에찌고 사자탈의 코는 인간이 분노했을 때의 모습을 본떠 만든 모양이야. 그렇지 않고야 그렇게 무서울 리가 없지.

"아니요, 도적이 아닙니다. 낙운관 학생입니다."

"거짓말 마. 낙운관 학생이 누가 제멋대로 남의 집에 침입하나?"

---

**18** 당시 토오꾜오에서 유행한 사사야마 지역 민요에 나오는 '사사야마 산골의 원숭이'에 학생들을 빗댄 표현.

"보시는 대로 이렇게 교표 붙은 모자를 쓰고 있습니다."

"가짜겠지. 낙운관 학생이면 왜 멋대로 들어온 거야?"

"볼이 날아들어와서요."

"어째서 볼을 날려보냈나?"

"어쩌다보니 날아온 겁니다."

"고약한 놈 같으니라고."

"앞으로 주의할 테니 한번만 용서해주십시오."

"누군지도 모르는 녀석이 울타리를 넘어서 집 안으로 침입하는 걸 그렇게 쉽게 용서할 수 있겠나?"

"그래도 낙운관 학생이 분명하니까요."

"낙운관 학생이면 몇학년이냐?"

"3학년입니다."

"분명하지?"

"예."

주인은 안쪽을 돌아보며 어이, 여기 좀 봐, 했어.

사이따마 출신인 하녀가 장지문을 열고 예, 하고 얼굴을 내밀었지.

"낙운관에 가서 누굴 좀 데려와."

"누굴 데려올까요?"

"누구든 좋으니까 데려와."

하녀는 "예" 하고 대답은 했지만 마당의 광경이 너무나 기이하고 심부름의 의도도 확실치 않은데다가 아까부터 사건의 전개가 하도 기가 막힌 까닭에 앉지도 서지도 못하고 히죽히죽 웃고만 있네. 주인은 제 딴엔 엄청난 전쟁을 치르고 있어. 열 받기 신공을 마음껏 펼치고 있는 거지. 그런데 자기 신하로서 당연히 제 편을 들어야 할 하녀가 사태를 대하는 태도가 영 진지하지 못한데다 명령을 들으면서 히죽히죽 웃고 있다니 한층 더 열을 받을 수밖에.

"아무나 불러오라는데 안 들리나? 교장이든 간사든, 교감이든……"

"그럼 교장 선생님을……" 하려는 교장이라는 말밖에 모르는 게지.

"교장이든 간사든 교감이든 불러오라고 했잖아?"

"아무도 안 계시면 사환이라도 괜찮을까요?"

"멍청하긴. 사환이 뭘 알아?"

이쯤 되니 하녀도 어쩔 수 없다 싶었던지 "예" 하더니 밖으로 나가더군. 무슨 의도인지는 여전히 납득이 안 되는 거지. 사환이나 끌고 오지 않을까 하고 걱정하고 있으려니 공교롭게도 지난번 윤리 선생이 대문에서 들어오더군. 태연히 선생이 자리에 앉기를 기다린 주인은 곧장 담판을 시작했어.

"방금 집 안에 이놈들이 난입하여……" 하며 추우신구라[19]처럼 고풍스러운 말투를 쓰더니 "정말 귀교 학생들입니까?" 하고 약간 비꼬는 듯이 말끝을 맺었어.

윤리 선생은 그다지 놀라는 기색도 없이 태연히 마당 앞에 늘어서 있는 용사들을 둘러본 다음 다시 주인에게 눈길을 돌리더니 다음과 같이 말했어.

"그렇습니다. 모두 저희 학생입니다. 이런 일이 없도록 늘 훈계를 했습니다만…… 정말 곤란하군요…… 너희들은 어째서 울타리를 넘은 건가?"

그래도 학생은 학생이야. 윤리 선생에겐 할 말이 없는지 잠자코

---

**19** 1702년 아꼬 번 무사들의 복수극을 다룬 연극 등을 일컫는 말.

만 있어. 얌전히 마당 구석에 모여서 눈(雪) 맞은 양떼처럼 서 있었지.

"공이 들어오는 건 어쩔 수가 없죠. 이렇게 학교 옆에 사는 이상은 가끔 볼도 날아오고요. 하지만…… 너무 난폭해서 말이죠. 설사 울타리를 뛰어넘더라도 몰래 살짝 주위가면 또 이해를 하겠는데……"

"그럼요, 늘 주의를 주는데도 워낙 학생들이 많다보니…… 앞으로 더 조심하도록. 만약 공이 날아가면 대문으로 들어와서 미리 말씀을 드리고 주워가야 한다. 알겠나? —학교가 워낙 크다보니 이렇게 폐를 끼치게 되는군요. 사실 운동은 교육적으로 필요한 것이니 아예 금할 수는 없어서 말입니다. 이걸 허용하면 또 폐를 끼치는 일이 생깁니다만, 모쪼록 용서를 부탁드릴 수밖에 없군요. 그 대신 앞으로는 반드시 대문으로 들어와서 허락을 받은 다음에 줍도록 하겠습니다."

"아니, 뭐, 알고 계시면 됐습니다. 공이야 얼마든지 던져도 상관없지요. 대문으로 와서 잠깐 양해만 구해주면 됩니다. 그럼 이 학생은 그쪽에 인도할 터이니 데리고 가주십시오. 이렇게 일부러 오시게 해서 죄송합니다" 하고 주인은 언제나 그랬듯이 용두사미로 쓸데없는 인사말만 늘어놓았어. 윤리 선생은 탄바의 사사야마들을 끌고 대문을 나가 낙운관으로 물러갔고. 이 몸이 말한 대사건은 이것으로 일단 결말이 났지. 그게 무슨 대사건이냐고 비웃으려면 얼마든지 비웃으시라고. 그런 사람에겐 대사건이 아닌 거지, 뭐. 이 몸은 '주인'의 대사건을 말로 옮겼을 뿐 '그런 사람'의 대사건을 말한 건 아니니까. 꼬리가 뚝 끊기니 그야말로 강노强弩의 말세末勢[20]라

--------

**20** 강한 쇠뇌로 쏜 화살도 멀리 가면 힘이 없어진다는 뜻.

고 흉을 보는 자가 있다면 이것이 주인의 특징이란 점을 기억해주었으면 해. 주인이 이런 우스꽝스러운 글의 소재가 되는 것도 다 이런 특징 덕분인 거고. 열네댓살밖에 안 된 꼬맹이를 상대하는 건 멍청이라고 비웃는다면 이 몸도 멍청이가 맞는다고 할 수밖에. 그러니 오오마찌 케이게쯔가 주인을 붙들고 아직도 치기를 벗지 못했다고 하는 것 아니겠어?[21]

이 몸은 이미 소사건을 다 이야기했고 방금 대사건도 언급을 마쳤으니 이제부터 대사건 후에 일어난 여담을 말하는 것으로 전편의 매듭을 지어볼까 해. 이 몸이 말하는 모든 것이 그저 입에서 나오는 대로 하는 소리라 생각하는 독자가 있을지도 모르지만, 이 몸은 결코 그렇게 경솔한 고양이가 아냐. 일자일구一字一句 속에 우주의 일대철리一大哲理를 포함하는 건 물론이고 그 일자일구가 층층이 이어지면 수미가 상응하고 전후가 상조하여 자질구레하고 시시콜콜한 이야기라 여겨 건성으로 읽던 것이 홀연 표변하여 예사롭지 않은 법어法語가 되는 것이니, 결코 드러눕거나 발 뻗고 앉아 한꺼번에 다섯줄씩 읽어치우는 식의 무례를 범해선 안 돼. 유종원[22]은 한퇴지[23]의 글을 읽을 때마다 장미수로 손을 깨끗이 했다고 할 정도이니, 이 몸의 글에 대해서도 하다못해 자기 돈으로 잡지[24]를 사야지 친구가 다 읽은 걸 빌려다가 때우는 괘씸한 짓만은 하지 말았으면 해. 지금부터 하는 이야기는 이 몸 스스로 여담이라 하긴 했지만 여담이면 어차피 시시껄렁한 것일 테니 안 읽어도 되겠지, 하고

21 케이게쯔가 『타이요오』 1905년 12월호에서 소오세끼에 대해 "시취(詩趣) 있는 대신 치기를 면치 못하고"라 평한 것을 말함.
22 유종원(柳宗元, 773~819). 당나라의 문인.
23 한유(韓愈, 768~824). 당나라의 문인, 정치가.
24 이 작품이 연재된 『호또또기스』를 말함.

생각했다간 후회하게 될걸. 부디 끝까지 정독하길 바라.

대사건이 있은 이튿날, 이 몸은 잠깐 산책이 하고 싶어서 밖으로 나왔어. 그러자 저쪽 골목으로 꺾어지는 모퉁이에서 카네다 군과 스즈끼 토오주우로오 씨가 서서 열심히 이야기를 하고 있더군. 카네다 군은 인력거로 귀가하는 참, 스즈끼 군은 카네다 군을 못 만나고 돌아나오던 길에 두 사람이 딱 마주친 거야. 근래엔 카네다 집안도 별로 더 볼 게 없어서 그쪽 방향으로는 거의 발길이 안 갔는데 이렇게 만나고 보니 어쩐지 반갑더라고. 스즈끼도 오랜만이니 겸사겸사 얼굴을 뵙자 싶었어. 이렇게 결심하고 슬렁슬렁 두 양반이 서 계신 쪽으로 걸어가보니 저절로 두 사람의 이야기가 귀에 들어오더군. 이건 이 몸의 잘못이 아냐. 상대방이 이야기를 하는 게 나쁜 거지. 카네다 군은 탐정까지 붙여 주인의 동정을 살필 정도의 양심을 지닌 사람이니 이 몸이 우연히 자기 이야기를 들었다고 화를 낼 염려는 없어. 만약 그랬다간 이 양반은 공평이 뭔지 모르는 거지. 어쨌든 이 몸은 두 사람의 이야기를 들었어. 듣고 싶어서 들은 게 아니라고. 듣고 싶지도 않은데 이야기가 이 몸의 귓속으로 뛰어들어오더라니까.

"지금 막 댁에 들렀다 나오는 길인데 마침 여기서 뵙네요" 하고 토오주우로오 씨는 정중하게 머리를 굽실거렸어.

"음, 그랬나? 실은 얼마 전부터 자넬 좀 만나고 싶었는데, 다행이구면."

"아, 그거 잘됐네요. 무슨 일이신지?"

"아니, 별건 아니고. 큰일은 아니지만 자네가 아니면 못하는 일이야."

"제가 할 수 있는 일이면 뭐든지 하죠. 무슨 일인지요?"

"응, 저······" 하고 생각하는 눈치.

"뭣하시면 편하실 때 다시 찾아뵙겠습니다. 언제쯤이 좋으신 가요?"

"뭘, 그렇게 대단한 일도 아닌걸. ─ 그럼 이왕 만났으니 부탁을 좀 할까?"

"네, 뭐든지······"

"그 별종 말이야. 그 왜, 자네 친구, 쿠샤미라나 뭐라나 있지 않나."

"예, 쿠샤미가 또 무슨 짓이라도 했나요?"

"아니, 그건 아닌데, 지난번 일 이후로 영 기분이 안 좋아서 말이야."

"그도 그러시겠지요. 정말이지 쿠샤미는 너무 거만해서요······ 자신의 사회적 지위도 좀 생각하면 좋을 텐데, 너무 안하무인이죠."

"그러게 말이야. 돈에는 고개를 숙이지 않는다느니 실업가 따위가 어떻다느니 하고 시건방진 소리를 해대니까, 그렇다면 실업가의 본때를 한번 보여줘야겠다 싶어서 말이지. 지난번부터 꽤나 난처하게 하고 있는데도 버티고 있다네. 정말 질긴 녀석이야. 놀랐어."

"손익 관념이 모자라는 녀석이라 무턱대고 오기를 부리는 거겠지요. 옛날부터 그런 버릇이 있는 녀석이라, 요컨대 그래봤자 자기 손해라는 걸 모르니 참 딱하죠."

"아하하하, 정말 딱하지. 이런저런 수단을 다 써보고 있는데, 결국은 학교 학생들까지 동원했잖아."

"그거 묘안이군요. 효과가 있던가요?"

"이건 녀석도 꽤나 곤란한 모양이야. 머지않아 함락될 게 틀림없어."

"그거 잘됐군요. 아무리 잘난 체해봤자 숫자에는 못 당하니까요."

"그렇지, 저 혼자 어쩌겠어? 그래서 상당히 난처해하는 것 같긴 한데, 어떤지 자네가 좀 보고 와줬으면 해서."

"아, 그렇군요. 그야 어려울 것 없지요. 바로 가서 보겠습니다. 보고는 돌아가는 길에 드리기로 하고요. 재미있겠는데요. 그 고집불통이 의기소침해진 꼴이라니, 분명 볼만하겠어요."

"그래, 그럼 가는 길에 들르게나, 기다리고 있을 테니."

"예, 그럼 실례하겠습니다."

어라, 이번에도 또 음모로군. 역시 실업가란 대단한 거야. 타고 남은 석탄 같은 주인을 열 받게 하는 것도, 고민한 결과 주인의 머리가 파리가 미끄러지는 위험한 곳이 되는 것도, 그 머리가 아이스킬로스와 마찬가지 운명에 빠지는 것도 모두 실업가의 힘이지. 지구가 지축을 회전하는 것은 무엇의 작용인지 모르지만, 세상을 움직이는 것은 역시 돈이야. 이 돈의 공력을 이해하고 이 돈의 위광을 자유로이 발휘하는 자는 실업가 제군을 빼고는 아무도 없지. 태양이 무사히 동쪽에서 떠서 무사히 서쪽으로 지는 것도 온전히 실업가의 음덕이라고. 지금껏 꽉 막히고 가난한 백면서생 집에서 사느라 실업가의 공덕을 몰랐던 건 내가 생각해도 참 한심해. 그건 그렇고, 막무가내 무식한 주인도 이번에 좀 깨달아야 할 거야. 이래도 막무가내로 버틸 생각이라면 위험하지. 주인이 끔찍하게 아끼는 목숨이 위험하다고. 그가 스즈끼 군을 만나면 뭐라고 하려나 몰라. 그걸 보면 그가 얼마나 깨달았는지가 저절로 드러날 테니 우물쭈물하고 있으면 안 돼. 고양이라도 주인 일이니 무척 걱정되지. 서둘러 스즈끼 군을 앞질러 먼저 귀가했어.

스즈끼 군은 변함없이 요령이 있는 사내야. 오늘은 카네다 이야기는 입 밖에 꺼내지도 않고 이래도 그만, 저래도 그만인 잡담만 줄곧 늘어놓고 있어.

"자네, 안색이 좀 안 좋은데, 무슨 일 있나?"

"아니, 전혀 없는데."

"창백한데. 조심해야지, 날씨가 안 좋으니까. 밤엔 푹 자고?"

"그럼."

"뭐 걱정거리라도 있는 거 아닌가? 내가 할 수 있는 일이 있으면 사양 말고 말하게나."

"걱정거리라니, 무슨?"

"아니, 없으면 좋지만 혹시 있으면 말이야. 걱정이 몸엔 제일 독이거든. 웃으면서 즐겁게 사는 게 남는 거지. 아무래도 자넨 너무 우울한 거 같아."

"웃는 것도 독이라네. 무턱대고 웃다간 죽는 수가 있어."

"무슨 소리야? 소문만복래라잖나."

"옛날 그리스에 크리시포스<sup>25</sup>라는 철학자가 있었는데, 자네 아나?"

"몰라. 그 사람이 어쨌는데?"

"그 사람이 너무 웃다가 죽었거든."

"허, 그거 신기하군. 그렇지만 그건 옛날이야기잖아."

"옛날이나 오늘이나 다를 게 뭐 있나? 당나귀가 은사발에 담긴 무화과를 먹는 걸 보고는 웃음보가 터져서 마구 웃어댔지. 그런데 어떻게 해도 웃음이 그치질 않더래. 결국은 웃다가 죽었지 뭔가."

"하하하, 그렇게 끝도 없이 웃을 것까지 있나. 조금 웃어야지 ─ 적당히. ─ 그러면 기분이 좋잖아."

스즈끼 군이 열심히 주인의 동정을 살피고 있는데 대문이 삐거

---

**25** 크리시포스(Chrysippos, ?~?). 고대 그리스의 철학자.

덕 열렸어. 손님인가 했더니 그게 아냐.

"공이 넘어와서요. 주워가겠습니다."

하녀가 부엌에서 "예" 하고 답하더군. 서생은 집 뒤로 돌아가고. 스즈끼는 의아한 얼굴로 뭐냐고 물었지.

"뒤쪽 서생이 볼을 마당에 날려보낸 거야."

"뒤쪽 서생? 뒤에 서생이 있었나?"

"낙운관이라는 학교야."

"아, 그래, 학교구면. 꽤 시끄럽겠네."

"시끄럽고 뭐고 제대로 공부도 못하겠다니까. 내가 문부대신이라면 재깍 폐쇄를 명할 텐데 말이야."

"하하하, 꽤나 화가 났군그래. 뭐 짜증 나는 일이라도 있었나?"

"있고말고. 아침부터 밤까지 짜증 나는 일투성이야."

"그렇게 짜증이 나면 이사를 해버리지 그러나?"

"이사를 왜 해? 말도 안 되지."

"나한테 화를 내봤자 무슨 소용인가. 그냥 애들인데, 내버려두면 되지."

"자넨 될지 몰라도 나는 안 돼. 어제는 선생까지 불러서 담판을 지었지."

"그거 잘했네. 쩔쩔매던가?"

"응."

이때 또 문을 열고 "공이 넘어와서, 주워가겠습니다" 하는 소리가 들렸어.

"이야, 꽤나 오는구면. 여보게, 또 공이래."

"응, 대문으로 들어오기로 약속했거든."

"그렇군. 그래서 저렇게 자꾸 오는구면. 음, 그래, 알겠어."

"알긴 뭘 알아?"

"아니, 공을 가지러 오는 원인을 말이야."

"오늘 이걸로 열여섯번째야."

"자네, 귀찮지도 않나? 안 오게 하면 될 거 아닌가?"

"안 오게 하다니, 오는 걸 어쩌겠어?"

"어쩌겠냐고 하면 그만이지만, 그렇게 중뿔나게 굴 거 뭐 있나. 인간은 모가 나면 세상을 굴러가는 게 힘들어서 손해야. 둥근 건 데굴데굴 고생 않고 가지만, 네모난 건 구르기가 힘들 뿐만 아니라 구를 때마다 모난 곳이 쓸려서 아픈 법이지. 어차피 혼자 사는 세상도 아니고, 그렇게 사람이 자기 생각대로 되질 않잖아. 뭐랄까, 아무래도 돈 있는 사람한테 저항하는 건 손해라고. 그저 신경만 날카로워지고 몸만 축나지. 남들이 칭찬하는 것도 아니고. 상대편은 아무렇지도 않아. 앉아서 사람만 쓰면 되거든. 중과부적, 어차피 당할 수가 없다고. 고집도 좋지만 밀고 나가는 동안 공부에 지장이 생기고 일상 업무에 차질이 생기니 결국에 가서는 고생은 고생대로 하고 손해만 보는 걸세."

"실례합니다. 방금 공이 들어왔는데 뒷문으로 돌아가서 주워도 될까요?"

"봐, 또 왔잖아." 스즈끼 군은 웃고 있어.

"빌어먹을." 주인은 시뻘게져 있네.

스즈끼 군은 대충 방문의 목적을 달성했다 싶었는지 그럼 이만, 놀러 오게나, 하고 돌아갔어.

그 자리에 교대하듯 찾아온 것이 아마끼 선생이야. 열 잘 받는 사람이 스스로 자기가 열을 잘 받는다고 하는 경우는 예로부터 별로 없거든. 이건 좀 이상한가 하고 깨달을 즈음엔 이미 열 받기 고개를 넘어간 거지. 주인의 열 받음은 어제의 대사건 무렵 최고조에 달했던 것인데, 담판이 용두사미였음에도 불구하고 어찌어찌 정리는 되었지만 밤에 서재에서 곰곰이 생각해보니 아무래도 좀 이상하다 싶었던가봐. 다만 낙운관이 이상한 건지 자기가 이상한 건지 의문을 품을 여지는 충분히 있지만, 어쨌든 이상한 건 틀림없어. 아무리 중학교 옆집에 산다지만 이렇게 날이면 날마다 열을 받아야 한다는 건 이상하다고 깨달은 거겠지. 이상하다고 생각하면 어떻게든 해야만 해. 어떻게 한댔자 뾰족한 수가 있는 건 아니고, 역시나 의사에게 약이라도 받아서 열의 근원에 뇌물이라도 먹여 달래는 수밖에. 이렇게 깨닫고 보니 평소 단골인 아마끼 선생을 불러 진찰을 받아보자는 생각을 하게 된 거고. 현명한 건지 어리석은 건지는 차치하고라도 어쨌든 자신의 열 받음을 깨달았으니 기특하고 갸륵하다고 해야 할 거야. 아마끼 선생은 늘 그렇듯이 싱글싱글하며 점잖게 "어떠세요?" 하고 물었어. 의사는 대개 어떠세요, 하게 되어 있지. 이 몸은 "어떠세요?"라고 하지 않는 의사는 믿음이 안 가더라고.

"선생님, 아무래도 이상합니다."

"아니, 뭐가 그리 이상한가요?"

"도대체 의사의 약이란 게 효과가 있는 건가요?"

아마끼 선생도 놀랐지만 역시 온후한 어른이다보니 별로 화도 내지 않고,

"효과가 없다곤 못하죠" 하고 점잖게 대답하더군.

"내 위장병은 아무리 약을 먹어도 마찬가진걸요."

"절대 그렇지 않습니다."

"아닌가요? 조금은 좋아진 건가요?" 하고 자기 위장이 어떤지

남에게 물어보네.

"그렇게 금세 낫지는 않죠. 조금씩 효과가 나타납니다. 지금도 전보단 많이 좋아진걸요."

"그런가요?"

"요즘도 짜증이 나세요?"

"나고말고요. 꿈에서도 화를 내는걸요."

"운동이라도 좀 하시면 좋을 텐데."

"운동을 하면 짜증이 더 납니다."

아마끼 선생도 기가 차는지,

"어디 한번 볼까요?" 하고 진찰을 시작했어. 진찰이 끝나기를 기다리지 못하고 주인은 갑자기 큰 소리로,

"선생님, 저번에 최면술에 관한 책을 읽어보니 최면술을 응용해서 도벽이나 여러가지 병을 고칠 수 있다고 적혀 있던데, 정말일까요?" 하고 물었어.

"예, 그런 요법도 있지요."

"요즘도 쓰나요?"

"예."

"최면술을 거는 건 힘든가요?"

"아뇨, 힘들 건 없지요. 나도 곧잘 하는걸요."

"선생님도 한다고요?"

"예, 한번 해볼까요? 누구라도 걸리게 되어 있지요. 괜찮으시면 한번 해봅시다."

"그거 재미있군요. 한번 걸어봐주세요. 저도 예전부터 한번 해보고 싶었거든요. 그런데 최면술에 걸렸다가 깨어나지 못하면 안 되는데."

"아뇨, 걱정 없습니다. 그럼 시작하죠."

결론이 바로 내려져서 주인은 마침내 최면에 걸리게 되었어. 이 몸은 지금껏 그런 걸 본 적이 없으니 내심 기뻐하며 그 결과를 방구석에서 구경했지. 선생은 우선 주인의 눈부터 시작하더군. 그 방법을 보자니 두 눈의 눈꺼풀을 위에서 아래로 쓰다듬는데, 주인이 이미 눈을 감고 있는데도 열심히 한쪽 방향으로 쓸어내리는 거야. 한참을 그러더니 선생은 주인에게 "이렇게 눈꺼풀을 쓰다듬다보면 점점 눈이 무거워지죠?" 하고 물었어. 주인은 "정말 무거워지네요" 하고 대답했고, 선생은 마찬가지로 쓰다듬고 또 쓰다듬으면서 "점점 무거워지죠. 괜찮나요?" 했어. 주인도 정말 그런지 아무 말 없이 잠자코 있더군. 똑같은 마찰법이 다시 삼사분 이어졌어. 마지막으로 아마끼 선생은 "자, 이젠 안 떠집니다" 하셨어. 딱하게도 주인은 마침내 눈이 멀어버린 거지. "이제 못 뜨나요?" "예, 이제 못 뜹니다." 주인은 말없이 눈을 감고 있었어. 이 몸은 주인이 이제 장님이 되어버렸구나 생각했지. 한참 있다가 선생은 "뜰 수 있으면 떠보세요, 절대 안 떠지니까" 하시더군. "그런가요?" 하자마자 주인은 평소처럼 두 눈을 떴어. 주인은 히죽히죽 웃으며 "안 걸리네요" 했고, 아마끼 선생도 똑같이 웃으면서 "예, 안 걸리네요" 하더군. 최면술은 결국 실패로 끝났어. 아마끼 선생도 돌아가고.

그다음에 온 것이 ──주인집에 이 정도로 손님이 많이 온 적은 없어. 교제가 좁은 주인으로서는 마치 거짓말 같은 일이지. 하지만 온 건 분명해. 더구나 진객이야. 이 몸이 이 진객에 관해 한마디라도 해야 하는 건 그저 진객이어서가 아냐. 이 몸은 좀 전에 말했듯이 대사건의 여담을 이야기하는 중이거든. 그리고 이 진객은 이 여담에 빠져서는 안 될 소재라고. 이름은 뭔지 몰라. 그냥 얼굴이 긴

데다 염소수염을 기른 마흔 전후의 남자라고 해두면 되겠지. 메이떼이가 미학자라면 이 몸은 이 남자를 철학자라 부를까 해. 어째서 철학자냐 하면, 굳이 메이떼이처럼 제 입으로 떠들어서가 아니라 다만 주인과 대화할 때의 모습을 보면 아무래도 철학자처럼 여겨지기 때문이지. 이 사람 역시 옛날 동창인지 두 사람 사이가 무척이나 무람없어 보이네.

"응, 메이떼이 말이지? 그 친군 연못에 떠 있는 금붕어 밥처럼 둥실둥실하지. 지난번엔 친구를 데리고 일면식도 없는 귀족의 집 앞을 지나다가 잠깐 들러서 차라도 마시고 가자면서 끌고 들어가더라잖아. 정말 제멋대로지."

"그래서 어떻게 됐는데?"

"어떻게 됐는지 물어보지도 않았지만 ─ 그래, 정말 타고난 기인이야. 그 대신 완전히 아무 생각 없는 금붕어 밥이라니까. 스즈끼? ─ 그 녀석이 온다고? 허, 그 녀석은 사리에는 어둡지만 세상 물정에는 밝고 약삭빠른 놈이지. 금시계를 매달고 다닐 만해. 하지만 깊이가 없으니 진득하질 못해서 불안하지. 원만하게, 원만하게, 하지만 원만하다는 게 무슨 뜻인지도 몰라. 메이떼이가 금붕어 밥이라면 그 녀석은 짚으로 묶어놓은 곤약이지. 그저 반질거리고 간들간들하기만 하잖아."

주인은 이 기발한 비유를 듣고 무척이나 감동한 듯 오랜만에 하하하, 웃더군.

"그럼 자넨 뭔가?"

"나? 글쎄, 나 같으면 ─ 뭐, 참마라고 할까? 진흙 속에 길게 뻗어 있거든."

"자넨 늘 여유만만하고 자유로워 보여서 부러워."

"뭘, 보통 사람들처럼 사는 것뿐이지. 별로 부러워할 것도 없어. 다행히 남을 부러워할 마음도 없으니 그걸로 됐지."

"사는 건 요즘 넉넉한가?"

"뭘, 늘 그렇지. 남지도 모자라지도 않아. 어쨌든 굶지는 않으니 됐잖아? 걱정 안 해."

"나는 늘 기분이 나쁘고 짜증이 나서 못 살겠어. 온통 불만투성이라고."

"불만이 왜 나빠. 불만스러우면 불평을 해버리게나. 그러면 약간은 기분이 풀리지. 인간은 천차만별이니 남들더러 자기처럼 되라고 해봤자 될 수 있는 것도 아니잖아. 젓가락이야 남들처럼 쥐어야 밥을 먹기 편하지만 자기 빵은 자기 맘대로 자르는 게 제일 낫지. 솜씨 좋은 재봉사에게 옷을 맞추면 처음부터 몸에 딱 맞는 걸 가져오지만 솜씨 없는 재봉사에게 맡기면 당분간 참아야 하잖아. 그래도 세상이란 게 신기하게도 입다보면 양복이 몸의 골격에 맞춰주는 법이니까. 지금 세상에 맞도록 훌륭한 부모가 솜씨 좋게 낳아주면 그게 가장 행복하겠지. 하지만 그게 안 되면 세상에 안 맞는 대로 참고 살거나 아니면 세상이 맞춰줄 때까지 기다리는 수밖에 없어."

"그래도 나는 아무리 기다려도 맞을 것 같지 않아. 마음이 안 놓여."

"맞지 않는 양복을 억지로 입으면 망가져. 싸움을 하거나 자살을 하거나 하는 소동이 벌어지는 거지. 그렇지만 자네는 그저 재미없다는 정도지 자살은 물론 안 하고 싸움도 한 적이 없잖아? 그럭저럭 괜찮은 편이야."

"그게 실은 날마다 싸움만 하고 있다네. 상대가 없어도 부아가

치밀면 이미 싸움이잖아."

"그건 나 홀로 싸움이로군. 재미있네. 그야 얼마든지 해도 되지."

"그러는 것도 이제 지긋지긋해."

"그럼 관두면 되고."

"자네도 알지만 사람 마음이 그렇게 뜻대로 되는 게 아냐."

"그래, 도대체 뭐가 그리 불만인가?"

주인은 이에 이르러 낙운관 사건을 비롯해 진흙 너구리, 핀스께, 키샤고 등등 온갖 불만을 철학자 앞에 거침없이 늘어놓았어. 철학자 선생은 말없이 듣고 있더니 마침내 입을 열어 다음과 같이 주인을 타이르더군.

"핀스께나 키샤고가 뭐라 하든 모른 척하고 있으면 되잖나. 어차피 시시껄렁한 말이니까. 중학생 따위 상관할 가치가 있나? 뭐, 방해가 돼? 그렇지만 담판을 해도 싸움을 해도 그 방해가 없어지진 않잖아. 난 그런 점에선 서양인보다 옛날 일본인이 훨씬 훌륭하다고 생각하네. 서양인의 방식이 적극적이다, 적극적이다 하면서 근래에 크게 유행하고 있지만 그건 커다란 결점을 지니고 있어. 무엇보다 적극적이라는 게 한계가 없는 이야기잖아. 언제까지 적극적으로 밀고 나가봤자 만족이라는 영역이나 완전이라는 경계에는 이를 수가 없다는 거지. 저 건너편에 노송나무가 있지? 저게 눈에 거슬린다고 없애버려. 그럼 그 너머에 있는 하숙집이 또 거슬리거든. 하숙집을 허물고 나면 그다음 집이 짜증스럽고. 가도 가도 끝이 없다는 거지. 서양인이 하는 짓이 다 그래. 나뽈레옹이든 알렉산더든 이겼다고 만족한 인간은 하나도 없잖아. 남이 마음에 안 든다, 싸운다, 저쪽이 가만있지 않는다, 법정에 호소한다, 법정에서 이긴다, 그걸로 끝나느냐 하면 천만의 말씀이지. 마음의 안정이란 죽을 때까지 안달한다고 얻을 수 있는 게 아니거든. 과두정치가 안 되니 대의제로 하자. 대의제가 안 되니 또 뭔가로 바꾸고 싶어지지. 강이 건방지니 다리를 놓고, 산이 마음에 안 드니 터널을 뚫어. 교통이 불편하다면서 철도를 깔고. 그런다고 영원한 만족이 오는 건 아냐. 인간이란 것이 어디까지 적극적으로 자기 뜻을 밀고 나갈 수 있겠나. 서양 문명이 적극적, 진취적일지는 모르지만 결국은 평생을 불만스럽게 사는 인간이 만든 문명일 따름이야. 일본 문명은 자기 이외의 상태를 바꾸어 만족을 찾는 것이 아니지. 서양과 크게 다른 점은 근본적으로 주위 환경은 움직일 수 없는 것이라는 커다란 가정하에 발달했다는 거야. 부모 자식 관계가 좋지 않다고 해서 서구인들처럼 이 관계를 개선해서 안정을 취하려고 하지 않지. 부모 자식 관계는 전부터 있어온 대로 도저히 바꿀 수 없는 것으로 보고 그 관계 아래에서 평안을 얻을 방법을 찾는 거거든. 부부, 군신 관계도 마찬가지고, 무사와 평민의 구별도 마찬가지고, 자연 그 자체를 보는 것도 마찬가지야. ─ 산이 가로막고 있어서 다른 지방에 가지 못하면 산을 무너뜨릴 생각을 하는 대신 다른 지방에 가지 않아도 될 궁리를 하지. 산을 넘지 않아도 만족하는 심성을 기르는 거야. 그러니 여보게, 생각해보게나. 선가든 유가든 근본적으로는 이 문제를 다루는 거잖아. 아무리 제가 잘났어도 세상은 결코 마음대로 되지 않아. 지는 해를 돌이킬 수도, 가모 강을 거꾸로 흐르게 만들 수도 없지. 다만 뜻대로 되는 건 제 마음뿐이거든. 마음을 자유롭게 하는 수양만 하면 낙운관 학생이 아무리 난리를 쳐도 태연하지 않겠나? 진흙 너구리라도 상관없을 거고. 핀스께 따위가 어리석은 소리를 하면 이런 멍텅구리, 하고 넘어가면 되잖아. 뭐라던가, 옛날에 스님이 누가 자기 목을 베려고 하자 전광영리電光影裏에 춘풍을 벤다[26]나 뭐라나 하는 멋진 말을 했다지 않나. 마음의 수양을 쌓아 소극의 극에 이르면 이런 신통한 일이 가능한지도 모르지. 나는 그런 어려운 건 모르지만, 어쨌든 서양인풍의 적극주의만이 좋다고 생각하는 건 좀 잘못된 것 같아. 실제로 자네가 아무리 적극주의로 행동해봤자 학생들이 자네를 골탕 먹이러 오는 건 어쩔 수가 없잖아? 자네의 권력으로 그 학교를 폐쇄하거나 혹은 상대방이 경찰이라도 부를 만한 나쁜 짓을 한다면 또 모르지만, 그렇지 않은 이상 아무리 적극적으로 나서봤자 당해낼 수가 없어. 만약 적극적으로 나선다면 돈 문제가 되지. 중과부적의 문제가 되고. 바꾸어 말하면 자네가 부자에게 고개를 숙일 수밖에 없게 되는 거야. 수로 밀고 들어오는 어린아이들에 벌벌 떨 수밖에 없게 되고. 자네 같은 가난뱅이가, 그것도 혼자서 적극적으로 싸우겠다는 것부터가 애당초 자네 불만의 씨앗이야. 어떤가, 알아듣겠나?"

주인은 알겠다고도 모르겠다고도 하지 않고 듣고만 있었어. 진객이 돌아간 후 서재에 들어가서도 책도 읽지 않고 골똘히 생각에 잠기더군.

스즈끼 토오주우로오 씨는 돈과 다수를 따르라고 주인에게 가르친 거지. 아마끼 선생은 최면술로 신경을 안정시키라고 조언한 거고. 마지막 진객은 소극적이 되도록 수양하여 평안을 얻으라고 설교를 한 거야. 주인이 어느 쪽을 택할지는 주인 마음이지. 어쨌든 이대로는 안 된다는 것만은 확실해.

---

**26** 칼이 번개처럼 번뜩여 목을 베어도 봄바람을 벤 것과 다름이 없으니 아무렇지도 않다는 뜻으로, 남송 출신의 승려 무학조원(無學祖元, 1226~86)의 일화에서 온 말.

# 9

　주인은 곰보야. 메이지 유신 전엔 곰보가 꽤 유행했던 모양이지만 영일동맹의 오늘날에 보면 이런 얼굴은 약간 시대에 뒤떨어진 감이 있지. 곰보의 쇠퇴는 인구의 증식과 반비례하니 가까운 장래에 완전히 그 자취를 감추리라는 것이 의학상의 통계로부터 정밀하게 도출된 결론으로, 나 같은 고양이조차 추호도 의심할 여지가 없는 뛰어난 이론이야. 현재 지구 상에 곰보 얼굴을 가지고 서식하고 있는 인간이 몇명이나 되는지 모르지만, 나의 교제 범위 안에서 계산해보건대 고양이 중엔 한마리도 없어. 인간 중엔 딱 하나 있고. 그런데 그 한명이 바로 주인이지. 정말 딱해.

　이 몸은 주인의 얼굴을 볼 때마다 생각하지. 아이고, 어쩌다 이런 묘한 얼굴을 하고 뻔뻔스럽게 20세기의 공기를 호흡하고 있는 걸까. 옛날엔 조금이나마 당당했을지 모르지만 모든 곰보가 팔뚝으로 퇴거를 명령받은¹ 작금에 여전히 콧등과 뺨에 진을 치고 완강히 버티고 있는 건 자랑이 아닐뿐더러 오히려 곰보의 체면을 구기는 일이지. 가능하면 지금이라도 물러가면 좋을 것을. 곰보 스스로도 불안할 게 분명해. 아니면 세가 불리한데도 맹세코 지는 해를 중천으로 되돌리고야 말겠다는 의지로 저렇게 꿋꿋하게 온 얼굴을 점령하고 있는지도 몰라. 그렇다면 이 곰보는 결코 경멸의 눈으로 볼 게 아니야. 도도한 흐름을 거스르는 만고불마萬古不磨의 구멍 집합체로서 이 몸이 크게 존경할 만한 올록볼록함이라고나 할까? 다만 지저분하다는 게 결점이야.

주인이 어렸을 때 우시고메 야마부시쬬오에 아사다 소오하꾸[2]라는 명의가 있었는데, 이 노인이 왕진을 갈 때면 반드시 가마를 타고 어슬렁어슬렁 가셨다는 거야. 그런데 소호하꾸 옹이 돌아가시고 그 양자가 대를 잇자 가마가 곧 인력거로 변했어. 그러니 양자가 죽고 다시 그 양자가 뒤를 이으면 갈근탕이 안티피린[3]으로 둔갑할지도 모르지. 가마를 타고 토오꾜오 시내를 돌아다니는 건 소오하꾸 옹 당시에도 그다지 보기 좋은 광경은 아니었어. 태연하게 이런 짓을 하던 건 구습에 젖은 자와 기차에 실린 돼지, 그리고 소오하꾸 옹뿐이었거든.

주인의 곰보 역시 별 볼 일 없다는 점에서는 소오하꾸 옹의 가마와 매일반이라 옆에서 보기에 딱할 정도지만 한의사 못지않게 완고한 주인은 여전히 고성낙일孤城落日의 곰보를 만천하에 드러내며 날마다 학교에 나가 영어 독본을 가르치고 있어.

이처럼 지난 세기의 기념물을 만면에 새기고 교단에 서는 그는

---

1 천연두 예방접종 자국이 팔뚝에 남는 것을 가리킴.
2 아사다 소오하꾸(淺田宗伯, 1815~94). 막부 말, 메이지 시기의 의사.
3 1884년 개발된 최초의 해열 진통제.

학생들에게 수업 외에도 엄청난 훈계를 하고 있음이 분명해. 그는 '원숭이가 손을 가진다'[4]를 반복하기보다도 '곰보가 얼굴에 미치는 영향'이라는 큰 문제를 손쉽게 해석해 무언중에 그 답안을 학생들에게 보여주고 있는 셈이지. 만약 주인 같은 인간이 교사로서 존재하지 않았더라면 학생들은 이 문제를 연구하기 위해 도서관이나 박물관에 달려가 우리가 미라를 보면서 이집트인을 떠올리는 정도의 수고를 해야만 했을걸. 이 점에서 보자면 주인의 곰보도 암암리에 묘한 공덕을 베풀고 있다고나 할까?

물론 주인은 이런 공덕을 베풀기 위해 얼굴 가득 마맛자국을 남긴 건 아냐. 이래 봬도 실은 우두 접종도 했는걸. 불행히도 팔에 맞은 종균이 어느새 얼굴에 전염되었던 거지. 그 무렵엔 어려서 지금처럼 외모고 뭐고 몰랐으니까 가려워, 가려워, 하면서 무턱대고 얼굴을 마구 긁었다나봐. 마치 화산이 터져서 얼굴에 용암이 흘러내린 것처럼 되었으니 부모가 낳아준 얼굴을 망가뜨려버린 거야. 주인은 가끔 안주인더러 천연두를 앓기 전엔 옥 같은 남자였다고 말하지. 아사꾸사의 관음보살 같아서 서양인이 뒤돌아볼 정도로 예뻤다는 둥 어땠다는 둥 자랑하기까지 하고. 어쩌면 그랬을지도 모르지. 다만 보증인이 없다는 게 유감스러울 따름.

아무리 공덕이니 훈계니 해도 지저분한 건 지저분한 거니까, 철들고부터 주인은 곰보에 대해 엄청나게 고민하기 시작해서 온갖 수단을 써서 이 추한 모습을 지워보려 했지. 그런데 소오하꾸 옹의 가마와는 달리 싫어졌다고 해서 대번에 내다버릴 수도 없잖아? 아직 또렷하게 남아 있지. 이렇게 또렷한 게 꽤나 신경이 쓰이는지

---

**4** The ape has hands. 당시 영어 독본의 첫머리에 나오는 문장.

주인은 길을 걸을 때도 곰보 얼굴을 세면서 걷는다고 해. 오늘은 곰보를 몇 명 만났고 그것이 남자인지 여자인지, 그 장소가 오가와 마찌의 백화점인지 우에노 공원인지 일일이 일기에 적어둔다니까. 그는 곰보에 관한 지식에 있어서는 결코 누구에게도 뒤지지 않는다고 확신하고 있어. 언젠가 서양에 다녀온 친구가 왔을 때는 "여보게, 서양에도 곰보가 있나?" 하고 물었을 정도야. 그러자 그 친구가 "글쎄" 하고 고개를 갸웃거리며 뜸을 들이더니 "거의 없지" 하니까 주인은 "거의 없어도 약간은 있나?" 하고 따지듯이 다시 묻더군. 친구가 흥미 없는 듯한 얼굴로 "있어도 거지나 날품팔이야. 배운 사람 중엔 없는 것 같아" 하니 주인은 "그런가? 일본과는 좀 다르군" 했어.

철학자의 의견에 따라 낙운관과의 싸움을 단념한 주인은 그후 서재에 틀어박혀 골똘히 뭔가를 생각하고 있어. 그의 충고를 받아들여 정좌하고 앉아 영묘한 정신을 소극적으로 수양하려는 건지도 모르지만, 애초에 소심한 인간인 주제에 저렇게 음침하게 팔짱만 끼고 앉아서야 변변한 결과가 나올 리 없지. 그보다는 영어 책이라도 전당을 잡혀서 게이샤에게 유행가라도 배우는 편이 훨씬 낫겠다 싶긴 하지만 저런 고집불통이 고양이의 충고 따위 들을 리가 없으니 그냥 네 멋대로 하시라 하고 대엿새는 아예 근처에도 안 갔어.

오늘은 그로부터 딱 7일째 되는 날이야. 선가에서는 7일 안에 대오각성하는 걸 목표로 굉장한 기세로 결가부좌를 트는 이들도 있다니까 우리 주인도 뭔가 되었겠지, 죽든 살든 뭔가 결판이 났겠지, 하고 살금살금 대청에서 서재 입구까지 가서 방 안 동정을 살폈어.

서재는 타따미 여섯장짜리 남향인데 볕 잘 드는 자리에 커다란 책상이 놓여 있지. 그냥 커다란 책상이라고만 하면 감이 안 올 거야. 길이 1미터 80센티, 폭 1미터 15센티에 적당한 높이로 된 커다란 책상이지. 물론 기성품은 아냐. 근처 가구점 주인과 담판을 지어서 침대 겸 탁자로 만들게 한 희대의 물건이라고. 무슨 이유로 이렇게 커다란 책상을 새로 만들었으며 또 무슨 이유로 그 위에 누워보겠다는 엉뚱한 생각을 했는지는 본인에게 물어보지 않았으니 전혀 알 수가 없어. 그저 잠깐 잘못 생각해서 이런 물건을 떠안게 되었는지도 모르고, 아니면 일종의 정신병자에게서 우리가 곧잘 보듯이 아무런 연관도 없는 두 관념을 연상해서 책상과 침대를 멋대로 연결했는지도 모르지. 어쨌든 기발한 생각이야. 다만 기발하기만 할 뿐 아무 소용이 없다는 게 결점이지만. 이 몸은 일찍이 주인이 이 책상 위에서 낮잠을 자다가 돌아눕는 바람에 툇마루로 굴러 떨어지는 걸 본 적이 있어. 그뒤로 이 책상은 결코 침대로 전용되지는 않는 듯해.

책상 앞에는 얄따란 모슬린 방석이 있는데 담뱃불로 생긴 구멍이 세개쯤 있어. 안으로 보이는 솜은 거무스름하고. 이 방석 위에 등을 보이고 정좌해 있는 게 주인이야. 쥐색으로 때가 탄 오비를 매듭지어 묶었는데 양쪽 끝이 발 뒤로 늘어져 있군. 이 오비에 달라붙어 장난을 치다가 느닷없이 머리통을 얻어맞은 게 바로 얼마 전 일이야. 섣불리 접근하면 안 되는 오비지.

장고 끝에 악수라던데 아직도 생각 중인가 싶어 뒤에서 들여다보니 책상 위에 묘하게 번쩍번쩍하는 게 있네. 이 몸은 나도 모르게 두세번 눈을 깜빡였지만 이건 뭔가 싶어 눈이 부신 걸 참고 반짝이는 놈을 응시했지. 보아하니 이 빛은 책상 위에서 움직이고 있는 거울에서 나오는 것이더군. 그런데 주인은 뭐하러 서재에서 거울 따위를 휘두르고 있는 걸까? 거울이라면 욕실에 있어야지. 실제

로 이 몸은 오늘 아침 욕실에서 이 거울을 봤거든. 굳이 '이 거울'
이라고 하는 건 주인집에는 이것 말곤 거울이 없기 때문이야. 주인
이 아침마다 세수를 하고 나서 머리를 갈라 빗을 때도 이 거울을
쓰지. ─주인 같은 남자가 머리를 갈라 빗느냐고 묻는 사람도 있
겠지만 사실 그는 다른 걸 귀찮아하는 딱 그만큼 머리엔 정성을 쏟
아. 이 몸이 이 집에 오고 나서 지금까지 주인은 아무리 더워 죽을
것 같아도 머리를 짧게 자른 적이 없어. 반드시 6센티 정도 길이로
해서 그걸 거창하게 왼쪽으로 빗어넘기고는 오른쪽 끝을 살짝 반
대로 빗어놓지. 이것도 정신병의 징후일지도 몰라. 이런 젠체하는
머리 모양은 이 책상과 전혀 안 어울리는 것 같지만, 그다지 남에
게 피해가 가는 건 아니니까 아무도 뭐라고 안 해. 본인 역시 득의
양양. 머리 모양이 하이칼라인 건 차치하고라도 뭐하러 그렇게 머
리를 기르나 했더니 실은 이유가 있더라고. 그의 곰보는 단지 그의
얼굴만 침식한 게 아니라 이미 오래전에 정수리까지 파먹어든 모
양이야. 그러니 만약 보통 사람들처럼 머리를 짧게 잘랐다간 짧은
머리털 속으로 수십개나 되는 곰보 자국이 다 들여다보이잖아. 아
무리 문지르고 주물러도 우묵우묵한 건 없어지질 않아. 마른 들에
반딧불이를 풀어놓은 것처럼 근사할지도 모르지만 안주인의 마음
에 들지 않는 건 물론이지. 머리만 좀 길러두면 안 드러날 것을 굳
이 자기 결점을 들출 건 없잖아. 할 수만 있다면 얼굴에도 털을 길
러 이쪽 곰보도 덮어버리고 싶은 판인데, 거저 자라는 털을 돈을
내고 깎으면서까지 나는 두개골 위까지 천연두에게 당했습니다,
하고 떠들 필요는 없을 테니까. ─바로 이것이 주인이 머리를 기
르는 이유이고 머리를 기르는 것이 그가 가르마를 타는 원인이며,
그것이 거울을 보는 까닭이고 그 거울이 욕실에 있는 연유로, 이리

하여 그 거울은 하나뿐이라는 거지.

욕실에 있어야 할 거울이, 더구나 하나뿐인 거울이 서재에 와 있는 이상 거울이 몽유병에 걸렸거나 아니면 주인이 욕실에서 들고 온 게 분명해. 들고 왔다면 무엇 때문에 들고 온 걸까? 어쩌면 소극적 수양에 필요한 도구일지도 몰라. 옛날에 어떤 학자가 뭐라나 하는 고승을 찾아갔더니 스님이 팔을 걷어붙이고 기왓장을 갈고 있더래. 뭘 만드시냐고 물었더니 지금 거울을 만들려고 열심히 가는 중일세, 하더라는군. 그래서 이 학자가 놀라 아무리 명승이라도 기왓장을 갈아 거울을 만들 수는 없습니다, 했더니 고승이 껄껄 웃으며 그런가? 그럼 관둠세. 아무리 서책을 읽어봤자 도는 깨닫지 못하는 것도 마찬가지야, 하고 경을 쳤다고 하던데 주인도 그런 걸 어디서 주워듣고 욕실에서 거울을 가져와서는 의기양양하게 휘둘러대는 거 아닐까? 이거 참 큰일이다 싶어 몰래 엿보고 있었어.

이런 줄도 모르고 주인은 정말 골똘히 오직 하나뿐인 거울을 들여다보고 있더군. 원래 거울이라는 물건이 좀 섬뜩하지 않아? 한밤중에 촛불을 켜고 넓은 방 안에서 혼자 거울을 들여다본다는 건 꽤나 용기가 필요하다고. 이 몸은 이 집 딸내미가 처음 이 몸의 얼굴 앞에 거울을 들이밀었을 때 얼마나 식겁을 했던지 온 집을 세바퀴나 돌았는걸. 아무리 대낮이라도 주인처럼 이렇게 열심히 들여다보고 있다간 스스로 자기 얼굴이 무서워질 게 틀림없어. 그냥 봐도 별로 기분 좋은 얼굴이 아닌걸. 잠시 후에 주인은 "역시나 지저분한 얼굴이군" 하고 혼잣말을 했어. 자신의 추함을 자백하는 건 꽤나 존경스러운 일이지. 하는 짓을 보면 분명 미친 것 같은데 말하는 건 진리라니까. 여기서 한발 더 나가면 자신의 추함이 두려워지지. 인간은 자기가 끔찍한 악당이라는 사실을 철두철미하게 절감

한 자가 아니면 고행을 했다고 할 수 없어. 고행을 한 자가 아니면 절대 해탈은 불가능하고. 주인도 여기까지 왔으니 내친김에 "아, 무서워"할 법도 하건만 좀처럼 그 소린 안 해. "역시나 지저분한 얼굴이군"하고는 무슨 생각을 했는지 볼을 잔뜩 부풀리더군. 그러고는 부풀어오른 볼을 손바닥으로 두세번 두드려보는 거야. 무슨 주문인지 알 수가 없네. 그런데 그때 이 몸은 이 얼굴을 닮은 게 뭐 있었는데 싶더라고. 곰곰이 생각해보니 그건 하녀의 얼굴이었어. 말 나온 김에 하녀의 얼굴을 잠깐 소개하자면, 정말 통통하게 부풀었지. 지난번 어떤 사람이 아나모리이나리 신사에서 복어 등롱을 선물로 가져왔는데 딱 그 복어 등롱처럼 통통해. 너무 통통하게 부풀다보니 두 눈이 모두 어디로 가고 없어. 복어는 그나마 골고루 동그랗게 부풀어 있지만 하녀는 원래 골격이 다각형이어서 그 골격대로 부풀어 있으니 마치 부종으로 고생하는 육각 시계 같아. 하녀가 들었다간 난리가 날 테니 그 이야긴 그만하고 다시 주인 쪽으로 돌아갈게. 이렇게 공기를 있는 대로 모아 볼을 부풀린 그는 앞서 말한 대로 손바닥으로 볼을 두드리며 "이 정도로 피부가 긴장하면 곰보도 눈에 안 띄는데"하고 다시 한번 혼잣말을 하더군.

이번엔 얼굴을 옆으로 돌려 빛을 받은 쪽을 거울에 비춰보았어. "이렇게 보면 엄청 눈에 띄고. 역시 정면으로 해를 받는 편이 매끈해 보이는군. 참 신기하네"하고 꽤나 감탄한 모양이야. 그러더니 오른손을 한껏 뻗어 거울을 최대한 멀리 떨어뜨려놓고 조용히 응시했어. "이 정도 떨어지면 그다지 심하지 않구먼. 역시 너무 가까우면 안 돼. ─얼굴뿐 아니라 뭐든지 그런 법이지"하고 깨친 듯한 소릴 하더군. 이어서 갑자기 거울을 옆으로 눕혔어. 그러고는 콧대를 중심으로 눈과 이마와 눈썹을 한꺼번에 이 중심을 향해 끌어

모으는 거야. 정말 못 봐줄 얼굴이구나 싶었는데 "아냐, 이건 안 되겠어" 하고 본인도 알아차렸는지 얼른 그만두더라고. "어째서 이렇게 표독스럽게 생겼을까?" 하고 이상하다는 듯이 거울을 눈에서 10센티 정도 되는 곳으로 끌어당겼어. 오른손 검지로 콧방울을 문지르고는 그 손가락 끝을 책상 위에 있던 압지에 대고 꾹 눌렀어. 콧기름이 동그랗게 종이 위에 묻어났지. 정말 가지가지 한다니까. 그러더니 주인은 콧기름이 묻은 손가락으로 이번엔 오른쪽 아래 눈꺼풀을 뒤집어 소위 말하는 '약 오르지, 메롱'을 멋들어지게 해 보이더라고. 곰보를 연구하는 건지 거울과 눈싸움을 하는 건지는 좀 모호해. 어수선한 주인이니만큼 하다보니 정신줄을 놓고 아무렇게나 해보는 거겠지, 뭐. 그 정도가 아니야. 만약 선의를 가지고 곤약 문답[5]적으로 해석해준다면 주인은 견성성불의 방편으로 이처럼 거울을 상대로 온갖 짓을 해보고 있는 건지도 몰라. 모든 인간 연구란 결국 자기를 연구하는 거니까. 천지산천도 일월성신도 모두 자기의 다른 이름에 불과할 뿐. 자기를 제쳐놓고 달리 연구할 만한 것이 세상천지 어디 있겠어? 만약 인간이 자기 밖으로 뛰쳐나갈 수 있다면 뛰쳐나가는 순간 자기는 없어져버리잖아. 더구나 자기 연구는 자기 말고는 아무도 해줄 자가 없지. 아무리 해주고 싶어도, 해줬으면 싫어도 불가능한 이야기. 그러니 고금의 호걸은 모두 제 힘으로 호걸이 된 거야. 남의 덕으로 자기를 이해할 수 있다면야 자기 대신 남이 쇠고기를 먹어도 질긴지 연한지를 판단할 수 있겠지. 아침에 법法을 듣고 저녁에 도道를 듣고 등불 아래 책을 손에 드는 것도 모두 자기증명을 자극하기 위한 방편에 지나지 않는

---

5 우연히 주지스님이 된 곤약가게 주인과 행각승이 서로 오해해 엉뚱한 선문답을 주고받는 내용의 만담.

다고. 남이 설하는 법法, 남이 논하는 도道, 혹은 다섯 수레에 넘치는 벌레 먹은 책 속에 자기가 존재하는 것이 아니야. 있다면 자기의 유령이겠지. 물론 어떤 경우에는 유령이 무령無靈보다 나을지도 몰라. 그림자를 쫓다가 본체를 만나지 말란 법도 없지. 대부분의 그림자는 대개 본체를 떠나지 않으니까. 이런 의미에서 주인이 거울을 만지작거리는 거라면 꽤 괜찮은 사내잖아? 에픽테토스 따위나 주워섬기면서 학자연하는 것보단 훨씬 낫다고 생각해.

거울은 자아도취의 제조기인 동시에 자만의 소독기이기도 하지. 하지만 만약 허영심으로 이를 대한다면 이처럼 멍청이를 선동하는 도구도 없을 거야. 예로부터 교만함 때문에 자신을 해치고 남을 괴롭힌 사건 가운데 삼분의 이는 분명 거울이 한 짓이지. 프랑스혁명 당시 어떤 호사가 의사 선생이 개량 참수기구를 발명해 뜻밖의 죄를 지은 것처럼, 처음 거울을 만든 사람도 분명 꿈자리가 사나웠을걸. 하지만 자신에게 정나미가 떨어졌을 때, 자아가 위축되었을 때는 거울을 보는 것만큼 좋은 약도 없어. 연추요연[6]이지. 이런 얼굴로 용케도 사람 노릇을 하면서 지금까지 잘도 버텼구나, 하게 될 게 분명하다고. 그 깨달음의 순간이야말로 인간의 생애 가운데 가장 다행스러운 때야. 스스로 자신의 어리석음을 아는 것만큼 귀중한 건 없거든. 이 자각적 바보 앞에서는 모든 잘난 체하는 치들이 고개를 숙이고 떨게 되어 있어. 본인은 의연히 자신을 경멸하고 조소하는 거지만 이쪽에서 보면 그 의연함에 고개를 숙이게 되는 거지. 주인이 거울을 보고 자신의 어리석음을 깨달을 정도로 현자일리는 없어. 하지만 자신의 얼굴에 새겨진 곰보 자국 정도는 공평하

6 妍醜瞭然. 아름다움과 추함이 분명하고 명백함.

게 읽어낼 수 있는 사내지. 얼굴의 추함을 자인하는 것은 마음의 비천함을 이해하는 길이 될 거야. 믿음직스러운 남자라니까. 이 역시 철학자의 설교 덕인지도 모르겠군.

이렇게 생각하면서 계속 엿보고 있으려니 아무것도 모르는 주인은 실컷 '메롱'을 하고 나서는 "꽤 충혈되었군. 역시 만성 결막염이야" 하면서 검지 옆쪽으로 충혈된 눈꺼풀을 문지르기 시작했어. 엄청 가려운 모양이지만 가만둬도 저렇게 시뻘건 눈을 이렇게 문질러대서야, 원. 머지않아 소금에 절인 도미 눈처럼 짓물러버릴 게 분명해. 이윽고 눈을 뜨고 거울을 들여다보는 걸 보니 아니나 다를까 잔뜩 흐린 북국의 겨울 하늘처럼 탁해졌더군. 물론 평소에도 그다지 맑은 눈동자는 아냐. 좀 과장된 형용사를 쓰자면, 검은자위와 흰자위가 구별되지 않을 정도로 혼돈하고 막연하지. 그의 정신이 몽롱하여 요령부득으로 일관하는 것처럼 그의 눈 역시 애매모호하여 영원히 눈구멍 속에 떠 있을 따름. 이건 태독胎毒 때문이라고도 하고 혹은 천연두의 여파라고도 하는데, 어릴 때는 버드나무벌레나 송장개구리 신세를 진 적도 꽤 있다지만 기껏 모친이 정성을 들였는데도 보람도 없이 지금껏 태어날 때 그대로 멍해. 나 혼자 생각이지만 이런 상태는 결코 태독이나 천연두 때문이 아냐. 그의 눈동자가 이렇게 혼돈하고 혼탁한 지경을 헤매고 있는 건 다름 아닌 그의 두뇌가 불투명한 내용으로 구성되어 있어 그 작용이 암담하고 몽롱하기가 극에 달한 탓으로, 자연히 이것이 눈에 보이는 형체로 나타나 이를 모르는 모친에게 쓸데없는 걱정을 끼친 거야. 아니 땐 굴뚝에 연기가 날 것이며 흐린 눈에 맑은 정신이겠느냐는 거지. 그러고 보면 그의 눈은 그의 마음의 상징인데 그의 마음이 엽전처럼 구멍이 뚫려 있으니 그의 눈 역시 엽전처럼 커다랗기만 하고 별

볼 일 없는 게 분명해.

이번엔 수염을 비틀기 시작하네. 워낙 버릇없는 수염이라 다들 저 좋을 대로 돋아 있거든. 아무리 개인주의가 유행하는 세상이라지만 이렇게 제각각 제멋대로라니 주인도 참 힘들겠다 싶긴 해. 그러다보니 주인도 생각한 바가 있는지 요즘은 열심히 훈련을 시켜서 가능한 한 질서를 잡아보려고 애를 쓰더라고. 그 노력의 효과가 없진 않아서 최근에는 가까스로 보조가 조금씩 맞기 시작했지. 지금까지는 수염이 나 있었지만 요새는 수염을 기르고 있다고 자랑할 정도는 됐어. 노력이란 성과에 따라 고무되는 법이어서, 자기 수염의 전도유망함을 본 주인은 아침저녁으로 손이 비기만 하면 반드시 수염에게 지도편달을 가하지. 그의 야망은 독일 황제 폐하와 같이 향상심에 불타는 수염을 기르는 거야. 그래서 모공이 옆을 향하든 아래를 향하든 조금도 개의치 않고 한꺼번에 쥐고는 위쪽으로 잡아당기지. 수염들도 얼마나 힘들까 싶어. 소유주인 주인조차 가끔 아파하니까. 하지만 훈련이 그런 거 아니겠어? 싫든 좋든 거꾸로 훑어올리는 거야. 문외한이 보기엔 뭔지 모를 취미 같겠지만 당사자만은 지당한 일이라고 생각하고 있어. 교육자가 공연히 학생의 본성을 구부려놓고는 제 공을 보라고 자랑하는 것과 같으니 비난할 이유는 전혀 없을 듯해.

주인이 온 열성을 다해 수염을 조련하고 있는데 부엌에서 다각형 하녀가 편지가 왔습니다, 하고 평소처럼 붉은 손을 서재로 쑥 들이밀었어. 오른손으로 수염을 잡고 왼손에 거울을 든 주인이 그대로 입구 쪽을 돌아봤어. 여덟 팔 자의 꼬리에게 물구나무서기를 시킨 것 같은 수염을 보자마자 다각형은 얼른 부엌으로 돌아가 깔깔깔, 하고 가마솥 뚜껑에 몸을 기대고 웃어대더군. 주인은 태연자약. 유유히 거울을 내려놓고 편지를 집어들었어. 첫번째 것은 활판 인쇄물인데 어쩐지 엄숙한 글자들이 박혀 있어. 읽어보니,

배계하오며 다복하심을 경하드립니다. 돌이켜보건대 러일전쟁은 연전연승의 기세를 타고 평화 극복을 고해 우리 충용의열한 장병들이 바야흐로 과반이 만세 소리 가운데 개가를 올려 국민의 환희가 무엇에도 비할 수 없습니다. 지난번 선전포고 조서가 내려지자마자 의용으로 받든 장병들이 오랫동안 이역만리에서 추위와 더위의 고난을 견디고 한마음으로 전투에 종사하여 목숨을 국가에 바친 지극정성은 영원히 명심하여 잊어서는 안 될 것입니다. 그리하여 군대의 개선은 이 달로써 거의 종료를 고하려 합니다. 이에 본회는 오는 25일을 기하여 본 구내 1천여 출정 장교, 하사졸에 대하여 본 구민 일반을 대표하여 크게 개선 축하회를 개최하고 아울러 군인 유족을 위로하기 위한 열성을 모아 조촐하나마 감사의 뜻을 표하고자 하오니 여러분의 협찬을 바랍니다. 이 성전을 거행하는 행운을 얻는다면 본회의 면목에 더할 바가 없겠사오니 아무쪼록 자진 찬성하여 의연의 뜻을 베풀어주시기를 바라 마지않습니다. 삼가 아룁니다.

라고 되어 있고 보낸 이는 귀족이야. 주인은 한번 묵독하더니 바로 봉투에 말아넣고 모른 체했어. 의연금 따위는 아마 낼 것 같지 않아. 요전에도 동북 지역 흉작 때 의연금을 2엔인가 3엔인가 내놓고는 만나는 사람마다 의연금을 뜯겼다, 뜯겼다 하고 떠들어댔을 정돈데, 뭐. 의연금이라는 건 자진해서 내는 거지 뜯기는 게 아니잖아. 도둑맞은 것도 아니고 뜯겼다는 건 말이 안 되지. 그런데도 도난이라도 당한 듯이 여기는 주인이니 아무리 군대를 환영한다 해

도, 아무리 귀족의 권유라 해도 직접 강권한다면 모를까 활판인쇄
편지 정도로 돈을 내놓을 위인은 아닌 듯해. 주인으로서는 군대를
환영하기 전에 먼저 자기를 환영하고 싶겠지. 자기를 환영한 후에
는 대부분 환영하겠지만 자기의 생계에 지장이 있는 동안엔 환영
은 귀족에게 맡겨둘 심산인 모양. 주인은 두번째 편지를 집어들고
는 "어, 이것도 활판이군" 했어.

목하 추랭의 시절에 귀댁의 더욱 융성함을 경하하옵니다. 아뢸 말
씀은 본교는 아시는 바와 같이 재작년 이래 두세 야심가 때문에 방해
받기가 일시 그 극에 달하였으나 이 모두 불초 신사꾸가 모자란 바에
기인한 것으로 여기고 깊이 스스로 경계하는 바 있어 와신상담하였기
로 그 고신의 결과 가까스로 이에 자력으로써 우리 이상에 알맞은 교
사 신축비를 마련할 길을 강구하였습니다. 그는 다름이 아니라 별책
『재봉비술강요』라 명명한 서책을 출판하는 데 있습니다. 본서는 불초
신사꾸가 다년 고심 연구한 공예상의 원리원칙에 따라 참으로 살을
찢고 피를 짜내는 심정으로 저술한 것입니다. 이에 본서를 널리 일반
가정으로 제본 실비에 약간의 이윤을 붙여 청구하오니 한편으로는 이
분야 발달에 일조함과 동시에 다른 한편으로는 근소한 이윤을 축적하
여 교사 건축비에 충당하려는 심산이옵니다. 그러하니 대단히 송구하
기 그지없사오나 본교 건축비로 기부하신다 여기시고 이에 제공해드
리는 『비술강요』 1부를 구입하여 하녀에게라도 나누어주시어 찬동의
뜻을 표하여주시기를 간원하옵나이다. 삼가 아룁니다.

대일본여자재봉최고등대학원

교장 누이다 신사꾸 구배九拜

라고 되어 있어. 주인은 이 정중한 서한을 냉정하게 구겨 휴지통에 툭 던져넣더군. 신사꾸 군이 기껏 구배하고 와신상담한 것도 아무 소용이 없으니 짠하네. 세번째 편지로 가볼게. 이번 건 엄청 이채로운걸. 봉투부터가 홍백의 얼룩무늬로 엿가게 간판처럼 요란뻑적지근한데다 한가운데 '친노 쿠샤미 선생 호피하[7]'라고 굵다랗게 팔분체[8]로 적혀 있어. 속에서 뭐가 튀어나올지 모르지만 껍데기만은 엄청 멋들어져.

　만약 아我로써 천지를 다스릴진대 한입에 서강西江의 물을 모두 들이마실 것이고, 만약 천지로써 아를 다스릴진대 아는 곧 길가의 티끌일 뿐이다. 모름지기 천지와 아는 이와 같이 관련이 있다…… 처음 해삼을 먹은 사람은 그 담력을 존경할 만하고, 처음 복어를 먹은 사내는 그 용기를 존중할 만하다. 해삼을 먹을 수 있는 자는 신란[9]의 재림이며, 복어를 먹을 수 있는 자는 니찌렌[10]의 분신이라. 쿠샤미 선생과 같아서는 다만 호박오가리 무침을 알 따름. 호박오가리 무침을 먹고 천하의 위인 된 자, 나는 아직 본 적이 없도다……
　친구도 그대를 팔 것이며, 부모도 그대에게 사욕 있으리라. 애인도 그대를 버릴 것이라. 부귀는 애당초 기대할 수 없으며 작록은 하루아침에 잃으리라. 그대의 머릿속에 비장된 학문에는 곰팡이가 필 것이라. 그대는 무엇을 믿을 것인가. 천지간에 무엇에 의지할 것인가. 신?
　신은 인간이 괴로운 나머지 날조한 흙 장난감일 뿐. 인간의 간절한

---

7　虎皮下. 학자나 군인 등에게 보내는 편지 겉봉에 받는 사람을 존대해서 쓴 말. 높은 사람의 자리에 흔히 호랑이 가죽을 깔았던 데서 비롯되었다.
8　八分體. 예서(隷書)와 전서(篆書)를 절충한 장식적인 서체.
9　신란(親鸞, 1173~1262). 카마꾸라 시대의 승려.
10　니찌렌(日蓮, 1222~82). 카마꾸라 시대의 승려.

똥이 응결된 구린 사체일 뿐. 믿지 못할 것을 믿고 평안하다 하는구나. 허허, 취한이 함부로 이상한 소리를 지껄이고 갈지자걸음으로 무덤을 향하도다. 기름이 다하면 등불은 저절로 꺼지도다. 업이 다하면 무엇을 남기려는가. 쿠샤미 선생, 차라도 들게나……

사람을 사람이라 여기지 않으면 두려울 것이 없도다. 사람을 사람으로 여기지 않는 자가 나를 나로 여기지 않는 세상에 분개함은 어째서인가. 권귀영달의 위인은 사람을 사람으로 여기지 않는 데서 얻은 것과 같다. 다만 남이 나를 나로 여기지 않는 때에 불끈 화를 내는도다. 마음대로 화를 내시라. 멍텅구리……

내가 사람을 사람이라 여기는데 남이 나를 나로 여기지 않을 때, 불평객은 발작적으로 강림한다. 이 발작적 활동을 이름하여 혁명이라한다. 혁명은 불평객의 소행이 아니라. 권귀영달의 위인이 기꺼이 낳은 바이라. 조선에 인삼이 많은데 선생은 어째서 드시지 않는가.

스가모에서 텐도오 코오헤이 재배再拜


신사꾸 군은 구배였는데 이 남자는 달랑 재배뿐이야. 기부금 의뢰가 아니니 칠배만큼 건방지게 버티는 거지. 기부금 의뢰는 아니지만 그 대신 엄청 알아먹기 힘드네. 어느 잡지사에 보내도 구겨버릴 가치는 충분히 있으니 두뇌가 불투명하기로 유명한 주인은 분명 갈기갈기 찢어버리겠거니 싶었는데 웬걸, 내리읽고 치읽고 몇번을 다시 읽고 있어. 이런 편지에도 의미가 있다고 생각하고 끝까지 그 의미를 알아내려는 결심인지도 모르지. 대저 천지간에 이해 못할 일은 얼마든지 있지만 의미를 붙이자면 못 붙일 것은 하나도 없어. 아무리 어려운 문장이라도 해석하려고 맘먹으면 쉽게 해석할 수 있는 법이지. 인간은 바보라고 하든 인간은 영리하다 하든 바로 이해가 되잖아. 그뿐만이 아냐. 인간을 개라고 하든 돼지라고 하든 그다지 어려운 명제가 아니지. 산이 낮다고 한들 상관없고, 우주가 좁다고 한들 지장이 없어. 까마귀가 하얗고 코마찌[11]가 추녀고 쿠샤미 선생이 군자라 해도 안 통할 게 또 뭐야. 그러니 이런 무의미한 편지도 어떻게든 갖다붙이면 뭐라도 의미를 찾을 순 있어. 특히 주인처럼 알지도 못하는 영어를 억지로 끌어다붙여 설명해온 사내는 더욱더 의미를 찾아내고 싶어하는 법이지. 날씨가 안 좋은데 어째서 굿모닝입니까, 하는 학생의 질문을 받고 이레 동안을 생각하고, 콜럼버스라는 이름은 일본어로 뭐라고 합니까, 하고 물으면 사흘 밤낮 걸려 대답을 짜내는 위인이니, 호박오가리 무침이 천하의 지사라거나 조선 인삼을 먹고 혁명을 일으키자거나 하는 제멋대로 된 의미는 아무 데서나 솟아나는 거지. 주인은 잠시 후 굿모닝풍으로 이 난해한 문구를 이해한 듯 "제법 의미심장하구먼. 아무래도 상당히 철리를 연구한 사람이 분명해. 훌륭한 식견이야" 하고 엄청 칭찬을 하더라고. 이 한마디로도 주인의 어리석음은 잘 알겠지만 뒤집어 생각해보면 약간은 그럴듯한 구석도 있긴 하지. 주인은 뭐든지 자기가 잘 모르는 것에 고마워하는 버릇이 있거든. 이거야 꼭 주인만 그런 건 아닐 거야. 모르는 것에는 무시할 수 없는 것이 숨어 있고 측량할 수 없는 것엔 어딘가 숭고한 기분이 들잖아? 그러니 속인은 모르는 것을 아는 척 떠들어대지만 학자는 아는 걸 모르는 것처럼 설명하지. 대학 강의에서도 모르는 걸 떠드는 이는 평판이 좋고 아는 것을 설명하는 자는 인망이 없는 것만 봐도 명백하잖아. 주인이 이 편지에 경탄하는 것도 의미가 명료해서가

--------------------------------
11 오노노 코마찌(小野小町). 헤이안 시대의 가인(歌人)으로 미녀의 대명사.

아냐. 그 주제가 어디에 있는지 좀처럼 파악하기 어렵기 때문이지. 느닷없이 해삼이 나왔다가 간절한 똥이 나왔다가 하니까 말이야. 그러니 주인이 이 문장을 존경하는 유일한 이유는 도가에서 『도덕경』을 존경하고 유가에서 『역경』을 존경하며 선가에서 『임제록』을 존경하는 것과 매일반, 뭔 소린지 전혀 알 수가 없기 때문이야. 다만 전혀 모른데서야 쩜쩜하니까 멋대로 주석을 달고는 아는 척만 하는 거지. 모르는 걸 아는 척하며 존경하는 건 예로부터 유쾌한 법이니까. ―주인은 공손히 팔분체 명필을 말아넣고는 이것을 책상 위에 올려둔 채 팔짱을 끼고 앉아 명상에 잠겼어.

그런 참에 "계십니까, 계십니까?" 하고 현관에서 큰 소리로 사람을 찾는 이가 있어. 목소리는 메이떼이 같은데 누굴 찾는 건 메이떼이에겐 어울리지 않지. 주인은 아까부터 서재 안에서 그 소리를 듣고 있었지만 팔짱을 낀 채로 꼼짝도 안 해. 손님을 맞으러 나가는 건 주인이 할 일이 아니라는 주의인지 이 주인은 결코 서재에서 대답을 한 적이 없어. 하녀는 아까 빨랫비누를 사러 나갔지. 안주인은 뒷간에 갔고. 그렇다면 나가봐야 하는 건 이 몸뿐이군. 이 몸도 나가긴 싫어. 그러자 손님은 댓돌에서 마루 위로 뛰어오르더니 장지문을 열어젖히고는 성큼성큼 들어오더군. 주인도 주인이지만 손님도 손님이야. 방 쪽으로 가는가 싶더니 방문을 몇번 열었다 닫았다 하고는 서재 쪽으로 왔어.

"어이, 너무하네. 뭐 하는 거야? 손님 왔잖아."

"아, 자넨가?"

"자네고 뭐고, 거기 있으면 뭐라고 말을 좀 하지. 아무도 없는 줄 알았잖아."

"응, 뭘 좀 생각하느라고."

"생각을 하더라도 들어와, 정도는 할 수 있잖아?"

"못할 것도 없지."

"여전하구먼."

"얼마 전부터 정신 수양을 하고 있거든."

"별나긴. 정신을 수양한다고 대답도 못하면 손님은 어쩌라고? 그렇게 평안해서야 곤란하지. 실은 나 혼자 온 게 아냐. 엄청난 손님을 모시고 왔다고. 잠깐 나와서 만나보게나."

"누굴 데려왔는데?"

"누굴 데려왔는지 좀 나와서 보라니까. 자넬 꼭 좀 봐야 한다는구먼."

"누군데?"

"누구고 간에 좀 일어나봐."

주인은 팔짱을 낀 채로 벌떡 일어서면서 "또 골려먹으려는 거지?" 하고 대청으로 나와 영문도 모르고 응접실로 들어섰어. 그런데 6척짜리 탁자를 정면에 두고 웬 노인 하나가 엄숙하게 정좌하고 기다리고 있는 거야. 주인은 저도 모르게 품에서 양손을 빼고 장지문 옆에 엉덩이를 붙이고 앉아버렸지. 이래서야 노인과 똑같이 서쪽을 향해 앉았으니 양쪽 모두 인사를 할 수가 없잖아. 고지식한 옛날 사람의 예의란 참 골치 아프다니까.

"자, 저쪽으로 앉으시지요" 하고 토꼬노마 쪽을 가리키며 주인에게 권하더군. 주인은 이삼년 전까지는 방 어디에 앉아도 상관없다고 생각했는데 어떤 사람에게 토꼬노마에 대한 설명을 듣고 저건 조오단노마[12]가 변한 것으로 윗사람이 앉는 곳이었구나, 하고 깨

12 무사의 저택에서 주군이 앉도록 방 한쪽을 한 단 높게 만든 곳.

닫고 나서는 결코 토꼬노마 쪽으로는 가까이 가지 않는 남자야. 더 구나 낯모르는 연장자가 떡하니 버티고 있는데 윗자리를 따질 처 진가. 인사도 제대로 못했는걸. 일단 고개를 숙이고,

"자, 저쪽으로 앉으시지요" 하고 상대의 말을 되풀이하더군.

"아뇨, 그러면 인사를 드릴 수가 없으니 저쪽으로……"

"아뇨, 그러면…… 저쪽으로……" 하고 주인은 적당히 상대방의 말을 흉내 내고 있어.

"이거 원, 그렇게 겸손하시면 송구합니다. 오히려 이쪽이 죄송하 지요. 자, 사양 마시고 어서."

"겸손하시면…… 송구하니…… 어서." 주인은 시뻘게져서 웅얼 웅얼하고 앉았어. 정신 수양도 별로 효과가 없었나봐. 메이떼이 군 은 장지문 뒤에서 웃으며 구경하고 서 있었는데 이제 됐다 싶었는 지 뒤에서 주인의 엉덩이를 밀면서,

"저리 나가게. 그렇게 문에 들러붙어 있으면 내가 앉을 자리가 없잖아. 사양 말고 앞으로 나가라니까" 하고 억지로 끼어들었어. 주인은 할 수 없이 앞으로 밀려났지.

"쿠샤미 군, 이분이 내가 늘 이야기하던 시즈오까의 큰아버지일 세. 큰아버지, 이쪽이 쿠샤미입니다."

"이거 처음 뵙겠습니다. 매번 메이떼이가 와서 폐를 끼친다 하니 언젠가 찾아뵙고 말씀을 들어야겠다 생각하던 차에 요행히 오늘 근처에 일이 있어 인사드릴 겸 들렀습니다. 이렇게 뵙게 되었으니 부디 잘 부탁드립니다" 하고 예스러운 인사말을 막힘없이 술술 풀 어내더군. 주인은 교제가 좁고 말수 적은 인간인데다 이렇게 고풍 스러운 영감님과는 거의 만난 적이 없다보니 처음부터 약간 주눅 이 들어 곤란해하던 차에 유창하게 쏟아지는 말을 듣고는 조선 인

삼도 엿가게 봉투도 까맣게 잊었는지 그저 어쩔 줄 모르고 횡설수설했어.

"저도…… 저도…… 좀 찾아뵈려고 하던 참이어서…… 부디 잘 부탁드립니다"하고는 고개를 타따미에서 살짝 들어보니 노인은 여전히 절을 하고 있어서 깜짝 놀라 다시 머리를 박았어.

노인은 적당히 때를 보아 고개를 들면서 "저도 원래는 이쪽에 집이 있어 오랫동안 쇼오군의 보살핌 아래 있었던 것을 막부 와해 무렵에 저쪽으로 가고부터는 거의 나오질 않았습니다. 지금 와서 보니 어디가 어딘지 전혀 알 수가 없을 정도라 ― 메이떼이가 데리고 다니지 않고서는 전혀 일을 볼 수가 없군요. 상전벽해라고들 합니다만 입국[13] 이래 삼백년이나 저렇게 쇼오군가의……"하고 시작하는데 메이떼이 선생이 또 시작했다 싶었는지,

"큰아버지, 쇼오군가도 좋았을지 모르지만 메이지 시대도 괜찮아요. 옛날엔 적십자 같은 것도 없었지요?"

"그건 없었지. 적십자니 뭐니 하는 건 아예 없었어. 더구나 황족의 옥안을 알현한다는 건 메이지 시대가 아니면 안 되는 일이지.[14] 나도 오래 산 덕에 이렇게 오늘 총회에도 출석하고 황족님의 옥음을 들었으니, 이젠 죽어도 여한이 없다."

"뭐, 오랜만에 토오꾜오 구경을 한 것만으로도 이득이죠. 쿠샤미 군, 큰아버지는 말이야, 이번에 적십자 총회가 있어서 일부러 시즈오까에서 오셨어. 오늘은 같이 우에노에 갔다가 지금 돌아오는 길이네. 그래서 이렇게 전에 내가 시로끼야에 주문했던 프록코트를 입고 계신 거지"하고 알려주었어. 그러고 보니 프록코트를 입고

<hr>

13 1590년 토꾸가와 이에야스(德川家康)의 에도 입성을 가리킴.
14 당시의 적십자 총재는 황족인 아리스가와노미야 타루히또(有栖川宮熾仁)였다.

있군. 프록코트를 입고는 있지만 몸에 전혀 맞지 않아. 소매가 너무 길고 옷깃은 너무 벌어지고, 등판엔 연못이 생기고 겨드랑이는 추켜올려져 있어. 아무리 안 맞게 만들려고 해도 이렇게까지 철저하게 모양을 망가뜨리기는 어려울 거야. 게다가 흰 셔츠와 흰 옷깃이 따로 놀아서 고개를 들면 그 사이로 목울대가 보여. 무엇보다 검은색 옷깃 장식이 옷깃에 속한 건지 셔츠에 속한 건지가 분명치 않아. 프록코트는 그나마 참을 만하지만 백발 상투는 정말이지 가관이더군. 그 유명한 쇠부채는 어디 있나 싶어 눈여겨보니 무릎 옆에 떡하니 놓여 있어. 주인은 이제야 약간 정신을 차렸는지 정신 수양의 결과를 마음껏 노인의 복장에 응용하고는 약간 놀랐어. 설마 메이떼이가 이야기한 정도까지는 아니겠지 했는데 만나보니 들은 것 이상이잖아. 만약 자신의 곰보가 역사적 연구의 재료가 된다면 이 노인의 상투와 쇠부채는 분명 그 이상의 가치가 있어. 주인은 어떻게든 이 쇠부채의 유래를 들어보고 싶었지만 그렇다고 대놓고 질문할 수도 없고 그렇다고 입을 다물고 있는 것도 결례다 싶었는지,

"사람들이 꽤 많았지요?" 하고 지극히 심상한 질문을 던졌어.

"정말 엄청나게 사람이 많았지요. 그런데 그 사람들이 하나같이 나를 흘끔흘끔 보는 통에 ─ 아무래도 근래엔 인간이 호기심이 많아진 모양이지요. 옛날엔 그렇지 않았는데."

"예, 그렇죠. 옛날엔 그렇지 않았지요" 하고 노인 같은 소리를 하더군. 이건 꼭 주인이 아는 척을 하는 게 아냐. 그저 몽롱한 두뇌에서 적당히 흘러나오는 말이다 생각하면 돼.

"거기다가 모두들 이 카부또와리에서 눈을 못 떼서 말이지요."

"그 쇠부채는 꽤 무겁지요?"

"쿠샤미 군, 잠깐 들어보게나. 상당히 무거워. 큰아버지, 좀 들어

보라고 하세요."

노인은 무거운 듯이 들어올려 "실례지만" 하고 주인에게 건넸어. 쿄오또의 쿠로다니에서 참배객이 렌쇼오 스님[15]의 칼이라도 받드는 자세로 쿠샤미 선생은 잠깐 들고 있더니 "과연" 하고는 바로 노인에게 돌려주더군.

"다들 이걸 쇠부채, 쇠부채, 하지만 이건 카부또와리라고 해서 쇠부채와는 전혀 다른 물건인데……"

"오, 뭐 하는 물건입니까?"

"투구를 깨뜨리는 것으로 ── 한대 맞아 적이 어쩔해할 때 단칼에 베는 것이올시다. 쿠스노끼 마사시게[16] 시대부터 쓰던 것으로서……"

"큰아버지, 그게 마사시게의 카부또와리인가요?"

"아니, 누구 건진 몰라. 하지만 오래된 물건이야. 켄무 시대[17]에 만든 건지도 모르지."

"켄무 시대인지는 모르겠지만 칸게쯔 군은 죽을 맛이었다네. 쿠샤미 군, 오늘 돌아오는 길에 마침 좋은 기회다 싶어 대학을 지나는 길에 이과에 들러 물리 실험실을 구경했거든. 그런데 이 카부또와리가 철이다보니 자력 기계가 고장나서 소동이 벌어졌지 뭔가."

"아니, 그럴 리가 없다. 이건 켄무 시대 철인데, 질이 좋은 철이니까 절대 그럴 염려는 없어."

"아무리 질이 좋은 철이라도 그건 아니죠. 실제로 칸게쯔가 그렇

---

15 蓮生. 카마꾸라 시대의 무장 쿠마가이 나오자네(熊谷直實, 1141~1208)의 법명. 쿄오또 쿠로다니에 있는 콘까이꼬오묘오지(金戒光明寺)에 그의 유품 등이 있다.
16 쿠스노끼 마사시게(楠木正成, 1294~1336). 카마꾸라 시대의 무장.
17 1334~38년.

게 말했으니 어쩔 수 없어요."

"칸게쯔라는 건 그 유리구슬을 갈고 있던 남자냐? 젊은 나이에 딱하더구면. 좀더 그럴듯한 일이 있을 텐데 말이다."

"가엾지만 그게 연구거든요. 그 구슬을 다 갈면 훌륭한 학자가 될 수 있으니까요."

"구슬을 갈아서 훌륭한 학자가 될 수 있다면 아무나 할 수 있지. 나라도 할 수 있어. 유리집 주인도 못할 게 없지. 그런 일을 하는 자를 중국에서는 옥인玉人이라고 했는데 아주 천한 신분이었어" 하고 주인을 향해 은근히 동의를 구했지.

"그렇군요" 하고 주인은 그저 황송해하고만 있고.

"대저 요즘 세상의 학문이란 모조리 형이하학이라 그럴듯해 보이지만 막상 전혀 쓸모가 없지요. 옛날엔 그렇지 않아서 사무라이는 다들 목숨을 건 장사였으니 무슨 일이 벌어져도 당황하지 않도록 마음의 수양을 쌓았는데, 잘 아시겠지만 구슬을 갈거나 철사를 엮거나 하는 쉬운 일이 아니었던 것이올시다."

"그렇군요" 하고 여전히 황송해하고.

"큰아버지, 마음의 수양이라는 건 구슬을 가는 대신 팔짱을 끼고 앉아 있는 거죠?"

"그러니까 어렵지. 결코 그렇게 식은 죽 먹기가 아니다. 맹자가 구방심[18]이라고 했을 정도니 말이야. 소강절은 심요방[19]이라고 말한 적도 있고. 또 불가에서는 중봉 화상이라는 이가 구불퇴전[20]이라는

---

**18** 求放心. 놓친 마음을 찾는 것.
**19** 소강절(邵康節, 邵雍, 1011~77)은 북송의 학자. '심요방(心要放)'은 마음을 놓아주어야 한다는 뜻.
**20** 중봉(中峯, 1263~1323)은 원나라 때의 승려. '구불퇴전(具不退轉)'은 수행을 게을리해 물러서지 않는다는 뜻.

걸 가르쳤지. 그리 쉽게는 깨닫지 못해."

"도저히 알 수가 없는데요. 대체 어떻게 해야 되나요?"

"너는 타꾸안 선사의 『부동지신묘록』[21]이라는 걸 읽은 적이 있느냐?"

"아뇨, 들어본 적도 없는데요."

"마음을 어디에 둘 것인가? 적의 몸 움직임에 마음을 두면 적의 몸 움직임에 마음을 빼앗기리라. 적의 칼에 마음을 두면 적의 칼에 마음을 빼앗기리라. 적을 베려고 생각하는 데 마음을 두면 적을 베려고 생각하는 데 마음을 빼앗기리라. 내 칼에 마음을 두면 내 칼에 마음을 빼앗기리라. 베이지 않겠다고 생각하는 데 마음을 두면 베이지 않겠다고 생각하는 데 마음을 빼앗기리라. 남의 자세에 마음을 두면 남의 자세에 마음을 빼앗기리라. 아무려나 마음 둘 곳이 없도다,라고 했지."

"용케도 그걸 다 암송하시네요. 큰아버지도 기억력이 대단한데요. 엄청 길잖아요? 쿠샤미 군, 알겠나?"

"그렇구먼." 이번에도 그렇게 넘어갔어.

"정말 그렇지 않습니까? 마음을 어디에 둘 것인가, 적의 몸 움직임에 마음을 두면 적의 몸 움직임에 마음을 빼앗기리라. 적의 칼에 마음을 두면……"

"큰아버지, 쿠샤미 군도 그 정도는 잘 알고 있어요. 요즘 날마다 서재에서 정신 수양만 하고 있는걸요. 손님이 와도 내다보지도 않을 정도로 마음을 내박쳐두고 있으니 괜찮다고요."

---

21 타꾸안 소오보오(澤庵宗彭, 1573~1646)는 에도 시대의 승려. 『부동지신묘록(不動智神妙錄)』은 선의 가르침을 검법(劍法)에 빗대어 설명한 책으로, '마음의 수양'에 대한 앞의 설명은 이 책에서 따온 것이다.

"거참, 기특한 일이로고 — 너도 좀 같이하면 좋을 텐데."

"헤헤, 그럴 틈은 없어요. 큰아버지가 편하게 지내시니까 남들도 다 노는 줄 아시는 거죠."

"실제로 놀고 있지 않느냐?"

"그게 사실은 한중망閑中忙이랍니다."

"그렇게 경솔하니까 수양을 해야 한다는 거지. 망중한이라는 말은 있어도 한중망이라는 건 들어본 적이 없다. 그렇지요, 쿠샤미 씨?"

"예, 들어본 적이 없는 듯합니다."

"하하하, 이러면 못 당하지. 그런데 큰아버지, 어떠세요? 오랜만에 토오꾜오 장어라도 드시죠. 치꾸요오로 모실게요. 전차로 가면 여기서 금방이에요."

"장어도 좋지만 오늘은 스이하라 댁에 갈 약속이 있으니 나는 여기서 실례하련다."

"아, 스기하라요? 그 영감님도 참 정정하시죠?"

"스기하라가 아니라 스이하라다. 넌 그렇게 뭘 잘 틀리니 원. 남의 이름을 틀리는 건 실례다. 주의해야지."

"스기하라杉原라고 적혀 있던데요."

"스기하라라고 쓰고 스이하라라고 읽는다니까."

"이상하네요."

"뭐가 이상하단 말이냐? 명목읽기[22]라 하여 예전부터 하던 건데. 구인[23]을 우리말로 미미즈라 읽지. 그건 메미즈[24]를 명목읽기한 것이고, 하마[25]를 가리켜 카이루라 읽는 것도 마찬가지야."

---

**22** 묘오모꾸요미(名目讀み). 관례에 따라 단어를 특별한 방식으로 읽는 것.
**23** 蚯蚓. 지렁이.
**24** 目見ず. 눈이 보이지 않는다는 뜻.

"이야, 놀랍네요."

"두꺼비를 때려 죽이면 벌렁 뒤집어지지.²⁶ 그걸 명목읽기로 카이루라고 하고. 스끼가끼透垣를 스이가끼,²⁷ 쿠끼따찌蕚立를 쿠구따찌²⁸라고 하는 것도 다 같은 거야. 촌놈들이나 스이하라를 스기하라로 읽지. 조심하지 않으면 남들이 비웃는다."

"그럼 그 스이하라 할아버지 댁에 지금 간다고요? 안 되는데."

"싫으면 너는 안 가도 된다. 나 혼자 갈 테니."

"혼자서 가실 수 있으세요?"

"걸어가기는 힘들지. 인력거를 불러주면 여기서 타고 가마."

주인은 정중하게 즉시 하녀를 인력거집으로 뛰어가게 했어. 노인은 길고 긴 인사를 한 다음 상투머리에 중산모자를 쓰고 돌아갔지. 메이떼이는 남았고.

"저 양반이 자네 큰아버지군."

"저 양반이 내 큰아버지지."

"그렇구먼" 하고 다시 방석 위에 앉자마자 팔짱을 끼고 생각에 잠겼어.

"하하하, 호걸이지? 나도 저런 큰아버지를 두다니 행운아야. 어딜 모시고 가나 저런 식이거든. 자네도 놀랐지?"메이떼이는 주인을 놀라게 해서 엄청 기쁜가봐.

"뭘, 그다지 놀라진 않았네."

"저래도 안 놀랐다니 담력이 대단한걸."

---

25 蝦蟆. 두꺼비.
26 일본어로 '뒤집히다'는 '카에루(反る)'이다.
27 널빤지나 대나무를 성기게 짠 울타리.
28 순무의 꽃대.

"그건 그렇고, 큰아버님이 정말 훌륭하신걸. 정신 수양을 주장하시는 건 정말 경탄할 만해."

"경탄해도 될까 몰라. 자네도 한 예순살 되면 저 큰아버지처럼 시대에 뒤떨어진 위인이 될지도 몰라. 정신 바짝 차리게나. 저런 케케묵은 위인이 자꾸 나오면 복장 터지지."

"자넨 늘 시대에 뒤떨어질까봐 걱정하지만 때와 장소에 따라선 시대에 뒤떨어지는 편이 훌륭한 거야. 무엇보다 작금의 학문이라는 건 앞으로 앞으로 나가기만 하지 어디까지 가도 끝이 없잖아. 끝내 만족을 얻지 못한다고. 그에 비해 동양 학문은 소극적이고 깊은 맛이 있지. 마음 그 자체의 수양을 하는 거니까" 하고 얼마 전에 철학자에게서 귀동냥한 걸 자기 말처럼 떠들고 있어.

"이거 훌륭하구먼. 꼭 야기 도꾸센 군 같은 소릴 하고 있잖나."

야기 도꾸센이라는 이름을 듣고 주인은 깜짝 놀라더군. 실은 얼마 전 와룡굴을 방문하여 주인을 설복하고 유유히 돌아간 철학자라는 게 다름 아닌 야기 도꾸센 군으로, 방금 주인이 뭐라도 되는 듯이 떠든 이론이 완전히 야기 도꾸센 군의 것을 베낀 것이니, 모르는 줄 알았던 메이떼이가 이 선생의 이름을 간발의 차이도 없이 들고 나온 것이 주인이 어설프게 세운 콧대를 완전히 납작하게 만든 셈이지.

"자네, 도꾸센 군의 이야기를 들어본 적이 있나?" 하고 주인은 상황이 위태로워지자 혹시나 하고 확인해보았지.

"듣고 말고 할 게 있나? 그 녀석 이야기는 십년 전 학교에 있을 때나 지금이나 전혀 변한 게 없어."

"진리는 변하지 않는 법이니까, 안 변했다는 점이 믿을 만한 건지도 모르잖아."

"그렇게 편들어주는 사람이 있으니 도꾸셴도 그걸로 버티는 거지. 우선 야기ヤ죤라는 성부터가 딱 들어맞잖아. 수염이 완전히 염소수염이니까.[29] 그것도 기숙사 시절부터 그 모양 그대로였지. 도꾸셴獨仙이라는 이름도 멋지지. 옛날 우리 집에 자러 왔을 때도 늘 하는 소극적 수양이라는 주장을 하더라고. 언제까지나 같은 소릴 반복하길래 내가 여보게, 그만 잘까, 했더니 얼마나 천하태평인지, 아니, 난 잠이 안 오네, 하고 시치미를 떼고는 끝없이 소극론을 주장하는 바람에 학을 뗐다네. 하는 수 없이 자넨 안 졸리겠지만 나는 졸려 죽겠으니 제발 좀 자달라고 빌다시피 해서 재운 것까지는 좋았는데 ─ 그날 밤 쥐새끼가 나와서 도꾸셴 군의 코끝을 물었어. 한밤중에 난리가 났지. 선생께선 말은 득도한 듯이 하면서도 목숨은 여전히 아까운지 엄청 걱정을 하더라고. 쥐 독이 온몸에 퍼지면 큰일이야, 여보게, 어떻게 좀 해보게나, 하고 난리법석을 떨었지. 할 수 없이 부엌에 가서 종이 쪼가리에 밥풀을 붙여다가 그걸로 대충 속이고 넘어갔어."

"어떻게?"

"이건 서양 고약인데, 최근에 독일의 명의가 발명한 것으로 인도인이 독사에 물렸을 때 쓰면 즉효라고 하니 이것만 붙여두면 괜찮을 거다, 그랬지."

"자넨 그 시절부터 남을 속여넘기는 데 재주가 있었구먼."

"……그랬더니 도꾸셴 군은 또 순진한 녀석이라 완전히 믿고는 마음 놓고 쿨쿨 자버렸어. 이튿날 일어나보니 고약 아래에 실밥 같은 게 늘어져서 염소수염에 들러붙은 꼴이 가관이었지."

---

**29** 염소를 일본어로 '야기(山羊)'라고 한다.

"그래도 그 시절보다는 꽤 훌륭해진 것 같은데."

"자네, 최근에 만났나?"

"일주일쯤 전에 와서 오랫동안 이야기를 하고 갔어."

"어쩐지 도꾸센의 소극론을 늘어놓는다 싶더라니."

"실은 그때 크게 감명을 받아서, 나도 열심히 분발해서 수양을 쌓아야겠다고 생각하던 참이라네."

"분발하는 건 좋지만 남이 하는 소릴 너무 진지하게 받아들였다간 낭패를 본다고. 애초에 자넨 남이 하는 말을 가리지 않고 너무 순진하게 받아들여서 탈이야. 도꾸센도 말 하나는 잘하지만 실상은 별다를 게 없다니까. 자네, 구년 전 대지진을 알고 있지? 그때 기숙사 2층에서 뛰어내려서 다친 건 도꾸센 혼자였다고."

"거기에 대해서는 당사자도 할 말이 있던데."

"그러게, 당사자 말로는 엄청 다행이었다지. 선禪의 기봉機鋒은 준초峻峭한 것이어서³⁰ 소위 전광석화처럼 무서우리만치 빨리 반응할 수 있다는 거야. 다른 사람들이 지진이다, 하고 당황하는 사이에 자기만 2층 창문에서 뛰어내린 건 수양의 효과를 보여주는 거라 기쁘다고, 다리를 절룩거리면서도 좋아하더라고. 오기가 말도 못하는 녀석이야. 애초에 선禪이니 불佛이니 하고 요란을 떠는 놈들만큼 수상쩍은 것도 없지."

"그런가?" 하고 쿠샤미 선생은 살짝 흔들리기 시작했어.

"요전에 왔을 때 선종 스님의 잠꼬대 같은 소리를 하지 않던가?"

"응, 전광영리에 춘풍을 벤다나 뭐라나 하는 말을 가르쳐주고 갔지."

---

**30** 날카로운 기세가 높고 깎아지른 산과 같다는 뜻으로, 『벽암록(碧巖錄)』에 나오는 말.

"그 전광 말이군. 그게 십년 전부터 써먹던 소리니 웃기지. 무각無覺 선사[31]의 전광이라고 하면 기숙사에서 모르는 사람이 없을 정도였다니까. 게다가 선생이 가끔 흥분하면 실수로 전광영리를 거꾸로 해서 춘풍영리에 전광을 벤다고 하니까 재미있지. 다음에 한번 시험해보게나. 그쪽에서 태연하게 떠들어대고 있을 때 이쪽에서 뭐라 뭐라 반대를 하는 거지. 그러면 바로 당황해서 이상한 소리를 하거든."

"자네 같은 심술꾸러기를 만나면 못 당하지."

"누가 심술인지 모르겠군. 나는 선스님이라느니 깨쳤다느니 하는 건 질색이야. 우리 집 근처에 난조오인이라는 절이 있는데 거기 한 여든 된 노승이 있어. 그런데 지난번 소나기가 왔을 때 절 안에 벼락이 쳐서 노인이 있는 정원 앞의 소나무가 쪼개져버렸지. 그런데 이 스님이 태연자약하다기에 자세히 알아보니 실은 귀가 완전 절벽인 거야. 그러니 태연할 수밖에. 대개는 그런 거라고. 도꾸센도 혼자서 득도하면 되는데 툭하면 남을 꾀려 드니 고약하지. 실제로 도꾸센 덕분에 두명이나 미치광이가 됐잖아."

"누가?"

"누구냐니, 하나는 리노 토오젠이야. 도꾸센 덕분에 선학에 빠져서 카마꾸라에 갔다가 결국은 거기서 미쳐버렸어. 엔가꾸지 앞에 기차 건널목이 있잖아. 그 건널목에 뛰어들어 레일 위에서 좌선을 하는 거야. 그러면서 저쪽에서 오는 기차를 세워보겠다며 기염을 토했다네. 다행히 기차가 서주어서 목숨만은 건졌지만, 그 대신 이번엔 불에 뛰어들어도 타지 않고 물에 뛰어들어도 빠져 죽지 않는 금

---

31 고사의 주인공인 무학 선사의 이름을 비튼 농담.

강불괴의 몸이라며 절 안의 연못에 들어가 허우적허우적하더래."

"죽었나?"

"그때도 다행히 절의 스님이 지나가다 구해주었는데, 그후에 토오꾜오로 돌아와서 결국 복막염으로 죽어버렸어. 죽은 건 복막염 때문이지만 복막염의 원인은 승당에서 보리밥과 단무지만 먹은 탓이니 요컨대 간접적으로는 도꾸센이 죽인 거나 마찬가지라고."

"무턱대고 몰두하는 것도 좋지만은 않지" 하고 주인은 약간 겁먹은 표정이야.

"그렇지. 도꾸센에게 당한 놈이 동창 중에 하나 더 있어."

"무섭네. 누구야?"

"타찌마찌 로오바이 군이지. 그 친구도 완전히 도꾸센의 꼬임에 빠져서 장어가 승천하는 것 같은 소리만 해대더니 결국 진짜가 되어버렸지."

"진짜가 되다니?"

"마침내 장어가 승천하고 돼지가 신선이 되었다니까."

"그게 무슨 소리야?"

"야기가 독선獨仙이라면 타치마치는 돈선豚仙이야. 그렇게 식탐이 많은 녀석도 없었는데 그 식탐에다 선승의 심술이 병행했으니 고약한 거지. 처음엔 우리도 몰랐는데 지금 생각해보면 이상한 소리만 해댔어. 우리 집에 오거나 하면 여보게, 저 소나무에 커틀릿이 날아오지 않았나, 우리 고향에선 어묵이 나무판을 타고 헤엄을 친다네, 하고 쉴 새 없이 경구를 내뱉곤 했거든. 그냥 말만 하는 동안은 그래도 괜찮았는데, 여보게, 바깥에 있는 도랑에 밤경단을 캐러 가세, 하면서 채근하는 데는 나도 두 손 들겠더라고. 그러다 이삼일 지나서는 결국 돈선이 되어서 스가모에 수용되고 말았지. 원래 돼지 같은 건 미치광이가 될 자격이 없는데 완전히 독선 덕분에 거기까지 간 거야. 도꾸센의 힘도 제법 대단하지."

"저런, 지금도 스가모에 있나?"

"있다뿐인가. 과대망상으로 아주 기염을 토하고 있어. 요즘엔 타찌마찌 로오바이 같은 이름은 시시하다면서 자칭 텐도오 코오헤이天道公平라 하면서 천도天道의 화신을 자임하고 있지. 엄청나지 않나? 한번 들어보게나."

"텐도오 코오헤이?"

"텐도오 코오헤이야. 미치광이 주제에 그럴듯한 이름을 붙였지? 가끔은 공평扎平이라고 쓰기도 해. 그러면서 세인들이 방황하고 있으니 꼭 구해주고 싶다면서 아는 사람들에게 닥치는 대로 편지를 보내지. 나도 네댓통 받았는데 그중엔 만리장서도 있어서 추가요금을 두번이나 뜯겼다네."

"그럼 내가 받은 것도 로오바이가 보낸 거군."

"자네한테도 왔던가? 그것참, 별나군. 그것도 빨간 봉투던가?"

"응, 한가운데가 빨갛고 좌우는 회더군. 유별난 봉투였어."

"그건 말이야, 일부러 중국에서 들여온 거라는군. 하늘의 도는 흰색, 땅의 도는 흰색, 인간은 그 사이에 있어 붉도다, 하는 돈선의 격언을 나타내는 거라나……"

"꽤나 뜻이 깊은 봉투로구먼."

"미치광이인 만큼 엄청 집착하는 거지. 그렇게 이상해져서도 식탐만은 여전히 남아 있는지 매번 먹을 것 이야기가 쓰여 있으니 기묘하지. 자네한테도 뭐라고 했지?"

"응, 해삼 이야기가 있었어."

"로오바이는 해삼을 좋아했으니까 당연하지. 또?"

"그리고 복어랑 조선 인삼인가 뭔가가 쓰여 있었고."

"복어와 조선 인삼의 조합은 근사하군. 아마 복어를 먹고 탈이 나면 조선 인삼을 달여 먹으라는 소리겠지?"

"그건 아니던데?"

"아니라도 상관없지. 어차피 미쳤는데. 그걸로 끝이야?"

"또 있어. 쿠샤미 선생, 차라도 들게나, 하는 구절이 있어."

"하하하, 차라도 들라니 꽤나 까칠하군. 분명 그걸로 자네에게 한방 먹였다고 생각할걸. 잘했네. 텐도오 코오헤이 군 만세야" 하고 메이떼이 선생은 아주 좋아 죽어. 주인은 적지 않은 존경심으로 재독, 삼독한 서한을 보낸 사람이 명실상부한 미치광이라는 걸 알고는 좀 전의 열심과 고민이 헛일이었던 것 같아 부아가 치밀기도 하고, 또 정신병자의 글을 그렇게나 고심하면서 음미했나 싶어 부끄럽기도 하고, 또 미치광이의 작품에 이렇게 감탄하다니 자기도 약간 정신이 이상한 건 아닐까 하는 의심도 들어 분노와 수치, 근심이 뒤섞여 어쩔 줄 모르는 표정으로 앉아 있더군.

때마침 대문이 요란하게 열리고 무거운 구두 소리가 두번쯤 댓돌 위에서 들리는가 싶더니 "계십니까? 계십니까?" 하는 커다란 목소리가 들렸어. 주인은 엉덩이가 무거운 데 반해 메이떼이는 엄청 방정맞은 남자인지라 하녀가 나가기도 전에, 들어오시라 해라, 하면서 가운뎃방을 두걸음 만에 지나 현관으로 달려나가더군. 남의 집에 안내도 청하지 않고 성큼성큼 들이닥치는 건 민폐지만 남의 집에 일단 들어오면 서생처럼 이런 심부름도 해주니 무척 편리하지. 아무리 메이떼이라도 손님이 틀림없고, 손님이 현관으로 나가는데 주인인 쿠샤미 선생이 방 안에 가만히 앉아 있는 법은 없잖아. 보통 사람이라면 뒤를 따라 출진할 법도 하건만, 이게 바로 쿠샤미 선생이야. 태연하게 방석 위에 안정되게 앉아 있어. 다만 안정되어 있는 것과 안심하고 있는 건 겉보기는 비슷해도 내면은 전혀 다르지.

현관으로 뛰쳐나간 메이떼이는 뭐라고 열심히 떠들더니 이윽고 안쪽을 향해 "어이, 주인장, 수고스럽지만 잠깐 좀 나와보게나. 자네가 나와봐야겠구먼" 하고 큰 소리로 말했어. 주인은 어쩔 수 없이 팔짱을 낀 채 어슬렁어슬렁 나갔지. 살펴보니 메이떼이는 명함 한장을 쥔 채 웅크려 앉아 인사를 하고 있더군. 위엄이라곤 추호도 없는 모양새야. 명함에는 경시청 형사계 순사 요시다 토라조오라고 되어 있어. 토라조오 군과 나란히 서 있는 건 스물대여섯에 키가 크고 잘생긴, 줄무늬 옷의 사나이야. 묘하게도 이 남자는 주인처럼 팔짱을 끼고 말없이 서 있어. 어딘가 낯이 익다 싶어 자세히 살펴보니 그냥 낯이 익은 정도가 아냐. 얼마 전 한밤중에 방문하시어 참마를 들고 가신 도둑 군이었어. 이런, 이번엔 백주 대낮에 대놓고 현관으로 들어오시다니.

"어이, 이분은 형사계 순사신데 지난번 도둑을 잡았으니 자네가 출두해야 한다고 일부러 찾아오셨대."

주인은 이제야 형사가 찾아온 이유를 알았다는 듯 고개를 숙이고 도둑 쪽을 향해 정중하게 절을 했어. 도둑 쪽이 토라조오 군보다 늠름하고 남자다우니 이쪽이 형사라고 착각한 거겠지. 도둑도 놀랐겠지만 그렇다고 내가 도둑이올시다, 할 수도 없으니 시치미를 떼고 서 있어. 여전히 팔짱을 낀 채로. 하긴 수갑을 차고 있으니 팔짱을 풀려고 해도 풀 수가 없겠지. 보통 사람이라면 이 모습만 보고도 대충 알 법도 하건만, 주인은 요즘 사람 같지 않게 무턱대고 공무원이나 경찰에게 고마워하는 버릇이 있거든. 윗분들의 위광이란 엄청 무서운 거라고 믿는 거지. 물론 이론상으로야 순사 따위는 자기들이 돈을 내서 파수꾼으로 고용한 거라는 정도는 알고 있지만 실제로 마주치면 괜히 절절매게 되나봐. 주인의 아버지가 그 옛날 어느 변두리 마을의 촌장이었으니 윗사람에게 굽실굽실 고개를 숙이며 살던 습관이 이렇게 업보가 되어 자식한테까지 이어졌는지도 몰라. 정말 안된 일이지.

순사는 우스웠는지 싱글싱글 웃으면서 "내일, 오전 9시까지 니혼즈쯔미 지서로 나와주십시오. ─ 그런데 도난품이 뭐였죠?"

"도난품은……" 하고 말을 시작했는데 안타깝게도 거의 다 잊어버렸어. 다만 기억하는 건 타따라 산뻬이의 참마뿐이지. 참마 따위야 아무래도 좋다고 생각했지만 도난품은…… 하고 말을 시작했는데 뒤를 잇지 못하는 것은 너무 머저리 같아서 체면이 안 서잖아. 남이 도둑맞은 거라면 또 모르지만 자기가 도둑맞아놓고 분명하게 대답을 못한다는 건 모자란다는 증거다 싶어 마음을 가다듬고 "도난품은…… 참마 한상자" 하고 덧붙였어.

이때 도둑은 어지간히 우스웠는지 고개를 숙이고 옷깃에 턱을 묻더군. 메이떼이는 아하하, 하고 웃으며 "참마가 꽤나 아까웠나보네" 했어. 순사만 의외로 진지했지.

"참마는 안 나왔지만 다른 건 대개 돌아온 모양입니다. ─ 뭐, 와서 보시면 아시겠죠. 그리고 돌려드리려면 인수증이 필요하니까 도장을 잊지 말고 지참하십시오. 9시까지 와야 됩니다. 니혼즈쯔미 지서입니다. 아사꾸사 경찰서 관내의 니혼즈쯔미 지서요. ─ 그럼 가보겠습니다" 하고 혼자 말하고 돌아갔어. 도둑 군도 뒤따라 문을 나섰지. 손을 쓸 수 없으니 문을 닫지 못하고 열어둔 채 가버렸어. 황송하면서도 불만이었는지 주인은 뚱한 표정으로 탁, 하고 문을 닫더군.

"아하하, 자넨 형사를 엄청 존경하는구면. 늘 그렇게 공손한 태도면 좋을 텐데, 자넨 순사한테만 정중하니까 안 돼."

"일부러 알려주러 왔으니까 그렇지."

"알려주러 오는 게 그 사람 직업인걸. 당연한 걸 당연하게 대하면 되지."

"그래도 평범한 직업은 아니잖아."

"물론 평범한 직업은 아니지. 탐정이라는 상스러운 직업이야. 보통 직업보다 아랫길이라고."

"자네, 그런 소리 하다가 큰일 나."

"하하, 그럼 형사 흉보는 건 그만두지. 그렇지만 여보게, 형사를 존경하는 건 그렇다 쳐도 도둑놈을 존경하다니 놀라 자빠질 일이네."

"누가 도둑놈을 존경한다고 그러나."

"자네가 했잖아."

"내가 도둑놈 볼 일이 뭐가 있다고?"

"뭐가 있냐니, 자네가 도둑놈한테 절을 했잖아."

"언제?"

"좀 전에 굽실거리지 않았나?"

"바보 같은 소리. 그건 형사였지."

"형사가 그런 차림을 하나?"

"형사니까 그런 차림을 하는 거지."

"고집스럽긴."

"자네야말로 고집불통이구면."

"아니, 무엇보다 형사가 남의 집에 와서 그렇게 팔짱을 끼고 버티고 서 있겠나?"

"형사라고 팔짱을 끼지 말란 법은 없어."

"그렇게 끝까지 우겨대면 곤란하지. 자네가 절을 하는 동안에도 그놈은 내내 가만히 서 있었잖아."

"형사쯤 되면 그럴 수도 있지."

"정말 자신만만일세. 이렇게 말해도 듣질 않으니."

"들을 수가 없지. 자네는 입으로만 도둑놈, 도둑놈, 하지만 정작 그놈이 들어온 걸 목격한 게 아니니까. 그냥 그렇게 생각하고 고집을 부리는 거잖아."

메이떼이도 이쯤 되니 도저히 구제불능이다 싶었는지 평소와 달리 입을 다물었어. 주인은 오랜만에 메이떼이를 눌렀다 싶어 득의양양. 메이떼이가 보기엔 주인의 가치는 고집을 부린 만큼 떨어졌을 텐데, 주인은 고집을 부린 만큼 메이떼이보다 잘난 게 되는 거야. 세상엔 이런 말도 안 되는 일들이 종종 있어. 고집을 부려서 이긴 줄 아는 동안에 당사자의 인격은 확 떨어져버리는 거지. 신기하게도 고집쟁이 본인은 죽을 때까지 자기가 체면을 지켰다고 믿어서 그뒤로 남들이 경멸하면서 상대도 안 해준다는 건 꿈에도 몰라. 참 행복한 인간이지. 이런 행복을 돈豚적 행복이라고 한다더군.

"어쨌든 내일 갈 건가?"

"가고말고. 9시까지 오라니까 8시엔 나가야지."

"학교는 어쩌고?"

"쉬는 거지, 학교야." 내뱉듯 말하는 폼이 아주 장해.

"대단한 기세로군. 쉬어도 되나?"

"되지, 물론. 우리 학교는 월급제니까 깎일 염려는 없어. 걱정 마" 하고 솔직하게 자백하고 말았어. 뻔뻔한 것도 뻔뻔한 거지만 단순하기도 참 단순해.

"여보게, 가는 건 좋지만 길은 알고 있나?"

"알 리가 있나? 인력거를 불러서 가면 문제없겠지" 하고 발끈하더군.

"시즈오까 큰아버지 못지않은 토오꾜오 사람이라니 놀라워라."

"얼마든지 놀라게나."

"하하, 니혼즈쯔미 지서라는 건 말이야, 평범한 곳이 아냐. 요시와라라고."

"뭐라고?"

"요시와라라니까."

"그 유곽 거리 요시와라?"

"그렇다니까. 요시와라가 토오꾜오에 하나밖에 더 있나? 어때, 가볼 건가?" 하고 메이떼이 군, 또 놀리기 시작했어.

주인은 요시와라라는 말에 그건 좀, 하고 약간 주저했지만 금세 마음을 고쳐먹고 "요시와라든 유곽이든 일단 간다고 한 이상 가야지" 하고 하찮은 일에 허세를 부리더군. 원래 머저리들이 꼭 이런 데서 고집을 피우잖아.

메이떼이 군은 "뭐, 재미있을 거야. 가서 보고 오게나" 하고 말했어. 일대 파란을 일으킨 형사 건은 이걸로 일단 결말이 났지. 메이떼이는 그러고 나서도 한참 더 수다를 떨어대다가 해 질 무렵, 너무 늦으면 큰아버님이 경을 친다며 돌아가더군.

메이떼이가 돌아가고 나서 적당히 저녁을 먹고 다시 서재로 들어간 주인은 이번에도 팔짱을 낀 채 생각하기 시작했지.

'내가 감복하여 크게 배우고자 했던 야기 도꾸센 군도 메이떼이의 말로는 그다지 배울 만한 인간이 아닌 모양이다. 그뿐 아니라 그가 주장하는 바는 어딘가 비상식적이고 메이떼이 말마따나 다소 정신병적인 계열에 속하는 듯도 해. 하물며 그는 미치광이 제자를 둘이나 버젓이 거느리고 있지 않나? 심히 위험해. 어설프게 가까이 했다가는 같은 계열로 휩쓸려들어갈 수도 있지. 내가 문장을 보고 경탄한 나머지 그야말로 대단한 견식을 지닌 위인임이 분명하다고 믿었던 텐도오 코오헤이, 즉 타찌마찌 로오바이는 순전히 광인이며 실제로 스가모 병원에 드러누워 있어. 메이떼이가 농담으로 침소봉대했다 하더라도 그가 정신병원 안에서 이름을 떨치면서 천도의 주재자를 자임한다는 것은 아마 사실이겠지. 이런 나 역시 어쩌면 약간 맛이 갔는지도 몰라. 초록은 동색이니 유유상종이니 하지 않나. 미치광이의 주장에 감탄하는 이상은 ― 최소한 그 문장과 언사에 감동하는 이상은 ― 나 역시 미치광이에 가까울지도. 설사 완전히 판박이는 아닐지라도 처마를 나란히 하고 미치광이들과 이웃사촌으로 지낸다면 이웃의 벽을 단번에 부수고 어느새 같은 방 안에 무릎을 마주하고 담소를 나누게 될지도 모르지. 이건 정말 큰일이군. 생각해보면 얼마 전부터 정말로 내 두뇌 작용이 스스로도 놀랄 만큼 기상천외하고 기기묘묘해. 한 종지 뇌액의 화학적 변화야 어찌 되었건, 의지가 움직여 행위가 되고 입으로 나와 말이 되는 데서 묘하게도 중용을 잃은 점이 많았지. 혀 위에 샘이 없고 겨드랑이 밑에 바람이 일지 않는데도 이뿌리에서 미친 냄새가 나고 근육에 미친 맛이 나니 이를 어쩔 것인가. 정말이지 큰일이다. 어쩌면 이미 번듯한 병자가 되어 있는지도 몰라. 아직은 다행히 남을 해치거나 세상에 폐를 끼치지 않아 동네에서 쫓겨나지 않고 토오꾜오 시민으로 존재하고 있는 건 아닐까. 지금 소극이니 적극이니 하고 앉았을 때가 아니군. 우선 맥박부터 재봐야겠어. 맥은 이상이 없는 듯하군. 머리에 열은 없나? 이쪽도 그다지 열을 받은 낌새는 없군.

그래도 정말 걱정이야.

　이런 식으로 나와 미치광이만을 비교해서 유사점만 찾고 있다가는 아무래도 미치광이의 영역을 벗어날 수 없을 거야. 방법이 틀렸다고. 미치광이를 표준으로 두고 자꾸만 나를 그쪽으로 끌어다가 해석하니까 이런 결론이 나올 수밖에. 만약 건강한 사람을 기준 삼아 그 옆에 나를 두고 생각해보면 어쩌면 반대 결과가 나올지도 몰라. 그러려면 우선 주변에서 시작해야겠지. 우선 오늘 온 프록코트 큰아버님은 어떨까? 마음을 어디에 둘 것인가…… 그 양반도 약간 이상한 듯하군. 두번째로 칸게즈는 어떨까? 아침부터 저녁까지 도시락을 지참하고 구슬만 갈아대고 있잖아. 이 역시 같은 과야. 세번째는…… 메이떼이? 그 녀석은 장난질하고 돌아다니는 걸 천직으로 여기고 있지. 완전히 조증 미치광이가 분명해. 네번째는…… 카네다 마누라. 그 표독스러운 성깔은 완전히 상식에서 어긋나 있어. 순전히 정신병자야. 다섯번째는 카네다 군인데, 카네다 군은 만나본 적이 없지만 일단 그런 마누라를 정중하게 모시면서 금슬이 좋은 걸 보면 비범한 인간이라고 생각해도 되겠지. 비범은 미치광이의 다른 이름이니 일단 이놈도 동류로 분류해도 돼. 그러고 나면 ─ 아직 있지. 낙운관 군자들. 나이로 보면 아직 새싹들이지만 미쳐 날뛴다는 점에서는 일세를 풍미하고도 남을 대호걸들이야. 이렇게 하나하나 따져보니 거의가 동족인 듯하군. 정말 마음 든든해. 어쩌면 이 사회가 모조리 미치광이들의 집합체일지도 몰라. 미치광이들이 모여서 격렬하게 싸우면서 서로 멱살을 잡고 욕지거리를 하고 서로 빼앗는, 그 전체가 하나의 세포처럼 무너졌다가 융성했다가, 융성했다가 무너지면서 살아가는 걸 사회라고 하는지도 모르지. 그 가운데 다소 이치를 깨닫고 분별이 있는 놈은 오히려 방해가 되니 정신병원이라는 걸 만들어서 거기 가둬두고 나오지 못하도록 하는 건 아닐까? 그렇다면 정신병원에 유폐되어 있는 것은 보통의 사람들이고 병원 밖을 나돌아다니는 것이 오히려 미치광이들이다. 미치광이도 고립되어 있는 동안은 어디까지나 미치광이 취급을 받지만 단체가 되어 세력이 커지면 건전한 인간이 되어버리는지도 몰라. 커다란 미치광이가 재력과 권력을 남용해 많은 수의 작은 미치광이들을 부리면서 폭력을 휘두르고 남들에게 훌륭한 사람이라는 소리를 듣는 예는 얼마든지 있잖아. 뭐가 뭔지 모르겠군.'

이상은 주인이 그날 밤 형형한 전등 아래 심사숙고했을 때의 심적 작용을 있는 그대로 그린 것이야. 그의 두뇌가 불투명하다는 건 여기서도 확실히 드러나지. 그는 카이저 같은 팔자수염을 길렀음에도 불구하고 광인과 정상인의 구별조차 하지 못하는 멍텅구리라고. 그뿐 아니라 그는 기껏 이 문제를 가지고 자신의 사고력에 하소연을 했건만 끝내 아무런 결론에도 도달하지 못하고 말았어. 무슨 일이든 철저하게 파고드는 두뇌가 없는 남자라니까. 그 결론의 막연함이 그의 콧구멍에서 나오는 아사히 담배 연기와 같아 파악하기 어렵다는 것이 그의 논의가 지닌 유일한 특색이라고나 할까?

이 몸은 고양이야. 고양이 주제에 주인의 심중을 어떻게 이렇게 정밀하게 말할 수 있느냐고 의심하는 자가 있을지도 모르지만, 이정도는 고양이에게 식은 죽 먹기지. 이 몸은 이래 봬도 독심술을 터득한 몸이거든. 언제 터득했느냐 하는 그런 쓸데없는 질문은 하지 말아줘. 어쨌든 터득했다고. 인간의 무릎 위에 올라앉아 자는 동안에 이 몸은 이 몸의 보드라운 털옷을 슬쩍 인간의 배에 문지르지. 그러면 한줄기 전기가 일어나 그의 마음속 움직임이 손에 잡힐 듯이 이 몸의 심안에 비치거든. 요전번엔 주인이 친절하게 이 몸의 머리를 어루만지며 느닷없이 이 고양이 껍질을 벗겨서 조끼를 만들면 정말 따뜻하고 좋을 텐데, 하고 얼토당토않은 생각을 떠올리는 걸 즉시 알아채고 소름이 쫙 끼친 적도 있다니까. 끔찍한 일이지. 그날 밤 주인의 머릿속에서 일어난 이와 같은 생각도 그런 식으로 다행히 여러분에게 보고할 수 있게 된 것을 이 몸은 큰 영광으로 생각하는 바야. 다만 주인은 '뭐가 뭔지 모르겠군'까지 생각하고는 그냥 쿨쿨 잠들어버렸지. 내일이 되면 뭘 어디까지 생각했는지조차 까맣게 잊어버릴 게 분명해. 앞으로도 주인이 미치광이에 관해 생각하는 일이 있다면 다시 처음부터 생각해야 할걸. 그렇다면 과연 똑같은 경로를 거쳐 이런 식으로 '뭐가 뭔지 모르겠군'이 될지 어떨지는 보장할 수 없어. 하지만 몇번을 다시 생각한들, 몇개의 경로를 거친다 한들 결국 '뭐가 뭔지 모르겠군'이 되리라는 것만은 확실하지.

# 10

"여보, 벌써 7시예요." 장지문 너머에서 안주인이 말했어. 주인은 잠이 깼는지 자고 있는지 등을 돌리고 누운 채 대답이 없어. 대답을 안 하는 건 이 남자의 버릇이지. 꼭 뭐라고 입을 열어야만 할때는 응, 하고 끝이야. 이 '응'조차 쉽사리 나오지 않아. 인간도 대답하기를 귀찮아할 만큼 게을러지면 어딘가 나름의 풍류가 있지만, 이런 인간치고 여자에게 인기 있는 걸 본 적이 없어. 지금 함께사는 아내조차 시답잖아하는 걸 보면 나머지야 미루어 짐작할 만하다고 해도 틀린 말은 아니겠지. 부모 형제에게 버림받고 생판 남인 유녀에게 사랑받을 리 없다,[1] 했듯이 아내에게도 인기 없는 주인이 세간의 일반 숙녀들 마음에 들 리가 있겠어? 뭐, 굳이 이성에게 인기 없는 주인을 이 기회에 새삼 폭로하겠다는 건 아니지만, 본인

---

1 에도 시대의 속요 「노찌노쓰끼슈엔노시마다이(后の月酒宴島臺)」의 한 대목.

이 혹시라도 착각해서 그저 나이 탓에 아내가 소 닭 보듯 하는 거라는 따위의 이상한 평계를 댄다면 이 역시 미망의 씨앗이 될 테니 깨달음에 일조할까 싶어 친절하게 한마디 덧붙인 것뿐이야.

깨워달라는 시간에 깨워주었건만 저쪽에서 무시한 이상, 등을 돌리고 응,이라고도 하지 않은 이상 잘못은 남편에게 있지 자기에게 있지 않다고 생각한 안주인은 늦어도 몰라요, 하듯이 빗자루와 먼지떨이를 들고 서재 쪽으로 가버리더군. 잠시 후 탁탁, 하고 온 서재를 털고 다니는 소리가 나는 건 평소와 같이 청소를 시작했다는 얘기. 도대체 청소의 목적은 운동일까 놀이일까? 청소할 일이 없는 이 몸으로서는 알 바 아니니 모른 체하고 있으면 되겠지만, 이 집 안주인의 청소법을 볼작시면 정말 무의미한 짓이라고 하지 않을 수 없어. 어째서 무의미하냐 하면, 이 안주인은 단지 청소를 위해 청소를 하고 있기 때문이야. 먼지떨이로 한바탕 장지문을 털고 빗자루로 한차례 타따미 위를 쓸지. 그걸로 청소는 끝난 거라고 해석하고 있어. 청소의 원인 및 결과에 대해서는 털끝만큼의 책임도 지질 않아. 이런 까닭에 깨끗한 곳은 날마다 깨끗하지만 쓰레기가 있는 곳, 먼지가 쌓인 곳은 언제나 쓰레기가 쌓이고 먼지가 뭉쳐 있지. 고삭희양[2]이라는 고사도 있으니 이렇게라도 하는 편이 안 하는 것보다는 나을지 몰라. 하지만 해봤자 주인에겐 별 도움이 안 돼. 안 되는 걸 날이면 날마다 힘들게 하는 것이 안주인의 훌륭한 구석이랄까? 안주인과 청소는 오랜 습관으로 기계적인 연상을 형성할 만큼 강고하게 연결되어 있음에도 불구하고 청소의 내실을 보면 안주인이 아직 태어나기 전과 같고 먼지떨이와 빗자루가

2 告朔餼羊. 매달 초하루에 양을 잡아 제사를 올리던 풍습에 대해 공자가 비록 형식 뿐인 예라도 없애는 것보다는 남겨두는 것이 낫다고 한 『논어』의 고사.

발명되지 않은 옛날과 같아서 추호도 나아진 게 없어. 생각건대 이 양자의 관계는 형식논리학 명제에서의 명사와 같이 그 내용이 어떠한지에 상관없이 결합되어 있는 것이겠지.

이 몸은 주인과 달리 원래 일찍 일어나는 편이라 이때 이미 배가 고프기 시작했어. 집안 식구들이 밥상머리에 앉기도 전에 고양이 신세에 아침밥 구경을 할 수 있을 리 없으련만, 바로 이 점이 고양이의 비참함인데, 혹시나 전복 껍데기 안에서 따스한 국물 냄새가 맛있게 피어오르고 있지 않을까 생각하니 가만히 있을 수가 없더군. 부질없는 일을 부질없는 줄 알면서도 기대할 때는 그저 그 기대를 머릿속에 그리기만 하고 가만히 앉아 있는 것이 상책이건만, 막상 그렇게는 안 되는 법이라 마음의 소원과 실제가 들어맞는지 아닌지를 기어코 확인하고 싶어지지. 확인해봤자 실망할 거라는 걸 뻔히 알면서도 마지막 실망을 스스로 사실로 받아들이기까지는 납득하질 못하는 거야. 이 몸은 참지 못하고 부엌으로 기어들어갔어. 먼저 부뚜막 그늘에 있는 전복 껍데기 속을 들여다보았지만 아니나 다를까, 저녁에 깨끗이 핥아먹은 그대로 괴이한 빛이 들창으로 새어드는 초가을 햇살에 고요하게 반짝이고 있을 뿐. 하녀는 벌써 갓 지은 밥을 밥통으로 옮겨놓고 지금은 풍로에 올려놓은 냄비 속을 휘젓고 있군. 밥솥 주위에는 끓어넘친 밥물이 몇줄이나 말라붙어 있는데, 어떤 건 마치 미농지를 붙여놓은 것 같아. 이제 밥도 국도 다 되었으니 내 밥도 좀 주면 좋을 텐데 싶었지. 이럴 때 점잔 빼는 것도 우습잖아. 설령 맘대로 되지 않아도 밑져야 본전이니 아침밥을 재촉해보자, 아무리 더부살이 신세라도 배고픈 건 똑같다 싶어 이 몸은 야옹야옹 아양을 떨듯, 하소연을 하듯, 혹은 원망하듯 울어봤지. 하녀는 전혀 돌아볼 기색이 없어. 태어나기를 다각형으로 태어나 인정머리 없는 거야 일찍이 알고 있었지만, 동정을 불러일으키게 울어 보이는 것이 이 몸의 솜씨거든. 이번엔 냐옹 냐옹 하고 울어봤어. 이 울음소리는 이 몸이 듣기에도 비장미가 있어서 천애의 나그네에게 단장의 슬픔을 불러일으킬 만하다고 믿어. 하녀는 여전히 돌아보질 않아. 이 여자는 귀머거리인지도 몰라. 귀머거리라면 남의 집 하녀로 일할 수 있을 리 없으니 어쩌면 고양이 소리에만 귀머거리인 걸까? 세상엔 색맹이라는 게 있어서 본인은 온전한 시력을 갖추고 있는 줄 알아도 의사가 보기엔 불구라고 하던데, 이 하녀는 성맹聲盲인 거겠지. 성맹도 불구임은 틀림없어. 불구 주제에 건방지기는. 밤중에도 이 몸이 볼일이 있으니 좀 열어 달라고 아무리 애걸을 해도 문을 열어준 적이 없어. 어쩌다 내보내줬다 싶으면 이번엔 들여보내주질 않아. 여름이라도 밤이슬은 건강에 독이지. 하물며 서리는 어떻겠어? 처마 밑에서 밤을 새우면서 해 뜨기를 기다리는 게 얼마나 괴로운지 상상도 못 할 거야. 요전에 문을 안 열어줬을 때는 들개의 습격을 받아서 거의 죽을 뻔했다가 가까스로 헛간 지붕에 기어올라가 밤새도록 떤 적도 있다고. 이건 모두 하녀가 인정머리가 없어 생긴 불상사지. 이런 인간을 상대로 울어봤자 반응이 있을 리가 없지만 배고플 때만 신을 찾고 사흘을 굶으면 담장을 넘고 사랑이 넘치면 연서를 쓴다는 말도 있을 정도니 뭐든지 해봐야 하지 않겠어? 니야오웅니야오웅, 세번째는 주의를 환기하기 위해 한층 더 복잡한 울음소리를 내보았어. 내 딴엔 베토벤의 씸포니 못지않은 미묘한 소리라고 확신했건만 하녀에겐 아무런 영향도 미치질 못하는 듯해. 하녀는 갑자기 무릎을 꿇고 판자 하나를 젖히더니 그 안에서 4촌쯤 되는 기다란 숯 하나를 집어냈어. 그러고는 그놈을 풍로 모서리에 대고 탕탕 치니 세토막 정도로 부서지면서 주변이 온통 숯가루로 시꺼메졌지. 국에도 약간 들어간 것 같아. 하녀는 그런 일에 신경 쓰는 여자가 아니지. 곧장 세 개로 부서진 숯을 냄비 밑의 풍로 속으로 밀어넣더군. 이 몸의 씀포니는 도무지 귀에 안 들어오나봐. 어쩔 수 없이 기가 죽어 거실 쪽으로 돌아가려고 욕실 옆을 지나는데, 여기선 이 집 딸내미 셋이 한창 세수를 하고 있어서 꽤나 요란스럽더군.

세수를 한다고 해봤자 위의 두 아이가 유치원생이고 셋째는 언니 엉덩이도 쫓아가지 못할 꼬맹이니까 제대로 얼굴을 씻고 몸단장을 할 수 있을 리가 없어. 제일 작은 놈이 양동이에서 젖은 걸레를 끌어내더니 열심히 얼굴을 문질러대고 있네. 걸레로 얼굴을 씻는 건 분명 불쾌한 일이겠지만 지진으로 흔들릴 때마다 재밌쩌, 하는 아이니 이 정도는 놀랄 일도 아니지, 뭐. 어쩌면 야기 도꾸센보다 더 깨친 게 아닐까 싶어. 역시나 맏딸은 맏딸인 만큼 스스로 언니를 자임하고 있으니 양치그릇을 땡그랑 내던지고는 "아가야, 그건 걸레야" 하고 뺏으려 들었어. 아가도 꽤나 씩씩해서 언니 말을 쉽게 들을 성싶지 않아. "시러, 아부" 하면서 걸레를 잡아당겼지. 이 아부라는 말은 무슨 뜻이고 어떤 어원을 가지고 있는지 아는 사람이 없어. 다만 이 아가가 화가 나면 가끔 사용하실 뿐. 걸레는 이때 언니의 손과 아가의 손에 좌우로 당겨졌으니 물을 머금은 한가운데에서 물방울이 뚝뚝 떨어져 그대로 아가의 발을 적셨지. 발뿐이라면 괜찮겠지만 무릎 언저리까지 푹 젖었네. 아가는 이래 봬도 겐로꾸[3]를 입고 있어. 겐로꾸가 뭔지 자세히 들어보니 중간 정도 무늬는 뭐든 겐로꾸라더군. 도대체 누구한테 배웠는지 몰라. "아가

---

3 겐로꾸 시대(1688~1704)에 유행한 크고 화려한 무늬, 또는 그런 옷.

야, 겐로꾸가 젖으니까 그만하자, 웅?" 하고 언니가 영리한 소리를 했어. 실은 이 언니는 바로 얼마 전까지 겐로꾸와 스고로꾸⁴를 헷갈렸을 정도로 유식하시지.

겐로꾸가 나온 김에 말하자면 이 아이는 잘못 말하는 일이 엄청나게 많아서 때로는 남들을 황당하게 만들기도 해. 화재로 버섯이 날아오기도 하고,⁵ 오짜노된장 여학교에 가기도 하고,⁶ 에비스가 부엌 옆에 있기도 하고,⁷ 어떤 때는 "나는 와라다나 아이가 아니야"라고 하길래 잘 들어보면 우라다나와 와라다나를 혼동했거나 하는 거지.⁸ 주인은 이런 말실수를 들을 때마다 웃어대지만, 자기가 학교에 가서 영어를 가르칠 때는 이보다 더 웃기는 말실수를 심각한 얼굴로 학생들에게 들려주고 있을걸.

아가는 — 당사자는 아가라고 하지 않아. 언제나 아바라고 하지 — 겐로꾸가 젖은 걸 보고 "겐도꼬가 아가어" 하고 울음을 터뜨렸어. 겐로꾸가 차가우면 안 되니까 하녀가 부엌에서 달려나와 걸레를 뺏고 옷을 닦아줬지. 이런 소동 중에도 비교적 조용했던 건 둘째딸 슨꼬 양이야. 슨꼬 양은 등을 돌리고 선반에서 굴러떨어진 가루분 병을 열고 열심히 화장을 하고 계셨거든. 먼저 병에 집어넣었던 손가락으로 콧등을 쓱 문질러주니 세로로 흰 줄이 하나 생겨서 코 있는 곳이 제법 분명해지더군. 다음으로 분가루 범벅인 손가락으로 뺨을 마찰하니 그곳에도 역시나 하얀 덩어리가 완성되었어.

---

4 주사위 놀이의 하나.
5 '히노꼬(불똥)'를 '키노꼬(버섯)'로 잘못 말한 것.
6 지명인 '오짜노미즈'를 '오짜노미소'로 잘못 말한 것.
7 에비스와 함께 칠복신의 하나인 '다이꼬꾸'를 '다이도꼬(부엌)'로 잘못 말한 것.
8 '우라다나'는 뒷골목의 셋집, '와라다나'는 짚가게라는 뜻에서 비롯된 에도 시대의 지명.

이 정도 분장을 마친 참에 하녀가 들어와 아바의 옷을 닦은 김에 슨꼬의 얼굴도 닦아버렸지. 슨꼬는 적잖이 불만스러운 기색이야.

이 몸은 이 광경을 구경한 다음 거실을 지나 주인의 침실로 가서 이제 일어났나 하고 몰래 들여다보았더니 주인의 머리가 어디에도 보이질 않아. 그 대신 발등이 높은 10문 반짜리 발이 이불자락 밖으로 하나 삐져나와 있더군. 머리를 내놓고 있으면 깨울 때 싫으니까 이런 식으로 기어들어간 거겠지. 거북이 새끼 같은 남자로고. 그때 서재 청소를 마친 안주인이 다시 빗자루와 먼지떨이를 들고 들어왔어. 조금 전처럼 문 앞에서,

"아직도 안 일어나신 거예요?" 하더니 잠시 서서 머리 없는 이부자리를 지켜보고 있었어. 이번에도 대답은 없어. 안주인은 입구에서 두걸음쯤 들어와 빗자루로 콩콩 바닥을 두드리며 "아직이냐고요, 여보?" 하고 거듭 물었어. 이때 주인은 이미 잠이 깨 있었지. 깨 있으니까 안주인의 습격에 대비하여 미리 이불 속으로 머리까지 거둬들여 농성을 시작한 거라고. 머리만 내놓지 않으면 봐줄지도 모른다는 어리석은 소망을 품고 누워 있었지만 그렇겐 안 될 듯해. 첫번째 음성은 문지방 위라 적어도 1, 2미터는 간격이 있었으니 일단 안심이다, 하고 내심 생각했는데 콩콩거리는 빗자루 소리가 1미터 안으로 압박해오는 데는 좀 놀랐지. 그뿐 아니라 두번째 "아직이냐고요, 여보?"는 거리로 보나 음량으로 보나 아까의 두배가 넘는 기세로 이불 속까지 들렸으니, 이젠 안 되겠다고 포기했는지 조그만 소리로 응, 하고 대답했어.

"9시까지 가셔야 하잖아요. 서두르지 않으면 늦어요."

"그런 소리 안 해도 지금 일어나잖아" 하고 이불 소맷자락⁹에서 소리가 나니 기이한 광경이야. 아내는 언제나 이러고 나면 일어나

겠지 하고 안심하던 차에 남편이 다시 잠들곤 했던 터라 마음이 안
놓여 "자, 일어나세요" 하고 재촉했어. 일어난다는데 기어코 일어
나라고 성화를 하니 마음에 안 들겠지. 주인같이 제멋대로인 인간
은 더구나 그래. 이쯤 되니 주인은 지금껏 머리 위로 뒤집어썼던
이불을 단번에 걷어내더군. 커다란 눈은 둘 다 뜨고 있네.

"뭐 그리 소란이야? 일어난다면 일어나는 거지."

"일어난다면서 안 일어나셨잖아요?"

"누가 언제 그런 거짓말을 했어?"

"늘 그렇죠."

"바보 같은 소리."

"누가 바본지 모르겠네" 하고 안주인이 뾰로통하게 빗자루를 짚
고 베갯머리에 서 있는 모습이 무척 용맹스럽더군. 이때 뒤쪽 인력
거집 아이 얏짱이 느닷없이 으앙, 울기 시작했지. 얏짱은 주인이 화
를 내기만 하면 반드시 울라고 인력거집 마누라에게 명령을 받은
모양이야. 마누라는 주인이 화를 낼 때마다 얏짱을 울려서 용돈을
버는지 모르지만 얏짱에겐 얼마나 민폐겠어? 이런 어머니를 두었
다간 아침부터 밤까지 내내 울고 있어야 하니까. 이런 사정을 약간
이나마 살펴 주인이 화내는 걸 좀 참으면 얏짱의 수명도 약간은 늘
어날 텐데, 아무리 카네다 군의 부탁을 받았다지만 이런 멍청한 짓
을 하다니 텐도오 코오헤이 군보다 훨씬 이상한 사람이라고 평가
해도 되겠지. 화를 낼 때만 울어야 한다면 그나마 여유가 있으련만
카네다 군이 근처 불량배들을 시켜 진흙 너구리라고 놀릴 때마다
얏짱은 울어야 하거든. 주인이 화를 낼지 말지 아직 확실치 않을

---

9 일본에서는 겨울에 솜을 둔 겉옷을 이불 대신 덮고 자기도 한다.

때부터 분명 화를 낼 거라고 예상하고 일찌감치 얏짱은 울고 있다는 말씀. 이렇게 되면 주인이 얏짱인지 얏짱이 주인인지 모호해져 버려. 주인을 괴롭히는 건 간단해서, 얏짱에게 꿀밤을 한대 먹이면 힘들이지 않고 주인의 빰을 후려친 게 되거든. 옛날 서양에서 범죄자를 처벌할 때 당사자가 국경 밖으로 도망가서 잡을 수 없을 때는 허수아비를 만들어 대신 화형에 처했다고 하던데, 그들 중에도 서양 고사에 정통한 지휘관이 있어 빼어난 계략을 전수한 거지. 낙운관도 그렇고 얏짱 엄마도 그렇고, 멍청한 주인으로서는 얼마나 힘이 들까 싶어. 그밖에도 상대하기 힘든 인간은 얼마든지 있지. 어쩌면 온 동네 사람이 모두 버거운 상대인지도 몰라. 지금은 관계가 없으니 앞으로 차차 소개하도록 할게.

얏짱이 우는 소리를 들은 주인은 아침 댓바람부터 꽤나 약이 올랐는지 갑자기 벌떡 일어나 앉더군. 이쯤 되면 정신 수양이니 야기도꾸센이니 쥐뿔도 소용이 없지. 일어나면서 양손으로 머리를 살갗이 벗겨질 정도로 벅벅 긁어댔어. 달포나 쌓여 있던 비듬이 망설임 없이 목덜미와 잠옷 깃으로 떨어졌지. 대단한 장관이더군. 수염은 어떤가 보니 이 또한 감탄스러울 만큼 삐죽삐죽 서 있어. 주인이 화를 내고 있는데 수염만 점잖게 있는 것도 미안하다 싶었는지 한올 한올이 노기를 띠고 각자의 방향을 향해 맹렬한 기세로 돌진하고 있었지. 제법 볼만한 광경이야. 어제는 거울 체면도 있으니 점잖게 독일 황제 폐하를 흉내 내어 정렬해 있었지만 하룻밤 자고 나면 훈련이고 나발이고 없이 곧장 본래면목을 찾아 저마다의 모습으로 돌아가버리는 거야. 마치 주인의 하룻밤 정신 수양이 이튿날이면 씻은 듯 깨끗하게 사라지고 타고난 멧돼지의 본색이 바로 전면에 폭로되는 것과 마찬가지지. 이런 난폭한 수염을 기른 이런 난폭한 사내가 용케 지금까지 잘리지 않고 선생 노릇을 했구나 생각하니 비로소 일본이 얼마나 넓은지 알겠더라고. 넓기 때문에 카네다 군이나 카네다 군의 앞잡이가 인간으로 통하는 거 아니겠어? 그들이 인간으로 통하는 동안은 주인 역시 잘릴 이유가 없다고 확신하고 있는 듯해. 여차하면 스가모에 엽서를 띄워서 텐도오 코오헤이 군에게 물어보면 금방 알 수 있는 일이지.

　이때 주인은 어제 소개한 혼돈스러운 태고의 눈을 힘껏 부릅뜨고는 벽장을 노려보더군. 이건 높이 2미터 정도 되는 걸 가로로 나누어 위아래 각 두짝씩 장지문을 달아놓은 물건이야. 아래쪽 문은 이불자락에 닿아 있다시피 하니 일어나 앉은 주인이 눈만 뜨면 저절로 시선이 가닿게 되어 있지. 살펴보니 무늬 있는 겉종이가 군데군데 찢어져 기묘한 내장이 드러나 보여.[10] 내장에는 온갖 것이 있더군. 어떤 건 활판인쇄, 어떤 건 육필, 어떤 건 뒤집혀 있고 어떤 건 거꾸로 서 있어. 주인은 이 내장을 보는 순간 뭐가 적혀 있는지 읽고 싶어졌지. 방금 전까진 인력거집 마누라라도 붙잡아 소나무 줄기에 콧등을 문질러주고 싶을 만큼 화가 나 있던 주인이 갑자기 이런 휴지 조각을 읽고 싶어지다니 이상하지만 이런 양성 화증 환자에겐 드물지 않은 일이야. 아이가 울다가도 모나까[11] 하나만 쥐여주면 금세 웃는 거나 매일반이지, 뭐. 주인이 옛날 어떤 곳의 절에서 하숙하던 시절, 장지문 한장을 사이에 두고 비구니가 대여섯 있었거든. 비구니라는 건 원래가 성질 나쁜 여자들 중에서도 가장 고약한 여자들인데, 이 비구니들이 주인의 성깔을 꿰뚫어보았던지

---

**10** 여러겹으로 바른 종이의 겉장이 찢어져 안쪽에 바른 파지의 내용이 드러나 보인다는 뜻.

**11** 찹쌀가루 반죽을 얇게 밀어 구운 것에 팥소를 넣은 과자.

밥 짓는 냄비를 두드리면서, 울다가 웃으면 어디어디에 털 난대요, 얼레리꼴레리, 하고 장단을 맞춰 노래를 불렀던 모양이야. 주인이 비구니라면 질색을 하는 건 이때부터라던데, 비구니가 싫든 좋든 사실은 사실이지. 주인은 울다가 웃다가, 기뻐하다가 슬퍼하다가 하는 걸 남들 두배는 하지만 어느 것도 오래가는 법이 없거든. 좋게 말하자면 집착이 없고 기분이 쉬이 변하는 거겠지만, 쉽게 말하자면 사람이 깊이가 없고 경박한데다 고집만 센 변덕쟁이야. 변덕쟁이인 이상 싸움이라도 할 기세로 벌떡 일어나 앉은 주인이 갑자기 마음이 바뀌어 벽장의 내장을 읽기 시작한대도 이상할 게 전혀 없지. 제일 먼저 눈에 띈 것이 물구나무선 이또오 히로부미였어. 위를 보니 메이지 11년 9월 28일이라고 되어 있군. 한국통감부 통감도 이 시절부터 포고문 꽁무니를 뒤쫓아다니고 있었나봐. 대장은 이 시절엔 뭘 하고 있었나 싶어 잘 보이지도 않는 걸 억지로 읽어보니 대장경大藏卿이라 되어 있어. 역시 대단해. 아무리 물구나무를 서도 대장경이잖아. 조금 왼쪽을 보니 이번엔 대장경이 드러누워 낮잠을 자고 있네. 당연하지. 물구나무서기가 그렇게 오래갈 수가 있나? 아래쪽에는 커다란 목판인쇄로 '너는'이라는 두 글자만 보여. 그 뒤를 보고 싶지만 아쉽게도 보이질 않네. 다음 줄엔 '빨리'라는 두 글자만 보이고. 이것도 읽고 싶지만 안 보이니 속수무책. 만약 주인이 경시청 탐정이었다면 셋집이라도 상관 않고 찢어냈을지도 모르지. 탐정이라는 건 고등교육을 받지 못한 치들이라 사실을 밝히기 위해서는 못하는 짓이 없거든. 정말 몹쓸 인간들이야. 부디 좀 삼가주었으면 좋겠어. 막돼먹은 놈들은 절대 일을 못하게 하면 좋을 텐데. 듣자 하니 그들은 거짓말로 선량한 시민에게 죄를 뒤집어씌우는 일도 있다잖아. 선량한 시민이 돈을 내서 고용한 자가 고용주를 괴롭힌대서야 그건 정말 미친 짓이지. 다음으로 눈길을 돌려 한가운데를 보니 오오이따 현이 공중제비를 넘고 있어. 이또오 히로부미가 물구나무를 설 정도니까 오오이따 현이 공중제비를 넘는 것쯤이야 일도 아니지. 주인은 여기까지 읽고 나서 양 주먹을 쥐고 높이 천장을 향해 뻗어올렸어. 하품할 준비야.

이 하품이라는 것이 또 고래가 멀리서 우는 소리처럼 정말 유별나기 짝이 없는데, 그것이 일단락되자 주인은 어슬렁어슬렁 옷을 갈아입고 세수를 하러 욕실 쪽으로 나서더군. 기다리고 있던 안주인은 재빨리 이부자리를 걷고 잠옷을 개고 늘 하던 대로 청소를 시작했어. 청소가 그렇듯이 주인의 세수 역시 십년이 하루같이 변함이 없어. 지난번 소개했듯이 여전히 가악가악, 게엑게엑을 지속하고 있지. 마침내 머리에 가르마를 타고 수건을 어깨에 걸치더니 거실로 행차하시어 초연히 화로 옆에 자리를 잡으시더군. 화로라 하면 결 고운 느티나무로 된 것이거나 안쪽에 온통 동을 입힌 걸 떠올리고 금방 머리 감은 여인이 한쪽 무릎을 세우고 앉아 기다란 담뱃대로 흑단 모서리를 두드리는 모습을 연상할 사람도 없진 않겠지만 우리 쿠샤미 선생의 화로는 결코 그런 멋진 물건이 아냐. 뭘로 만들었는지 보통 사람은 봐도 모를 만큼 고풍스럽지. 화로란 모름지기 잘 닦아서 반질반질 윤이 나야 멋스럽지만 이 물건은 느티나문지 벚나문지 오동나문지 애당초 불명인데다가 거의 닦은 적이 없어 음침한 것이 볼만한 구석이라곤 전혀 없어. 이런 물건을 어디서 사왔느냐 하면 전혀 사온 기억이 없고. 그렇다면 누구한테 얻었느냐 하면 아무도 준 사람이 없지. 그렇다면 훔친 거냐고 따진다면 뭐랄까, 그 점이 애매해. 옛날 친척 중에 영감님 한분이 계셨는데 그분이 돌아가셨을 때 당분간 집을 좀 봐달라는 부탁을 받은 적이 있어. 그런데 그후 집을 마련해서 그 집을 나오면서 그때까지 제 것처럼 쓰던 화로를 아무 생각 없이 그냥 들고 나왔다는 말씀. 약간 께름칙하긴 해. 생각하면 그렇긴 하지만 이런 일은 세상에 왕왕 있는 일이잖아. 은행가 같으면 날마다 남의 돈을 만지다보니 남의 돈이 제 돈처럼 보인다지. 공무원은 국민의 심부름꾼이야. 일을 처리하기 위해 어떤 권력을 위임받은 대리인 같은 거지. 그런데 위임받은 권력을 등에 업고 매일 사무를 처리하다보면 이건 자기가 소유하고 있는 권력이고 국민 따위는 여기에 아무런 간섭도 할 이유가 없다고 착각하게 되는 거야. 이런 인간이 세상에 가득 차 있는 판인데 화로 사건 정도로 주인에게 도둑놈 근성이 있다고 단정할 수는 없어. 만약 주인에게 도둑놈 근성이 있다면 천하 사람 모두에게 도둑놈 근성이 있는 거지.

화로 옆에 자리를 잡고 식탁 앞에 앉은 주인의 삼면에는 좀 전에 걸레로 얼굴을 닦은 아바와 오짜노된장 학교에 갈 톤꼬, 가루분병에 손가락을 쑤셔넣던 슨꼬가 이미 모두 모여 아침을 먹고 있어. 주인은 일단 이 세 딸의 얼굴을 공평하게 둘러보았지. 톤꼬의 얼굴은 서양 쇠로 만든 칼의 날밑처럼 동그란 윤곽이야. 슨꼬 역시 동생인 만큼 약간 언니를 닮아 류우뀨우 옻칠을 한 동그란 쟁반 정도는 되는 것 같아. 다만 아바만은 혼자 이채롭게도 기다란 얼굴이지. 그런데 세로로 긴 얼굴이야 세상에 그 예가 적지 않겠지만 이 아이는 가로로 긴 얼굴이거든. 아무리 유행이 변하기 쉽다 한들 가로로 긴 얼굴이 유행할 일은 없을 거야. 주인은 제 자식이지만 곰곰이 생각할 때가 있어. 이런 얼굴로 자란단 말이지. 그냥 자라는 정도가 아니라 그 성장의 빠르기가 절간의 죽순이 대나무로 변하는 기세와도 같아. 주인은 또 컸구나, 싶을 때마다 뒤에서 누군가 따라

오는 것만 같아서 오싹오싹 소름이 끼칠 정도야. 아무리 생각 없는 주인이라도 세 딸이 여자라는 것쯤은 알고 있어. 여자인 이상 어떻게든 시집을 보내야 한다는 것도 잘 알아. 잘 아는 만큼 시집보낼 수완이 없다는 것도 자각하고 있지. 그러니 자기 아이지만 좀 힘에 부치는구나 싶은 구석이 있는 거고. 힘에 부칠 정도라면 안 만들면 되겠지만 그게 바로 인간이지. 인간의 정의라는 게 딴게 아냐. 그저 쓸데없는 일을 억지로 만들어서 스스로를 괴롭히는 존재라고 하면 충분하지.

과연 아이들은 대단해. 이렇게 아비가 자기들을 어찌 감당할지 고민하는 줄은 꿈에도 모르고 즐겁게 밥을 먹고 있어. 그런데 제일 문제는 아바지. 아바는 올해 세살이라 안주인이 신경을 써서 식사 때면 세살배기용 작은 젓가락과 밥그릇을 챙겨주는데 아바는 결코 받아들이지 않아. 꼭 언니 그릇을 뺏고 언니 젓가락을 잡아채서 굳이 힘들게 밥을 먹거든. 세상을 둘러보면 무능무재한 소인배일수록 몹시 설쳐대며 분수에 맞지 않는 관직에 오르고 싶어하는 법인데, 그런 성격은 전부 이런 아바 시절부터 싹트는 법이지. 그 원인이 이렇게 깊은 곳에 있으니 결코 교육이나 훈도로 고칠 수 있는 게 아니라고. 일찌감치 포기하는 편이 나아.

아바는 옆에서 강탈한 위대한 밥그릇과 장대한 젓가락을 차지하고는 거침없이 폭력을 휘두르고 있어. 잘 다룰 줄 모르는 걸 무턱대고 쓰려고 드니 폭력적이 될 수밖에 없는 거지. 아바는 우선 젓가락 끝을 한꺼번에 모아쥐고는 밥그릇 속으로 푹 찔러넣었어. 그릇에는 밥이 8할쯤 담겨 있고 그 위로 된장국이 가득 차 있어. 젓가락의 힘이 그릇에 전달되자마자 지금까지 그럭저럭 균형을 잡고 있던 것이 갑작스러운 습격에 삼십도 정도 기울어졌지. 동시에 된

장국은 가차없이 가슴팍으로 줄줄 흐르고. 아바는 그 정도로는 끄떡도 없어. 아바는 폭군이라고. 이번엔 찔러넣은 젓가락을 밥그릇에서 힘껏 들어올렸어. 동시에 조그만 입을 그릇가로 가져가서는 튀어오른 밥알을 최대한 입안으로 집어넣었지. 놓친 밥알은 누런 국물과 어우러져 코끝과 뺨과 턱에 얍, 하고 날아가 붙더군. 달라붙지 못하고 타따미 위에 떨어진 건 헤아릴 수도 없고. 몹시 분별없는 식사법이야. 이 몸은 삼가 유명한 카네다 군과 천하의 세력가들에게 충고하는 바야. 공들이 남을 다루는 것이 아바가 밥그릇과 젓가락을 다루는 것과 같으면 공들의 입으로 뛰어들어오는 밥알은 지극히 적을 것이야. 필연에 의해 들어오는 것이 아니라 어쩌다 잘못해서 들어오는 것이지. 부디 다시 생각하기를 바라네. 세상일에 밝은 수완가에게도 어울리지 않는 일이고.

언니 톤꼬는 자기 젓가락과 밥그릇을 아바한테 약탈당하는 바람에 어울리지 않게 조그만 걸 가지고 아까부터 참고 있었지만, 너무 작다보니 밥을 잔뜩 퍼봤자 큰 입으로 세번쯤 먹으면 없어. 그러니 빈번하게 밥통 쪽으로 손이 갈 수밖에. 벌써 네그릇을 비우고 이번이 다섯그릇째야. 톤꼬는 밥통 뚜껑을 열고 커다란 주걱을 집어들더니 한참을 바라보고 있었어. 먹을지 관둘지 망설이는 듯했지만 결국 결심한 듯 눈지 않은 곳을 골라 한 주걱 퍼올린 것까지는 무난했는데, 그걸 뒤집어 밥그릇에 담으려는 순간 채 담기지 않은 밥 덩어리가 타따미 위로 굴러떨어졌지. 톤꼬는 놀라는 기색도 없이 떨어진 밥을 조심스레 줍기 시작했어. 주워서 어쩌려나 했더니 다시 밥통에 넣어버리는 거야. 아이고, 더러워라.

아바가 일대 활약을 펼치며 젓가락을 들어올렸을 때는 마침 톤꼬가 밥을 퍼담은 참이었어. 역시 언니는 다르더군. 아바의 얼굴이 엉망인 걸 보고는 "저런 아바야, 이게 뭐야? 얼굴이 밥풀투성이네" 하면서 얼른 아바의 얼굴을 청소하기 시작했지. 먼저 코에 붙어 있던 놈들을 떼어냈어. 치워버리나 했더니 뜻밖에도 얼른 자기 입안에 넣어버리는 데는 놀랐지. 그런 다음 뺨으로 갔어. 여긴 엄청 떼지어 있으니 세어보자면 양쪽 합해서 한 스무개는 되었을 거야. 언니는 정성스레 하나씩 떼어서 먹고, 떼어서 먹고, 결국 동생 얼굴에 있던 놈들을 하나도 남기지 않고 먹어치웠지. 그때 지금까지는 점잖게 단무지를 씹고 있던 슨꼬가 갑자기 갓 담은 된장국에서 고구마 조각 하나를 꺼내더니 기세 좋게 입안에 집어넣었어. 여러분도 아시다시피 국에 든 고구마만큼 먹을 때 뜨거운 것도 없어. 어른들조차 자칫하면 입안을 델 정도지. 그러니 슨꼬처럼 고구마 경험이 별로 없는 아이는 어떻겠어? 슨꼬는 악, 하더니 입안에 든 고구마를 상 위에 뱉어냈어. 그 두세조각이 어쩌다 아바 앞까지 굴러오더니 딱 적당한 거리에 멈추더군. 아바는 원래 고구마를 엄청 좋아해. 좋아하는 고구마가 눈앞에 날아왔으니 재빨리 젓가락을 내던지고는 손으로 집어 오물오물 먹어버렸지.

아까부터 이 난리를 목격하면서도 주인은 한마디 말도 없이 오직 자기 밥을 먹고 자기 국을 마시더니 이때는 이미 이쑤시개를 쓰는 중이었어. 주인은 딸들의 교육에 관해서는 절대적인 방임주의를 고집할 작정인 듯해. 지금이라도 세 딸이 에비짜 시끼부나 네즈미 시끼부[12]가 되어 셋이 약속이라도 한 듯 애인을 만들어 가출한다 해도 역시 자기 밥을 먹고 자기 국을 마시면서 태연히 지켜보고 있

12 '에비짜 시끼부(海老茶式部)'는 당시 여학생들이 어두운 적갈색(海老茶) 옷을 많이 입은 것을 두고 헤이안 시대의 여성 문학가 무라사끼 시끼부(紫式部)에 빗대 비꼬던 표현. '네즈미 시끼부(鼠式部)'는 소오세끼가 비슷하게 지어낸 말.

을 위인이지. 무능하기 짝이 없어. 하긴 요즘 세상에 유능하다는 자들을 보자면 거짓말로 사람을 낚거나, 눈 감은 사람의 코를 베어가거나, 허세를 부려 사람을 겁주거나, 함정을 파서 사람을 위험에 빠뜨리는 것 말고는 아무것도 모르는 것 같아. 중학생 정도의 소년들조차 이런 걸 보고 배워서 그래야 힘이 있는 줄로 착각하고 당연히낮을 붉혀야 할 짓을 득의양양하게 하면서 미래의 신사라고 생각하고 있지. 이런 걸 유능하다고 할 순 없어. 불량배라고 해야지. 이몸도 일본의 고양이니까 약간의 애국심은 있어. 이런 인간들을 볼때마다 한대 쥐어박아주고 싶다니까. 이런 것들이 하나라도 늘면국가는 그만큼 쇠퇴하는 거잖아. 이런 학생이 있는 학교는 학교의치욕이요, 이런 국민이 있는 국가는 국가의 치욕이지. 치욕임에도불구하고 온 세상에 득시글득시글하는 건 이해가 안 돼. 일본의 인간은 고양이만큼의 기개도 없는 것 같아. 한심한 일이지. 이런 불량배에 비하면 주인이야 뭐, 훨씬 훌륭한 인간이라고 해야겠지. 의지박약인 점이 훌륭하고, 무능한 점이 훌륭하고, 설치지 않는 점이 훌륭하지.

이와 같이 무능한 방식으로 무사히 아침식사를 마친 주인은 이윽고 양복을 입고 인력거를 타고 니혼즈쓰미 서에 출두하기에 이르렀어. 격자문을 열고 나와 인력거꾼에게 니혼즈쓰미라는 곳을아느냐고 물으니 인력거꾼은 헤헤, 하고 웃었어. 그 유곽이 있는 요시와라 근처 니혼즈쓰미 말일세, 하고 굳이 확인한 건 좀 웃겼지.

주인이 모처럼 인력거로 현관을 나선 뒤 안주인은 평소처럼 아침을 먹고 "자, 학교 가야지. 지각하겠다" 하고 재촉했는데 아이들은 태연히 "아냐, 오늘은 안 가요" 하고 준비할 기색이 없네. "무슨소리야. 어서 준비하라니까" 하고 야단을 쳤지만 "아니, 어제 선생님이 쉬는 날이라고 하셨다니까요" 하며 언니가 말을 듣지 않아. 안주인도 그제야 이상하다 싶었는지 벽장에서 달력을 꺼내 몇번을 보고 또 보았는데 빨간 글자로 휴일이라고 되어 있는 거야. 주인은 휴일이라는 것도 모르고 학교에 결근계를 낸 거지. 부인도 아무 생각 없이 우편함에 집어넣었을 테고. 다만 메이떼이는 정말 몰랐는지, 아니면 알면서 모른 척했는지 그건 좀 의문이네. 이 발견에 놀란 안주인은 그럼 다들 얌전히 놀아, 하고는 평소대로 반짇고리를 꺼내 바느질을 시작했어.

그후 삼십분은 가내평안, 그다지 이 몸에게 화제가 될 만한 일도 없었는데 갑자기 묘한 손님이 왔지. 열일고여덟 된 여학생이야. 뒤축이 굽은 구두를 신고 보라색 하까마를 질질 끌고 머리를 주판알처럼 부풀리고는 뒷문으로 말도 없이 불쑥 들어왔더군. 주인의 조카딸이야. 학교에 다닌다는데 가끔 일요일에 찾아와서 삼촌과 싸우고 돌아가는 유끼에라는 예쁜 이름의 아가씨지. 물론 얼굴은 이름 정도는 아니고, 잠깐 밖에 나가 1, 2백 미터만 걸어도 반드시 마주칠 만한 얼굴이야. "숙모, 안녕하세요?" 하고 거실로 성큼성큼 들어오더니 반짇고리 옆에 앉더군.

"어머나, 이렇게 일찍……"

"오늘은 공휴일이니까 아침나절에 잠깐 들르려고 8시 반쯤 집에서 나와서 얼른 왔어요."

"그래, 무슨 볼일인데?"

"아뇨, 그냥 한동안 못 뵈었으니까 잠깐 와본 거예요."

"잠깐이 아니라 천천히 놀다 가. 삼촌도 곧 돌아오실 테니."

"삼촌은 벌써 어딜 가신 거예요? 웬일이래?"

"응, 오늘은 좀 이상한 델…… 경찰서에 갔어. 이상하지?"

"어머, 무슨 일로요?"

"올봄에 들었던 도둑이 잡혔대."

"그래서 증인으로 불려간 거예요? 성가신 일이네."

"아니, 물건을 받으려고. 훔쳐간 물건이 나왔으니까 가지러 오라고 어제 순사가 일부러 왔었거든."

"그럼 그렇지, 아니면 이렇게 일찍 삼촌이 나갈 리가 없지. 평소 같으면 아직 주무시고 계실 텐데."

"삼촌 같은 잠꾸러기도 없긴 하지⋯⋯ 게다가 깨우면 붉으락푸르락하잖아. 오늘 아침에도 7시까지 꼭 깨우라고 해서 깨웠거든. 그랬더니 이불 속으로 기어들어가서 대답도 안 하는 거야. 걱정이 돼서 두번째로 깨우니까 이불 소매에서 뭐라고 불평을 하잖아. 정말 못 말린다니까."

"왜 그렇게 졸릴까요? 분명 신경쇠약인가봐."

"뭐라고?"

"툭하면 무턱대고 화를 내잖아요. 그래서 어떻게 학교에서 일을 할까?"

"학교에선 점잖다는데."

"그럼 더 나쁘네. 곤약 염라대왕[13]이구나."

"왜?"

"어쨌든 곤약 염라대왕이죠. 곤약 염라대왕 같지 않아요?"

"그냥 화만 내는 게 아냐. 남이 오른쪽이라고 하면 왼쪽, 왼쪽이라고 하면 오른쪽이니, 뭐든 남의 말을 듣는 적이 없다니까 ─ 정말 고집불통이야."

---

13 집에서는 염라대왕처럼 화를 내지만 밖에서는 곤약처럼 흐물흐물하다는 뜻으로 쓴 말.

"심술꾸러기죠. 삼촌은 그게 취미라고요. 그러니까 뭘 시키려면 반대로 말하면 될걸요. 요전에 양산을 사줄 때도 일부러 필요 없다, 필요 없다 했더니 필요 없을 리가 있나, 하면서 금방 사주시던데요."

"호호, 영리하네. 나도 이제부터 그렇게 해야지."

"그러세요. 안 그러면 손해라고요."

"얼마 전에 보험회사 사람이 와서 꼭 좀 들어주세요, 하고 권유를 했거든 ─ 이런저런 이유를 설명하고 이런 이익이 있다, 저런 이익이 있다 하면서 한시간이나 이야기를 했는데 끝까지 안 드는 거야. 우린 저축도 없고 이렇게 아이가 셋이나 되는데 그나마 보험이라도 들어주면 좀 안심이 될 것을, 그런 덴 전혀 관심이 없다니까."

"그러게요, 무슨 일이 있으면 불안하잖아요." 열일고여덟에 어울리지 않게 살림꾼 같은 소릴 하고 있네.

"그 이야기를 뒤에서 듣고 있자니 얼마나 재밌던지. 보험이 필요하다는 것까지 인정하지 않는 건 아니다, 필요하니까 회사가 존재하는 거겠지, 하지만 죽지 않는 이상 보험에 들 필요는 없지 않으냐, 하고 고집을 부리더라니까."

"삼촌이요?"

"응, 그러니까 회사 사람이, 그야 물론 죽지 않으면 보험회사는 필요하지 않습니다, 하지만 인간의 목숨이라는 게 질긴 것 같아도 실은 연약해서 언제 위험이 닥칠지 모릅니다, 하니까 삼촌은 괜찮다, 난 안 죽기로 결심했으니까, 하면서 정말 말도 안 되는 소리를 하는 거야."

"결심을 해도 죽죠. 나도 꼭 합격할 작정이었지만 결국 낙제해버린걸요."

"보험회사 직원도 그러더라고. 수명이 자기 맘대로 됩니까? 결심으로 장수할 수 있으면 아무도 안 죽을 겁니다, 하고.”

“보험회사 직원 말이 지당하네요.”

“지당하고말고. 그걸 모른다니까. 아니, 절대 안 죽어, 안 죽는다고 맹세해, 하면서 고집을 피우는 거야.”

“웃긴다.”

“웃기지? 정말 웃긴다니까. 보험금을 내느니 은행에 저금하는 편이 훨씬 낫다고 잘라 말하더라고.”

“저금이 있어요?”

“저금은 무슨? 자기가 죽은 다음 일은 전혀 생각도 안 하는 거지.”

“정말 걱정이네. 어째서 그럴까요? 여기 찾아오는 분들도 삼촌 같은 분은 하나도 없잖아요.”

“없지. 전혀 없어.”

“스즈끼 씨한테라도 부탁해서 좀 이야기를 해달라고 하세요. 그런 점잖은 분이라면 아주 쉬울 텐데.”

“그게 말이야, 우리 집에선 스즈끼 씨는 별로 인기가 없어.”

“정말 다 거꾸로네. 그럼 그분은 어때요? ─ 그 왜, 차분하신 ─”

“야기 씨?”

“네.”

“야기 씨한테도 좀 질려하는 것 같던데. 어제 메이떼이 씨가 와서 흉을 보고 갔으니까 생각만큼 효과가 없을 거야.”

“그래도 괜찮잖아요. 그렇게 점잖고 차분하시니까. ─ 지난번에 학교에서 강연을 하셨어요.”

“야기 씨가?”

“네.”

“야기 씨가 유끼에 학교 선생님이야?”

398

"아뇨, 선생님은 아니지만 숙덕淑德부인회 때 초대해서 연설을 들었어요."

"재밌었어?"

"글쎄, 별로 재미는 없었죠. 그래도 그 선생님은 얼굴이 엄청 길잖아요. 게다가 신령님 같은 수염까지 기르고 있으니까 다들 감탄하면서 들었죠."

"무슨 이야기였어?" 하고 안주인이 묻는데 대청 쪽에서 유끼에의 목소리를 들은 세 아이가 우당탕 거실로 쳐들어오더군. 지금까지 대울타리 밖 빈터에 나가 놀고 있었겠지.

"와, 유끼에 언니가 왔다" 하고 위의 두 아이가 좋아서 큰 소리를 질렀어. 안주인은 "소란 떨지 좀 말고 다들 조용히 앉아봐. 유끼에 언니가 재미있는 이야기를 하려던 참이니까" 하고 바느질감을 구석으로 치워놓았어.

"유끼에 언니, 무슨 이야기? 나 이야기 좋아하는데" 한 것은 톤꼬였고 "이번에도 토끼와 너구리 이야기?" 하고 물은 것은 슨꼬였지. "아바도 이양이" 하고 막내는 언니들 사이에서 무릎을 내밀었어. 다만 이건 이야기를 듣겠다는 것이 아니라 아바도 이야기를 하겠다는 의미지. "어머, 또 아바 이야기다" 하고 언니가 웃자 안주인은 "아바는 나중에 하세요. 유끼에 언니 이야기가 끝나고 나서" 하고 달래보았어. 아바는 좀처럼 듣지 않아. "시러, 아부" 하고 소리를 쳤어. "그래그래, 아바부터 하세요. 무슨 이야기야?" 하고 유끼에는 물러나더군.

"있잖아, 아바야, 아바야, 어디를 가니, 해."

"응, 재밌네. 그래서?"

"나는 논에 벼 베러."

"어머, 잘 아네."

"니가 먹으면 방애돼."

"저런, 먹으면이 아니라 오면이야" 하고 톤꼬가 참견을 했어. 아바는 끄떡도 않고 "아부" 하는 일갈로 언니 입을 막아버렸지. 하지만 도중에 끼어드는 바람에 다음 이야기를 잊어버려서 말이 나오질 않아. "아바야, 그게 끝이야?" 하고 유끼에가 물었어.

"있잖아, 그리고 방구는 안 대요, 뿡, 뿡뿡."

"호호호, 세상에, 누가 그런 걸 가르쳐줬어?"

"키요 엉이가."

"키요가 나쁘네, 그런 걸 가르치다니" 하고 안주인은 쓴웃음을 지었지만 "자, 이번엔 유끼에 언니 차례야. 아가는 얌전히 듣는 거야" 하니 천하의 폭군도 알아들었는지 한동안 조용하더군.

"야기 선생님의 연설은 이런 거예요" 하고 마침내 유끼에가 이야기를 시작했어. "옛날에 어떤 네거리 한가운데 커다란 돌 지장보살이 있었더래요. 그런데 하필이면 거기가 말이나 인력거가 다니는 엄청 번잡한 곳이어서 너무 방해가 되었던 거죠. 마을 사람들이 모두 모여서 어떻게 이 돌 지장보살을 구석으로 치울지 의논을 했대요."

"그건 정말 있었던 이야기야?"

"글쎄요, 그런 말씀은 안 하셔서. ─ 어쨌든 이래저래 의논을 한 끝에 그 마을에서 제일 힘이 센 사내가 그건 어려울 거 없어요, 제가 치우지요, 하고 혼자서 그 네거리에 가서 팔을 걷어붙이고 땀을 뻘뻘 흘리며 잡아당겼지만 꼼짝도 안 하는 거예요."

"꽤나 무거운 돌 지장보살이었나보다."

"네, 그래서 그 남자가 지쳐서 집으로 돌아가 누워버리니까 마을 사람들이 다시 의논을 했는데, 이번엔 마을에서 가장 영리한 사람이 나한테 맡겨주세요, 한번 해볼게요, 하더니 찬합에 찹쌀떡을 가득 담아서 지장보살 앞으로 가서는 '여기까지 와봐' 하면서 떡을 보여주었대요. 지장보살도 먹고 싶은 마음이 들 테니 찹쌀떡으로 낚을 수 있을 거라고 생각했지만 웬걸, 꼼짝도 하지 않더래요. 영리한 남자는 이걸로는 안 되나, 하면서 이번에는 표주박에 술을 담아 그걸 한손에 들고 다른 한손에는 술잔을 들고 다시 지장보살 앞으로 가서 자, 마시고 싶지? 마시고 싶으면 여기까지 와, 하면서 세시간이나 꾀어보았지만 역시나 꼼짝도 하지 않더래요."

"언니, 지장보살님은 배가 안 고파?" 하고 톤꼬가 물으니 "찹쌀떡 먹고 싶다" 하고 슨꼬가 말했어.

"영리한 사람은 두번이나 실패하자 그다음엔 가짜 돈을 잔뜩 만들어서 어때, 갖고 싶지? 갖고 싶으면 집으러 와, 하고 돈을 내밀었다가 집어넣었다가 했지만 이것도 전혀 효과가 없더래요. 정말 고집 센 지장보살님이지."

"그렇네. 삼촌하고 좀 닮았어."

"네, 완전히 삼촌이죠. 결국은 영리한 사람도 정나미가 떨어져서 그만둬버렸대요. 그래서 그다음에는요, 대단한 허풍쟁이가 나와서 내가 반드시 치워 보일 테니 안심하세요, 하고 자신하더래요."

"그 허풍쟁이는 어떻게 했는데?"

"그게 재밌어요. 처음에는요, 순사 옷을 입고 수염을 달고 지장보살님 앞에 가서 어이, 안 움직이면 좋을 게 없을 거야, 경찰에서 가만두지 않는다고, 하면서 거만하게 굴었죠. 요즘 세상에 경찰 흉내를 내봤자 누가 듣는다고."

"그러게, 그래서 지장보살님이 움직였어?"

"움직일 리 있어요? 삼촌인데."

"그래도 삼촌은 경찰한텐 아주 쩔쩔매."

"어머, 그래요? 그 얼굴로? 그렇다면 별로 무서워할 것도 없겠네요. 그런데 지장보살님은 꼼짝도 안 했대요. 시치미를 뚝 떼고. 결국 허풍쟁이는 화를 내면서 순사 옷을 벗고 수염도 휴지통에 집어던지고, 이번엔 큰 부자처럼 옷을 차려입고 나왔대요. 요즘 말로 하자면 이와사끼 남작[14] 같은 얼굴을 한 거죠. 웃기죠?"

"이와사끼 같은 얼굴이라는 게 어떤 거야?"

"그냥 커다란 얼굴이라는 거죠. 그러고는 아무것도 안 하고 아무 말도 안 하고 지장보살 주위를 커다란 궐련을 피우면서 걸어다녔대요."

"그게 뭐야?"

"지장보살님을 오리무중으로 만드는 거죠."

"무슨 만담가 우스갯소리 같네. 제대로 오리무중이었어?"

"안 되죠. 상대가 돌이잖아요. 속이는 것도 정도껏 해야지, 이번에 전하로 둔갑했대요. 멍청이죠."

"그래? 그 시절에도 전하가 있었나?"

"있겠죠. 야기 선생님이 말씀하셨거든요, 분명히 전하로 둔갑했다고, 황송하게도 둔갑을 했다고 ─ 일단 불경하잖아요? 허풍선이 주제에."

"전하라면 어떤 전하야?"

"어떤 전하는요, 어떤 전하든 불경하긴 마찬가지죠."

"그러네."

---

**14** 미쯔비시 재벌의 2대 총수 이와사끼 야노스께(岩崎彌之助, 1851~1908).

"전하로도 통하지 않았죠. 허풍쟁이도 어쩔 수 없어서 아무래도 내 실력으로는 저 지장보살을 어떻게 못 하겠네요, 하고 항복했답니다."

"쌤통이다."

"네, 그 참에 징역이라도 살리면 좋았을걸. ─하지만 마을 사람들은 무척 걱정하면서 다시 의논을 했는데, 이젠 아무도 나서는 사람이 없어서 난처했대요."

"그걸로 끝이야?"

"아직 남았어요. 결국 마지막에는 인력거꾼과 불량배를 엄청 고용해서 지장보살님 주위에서 왁자지껄 소란을 피우게 했대요. 그냥 지장보살님을 괴롭혀서 못 견디게 하면 된다면서 밤낮 교대로 난리를 피웠죠."

"참 할 일들도 없지."

"그런데도 끄떡도 안 했으니 지장보살님도 꽤나 고집스럽죠."

"그래서 어쨌어?" 하고 톤꼬가 열심히 물었어.

"그래서 말이죠, 날마다 날마다 소란을 피워도 전혀 소용이 없으니까 다들 아주 진력이 났는데, 인력거꾼이나 불량배야 며칠이 됐든 일당이 나오니까 기꺼이 소란을 피우고 있었죠."

"언니, 일당이 뭐야?" 하고 슨꼬가 질문했어.

"일당이란 건, 돈을 말하는 거야."

"돈을 받아서 뭐 하는데?"

"돈을 받아서 말이야…… 호호호, 어려운 질문이네. ─그래서 숙모, 날마다 밤마다 헛소동을 벌이고 있었는데, 그때 마을에 바보 타께라고, 아무것도 모르고 아무도 상대하지 않는 바보가 있었거든요. 그 바보가 이 소란을 보고는 너희는 왜 그렇게 소란을 떠냐, 몇년이

지나도 지장보살 하나 못 옮기냐, 불쌍한 것들, 그러더래요 —"

"바보 주제에 대단하네."

"제법 대단한 바보인 거죠. 다들 바보 타께가 하는 소릴 듣고는, 밑져야 본전이니 어차피 안 될 테지만 타께한테 해보라고 하자, 그래서 타께한테 부탁을 했더니 글쎄, 타께가 두말 않고 그 자리에서 하겠다고 하고는 쓸데없는 헛소동 피우지 말고 조용히 하라며 인력거꾼과 불량배를 물리치고는 정색하고 지장보살님 앞으로 나서더래요."

"언니, 정색이는 바보 타께 친구야?" 하고 톤꼬가 중요한 대목에서 이상한 질문을 하는 바람에 안주인과 유끼에는 웃음을 터뜨렸어.

"아니, 친구 아니야."

"그럼 뭔데?"

"정색이라는 건 말이야 — 설명할 수가 없네."

"정색이는 설명할 수가 없네야?"

"그게 아니라, 정색이라는 건 말이야 —"

"응."

"저기, 타따라 산뻬이 아저씨 알지?"

"응, 참마 줬잖아."

"그 타따라 아저씨 같은 거야."

"타따라 아저씨가 정색이야?"

"응, 뭐 그렇지. — 그래서 바보 타께가 지장보살님 앞에 가서 팔짱을 탁 끼더니 지장보살님, 마을 사람들이 다들 좀 비켜달라고 하니 비켜주시지요, 했더니 지장보살님이 곧바로 아, 그래? 그럼 진작 그렇게 말하면 될걸, 하고는 어슬렁어슬렁 움직이기 시작하더래."

"이상한 지장보살님이네."

"거기서부터가 연설이죠."

"아직 남았다고?"

"네, 그러고는 야기 선생님이 그러셨어요. 오늘은 여성들의 모임인데 내가 이런 이야기를 굳이 한 것은 좀 생각이 있어서다. 이렇게 말하면 실례일지도 모르지만 여성이라는 것은 무엇을 하든지 정면에서 가까운 길로 가지 않고 오히려 먼 길로 에둘러 가는 방법을 택하는 나쁜 버릇이 있다. 물론 비단 여성에 국한된 것은 아니다. 메이지 시대에는 남성이라 해도 문명의 폐단으로 다소 여성적이 되었기 때문에 툭하면 쓸데없는 수고와 노력을 기울여 이것이 옳다, 신사가 취할 방침이다, 하고 오해하는 이들이 많은 듯한데, 이들은 개화의 업에 속박당한 기형아들이다. 굳이 논할 것도 없다. 다만 여성들은 되도록 지금 말씀드린 옛이야기를 기억하셔서 일이 있을 때는 부디 바보 타께처럼 올곧은 생각으로 일을 처리해주시기 바란다. 당신들이 바보 타께가 된다면 부부간, 고부간에 일어나는 좋지 않은 갈등의 삼분의 일은 분명히 줄어들 것이다. 인간은 속셈이 있으면 있을수록 그 속셈이 불행의 근원이 되는 것이니, 많은 여성들이 평균적으로 남성보다 불행한 것은 모두 이런 속셈이 너무 많아서다. 부디 바보 타께가 되시라. 그런 연설이었어요."

"그래? 그래서 유끼에는 바보 타께가 될 거야?"

"어머나, 왜 바보 타께 같은 게 되고 싶겠어요? 카네다 토미꼬 씨 같은 사람은 이런 말은 실례라고 엄청 화를 내던걸요."

"카네다 토미꼬 씨라면, 건너편 골목에 사는?"

"네, 그 하이칼라 아가씨요."

"그 사람도 유끼에네 학교에 다녀?"

"아뇨, 그냥 여성 모임이니까 방청하러 온 거죠. 정말 하이칼라죠? 깜짝 놀랐다니까요."

"그래도 무척 예쁘다면서?"

"그저 그래요. 자랑할 정도는 아니죠. 화장을 그렇게 하면 누구나 예뻐 보여요."

"그럼 유끼에는 그분처럼 화장을 하면 배는 더 예뻐지겠네."

"어머나, 몰라요. 어쨌든 그분은 너무 꾸미죠. 아무리 돈이 많다지만——"

"너무 꾸미든 말든 돈은 많으면 좋잖아?"

"그야 그렇지만——그분이야말로 좀 바보 타께가 되면 좋을 텐데. 대놓고 잘난 체를 한다니까요. 지난번에도 뭐라던가 하는 시인이 신체시집을 바쳤다고 보는 사람마다 떠들고 다니더라고요."

"토오후우 씨 말이지?"

"어머, 그분이 바친 거예요? 정말 별짓을 다 한다니까."

"그래도 토오후우 씨는 엄청 진지해. 자기 딴에는 그렇게 하는 게 당연하다고까지 생각하는걸."

"그런 사람이 있으니까 안 되는 거예요.——또 재미있는 일이 있어요. 얼마 전에 어떤 사람이 그분 집에 연애편지를 보냈대요."

"어머나, 누구야, 그런 짓을 한 게?"

"누군지 모른대요."

"이름이 없었어?"

"이름은 적혀 있는데 들어본 적이 없는 사람이래요. 게다가 엄청 긴 만리장서여서요, 온갖 이상한 소릴 다 썼더래요. 내가 당신을 사랑하는 것은 마치 신앙인이 신을 동경하는 것과 같다는 둥, 당신을 위해서라면 제단에 바치는 어린양이 되어 죽는 것이 더없는 영광이라는 둥, 자기 심장이 삼각형이고 그 한가운데 큐피드의 화살이

꽂혔으니 완전히 명중이라는 둥……"

"정말이야?"

"정말이라니까요. 실제로 제 친구 중에서 세명이나 그 편지를 봤는걸요."

"못 말리겠네, 그런 걸 자랑하고 다니다니. 그이는 칸게쯔 씨한테 시집을 갈 거라 그런 일이 알려지면 곤란할 텐데."

"곤란하긴요, 엄청 자랑이던데. 다음에 칸게쯔 씨가 오면 알려주세요. 칸게쯔 씨는 전혀 모를걸요."

"그러게, 그 양반은 날마다 학교에 가서 구슬만 갈고 있으니까 아마 모를 거야."

"칸게쯔 씨는 정말로 그분과 결혼할 생각일까요? 안됐다."

"왜? 돈이 있으니까 여차하면 도와줄 테고, 좋잖아?"

"숙모는 툭하면 돈, 돈, 고상하지 못하시네. 돈보다 사랑이 중요하잖아요. 사랑이 없으면 부부 관계는 성립하지 않는다고요."

"그래? 그럼 유끼에는 누구한테 시집가려고?"

"알 게 뭐예요? 아직 아무도 없는걸."

유끼에와 숙모가 결혼에 관해 한참 수다를 떨고 있자니 아까부터 뭔 소린지 모르고 경청하고 있던 톤꼬가 갑자기 "나도 시집가고 싶다" 하고 말했어. 이 느닷없는 희망에는 한창 청춘의 물이 올라 같은 희망을 표해 마땅할 유끼에도 허를 찔린 듯했지만, 안주인은 비교적 아무렇지도 않게 "누구한테 가려고?" 하고 웃으면서 물었어.

"나 있잖아, 실은, 쇼오꼰샤[15]에 시집가고 싶은데, 스이도오바시

---

15 야스꾸니 신사의 다른 이름.

를 건너는 게 싫어서 어떡할까 하고 있어.”

안주인과 유끼에는 이 명답을 듣고 뭐라 할 말을 잃고 뒤집어져서 웃고 있는데 둘째 슨꼬가 언니에게 이런 의논을 했어.

“언니도 쇼오꼰샤가 좋아? 나도 너무 좋아. 우리 같이 쇼오꼰샤에 시집가자. 응? 싫어? 싫으면 관둬. 나 혼자 인력거 타고 얼른 가버려야지.”

“아바도 갈 거야.” 드디어 아바까지 쇼오꼰샤에 시집을 가게 되었어. 정말 셋이 얼굴을 나란히 하고 쇼오꼰샤에 시집을 갈 수 있다면 주인도 한시름 놓을 텐데.

그러는 참에 인력거가 덜거덕덜거덕하면서 집 앞에 서는가 싶더니 곧 다녀오셨어요? 하는 하녀의 우렁찬 목소리가 들렸어. 주인이 니혼즈쯔미 지서에서 돌아온 모양이야. 인력거꾼이 내민 커다란 보따리를 하녀에게 들리고 주인은 유유히 거실로 들어왔어. “어, 왔니?” 하고 유끼에게 알은체를 하며 유서 깊은 화로 옆에 탁, 하고 손에 들고 있던 호리병 같은 것을 내려놓더군. 호리병 같은 것이라고 한 건 순전한 호리병은 물론 아니고 그렇다고 꽃병 같지도 않은 독특하게 생긴 도자기니까 어쩔 수 없이 우선 이렇게 말한 거야.

“묘하게 생긴 호리병이네. 이런 걸 경찰서에서 받아오신 거예요?” 하고 유끼에가 넘어진 병을 일으키며 삼촌에게 묻더군. 삼촌은 유끼에의 얼굴을 보며 “어때, 멋지지?” 하고 자랑했어.

“멋지다고요? 이게? 별론데? 기름병 같은 걸 왜 들고 오신 거예요?”

“기름병이라니, 그렇게 무식한 소릴 하면 안 되지.”

“그럼 뭔데?”

"꽃병이야."

"꽃병이라기엔 주둥이가 너무 좁고 가운데가 쓸데없이 뚱뚱하잖아요."

"바로 그게 이 병의 묘미지. 너도 참 멋이라는 걸 모르는구나. 네 숙모하고 똑같아. 답답하긴" 하고 혼자서 기름병을 장지문을 향해 들고는 감상하더군.

"어차피 멋 같은 건 몰라요. 기름병을 경찰서에서 받아오는 짓은 못하죠. 그죠, 숙모?" 숙모는 그럴 여유가 없어. 보자기를 풀어서 눈을 커다랗게 뜨고는 도난품을 살펴보고 있었거든. "세상에나, 도둑도 진보했나봐. 전부 풀어서 빨고 다리기까지 했네요. 여보, 이것 좀 봐요."

"누가 경찰서에서 기름병을 받아와? 기다리기 지루해서 그 근방을 산책하다가 건진 거라고. 넌 봐도 모르겠지만 이래 봬도 명품이야."

"너무 명품이네. 도대체 삼촌은 어딜 산책한 거야?"

"어디긴, 니혼즈쓰미 부근이지. 요시와라에도 들어가봤다. 제법 번화하더라고. 그 철문 본 적 있어? 없지?"

"그런 걸 뭐하러 봐요? 요시와라같이 매춘부들 있는 곳에 갈 일이 없잖아요. 삼촌은 명색이 교사면서 어쩌면 그런 델 다 가요? 정말 놀랄 노 자네. 숙모, 그렇죠?"

"응, 그러게. 아무래도 물건이 좀 모자라는 것 같아. 이게 전부예요?"

"못 받은 건 참마뿐이야. 9시까지 출두하라고 해놓고는 11시까지 기다리게 하는 법이 어디 있냐. 이러니까 일본 경찰은 못써."

"일본 경찰이 못쓴다고 요시와라를 산책하면 못쓰죠. 들켰다간 면직당한다고요. 숙모, 그렇죠?"

"응, 그렇겠지. 여보, 내 오비 한쪽이 없어요. 뭔가 모자란다 싶더니."

"오비 한쪽 같은 건 포기해야지. 난 세시간이나 기다리느라 소중한 시간을 한나절이나 낭비했잖아" 하고 키모노로 갈아입더니 느긋하게 화로에 기대 기름병을 바라보고 있어. 안주인도 하는 수 없이 포기하고, 물건들을 그대로 벽장에 넣고는 자리로 돌아왔어.

"숙모, 이 기름병이 명품이래요. 어째 좀 지저분하지 않아요?"

"그걸 요시와라에서 사오셨다고요? 세상에."

"뭐가 세상에야? 알지도 못하는 주제에."

"그런 병은 요시와라까지 안 가도 아무 데나 널려 있다고요."

"그렇지가 않다니까. 좀체 보기 힘든 물건이라고."

"삼촌도 참, 돌 지장보살이네."

"또 어린애 주제에 건방진 소릴 한다. 아무래도 요즘 여학생은 입이 거칠어서 못쓴다니까. 『온나다이가쿠』[16]라도 좀 읽어라."

"삼촌은 보험을 싫어하죠? 여학생하고 보험 중에서 어느 쪽이 더 싫어요?"

"보험을 왜 싫어해? 그건 필요하지. 앞날을 생각한다면 누구나 들어야 해. 여학생은 쓸데없는 물건이지만."

"쓸데없는 물건이라도 상관없어요. 보험에 들지도 않아놓고선."

"다음달부터 들 거야."

"정말?"

"정말이고말고."

--------

16 『女大學』. 에도 시대 중기부터 읽힌 여성 교훈서.

"관두세요, 보험 같은 거. 차라리 그 돈으로 딴걸 사는 게 낫지. 그죠, 숙모?" 숙모는 그냥 웃기만 해. 주인은 정색을 하더니,

"너는 백살, 이백살 살 줄 알고 그런 한가한 소릴 하지만, 좀더 이성이 발달하면 보험이 필요하다는 걸 알게 될 거다. 다음달부터 꼭 들어야지."

"그럼 그러시든지요. 하긴, 지난번처럼 양산 사줄 돈이 있으면 보험에 드는 게 나을지도 모르죠. 남이 필요 없다, 필요 없다 하는데도 억지로 떠안겼잖아요."

"그렇게 필요가 없었나?"

"양산 같은 건 싫다고요."

"그럼 돌려줘. 마침 톤꼬가 갖고 싶다니까 그 녀석 주면 되지. 오늘 가져왔어?"

"어머, 너무하시네. 기껏 사줘놓고 돌려달라니."

"필요 없다니까 돌려달라는 거지. 전혀 너무하지 않아."

"필요는 없지만 너무하는 거죠."

"무슨 소릴 하는 건지, 원. 필요 없다니까 돌려달라는데 뭐가 너무해?"

"그래도."

"그래도 뭐?"

"그래도 너무하죠."

"멍청하긴, 같은 소리만 반복하잖아."

"삼촌도 같은 소리만 반복하잖아요?"

"네가 반복하니까 어쩔 수 없지. 네 입으로 필요 없다고 했잖아?"

"그러긴 했죠. 필요 없는 건 필요 없는 거지만 돌려드리긴 싫다고요."

"기가 막히네. 벽창호인데다 고집까지 세니 대책이 없구먼. 너희 학교에선 논리학을 안 가르치니?"

"됐네요, 어차피 난 무식하니까, 마음대로 말씀하시라고요. 남의 물건을 돌려달라니, 생판 남도 그런 몰인정한 소린 안 한다고요. 바보 타께를 좀 본받으세요."

"누굴 본받아?"

"좀 솔직담백해지시라고요."

"넌 멍청한 주제에 진짜 고집이 세구나. 그러니 낙제를 하지."

"내가 낙제하는 데 보태준 거 있어요?"

유끼에는 여기까지 말하고는 감정이 복받쳐 한줄기 눈물을 보라색 하까마 위에 주르륵 떨구고 말았어. 주인은 얼이 빠져서는 그 눈물이 어떤 심리작용에 기인한 것인지 연구라도 하는 듯이 하까마와 고개 숙인 유끼에의 얼굴을 바라보고 있었지. 바로 그때 하녀가 부엌에서 빨간 손을 문지방 너머로 가지런히 짚고는 "손님 오셨습니다" 했어. "누가 온 거냐?" 주인이 물으니 "학교 학생입니다" 하고 하녀가 유끼에의 우는 얼굴을 곁눈질하며 대답하더군. 주인은 응접실로 나갔지. 이 몸도 화젯거리도 찾고 인간 연구도 할 겸 주인의 꽁무니를 따라 살금살금 대청 쪽으로 돌아갔어. 인간을 연구하는 건 뭔가 소동이 있을 때를 택하지 않으면 성과가 없거든. 평소엔 대개의 인간이 그저 그런 인간이어서 보고 듣는 게 평범하니 재미가 없어. 그러나 무슨 일이 있으면 이 평범함이 갑자기 영묘하고 신비한 작용으로 뭉게뭉게 피어올라 기이한 것, 별스러운 것, 묘한 것, 이상한 것, 한마디로 이 몸 고양이로서는 엄청나게 공부가 될 만한 일이 여기저기서 마구 일어나는 거야. 유끼에 씨의 눈물은 그야말로 이런 현상의 하나지. 이와 같이 불가사의하고 불

412

가측한 마음의 소유자인 유끼에 씨도 안주인과 이야기하는 동안에
는 그럴 줄 몰랐는데 주인이 돌아와 기름병을 내팽개치자마자 금
세 죽은 용에게 소방펌프로 물을 끼얹은 것처럼 홀연히 그 심오하
여 헤아릴 수 없는 교묘하고 미묘하고 기묘하고 영묘한 자질을 아
낌없이 발휘해버렸잖아. 그러나 그 아름다운 자질은 천하의 모든
여성에게 공통된 거야. 다만 안타깝게도 웬만해선 드러나지 않을
뿐이지. 아니, 드러나기는 하루 종일 끊임없이 드러나지만 이렇게
현저하게 명약관화하고 망설임 없이 드러나지는 않아. 다행히 주
인처럼 이 몸의 털을 툭하면 거꾸로 문지르고 싶어하는 엉뚱하고
유별난 인간이 있으니 이런 코미디도 볼 수 있는 거지. 주인 뒤만
쫓아다니면 어딜 가나 무대 위의 배우들이 자기도 모르게 움직이
는 게 분명해. 재미있는 사람을 주인으로 모신 덕에 짧은 묘생에도
꽤 많은 경험을 할 수 있군. 고마운지고. 이번 손님은 또 누구신가?
　보아하니 나이는 열일고여덟, 유끼에 씨와 도긴개긴한 서생일
세그려. 커다란 머리를 살갗이 보일 만큼 짧게 깎고 주먹코를 얼굴
한가운데 장착한 채 방구석에서 얌전히 기다리고 있어. 이렇다 할
특징은 없지만 두개골만은 엄청나게 크구먼. 머리를 새파랗게 깎
고도 이리 커 보이니 주인처럼 길렀다간 분명 사람들 눈길을 끌겠
지. 이런 머리통은 또 무조건 공부를 못한다는 것이 주인의 지론이
야. 사실일지도 모르지만 얼핏 보기엔 거의 나뿔레옹처럼 위대해
보여. 옷차림은 보통 서생들처럼 사쯔마산인지 쿠루메산인지 아
니면 이요산인지 모르겠지만 어쨌든 카스리[17]라 이름 붙은 겉옷을
소매를 짧게 해서 입었는데 속에 셔츠도 속옷도 안 입었나봐. 보통

─────────────

**17** 감색 바탕에 흰 잔무늬가 있는 천, 또는 그 천으로 만든 옷.

맨살에 겉옷을 걸치거나 맨발로 다니면 세련되어 보인다지만 이 친구는 엄청 누추해 보이더라고. 특히 타따미 위에 도둑놈 같은 엄지발가락 자국을 세개씩이나 또렷이 남긴 건 온전히 맨발의 책임이겠지. 그는 네번째 발자국 위에 자리를 잡고 옹색하게 앉아 있어. 애초에 그럴 만한 인물이 얌전히 대기하는 거야 그다지 거슬릴 게 없지만 머리통을 빡빡 깎은 난폭해 보이는 인간이 이러고 앉아 있으니 어쩐지 어울리지 않더라고. 길에서 선생을 만나도 인사조차 안 하는 걸 자랑으로 여기는 놈들이니 어쩌다 삼십분이라도 남들처럼 앉아 있는 것 자체가 고역일 거야. 그런데도 마치 날 때부터 공겸한 군자, 성덕한 어른인 척하고 있으니 당사자야 힘들지 몰라도 옆에서 보기에 얼마나 웃기는지. 교실이나 운동장에서는 그렇게 소란스러운 놈이 어찌 이리 자신을 다스릴 힘을 지녔나 생각하니 안됐기도 하고 우습기도 하더군. 아무리 별 볼 일 없는 주인이라도 이렇게 한 사람씩 상대할 때는 학생에게 약간은 무게감이 있는 듯이 느껴져. 주인도 꽤나 자랑스럽겠지. 티끌 모아 태산이라고, 하찮은 학생도 잔뜩 모이면 무시 못할 집단이 되어 배척운동이니 동맹휴교니 하는 걸 벌일 수도 있잖아. 이건 마치 겁쟁이가 술을 마시면 대담해지는 것과 같은 현상이지. 머릿수를 믿고 난리를 치는 건 사람의 기운에 취한 나머지 정신줄을 놓아버린 거라고 봐야 할 거야. 그렇지 않고서야 이렇게 황공해하다 못해 주눅이 들어서 스스로를 구석으로 밀어붙이고 있는 사쯔마 카스리가, 아무리 늙었다곤 해도 명색이 선생인 주인을 경멸할 리가 있나? 그렇게 바보 취급할 리가 없어.

주인은 방석을 내밀며 "깔고 앉게나" 했지만 밤송이 선생은 얼어붙은 채 "예" 하고 꼼짝도 안 해. 코앞에 다 해진 사라사 방석이

“올라오세요” 하는 말도 없이 앉아 있고 그 뒤에 살아 있는 대두가 우두커니 앉아 있는 모습이 참 기묘하지. 방석은 앉으라고 있는 거지 바라보라고 안주인이 백화점에서 사온 게 아니잖아. 방석으로서는 누군가 깔고 앉지 않으면 방석의 명예를 훼손당한 것이고, 앉으라고 권한 주인 역시 상당히 체면이 안 서는 거야. 주인의 체면을 깎아먹으면서까지 방석과 눈싸움을 하고 있는 밤송이 군은 결코 방석 자체를 싫어하는 건 아냐. 실은 무릎을 꿇고 앉아본 건 할아버지 장례식 때 말고는 태어나고 한번도 없는 터라 이미 아까부터 발이 저리면서 발가락 끝이 고통을 호소하기 시작했거든. 그런데도 안 깔아. 방석이 하릴없이 심심해하는데도 안 깔아. 주인이 깔고 앉으라고 하는데도 안 깔아. 못 말리는 밤송이야. 이 정도로 사양하려면 여럿이 모였을 때 하면 좀 좋아? 학교에서도 좀 사양하면 좀 좋아? 하숙집에서도 좀 사양하면 좀 좋아? 안 해도 될 데서 배려하고 해야 할 데서는 겸손을 몰라. 아니, 엄청나게 난리를 쳐대지. 고약한 밤송이야.

그러던 차에 뒤쪽 장지문이 쓱 열리더니 유끼에 씨가 차 한잔을 공손히 밤송이에게 내놓더군. 평소라면 야, 쌔비지 티가 나왔다, 하고 까불었을 텐데 주인 한 사람에게도 절절매는 판에 묘령의 아가씨가 학교에서 갓 배운 오가사와라류[18]에 따라 뽐내는 듯한 손놀림으로 찻잔을 들이밀었으니 밤송이는 엄청 고뇌하는 기색이더군. 유끼에 씨는 장지문을 닫으며 뒤에서 싱글싱글 웃었어. 그러고 보면 여자는 동년배라도 훨씬 야무져. 밤송이에 비하면 훨씬 배짱이 두둑하지. 특히 좀 전에 분해서 한줄기 홍루를 툭툭 떨군 뒤이니만

18 당시 여학교에서 가르친 무가 예법의 한 유파.

큼 이 싱글싱글이 한층 더 눈에 띄더라고.

유끼에가 물러간 뒤엔 쌍방이 침묵한 채 한동안 가만히 참고 있었지만 이래서야 묵언수행이다 싶었는지 주인이 겨우 입을 열더군.

"자네 이름이 뭐더라?"

"후루이……"

"후루이? 후루이 뭐야? 이름은?"

"후루이 부에몬입니다."

"후루이 부에몬이라 — 꽤나 긴 이름이군. 요즘 이름이 아니라 옛날 이름이야. 4학년이지?"

"아니요."

"3학년인가?"

"아니요, 2학년입니다."

"갑반인가?"

"을입니다."

"을이면 내가 감독이네. 그렇군" 하고 주인은 감탄했어. 사실 이 대두는 입학 당시부터 주인 눈에 띄었으니 결코 잊어버릴 리가 없어. 그뿐 아니라 가끔은 꿈에서도 볼 만큼 감명을 받은 머리통이거든. 하지만 천하태평인 주인은 이 머리통과 이 고풍스러운 이름을 연결하고 그 연결한 것을 다시 2학년 을반에 연결하는 것이 불가능했을 따름이야. 그러니 꿈에 볼 정도로 감명받은 이 머리통이 자신이 담당하는 학생이라는 걸 듣자 무심결에 '그렇군' 하고 마음속으로 손뼉을 친 거지. 하지만 이 커다란 머리통, 고풍스러운 이름, 더구나 자기가 담당하는 학생이 지금 무엇 때문에 찾아왔는지는 짐작조차 할 수가 없어. 원래 인망이 없는 주인이다보니 학교 학생들은 설날이고 연말이고 거의 찾아온 적이 없거든. 찾아온 건 후루이 부에몬 군이 효시라고 할 정도로 진객이지만 그 방문의 목적을 알 수가 없으니 주인으로서도 꽤나 답답한 듯. 이런 재미없는 인간의 집에 그냥 놀러 올 리도 없고, 혹시 사직을 권고하려는 거라면 좀더 격앙된 모습일 것이고, 그렇다고 부에몬 군이 일신상의 문제를 상담하러 올 리도 없으니 아무리 생각해도 주인은 알 수가 없는 게야. 부에몬 군의 모습을 보아하니 어쩌면 본인 스스로도 왜 여기까지 왔는지 잘 모르는 것 같기도 해. 어쩔 수 없이 결국은 주인이 묻고 말았어.

"자네는 놀러 온 건가?"

"아닙니다."

"그럼 볼일이 있는 건가?"

"예."

"학교 일인가?"

"예, 좀 말씀드릴 게 있어서……"

"흠, 무슨 일인가? 어서 이야기하게나" 했지만 부에몬 군은 고개를 떨구고 아무 말이 없어. 원래 부에몬 군은 중학교 2학년치고는 말이 많은 편이고 머리 크기에 비해 지능은 그다지 발달하지 않았지만 떠드는 것만큼은 을반에서 꽤 먹어주는 편이야. 실은 저번에 콜럼버스를 일본어로 뭐라고 하느냐고 물어서 주인을 몹시 곤혹스럽게 만든 것이 바로 이 부에몬이거든. 그 먹어주는 양반이 아까부터 말더듬이 공주님처럼 머뭇거리고만 있으니 뭔가 사정이 있는 게 분명하지. 그냥 점잔을 빼는 거라고는 도저히 생각할 수가 없어. 주인도 좀 이상하다 싶었는지,

"할 이야기가 있으면 어서 하게나."

"좀 말씀드리기 어려운 거라서……"

"말하기 어렵다?" 하며 주인은 부에몬 군의 얼굴을 보았지만 상대방은 여전히 고개를 숙이고 앉았으니 알 수가 있나. 어쩔 수 없이 말투를 바꾸어 "괜찮아, 뭐든지 이야기해. 아무도 듣는 사람 없으니까. 나도 남에게 말하지 않을 거고" 하고 부드럽게 타일렀어. "말씀드려도 될까요?" 하고 부에몬은 여전히 망설이고 있어.

"되고말고." 주인은 제멋대로 판단했어.

"그럼 말씀드리죠" 하고는 밤송이 머리를 들어 약간 눈이 부신 듯 주인을 쳐다보더군. 눈이 삼각형이야. 주인은 볼을 부풀려 아사히 담배 연기를 내뿜으면서 고개를 살짝 옆으로 돌렸어.

"실은 그게…… 곤란하게 되어서요……"

"뭐가?"

"그게 좀, 너무 곤란해서 왔습니다."

"그러니까 뭐가 곤란하다는 거야?"

"그런 짓을 할 생각은 없었는데 하마다가 자꾸 빌려달라, 빌려달라 하는 바람에……"

"하마다라는 건 하마다 헤이스께인가?"

"예."

"하마다한테 하숙비라도 꿔줬나?"

"아뇨, 그런 걸 빌려준 게 아니라……"

"그럼 뭘 빌려줬는데?"

"이름을 빌려줬습니다."

"하마다가 자네 이름을 빌려서 뭘 했는데?"

"연애편지를 보냈습니다."

"뭘 보냈다고?"

"그러니까 이름은 안 되고 대신 제가 우편함에 넣겠다고 했는데."

"뭔 소린지 모르겠군. 도대체 누가 뭘 했다는 거야?"

"연애편지를 보냈다고요."

"연애편지를 보내? 누구한테?"

"그래서 좀 말씀드리기 어렵습니다."

"그러니까 자네가 어떤 여자한테 연애편지를 보냈다고?"

"아뇨, 제가 아니라."

"하마다가 보냈나?"

"하마다도 아니고요."

"그럼 누가 보냈어?"

"누군지 모릅니다."

"알 수가 없구먼. 그럼 아무도 안 보냈나?"

"이름은 제 이름이죠."

"이름은 자네 이름이라니 무슨 소린지 도통 모르겠군. 좀 조리 있게 이야기해봐. 대체 그 연애편지를 받은 상대는 누군가?"

"카네다라고, 건너편 골목에 사는 여자입니다."

"그 카네다라는 실업가?"

"예."

"그런데 이름만 빌려줬다는 건 무슨 말인가?"

"그 집 딸이 하이칼라에 시건방지다니까 연애편지를 보낸 거죠. ─ 하마다가 이름이 없으면 안 된다길래 그럼 네 이름을 쓰라고 했더니 내 이름은 재미없으니까 후루이 부에몬이 낫겠다고 ─ 그래서 결국 제 이름을 빌려줘버렸습니다."

"그래서 자네는 그 집 아가씨를 아나? 교제가 있다거나."

"교제 같은 건 한 적 없고요, 얼굴도 본 적이 없는걸요."

"기가 차는구먼. 얼굴도 모르는 사람한테 연애편지를 보내다니,

도대체 어쩌려고 그런 짓을 한 건가?"

"그냥 다들 그 여자가 건방지고 잘난 체를 한다길래 골려먹은 겁니다."

"점입가경이로군. 그럼 자네 이름을 대놓고 써서 보냈구먼."

"예, 문장은 하마다가 썼고, 제가 이름을 빌려주고 엔도오가 밤에 그 집까지 가서 우편함에 넣고 왔습니다."

"그럼 셋이 공동으로 한 일이네."

"예, 그렇긴 한데, 나중에 생각해보니 만일 들켜서 퇴학이라도 당하면 큰일이다 싶어서 너무 겁이 나서 이삼일은 잠도 못 자고 아무것도 못 했습니다."

"그것참, 기가 막힐 바보짓이로구먼. 그래서 분메이 중학교 2학년 후루이 부에몬이라고 쓴 건가?"

"아뇨, 학교 이름 같은 건 안 썼습니다."

"학교 이름을 안 쓸길 그나마 다행이네. 학교 이름까지 나왔어봐. 그야말로 분메이 중학교의 명예가 걸린 일이지."

"어떨까요? 퇴학당할까요?"

"글쎄."

"선생님, 저희 아버지가 엄청 엄하거든요. 게다가 엄마는 계모라서, 만약 퇴학이라도 당했다간 진짜 큰일 나요. 정말 퇴학인가요?"

"그러게 왜 그런 짓을 한 거야?"

"그럴 생각은 아니었는데 어쩌다가 그렇게 됐어요. 퇴학당하지 않게 어떻게 좀 안 될까요?" 하고 부에몬은 금세 울음이라도 터뜨릴 것 같은 목소리로 열심히 애원했어. 장지문 뒤에서는 좀 전부터 안주인과 유끼에가 킥킥 웃고 있었지. 주인은 내내 점잔을 떨면서 "글쎄"만 반복하고 있고. 꽤 재미있군.

재미있다고 하면 뭐가 그리 재미있냐고 묻는 사람이 있을지도 모르겠네. 묻는 건 당연해. 인간이든 동물이든 자기를 아는 건 평생의 중요한 일이니까. 자기를 알 수만 있다면 인간도 인간으로서 고양이보다 존경받아 마땅해. 그러면 이 몸도 이런 짓궂은 이야기를 늘어놓기 미안하니 금방 그만둘 테고. 하지만 자기가 자기 코 높이를 알기 어려운 것처럼 자기가 어떤 존재인지는 좀처럼 알기 어려운 법이라 평소에 멸시하던 고양이에게 이런 질문을 한 거겠지? 인간은 시건방진 것 같으면서도 역시 어딘가 비어 있다니까. 만물의 영장이랍시고 어딜 가나 만물의 영장임을 짊어지고 다니는구나 싶더니 이 정도 사실도 이해하지 못하다니. 그러면서도 부끄러운 줄을 모르고 태평한 걸 보면 정말 웃음을 터뜨릴 수밖에. 그들은 만물의 영장임을 등짝에 짊어지고서 내 코가 어디 있는지 가르쳐줘, 가르쳐줘, 하고 난리를 떨고 있어. 그럴 거면 만물의 영장을 그만두면 될 것을, 천만의 말씀, 죽어도 내놓으려고 하진 않지. 이 정도로 뻔히 모순을 드러내고도 태연한 건 애교스러울 정도야. 애교가 있는 대신 바보인 건 감수해야겠지.

이 몸이 이렇게 부에몬 군과 주인과 안주인 및 유끼에 양을 재미있어하는 건 단지 외부의 사건이 우연히 맞부딪쳐 그 부딪침이 멋진 파동을 만들어냈기 때문만은 아냐. 사실은 그 파동의 반향이 인간의 마음속에 각각 별개의 음색을 만들어냈기 때문이지. 우선 주인은 이 사건에 대해 오히려 냉담해. 부에몬 군의 아버지가 얼마나 엄격하든 어머니가 얼마나 계모 노릇을 하든 그다지 놀라지 않아. 놀랄 이유가 없잖아. 부에몬 군이 퇴학을 당하는 건 자기가 면직을 당하는 것과는 전혀 다르니까. 천명쯤 되는 학생이 모조리 퇴학을 당한다면야 교사도 의식주가 궁해질지 모르지만 후루이 부에몬 군

하나의 운명이 어떻게 변하든 주인의 생활엔 거의 관계가 없지. 관계가 없으면 동정심도 절로 엷어지는 법. 일면식도 없는 사람 때문에 미간을 찡그리고 코를 훌쩍이고 탄식을 하는 건 결코 자연스러운 경향이 아니야. 인간이 그렇게 인정 많고 배려심 있는 동물이라고는 생각하기 힘들지. 그저 세상에 태어난 댓가로 어쩌다 교제를 위해 눈물을 흘려보기도 하고 안됐다는 표정을 지어보기도 할 뿐. 말하자면 사기성 표정이고 실은 엄청 힘이 드는 기술이야. 이런 속임수를 잘해내면 양심의 기술이 뛰어난 사람이라고 세간에서 존중받는 거고. 그러니 남들에게 존중받는 인간만큼 수상쩍은 것도 없지. 시험해보면 금방 알걸? 이 점에 있어 주인은 오히려 뒤떨어지는 부류에 속한다고 해도 좋아. 뒤떨어지니까 존중받지 못하지. 존중받지 못하니까 내면의 냉담함을 굳이 감출 것 없이 드러내는 거고. 그가 부에몬 군에게 "글쎄"만 연발하고 있는 걸 봐도 속을 금방 알 수 있잖아. 여러분은 냉담하다고 해서 주인과 같은 선인을 결코 싫어해선 안 돼. 냉담함은 인간의 본래 성질이고 그 성질을 감추려 애쓰지 않는 건 정직한 사람이거든. 만약 여러분이 이럴 때 냉담 이상을 바란다면 그야말로 인간을 과대평가하는 거라고 해야겠지. 정직함조차 바닥난 세상에 그 이상을 기대하는 건 바낀의 소설에서 시노나 코분고가 빠져나와 이웃 사방에 여덟 견사犬士가 이사오지 않는 한[19] 어림도 없는 무리한 주문이거든. 주인은 일단 이 정도로 해두고, 다음은 거실에서 웃고 있는 여자들로 가볼게. 이쪽은 주인의 냉담에서 한발 더 나아가 골계의 영역으로 넘어가서 즐거

---

**19** 쿄꾸떼이 바낀의 소설 『난소오사또미핫껜덴(南総里見八犬伝)』에 나오는 시노(信乃), 코분고(小文吾) 등 여덟명의 주인공 팔견사(八犬士)는 각각 인·의·예·지·충·신·효·제를 상징한다.

위하고 있어. 이 여자들에게는 부에몬 군이 골치를 썩이고 있는 연애편지 사건이 부처님의 설법보다 고맙지. 이유 없이 그냥 고마운 거야. 굳이 해부해보자면 부에몬 군이 곤경에 빠진 게 고마운 거라고. 여러분도 여자들에게 한번 물어보시지. "당신은 남의 곤경이 재미있어서 웃습니까?"라고. 질문을 받은 사람은 이런 질문을 한 자더러 바보라고 할 거야. 바보라고 하지 않으면 일부러 이런 질문을 해서 숙녀의 품성을 모욕했다고 하겠지. 모욕했다고 생각하는 건 사실일지도 모르지만 남의 곤경에 웃는 것도 사실이야. 그렇다는 건, 이제부터 내 품성을 모욕할 만한 짓을 스스로 해 보일 테지만 뭐라고 하지는 마세요, 하는 거나 마찬가지잖아. 나는 도둑질을 하지만 절대로 부도덕하다고 해선 안 된다, 만약 부도덕하다고 하면 내 얼굴에 먹칠을 하는 거니까 나를 모욕한 거다, 라고 주장하는 거나 마찬가지 아냐? 여자들은 제법 영악스러워. 생각에 조리가 있잖아. 명색이 인간으로 태어난 이상 짓밟히거나 걷어차이거나 얻어터졌는데도 남들이 쳐다보지조차 않더라도 태연할 수 있는 각오가 필요할 뿐 아니라, 침을 뱉고 똥을 끼얹은 걸 보고 큰 소리로 비웃더라도 기꺼이 받아들여야만 해. 그렇지 않고서는 이렇게 영악스러운 여자라는 이름의 존재와는 어울릴 수가 없다니까. 부에몬 선생 역시 어쩌다가 어이없는 실수를 해서 엄청 송구해하고는 있지만 이렇게 어쩔 줄 몰라하는 사람을 그늘에서 비웃는 건 실례라는 생각 정도는 할지도 모르지. 하지만 그건 나이가 어려서 하는 치기 어린 생각일 뿐, 남이 무례를 범했을 때 화를 내는 걸 저쪽에선 소심하다는 딱지를 붙이는 모양이니 그런 소리를 듣고 싶지 않으면 얌전히 있는 편이 나을 거야. 마지막으로 부에몬 군의 심정을 잠깐 소개할게. 이 친구는 걱정 대마왕이야. 그의 위대한 두뇌는 나뽈레옹의 두뇌가 공명심으로 가득 차 있었던 것처럼 그야말로 걱정으로 터질 듯해. 때때로 그 주먹코가 움찔움찔하는 건 걱정이 안면 신경까지 전해져 반사작용처럼 무의식적으로 움직이는 거지. 그는 커다란 총알이라도 삼킨 것처럼 배 속에 어찌할 수 없는 덩어리를 품고 이삼일 동안이나 처치 곤란해하고 있어. 참다못해 다른 대책이 없으니 감독이라는 이름이 붙은 선생을 찾아가면 어떻게든 도와주지 않을까 하고 싫어하는 사람 집에 커다란 머리통을 숙이고 납신 것이지. 그는 평소에 학교에서 주인을 골려먹거나 동급생을 선동해서 주인을 곤경에 빠뜨리거나 한 일은 까맣게 잊고 있어. 아무리 골려먹고 곤란하게 해도 감독이라는 이름을 단 이상 걱정해줄 거라고 믿는 모양이지. 꽤나 순진하네. 감독은 주인이 좋아서 맡은 역할이 아니야. 교장의 명령으로 어쩔 수 없이 쓴 감투일 뿐, 말하자면 메이떼이 큰아버지의 중산모자 같은 거지. 그저 이름에 불과해. 이름만으로는 아무것도 할 수가 없어. 이름이 도움이 된다면 유끼에 씨는 이름만으로도 맞선을 볼 수 있겠지. 부에몬 군은 그저 제멋대로일 뿐 아니라 타인은 자기에게 반드시 친절해야만 한다는, 인간을 과대평가하는 가정에서 출발하고 있어. 비웃음을 당하리라고는 생각도 하지 못했겠지. 부에몬 군은 감독의 집에 와서 분명 인간에 대한 한가지 진리를 발견했을 거야. 그는 이 진리 덕에 앞으로는 점점 진짜 인간이 되어갈 거야. 남을 걱정하는 데엔 냉담해질 것이며 남이 곤경에 빠졌을 땐 큰 소리로 웃을 거야. 이리하여 천하는 미래의 부에몬 군으로 가득 차게 되겠지. 카네다 군및 카네다 영부인으로 가득 차게 될 거고. 이 몸은 부에몬 군이 한시라도 빨리 자각하여 참인간이 되기를 진심으로 희망하는 바야. 그렇지 않고서는 아무리 걱정하고 아무리 후회하고 아무리 선해지려는 마음이 절실해봤자 도저히 카네다 군과 같은 성공은 이루지 못할 테니까. 아니, 사회는 머지않아 이 친구를 인간의 거주지 밖으로 추방하고 말걸. 그런 판에 분메이 중학교 퇴학이 뭐 그리 대수겠어.

이와 같은 생각으로 재미있어하고 있는데 격자문이 드르륵 열리더니 현관문 뒤에서 누가 얼굴을 반쯤 들이밀더군.

"선생님."

주인은 부에몬에게 "글쎄"를 연발하던 차에 현관에서 선생님, 하고 부르자 누군가 싶어 쳐다보았는데, 문에서 절반쯤 비스듬히 비어져나온 것은 다름 아닌 칸게쯔 군이었지. "아, 들어와" 하고는 그냥 앉아 있더군.

"손님 오셨어요?" 하고 칸게쯔 군은 여전히 얼굴 반쪽으로 되묻더군.

"아니, 괜찮아. 들어와."

"실은 잠깐 어디 좀 가시자고 들렀는데요."

"어딜 가자고? 또 아까사까야? 그쪽 방면은 이제 싫네. 지난번엔 너무 걸어서 다리가 막대기처럼 됐잖아."

"오늘은 아니에요. 오랜만에 가시지요."

"어딜 가는데? 일단 올라오라니까."

"우에노에 가서 호랑이 울음소리를 들으려고요."

"실없긴. 그보다 좀 올라오게."

칸게쯔 군은 멀리서는 이야기가 안 되겠다 싶었는지 신을 벗고 느릿느릿 들어왔어. 여느 때처럼 엉덩이에 천을 덧댄 쥐색 바지를 입었는데, 이건 낡았거나 엉덩이가 무거워서 해진 게 아니라 본인의 변명에 따르면 최근 자전거 연습을 시작해서 국부에 비교적 많은 마찰이 가해지기 때문이라는군. 미래의 신부로 촉망되는 사람에게 편지를 보낸 연적인 줄은 꿈에도 모르고 "여어" 하고 부에몬 군에게 가볍게 목례를 하고는 대청에서 가까운 곳에 자리를 잡았지.

"호랑이 울음소리를 들어서 뭐하려고?"

"네, 지금은 안 되고요, 지금부터 여기저기 산책을 하다가 밤 11시쯤 되면 우에노에 가는 거죠."

"그래?"

"그러면 공원 안의 노목들이 울창해서 굉장하겠지요."

"그렇지, 낮보다는 좀 적적하겠지."

"그래서 되도록 나무가 울창하고 낮에도 사람들이 잘 안 다니는 데를 골라서 걷다보면 어느새 어지러운 도회지에서 사는 기분은 사라지고 산속에서 길을 잃은 것 같은 기분이 들 거예요."

"그런 기분이 들어서 어쩌려고?"

"그런 기분으로 잠시 있다보면 동물원에서 호랑이가 우는 거죠."

"그렇게 딱 맞춰 운다고?"

"그럼요, 울어요. 그 울음소리는 낮에도 이과대학까지 들릴 정도니까요. 적막한 심야에 사방에 인적도 없고 귀기가 피부에 스미고 도깨비가 코를 찌를 때……"

"도깨비가 코를 찌르다니, 그게 무슨 말인가?"

"그렇게 말하잖아요, 무서울 때."

"그래? 별로 들어본 적이 없는 거 같은데. 그래서?"

"그래서 호랑이가 우에노의 늙은 삼나무 이파리를 모조리 떨어뜨릴 듯한 기세로 우는 거죠. 굉장하잖아요."

"그야 굉장하겠지."

"어때요, 모험하러 안 가실래요? 분명 재미있을 거예요. 아무래도 호랑이 울음소리는 한밤중에 들어야 들었다고 할 수 있을 거예요.”

“글쎄” 하고 주인은 부에몬 군의 애원에 냉담한 것처럼 칸게쯔 군의 탐험에도 냉담해.

이때까지 말없이 호랑이 이야기를 부럽다는 듯이 듣고 있던 부에몬 군은 주인의 “글쎄”에 다시 자기 신세가 생각났는지 “선생님, 저는 걱정인데요, 어떻게 하면 좋을까요?” 하고 다시 물었어. 칸게쯔 군은 무슨 소린가 하는 얼굴로 이 커다란 머리통을 보았지. 이 몸은 생각할 일이 있어 잠시 실례하고 거실로 갔어.

거실에선 안주인이 킥킥 웃으며 싸구려 쿄오토 찻잔에 싸구려 차를 찰랑찰랑 따라서 합금 접시 위에 올려놓고는,

“유끼에, 미안하지만 이것 좀 내드려.”

“저는 싫어요.”

“왜?” 안주인은 좀 놀란 듯 웃음을 뚝 그쳤어.

“아무튼 싫어요” 하고 유끼에 씨는 금세 정색을 하고는 옆에 있던 『요미우리 신문』을 덮칠 듯이 눈길을 떨구더군. 안주인은 한번 더 협상을 시도했어.

“어머나, 이상해라. 칸게쯔 씨야. 상관없잖아?”

“그래도 저는 싫다고요” 하고 『요미우리 신문』에서 눈을 떼지 않아. 이럴 때는 한 자도 눈에 들어올 리가 없지만 읽지 않는다는 걸 들켰다간 또 울음을 터뜨리겠지.

“부끄러울 게 뭐 있어?” 안주인은 이번엔 웃으면서 일부러 찻잔을 『요미우리 신문』 위로 밀어놓더군. 유끼에 씨는 “어머, 너무해요” 하며 신문을 찻잔 밑에서 빼내려고 했는데 접시에 걸리는 바람에 싸구려 차가 사정없이 신문 위에서 타따미 틈새로 흘러들었지. “그거 봐” 하고 안주인이 말하자 유끼에 씨는 “어머, 큰일 났네” 하

고 부엌으로 뛰어가더군. 걸레라도 가져올 생각이겠지. 이 몸에겐 이런 코미디도 썩 재밌더라고.

칸게쯔 군은 그런 줄도 모르고 방에서 이상한 소릴 하고 앉았어.

"선생님, 문종이를 다시 바르셨네요. 누가 발랐어요?"

"여자들이. 잘 발랐지?"

"예, 솜씨가 좋은데요. 가끔 놀러 오는 그 아가씨가 바른 건가요?"

"응, 그애도 도왔지. 문종이를 이 정도로 바르면 시집가도 된다고 잘난 체를 하더군."

"네, 그러네요" 하면서 칸게쯔 군은 문종이를 들여다봤어.

"이쪽은 평평한데 오른쪽 끝은 종이가 남아서 주름이 생겼군요."

"그쪽부터 바르기 시작했으니까, 가장 경험이 없을 때 생긴 거야."

"역시, 솜씨가 좀 떨어지는군요. 저 표면은 초월곡선이라 보통 함수로는 도저히 만들 수 없거든요" 하고 이학자인 만큼 어려운 소리를 하니 주인은,

"글쎄" 하고 건성으로 대답했어.

이래서야 아무리 탄원을 해봤자 도저히 가망이 없겠다고 단념한 부에몬 군은 갑자기 그 위대한 두개골을 타따미에 처박고는 무언중에 작별의 뜻을 표하더군. 주인은 "가려고?"했어. 부에몬 군은 풀이 죽어 사쯔마 나막신[20]을 끌며 문을 나섰지. 가여워라. 저대로 내버려뒀다간 암두巖頭의 시라도 쓰고 케곤 폭포에서 뛰어내릴지도 몰라.[21] 사실을 따지자면 카네다 아가씨가 하이칼라에 시건방

---

20 바닥이 넓은 삼나무 나막신.

21 1903년 닛꼬오 시의 케곤 폭포에서 고등학생이던 후지무라 미사오(藤村操)가 바위 옆 나무에 '암두지감(巖頭之感)'이라는 철학적이고 염세적인 시를 새기고 자살해 큰 화제가 되었던 사건을 가리킨다. 후지무라 미사오는 소오세끼의 제자였기 때문에 이 사건이 그의 말년 우울증의 한 원인이 되었다고도 한다.

진 까닭에 생긴 일이잖아. 만일 부에몬 군이 죽으면 귀신이 되어 그 아가씨를 죽여야겠지. 그런 인간이 세상에서 한둘 사라져봤자 남자들이 곤란할 건 전혀 없어. 칸게쯔 군도 더 나은 아가씨를 얻으면 되고.

"선생님, 학생인가요?"

"응."

"진짜 머리 한번 크네요. 공부는 잘하고요?"

"머리에 비하면 형편없지만 가끔 이상한 질문을 하지. 요전번엔 콜럼버스를 번역해달라고 해서 진땀 뺐어."

"머리가 너무 크다보니까 그런 쓸데없는 질문을 하는 거겠죠. 선생님은 뭐라고 하셨어요?"

"응? 그냥 적당히 둘러댔지, 뭐."

"어쨌든 일단 번역을 하긴 한 거네요. 대단하시네."

"애들은 뭐라고든 번역을 해줘야 믿으니까."

"선생님도 엄청 정치가가 되셨군요. 그런데 방금 전에 보기엔 완전 풀이 죽어 있어서 선생님을 괴롭히는 것 같진 않던데요."

"오늘은 좀 심란하지. 멍청한 것."

"무슨 일인데요? 잠깐 봤지만 너무 안됐더라고요. 도대체 무슨 일인가요?"

"아니, 웃기는 일이야. 카네다 양에게 연애편지를 보냈다잖아."

"예? 저 대두가요? 요즘 학생들은 참 대단하네요. 놀랄 노 자네."

"자네도 걱정이 되겠지만……"

"뭘요, 전혀 걱정은 안 합니다. 오히려 재밌네요. 연애편지가 아무리 쏟아져도 괜찮아요."

"뭐, 자네가 그렇다면 상관없지만……"

"괜찮고말고요. 저는 전혀 상관없어요. 그래도 저 대두가 연애편지를 썼다니 좀 놀랍긴 하네요."

"그게 말이야, 장난이었다는 거야. 그 아가씨가 하이칼라에다 시건방지니까 골려먹으려고 세 사람이 공모를 해서……"

"세 사람이 편지 한통을 카네다 아가씨에게 보냈다고요? 갈수록 태산이네. 서양 요리 일인분을 셋이서 먹는 거잖아요?"

"그런데 역할 분담을 했어. 한 놈은 문장을 쓰고, 한 놈은 갖다넣고, 또 한 놈은 이름을 빌려주고. 방금 온 녀석이 이름을 빌려준 놈이야. 이놈이 제일 멍청하지. 게다가 카네다네 딸 얼굴도 본 적이 없다는 거야. 도대체 어떻게 그런 엉뚱한 짓을 할 수 있지?"

"그것참, 근래 보기 드문 사건이네요. 걸작이에요. 어쨌든 저런 대두가 여자에게 편지를 보낸다는 게 재밌잖아요?"

"엉뚱한 오해가 생기겠어."

"상관없어요. 상대방이 카네다 양인걸요, 뭐."

"자네 신부가 될지도 모르잖아."

"그러니까 상관없다는 거죠. 카네다 양은 전혀 상관없다니까요."

"자네는 그렇다고 해도……"

"아뇨, 카네다 양도 상관없어요. 괜찮아요."

"그럼 그건 괜찮다 치고, 본인이 나중에야 갑자기 양심에 가책을 느끼고 무서워져서 한참 고민한 끝에 나한테 의논하러 온 거야."

"예, 그래서 그렇게 풀이 죽어 있었군요. 소심한 녀석인가보네요. 선생님은 뭐라고 하셨나요?"

"본인은 퇴학당하는 거냐며 그걸 제일 걱정하더라고."

"왜 퇴학을 당해요?"

"그런 나쁜, 부도덕한 짓을 저질렀으니까."

"저런, 부도덕하다고까지 할 짓은 아니죠. 괜찮아요. 카네다 양은 분명 영예라고 생각하고 떠들고 다닐걸요?"

"설마."

"어쨌든 불쌍하네요. 그게 나쁜 짓이라고 해도 저렇게까지 걱정하다가는 젊은 녀석 하나 죽겠어요. 머리는 커도 인상은 그렇게 나쁘지 않던데. 코를 움찔움찔하는 게 귀엽더라고요."

"자네도 어지간히 메이페이 같은 천연덕스러운 소리를 하는구면."

"뭘요, 이런 게 시대풍조라는 거죠. 선생님은 너무 옛날식이라 뭐든지 난해하게 해석하신다니까요."

"그래도 멍청하잖아. 알지도 못하는 사람한테 장난으로 연애편지를 보내다니, 완전히 몰상식한 거지."

"장난이라는 게 대개 상식을 벗어나는 거잖아요. 구해주세요. 그게 다 덕을 쌓는 거니까요. 저대로 뒀다간 케곤 폭포로 간다고요."

"글쎄."

"그렇게 하시라니까요. 더 크고 더 분별 있는 어른들은 저 녀석하고는 비교도 안 되는 나쁜 짓을 하고도 시치미를 떼잖아요. 저런 애를 퇴학시킬 정도면 그런 놈들은 모조리 몰아내야지, 불공평하다고요."

"그건 그렇지."

"그래서 어떡할까요? 우에노에 호랑이 울음소리를 들으러 가는 거요."

"호랑이?"

"예, 들으러 가시죠. 실은 이삼일 안에 고향에 가야 할 일이 생겨서요, 당분간 아무 데도 모시고 갈 수가 없으니까 오늘은 꼭 산책을 가자 싶어서 온 거예요."

"그래? 귀향한다고? 무슨 일이 있나?"

"예, 좀 일이 생겼어요. —어쨌든 나가지요."

"그래, 그럼 가지, 뭐."

"자, 가시죠. 오늘은 제가 저녁을 낼게요. —그리고 나서 운동을 좀 하고 우에노에 가면 시간이 딱 맞을 거예요" 하고 재촉해대니 주인도 마음이 끌렸는지 함께 나가더라고. 그러고 나니 안주인과 유끼에가 망설일 것 없이 깔깔깔깔, 낄낄낄낄, 뒤집어져서 웃더군.

# 11

 

토꼬노마 앞에 바둑판을 놓고 메이떼이 군과 도꾸센 군이 마주 앉았어.

"그냥은 안 둘 거야. 진 쪽이 뭘 내야지. 알았어?" 하고 메이떼이 군이 다짐을 두니까 도꾸센 군은 버릇처럼 염소수염을 잡아당기며 이렇게 말했지.

"그런 짓을 하면 기껏 하는 신선놀음을 속되게 만들잖아. 내기 같은 걸 해서 승부에 마음을 뺏기면 재미가 없어. 승패를 제쳐놓고 흰 구름이 홀연히 봉우리를 떠나 나아가는 것 같은 마음¹으로 둬야 제대로 된 맛을 아는 거라고."

"또 시작한다. 그런 신선을 상대하는 건 너무 고생스럽지. 완전히 『열선전』²에 나오는 인물이구먼."

---

1 도연명(陶淵明) 「귀거래사(歸去來辭)」의 한 구절을 딴 표현.
2 『列仙傳』. 한나라 유향(劉向)이 엮었다는, 중국 고대의 신선 71명의 전기.

"무현無絃의 소금素琴을 타는 거지.[3]"

"무선전신을 보내는 건가?"

"어쨌든 해보세."

"자네가 백을 잡나?"

"어느 쪽이든 괜찮아."

"역시나 신선답게 너그럽구먼. 자네가 백이면 자연의 순리로서 나는 흑이네. 자, 해보게. 어디든 덤벼보라고."

"흑이 먼저 두는 게 법칙이야."

"과연. 그렇다면 겸손하게 정석대로 여기부터 가지."

"그런 정석은 없는데?"

"없어도 돼. 새로 발명한 정석이니까."

이 몸의 세상이 좁다보니 바둑판이라는 건 근래에야 처음 보았는데, 생각하면 할수록 묘한 물건이야. 넓지도 않은 사각 판을 옹색하게 또 사각으로 나눠놓고 눈이 돌아갈 정도로 빽빽하게 흑백의 돌을 늘어놓지. 그래놓고는 이겼다, 졌다, 죽었다, 살았다, 하고 진땀을 흘려가며 소란을 떠는 거야. 기껏해야 사방 1척이나 되는 면적이야. 고양이 앞발로 휘젓기만 해도 엉망진창이 된다고. 끌어모아 묶어두면 암자고 헤쳐놓으면 원래 있던 들판이로다. 부질없는 장난이지. 그냥 팔짱을 끼고 바둑판을 바라보는 편이 훨씬 마음 편해. 그것도 처음 삼사십수째까지는 돌을 늘어놓는 모양이 그다지 눈에 거슬릴 게 없지만 막상 천하를 겨룬다 할 때쯤 보면 정말이지 불쌍할 지경이야. 백과 흑이 바둑판에서 밀려 떨어질 정도로 밀치락달치락 낑낑대고 있어. 갑갑하다고 옆에 있는 녀석이 비켜줄 리

---

3 도연명이 무현금(無絃琴), 즉 현이 없는 거문고를 즐겼다는 고사에서 온 표현.

도 없고 가로거친다고 해서 앞에 있는 선생에게 퇴거를 명할 권리도 없으니, 팔자려니 하고 꼼짝도 못하고 찌그러져 있는 수밖에 없지. 바둑을 발명한 것이 인간이니 인간의 기호가 바둑판에 나타난다고 한다면 바둑돌의 갑갑한 운명은 옹색한 인간의 성질을 드러낸다고 해도 될 거야. 인간의 성질을 바둑돌의 운명으로 추측할 수 있다면 인간이란 천공해활天空海濶한 세계를 스스로 줄여서 자기가 서 있는 두 발 밖으로는 결코 내딛지 못하도록 잔재주를 부려 자기 영역에 새끼줄 치는 걸 좋아한다고 단언할 수밖에 없어. 인간이란 굳이 고통을 찾아다니는 존재라고 한마디로 말해도 좋겠지.

태평스러운 메이떼이 군과 신선기 있는 도꾸센 군은 무슨 생각인지 굳이 오늘 벽장에서 낡은 바둑판을 끄집어내 이 답답한 장난을 시작한 거야. 유별난 두 위인이 함께했으니 처음엔 각자 저 좋을 대로 하느라 흰 돌 검은 돌이 바둑판 위를 자유자재로 날아다녔지만 판의 넓이는 정해져 있고 가로세로 칸도 한수씩 둘 때마다 메워져가니 아무리 태평하고 아무리 신선기가 있어도 옹색해지는 거야 당연해.

"메이떼이 군, 자네 바둑은 고약하네. 그런 데로 들어오는 법이 어딨나?"

"신선 바둑엔 이런 법이 없을지 모르지만 혼인보오⁴에는 있으니 할 수 없지."

"그러면 죽는데?"

"신은 죽음도 사양치 않을진대 하물며 돼지고기 어깨살임에랴.⁵

---

4 바둑의 한 유파.
5 『사기』「항우본기」에 나오는 "신은 죽음도 피하지 않는데 잔술을 어찌 사양하겠습니까(臣死且不避 巵酒安足辭)"라는 구절을 바꾸어 쓴 것.

어디, 이렇게 한번 가볼까?"

"그렇게 오시겠다? 좋아. 훈풍이 남에서 오니 궁궐에 조금 서늘함이 생기는구나.⁶ 이렇게 치면 된다는 말씀."

"어렵쇼, 치고 나오다니 역시 대단하군. 설마 그렇게 칠 줄이야. 치지 말아주오, 하찌만 종을.⁷ 요렇게 하면 어쩔 텐가?"

"어쩌고저쩌고할 게 없지. 한 칼 하늘에 서늘하도다.⁸ ─ 에라, 귀찮아. 과감하게 끊어버리지."

"어, 저런 저런. 거길 끊으면 죽어버리잖아. 안 되겠군. 한수만 물러줘."

"그러길래 아까부터 일렀건만, 이런 데는 들어오시면 안 된다고."

"들어가서 실례가 천만이로소이다. 이 흰 돌 좀 물러주시게."

"그것도 무르라고?"

"하는 김에 그 옆의 것도 한번 물러줘보게나."

"뻔뻔스럽기는, 참 나."

"Do you see the boy인가?⁹ ─ 그러지 말고, 자네와 나 사이 아닌가. 그런 서먹한 소리 하지 말고 좀 물러주시게. 죽느냐 사느냐 하는 판 아닌가. 잠깐만, 잠깐만, 하면서 하나미찌를 달려오는 참¹⁰이라고."

........................................

6 『당시기사(唐詩紀事)』에 수록된 시의 한 구절 "훈풍이 남쪽에서 불어오니 전각에 조금 서늘함이 생기네(薰風自南來 殿閣生微涼)"에서 따온 말.

7 조오루리 『마찌비또(待人)』의 한 구절에서 따온 말. '하찌만 종'은 토미오까찌만구우 신사에서 시간을 알리던 종.

8 선어(禪語) "두 머리를 한번에 베니 한 칼 하늘에 서늘하다(兩頭俱截斷 一劍倚天寒)"에서 따온 말.

9 '뻔뻔스럽기는, 참 나(ずうずうしいぜ、おい)'의 발음이 'Do you see the boy?'와 비슷하게 들리는 것을 이용한 말장난.

10 카부끼 『시바라꾸(暫)』에서 주인공이 등장하는 장면을 말하는 것.

"그런 건 난 모르겠고."

"몰라도 좋으니까 좀 물러달라고."

"자네, 아까부터 여섯번이나 물렀잖아?"

"기억력도 좋으시구면. 앞으로 배로 해서 물러드리겠소이다. 그러니까 좀 물러달라잖아. 자네도 진짜 고집불통일세그려. 좌선 같은 걸 하다보면 사람이 좀 화통해질 만도 하건만."

"그래도 이 돌이라도 죽이지 않으면 아무래도 내가 질 것 같은데……"

"자넨 처음부터 '져도 상관없다'파였잖아?"

"내가 지는 건 상관없지만 자네가 이기는 건 안 되거든."

"못 말리는 해탈이야. 여전히 춘풍영리에 전광을 베는구면."

"춘풍영리가 아니라 전광영리라고. 자네가 거꾸로 했네."

"하하하, 지금쯤이면 거꾸로 해도 될 때다 싶었는데 역시 똑똑하네. 그럼 별수 없이 포기해야겠구면."

"생사사대生死事大 무상신속無常迅速[11]이니 포기하게나."

"아멘"하면서 메이떼이 선생, 이번엔 완전히 엉뚱한 곳에 딱, 하고 돌을 놓았어.

토꼬노마 앞에서 메이떼이 군과 도꾸센 군이 승부를 겨루느라 여념이 없는데 방문 옆에는 칸게쯔 군과 토오후우 군이 나란히 앉아 있고 그 옆에 주인이 누르께한 얼굴로 앉아 있어. 칸게쯔 군 앞에 말린 가다랑어 세토막이 벌거벗은 채 타따미 위에 예의 바르게 도열해 있는 것은 또 무슨 희한한 광경인지.

이 가다랑어는 칸게쯔 군의 품에서 나온 것인데 꺼내놓았을 때

---

11 삶과 죽음은 커다란 일이고 덧없는 세월은 재빨리 지나간다는 뜻.

는 벌거숭이지만 손바닥에 온기가 느껴질 만큼 데워져 있었지. 주인과 토오후우 군이 뜨악한 눈길로 가다랑어를 바라보고 있으니 칸게쯔 군이 마침내 입을 열더군.

"실은 한 나흘 전에 고향에서 돌아왔는데, 볼일이 좀 있어서 여기저기 다니느라 이제야 왔습니다."

"그렇게 서둘러 올 것도 없지, 뭐." 주인은 언제나 그렇듯 무뚝뚝하기 짝이 없어.

"서둘러 올 건 없지만 이 선물을 빨리 드려야겠다 싶어서요."

"말린 가다랑어 아닌가?"

"예, 우리 고향 명물이죠."

"명물이라지만 토오꾜오에도 있을 텐데" 하며 주인은 제일 큰 놈을 하나 집어들더니 코끝에 대고 냄새를 맡아보더군.

"냄새로는 가다랑어가 좋은지 나쁜지 몰라요."

"명물이라는 건 좀 커서 그런 건가?"

"한번 드셔보세요."

"먹기야 어차피 먹겠지만, 이놈은 끝이 떨어져나갔네."

"그래서 빨리 가져와야겠다 싶었던 거죠."

"왜?"

"왜는요, 그거 쥐가 갉아먹은 거예요."

"이런, 위험하군. 잘못 먹었다간 페스트에 걸린다고."

"뭘요, 괜찮아요. 그 정도 갉은 걸론 아무렇지도 않다고요."

"도대체 어디서 갉아먹은 건가?"

"배 안에서요."

"배 안? 어쩌다가?"

"둘 데가 마땅치 않아서 바이올린하고 같이 자루에 넣어서 배를 탔더니 그날 밤에 당했어요. 가다랑어만 그랬으면 다행인데, 아끼는 바이올린 몸통까지 가다랑어인 줄 알고 조금 갉아먹었더라니까요."

"덜렁대는 쥐새끼구먼. 배 안에서만 살다보면 그렇게 분별이 없어지는 건가?" 하고 주인은 아무도 알 리 없는 소리를 하면서 여전히 가다랑어만 바라보고 앉았어.

"뭐, 쥐새끼야 어디 사나 덜렁대는 거 아니겠어요? 그러니 하숙집에 와서도 또 당할까봐 걱정이 돼서 밤엔 이불 속에 넣고 잤지요."

"좀 더럽구먼."

"그러니까 드실 때는 좀 씻어서 드세요."

"좀 씻는 걸로는 깨끗해지지 않을 것 같은데."

"그럼 잿물에라도 담가서 박박 씻어내시죠, 뭐."

"바이올린도 끌어안고 잔 거야?"

"바이올린은 끌어안고 자기엔 좀 커서⋯⋯" 하는 참에,

"뭐라고? 바이올린을 끌어안고 잤다고? 그것참 풍류로세. '가는 봄이여, 무거운 비파를 끌어안은 마음'[12]이라는 시구도 있지만 그건 먼먼 옛날 이야기지. 메이지의 수재는 바이올린을 끌어안고 잘 정도는 돼야 옛사람을 능가할 수 있는 거야. '잠옷 자락에 긴 밤 지키누나, 바이올린이여'는 어떤가? 토오후우 군, 신체시는 그런 건 없나?" 하고 건너편에서 메이떼이 선생이 큰 소리로 이쪽 대화에 끼어들었어.

토오후우 군은 진지하게 "신체시는 하이꾸랑 달라서 그렇게 금세는 못 만들어요. 하지만 만들어내기만 하면 좀더 영혼이 느껴지

――――――――――――――
**12** 요사 부손의 하이꾸.

는 표현이 나오죠."

"그런가? 영혼은 겨릅대를 태워서 맞아들이는 줄 알았더니,[13] 역시 신체시의 힘으로도 왕림하시는가보군" 하고 메이떼이는 바둑은 제쳐놓고 놀려대기만 해.

"그런 쓸데없는 소리나 하고 있다간 또 진다" 하고 주인은 메이떼이에게 주의를 줬어. 메이떼이는 태평스럽게,

"이기고 싶든 지고 싶든 상대가 가마솥 안의 문어처럼 꼼짝을 않으니 나도 심심해서 어쩔 수 없이 바이올린이나 상대하는 거라네" 하니까 도꾸센은 약간 발끈했는지,

"이번엔 자네 차례잖아. 내가 기다리고 있다고" 하더군.

"응? 벌써 두었나?"

"두고말고. 옛날에 두었지."

"어디?"

"이쪽 백을 비스듬하게 늘였지."

"역시나, 이 백을 비스듬히 늘여서 지고야 마는가. 그렇다면 이쪽은 — 이쪽은 — 이쪽은, 이쪽은, 하다가 날 저물고 마는도다. 아무래도 좋은 수가 없구면. 여보게, 한번 다시 두게 해줄 테니까 아무 데나 둬보게나."

"그런 바둑이 어디 있나?"

"그런 바둑이 어디 있냐고 하면 내가 둡시다. 그럼 이 모퉁이를 살짝 돌아서 둘까? — 칸게쯔 군, 자네 바이올린은 너무 싸구려라서 쥐새끼도 업신여기고 물어뜯은 거야. 좀더 좋은 걸 사라니까. 내가 이딸리아에서 한 삼백년 된 물건으로 주문해줄까?"

---

13 일본에서는 백중 때 겨릅대를 태워 조상의 영혼에 제사를 지내는 풍습이 있다.

"그럼 좀 부탁드립니다. 하시는 김에 돈도 내주시면 좋고요."

"그런 고물딱지가 뭐가 좋다고 그래?"아무것도 모르는 주인은 일갈하며 메이떼이 군에게 쏘아붙였어.

"자넨 고물 인간과 고물 바이올린이 같은 줄 알지? 고물 인간이라도 카네다 아무개 같은 인간이 여전히 유행할 정도니 바이올린은 오래될수록 좋은 거라네. ─ 자, 도꾸센 군, 빨리 좀 두게나. 케이마사의 대사[14]는 아니라도 가을 해는 일찍 지니까 말일세."

"자네처럼 조급한 사람과 바둑을 두는 건 너무 힘들어. 생각할 여유고 뭐고 없으니. 할 수 없이 여기 한수 둬서 집을 만드는 수밖에."

"저런 저런, 결국 살려주고 말았네. 아까워라. 설마 거기는 안 두겠지, 하고 약간 수다를 떨면서 마음을 졸이고 있었건만, 역시 망했네."

"당연하지. 자네는 두는 게 아니라 속이는 거야."

"그게 바로 혼인보오류, 카네다류, 당대신사류거든. ─ 어이, 쿠샤미 선생, 과연 도꾸센 군도 카마꾸라에 가서 단무지를 먹어댄 덕인지 진중하구먼. 정말 경탄할 만해. 바둑은 형편없어도 배짱은 두둑하다니까."

"그러니 자네같이 배짱 없는 사람은 좀 본받아야지"하고 주인이 돌아앉은 채 대답하자마자 메이떼이 군은 크고 빨간 혓바닥을 쏙 내밀었어. 도꾸센 군은 추호도 흔들림 없이 "자, 자네 차렐세"하고 다시 재촉.

"자넨 바이올린을 언제 시작한 건가? 나도 좀 배울까 싶은데 꽤 어렵다면서?"하고 토오후우 군이 칸게쯔 군에게 물었어.

───────────────

14 조오루리 「코이뇨오보오소메와께따즈나(戀女房染分手綱)」에 나오는 맹인 케이마사의 대사 "해가 졌습니까? 가을 해는 짧군요"를 말함.

"음, 그냥 좀 켜는 거야 누구나 할 수 있지."

"같은 예술이니까 시가에 취미가 있으면 역시 음악도 빨리 배울 것 같긴 한데, 어떨까?"

"그렇겠지. 자네라면 분명 잘할 거야."

"자넨 언제 시작했나?"

"고등학교 때.—선생님, 제가 바이올린을 배우기 시작한 이야기를 들려드린 적이 있던가요?"

"아니, 들은 적 없어."

"고등학교 때 선생님이 있어서 시작한 거야?"

"웬걸, 선생이고 뭐고 없었어. 독학한 거지."

"완전히 천잰데?"

"독학이면 다 천잰가?" 하고 칸게쯔 군은 못마땅해하더군. 천재라는데 못마땅해하는 건 칸게쯔 군뿐일 거야.

"그건 아무래도 좋지만, 어떤 식으로 독학을 했는지 좀 들려주게나. 참고하고 싶으니까."

"이야기해도 되겠지. 선생님, 말씀드릴까요?"

"웅, 말해보게."

"지금이야 젊은이들이 바이올린 케이스를 들고 곧잘 오갑니다만 그 당시엔 고등학생이 서양음악을 배우는 일은 거의 없었죠. 특히 제가 다닌 학교는 순 깡촌이어서 삼실로 삼은 짚신조차 없을 만큼 가난한 동네였거든요. 학생 중에서 바이올린 같은 걸 켜는 사람은 물론 하나도 없었고요."

"재미있는 이야기가 저쪽에서 시작된 모양이네. 도꾸센 군, 이쪽에서 적당히 관둘까?"

"아직 안 끝난 데가 두세군데 있는데."

"있어도 돼. 대충 자네한테 진상할게."

"그렇다고 그냥 받을 수는 없지."

"선학자에 안 어울리게 꼼꼼한 사내로군. 그럼 얼른 단숨에 끝내버리세. ─칸게쯔 군, 어쩐지 엄청 재미있을 것 같아. ─그 고등학교지? 학생들이 맨발로 등교한다는 게……"

"그건 아닌데요?"

"아니, 모두 맨발로 군대식 체조를 하고 우향우를 하는 통에 발바닥이 엄청 두꺼워졌다는 이야기잖아?"

"설마요. 누가 그런 소릴 해요?"

"누구면 어떤가. 그리고 도시락으론 커다란 주먹밥 하나를 여름밀감처럼 허리춤에 매달고 와서 그걸 먹는다던데? 먹는다기보다는 물어뜯는 거지. 그러면 그 안에서 매실장아찌 하나가 나온다더군. 그 매실장아찌가 나오기를 기대하면서 소금기도 없는 주변을 일심불란 물어뜯으면서 돌진한다고 하던데, 과연 혈기왕성해. 도꾸센 군, 자네 마음에 들 만한 이야기지?"

"질박강건하여 믿음직스러운 기풍이로고."

"더욱 믿음직스러운 게 있지. 거긴 재떨이가 없다더구먼. 내 친구 하나가 거기 근무할 때 토게쯔호오[15] 표시가 찍힌 재떨이를 하나 살까 하고 나갔는데 토게쯔호오는커녕 재떨이라고 이름 붙인 물건이 하나도 없더래. 이상하다 싶어 물어봤더니 재떨이 같은 건 뒷산에 가서 대나무를 잘라다 만들면 되지 뭐하러 사느냐고 태연하게 대답하더라는군. 이 역시 질박강건한 기풍을 보여주는 미담 아니겠나, 도꾸센 군?"

---

**15** 시즈오까 토게쯔호오의 대나무로 만든 재떨이.

"흠, 그건 아무래도 좋은데, 여기 공배를 하나 메워야겠구먼."

"얼마든지. 공배, 공배, 공배, 이제 끝났네. —난 그 이야기를 듣고 정말 놀랐어. 그런 곳에서 자네가 바이올린을 독학했다니 훌륭한 일이야. 경독惸獨하여 불군不羣하도다,라고『초사楚辭』에도 나오지만[16] 칸게쯔 군은 정말 메이지의 굴원이야."

"굴원은 싫은데요."

"그럼 금세기의 베르터군. —뭐라고? 집을 세어보라고? 정말 꽉 막힌 성격일세. 안 세어봐도 내가 졌으니 됐네."

"그래도 정확히 해야지……"

"그럼 자네가 좀 해주게나. 나는 그럴 틈이 없어. 천하의 재사 베르터 군께서 바이올린을 배우기 시작한 일화를 안 들었다간 조상님께 면목이 없으니 실례하겠네" 하고 자리에서 일어서더니 칸게쯔 군 쪽으로 나오더군. 도쿠센은 흰 돌을 집어 백의 집을 메우고 검은 돌을 집어 흑의 집을 메우면서 입속말로 열심히 계산을 하느라 여념이 없어. 칸게쯔 군은 이야기를 이어갔지.

"워낙 고장 풍습이 그렇기도 하지만 우리 고향 사람들이 유난히 또 완고해서, 조금이라도 유약한 구석이 있으면 다른 현 학생들에게 체면이 안 선다면서 무척 엄중하게 단속을 하니까 정말 힘들었죠."

"자네 고향 서생들은 정말 못 말리겠더군. 아니, 뭐한다고 감색무지 하까마 따위를 입는 거야? 우선 그것부터가 별나. 그리고 짠 바닷바람을 쏘여서 그런지 다들 거무스레하잖아. 남자니까 그나마 괜찮지만 여자가 그래서는 정말 큰일이야" 하고 메이떼이 군 한 사

---

16 굴원(屈原)「추사(抽思)」의 한 구절로, 외롭고 외로워 여럿이 어울리지 않는다는 뜻.

람이 끼어들자 정작 중요한 이야기는 어딘가로 날아가버렸어.

"여자들도 똑같이 검어요."

"그런데도 용케들 시집을 가는군."

"그야 그 고장 전체가 다 검으니까 어쩔 수 없잖아요."

"큰일이군. 안 그래, 쿠샤미 군?"

"검은 게 낫지. 어설프게 희었다간 거울을 볼 때마다 자만해서 안 돼. 여자라는 건 정말 못 말리는 족속이거든." 주인은 탄식하듯 한숨을 내쉬었어.

"하지만 온 고장이 다 검으면 오히려 검은 사람이 자만하지 않나요?" 하고 토오후우 군이 그럴듯한 질문을 하더군.

"어쨌든 여자는 정말 쓸데없는 거라니까" 하고 주인이 말하자,

"그런 소리 했다간 나중에 제수씨가 가만 안 둘걸?" 하고 메이떼이가 웃으면서 주의를 줬어.

"뭘, 일없어."

"지금 없나?"

"아까 애들 데리고 나갔어."

"어쩐지 조용하다 싶더라니. 어딜 갔나?"

"모르지. 제 마음대로 나가서 돌아다니니까."

"그리고 마음대로 들어오는 건가?"

"그렇지, 뭐. 자넨 독신이니 좋겠군" 하니 토오후우 군은 약간 불만스러운 표정을 지었어. 칸게쯔 군은 싱글싱글 웃었지. 메이떼이 군은,

"아내가 있으면 다들 그렇게 된다네. 어이, 도꾸센 군, 자네 역시 처 때문에 고생하는 축이지?"

"어라? 잠깐만, 사륙이 이십사, 이십오, 이십육, 이십칠. 적다 싶

더니 마흔여섯 집인가? 좀더 크게 이긴 줄 알았더니 계산해보니 겨우 열여덟 집 차이네. ─뭐라고?"

"자네도 처 때문에 고생이냐고."

"하하하, 굳이 고생이랄 건 없어. 우리 집사람은 워낙 나를 사랑하니까."

"이런, 실례했네. 그쯤 돼야 도꾸센이지."

"도꾸센 군뿐이 아니죠. 그런 예는 얼마든지 있다고요" 하고 칸게쯔 군이 천하의 안주인들을 대신해서 약간의 변호를 했어.

"나도 칸게쯔 군 자네에게 찬성이야. 내 생각엔 인간이 절대의 영역에 드는 데는 딱 두가지 길이 있을 뿐인데, 이 두가지 길이라는 게 예술과 연애거든. 부부애는 그 한쪽을 대표하는 것이니 인간은 반드시 결혼을 해서 이 행복을 완성하지 않으면 하늘의 뜻을 거스르는 거야. ─어떠세요, 선생님?" 하고 토오후우 군은 여전히 진지하게 메이떼이 군 쪽을 향해 고쳐 앉았어.

"명론일세. 나 같은 건 도저히 절대의 영역에 못 들겠군."

"장가를 가면 더더욱 못 들어가지" 하고 주인은 못마땅한 표정으로 말했어.

"어쨌든 우리 미혼 청년들은 예술의 영감을 받아 향상일로를 개척하지 않으면 삶의 의미를 이해할 수 없으니 우선 그 시작으로 바이올린이라도 배울까 싶어 칸게쯔 군에게 아까부터 경험담을 듣고 있는 거랍니다."

"맞아, 맞아. 베르터 군의 바이올린 이야기를 경청하는 참이었지? 자, 어서 이야기하게, 이젠 방해 안 할 테니" 하고 메이떼이 군이 가까스로 잠잠해지자,

"향상일로가 바이올린 따위로 열릴 리가 없지. 그런 장난질로 우

주의 진리를 깨달을 수 있으면 어떻게 되겠나. 심오한 진리를 알기 위해서는 역시 절벽에서 손을 떼서 죽었다 다시 살아날 정도의 기백이 없으면 안 된다고" 하고 도꾸센 군이 거드름을 피우며 토오후우 군에게 훈계 같은 설교를 한 것까진 좋았는데, 토오후우 군은 선종의 시옷 자도 모르는 사람이니까 전혀 감탄하는 기색도 없이,

"음, 그럴지도 모르지만 역시 예술은 인간적 갈망의 극치를 표현하는 거라고 생각하는데요. 아무래도 이걸 버릴 수는 없지요."

"버릴 수가 없다면 원하시는 대로 나의 바이올린 이야기를 들려드리지. 지금 이야기한 것처럼 나도 바이올린 연습을 시작하기까지 꽤나 고생을 했다네. 우선 바이올린을 사는 것도 힘들었어요, 선생님."

"그렇겠지. 짚신도 없는 동네에 바이올린이 있을 턱이 있나."

"아뇨, 있기는 있어요. 돈도 전부터 마련해서 모아두었으니 문제가 없는데, 그래도 살 수가 없더라고요."

"어째서?"

"좁은 동네니까 샀다 하면 금방 눈에 띄잖아요. 눈에 띄었다간 바로 건방지다면서 제재가 가해지죠."

"천재는 예로부터 박해를 받는 법이니까" 하고 토오후우 군은 엄청 동정을 표했어.

"또 천재야? 제발 그 천재 소리 좀 하지 말게. 그래서 날마다 산책길에 바이올린 가게 앞을 지날 때마다 저걸 사면 좋겠는데, 저걸 손에 들면 어떤 기분일까, 아, 갖고 싶다, 갖고 싶다, 하지 않은 날이 하루도 없었어요."

"그렇겠지" 하고 평한 것은 메이떼이였고, "이상하게 꽂혔구먼" 하고 이해 못한 것은 주인, "역시 자넨 천재라니까" 하고 감탄한 것

은 토오후우 군이었어. 다만 도꾸센 군만은 초연하게 수염만 꼬고 앉았더군.

"그런 곳에 어떻게 바이올린이 있느냐 하는 것이 우선 이상할지 모르지만, 이건 생각해보면 당연한 거죠. 왜냐하면 그런 지방이라도 여학교가 있고 여학교 학생들은 날마다 수업으로 바이올린 연습을 해야 하니까 있을 수밖에요. 물론 좋은 물건은 아니죠. 그저 겨우 바이올린이라고 부를 만한 정도의 물건이었어요. 그러니까 가게에서도 별로 귀하게 생각하지 않고 두세개를 한꺼번에 가게 앞에 걸어놓은 거지요. 그런데요, 가끔 산책길에 가게 앞을 지나갈 때 바람이 불거나 꼬맹이들 손이 닿거나 하면 소리가 나는 경우가 있거든요. 그 소리를 들으면 갑자기 심장이 터질 것 같은 기분이 들면서 안절부절못하게 되더라니까요."

"위험하네. 물 발작, 인간 발작 등등 발작에도 여러가지가 있지만 자넨 베르터답게 바이올린 발작이로군" 하고 메이떼이가 놀리자,

"아니, 그 정도로 감각이 예민하지 않으면 진정한 예술가가 될 수 없지요. 아무리 봐도 천재라니까" 하고 토오후우 군은 한층 더 감탄했어.

"예, 정말 발작인지도 모르지만 어쨌든 그 음색만은 기묘했어요. 그후로 오늘까지 꽤 바이올린을 켰지만 그렇게 아름다운 소리가 난 적이 없거든요. 글쎄, 뭐라고 표현하면 좋을까, 도저히 말로 할 수가 없다니까요."

"임랑규장¹⁷한 소리 아닌가" 하고 도꾸센 군이 어려운 소리를 했지만 아무도 상대를 하지 않으니 가엾어라.

---

17 琳琅璆鏘. 아름다운 옥구슬이 서로 부딪쳐서 나는 소리.

"제가 매일같이 그 가게 앞을 산책했지만 이 영묘한 소리는 딱 세번 들었어요. 세번째엔 무슨 일이 있어도 이건 사야만 하겠다, 하고 결심했습니다. 고향 사람들에게 핍박을 당한다 해도, 타지 사람들에게 경멸을 당한다 해도 ─ 혹은 철권 제재를 당해 숨이 끊어진다 해도 ─ 잘못해서 퇴학 처분을 받더라도 ─ 이것만은 사고야 말겠다고 생각한 거죠."

"그게 바로 천재라는 거야. 천재가 아니고서야 그런 결심을 할 수가 없거든. 부럽군. 나도 어떻게든 그런 맹렬한 느낌을 맛보고 싶어서 몇년 전부터 마음을 쓰고 있지만 아무래도 안 되더라고. 음악회 같은 델 가서도 최대한 열심히 듣고는 있는데 그다지 감흥이 일질 않아" 하고 토오후우 군은 무턱대고 부러워하고 있어.

"감흥이 일지 않길 다행이지. 지금이야 이렇게 아무렇지 않게 이야기하지만 그때의 괴로움은 도저히 상상도 못할 거야. ─ 그래서 선생님, 결국 마음먹고 샀습니다."

"흠, 어떻게?"

"마침 11월 천장절[18] 전날 밤이었죠. 집안사람들은 모두 일박으로 온천 여행을 가서 아무도 없었고요. 저는 몸이 아프다고 핑계를 대고 학교도 쉬고 누워 있었죠. 오늘밤이야말로 나가서 오랫동안 바라던 바이올린을 사고야 말리라, 이불 속에서 그 생각만 골똘히 하고 있었어요."

"꾀병을 부려서 학교까지 쉬었다고?"

"바로 그거죠."

"역시 살짝 천잰데, 그것참." 메이떼이 군도 약간은 감탄한 모양

---

**18** 일본 왕의 탄생일.

이야.

"이불 속에서 머리만 내놓고 있으려니 해가 왜 그리 긴지요. 어쩔 수 없이 머리까지 집어넣고 눈을 감고 기다려봐도 안 되겠더라고요. 머리를 내밀면 맹렬한 가을 해가 6척 장지문 가득히 쨍쨍 내리쬐니 짜증이 나고요. 장지문 위쪽으로는 가늘고 기다란 그림자가 비치면서 때때로 가을바람에 흔들리는 게 보였어요."

"뭔가, 그 가늘고 긴 그림자라는 건?"

"땡감 껍질을 벗겨서 처마 밑에 매달아둔 거죠."

"흠, 그래서?"

"할 수 없이 자리에서 일어나서 장지문을 열고 대청으로 나와 땡감 말린 걸 하나 빼먹었어요."

"맛있던가?" 하고 주인은 어린애 같은 질문을 했지.

"맛있어요, 그 지방 감은. 토오꾜오 같은 데선 도저히 그 맛을 모를걸요."

"감은 됐고, 그래서 어떻게 됐나?" 하고 이번엔 토오후우 군이 물었어.

"그러고는 다시 기어들어가서 눈을 감고 얼른 해가 지면 좋을 텐데, 하고 속으로 신불님께 빌었죠. 서너시간이나 지났나 싶을 때 이젠 됐겠지 싶어서 머리를 내밀고 보니 맙소사, 맹렬한 가을 해가 여전히 6척 장지문을 비추고 있는 거예요. 위쪽으로는 가늘고 기다란 그림자가 흔들흔들하고요."

"그건 아까 했잖아?"

"몇번 더 남았어. 그러고는 자리에서 일어나서 장지문을 열고 곶감 하나를 먹고 다시 이부자리로 들어가서 얼른 해가 지면 좋을 텐데, 하고 속으로 신불님께 빌고요."

"같은 소리잖아."

"잠깐, 선생님, 너무 재촉하지 말고 들어보세요. 그러고 나서 서너시간을 이불 속에서 참다가 이번에는 됐겠지, 하고 고개를 내밀어보니 맹렬한 가을 해가 여전히 6척 장지문 가득히 내리쬐고 위쪽으로는 가늘고 기다란 그림자가 흔들흔들하고 있고."

"언제까지고 같은 소리로구먼."

"그러고는 자리에서 일어나서 장지문을 열고 대청으로 나와서 곶감 하나를 먹고……"

"또 감을 먹었다고? 암만 기다려도 곶감만 먹어대고 끝이 없구먼."

"저도 속이 타지요."

"자네보다 듣는 사람이 훨씬 속이 타지."

"선생님은 너무 성격이 급해서서 이야기하기가 힘드네요."

"듣는 쪽도 좀 힘들어" 하고 토오후우 군도 은근히 불평을 했어.

"그렇게 모두들 힘드시다니 별수 없죠. 대충 끝내겠습니다. 요컨대 저는 곶감을 먹고는 기어들고, 기어들고는 먹고, 결국 처마 밑에 널어둔 걸 전부 먹어버렸어요."

"전부 먹었으니 해도 졌겠지."

"그런데 그렇지가 않아서 제가 마지막 곶감을 먹고 이젠 됐겠지 싶어 고개를 내밀어보니 여전히 맹렬한 가을 해가 6척 장지문 가득히 내리쬐고……"

"난 이제 됐어. 아무리 해도 끝이 없네."

"이야기하는 저도 지긋지긋해요."

"어쨌든 그 정도 끈기가 있으면 무슨 일을 해도 성공하겠네. 가만히 있으면 내일 아침까지 가을 해가 쨍쨍할 거 아냐? 도대체 언제쯤 바이올린을 살 생각인가?" 하고 메이떼이 군마저 더는 못 참겠나봐. 다만 도꾸센 군만은 태연히 내일 아침까지든 모레 아침까지든 아무리 가을 해가 쨍쨍해도 움직일 낌새가 없어. 칸게쯔 군역시 태연자약하게,

"언제 살 거냐고 하시지만 밤이 되기만 하면 바로 사러 나갈 작정이라고요. 다만 유감스럽게도 언제 머리를 내밀어봐도 가을 해가 쨍쨍 내리쬐고 있으니 ─아니, 그때의 제 괴로움이란 도저히지금 여러분이 답답해하시는 것과 비교가 안 돼요. 저는 마지막 곶감을 먹고 나서도 여전히 해가 지지 않는 걸 보고는 무심결에 눈물을 흘리며 울고 말았습니다. 토오후우 군, 나는 정말 기가 막혀 울었다니까."

"그렇겠지. 예술가란 워낙 다정다감하니까 우는 데는 동정을 느끼네만, 이야기는 좀 빨리 진행해줬으면 해." 토오후우 군은 사람이 좋다보니 어디까지나 정색을 하고 우스갯소리를 하지.

"진행하고 싶은 마음이야 굴뚝같지만 아무래도 해가 져주질 않으니 곤란해서 말이야."

"그렇게 해가 지지 않으면 듣는 쪽도 곤란하니까 그만두세" 하고 주인이 결국 참지 못하겠다는 듯이 말했어.

"관두면 더 곤란하죠. 이제부터 점점 재미있어지는 참인걸요."

"그럼 들을 테니까 어서 해가 진 걸로 하면 되잖아."

"그럼, 좀 무리한 주문이긴 하지만 선생님 말씀이니 어쩔 수 없이 일단 해가 진 걸로 하죠."

"그거 다행이군" 하고 도꾸센 군이 점잖게 말하는 바람에 모두무심결에 웃음을 터뜨렸어.

"마침내 밤이 되었기에 우선 안심이다 싶어 한숨을 돌리고 쿠라까께무라의 하숙집을 나왔습니다. 저는 원래 시끄러운 곳을 싫어

452

해서 일부러 편한 시내를 피해서 인적 드문 한촌의 농가에 한동안 달팽이집 같은 암자를 정해두고 있었거든요……"

"인적이 드물다니 너무 허풍스러운데?" 하고 주인이 항의하자 "달팽이집 같은 암자도 과하지. 토꼬노마도 없는 타따미 네장 반 정도로 해두는 게 사실적이고 재미있어" 하고 메이떼이 군도 불만을 표했어. 토오후우 군만은 "사실이야 어떻든 언어가 시적이라 느낌이 좋아" 하고 칭찬하더군. 도꾸센 군은 진지한 얼굴로 "그런 곳에 살면 통학하기 힘들지 않나? 얼마나 떨어져 있는데?" 하고 물었어.

"학교까지는 겨우 4, 5백 미터 정도예요. 원래 학교부터가 한촌이니까요……"

"그럼 학생들은 대개 그 근방에 자리를 잡지 않나?" 하며 도꾸센 군은 좀처럼 물러서지 않아.

"예, 대부분의 농가에는 한두명씩 있었죠."

"그런데 인적이 드물다고?" 하고 정면으로 공격했어.

"예, 학교만 아니면 아주 인적이 드물죠. ……어쨌든 그날 밤의 복장으로 말하자면, 솜을 넣은 무명옷 위에 금단추 달린 교복 외투를 입고 외투에 달린 모자를 깊숙이 뒤집어써서 가능한 한 남들 눈에 띄지 않도록 조심했어요. 마침 감잎이 떨어질 때라서 하숙집에서 난고오 가도로 나올 때까지 나뭇잎이 길에 가득 깔려 있었죠. 걸음을 옮길 때마다 바스락바스락하는 게 신경이 쓰이더라고요. 누군가 뒤를 따라오는 것 같아서 바짝 긴장했죠. 돌아보면 토오레이지의 숲이 시커멓게 우거져서 캄캄한 가운데 어둡게 비치고요. 이 토오레이지라는 절은 마쯔다이라 가문의 위패를 모신 곳으로 코오신 산 기슭에 있는데, 하숙집에서 백 미터 정도밖에 떨어지지 않은 아주 고요한 사찰이지요. 숲 위로는 별빛이 총총한 밤하늘에 은하수가 나가세 강을 비스듬히 가로질러 끝자락은 ── 끝자락은, 네, 일단 하와이 쪽으로 흐르고 있었어요⋯⋯”

“하와이는 뜬금없구먼” 하고 메이떼이 군이 말했어.

“마침내 난고오 가도를 2백 미터쯤 가서 타까노다이마찌에서 시내로 들어가 코조오마찌를 지나 센고꾸마찌를 돌아서 쿠이시로쪼오를 옆으로 보면서 토오리쪼오를 1가, 2가, 3가 순서대로 지나서, 그러고는 오와리쪼오, 나고야쪼오, 샤찌호꼬쪼오, 카마보꼬쪼오⋯⋯”

“그렇게 여러 마을을 지나지 않아도 되네. 요컨대 바이올린을 산 거야, 안 산 거야?” 주인이 답답하다는 듯이 물었어.

“악기가 있는 가게는 카네젠, 즉 카네꼬 젠베에 쪽이니까 아직 멀었는데요.”

“됐고, 빨리 좀 사라고.”

“알아 모시겠습니다. 그래서 카네젠 쪽으로 와보니 가게에는 램프가 쨍쨍 비쳐서⋯⋯”

“또 쨍쨍이야? 자네 쨍쨍은 한두번으로 끝나질 않으니 지겹다니까.” 이번엔 메이떼이가 방어선을 쳤어.

“아뇨, 이번 쨍쨍은 그냥 한번 쨍쨍하는 거니까 너무 걱정 안 하셔도 됩니다. ⋯⋯등불에 비친 걸 보니 바로 그 바이올린이 어렴풋이 가을 등불을 반사해서 쏙 들어간 몸통의 둥그스름한 부분이 서늘한 빛을 발하고 있더군요. 꽉 조여놓은 현의 일부만이 반짝반짝 하얗게 눈에 들어왔습니다⋯⋯”

“제법 서술이 능숙하군” 하고 토오후우 군이 칭찬했어.

“저거다, 저 바이올린이다, 하고 생각하니 갑자기 가슴이 두근거리고 다리가 덜덜 떨리는 거예요⋯⋯”

"흥흥" 하고 도꾸센 군이 콧방귀를 뀌더군.

"나도 모르게 뛰어들어서 주머니에서 지갑을 꺼내고 지갑에서 5엔짜리 지폐 두장을 꺼내서……"

"마침내 산 건가?" 주인이 물었어.

"사려고 했지만, 잠깐만, 지금이 중요한 순간이야, 자칫 잘못했다간 실패하지, 그래, 관두자, 하고 아슬아슬한 순간 마음을 고쳐먹었어요."

"뭐야? 아직도 안 산 거야? 바이올린 하나로 제법 사람을 낚는군"

"낚는 게 아니고요, 어쨌든 아직 살 수 없으니 별수 없죠."

"왜?"

"왜는요, 아직 초저녁이라서 사람들이 엄청 돌아다니거든요."

"무슨 상관이야, 사람들이 이백명이든 삼백명이든 돌아다녀봤자지. 자넨 참 이상한 사람이구먼" 하고 주인은 붉으락푸르락했어.

"그냥 사람이면 천명이든 이천명이든 상관없지만 학교 학생들이 팔을 걷어붙이고 커다란 지팡이를 들고 배회하고 있으니 그리 쉽게 살 수가 없다니까요. 개중에는 침전당이라나 하면서 늘 학급 밑바닥에 침전해 있으면서 즐거워하는 치들이 있으니까요. 그런 놈들이 꼭 유도는 잘하거든요. 함부로 바이올린에 손을 대면 안 돼요. 무슨 꼴을 당할지 모르니까요. 저도 분명 바이올린이 갖고 싶지만 그래도 목숨은 아깝잖아요? 바이올린을 켜다가 죽느니 안 켜고 살아남는 게 낫죠."

"그럼 결국 안 사고 말았다는 거군" 하고 주인이 확인했어.

"아뇨, 샀어요."

"참 못 말릴 인간일세. 살 거면 빨리 살 것이지. 아니면 아니고. 얼른 해치우면 좋을걸."

"헤헤헤, 세상살이가 그렇게 생각대로 되는 게 아니잖아요" 하고 칸게쯔 군은 태연히 아사히 담배에 불을 붙여 피우기 시작하더군.

주인은 지겨워졌는지 벌떡 일어나서 서재에 들어가나 싶더니 웬 낡아빠진 서양 책을 한권 들고 와서는 털썩 엎드려서 읽기 시작했어. 도꾸센 군은 어느 틈엔가 토꼬노마 앞으로 물러나서 혼자서 바둑돌을 가지고 씨름하고 있더군. 모처럼의 일화도 너무 늘어지니까 청중이 한 사람, 두 사람 줄어들더니 남은 건 예술에 충실한 토오후우 군과 일찍이 긴 것에는 질려본 적이 없는 메이떼이 선생뿐이야.

기다란 연기를 후, 하고 세상에 거리낌 없이 내뿜은 칸게쯔 군은 이윽고 좀 전과 같은 속도로 이야기를 이어갔어.

"토오후우 군, 그때 나는 이렇게 생각했어. 이런 초저녁엔 도저히 안 되겠다, 그렇다고 한밤중에 오면 카네젠은 잠들어버릴 테니 더 안 되지. 아무래도 학생들이 모두 산책을 마치고 돌아가고 카네젠은 아직 안 잘 만한 시간을 노려서 오지 않으면 기껏 세운 계획도 물거품이 되고 말아. 하지만 그 시간을 딱 맞춘다는 게 어렵지."

"그러게, 그건 어렵지."

"그래서 나는 그 시간을 10시쯤으로 잡았어. 그러니 그때부터 10시쯤까지 어디서 시간을 보내야 할까. 집까지 갔다가 다시 나오는 건 너무 힘들고, 그렇다고 친구 집에 들르자니 마음이 불편해서 좀 그렇고. 어쩔 수 없이 적당한 시간이 될 때까지 시내를 산책하기로 했어. 그런데 평소 같으면 두시간이나 세시간은 어슬렁어슬렁 걷다보면 금세 지나가는데 그날 밤만은 시간이 얼마나 기어가는지 —천추와 같은 시간이라는 게 이런 거구나, 하고 사무치게 느꼈다니까" 하고 새삼 그렇게 느꼈다는 듯이 일부러 메이떼이 선생 쪽을 보았어.

"옛사람도 '기다리는 몸에 괴로워라, 코따쯔'[19]라고 읊은 적이 있고, 또 기다리게 하는 사람보다 기다리는 사람이 더 괴로운 것도 있으니 처마에 매달린 바이올린도 괴로웠을 테지만 방향 잃은 탐정처럼 우왕좌왕 우물쭈물하는 자네는 더 괴로웠겠지. 풀 죽은 모습이 마치 상갓집 개와 같구나.[20] 아니, 집 없는 개만큼 불쌍한 것도 사실 없지."

"개라니 너무하시네요. 이래 봬도 아직은 개한테 비교된 적은 없어요."

"나는 어쩐지 자네 이야기를 들으니 옛날 예술가의 전기를 읽는 듯한 기분이 들어서 동정심을 감추지 못하겠어. 개한테 비교한 건 선생님이 농담하신 것이니 신경 쓰지 말고 이야기를 계속하게나" 하고 토오후우 군이 위로했어. 위로를 받지 않아도 칸게쯔 군은 물론 이야기를 계속할 작정이었지.

"그러고는 오까찌마찌에서 햣끼마찌를 지나고 료오가에쪼오에서 타까조오마찌로 나와 현청 앞에서 버드나무 고목의 수를 세고 병원 옆에서 창문의 불빛을 세고 콘야바시 위에서 궐련 두개비를 피우고, 그런 다음 시계를 보았지……"

"10시가 되었던가?"

"안타깝게도 아직이더군. ── 콘야바시를 건너 강을 따라 동쪽으로 올라가니 장님 셋이 있었어. 그리고 개가 얼마나 짖어대던지요, 선생님……"

---

19 에도 시대의 속요 「와가모노(我もの)」의 한 구절.
20 『사기』 「공자세가(孔子世家)」에 나오는 말로, 세상을 떠도는 공자의 처지를 빗댄 표현.

"기나긴 가을밤에 강변에서 멀리 개 짖는 소리를 듣다니 어쩐지 연극 같구먼. 자넨 도망자 역이고."

"뭐 나쁜 짓이라도 했나요?"

"이제부터 하려는 참이잖아."

"불쌍해라. 바이올린을 사는 게 나쁜 짓이면 음악학교 학생들은 모조리 죄인이로군요."

"남들이 인정하지 않는 일을 하면 아무리 좋은 일을 해도 죄인이지. 그러니 세상에 죄인이라는 것만큼 못 믿을 것도 없어. 예수도 그런 세상에 태어나면 죄인이야. 미남자 칸게쯔 군도 그런 데서 바이올린을 사면 죄인인 거지."

"그렇다면 일단 죄인이라고 해두죠. 죄인인 건 괜찮지만 10시가 안 되는 건 난감하더라고요."

"한번 더 마을 이름을 읊어보지 그러나? 그래도 모자라면 한번 더 가을 해를 쨍쨍 비추고. 그래도 안 되면 다시 곶감을 한 세 다스 먹어. 언제까지고 들어줄 테니 10시가 될 때까지 해보게."

칸게쯔 선생은 히죽히죽 웃었어.

"그렇게 선수를 치시면 항복할 수밖에 없네요. 그럼 뛰어넘어서 10시라고 치겠습니다. 자, 약속한 10시가 되어 카네젠 앞으로 가보니 밤이면 쌀쌀한 계절인지라 번화한 료오가에쪼오도 거의 인적이 끊겨 저쪽에서 들리는 나막신 소리조차 쓸쓸하게 들리더군요. 카네젠은 이미 대문을 닫고 조그만 미닫이 쪽문 하나만 살짝 열려 있어요. 저는 어쩐지 개에게 쫓기기라도 하는 듯한 기분으로 문을 열고 들어가는데 약간 으스스하더라고요……"

그때 주인이 지저분한 책에서 잠깐 눈을 떼고는 "어이, 바이올린은 이제 샀나?" 하고 물었어. "이제 사려는 참이에요" 하고 토오후우 군이 대답하자 "아직도 안 샀어? 정말 길구먼" 하고 혼잣말처럼 말하더니 다시 책을 읽기 시작했어. 도꾸센 군은 말없이 백과 흑으로 바둑판을 거의 다 채워버렸고.

"과감하게 뛰어들어 모자를 쓴 채로 바이올린을 달라고 했더니 어린 점원 네댓명이 화로 주변에서 이야기를 하고 있다가 놀라서 한꺼번에 제 얼굴을 쳐다보더군요. 저는 무심결에 오른손으로 모자를 푹 눌러썼어요. 어이, 바이올린을 달라니까, 하고 두번째로 말하자 제일 앞에서 내 얼굴을 들여다보듯 하던 꼬마가 네, 하고 미덥지 못하게 대답하고는 일어나서 가게 앞에 매달려 있던 바이올린 서너개를 한꺼번에 끌어내렸어요. 얼마냐고 물으니 5엔 20전이라고 하더군요……"

"어이, 그렇게 싼 바이올린이 있나? 장난감 아냐?"

"값이 다 똑같으냐고 물으니 예, 다 같습니다, 모두 튼튼하게 정성껏 만들었습니다, 하길래 지갑에서 5엔짜리 지폐와 은화 20전을 꺼내주고 준비한 보자기에 바이올린을 쌌어요. 그러는 동안 점원들은 이야기를 멈추고 가만히 제 얼굴을 보고 있었지요. 얼굴은 모자로 가리고 있으니 알아볼 염려는 없지만 어쩐지 마음이 급해서 빨리 나가고 싶어 죽겠더라고요. 겨우 꾸러미를 외투 속에 감추고 가게를 나서는데 점원이 목소리를 가다듬어 감사합니다, 하고 큰 소리로 인사하는 통에 식은땀이 다 나더군요. 길에 나와서 잠깐 둘러보니 다행히 아무도 없는 것 같긴 한데 백 미터쯤 떨어진 곳에서 두세 사람이 온 동네가 떠나가라 시를 읊으며 오는 거예요. 이거 큰일이다 싶어 카네젠 모퉁이를 서쪽으로 돌아 도랑가를 따라 야꾸오오지 길로 나와서는 한노끼무라에서 코오신 산 기슭으로 나와서 가까스로 하숙집으로 돌아왔지요. 하숙집에 와보니 벌써 2시

10분 전이더군요."

"밤새 걸어다닌 모양이로군" 하고 토오후우 군이 안됐다는 듯이 말하자 "겨우 끝났구면. 전국일주 주사위놀이네" 하고 메이떼이 군은 안도의 한숨을 쉬었어.

"지금부터가 본론인데요. 이제까지는 겨우 서론이었고요."

"아직 남았다고? 이것 참 큰일일세. 웬만해선 자네한테 끈기로는 못 당하겠군."

"끈기는 모르겠고, 여기서 관두면 용을 그려놓고 눈을 안 그리는 거나 마찬가지니까 잠깐 이야기할게요."

"이야기하는 거야 물론 자네 마음이지. 듣긴 들을게."

"어때요, 쿠샤미 선생님도 들으시면? 바이올린은 벌써 샀어요, 선생님."

"이번엔 바이올린을 파는 건가? 파는 건 안 들어도 되네."

"아직 팔진 않아요."

"그렇다면 더더욱 안 들어도 되지."

"정말 너무하시네. 토오후우 군 자네뿐이야, 열심히 들어주는 건. 약간 맥이 빠지긴 하지만 할 수 없지. 대충 이야기할게."

"대충 안 해도 되니까 천천히 하게나. 아주 재밌어."

"바이올린은 가까스로 손에 넣었지만 우선 곤란한 건 어디 두느냐였어. 내 하숙집엔 만날 사람들이 놀러 오니 아무 데나 걸어두거나 세워두거나 했다간 금세 들켜버리지. 구덩이를 파서 묻는 건 꺼낼 때마다 귀찮고."

"그러게, 천장에라도 감췄나?" 하고 토오후우 군은 속 편한 소릴 했어.

"천장은 없어. 농가라니까."

460

"그거 곤란하네. 어디다 두었나?"

"어디 두었을 것 같아?"

"모르겠네. 두껍닫이 안인가?"

"아니."

"담요에 싸서 벽장에 숨겼나?"

"아니."

토오후우 군과 칸게쯔 군이 바이올린의 은신처에 대해 이렇게 문답을 주고받는 동안 주인과 메이떼이 군도 뭔가 열심히 이야기를 나누고 있더군.

"이걸 뭐라고 읽나?" 하고 주인이 물었지.

"어느 거?"

"이 두번째 줄."

"뭐라는 거야? Quid aliud est mulier nisi amicitiæ inimica······²¹ 여보게, 이건 라틴어 아닌가?"

"라틴어인 건 알겠는데 뭐라고 읽느냐고."

"아니, 자네 평소에 라틴어를 읽을 수 있다고 했잖아?" 하고 메이떼이 군도 위험을 간파했는지 꽁무니를 뺐어.

"물론 읽을 수 있지. 읽을 수 있긴 한데 이게 뭐냐고."

"읽을 수 있긴 한데 이건 뭐냐니 뭔 소리야?"

"어쨌든 상관없으니까 영어로 번역해보게."

"해보라니 너무하네. 아주 사람을 졸병으로 보고."

"졸병이라도 좋으니까 뭐냐고."

---

**21** '여자가 우정의 적이 아니면 무엇이란 말인가'라는 뜻으로 영국의 작가 토머스 내시(Thomas Nashe, 1567~1601)의 『어리석음의 해부』(*The Anatomy of Absurdity*)에 나오는 말.

"아니, 라틴어는 잠깐 미뤄두고 칸게쯔 군의 말씀을 좀 경청하세나. 지금 중요한 부분이거든. 결국 들키느냐 마느냐 하는 위기일발의 관문이라고. ─칸게쯔 군, 그래서 어떻게 됐나?" 하고 갑자기 방향전환, 다시 바이올린파가 되었어. 주인은 한심하게 버려졌지. 칸게쯔 군은 이에 힘을 얻어 숨긴 곳을 설명했어.

"결국 낡은 고리짝 속에 감췄답니다. 이 고리짝은 고향을 떠날때 할머니가 선물로 주신 건데요, 아마 할머니가 시집올 때 가져온 건가 그래요."

"그야말로 골동품이로구먼. 바이올린이랑은 약간 안 어울리네. 그렇지, 토오후우 군?"

"예, 좀 그렇네요."

"천장 위도 안 어울리잖아" 하고 칸게쯔 군은 토오후우 선생에게 한방 먹였어.

"안 어울리지만 하이꾸는 되니까 안심하시게나. 가을 쓸쓸해 고리짝에 숨기는 바이올린아. 어떤가?"

"선생님, 오늘은 하이꾸가 줄줄 나오네요."

"오늘만이 아니야. 언제나 마음속에 들어 있거든. 하이꾸에 대한 나의 조예는 작고한 시끼[22] 선생도 혀를 내두르며 놀랄 정도였다네."

"선생님, 시끼 선생님과는 알고 지내셨나요?" 하고 순진한 토오후우 군이 진술한 질문을 던졌어.

"아니, 꼭 알고 지냈다기보다 늘 무선전신으로 서로 마음을 터놓고 지냈다고나 할까?" 하고 말도 안 되는 소리를 하니 토오후우 선생은 기가 막혀 입을 다물더군. 칸게쯔 군은 웃으면서 다시 진행

---

**22** 소오세끼와 절친했던 하이꾸 시인 마사오까 시끼(正岡子規, 1867~1902).

했어.

"그렇게 감출 곳은 생겼지만 이번엔 꺼내는 게 문제야. 그냥 꺼내기만 하면 남의 눈을 피해 바라보는 거야 할 수 있지만 보고만 있어서 뭘 하겠나? 켜지 않으면 아무 소용이 없잖아. 켜면 소리가 나고, 소리가 나면 바로 들키지. 마침 또 무궁화 울타리 하나 너머 남쪽 이웃이 침잠조 두목의 하숙집이니 더 위험해."

"큰일이네." 토오후우 군이 안타깝다는 듯 장단을 맞추더군.

"정말 그건 큰일이겠구먼. 말보다 증거로 소리가 나는 거니까. 코고오노 쯔보네도 완전히 그것 때문에 망한 거거든.[23] 뭘 훔쳐먹거나 위조지폐를 만드는 거라면 어떻게 해볼 수 있겠지만 음악은 남들 몰래 할 수가 없잖나."

"소리만 안 나면 어떻게 해볼 텐데 말이죠……"

"잠깐만, 소리만 안 나면,이라고 하지만 소리가 안 나도 숨길 수 없는 게 있지. 옛날에 우리가 코이시까와 절에서 자취를 하던 시절에 스즈끼 토오주우로오라는 사람이 있었는데, 이 양반이 맛술을 너무 좋아해서 맥주병에 맛술을 사와서는 혼자서 몰래 마시곤 했지. 어느날 토오주우로오가 산책을 나간 사이에 쿠샤미 군이 살짝 훔쳐다가 마셨거든……"

"내가 맛술을 왜 마셔? 마신 건 자네였지" 하고 주인은 느닷없이 소리를 질렀어.

"어라, 책을 읽고 있으니 괜찮을 줄 알았더니 역시 듣고 있었구먼. 만만치 않은 녀석이라니까. 눈도 밝고 귀도 밝구나. 그러고 보

---

23 헤이안 시대 타까꾸라(高倉) 천황이 사랑한 여자 코고오노 쯔보네(小督の局)가 타이라노 키요모리(平淸盛)의 미움을 사 사가노에 숨었으나 거문고 소리 때문에 들켰다는 이야기를 말한다.

니 나도 마셨지. 나도 마신 건 맞지만 들킨 건 자네잖아. ─ 여보게 들, 들어보게나. 쿠샤미 선생이 원래 술을 못 마셔. 그런데 남의 맛 술이라고 열심히 마셔댔으니 얼굴이 완전히 홍당무가 돼서 달아오르더라고. 정말 목불인견이었지……"

"시끄러, 라틴어도 못 읽는 주제에."

"하하하, 그래서 토오주우로오가 돌아와서 맥주병을 얼핏 보니 반 이상 사라졌어. 아무래도 누가 마신 게 분명하다 싶어 둘러보니 저 구석에 붉은 진흙을 칠갑한 인형처럼 바짝 얼어 있는 거지……"

세 사람은 저도 모르게 폭소를 터뜨렸어. 주인도 책을 읽으면서 킥킥대고 웃더군. 오로지 도꾸센 군만은 재능도 없는 바둑에 너무 몰두한 나머지 그만 피곤했는지 어느새 바둑판에 엎드려 쿨쿨 자고 있었어.

"소리가 안 났는데 들킨 건 또 있어. 내가 예전에 우바꼬 온천에 가서 영감 하나와 한방을 쓴 적이 있지. 토오꾜오에서 키모노집을 하다가 은퇴했다던가 했어. 한방을 쓰는 거니 키모노 장사든 헌옷 장사든 상관할 바 아니지만 곤란한 일이 하나 생기고 말았지. 내가 우바꼬에 도착한 지 사흘 만에 담배가 떨어져버렸거든. 자네들도 알겠지만 그 우바꼬라는 곳이 산중의 외딴곳이어서 그저 온천에 들어가고 밥을 먹는 것 말고는 할 짓이 없는 불편한 곳이잖아. 거기다 담배가 떨어져버렸으니 큰일이지 뭔가. 물건은 없으면 더 갖고 싶어지는 법이라, 담배가 떨어졌다는 생각을 하자마자 평소보다 더 담배 생각이 나더라고. 그런데 공교롭게도 그 영감이 보따리 가득 담배를 가지고 온 거야. 그걸 조금씩 꺼내서는 남 앞에서 책상다리를 하고 앉아 피우고 싶지? 하고 약을 올리듯이 뻑뻑 피워대지 뭔가? 그냥 피우기만 하면 봐줄 수도 있겠지만 나중에는 연기로

도넛을 만들어 보이질 않나, 가로로 뿜고 세로로 뿜고, 곡예라도 하듯이 길게 옆으로 뿜었다가, 콧구멍으로 들이마셨다가 내뿜었다가 난리를 치더라고. 꼭 무슨 시연식이라도 하듯이 말이야……"

"시연식이라니, 그게 뭔가요?"

"옷이면 시착식이겠지만 담배니까 시연식이지."

"음, 그렇게 참기 힘들면 좀 얻어 피우면 되잖아요?"

"절대 그렇겐 못하지, 나도 남잔데."

"음, 얻어 피우면 안 되는 건가요?"

"될지도 모르지만 안 하지."

"그래서 어쨌나요?"

"얻지 않고 훔쳤어."

"아이고, 저런."

"영감이 수건을 목에 두르고 탕에 가길래 피우려면 지금이다 싶어서 일심분란 연달아 피우고는 아, 기분 좋다, 할 틈도 없이 장지문이 벌컥 열리는 통에 깜짝 놀라 돌아보니 담배 주인이야."

"탕에 간 게 아니었나요?"

"들어가려고 보니 돈주머니를 두고 간 게 생각나서 복도에서 되돌아온 거지. 남의 돈주머니를 훔칠 것도 아닌데 그것부터가 실례 아닌가?"

"그건 모르겠네요. 담배를 훔치는 걸 보면."

"하하하, 그 영감도 꽤나 식견이 있는 거지. 돈주머니야 어쨌든 영감이 문을 열어보니 이틀 동안 못 피운 걸 한꺼번에 피워댄 연기가 방 안 가득 차 있는 거야. 나쁜 일은 천리를 간다더니 제대로 걸린 거지."

"영감님이 뭐라던가요?"

"역시 나잇값이라는 게 있어. 아무 말 없이 궐련 오륙십개비를 종이에 말아서는, 실례지만 이런 싸구려라도 괜찮으시면 피우시지요, 하고는 다시 욕탕으로 갔어."

"그런 걸 에도 기질이라고 하는 건가요?"

"에도 기질인지 키모노집 기질인지 모르지만 그때부터 나는 영감님과 완전히 속을 터놓는 사이가 돼서 두주일 동안 즐겁게 지내다 왔다네."

"담배는 두주일 내내 영감님 신세를 지고요?"

"뭐, 그런 셈이지."

"바이올린은 처분했나?" 하고 주인은 결국 책을 덮어두고 일어나면서 항복을 선언했어.

"아직인데요, 이제부터 재미있어집니다. 딱 지금이니까 들어주세요. 그리고 저 바둑판 위에서 낮잠 주무시는 선생님 ─ 뭐라고 하셨죠? 맞아, 도꾸센 선생님 ─ 도꾸센 선생님도 들으시면 좋겠는데, 어때요? 저렇게 주무시면 몸에 안 좋을 텐데. 그만 깨워도 되겠죠?"

"어이, 도꾸센 군, 일어나, 어서. 재미있는 이야기래. 일어나라니까. 그렇게 자면 몸에 안 좋다잖아? 사모님이 걱정하신대."

"어" 하고 얼굴을 든 도꾸센 군의 염소수염을 타고 침 한줄기가 기다랗게 늘어져 달팽이가 지나간 흔적처럼 또렷이 빛나고 있어.

"아, 잘 잤다. 산 위의 흰 구름 내 나른함을 닮았구나. 아, 가뿐하네."

"잘 잔 건 다들 알고 있으니까 어서 좀 일어나봐."

"이제 일어났어. 뭐 재미있는 이야기라도 있나?"

"이제부터 마침내 바이올린을 ─ 어떻게 한다고 그랬지, 쿠샤미 군?"

"어떻게 할 건지는 전혀 모르지."

"이제부터 드디어 켜려는 참입니다."

"이제부터 드디어 바이올린을 켜려는 참이라네. 이쪽으로 와서 들으라니까."

"아직도 바이올린이야? 곤란하구면."

"자네는 무현의 소금을 타는 녀석이니 곤란할 게 없지만 칸게쯔 군은 끼익끼익, 삐익삐익 이웃 사방에 들리니까 무척 곤란하다고."

"그런가? 칸게쯔 군, 이웃집에 안 들리게 바이올린 켜는 법을 모르나?"

"모르는데요. 그런 방법이 있으면 알려주십시오."

"알려드리지 않아도 노지露地의 백우白牛[24]를 보면 금세 알 것을" 하고 알 수 없는 소리를 했어. 칸게쯔 군은 잠이 덜 깨서 저런 해괴한 소리를 하는 거라고 판단하고는 굳이 상대하지 않고 이야기를 이어갔어.

"가까스로 한가지 방법을 생각해냈어요. 이튿날이 천장절이어서 아침부터 집에서 고리짝 뚜껑을 열었다가 닫았다가 하면서 온종일 조마조마하게 지냈는데, 마침내 날이 저물어 고리짝 바닥에서 귀뚜라미가 울기 시작할 때 결심하고 바이올린과 활을 꺼냈지요."

"드디어 나왔군" 하고 토오후우 군이 말하자 "무턱대고 켰다간 큰일 나지" 하고 메이떼이 군이 주의를 주더군.

"우선 활을 들고 손잡이부터 끄트머리까지 살펴보니⋯⋯"

"무슨 칼 장수도 아니고" 하고 메이떼이 군이 놀렸어.

---

24 '빈 땅의 흰 소'라는 뜻으로 『벽암록』에 나오는 선어. 빈 땅은 모든 번뇌를 떠난 고요한 경지, 흰 소는 때 묻지 않은 부처의 몸을 가리킨다.

"사실 이것이 나의 넋이라 생각하니 사무라이가 잘 갈린 명검을 기나긴 밤 등불 아래 칼집에서 꺼내볼 때 같은 기분이 들더라고요. 저는 활을 든 채 부들부들 떨고 있었답니다."

"완전 천잰데?" 토오후우 군의 말에 이어 "완전 백친데?" 하고 메이떼이 군이 말했어. 주인은 "빨리 좀 켜지" 하더군. 도꾸센 군은 뭣들 하는 거야, 하는 표정.

"다행스럽게도 활은 괜찮더군요. 이번엔 바이올린을 마찬가지로 램프 옆으로 가져다가 안팎으로 잘 살펴봤죠. 이러는 약 오분 동안 고리짝 밑에서는 귀뚜라미가 줄곧 울어대고 있다고 생각해보세요……"

"뭐든 생각해줄 테니 안심하고 켜게나."

"아직 켜지는 않죠. ─ 다행히 바이올린에도 흠은 없어요. 이젠 됐다, 하고 벌떡 일어서서……"

"어디 가는 건가?"

"좀 조용히 기다려주세요. 그렇게 한마디 할 때마다 훼방을 놓으시니까 말하기 힘드네요……"

"어이, 여보게들, 입 닥치라잖아. 쉬, 쉬."

"떠드는 건 자네 혼자야."

"아, 그런가? 실례했구먼. 경청합시다."

"바이올린을 옆구리에 끼고 짚신을 꿰신고 두세걸음 암자를 나왔으나, 잠깐만……"

"거봐, 나왔군. 아무래도 어디선가 또 정전이 될 거다 싶더라니."

"이젠 돌아가봤자 곶감도 없어."

"이렇게 선생님들이 한꺼번에 달려드시니 원, 유감스럽지만 차라리 토오후우 군 한 사람을 상대하는 편이 나을 듯하네요. ─ 알겠나, 토오후우 군? 두세걸음 나섰다가 다시 돌아와서 고향을 떠날 때 3엔 20전에 샀던 빨간 담요를 머리부터 뒤집어쓰고 후, 하고 램프를 불어 끄니 완전히 깜깜해져서 이번엔 짚신이 어디 있는지 알 수가 없더군."

"도대체 어딜 가는 거야?"

"그냥 좀 듣게나. 겨우겨우 짚신을 찾아 신고 밖으로 나오니 별 빛 밝은 밤하늘에 떨어진 감잎, 빨간 담요에 바이올린, 오른쪽 오른쪽으로 까치발을 디뎌 코오신 산으로 접어들려는데 토오레이지에서 종소리가 대앵, 하며 담요를 뚫고 귀를 뚫고 머릿속까지 울려왔어. 몇시일 것 같아, 자네?"

"몰라."

"9시야. 이제부터 가을 기나긴 밤을 오직 홀로 산길 9백 미터를 오오다이라는 곳까지 오르는 건데, 평소 같으면 겁 많은 내가 무서워서 못 견딜 텐데 일심분란이 되니 무섭거나 말거나 그런 마음 자체가 아예 털끝만큼도 일지 않더군. 오직 바이올린을 켜고 싶다는 마음으로 가슴이 꽉 차다니 신기하지. 이 오오다이라는 곳은 코오신 산 남쪽인데 날씨가 좋을 때 올라가보면 적송 사이로 성 아래가 한눈에 내려다보이는 조망 좋은 평지로 ── 그래, 넓이가 한 백평은 될 거야. 한가운데 타타미 여덟장 넓이쯤 되는 바윗덩어리가 있고 북쪽으로는 우노누마라는 연못으로 이어지는데 연못가엔 세아름이나 되는 녹나무뿐이야. 산중이니 사람이 있는 데라곤 장뇌樟腦를 제조하는 움막이 한채 있을 따름이지. 연못 주변은 한낮에도 그다지 기분 좋은 장소가 아니야. 다행히 공병工兵이 훈련을 위해 길을 닦아줘서 오르는 건 힘들지 않았어. 마침내 바위 위에 올라 담요를 깔고 어쨌든 그 위에 앉았지. 그렇게 추운 밤에 거기 오른 건 처음이라 바위에 앉아 한숨 돌리고 보니 주변의 쓸쓸함이 점점 사무쳐오더라고. 이럴 때 사람의 마음을 어지럽히는 건 그저 무섭다는 느낌뿐이니, 이 느낌만 빼면 남는 건 맑고 교교한 공허감뿐이지. 한 이십분 멍하니 있으니 뭐랄까, 수정으로 만든 궁전 속에 혼자 있는 듯한 기분이 들더군. 더구나 그 혼자인 나의 몸이 ─ 아니, 몸뿐 아니라 마음도 영혼도 모조리 우무 같은 걸로 만들어진 것처럼 신기하게 투명해져버려서 내가 수정 궁전 안에 있는 건지 내 마음속에 수정 궁전이 있는 건지 알 수가 없어졌어……"

"엄청나구먼" 하고 메이떼이 군이 웃지도 않고 놀려대고 나니 도꾸센 군이 "흥미로운 경계로세" 하고 살짝 감탄하는 빛을 보이더군.

"만일 이 상태가 오래 계속되었다간 저는 다음날 아침까지 결국 바이올린도 못 켜보고 멍하니 바위 위에 앉아 있었을지도 모르죠……"

"여우 같은 거에 홀린 건가?" 토오후우 군이 물었어.

"이런 상태로 자타의 구별도 없고 살았는지 죽었는지 분간도 되지 않을 때, 느닷없이 뒤쪽 오래된 늪 안에서 꺄악, 하는 소리가 났어……"

"드디어 나왔군."

"그 목소리가 멀리 메아리쳐서 온 산의 가을 우듬지에 바람과 함께 퍼져나가는가 싶더니 문득 정신이 들더군……"

"겨우 안심했네" 하고 메이떼이 군이 가슴을 쓸어내리는 시늉을 했지.

"대사일번건곤신[25]이라" 하고 도꾸센 군은 눈짓을 해 보였어. 칸게쯔 군에겐 전혀 안 통했지.

"그러고 나서 정신을 차리고 주변을 둘러보니 코오신 산 일대가 고요한 것이 물방울 소리 하나 없더군. 그러면 좀 전의 소리는 무얼까 싶었지. 사람 소리치고는 너무 날카롭고 새소리치고는 너무 크고, 원숭이 소리라고 하기엔 ── 근처에 설마 원숭이는 없을 테고. 뭘까, 뭘까, 하는 문제가 머릿속에서 일어나니 이걸 해석하려고 지금까지 조용하던 것들이 와글와글, 시끌시끌, 요란뻑적지근하게 마치 코노트 전하[26]를 환영한다고 광란의 작태를 보였던 사람들처럼 머릿속을 마구 휘젓고 다니는 거야. 그러면서 온몸의 땀구멍이 갑자기 열리더니 털북숭이 정강이에 소주를 끼얹은 것처럼 용기, 담력, 분별, 침착 같은 이름의 손님들이 훌훌 증발해버리더라고. 심장이 갈비뼈 아래서 스떼떼꼬[27]를 추기 시작했어. 두 발이 바람에 종이연 떨리듯이 떨리기 시작하고. 이거 큰일이네, 얼른 담요를 뒤집어쓰고 바이올린을 옆에 끼고 휘청휘청 바위에서 뛰어내려 산기슭 쪽으로 산길 9백 미터를 냅다 달려내려 하숙집으로 돌아와서는 이불을 휘감고 자버렸지. 지금 생각해도 그렇게 오싹한 일은 다시 없을 거야, 토오후우 군."

"그래서?"

"그걸로 끝이야."

"바이올린은 안 켜고?"

"켜고 싶어도 켤 수가 없잖아. 꺄악, 이라니까. 자네라도 못 켰을 걸?"

─────────────────────

**25** 大死一番乾坤新. '한번 크게 죽으니 하늘과 땅이 새로워진다'는 뜻의 선어.

**26** 코노트의 아서 왕자(Prince of Connaught, Arthur Frederick Patrick Albert, 1883~1938). 영국의 왕족으로 1906년 메이지 천황에게 가터 훈장을 수여하기 위해 일본을 방문해 성대한 환영을 받았다.

**27** 1880년 무렵부터 유행한 요란하고 우스꽝스러운 춤.

"자네 이야기는 어쩐지 하다 만 것 같아서 뒤끝이 찜찜하네."

"찜찜해도 사실인걸, 뭐. 어때요, 선생님?" 하고 칸게쯔 군은 거드름을 피우며 좌중을 돌아보았어.

"하하하, 잘했어. 거기까지 끌고 간 것만 해도 고심이 참담했을 거야. 난 남자 쌘드라 벨로니[28]가 동방군자의 나라에 나타나셨나 하면서 지금까지 진지하게 경청하고 있었지"라고 한 메이떼이 군은 누군가 쌘드라 벨로니가 뭔지 묻지 않을까 생각했지만 아무런 질문도 안 나오자 "쌘드라 벨로니가 달밤에 숲 속에서 하프를 뜯으며 이딸리아풍 노래를 부르는 장면과 자네가 코오신 산에 바이올린을 안고 올라가는 건 동곡이교[29]라고나 할까, 안타깝게도 저쪽은 달 속의 선녀를 놀라게 했지만 자네는 오래된 늪 속의 괴물에게 놀랐으니 결정적인 곳에서 골계와 숭고라는 큰 차이가 벌어졌지. 이 얼마나 유감인가" 하고 저 혼자 설명하더군.

"별로 유감일 것도 없어요." 칸게쯔 군은 의외로 아무렇지도 않아.

"애초에 산 위에서 바이올린을 켜려고 하다니, 그런 하이칼라 같은 짓을 하니까 그런 일을 당하는 거야" 하고 이번엔 주인이 혹평을 가했고,

"호인이 귀신 굴 속에서 살려 하는도다.[30] 안타깝구먼" 하고 도꾸센이 탄식했어. 도꾸센 군이 하는 말은 단 한마디도 칸게쯔에게 이해된 적이 없어. 칸게쯔 군만이 아니라 아마 아무도 못 알아들었을 거야.

---

**28** 영국의 소설가 조지 메러디스(George Meredith, 1828~1909)의 소설 『쌘드라 벨로니』(*Sandra Belloni*)의 주인공.

**29** 同曲異巧. 솜씨는 같지만 그 정취는 다르다는 뜻의 '동공이곡(同工異曲)'을 비틀어 '곡은 같지만 그 기량이 다르다'는 뜻으로 쓴 말.

**30** 『벽암록』에 나오는 선어로, 잘못된 편견에 사로잡힌 모습을 가리키는 말.

"그건 그렇고, 칸게쯔 군, 요즘도 역시 학교에 가서 구슬만 갈고 있나?" 하고 메이떼이 선생이 잠시 뒤에 화제를 바꾸었어.

"아뇨, 한동안 고향에 다녀오느라 잠시 중단했죠. 구슬 가는 것도 이제 질려서 실은 그만둘까 생각 중이에요."

"그래도 구슬을 갈지 않으면 박사가 못 되잖아?" 하고 주인은 미간을 살짝 찌푸렸지만 본인은 의외로 태평스럽게,

"박사 말인가요? 헤헤헤, 박사 같은 건 이제 안 돼도 괜찮아요."

"그래도 결혼이 미뤄지면 양쪽 다 곤란하지."

"결혼이라니, 누구 결혼요?"

"자네 말이야."

"제가 누구랑 결혼하는데요?"

"카네다네 딸."

"아."

"아, 라니, 약속을 했잖아?"

"약속 같은 건 없었는데요. 그런 소문을 퍼뜨리는 거야 저쪽 마음이죠."

"이건 좀 너무하구먼. 어이, 메이떼이, 자네도 그 일은 알고 있잖아."

"그 일이라, 코 사건 말인가? 그 일이야 자네랑 나뿐 아니라 공공연한 비밀로 천하 일반에 다 알려져 있지. 실은 『만쪼오萬朝』 같은 일간지는 '신랑 신부'라는 제목으로 두 사람의 사진을 지면에 게재할 영광의 날은 언제냐, 언제냐, 하고 나한테 자꾸 귀찮게 물으러 올 정도인걸. 토오후우 군은 이미 「원앙가」라는 일대 장편까지 지어놓고 석달 전부터 기다리고 있는데 칸게쯔 군이 박사가 못 되면 기껏 만든 걸작도 빛을 못 보고 사장되나 싶어 걱정 천만이라고.

토오후우 군, 안 그런가?"

"아직 걱정까지는 안 하지만 어쨌든 진심 어린 작품을 공개할 작정이긴 합니다."

"그것 보게나. 자네가 박사가 되느냐 마느냐가 사방팔방에 엄청난 영향을 미치고 있다고. 어서 정신 차리고 구슬을 갈아주게나."

"헤헤헤, 걱정을 끼쳐서 죄송하긴 합니다만 이제 박사는 안 돼도 됩니다."

"어째서?"

"어째서라뇨, 전 이미 어엿한 마누라가 있거든요."

"이런, 대단하군. 어느새 도둑결혼을 한 거야? 세상일은 참 놀라워. 쿠샤미 씨, 방금 들으신 바대로 칸게쯔 군은 이미 처자가 있다는군."

"아이는 아직이에요. 결혼하지 한달도 되기 전에 아이가 태어나면 큰일이죠."

"아니, 도대체 언제 어디서 결혼을 한 거야?" 하고 주인은 예심 판사 같은 질문을 했어.

"언제긴요, 고향에 가보니 떡하니 집에서 기다리고 있더라고요. 오늘 선생님께 들고 온 가다랑어도 결혼 선물로 친척한테 받은 거예요."

"겨우 세마리? 노랭이 같으니."

"아뇨, 잔뜩 받은 것 중에서 세개만 들고 온 거죠."

"그래, 고향 여자로군. 역시 거무스레한가?"

"예, 새까매요. 저한테 딱 어울리죠."

"그래서 카네다 쪽은 어쩔 셈인가?"

"어쩔 게 뭐 있나요?"

"그건 좀 도리가 아니잖나. 안 그래, 메이떼이 군?"

"아닐 것도 없지 뭐. 다른 데 시집보내면 되잖아. 어차피 부부란 건 어둠속에서 머리를 부딪치는 것과 같은 거니까. 요컨대 부딪치지 않아도 될 걸 굳이 가서 부딪치게 하는 거니까 부질없는 짓이야. 애초에 부질없는 짓이니 누구랑 누구 머리가 부딪치든 상관없어. 그저 불쌍한 건 「원앙가」를 지은 토오후우 군 정도지."

"아니 뭐, 「원앙가」는 형편에 따라 이쪽에 맞게 바꿔도 됩니다. 카네다 집안 결혼식 때는 또 만들면 되니까요."

"과연 시인답게 자유자재로군."

"카네다 쪽엔 이야기했나?" 주인은 아직 카네다가 신경 쓰이나봐.

"아뇨, 이야기할 이유가 없죠. 제 쪽에서 딸을 달라고도, 장가들고 싶다고도 이야기한 적이 없으니까 그냥 입 다물고 있으면 되는 거죠. ─ 아니, 입 다물고 있는 걸로 충분해요. 지금쯤은 탐정이 열 명 스무명 달라붙어서 미주알고주알 모르는 게 없을걸요."

탐정이란 소리를 들은 주인은 갑자기 씁쓸한 얼굴이 되어,

"흥, 그렇다면 입 다물고 있게나" 하고 말했지만 그것만으론 아무래도 부족했는지 다시 탐정에 관해 다음과 같은 이야기를 무슨 엄청난 이론이라도 되는 양 늘어놓았어.

"불식간에 남의 주머니를 터는 것이 소매치기라면 불식간에 남의 마음속을 낚아채는 게 탐정이지. 모르는 사이에 덧문을 열고 남의 소유물을 훔치는 것이 도둑이고 모르는 사이에 입을 열게 만들어 남의 마음을 읽는 것이 탐정이야. 타따미에 칼을 꽂아 억지로 남의 돈을 빼앗는 것이 강도라면 협박하는 말을 줄줄 늘어놓아 남의 의지를 강요하는 것이 탐정이지. 그러니 탐정이란 건 소매치기, 도둑, 강도와 동족으로 도저히 인간이라고 할 수가 없는 거야. 그런

놈이 하는 소릴 들으면 버릇이 되네. 절대로 지면 안 돼."

"그럼요, 걱정 없어요. 탐정이 천명 이천명 비열하게 떼로 몰려와봤자 무서울 게 없죠. 이래 봬도 구슬 연마의 달인 이학사 미즈시마 칸게쯔라고요."

"이야, 존경스러워라. 역시 신혼 학사쯤 되면 혈기왕성하구면. 그래도 쿠샤미 씨, 탐정이 소매치기, 도둑, 강도와 동족이라면 그런 탐정을 부리는 카네다 군 같은 인간은 무슨 종족인가?"

"쿠마사까 초오한 정도 되겠지."

"쿠마사까라, 딱 좋구면. 하나로 보이던 초오한이 둘이 되더니 죽어버리도다,³¹라고 하지만 고리대금으로 재산을 모은 건너편 골목의 초오한 같은 놈은 고집쟁이에 욕심꾸러기이니 몇동강이 나도 죽을 염려가 없지. 저런 놈에게 걸렸다간 뼈도 못 추린다고. 평생 못 헤어나지. 칸게쯔 군, 조심하게나."

"뭘요, 괜찮다니까요. 오호라, 무시무시한 도둑놈이여, 솜씨는 이미 알고 있을 터. 그런데도 겁도 없이 쳐들어오느냐,³² 하고 혼쭐을 내주지요, 뭐" 하고 칸게쯔 군은 태연자약하게 요오꾜꾸풍으로 기염을 토해 보이더군.

"탐정이라고 하니, 20세기의 인간은 대개 탐정 같아지는 경향이 있는데 왜 그런 걸까?" 도꾸센 군은 또 도꾸센 군답게 시국 문제와는 관계없이 초연한 질문을 내놓았어.

"물가가 비싸니까 그런 거겠죠" 하고 칸게쯔 군이 답했지.

"예술의 취향을 이해하지 못해서 그런 거예요" 하고 토오후우

---

31 요오꾜꾸 「에보시오리(烏帽子折)」에서 주인공 미나모또노 요시쯔네가 도적 쿠마사까 초오한을 퇴치하는 마지막 구절.
32 「에보시오리」의 한 대목.

군이 답했고.

"인간에게 문명이라는 뿔이 돋아서 별사탕처럼 뾰족뾰족해진 탓이야" 한 건 메이떼이 군의 대답.

이번엔 주인 차례야. 주인은 젠체하는 말투로 이런 주장을 시작했지.

"그건 내가 무척 고민한 문제야. 내가 해석하기에 오늘날 인간이 탐정과 같아지는 것은 전적으로 개인의 자각심이 너무 강한 것이 원인이지. 내가 자각심이라고 이름 붙인 것은 도꾸센 군이 말하는 견성성불이라든가 자기가 곧 천지와 하나라든가 하는 깨달음 같은 것하고는 다르네……"

"오호, 엄청 어려워지는구면. 쿠샤미 군, 자네가 그런 대이론을 혀끝에 올리는 이상, 불초 메이떼이도 나중에 삼가 현대문명에 대한 불만을 당당히 개진하겠네."

"맘대로 해. 할 말도 없는 주제에."

"그런데 있거든. 엄청나게 있어. 자네야말로 지난번엔 형사를 하느님처럼 떠받들고 또 오늘은 탐정을 소매치기 도둑놈에 비교하니 정말 괴상한 모순이네만, 나는 시종일관 태어나기 전부터 지금 이 순간까지 단 한번도 내 주장을 바꾼 적이 없는 남자야."

"형사는 형사, 탐정은 탐정이지. 지난번은 지난번이고 지금은 지금이고. 주장을 바꾸지 않는다는 건 발전이 없다는 증거야. 바보는 변하지 않는다는 말은 자넬 두고 하는 말이지."

"이거 너무하네. 탐정도 그렇게 정색하고 나오니 귀여운 구석이 있군."

"내가 탐정이라고?"

"탐정이 아니니까 솔직해서 좋다는 거야. 싸움은 관두세. 자, 그

대이론의 나머지를 경청하지."

"요즘 사람들의 자각심이라고 하는 건 자기와 타인 사이에 이해 관계의 깊은 골이 파여 있다는 사실을 너무나 잘 알고 있다는 말이지. 그리고 이 자각심이라는 것은 문명이 발달할수록 하루하루 더욱 예민해져가는 것이니 결국은 일거수일투족도 자연스럽게 할 수가 없게 되는 거야. 헨리[33]라는 사람이 스티븐슨을 평하기를 그 사람은 거울이 걸린 방에 들어가 거울 앞을 지날 때마다 자기를 비춰 봐야만 직성이 풀릴 정도로 한순간도 자신을 잊지 못하는 인간이라고 한 것은 오늘날의 추세를 잘 표현한 것이지. 자나 깨나 이 나라는 것이 가는 데마다 쫓아다니니 인간의 말과 행동이 인공적으로 좀스러워져서 스스로도 갑갑해지고 세상도 괴로워질 뿐, 마치 맞선을 보는 젊은 남녀 같은 기분으로 아침부터 밤까지 지내야만 하는 거야. 여유니 침착이니 하는 말은 글자는 있어도 의미가 없는 소리가 되어버리고. 이런 점에서 이 시대 인간은 탐정과 같지. 도둑과 같아. 탐정은 남의 눈을 속여 자기 잇속만 차리려는 직업이니 자연히 자각심이 강해질 수밖에 없거든. 도둑 역시 잡힐까 들킬까 하는 염려가 머리에서 떠나질 않으니 역시 자연히 자각심이 강해질 수밖에. 지금 사람들은 어떻게 하면 자기에게 이익이 되고 손해가 될지, 자나 깨나 그 생각만 하고 있으니 자연히 탐정이나 도둑처럼 자각심이 강해질 수밖에 없는 거야. 하루 종일 두리번두리번, 살금살금, 무덤에 들어갈 때까지 한순간도 안심하지 못하는 것이 요즘 사람들의 마음이지. 문명의 저주야. 바보 같지."

"정말 재미있는 해석이군" 하고 도꾸센 군이 말했어. 이런 문제

---

**33** 윌리엄 어니스트 헨리(William Ernest Henley, 1849~1903). 영국의 시인, 평론가.

라면 도구쎈 군도 가만있지 못하거든. "쿠샤미 군의 주장은 내 생각과 똑같네. 옛사람들은 자기를 잊으라고 가르쳤잖나. 지금은 자기를 잊지 말라고 가르치니 완전히 딴판이지. 하루 종일 자기라는 의식으로 꽉 차 있어. 그러니 한시도 태평할 때가 없지. 언제나 초열지옥이야. 천하에 자기를 잊는 것보다 나은 약은 없는데 말이야. 삼경월하입무아[34]란 이런 경지를 읊은 것이지. 요즘 사람들은 친절을 베풀어도 자연스럽지가 못해. 영국이 '나이스'하다고 자랑하는 행위도 의외로 자의식이 터질 듯이 빵빵하지. 영국의 왕이 인도에 놀러 가서 인도의 왕족과 함께 식탁에 앉았을 때 그 왕족이 영국 왕 앞이라는 걸 잊고 무심결에 자국 식으로 감자를 손으로 집어 접시로 옮기고는 새빨개져서 어쩔 줄을 모르고 있는데 영국 왕은 모르는 척하고 자기도 두 손가락으로 감자를 접시에 옮겼다더군……"

"그런 것이 영국 취미인가요?" 이건 칸게쓰 군의 질문이었지.

"난 이런 이야기를 들었어" 하고 주인이 뒤를 이었어. "역시 영국의 어느 병영에서 연대의 사관 여럿이 하사관 한 사람에게 식사를 대접했어. 식사가 끝나고 손 씻는 물을 유리그릇에 담아 내놓았는데, 이 하사관은 연회가 익숙하지 않은지 유리그릇을 입에 대고 물을 꿀꺽꿀꺽 마셔버렸다는군. 그러자 연대장이 갑자기 하사관의 건강을 기원한다면서 마찬가지로 핑거볼의 물을 단숨에 다 마셔버렸다는 거야. 그러자 함께 있던 사관들도 질세라 물그릇을 들고 하사관의 건강을 기원했다는 이야기지."

"이런 이야기도 있어" 하고 침묵을 질색하는 메이떼이 군이 말

---

**34** 三更月下入無我. '깊은 밤 달빛 아래 무아의 경지에 들다'라는 뜻으로, 『강호풍월집(江湖風月集)』에 실린 광문화상(廣聞和尙)의 시구 "삼경월하입무하(三更月下入無何)"를 바꾸어 쓴 것.

했어. "칼라일이 처음으로 여왕을 알현했을 때, 궁정 예법을 잘 모르는 괴짜인 선생이 갑자기 '어떻습니까?' 하면서 풀썩 의자에 앉았어. 그러자 여왕 뒤에 서 있던 여러 시종과 궁녀가 모두 킥킥대며 웃기 시작했지 ─ 시작한 게 아니라 시작하려고 했지. 그래서 여왕이 뒤를 돌아보며 뭐라고 살짝 신호를 보내자 모든 시종과 궁녀가 어느새 모두 의자에 앉았고, 그 덕분에 칼라일은 체면을 지켰다고 하니 정말 사려 깊은 친절 아닌가."

"칼라일쯤 되면 모두 서 있어도 혼자 태연하게 앉아 있었을지도 몰라요" 하고 칸게쯔 군이 촌평을 했어.

"친절 쪽의 자각심이야 괜찮지만 말이지" 하고 도꾸센 군이 이야기를 이었어. "자각심이 있는 만큼 친절을 베푸는 데도 힘이 드는 법이야. 가엾게도 말이지. 문명이 발달함에 따라 살벌함이 사라지고 개인과 개인의 교제가 온화해진다고들 하지만 천만의 말씀, 이렇게 자각심이 강한데 어떻게 온화해지겠나. 그저 얼핏 보기엔 지극히 조용하고 아무 일도 없어 보이지만 서로의 관계는 더없이 괴로워. 마치 씨름꾼이 씨름판 한가운데 서로 맞붙어서 움직이지 않는 것과 마찬가지지. 옆에서 보면 지극히 평온해 보이지만 당사자는 힘들어서 뱃가죽이 출렁거리지 않나."

"싸움을 해도 옛날 싸움은 폭력으로 남을 압박하는 것이라 오히려 죄 될 것이 없었지만 요즘은 너무 교묘해져서 더더욱 자각심이 커지지" 하고 메이떼이 선생의 차례가 돌아왔어. "베이컨이 말하기를 자연의 힘에 순응해야 비로소 자연을 이긴다고 했는데, 요즘 싸움은 바로 베이컨의 말 그대로 되었으니 신기해. 마치 유도 같은 거지. 적의 힘을 이용해서 적을 쓰러뜨리려고 하니까……"

"아니면 수력발전 같은 거죠. 물의 힘을 거스르지 않고 오히려 이를 전력으로 변화시켜 멋지게 활용한다……"하고 칸게쯔 군이 말을 꺼내는데 도꾸센 군이 재빨리 그 뒤를 이어받더군.

"그러니까 가난할 때는 가난에 얽매이고 부유할 때는 부에 얽매이고 슬플 때는 슬픔에 얽매이고 기쁠 때는 기쁨에 얽매이는 거야. 재주 있는 사람은 재주로 망하고 지혜 있는 사람은 지혜로 망하며 쿠샤미 군 같은 신경질꾼은 그 신경질만 이용하면 금방 뛰쳐나가 적의 함정에 빠지니……"

"옳소!" 하고 메이떼이 군이 손뼉을 치자 쿠샤미 군이 싱글싱글 웃으면서 "그게 그렇게 쉽게 되지는 않는다고" 하니 모두들 일시에 웃음을 터뜨렸어.

"그런데 카네다 같은 작자는 뭘로 망할까?"

"마누라는 코로 망하고, 남편은 업보로 망하고, 부하는 탐정으로 망하려나."

"딸은?"

"딸은 ─ 딸은 본 적이 없으니 말하기 어렵지만 ─ 일단 입다 망하고, 먹다 망하고, 아니면 술에 취해서 망하는 부류겠지. 설마 사랑 때문에 망하진 않을 거야. 어쩌면 소또바 코마찌[35]처럼 길에서 쓰러질지도 모르고."

"그건 좀 심하네요" 하고 신체시를 바친 적도 있는 토오후우 군이 이의를 제기했어.

"그러니 응무소주 이생기심[36]이라는 건 중요한 말이야. 그런 경

---

**35** 요오꾜꾸 「소또바 코마찌(卒都婆小町)」의 여주인공. 노쇠하여 거지가 되고 귀신에 씌어 광란을 벌인 끝에 깨달음의 경지에 든다.

**36** 應無所住 而生其心. '응당 머무는 바 없이 그 마음을 일으킨다'라는 뜻으로, 『금강경』에 나오는 말.

계에 이르지 않고는 인간은 괴로워서 못 견딘다고" 하고 도꾸센 군은 저 혼자 깨친 듯한 소리를 하더군.

"그렇게 난 체하지 말게나. 자네 같은 사람은 어쩌면 전광영리에 거꾸로 쓰러질지도 모른다고."

"어쨌든 이런 기세로 문명이 발달해간다면 난 사는 게 싫어" 하고 주인이 말했지.

"사양할 것 없으니 죽어버리게나." 메이떼이가 단칼에 무지르더군.

"죽는 건 더 싫어" 하고 주인은 말도 안 되는 고집을 부리고.

"태어날 땐 누구도 생각하고 태어나는 게 아니지만, 죽을 땐 누구나 힘들어하는 것 같아요" 하고 칸게쯔 군이 난데없는 격언을 말했지.

"돈을 빌릴 때는 별생각 없이 빌리지만 갚을 때는 모두 걱정하는 거나 마찬가지지" 하고 이럴 때 바로 대답할 수 있는 건 메이떼이 군뿐이야.

"빌린 돈을 갚을 생각이 없으면 행복한 것처럼 죽는 걸 힘들어하지 않으면 행복하지" 하고 도꾸센 군은 세상을 초월한 듯.

"자네 말대로 하면 요컨대 뻔뻔한 놈이 깨친 놈이구먼."

"그렇지, 선어에도 철우면鐵牛面의 철우심鐵牛心, 우철면牛鐵面의 우철심牛鐵心[37]이라는 말이 있지."

"그리고 그 표본이 바로 자네고."

"그렇지도 않아. 어쨌든 죽는 걸 괴로워하게 된 것은 신경쇠약이라는 질병이 발명된 이후의 일이라네."

---

**37** '무쇠 소 얼굴의 무쇠 소 마음'이라는 뜻으로, 움직일 수 없는 경지를 비유하는 말.

"과연, 자네 같은 인간은 어느 모로 보나 신경쇠약 이전의 인간이야."

메이떼이와 도꾸센이 기묘한 말씨름을 쉴 새 없이 이어가고 있는데 주인은 칸게쯔 군과 토오후우 군 둘을 상대로 열심히 문명에 대한 불만을 늘어놓고 있었어.

"어떻게 하면 빌린 돈을 갚지 않고 넘어갈 것이냐, 이것이 문제로다."

"그런 문제가 어디 있어요. 빌렸으면 갚아야죠."

"아니, 이건 의견이니까 그냥 들어보게나. 어떻게 하면 빌린 돈을 갚지 않고 넘어갈 것이냐가 문제인 것처럼 어떻게 하면 죽지 않을 수 있느냐가 문제지. 아니, 문제였었지. 연금술이 이런 거야. 모든 연금술은 실패했지. 인간은 어떻게 해도 죽을 수밖에 없다는 것이 분명해졌고."

"연금술 이전부터 분명했죠."

"아니, 그냥 의견이니까 입 다물고 들어보라고. 알겠나? 어쨌든 죽을 수밖에 없다는 것이 분명해졌을 때 두번째 문제가 일어나지."

"네."

"어차피 죽는다면 어떻게 죽어야 할까, 이것이 두번째 문제지. 자살 클럽은 이 두번째 문제와 함께 생겨날 운명이었어."

"과연."

"죽는 건 괴롭지. 하지만 죽을 수 없다면 더욱 괴롭고. 신경쇠약인 국민에겐 살아 있다는 것이 죽는 것보다 훨씬 더 괴로운 일이거든. 따라서 죽음을 고민하지. 죽는 게 싫어서 고민하는 게 아냐. 어떻게 죽는 것이 가장 좋을까 하고 걱정하는 거지. 다만 대개는 지혜가 모자라니까 자연 그대로 내버려둬도 세상살이가 괴로워서 죽게 돼. 하지만 좀 유별난 인간은 세상에게 시나브로 괴롭힘을 당하다가 죽는 것으로는 만족할 수 없는 거야. 반드시 죽는 방법에 대해 이것저것 고찰한 결과 참신한 명안을 내놓는 법이지. 그러니 앞으로 세계적 추세로 자살자가 증가하고 그 자살자들이 모두 독창적인 방법으로 이 세상을 떠날 것이 분명하다고."

"엄청 무서운 세상이 되겠군요."

"그렇지. 분명히 그렇게 될 거야. 아서 존스[38]라는 사람이 쓴 희곡에 자살을 열심히 주장하는 철학자가 나오는데……"

"자살하나요?"

"그런데 안타깝게도 안 하지. 하지만 지금부터 천년쯤 지나면 모두들 실행할 게 분명해. 만년 뒤엔 죽음이라고 하면 자살밖에 존재하지 않는다고 생각하게 될 거고."

"큰일 났네요."

"분명히 그렇게 될 거야. 그렇게 되면 자살도 연구가 엄청나게 축적되어 그럴듯한 과학이 되고 낙운관 같은 중학교에서 윤리 대신 자살학을 정규과목으로 배우게 되겠지."

"멋진데요. 들으러 가고 싶어지네요. 메이떼이 선생님은 들으셨나요, 쿠샤미 선생님의 명강의를?"

"들었지. 그때가 되면 낙운관의 윤리 선생은 이렇게 말할 거야. 여러분, 공덕과 같은 야만적 유풍을 고수해선 안 된다. 세계 청년으로서 여러분이 먼저 명심해야 할 의무는 자살이다. 그리고 자신이 좋아하는 것은 이를 타인에게 베풀어도 좋은 법이니,[39] 자살에서 한

---

**38** 헨리 아서 존스(Henry Arthur Jones, 1851~1929). 영국의 극작가.
**39** 『논어』에 나오는 "자기가 하고 싶지 않은 바를 남에게 베풀지 말라(己所不欲 勿施於人)"를 비틀어 쓴 것.

발 나아가 타살을 해도 좋다. 특히 저 앞에 사는 백면서생 친노 쿠샤미 씨 같은 작자는 살아 계시는 것이 매우 고통스러운 듯이 보이니 한시라도 빨리 죽여드리는 것이 여러분의 의무이다. 무엇보다 옛날과 달리 지금은 개명한 시절이니 창, 칼, 혹은 총과 활 따위를 쓰는 비겁한 짓을 해서는 안 된다. 오직 넌지시 빈정대는 고상한 기술로써 놀려서 죽이는 것이 본인에게도 공덕이고 또한 여러분의 명예도 될 것이다……"

"정말 재미있는 강의네요."

"아직 재미있는 게 더 있어. 현대에는 경찰이 인민의 생명과 재산을 보호하는 것이 첫째 목적이지. 하지만 그때가 되면 순사들이 개를 잡듯이 몽둥이를 들고 천하 인민을 때려 죽이고 돌아다닐 거야……"

"왜요?"

"왜긴, 지금 인간들은 목숨이 소중해서 경찰이 보호하지만 그때의 국민은 살아 있는 것이 고통이니 순사가 자비를 베풀기 위해 때려 죽여주는 거지. 물론 영리한 놈들은 대개 자살해버릴 테니 순사에게 맞아 죽는 놈은 아주 겁 많은 놈이거나 자살할 능력이 없는 백치 혹은 불구자들뿐이야. 그래서 죽고 싶은 인간은 대문 밖에 표찰을 붙여두는 거지. 뭐, 그냥 죽고 싶은 남자 있음, 또는 여자 있음, 이렇게 붙여두면 순사가 편할 때 와서 바로 희망하는 대로 해주는 거야. 시체 말인가? 시체는 역시 순사가 수레를 끌고 다니면서 실어가야지. 또 재미있는 일이 생기지……"

"정말 선생님 농담은 끝이 없네요" 하고 토오후우 군은 꽤나 감동했어. 그러자 도꾸센 군은 버릇처럼 염소수염에 신경을 써가며 느릿느릿 말을 꺼냈지.

"농담이라면 농담이지만 예언이라면 예언일지도 몰라. 진리에 철저하지 못한 인간은 자칫 눈앞의 현상세계에 속박당해 물거품 같은 몽환을 영구한 사실로 믿고 싶어하는 법이라 조금만 동떨어진 이야기를 하면 바로 농담으로 여기거든."

"참새가 어찌 봉황의 뜻을 알리요,군요." 칸게쯔가 꼬리를 내리자 도꾸센 군은 그렇지, 하는 표정으로 이야기를 이어가더군.

"옛날 스페인에 꼬르도바라는 곳이 있었어……"

"지금도 있지 않나?"

"있을지도 모르지. 옛날이니 지금이니는 제쳐두고, 어쨌든 그곳 풍습으로 저물녘에 사원에서 종이 울리면 집집마다 여자들이 몰려나와서 강에 들어가 헤엄을 치는데……[40]"

"겨울에도요?"

"그건 잘 모르지만, 어쨌든 귀천노소 구별 없이 강에 뛰어들지. 다만 남자는 하나도 없어. 그저 멀리서 보고만 있는 거지. 멀리서 보고 있으면 모색창연한 파도 위에 하얀 살결이 몽롱하게 움직이는 거야."

"시적이네요. 신체시가 되겠어요. 뭐라는 동네라고요?" 토오후우 군은 알몸만 나오면 몸을 내밀어.

"꼬르도바라니까. 그래서 그 동네 젊은이가 여자와 함께 헤엄치지도 못하고 그렇다고 멀리서 그 모습이 확실히 보이지도 않는 것이 유감스러워서 장난을 좀 쳤지……"

"허허, 어떻게?" 장난이라는 말에 메이떼이 군은 무턱대고 좋아했어.

---

**40** 프랑스의 소설가 프로스뻬르 메리메(Prosper Mérimée, 1803~70)의 『까르멘』(*Carmen*) 2장에 꼬르도바의 여자들이 강에서 목욕을 하는 이야기가 있다.

"사원의 종지기에게 뇌물을 줘서 일몰에 맞추어 치던 종을 한시간 일찍 치게 한 거야. 그랬더니 여자들이란 생각이 얕으니까 어머, 종이 울렸네, 하면서 모두들 강가에 모여 속옷 바람으로 풍덩풍덩 물속에 뛰어들었어. 뛰어들긴 했는데 평소와 달리 해가 지질 않아."

"맹렬한 가을 해가 쨍쨍했나보군."

"다리 위를 보니 남정네들이 잔뜩 서서 보고 있어. 부끄러워서 견딜 수가 있나. 엄청 얼굴을 붉혔다는 이야기지."

"그래서?"

"그래서 인간은 그저 눈앞의 습관에 얽매여 근본 원리를 잊지 않도록 조심해야 한다는 말씀이야."

"얼씨구, 심오한 설교로구먼. 눈앞의 습관에 얽매인 이야기를 나도 하나 해볼까? 요전번에 어떤 잡지를 보니 이런 사기꾼 소설이 있더라고. 내가 여기서 서화 골동품 가게를 연다고 쳐. 그래서 가게 앞에 대가의 그림이나 명인의 도구 따위를 늘어놓지. 물론 가짜가 아냐. 당당하게 거짓 없는 명품만 늘어놓는 거야. 명품이니 전부 고가일 게 분명하지. 그런데 호기심 많은 손님이 와서 이 모또노부⁴¹의 그림은 얼마냐고 물어. 6백 엔이면 6백 엔이라고 내가 말하면 그 손님은 사고는 싶은데 6백 엔이 당장 없으니 아쉽지만 다시 오겠다고 하지."

"그렇게 말해야 하는 건가?" 하고 주인은 여전히 멋모르는 소릴 했어. 메이떼이 군은 아무렇지도 않게 "아니, 소설이라니까. 그렇게 말했다고 치자고. 그러면 내가 아니, 돈은 괜찮으니까 마음에 들

---

**41** 카노오 모또노부(狩野元信, 1476~1559). 무로마찌 시대의 화가.

면 가지고 가세요, 하는 거지. 손님은 그러기도 뭣하니까 망설여. 그러면 월부로 받기로 하죠, 월부도 조금씩 오래오래, 어차피 이제 단골이 되실 테니까요 ——아뇨, 전혀 사양하실 것 없습니다, 어때요, 한달에 10엔 정도면, 아니면 한달에 5엔이라도 상관없습니다, 하고 내가 더없이 싹싹하게 말하는 거야. 그런 다음 나와 손님 사이에 두세차례 문답이 오가고 나면 결국 나는 카노오 모또노부의 그림을 6백 엔에, 단 월부 10엔에 팔아넘기는 거지."

"타임스 백과전서처럼?"

"타임스는 확실하지만 내 건 전혀 안 확실해. 이제부터 드디어 교묘한 사기가 시작되는 거지. 잘 듣게나. 월 10엔씩 6백 엔이면 몇년이면 끝날 것 같아, 칸게쯔 군?"

"물론 오년이죠."

"물론 오년이지. 그럼 오년이라는 세월은 길다고 생각하나, 짧다고 생각하나, 도꾸센 군?"

"일념만년 만년일념[42]이라, 짧을 수도 있고 아닐 수도 있지."

"뭐야, 그건 도가[43]야? 몰상식한 도가로군. 오년 동안 매월 10엔씩 내는 거니까 요컨대 저쪽에선 예순번을 내면 되는 거지. 그런데 바로 그게 바로 습관의 무서운 점이어서, 예순번이나 같은 일을 매달 반복하다보면 예순한번째에도 10엔을 내게 되지. 예순두번째도 10엔을 내게 되고. 예순두번째, 예순세번째, 거듭하면 할수록 어쩐지 기일이 오면 10엔을 내지 않으면 마음이 불편해지는 거야. 인간은 영리한 것 같아도 습관에 얽매이면 근본을 잊어버린다는 큰

---

42 一念萬年 萬年一念. '순간의 마음이 곧 영원과 같고 영원이 곧 순간의 마음과 같다'는 뜻의 선어.

43 道歌. 도덕이나 교훈을 알기 쉽게 노래로 만든 것.

약점이 있다고. 그 약점 덕분에 나는 몇번이고 다달이 10엔을 얻는 거지.”

“하하하, 설마 그 정도로 건망증이 심할 리가요?” 하고 칸게쯔 군이 웃으니 주인은 정색을 하고,

“아니, 그런 일이 정말 있어. 나는 대학에서 대출받은 돈을 매월 계산도 하지 않고 갚다가 결국 저쪽에서 그만 내라고 한 적이 있거든” 하고 자신의 치부를 마치 인간 일반의 치부인 양 공개하더군.

“그것 보게. 그런 인간이 실제로 눈앞에 있으니 확실한 거지. 그러니까 내가 아까 말한 문명의 미래를 듣고 농담이라고 웃는 자는 예순번만 내도 될 월부를 평생 내면서 정당하다고 생각하는 놈들이야. 특히 칸게쯔 군이나 토오후우 군처럼 경험이 부족한 청년 여러분은 우리가 하는 말을 귀담아듣고 속지 않도록 해야 하네.”

“명심하겠습니다. 월부는 반드시 예순번만 내도록 할게요.”

“아니, 농담 같지만 실제로 참고할 만한 이야기야, 칸게쯔 군” 하고 도꾸센 군은 칸게쯔 군을 쳐다보았어. “예를 들어서 말이야, 지금 쿠샤미 군이나 메이떼이 군이 자네가 말없이 결혼한 것은 온당치 않으니 카네다인가 하는 사람에게 사죄하라고 충고한다면 자넨 어쩌겠나? 사죄할 마음이 있나?”

“사죄는 좀 봐주시면 좋겠네요. 저쪽에서 사과한다면야 또 모를까, 제 쪽에선 전혀 그럴 마음이 없어요.”

“경찰이 자네더러 사과하라고 명령한다면?”

“더더구나 안 하죠.”

“장관이나 귀족이라면 어떨까요?”

“더더더욱 못 합니다.”

“그것 보게. 옛날과 지금의 인간이 그만큼 변한 거라네. 옛날은

윗분들의 위광이면 뭐든지 할 수 있는 시절이었지. 그다음엔 윗분들 위광으로도 안 되는 것이 생기는 시대고. 지금 세상은 아무리 전하든 각하든 어느정도 이상으로 개인의 인격 위에 군림할 수 없는 세상이라네. 거칠게 말하자면 저쪽에 권력이 있으면 있을수록 억눌리는 쪽이 불쾌하게 느끼고 반항하는 세상이거든. 그러니 지금 세상은 옛날과 달리 윗분들의 위광 '이라서' 안 된다는 새로운 현상이 나타나는 시대야. 옛날 같으면 도저히 생각도 할 수 없는 일이 당연한 듯이 통용되는 세상이지. 세태와 인정의 변천이라는 건 실로 불가사의한 것이라, 메이떼이 군이 이야기하는 미래도 농담이라면 농담에 불과하겠지만 대강 그런 사정을 설명한 거라고 하면 제법 흥미가 있지 않나?"

"그렇게 알아주는 이가 있으니 꼭 미래 이야기를 이어서 하고 싶구면. 도꾸센 군의 말대로 요즘 세상에 윗분의 위광을 등에 업거나 죽창 이삼백자루를 믿고 억지를 부리는 건 마치 가마를 타고 어떻게든 기차와 겨루어보겠다고 안달하는, 시대에 뒤떨어진 고집불통 ─ 완전히 꽉 막힌 고리대금업자 초오한 선생 정도니 가만히 솜씨나 구경하면 되겠지만 ─ 내가 이야기하는 미래는 그렇게 변통할 수 있는 하찮은 문제가 아냐. 인간 전체의 운명에 관한 사회적 현상이니까 말이야. 목하 문명의 경향을 유심히 살펴 먼 장래의 추세를 점쳐보자면, 결혼은 불가능한 일이 될 거야. 놀라지 마시라, 결혼은 불가능. 이유는 이렇지. 아까도 말했듯이 지금 세상은 개성 중심의 세상이야. 한 가정을 남편이 대표하고 한 군을 군수가 대표하고 한 나라를 영주가 대표하던 시절에는 대표자 이외의 인간에게는 인격이라는 게 전혀 없었지. 있다 한들 인정도 못 받았고. 그게 완전히 바뀌어서 이제는 모든 사람이 저마다 개성을 주장하기 시작해 누굴 봐도 너는 너, 나는 나, 하는 식이 되었거든. 두 사람이 길바닥에서 마주치면 네놈이 인간이면 나도 인간이다, 하고 마음속으로 싸움을 걸면서 스쳐지나가지. 그만큼 개인이 강해진 거야. 개인이 평등하게 강해졌다는 건 곧 개인이 평등하게 약해졌다는 거지. 남이 나를 해하기 어려워진 점에서는 분명 자신이 강해진 거지만 웬만해선 남의 신상에 관여할 수 없게 된 점에서는 확실히 예전보다 약해진 거잖아. 강해지는 건 기쁜 일이지만 약해지는 건 누구도 좋아하지 않으니, 남이 털끝 하나 건드리지 못하도록 강한 점은 철저하게 고수함과 동시에 하다못해 털끝 반만이라도 남을 침해하려고 약한 점은 억지로 확대하고 싶어하지. 이렇게 되면 사람과 사람 사이에 틈이 없어져서 살아가는 게 옹색해져. 최대한 자신을 확대한 나머지 터질 만큼 부풀어서 괴로워하면서 사는 거라고. 괴로우니까 온갖 방법을 써서 개인과 개인 사이에 여유를 만들려는 거고. 이와 같이 인간이 자업자득으로 괴로워하여, 괴로운 나머지 고안해낸 첫번째 방안이 친자별거 제도야. 일본에서도 산속으로 들어가보게나. 한 집안이 모조리 집 한채 안에 오글오글 살고 있어. 주장할 만한 개성도 없고 있어도 주장하지 않으니까 그래도 괜찮지만, 문명인은 설령 부모 자식 사이라도 서로 고집을 부릴 만큼 부리지 않으면 손해니까 자연히 양자의 안전을 지키기 위해서는 따로 살아야만 해. 서양은 문명이 발달했으니까 일본보다 일찍 이런 제도가 시행되고 있지. 어쩌다가 부모 자식이 함께 사는 경우가 있더라도 자식이 아버지한테 이자를 붙여서 돈을 빌리거나 타인처럼 하숙비를 내거나 하거든. 부모가 자식의 개성을 인정하고 이를 존중하기 때문에 비로소 이런 미풍이 성립하는 거야. 이런 풍습은 일본에도 반드시 하루빨리 들여와야만 해. 친척은 오래전부터 따로 살고 부모 자식은 오늘날에야 떨어져서 그럭저럭 살고 있지만, 개성이 발전할수록 개성에 대한 존경심도 한없이 신장되어 갈 테니 따로 살지 않으면 편하지 않거든. 하지만 부모 형제도 헤어진 오늘날은 더이상 헤어질 사람도 없으니 마지막 방안으로 부부가 헤어지게 되는 거야. 지금 사람들은 함께 있는 것이 부부라고 생각하지. 그건 아주 잘못된 생각이야. 함께 있으려면 함께 있기에 충분할 만큼 서로 개성이 맞아야 하잖아. 옛날 같으면 문제없어. 이체동심異體同心이라 해서 보기엔 부부가 두 사람이지만 실은 한 사람으로 치니까. 그러니 다들 해로동혈偕老同穴이니 뭐니 하면서 죽어서도 한 구멍 속 너구리로 둔갑했지. 야만이야. 지금은 그렇게 안 돼. 남편은 어디까지나 남편이고 아내는 어디까지나 아내거든. 그 아내가 여학교에서 안돈바까마⁴⁴를 입고 확고한 개성을 갈고닦아 트레머리를 하고 몰려드니 아무래도 남편 마음대로는 안 되지. 또 남편 마음대로 되는 아내라면 아내가 아니라 인형이잖아. 현명한 아내일수록 개성은 엄청나게 발달하는 거야. 발달하면 할수록 남편과는 어긋나고. 어긋나면 자연히 남편과 충돌하고. 그러니까 현명한 아내라고 불리는 이상 아침부터 밤까지 남편과 부딪치는 거지. 참으로 훌륭한 일이지만 현명한 아내일수록 양쪽 모두 괴로움이 더할 뿐이야. 물과 기름처럼 부부 사이에 확실한 구분이 있고 침착하게 이 구분이 수평선을 유지하고 있으면 또 모르지만, 물과 기름이 양쪽에서 작용해대니 집안이 큰 지진이라도 난 것처럼 출렁출렁하지. 이렇게 되면 부부가 동거함은 서로 손해라는 것이 점차 인간들에게 이해되기 시작해서……"

---

"그래서 부부가 헤어지는 건가요? 걱정이네" 하고 칸게쯔 군이 말했어.

"헤어지지. 헤어질 수밖에. 천하의 부부가 모조리 헤어진다고. 지금까지는 함께 있는 것이 부부였지만 이제부터는 동거하는 자들은 부부 자격이 없는 걸로 여겨질 거야."

"그럼 저 같은 사람은 자격이 없는 쪽에 편입되겠군요" 하고 칸게쯔 군이 결정적인 순간에 새신랑티를 냈어.

"메이지 시대에 태어나서 천만다행이야. 나 같은 사람은 미래를 예견하느라 두뇌가 현재보다 한두걸음씩 앞서 있다보니 아예 지금부터 독신으로 있는 거라네. 남들은 실연의 결과라는 둥 뭐라는 둥 떠들어대지만, 코앞의 것밖에 보지 못하는 소리니 실로 불쌍할 정도로 천박하지. 어쨌든 미래 이야기를 이어가자면 이렇다네. 그때 한 사람의 철학자가 하늘에서 내려와 파천황의 진리를 주창하지. 그 설에 이르기를, 인간은 개성의 동물이다. 개성을 멸하면 인간을 멸하는 것과 같은 결과에 빠지니, 대저 인간의 의의를 완성하기 위해서는 어떤 댓가를 치르더라도 이 개성을 유지하는 동시에 발달시켜야만 한다. 고루한 습속에 얽매여 마지못해 결혼을 집행하는 것은 인간의 자연스러운 경향에 반하는 야만이며, 개성이 발달하지 못한 몽매한 시절이면 모를까 문명화된 오늘날 여전히 이런 폐단에 빠져 태연히 반성하지 않음은 참으로 잘못된 일이다. 개화의 절정에 이른 지금의 시대에 두 개성이 보통 이상의 친밀함을 가지고 연결되어야 할 이유가 있을 리 없다. 이렇게 명백한 이유가 있음에도 불구하고 교양 없는 청춘남녀가 한때의 정욕에 이끌려 함부로 합환의 의식을 치름은 지극히 패륜배덕한 소치이다. 이 몸은 인간의 도리를 위하여, 문명을 위하여, 그들 청춘남녀의 개성 보호

를 위하여 전력을 다해 이 야만적인 풍습에 저항하지 않을 수 없는
바……"

"선생님, 저는 그 주장엔 전적으로 반대합니다" 하고 토오후우
군은 이때 결심했다는 듯이 탁, 하고 손바닥으로 무릎을 치더군.
"제 생각엔 세상에서 무엇이 귀중한가 했을 때 사랑과 아름다움만
큼 귀중한 것은 없다고 생각합니다. 우리를 위로하고 우리를 완전
하게 하며 우리를 행복하게 하는 것은 온전히 이 두가지 덕분이지
요. 우리의 정서를 우아하게 하고 품성을 고결하게 하며 취향을 세
련되게 하는 것도 온전히 이 두가지 덕분이고요. 그러니 우리는 어
느 때 어느 곳에 태어나든 이 둘을 잊을 수 없는 것입니다. 이 둘이
현실세계에 나타나면 사랑은 부부라는 관계가 되지요. 아름다움은
시가와 음악의 형식으로 나누어지고요. 그러니 인류가 지구 표면
에 존재하는 한 부부와 예술은 결코 사라지는 일이 없을 거라 생각
합니다."

"그러면 좋겠지만 지금 철학자가 말한 것처럼 사라져버릴 테니
까 어쩔 도리 없다고 포기하는 거지. 뭐, 예술? 예술도 부부와 마찬
가지 운명에 귀착될 거야. 개성의 발전이라는 것은 개성의 자유라
는 의미 아닌가. 개성의 자유라는 의미는 나는 나, 남은 남이라는
의미일 테고. 그 예술이라는 것이 존재할 수 있을 리가 없잖아? 예
술이 번창하는 건 예술가와 그것을 향유하는 자 사이에 개성의 일
치가 있기 때문이겠지. 자네가 아무리 신체시가라고 뻗대봤자 자
네 시를 읽고 재미있다는 자가 하나도 없다면 안타깝게도 자네 혼
자 읽어야 하지 않겠나. 「원앙가」를 몇편이고 지어봤자 소용이 없
다는 말씀이지. 다행히 메이지 시대에 태어났으니 천하가 모두 애
독하겠지만……"

"아뇨, 뭐 그 정도는 아닙니다."

"지금도 그 정도가 아니라면 인문이 발달한 미래, 즉 일대 철학자가 나와서 비결혼론을 주장할 때쯤이면 아무도 읽을 사람이 없겠는걸. 아니, 자네가 써서 안 읽는 게 아니야. 사람마다 각자 특별한 개성을 지니고 있으니 남이 지은 시문 따위는 전혀 재미가 없는 거지. 사실 지금도 영국 같은 데서는 이런 경향이 엄연히 나타나고 있어. 작금 영국의 소설가 중에서 가장 개성이 확실하게 작품에 나타나는 메러디스[45]를 보게나. 제임스[46]를 보라고. 읽는 이는 극히 소수 아닌가? 적을 수밖에. 그런 작품은 그런 개성이 있는 사람이 아니면 읽어봤자 재미가 없으니 별수 없어. 이런 경향이 점차 발달해서 혼인이 부도덕한 짓이 될 때쯤이면 예술도 완전히 망하는 거지. 그렇잖아. 자네가 쓴 걸 내가 이해하지 못하고 내가 쓴 걸 자네가 이해하지 못하게 되는 날에는 자네와 나 사이엔 예술이고 개똥이고 없어지는 거야."

"그야 그렇지만, 저는 아무래도 직관적으로 그렇게 생각되질 않는데요."

"자네가 직관적으로 그렇게 생각하지 않는다면 나는 곡관적曲觀的으로 그렇게 생각한다네."

"곡관적일지도 모르지만" 하고 이번엔 도꾸센 군이 입을 열었어. "어쨌든 인간에게 개성의 자유를 허용하면 허용할수록 서로의 관계가 궁색해지는 건 틀림없어. 니체가 초인 같은 걸 끄집어낸 것도 전적으로 이 궁색함을 어찌할 수 없어서 하는 수 없이 그런 철학으로 변형한 거지. 언뜻 보면 그것이 그 사람의 이상인 듯 보이

---

**45** 조지 메러디스(George Meredith, 1828~1909). 영국의 소설가, 시인.
**46** 헨리 제임스(Henry James, 1843~1916). 미국의 소설가.

지만 그건 이상이 아니라 불평이야. 개성이 발전한 19세기에 눌려 좀처럼 옆 사람에게 허물없이 돌아눕지도 못하게 되다보니 대장이 약이 올라서 그런 난폭한 소리를 주워섬긴 거라고. 그걸 읽다보면 통쾌하다기보다는 오히려 짠해지거든. 그 목소리는 용맹정진하는 목소리가 아니라 아무래도 원한통분한 목소리야. 그도 그럴 것이, 옛날엔 잘난 사람이 하나 있으면 천하가 하나가 되어 그 깃발 아래 모여들었으니 유쾌했지. 이런 유쾌함이 실현되기만 하면 굳이 니 체처럼 종이와 펜의 힘으로 이런 걸 책으로 펴낼 필요가 없어. 그 러니 호메로스나 「체비 체이스」[47]도 마찬가지로 초인적인 성격을 그리지만 느낌이 전혀 다르잖아. 명랑하지. 유쾌하게 쓰인 거야. 유쾌한 사실이 있어서 이 유쾌한 사실을 종이에 옮긴 것이니 쓴맛 이 없거든. 니체의 시대는 그게 안 되는 거야. 영웅 따위 단 한 사람 도 나오지 않아. 나와봤자 아무도 영웅이라고 치켜세우질 않지. 옛 날엔 공자가 오직 한 사람이었으니 공자가 힘을 썼지만 지금은 공 자가 여럿이거든. 어쩌면 천하 사람이 모조리 공자일지도 몰라. 그 러니 내가 공자라고 잘난 체해봤자 아무도 알아주지 않아. 알아주 지 않으니 불만이고. 불만이니까 초인 따위를 책 안에서만 휘둘러 대는 거지. 우리는 자유를 원해서 자유를 얻었어. 자유를 얻은 결 과 부자유를 느끼고 곤혹스러워하지. 그러니 서양 문명 같은 건 얼 핏 좋아 보여도 결국은 쓸모없는 거라고. 이에 반해서 동양에선 예 로부터 마음의 수행을 해왔잖아. 그쪽이 옳은 거야. 보라고. 개성이 발전한 결과로 모두 신경쇠약을 일으켜 도무지 손쓸 수가 없게 되 었을 때, 덕 있는 왕의 백성들 여유롭도다,[48]라는 구절의 가치를 비

---

**47** The Ballad of Chevy Chase. 15세기 영국의 민요.
**48** 『논어』에서 공자가 요임금의 덕치를 찬양하며 한 말.

로소 발견하게 되는 거거든. 무위이화[49]라는 말을 무시할 수 없다는 걸 깨닫는 거지. 하지만 깨달아봤자 때는 이미 늦었어. 알코올중독이 되고 나서 아, 술을 안 마셨으면 좋았을걸, 하는 거나 마찬가지니까.”

“선생님들께서는 꽤나 염세적인 주장을 하시지만 저는 이상하네요. 다 들어봐도 별 느낌이 없는걸요. 왜 그런 걸까요?”칸게쯔 군이 말했어.

“그야 막 장가를 들었으니까 그렇지”하고 메이떼이 군이 거침없이 해석했어. 그러자 주인이 뜬금없이 이런 이야기를 꺼내더군.

“장가를 들었다고 여자란 좋은 거구나 생각했다간 엄청난 착각일세. 참고 삼아 내가 읽은 재미난 이야기를 들려주지. 잘 들어보게나”하고 조금 전 서재에서 들고 온 낡은 책을 집어들더니 “이 책은 옛날 책이지만 이 시절부터 여자가 나쁘다는 건 확실히 알고 있었다고”하니까 칸게쯔 군이,

“놀라운데요. 도대체 언제 적 책인데요?”하고 물었어. “토머스 내시[50]라고 16세기 책이야.”

“더욱 놀랍군요. 그 시절에 이미 내 아내를 흉본 놈이 있다는 건가요?”

“여러가지로 여자들 욕을 해놨는데 그 가운데 필시 자네 처도 들어 있을 테니 들어보게나.”

“예, 듣고말고요. 고마운 일이네요.”

“우선 고래의 현자들의 여성관을 소개하겠다고 썼어. 자, 듣고 있지?”

---

**49** 無爲而化. 아무것도 하지 않음으로써 교화한다는 뜻으로,『노자』에 나오는 말.
**50** 토머스 내시의『어리석음의 해부』를 말한다.

"모두 듣고 있어. 독신인 나까지 듣고 있다고."

"아리스토텔레스가 말하기를 여자는 어차피 머저리이니 아내를 얻으려면 큰 아내보다 작은 아내를 얻으라. 큰 머저리보다는 작은 머저리가 재앙도 작을진저……"

"칸게쯔 군의 신부는 큰가, 작은가?"

"큰 머저리과예요."

"하하하, 이거 참 재미난 책일세. 자, 그다음을 읽어보게."

"어떤 이가 묻기를 가장 큰 기적은 무엇인가? 현자가 답하여 가로되 정숙한 여자라……"

"그 현자가 누군가요?"

"이름은 안 나와."

"어차피 여자한테 차인 현자가 분명하군."

"다음으로는 디오게네스가 나오지. 어떤 사람이 물었어. 아내를 취함은 어느 때가 좋은가? 디오게네스가 답하여 가로되 청년은 이르고 노년은 너무 늦도다."

"선생님이 술통 안에서 생각한 거군.[51]"

"피타고라스가 이르기를 천하에 세가지 두려운 것이 있으니 불, 물, 여자라."

"그리스 철학자들은 의외로 멍청한 소리를 하네. 나더러 말하라면 천하에 두려울 것이 없도다, 불에 들어가도 타지 않고 물에 들어가도 빠지지 않으며……" 하고는 도꾸센 군, 말이 막혔어.

"여자를 만나도 홀리지 않느니라,겠지" 하고 메이떼이 선생이 지원에 나섰어. 주인은 아랑곳없이 다음을 읽더군.

---

**51** 디오게네스가 술통 안에서 살았다는 일화를 두고 하는 말.

"소크라테스는 부녀자를 다스리는 것이 인간 최대의 난제라 했느니. 데모스테네스 가로되 사람이 만일 그 적을 괴롭히고자 한다면 자신의 여자를 적에게 주는 것보다 나은 방책이 없도다. 가정의 풍파로 밤낮없이 그를 피곤하게 만들 수 있기 때문이라. 세네카는 부녀자와 무학無學을 세상의 2대 재앙이라 하였고, 마르쿠스 아우렐리우스는 여자는 제어하기 어려운 점에서 선박과 닮았다고 하였으며, 플라우투스는 여자가 스스로를 꾸미는 습성은 그 타고난 추함을 덮으려는 졸렬한 책략이라 하였더라. 일찍이 발레리우스가 그 친구 아무개에게 글을 써서 가로되 천하에 어떤 일도 여자가 몰래 하지 못하는 일이 없으니, 바라옵건대 하늘이 자비를 베풀어 자네가 그들의 술수에 빠지지 않게 하시기를. 그가 또한 가로되 여자란 무엇인가, 우애의 적이 아닌가, 피할 수 없는 고통이 아닌가, 필연적인 위해가 아닌가, 자연의 유혹이 아닌가, 꿀을 닮은 독이 아닌가. 만약 여자를 버리는 것이 부덕이라면 그들을 버리지 않는 것은 더 큰 잘못이라 하지 않을 수 없도다……"

"이제 됐어요, 선생님. 어리석은 아내를 흥보는 말씀은 이 정도 경청하면 충분합니다."

"아직 네댓 페이지 남았으니까 듣는 김에 다 들어보면 어때?"

"할 만큼 했으니 그만두게나. 사모님께서 돌아오실 시간이잖아?" 하고 메이떼이 선생이 놀리기 시작하는데 거실 쪽에서,

"키요야, 키요" 하고 안주인이 하녀를 부르는 소리가 들렸어.

"이거 큰일 났네. 사모님이 계셨구먼, 자네."

"으ㅎㅎ" 하고 주인은 웃으면서 "그게 어때서?" 했어.

"사모님, 사모님, 언제 들어오신 겁니까?"

거실은 쥐 죽은 듯 대답이 없어.

"사모님, 조금 전 이야기 들으셨나요, 예?"

여전히 대답은 없어.

"좀 전에 그건 남편 생각이 아니에요. 16세기 내시 군의 주장이
니까 안심하세요."

"몰라요" 하고 안주인은 멀리서 간단히 대답했어. 칸게쯔 군은
킥킥 웃었지.

"저도 몰라서 실례했습니다, 하하하" 하고 메이떼이 군이 거침
없이 웃는데 대문을 거칠게 열어젖히고 계십니까, 실례합니다, 하
는 말도 없이 커다란 발소리가 나더니 방문이 난폭하게 열리고 타
따라 산뻬이 군의 얼굴이 그 사이로 나타났어.

산뻬이 군은 오늘은 평소와 달리 새하얀 셔츠에 새 프록코트를
빼입어 꽤나 멋져 보이는데다가, 새끼줄로 묶어 오른손에 묵직하
게 들고 있던 맥주 네병을 말린 가다랑어 옆에 내려놓음과 동시에
인사도 없이 털퍼덕 양반다리로 주저앉는 모양이 천생 남자야.

"선생님, 위장병은 요즘 좀 어떠셔유? 이렇게 댁에만 계시니 못
쓴다니께요."

"안 좋다고 한 적 없는데?"

"말을 안 해도 안색이 좋질 않잖아유. 선생님 안색이 누렇다니께
유. 요즘은 낚시가 좋아유. 시나가와에서 배를 한척 빌려서는 ─
지는 저번 일요일에 갔다 왔구먼유."

"뭐 좀 낚았나?"

"암것도 못 잡았쥬."

"못 잡아도 재미있던가?"

"호연지기를 기르는 거쥬. 어때유, 여러분들? 낚시 가신 적이 있
는가유? 재미지다니께요, 낚시는. 커다란 바다 위를 작은 배 한척으

로 돌아다니는 거니께유" 하고 누구에게랄 것도 없이 말을 걸었어.

"나는 작은 바다 위를 커다란 배를 타고 돌아다니고 싶은데?" 하고 메이떼이 군이 말상대가 되었지.

"이왕 낚을 거면 고래나 인어 정도가 아니면 재미없죠" 하고 칸게쯔 군이 대답하더군.

"그런 게 잡히겠어유? 문학 하는 사람들은 상식이 없당께유⋯⋯"

"저는 문학자가 아닌데요."

"그려유? 그럼 뭐당가유, 댁은? 나 같은 비즈니스맨이 되면 상식이 제일 중요하거든유. 선생님, 저는 요즘 꽤 상식이 풍부해졌슈. 아무래도 그런 데 있다보면 주변이 주변이다보니 절로 그렇게 돼버리더라구유."

"어떻게 되어버린다는 건가?"

"담배라도 말여유, 아사히나 시끼시마 같은 걸 피워서는 폼이 안 난다니께유" 하면서 금박을 두른 이집트 담배를 꺼내 뻐끔뻐끔 피우기 시작했어.

"그런 사치를 부릴 돈이 있나?"

"돈은 없지만두 곧 생기겠지유, 뭐. 이 담배를 피우면 신용이 달라지니께유."

"칸게쯔 군이 구슬을 가는 것보다 훨씬 쉬운 신용이라서 좋구먼. 힘들 게 없잖아. 간편 신용이야" 하고 메이떼이가 칸게쯔에게 말하자 칸게쯔가 뭐라 답하기도 전에 산뻬이 군은,

"댁이 칸게쯔 씨인가유? 박사는 끝내 안 된 건가유? 댁이 박사가 안 되는 바람에 제가 받기로 했구먼유."

"박사를요?"

"아니, 카네다 씨 따님을유. 실은 좀 그렇다 싶었는데 그쪽에서

제발 데려가라, 데려가라, 하는 통에 결국 받기로 했구먼유, 선생님. 하지만 칸게쯔 씨한테 면목이 없는 일이라 걱정했쥬."

"걱정하지 않으셔도 됩니다" 하고 칸게쯔 군이 말하자 주인은,

"데려가고 싶으면 데려가도 되지, 뭐" 하고 애매한 소리를 했어.

"그거 축하할 일이군. 그러니 어떤 딸을 두어도 걱정할 게 없는 거야. 누군가 데려간다니까. 아까 내가 말했듯이 이런 훌륭한 신사 사윗감이 생기지 않았나. 토오후우 군, 신체시 소재가 생겼네. 얼른 만들게나" 하고 메이떼이 군이 늘 그렇듯이 너스레를 떨자 산뻬이 군은,

"댁이 토오후우 군인가유? 결혼식 때 뭘 좀 지어주시겠어유? 바로 인쇄해서 여기저기 돌리게유. 『타이요오』 잡지에도 실어달라고 하구유."

"예, 좀 지어볼게요. 언제쯤 필요하세요?"

"언제든 좋아유. 지금까지 지은 것 중에서 골라두 되쥬. 그 대신 말여유, 피로연 때 불러서 대접하지유. 샴페인두 드리구유. 댁은 샴페인을 마셔본 적이 있는가유? 샴페인은 맛나지유.──선생님, 피로연 때 악대를 부를 참인디, 토오후우 군 작품에 곡을 붙여서 연주하면 어떨까유?"

"멋대로 하시게."

"선생님, 곡을 붙여주시겠어유?"

"멍청한 소리."

"누구 여기 음악 할 줄 하는 분 안 계셔유?"

"낙제 후보자 칸게쯔 군이 바이올린의 명수지. 정중하게 부탁해보시게나. 하지만 샴페인 정도로는 승낙할 리가 없는 사내야."

"샴페인도 말이쥬, 한병에 4엔, 5엔짜리는 못쓰거든유. 내가 대

접하는 건 그런 싸구려가 아니니께, 한곡 만들어주실 거쥬?"

"예, 만들고말고요. 한병에 20전짜리 샴페인이라도 만들게요. 뭣하면 그냥 공짜로 만들지요."

"공짜 부탁은 안 하쥬. 답례는 한당께요. 샴페인이 싫으면 이런 답례는 어때유?" 하더니 윗옷 안주머니에서 사진 일고여덟장을 꺼내더니 타따미 위에 흩뜨려놓았어. 상반신이 있고 전신도 있어. 서 있는 것이 있고 앉아 있는 것도 있더군. 하까마를 입은 것이 있고 예복도 있어. 틀어올린 머리도 있어. 모조리 묘령의 아가씨들뿐이었지.

"선생님, 후보자가 이만큼 있당께유. 칸게쯔 군이랑 토오후우 군에게 이중에서 아무나 답례로 소개해도 돼유. 어때유?" 하고 칸게쯔 군에게 한장을 들이밀었어.

"좋은데요. 꼭 주선을 부탁드리죠."

"이건 어때유?" 하고 또 한장을 내밀더군.

"그것도 좋은데요. 꼭 좀 주선해주세요."

"어느 쪽을유?"

"어느 쪽이든 좋습니다."

"꽤 바람둥이구먼유. 선생님, 이건 박사의 조카여유."

"그래?"

"이쪽은 성격이 엄청 좋구먼유. 나이도 어리구유. 이제 열일곱이에유. ─이쪽은 지참금이 천 엔이 있고 ─이쪽은 지사의 딸이지유" 하고 혼자 떠들어댔어.

"모두 다 데려올 수는 없을까요?"

"모두 다유? 그건 욕심이 너무 많쥬. 댁은 일부다처주의인가유?"

"다처주의는 아니고 육식론자죠."

"뭐든 좋으니 그것 좀 빨리 치우게나" 하고 주인이 꾸짖듯이 말하자 산뻬이 군은,

"결국 맘들이 없는 거쥬?" 하고 확인하고는 사진을 한장 한장 집어 주머니에 넣었어.

"뭐야, 그 맥주는?"

"선물이쥬. 미리 축하하는 뜻에서 모퉁이 술집에서 사왔어유. 한 잔하시지유."

주인은 손뼉을 쳐서 하녀를 불러 병을 땄지. 주인, 메이떼이, 도 꾸센, 칸게쯔, 토오후우 다섯 사람은 공손히 컵을 들어 산뻬이 군의 여복을 축하하더군. 산뻬이 군은 엄청 신이 났는지,

"여기 계신 분들 모두 피로연에 초대할 테니 와주셔유. 와주실 거쥬?" 했어.

"난 싫어." 주인은 곧바로 대답했어.

"어째서유? 제 평생에 한번뿐인 큰 행사인디, 안 오신다구유? 너무 매정하신데유."

"매정한 건 아니지만 나는 안 가."

"입을 게 없으세유? 하오리하고 하까마 정도는 어떻게 해볼게 유. 좀 사람들하고 섞이는 게 좋아유, 선생님. 유명한 사람을 소개 해드릴게유."

"그건 딱 질색이네."

"위장도 나을 텐데유."

"안 나아도 상관없어."

"그렇게 고집을 부리신다면 별수 없구먼유. 선생님은 어때유, 와 주실 거쥬?"

"나 말인가? 꼭 가지. 할 수만 있으면 주례가 되는 영광을 얻고

싫을 정도야. 샴페인으로 삼삼구도[52]로구나, 봄날 저녁이여. — 뭐? 주례는 스즈끼 토오주우로오라고? 역시 그럴 줄 알았어. 이거 유감이네만 별수 없구면. 주례가 둘이면 너무 많으니 그냥 인간으로서 꼭 참석하지."

"선생님은 어떠세유?"

"나 말인가? 일간풍월한생계, 인조백빈홍료간[53]이라."

"뭔 소리예유?『당시선』인가유?"

"뭔지 모르지."

"모른다구유? 그것참. 칸게쯔 군은 와주실 거쥬? 지금까지 관계도 있고 하니께."

"꼭 가도록 하겠습니다. 내가 만든 곡을 악대가 연주한다니 안들을 수 없죠."

"그렇구말구유. 토오후우 군, 자네는유?"

"글쎄요, 가서 두분 앞에서 신체시를 낭독하고 싶군요."

"그건 정말 신나네유. 선생님, 지는 태어나서 지금까지 이렇게 행복한 적이 없었어유. 그러니 맥주를 한잔 더 마실게유"하고 자기가 사온 맥주를 혼자서 벌컥벌컥 마셔대고는 새빨개졌어.

짧은 가을 해는 어느덧 기울고, 담배의 사체가 어지럽게 흩어진 화로 속을 보니 불은 일찌감치 꺼져버렸네. 천하에 태평한 인간들도 어지간히 흥이 가셨는지 "너무 늦었네. 이제 갈까?"하고 도꾸센 군이 먼저 일어섰어. 이어서 "나도 가야지"하며 저마다 현관으

---

52 三三九度. 일본의 결혼식에서 신랑 신부가 세개의 잔으로 세번씩 아홉잔의 술을 마시는 의례.

53 一竿風月閑生計 人釣白蘋紅蓼間. 낚싯대 하나로 풍월을 즐기며 한가하게 살고, 흰 부평초 꽃과 빨간 여뀌 꽃 사이에서 낚시를 즐긴다는 뜻.

로 나서더군. 잔치가 끝난 자리처럼 방 안은 쓸쓸해졌지.

　주인은 저녁을 먹고는 서재로 들어갔어. 안주인은 쌀쌀해진 날씨에 속옷 깃을 여미고 앉아 낡아빠진 옷을 깁고 있어. 아이들은 베개를 나란히 하고 잠들었고. 하녀는 입욕 중이지.

　태평스러워 보이는 사람들도 마음 깊은 곳을 두드려보면 어딘가 서글픈 소리가 나지. 깨친 것 같은 도꾸센 군의 발도 역시나 땅을 딛고 있고. 마음 편해 보이지만 메이떼이 군의 세상도 그림 속 세상은 아냐. 칸게쯔 군은 구슬 갈기를 그만두고 결국 고향에서 부인을 데려왔으니 그게 순리지. 하지만 순리가 오래도록 이어지는 것도 참 심심하긴 할 거야. 토오후우 군도 한 십년 지나면 무턱대고 신체시를 바치는 게 잘못임을 깨달을 테지. 산뻬이 군쯤 되면 물에 사는 사람인지 산에 사는 사람인지 잘 판단이 안 돼. 평생 샴페인을 대접하며 뻐길 수 있다면 그걸로 좋은 거 아닐까? 스즈끼 토오주우로오 씨는 어디까지고 굴러가겠지. 구르다보면 진흙이 묻고. 진흙이 묻어도 구르지 못하는 것보다는 폼이 나잖아? 고양이로 태어나 인간 세상에 산 지도 어느덧 이년이 되어가네. 나 자신은 이만큼 유식한 고양이는 둘도 없다고 생각하고 있었는데 요전에 수고양이 무어[54]라는 듣도 보도 못한 동족이 돌연 엄청난 기염을 토하는 통에 좀 놀랐어. 잘 들어보니 실은 백년 전에 죽었는데 문득 호기심을 못 이겨 유령이 되어서 이 몸을 놀라게 하려고 머나먼 저승에서 출장을 나왔다는 거야. 이 고양이는 엄마 고양이와 대

---

**54** 독일의 소설가 E. T. A. 호프만(Ernst Theodor Amadeus Hoffmann, 1776~1822)의 소설 『수고양이 무어의 인생관』(*Lebens-Ansichten des Katers Murr*)의 주인공. 이하의 내용은 이 소설을 일본에 처음 소개한 후지시로 소진(藤代素人)의 글 「고양이 문사 기염록(猫文士氣炎錄)」(『신소설(新小說)』 1906년 5월호)을 의식한 것이다.

면할 때 인사치레로 물고기 한마리를 물고 갔는데 도중에 그만 참지 못하고 제가 먹어버렸을 정도의 불효묘인 만큼 재주도 인간에 뒤지지 않을 정도여서 한번은 시를 지어 주인을 놀라게 한 적도 있다는군. 이런 호걸이 이미 한세기도 전에 출현했다니 나 같은 모자란 놈은 진작에 물러나서 무하유향[55]에 돌아가 쉬어도 좋았을 걸 말이야.

　주인은 조만간 위장병으로 죽을 거야. 카네다 아저씨는 욕심 때문에 이미 죽었고. 가을 나뭇잎은 거의 다 떨어졌어. 죽는 것은 만물의 정해진 이치이니, 살아 있어봐야 별 도움이 안 될 바엔 일찌감치 죽는 편이 현명할지도 모르지. 여러 선생의 주장에 따르면 인간의 운명은 자살로 귀착된다잖아. 자칫하면 고양이도 그런 답답한 세상에 태어나야 할지도 몰라. 무서운 일이지. 어쩐지 영 짜증스럽군. 산뻬이 군의 맥주라도 마시고 좀 기운을 차려야지.

　뒷문으로 돌아갔어. 삐걱거리는 문틈으로 들어온 가을바람 때문인지 램프는 어느새 꺼졌고 달이 떴는지 창문에 그림자가 비치는군. 쟁반 위에 컵이 세개 놓여 있고 그중 두개에 갈색 물이 반쯤 담겨 있어. 유리 안에 든 건 뜨거운 물이라도 왠지 차가워 보이지. 더구나 쌀쌀한 밤의 달빛을 받으며 불 끄는 항아리 옆에 고요히 놓인 액체를 보니 입술을 대기 전부터 어쩐지 으스스해서 마시고 싶지도 않아. 하지만 뭐든 해보는 게 중요하잖아? 산뻬이 같은 작자는 저걸 마시고는 새빨개져서 뜨거운 입김을 내쉬더군. 고양이라고 마시면 기분이 좋아지지 말란 법도 없잖아. 어차피 언제 죽을지 모르는 목숨이야. 목숨이 붙어 있는 동안에 뭐든지 해봐야지. 죽고 나

55 無何有郷. 있는 것이 아무것도 없는 곳이라는 뜻으로, 『장자』에 나오는 이상향을 말한다.

서 아, 아쉬워라, 하고 무덤 속에서 후회해봤자 아무 소용 없지. 마음껏 마셔보자 싶어 기세 좋게 혀를 넣어 할짝할짝해보고는 놀랐지 뭐야. 뭐랄까, 혀끝이 바늘에 찔린 것처럼 찌릿하더라고. 인간은 무슨 맛으로 이런 썩은 걸 마시는지 모르겠지만 고양이에겐 도저히 마실 만한 게 못 되더군. 아무래도 고양이와 맥주는 안 맞는 모양이야. 맙소사, 하고 내밀었던 혓바닥을 도로 집어넣었지만 생각을 고쳤어. 인간은 좋은 약은 입에 쓰다고 입버릇처럼 말하면서 감기라도 걸리면 얼굴을 찡그리며 이상한 걸 마시잖아. 마시니까 낫는 건지 저절로 낫는데도 마시는 건지 지금까지 의문이었는데 마침 잘됐어. 이 문제를 맥주로 해결해주지. 마셔서 뱃속까지 쓰다 해도 별거겠어? 만약 산뻬이처럼 앞뒤를 못 가릴 만큼 기분이 좋아지면 그야말로 땡잡는 거니까 동네 고양이들에게 가르쳐줘야지. 자, 어떻게 될까, 운을 하늘에 맡기고 해치우자 결심을 하고 다시 혀를 내밀었어. 눈을 뜨고 있으면 마시기 힘드니까 눈을 꽉 감고 다시 할짝대기 시작했지.

이 몸은 참고 또 참으며 가까스로 맥주 한잔을 다 마셨는데, 이때 기묘한 현상이 벌어졌어. 처음에는 혀가 찌릿찌릿하고 입안이 뭘로 눌러대는 것처럼 아프더니 마시면 마실수록 점점 편해지면서 한잔을 다 해치울 무렵엔 별로 힘도 안 들더라고. 이젠 됐다 싶어 두잔째도 쉽사리 해치웠지. 내친김에 쟁반에 엎질러진 것도 핥아서 배 속으로 들여보냈어.

그러고 나서 한동안은 스스로의 상태를 파악하느라 꼼짝 않고 웅크리고 있었지. 점점 온몸이 따듯해지더군. 눈언저리가 훈훈해지고. 귀가 달아오르고. 노래를 부르고 싶어지네. '고양이야, 고양이야' 춤을 추고 싶어지고. 주인도 메이떼이도 도꾸센도 개똥이다 싶어졌어. 카네다 아저씨를 할퀴어주고 싶어졌어. 그 부인의 코를 물어뜯고 싶어지고. 여러가지가 하고 싶어졌어. 마지막으로 휘청 휘청 일어나고 싶더군. 일어나니 비틀비틀 걷고 싶어지고. 이것 참 재미있군, 하고 밖으로 나가고 싶어졌어. 나와보니 달님, 안녕? 하고 인사하고 싶어지고. 정말 기분이 좋아.

거나하게 취한다는 게 이런 건가 생각하면서 정처 없이 여기저기 산책하는 것도 같고 아닌 것도 같은 기분으로 비틀대는 걸음을 되는대로 옮기다보니 왠지 너무 졸리더군. 자고 있는 건지 걷고 있는 건지 모르겠어. 눈을 뜨려고 해도 눈꺼풀이 너무 무거워. 이렇게 되면 어쩔 수 없지. 바다가 됐든 산이 됐든 놀랄 게 뭐랴 싶어 앞발을 턱, 앞으로 내밀었다 싶은 순간 풍당, 하는 소리가 나서 아뿔싸, 하는 사이 — 망했다. 왜 망했는지 생각할 틈도 없어. 그냥 망했다고 깨닫고 말고 할 것도 없이 확 망한 거니까.

정신이 들고 보니 물 위에 떠 있더군. 괴로워서 발톱으로 마구 긁어댔지만 긁히는 거라곤 물뿐이니 긁어봤자 그냥 빠지는 거야. 할 수 없이 뒷발로 뛰어올라 앞발로 긁었더니 드르륵 하는 소리가 나면서 뭔가 닿더라고. 겨우 머리만 내밀고 여기가 어딘가 하고 둘러보니 이 몸은 커다란 항아리 속에 빠진 것이더군. 이 항아리는 여름까지는 물옥잠이라는 물풀이 무성했는데 그후에 까마귀 녀석이 와서 먹어치우고는 목욕까지 하더라고. 목욕을 하면 물이 줄어들어. 물이 줄어들면 까마귀도 안 오지. 요즘은 꽤 줄어서 까마귀도 안 보이네, 하고 좀 전에 생각했었는데, 이 몸이 까마귀 대신 이런 데서 목욕을 하게 될 줄은 꿈에도 몰랐어.

수면에서 항아리 주둥이까지는 12쎈티 남짓한 거리야. 발을 뻗어도 닿질 않아. 뛰어올라도 나갈 수가 없고. 태평하게 있으면 가라앉을 뿐이고. 몸부림을 치면 드르륵드륵 하고 항아리에 발톱이 닿아 그때는 좀 뜨는 듯도 하지만 미끄러지면 곧장 쑥 빠지는 거야. 빠지면 괴로우니 다시 드르륵드륵 긁고. 그러는 동안 몸이 점점 지치더군. 마음은 급하지만 다리는 잘 움직이질 않아. 결국은 빠지려고 항아리를 긁는 건지 긁기 위해 빠지는 건지 나도 잘 모르겠더라니까.

그때 괴로움 속에서도 이런 생각을 했지. 이렇게 고통스러운 것은 요컨대 항아리 위로 기어오르고 싶다는 욕심 때문이다. 기어오르고 싶은 마음이야 굴뚝같지만 기어오르지 못한다는 건 뻔히 알고 있다. 이 몸의 다리는 10쎈티도 안 된다. 용케 물 위로 몸이 떠서 떠 있는 곳에서 있는 힘껏 앞발을 뻗어봤자 15쎈티 넘게 떨어진 항아리 주둥이에 발톱이 닿을 리가 없다. 항아리 주둥이에 발톱이 닿지 못한다면 아무리 몸부림을 치고 안달해봤자, 백년 동안 몸이 가루가 되도록 기를 써봤자 나갈 수 있을 리가 없다. 나갈 수 없는 걸 뻔히 알면서도 나가려고 하는 건 억지다. 억지를 부리려고 하니 괴로운 거다. 멍청하게. 스스로 괴로움을 구하고 스스로 고문을 당하는 건 멍청한 짓이지.

'이제 관두자. 될 대로 되라지. 긁어대는 건 이제 안 한다고' 하며 앞발도 뒷발도, 머리도 꼬리도 자연의 힘에 맡기고 저항하지 않기로 했어.

점점 편해지네. 괴로운 건지 고마운 건지도 구분이 안 되고. 물속에 있는 건지 방 안에 있는 건지도 확실치 않아. 어디서 어쩌고 있든 뭐가 그리 중요해. 그저 편안할 따름. 아니, 편안함 자체도 느끼지 못해. 일월을 도려내고 천지를 티끌로 만들어 불가사의한 태평에 드는 거지. 이 몸은 죽어. 죽어서 이 태평을 얻는 거야. 태평은 죽어야만 얻을 수 있지. 나무아미타불, 나무아미타불. 고맙고 고마울 뿐이야.

# 나쯔메 소오세끼와
# 그의 첫 소설 『이 몸은 고양이야』

## 나쯔메 소오세끼의 생애와 문학세계

### 1. 교사에서 작가로

1853년 미국의 페리 제독이 이끈 4척의 군함이 토오꾜오 만 우라가에 출현했다. 일본의 토꾸가와 막부는 그 위력에 굴복하여 미일 화친조약을 맺었고, 이로써 200년 이상 이어진 쇄국정책은 완전히 무너졌다. 사쯔마, 초오슈우, 토사 등 유력한 번들을 중심으로 '존왕양이'를 내건 메이지 유신을 향한 움직임이 시작되었고 1867년 마지막 쇼오군 토꾸가와 요시노부의 대정봉환에 이어

1868년 3월, 공론존중과 개국화친 등을 기본 정책으로 삼고 천황의 복권을 천명하면서 에도는 토오꾜오로 이름이 바뀌어 수도가 되었으며 연호는 메이지로 정해졌다. 1869년에는 판적봉환으로, 막부에서 무사들에게 분배했던 영지와 백성을 일단 천황에게 반환했다가 1871년 중앙집권 정책의 일환으로 폐번치현을 단행하여 오늘날 보는 것과 같은 부현제를 실시하게 된다. 판적봉환에 따라 번주와 번사의 신분구별을 없애고 번주는 화족으로, 번사는 사족으로 만들어 봉건적 주종관계를 해소시켰으며 농공상은 평민이 되었고, 에따(穢多)나 히닌(非人) 등의 천민 칭호를 없애 평민으로 만들었다. 이른바 사민평등의 근대가 시작된 것이다.

나쯔메 소오세끼(夏目漱石)가 1867년 2월 9일, 에도의 우시고메(현재 토오꾜오 신주꾸)에서 5남 3녀의 막내로 태어났을 때, 아버지 나오까쯔(直克)는 50세, 후처였던 어머니는 41세였다. 그의 집은 지역의 유서 깊은 명가였고 경제적인 여유도 있었지만 너무 늦은 나이에 낳은 아이를 부끄럽게 여겼던 그의 부모는 킨노스께(金之助)라 이름 붙인 이 아이를 생후 얼마 되지 않아 동네 고물상(일설에는 푸성귀 가게)에 보내 기르게 했다. 이때는 오래지 않아 돌아왔지만 결국 부모는 일년 후 두살배기 아이를 시오바라 부부에게 입양 보냈다. 양부모는 7, 8년 동안 그를 애지중지 길렀으나 이것이 두 사람의 노후 부양을 위한 것이라는 사실을 이 조숙한 아이는 일찌감치 눈치채고 있었다. 더구나 이후 양부의 외도로 인해 양부모 사이가 틀어지면서 벌어진 진흙탕 싸움에서 아이는 극심한 마음의 상처를 입었고, 특히 이 과정에서 드러난 양어머니의 인간적 천박함에 대한 경멸은, 소오세끼의 유일한 자전적 소설이자 마지막 완성작인 『길가의 풀(道草)』(1915) 속에 적나라하다. 결국 양부모의 이혼으로 양부의 성을 지닌 채로 본가로 돌려보내졌고, 친부모와 양부모로 부터 연거푸 버림을 받았다는 어린 시절의 깊은 내상이, 이 명석하고 감수성 예민한 아이에게 영향을 끼치지 않았을 리는 없다. 게다가 3살에 앓았던 천연두의 후유증으로 그의 얼굴엔 마맛자국이 남았고, 세번이나 전학을 거듭하며 초등학교를 마치는 동안 그는 명민하고 내성적인 소년으로 자랐다. 어려서부터 한문을 공부하면서 문인과 지사라는 두가지 기질이 함께 성장했으나 근대화, 서양화의 물결 속에서 한문이 아닌 영어가 삶의 도구로서는 유용하리라 여겨 영문학과에 진학했다고 한다.

토오꾜오 제국대학 예비문예과에 입학하면서 마사오까 시끼 (正岡子規)를 만나 한문, 하이꾸 등에 대해 의견을 나누며 가까워졌다. 소오세끼의 회상에 따르면 시끼는 꽤나 까다로운 성격이어서 마음에 들지 않는 이들과는 아예 눈도 마주치려 하지 않았다는데, 두 사람은 마음이 맞아 시끼가 1902년 35살로 때 이른 죽음을 맞을 때까지 친우로 지냈다. 만 스무살이 되던 1887년, 맏형과 둘째 형을 한꺼번에 결핵으로 잃었다. 더구나 소오세끼 역시 갑작스러운 혈담으로 결핵이 의심되는 일까지 겹쳐 한동안 심한 신경쇠약 증세를 보였고 카마꾸라에서 참선으로 마음을 다스리기도 한다. 1889년, 마사오까의 한시문집 『나나꾸사슈우(七艸集)』에 한문으로 평을 쓰면서 처음으로 소오세끼라는 호를 쓰기 시작했는데 이는 『몽구(蒙求)』에 나오는 '漱石枕流(돌로 양치하고 흐르는 물을 베고 눕다)' 라는 말에서 따온 것이다. 원래대로라면 '돌을 베고 누우며 물에 입을 헹구는' 것이 옳지만 이를 뒤집어놓은 말이니, 세상의 틀에 맞지 않고 유별난 태도를 이른다. 1890년 23세에 안과병원에서 우연히 만나 호감을 느꼈던 여성과의 첫사랑은 부질없이 끝났고 이듬해엔 젊은 소오세끼가 몹시 좋아하던 동갑내기 셋째 형수가 심한 입덧이 원인이 되어 숨지는 등 괴로운 일들이 겹쳐 한때 염세주의에 빠지기도 했다. 제국대학 영문과 졸업 후 마쯔야마에서 중학교 교사, 구마모또에서 고등학교 교사로 생활했지만 자신은 교사로서 적격이 아니라는 생각은 늘 품고 있었던 듯하다.

29세에 귀족원 서기관장의 딸인 나까네 쿄오꼬(20세)와 결혼했다. 그의 결혼생활은 행복하다고 말하기 어려웠고, 교사생활에 안주하지 못했던 그는 "나는 교육자로 적당치 않고 교육가의 자격을 지니지 못하였다. 그 부적당한 사내에게 호구지책으로 가장 쉬운 것이 교사 지위이니 바로 지금 일본에서 참된 교육자가 없음을 보여줌과 동시에……" 운운하는 글을 쓰기도 했다. 문학가로서의 삶을 살고 싶다는 열망은 강했으나 적당한 기회를 잡지 못하고 있던 그는 34세가 되던 해 문부성 유학생으로 선정되어 가족을 일본에 둔 채, 혼자서 영국 런던으로 건너간다. 유학생활은 몹시 궁핍하고 고통스러운 것이었고, 서양 혹은 서양인과 그 문화에 대한 열등감과 실망을 동시에 경험하는 계기가 되었다. 인종차별로 인해 말할 수 없는 멸시를 당하며 "이리 떼 속 삽살개처럼 불쌍한 삶"을 맛보는 한편, 서양의 학자들이 자신의 전문분야 이외의 영역에 대해서는 얼마나 무지한지를 보면서, 한문학을 통해 동양적 교양을 쌓으며 전인적 인간의 완성을 지향했을 그는 큰 실망을 맛보았다. 특히 영문학에서 자신이 받아들일 수 없는 외국학자들의 주장을 밀쳐내고 일본인으로서의 독립적 판단을 견지하고자 노력하면서 이를 위한 근거를 마련하려 고투했다. 마침 런던에서 짧은 기간 함께 지냈던 화학자 이께다 키꾸나에(池田菊苗, 훗날 조미료인 아지노모또를 발명함)

에게서 자극을 받아 '문학이란 무엇인가'를 독자적으로 규명하고
자 하였다. 유학 기간인 2년 4개월여를 거의 하숙집에 틀어박히다
시피 하여 고금의 영문학 서적들을 수집, 탐독하면서 영문학의 본
질을 규명하겠다는 큰 뜻을 품었던 것이다. 이른바 '문학론'의 방
법론적 자각이었음과 동시에, 훗날 드러나는 '자기본위'를 일종의
윤리적 자세로서 확립하고자 하는 몸부림이었으나 이 고독하고 극
단적인 분투는 그의 신경을 몹시 쇠약하게 만들었고 소오세끼가
정신병에 걸렸다는 소문이 문부성에까지 전해졌다.

　　결국 1903년, 그는 일본으로 돌아왔다. 귀국 후 모교인 제1고등
학교와 토오꾜오 제국대학에서 영문학을 강의하면서 1905년『이
몸은 고양이야(吾輩は猫である)』를 발표했다. 단 한번 게재로 끝낼 생
각이었던 이 작품은 뜻밖의 호평을 받으면서 총 11회에 걸쳐 연재
되었다. 오랜 동안 쌓인 울적함을 토해내듯이 근대 자본주의사회
의 위선과 기만을 풍자함과 동시에 '태평일민'인 지식인들의 '양
심과 자유의 세계'에 메스를 대어 이를 비판하기도 사양치 않았던
이 작품으로 소오세끼는 본격적인 작가의 길에 들어선다. 이어서
같은 계열의 풍자적 작품인『도련님(坊っちゃん)』, 그리고 유학 시절
이야기를 담은『런던 탑(倫敦塔)』등을 썼다. 1906년 10월부터 스즈
끼 미에끼찌의 제안으로 목요일 오후 3시, 마음 맞는 이들과 모여
환담을 나누는 '목요회'가 만들어졌다.


2.『아사히 신문』입사와 전기 3부작

1907년『아사히 신문』에 입사하였는데 실은 그전에 쿄오또 제국

대학, 토오꾜오 제국대학으로부터의 교수 초빙을 거절한 후의 일이었다. 대학의 교수직을 거절하고 신문기자가 되면서 의기양양했던 그에게서 남다른 시민적 식견을 발견하는 이들도 있지만 이는 경제적 이유도 있는 이직이었다. 당시 소오세끼가 남긴「입사의 변」을 보면,

　　대학에서는 강사로서 연봉 800엔을 받고 있었다. 아이들은 많고 집세가 비싸서 800엔으로는 도저히 살 수가 없다. 할 수 없이 두세곳 학교를 돌아다니면서 가까스로 하루하루를 살고 있었다. 아무리 소오세끼라도 이렇게 정신이 없어서야 신경쇠약에 걸린다. 게다가 어느정도 글도 써야 한다. 취흥으로 글을 쓰는 거라고 한다면 그렇게 말할 수도 있겠지만, 근래 소오세끼는 무언가를 쓰지 않으면 살아 있는 것 같지가 않은 것이다.

『아사히 신문』과의 교섭 결과, 월급 200엔에 연 2회 상여라는 파격적인 조건을 얻었다. (참고로 당시 경찰의 초임은 12엔이었다.) 그의 초기 작품에는 실업가라든가 특권계급에 대한 혐오가 드러나고 있어서 금전에 대한 그의 이런 집착에 위화감을 느낄 수도 있지만 영국 유학과 귀국 후에 짊어지게 되었던 빚, 혹은『길가의 풀』에 그려지듯이 양부모나 친척들의 경제적 원조 요구 등 외적 요인이 크게 작용하고 있었다고 여겨진다.

　1908년에 발표한 이른바 청춘소설『산시로오(三四郞)』는 의식의 밑바닥에 잠복하고 있던 '무의식의 위선'을 다룬 것이었다.『꿈 열흘 밤(夢十夜)』(1908)『영일소품(永日小品)』(1909)에서도 의식의 심연에 자리 잡은 존재의 불안과 공포, 허무 등을 형상화하거나 탐미적

상상력을 발휘하였다. 리얼리즘에 기초한 고급스러운 풍자소설로 현실에 대한 비판적 사고를 드러냈다면 같은 시기에 쓰인 비일상, 즉 꿈의 세계는 채워지지 않는 그의 예술적 욕망을 담고 있다고 말할 수 있을 것이다.

마흔두살이던 1909년에는 만주와 조선을 여행했는데 그 여행기인 『만·한 여기저기(滿韓所どころ)』에는 중국과 조선의 국민과 문화에 대한 편견과 차별의식이 드러나기도 한다.

[만주] 강가에는 사람들이 많이 늘어서 있다. 그 대부분은 중국인 쿨리[노동자]로 한명을 보면 더럽고 두명이 다가오면 더 보기 흉하다. (…) 방 안이 묘한 냄새를 풍긴다. 중국인이 집요하게 남기고 간 냄새이니 깨끗한 것을 좋아하는 일본인이 아무리 청소를 해봤자 여전히 고약한 냄새가 난다 (…) 고려의 고적지를 보러 갔을 때는 (…) 결국 조선인의 머리를 탁 때려주고 싶을 정도로 험한 대우를 받았다.

또 1909년 10월 18일 자 『아사히 신문』에 게재된 「만한의 운명」에는 "이번 여행에서 감탄한 것은 일본인은 진취적 기상에 넘쳐 있고 가난하지만 신분에 맞게 발전해간다는 사실과 경영자들의 기개였습니다. 만한을 여행해보니 일본인은 늠름한 국민이라는 생각이 들었습니다. 따라서 어딜 가나 자랑스럽고 기분이 좋았습니다. 이와는 반대로 중국인이나 조선인을 보면 아주 안타깝습니다. 다행히 일본인으로 태어나 행복하다고 생각합니다"라고 적고 있다. 이것이 서양 문명으로부터의 '독립'을 역설했던 소오세끼의 모순이자 한계였다.

같은 해에 '아사히 문예란'을 만들어 반자연주의의 아성으로 주목받았지만 '공평과 불편부당'을 표방하며 자연주의 문학에도 열려 있었고, 소오세끼 역시『그리고 나서(それから)』에 이어『문(門)』을 게재하면서 그 소박한 사실성으로 자연주의 진영으로부터 환영을 받았다. 그러나 그의 작품은 세속을 잊어버리고 인생을 느긋하게 바라보고자 하는, 그가 만든 단어로 하자면, '저회취미(低徊趣味)'적 요소가 강해서 당시의 주류였던 자연주의와 대립하는 '여유파'라고 불리기도 했다.『산시로오』『그리고 나서』『문』을 소오세끼의 전기 3부작이라 부른다.


### 3. 후기 3부작의 세계

신경쇠약 증세는 이 무렵 조금 나아졌지만 그의 약한 위장은 만한 여행으로 더욱 나빠져서『문』을 끝내고 위궤양 진단을 받아 입원했다. 퇴원 후 이즈의 슈젠지 온천으로 전지요양을 떠났으나 오히려 1910년 8월 24일, 엄청난 토혈 후 위독 상태에 빠지는, 이른바 '슈젠지의 변고'를 겪었고 이후 그의 인생관, 생사관에도 큰 변화가 나타났다. 두달 후 토오꾜오로 돌아와 재입원, 치료를 받고 7개월 만에 집으로 돌아왔다. 입원 중에 쓴 체험기『생각나는 일들(思ひ出す事など)』에는 당시 심경이 그려져 있다. 이후 문부성으로부터 문학박사 학위 수여를 제안받기도 했으나 끝내 사양했고 문예위원회 등에도 참가하지 않았다. 이듬해 1911년 여름 칸사이 지역을 강연 여행 중 위궤양이 재발하여 오오사까에서 입원하였다. 10월에는『아사히 신문』에 사의를 표명했으나 신문사의 만류로 '아사히

문예란'만 폐지했다. 같은 해 11월에는 다섯째 딸인 두살배기 히나 꼬의 갑작스러운 죽음으로 큰 충격을 받았고 『문』에 이어 쓴 장편 소설 『히간 지나까지(彼岸過迄)』 속에는 어린 딸을 잃어버린 슬픔이 담겨 있다.

『히간 지나까지』는 단편소설을 겹쳐 장편소설을 구성하는 기법 을 채용한 첫 작품이었는데 서로 사랑하는 남녀가 결혼에 이르지 못하는 근본적 원인을 내적 자아에게 따져 들어가는 과정에서 마 침내 자연을 '생각하지 않고 바라보는' 초월적 심경을 획득함으로 써 자의식에서 벗어났다고 한다. 하지만 소오세끼가 지닌 실존적 관심이 이로써 해결되었다기보다는 거꾸로 자의식의 심연으로 더 깊이 내려서는 계기가 되었다. 1912년의 『행인(行人)』에서는 이지 적인 주인공을 광기로 내몰았고, 『마음(こころ)』에서는 또 하나의 결론, 즉 자살로 몰아간다. 『마음』의 주인공 '선생님'은 니이가따 명문가의 외아들로 스무살에 부모를 한꺼번에 여의고 숙부가 유산 을 관리하고 있었다. 신뢰하고 있던 숙부에게 유산을 강탈당한 후 그는 모든 인간에 대한 신뢰를 잃었지만 자기만은 괜찮은 인간이 라는 자신을 지니고 있었다. 하지만 하숙집 딸에 대한 사랑 때문에 친우 K를 배신하여 죽음에 이르게 만들면서 자기 역시 아집과 질 투에 사로잡힌, 숙부와 다를 바 없는 인간이라는 사실을 깨닫는다. 그는 아내에게 이런 사정을 끝내 숨기고 조용한 생활을 이어가지 만 끊임없이 죄의식에 시달렸고 메이지 천황의 죽음과 이에 따른 노기 대장의 순사에 촉발되어 스스로 목숨을 끊는다. 소오세끼가 주인공을 죽임으로써 자신은 살아남아 새로운 전환을 시도한 것이 라 일컬어지는 작품이다. 『행인』 집필 중 또다시 위궤양이 발병하 였고 그 병고는 신경쇠약을 악화시키면서 근대 지식인의 불안과

적막, 고독이 되어 작품 속에 응결되었지만 결국 『마음』을 완성한 후 위궤양으로 몸져누웠다. 『행인』 『히간 지나까지』 『마음』을 소오세끼의 후기 3부작이라 부른다.


## 4. 만년의 사상적 궤적

그의 초기 작품들이 문명비평을 주로 다루었던 데 반해 후반기 작품들은 남녀 간의 연애 문제가 중심 모티프가 되면서 고독, 이기심, 죄의식 등 내면심리극의 양상을 띠게 된다. "연애에 대한 파악과 이해 없이는 나쓰메의 작품은 무의미하고 생명 없는 요설로밖에 볼 수 없을 것이다"라는 코미야 토요따까의 말처럼, 당사자 모두에게 정신적 고통을 강요하는 연애의 삼각관계 구도는 인간의 어둡고 추악한 내면을 들여다보게 만드는 장치로 작용한다. 한 여자를 두고 경쟁과 암투를 벌이고 질투와 이기심의 발현 끝에 좌절과 죄의식을 나눠 갖는 두 남자는 작가의 이중적 자아의 표상이라고 할 수 있을 것이다. 삼각관계야말로 인간관계의 갈등 구조를 극명하게 부각시키는 모형이며, 연애는 자기성찰의 기제가 되어 자기와 타자 사이 인간관계의 본질을 고통스러울 만큼 극명하게 드러내고 있는 것이다.

1914년, 학습원에서 『나의 개인주의(私の個人主義)』를 강연하고 1915년에는 수필 『유리창 안(硝子戸の中)』을 발표했다.

특히 1915년에는 지금까지의 실험적 소설들과는 다른 자전적 작품 『길가의 풀』을 집필하여 영국 유학에서 귀국한 후의 교사 시절, 즉 『이 몸은 고양이야』를 썼던 당시 생활을 사실적으로 묘사하였다. 주인공 켄조는 해외유학에서 돌아와 대학에서 '비상한 열정'으로 강의를 계속하고 있다. '나는 나 자신을 위해 살아야 한다'는 신념을 지니고 있지만, 고급관료의 딸인 아내는 친정의 생활과 자신의 삶을 비교해가며 남편을 돈벌이 시원찮은 괴짜 정도로 취급하고 있다. 더구나 켄조 앞에 15, 16년 전에 인연이 끊긴 양부 시마다가 갑자기 나타나면서 그는 '과거의 망령'에 시달리게 되고 어느 날, '시마다가 소송을 걸겠다고 소동을 부리고 있다'며 형이 찾아온다. 형과 누나, 심지어 사업에 실패한 장인까지 모두 그에게 경제적 도움을 청한다. 아내와의 관계도 원만치 않아 괴로워하던 그는 결국 가까스로 돈을 마련하여 주변 문제를 해결한다. 아내는 양부와의 관계가 정리되었다고 기뻐하지만 "이 세상에 정리가 되는 일이란 좀처럼 없지"라고 내뱉는 켄조의 말로 이 작품은 끝난다. 이무렵 '목요회'에서 소오세끼를 만난 아꾸따가와 류우노스께(芥川龍之介)는 "그의 인격적 마그네티즘"에 매료되어 "내가 소설을 발표했을 때 만약 나쯔메 씨가 나쁘다고 말하면, 아무리 걸작이라도 스스로 나쁜 것이라 믿어버릴 듯한 끔찍한 느낌마저 든다"고 할 정도로 영향을 받았다. 이 무렵 당뇨병이 발발하기도 했다.

50살이 되던 1916년, 2년째에 접어든 제1차 세계대전과 관련하여 군국사상을 비판하였고 한동안 병상에서 지낸 후 『명암(明暗)』이라는 제목으로 역시 추악한 인간의 어두운 내면을 소설로 쓰기 시작하는 한편, 남화풍 수채화를 그리고 한시를 지으며 "하늘의 뜻을 따라 나를 버린다(則天去私)"는 경지에 이르렀다고 한다. 11월 22일, 위궤양 발발에 의한 내출혈이 시작되었고 상태가 악화되어 결국 12월 9일 저녁 세상을 떠났다.

위장병과 신경쇠약, 당뇨병 등, 평생을 질병으로 고생하던 그는 결국 50년도 채우지 못한 단명한 생애의 12년을 작가로 살면서 11편의 장편소설과 2편의 중편소설, 그리고 다수의 단편소설을 남겼다. 1908년의 『양귀비 꽃(虞美人草)』에서 유작인 『명암』에 이르는 대다수 작품이 신문연재 소설이었지만 이른바 대중문학의 범주에 들진 않는다.

나쓰메 소오세끼를 일본 근대문학의 아버지, 국민 작가라고 부르는 것은 그가 이룬 예술적 성취와 더불어 근대 일본인의 정신적 좌표 설정에 기여한 그의 노력 때문이다.

일본의 토착문명과 서구 외래문명 사이의 좁힐 수 없는 거리를 인식하고, 그 결합이 빚어내는 갈등과 알력 속에서 일본인은 어떤 삶의 방식을 정립해나가야 할 것인가를 늘 고민했던 그는, 1911년 8월의 '현대일본의 개화'라는 강연에서 일본인들이 인간다운 삶을 영위하기 위해서는 문명개화가 결코 만능이 아니라고 말한다. 문명개화를 하면 "삶이 옛날보다 나아져야만 함에도 불구하고 개화가 진척되면 될수록 생존경쟁이 더욱 치열해지고" "생존경쟁으로부터 초래되는 불안 때문에 삶이 더욱 고통스러워지는 것"이 "개화의 패러독스"라는 것이다. 서양이 300년에 걸쳐 이룬 것을 일본은 40년 만에 손에 넣으려 하니 '겉핥기식 개화'가 될 수밖에 없고 이러한 시대를 사는 일본인의 내면에는 정신적 공허감과 불안이 자리할 수밖에 없다는 것이 그의 생각이었다. 청일·러일 전쟁의 승리로 열강 대열에 합류함으로써 근대화의 완성기에 접어들었다고 들떠 있던 일본인들에게 고통스러운 자기인식의 계기를 마련한 그는 1914년의 『나의 개인주의』에서 '자기본위'를 주장하게 되는데, 이는 특히 영국 유학 시절의 열등감과 자의식으로부터의 돌파구이기도 했다.

이때 나는 처음으로 문학이란 무엇인가? 하는 개념을 근본적으로 자기 힘으로 정립하는 것 외에 나를 구원할 방법은 없다는 것을 깨달았습니다. 지금까지는 완전히 타인본위로 뿌리 없는 수초처럼 그렇게 떠다니고 있었기에 안 되었다는 것을 가까스로 깨우친 것이지요.

자기본위의 입장에서 서양을 상대화하는 눈을 강조하는 이러한 자각은 차별과 멸시의 시선에 시달리던 영국 유학 경험에서 비롯되었을 것이다. 그는 서구주의자를 인정하지 않았지만 국수주의자를 긍정하지도 않았다. 오직 독립된 자기정립을 위한 싸움에 그의 독창성이 있었다. '자기의 본령'에 입각하여 개성을 발휘하는 것만이 인간의 행복을 약속한다, "내가 갈 길을 가고, 남이 갈 길을 막지 않는다"는, 타자 존중을 전제로 하는 개인주의 철학을 지니게 된 것이다. 이는 자기중심주의와는 좀 다른, 서양이라는 거대한 대상과 마주한 동양의 작은 섬나라 지식인이 느꼈던 자기상실의 위기감에서 벗어나기 위해 마련한 정신의 토대라고 이해할 수 있을 것이다.

## 첫 소설 『이 몸은 고양이야』

이 몸은 고양이야. 이름은 뭐, 아직 없고.
어디서 태어났는지 도통 모르겠어.(7면)

바로 '이 몸'께서 신세를 지게 된 집 주인이 친노 쿠샤미라는 중학교 영어 선생이야. 직업은 물론이고 얼굴의 곰보 자국하며 딸만 셋이 있는 가족관계하며 쿠샤미 선생이 곧 작가 나쯔메 소오세끼라는 건 누가 봐도 확실하지? 그뿐 아니라 이 몸께서 쿠샤미 선생 집에 깃든 것이 바로 이 소설이 발표되기 한해 전인 1904년이라는 것도 말해둘게.

잘 아시겠지만 1904년은 러일전쟁이 시작된 해야. 1894년의 청일전쟁 승리로 마치 메이지 유신 이후 일본의 근대화가 성공적이었다는 사실이 증명이라도 된 것처럼 좋아하던 일본인들은 러일전쟁에서도 승리를 거두면서 모두들 엄청 들뜨고 고양된 분위기였지. 하지만 그러면 뭐하겠어? 1903년 영국 유학에서 지독한 신경쇠약에 걸려 돌아온 주인은 유학생활과 귀국 후의 정착을 위해 꽤 많은 빚을 진데다가 이미 인연이 끊긴 걸로 믿고 있던 양아버지는 느닷없이 나타나 시도 때도 없이 돈을 뜯어가지, 안주인과도 사사건건 부딪히지, 하기 싫은 선생 노릇을 그만둘 수도 없으니 정말 괴롭고 힘든 상황에 놓여 있었어. 이때 주인의 상황은 훗날 발표한 『길가의 풀』이라는 소설에 자세히 나와. 같은 시기, 같은 상황을 어쩌면 이렇게 다르게 쓸 수 있는지, 작가란 참 대단한 직업인 듯해. 『길가의 풀』이 주인에겐 유일한 자전적 소설로서 사실에 가깝다고들 하니까 그쪽이 더 미덥긴 하겠지만 실은 이 소설도 꽤나 현실에 기반하고 있어. 당시 주인의 유일한 즐거움이 자신의 서재에 모여든 이른바 '태평일민'들과의 떠들썩한 한담뿐이었는데 이 몸과 주인뿐 아니라 이 소설의 등장인물엔 모델들이 있어. 허풍스러운 이야기로 남을 골려먹는 것이 취미인 미학자 메이떼이는 진짜 미학자인 오오쯔까 야스지(大塚保治), 쿠샤미의 옛 제자이면서 이학사로 상당한 미남자인 미즈시마 칸게쓰의 모델로는 물리학자이며 수필가, 하이꾸 시인인 테라다 토라히꼬(寺田寅彦)를 들곤 해. 등장인물의 명명에도 주인의 유머감각은 살아 있지. 예컨대 쿠샤미는 '재채기', 메이떼이는 '명정(酩酊)', 즉 술 취함, 오찌 토오후우는 '떨어진 두부', 타찌마찌 로오바이는 '단박에 낭패(허둥지둥)' 등의 뜻이 있다는 건 잘 알고 있지? 이런 유별난 인간들과 즐겁게 떠들어낸 이야기를 있는 그대로 글로 옮겨보라는 친구 타까하마 쿄시 씨의 권유로 주인이 이 소설을 쓰게 된 거야. 그런 글을 사생문이라고 한다더군. 사생문을 집필할 때 중요한 것은, 주인 말로는 '어른이 아이를 보는 듯한 태도'라고 해. 즉 당사자와 함께 고민하거나 소리 내어 울거나 하는 식의 동정을 드러내지는 않지만 이것이 굳이 냉혹함을 의미하는 건 아니고 일정한 거리를 두고, 미소를 머금고 바라보는 관심이 포함되어 있는 거라던가 뭐라던가. 바로 이 '거리'가 우리 주인을 '여유파'라 부르게 만든 이유였겠지?

주인이 일종의 만담이라고 할 수 있는 라꾸고(落語)를 무척 좋아해서 이 작품에 응용했던 것도 사실이야. 예컨대 도둑이 든 다음날 아침 주인 부부가 경찰에게 도둑맞은 물건을 답하는 부분은 「꽃빛 무명(花色木綿)」, 칸게쓰가 바이올린을 사러 가는 길 순서를 읊어대는 것은 「황금 떡(黃金餠)」이라는 라꾸고 작품의 패러디야. 특히 메이떼이가 양식집에서 종업원을 놀려먹는 장면은 완전히 제대로 된 라꾸고 형식을 취하고 있잖아. 에도 시대 서민의 웃음과 통하는 라꾸고라든가 하이까이(俳諧)를 지적으로 갱신했다는 점, 즉 단순한 웃음에 그치지 않고 이것을 신랄한 인생 풍자에까지 끌어올렸다는 점이 높이 평가되곤 하지. 또 3장에 나오는 칸게쓰의 강연 이야기 '목매달기의 역학'은 실재하는 논문을 정리한 거야. 테라다 토

라히꼬 씨가 남긴 「나쯔메 선생님의 추억(夏目先生の追憶)」에 보면 자기가 주인에게 그 논문을 소개했던 경위가 나와 있어. 이 논문의 본 제목은 쌔뮤얼 휴턴(Samuel Haughton)의 「역학 및 물리학적 관점에서 고찰한 목매달기의 문제」(On Hanging Considered from a Mechanical and Physiological Point of View)였지. 주인이 작품 속에서 언급한 E. T. A. 호프만의 장편소설 『수고양이 무어의 인생관』(Lebens-Ansichten des Katers Murr)에서 착상의 도움을 받았다는 것도 사실이고.

처음에 주인은 이 작품을 짤막한 단편으로 쓰겠다는 가벼운 기분이었고 주인의 허락을 받아 쿄시 씨가 문장을 약간 손보기도 했어. 눈이 날카로운 이들은 그래서 첫 장과 나머지 장의 문체가 좀 다르다는 둥 하더라고. 어쨌든 이 첫 장이 뜻밖에 엄청난 호평을 받으면서 결국 이듬해까지 총 11회가 『호또또기스(ホトトギス)』라는 하이꾸 잡지에 연재되었지. 이후 이 잡지는 유력한 문예잡지의 하나가 되었어. 또 이 소설은 연극으로 만들어지기도 했고, "이 몸은 쥐야" "이 몸은 꼬맹이야" "이 몸은 주부야" 하는 말들을 사람들은 입에 달고 다녔어. 심지어 저 근엄한 표정의 미시마 유끼오(三島由紀夫)조차 소년 시절, 「이 몸은 개미야」라는 소품을 쓴 적이 있다니까, 글쎄. 물론 이 말투를 주인이 만들어낸 건 아냐. 당시 메이지의 정치가, 관료, 학자 들이 거들먹거리며 국민을 내려다보는 태도로 툭하면 "이 몸은……" 운운하던 것을 주인이 따온 건데 특히 와세다 대학 창립자인 오오꾸마 시게노부가 이런 말투를 썼던 대표적 인물이었다더군.

이 몸이 숨어든 당시 주인이 살던 집은 토오꾜오의 혼고오 구 코마고메 센다기쪼오 57번지였는데, 바로 전엔 우리 주인과 쌍벽을 이룬다는 일본 근대의 문호, 모리 오오가이(森鴎外) 선생이 산 적

도 있는 집이야. 산울타리 너머로 이꾸분깐이라는 중학교가 있어서 작품 속 낙운관 사건의 배경이 되는데 이 학교 운동장이 주인네 집 서쪽이었지. 북쪽 골목을 사이에 두고 이현금 선생이 살았고 남쪽 밭 건너엔 인력거꾼이 살았어. 그뿐 아니라 실제로 도둑이 들었고, 츠즈미 파출소에 그가 체포되어 주인이 출두했던 것도 사실이고…… 실은 이것만은 비밀로 하고 싶었지만 안주인 쿄오꼬 여사께서 『소오세끼의 추억(漱石の思い出)』에 다 적어두었으니 어쩔 수 없이 고백할게. 이 몸께서 설날, 떡국을 먹었다가 한바탕 춤을 추었다는 것도 사실이야. 아이고, 뻘쭘해라. 그뿐 아니야. 우리 주인이 그 후임으로 들어가는 바람에 한동안 배척운동에 시달렸던 코이즈미 야꾸모(패트릭 라프카디오 헌), 마사오까 시끼 같은 실존인물들이 실명 그대로 작품 속에 등장하잖아. 말하자면 메이지 지식인의 삶이 사실적, 풍자적으로 묘사되고 있다고 해야겠지.

주인은 1905년 설날부터 이 작품을 쓰기 시작했고 10월, 상편이 단행본으로 나왔는데 발매 20일 만에 완판, 그는 단박에 인기작가로 등극했지. 특히 이어진 속편을 집필할 때 보여준 주인의 엄청난 작업량은 유명해. 12월 12일부터 17일까지 엿새 만에 4백자 원고지 135매를 써냈는데 그것도 토오꾜오 대학과 제1고에서의 강의를 병행하면서였으니 대단하지 않아? 주인의 병력 연구자인 다까하시 마사오에 따르면 우리 주인은 20, 30, 40대 후반에 각각 몇년씩 신경쇠약이 발병했다고 하는데 『이 몸은 고양이야』 집필 시기는 두 번째 발병기의 마지막 단계였대. 이 작품의 집필은 스스로를 치료하기 위한 일종의 작업요법이기도 했고, 그 효과를 실감했던 주인이 폭발적인 창작력을 발휘했다고 하더군.

이런 얼굴로 용케도 사람 노릇을 하면서 지금까지 잘도 버텼구
나, (…) 그의 눈동자가 이렇게 혼돈하고 혼탁한 지경을 헤매고 있는
건 다름 아닌 그의 두뇌가 불투명한 내용으로 구성되어 있어 그 작
용이 암담하고 몽롱하기가 극에 달한 탓으로, 자연히 이것이 눈에 보
이는 형체로 나타나 이를 모르는 모친에게 쓸데없는 걱정을 끼친 거
야.(344~45면)

우선 주인은 이렇게 자기를 잘 아는 인간이었어. 자신이 그다지
미남자가 아니라는 것, 남들보다 유별나게 똑똑한 인간도 아니라
는 걸 알고 있었던 듯해. 하지만 자기뿐 아니라 인간 전체에 대해
가차 없는 평가를 하는 것을 보면 어쩌면 자신을 포함하는 인간이
라는 종족 자체에 대해 별 기대가 없었던 모양이야.

인간이 그렇게 인정 많고 배려심 있는 동물이라고는 생각하기 힘
들지. 그저 세상에 태어난 댓가로 어쩌다 교제를 위해 눈물을 흘려보
기도 하고 안됐다는 표정을 지어보기도 할 뿐. 말하자면 사기성 표정
이고 실은 엄청 힘이 드는 기술이야. 이런 속임수를 잘해내면 양심의
기술이 뛰어난 사람이라고 세간에서 존중받는 거고. 그러니 남들에게
존중받는 인간만큼 수상쩍은 것도 없지.(422면)

사실 주인은 꽤나 성질이 급하고 괴팍한 사람이었는데 자기 아
이들에게도 예외는 아니어서 차남인 신로꾸의 글에는 그가 얼마나
신경질적이고 무서웠는지, 툭하면 "이런 멍텅구리 자식!" 하고 고
함을 질러대는 아버지였는지 묘사되어 있어.
물론 안주인에게도 결코 좋은 남편은 아니었지. 안주인은 친정

아버지가 귀족원 서기관이었으니 꽤나 유복하게 자란 사람이었지만 우리 주인에게 시집을 오면서 전혀 여유가 없이 쪼들리는 살림을 꾸려야만 했어. 게다가 신혼 초에 일찌감치 주인은 "나는 학자이니 공부를 해야만 하고, 너 따위에게 신경을 쓸 수가 없다. 그건 미리 명심했으면 한다"고 당당히 선언을 했지. 세상에, 이게 명색이 새신랑이 할 소리냐고요. 그러니 안주인도 엄청 힘든 인생이었다고 해야 할 거야. 일단 여성에 대한 우리 주인의 독설은 사실 좀 유명해. 예를 들면,

여성이라는 것은 무엇을 하든지 정면에서 가까운 길로 가지 않고 오히려 먼 길로 에둘러 가는 방법을 택하는 나쁜 버릇이 있다.(405면)

아리스토텔레스가 말하기를 여자는 어차피 머저리이니 아내를 얻으려면 큰 아내보다 작은 아내를 얻으라. 큰 머저리보다는 작은 머저리가 재앙도 작을진저……(498면)

소크라테스는 부녀자를 다스리는 것이 인간 최대의 난제라 했느니. 데모스테네스 가로되 사람이 만일 그 적을 괴롭히고자 한다면 자신의 여자를 적에게 주는 것보다 나은 방책이 없도다. (…) 여자란 무엇인가, 우애의 적이 아닌가, 피할 수 없는 고통이 아닌가, 필연적인 위해가 아닌가, 자연의 유혹이 아닌가, 꿀을 닮은 독이 아닌가.(499면)

이런 구절만 보아도 알겠지? 제대로 된 페미니스트에게 걸렸다간 혼쭐이 났을 텐데 일찌감치 살다 간 것이 다행이라고 해야겠지, 뭐.

기본적으로 이런 생각을 지니고 있으니 자기 아내를 대하는 태도 역시 다를 바 없었어. 애초에 부부라는 것이 엄청난 의미가 있다고 여기질 않았으니까.

어차피 부부란 건 어둠속에서 머리를 부딪치는 것과 같은 거니까. 요컨대 부딪치지 않아도 될 걸 굳이 가서 부딪치게 하는 거니까 부질없는 짓이야. 애초에 부질없는 짓이니 누구랑 누구 머리가 부딪치든 상관없어.(475면)

바로 이것이 주인의 생각이었지.

하지만 주인이 인간성 자체가 나쁜 인간은 결코 아니야. 이 몸을 내치려는 하녀에게 거두어주라고 명령한 것이 주인이잖아. 기본적으로는 따뜻하고 선량하고 양심적인 위인이라고. 다만 어려서부터 부모와 양부모에게 두번씩이나 버림을 받았던 쓰라린 기억, 오랫동안 이어진 경제적 궁핍, 게다가 설상가상으로 평생을 온갖 질병에 시달리다보니 저절로 그렇게 되어버린 것 아닐까? 뭐, 아님 말고.

어쨌든 아무리 까칠한 인간이라도 자식들에 대한 사랑이나 아내에 대한 애틋함이 왜 없었겠어? 늦잠을 깨우는 아내와의 입씨름 장면을 비롯해서 스스로 '팔불출'임을 자인하는 부부간의 삽화도 다수 등장하잖아. 주인에겐 무려 5녀 2남이 있었어. '절간의 죽순이 대나무로 변하는 기세로 아이들이 크는 것을 보면서 오싹오싹 소름이 끼칠 정도'였고 그렇게 '힘에 부칠 정도라면 안 만들면 되겠지만 그게 바로 인간'이어서 그저 '쓸데없는 일을 억지로 만들어서 스스로를 괴롭히는 존재'라고 자조하기도 하지만(390~91면) 바로 그 아이들의 모습을 흐뭇한 눈으로 바라보는 아버지 소오세끼

의 모습도 이 작품 속에서 얼마든지 찾아낼 수 있어. 예를 들면 첫
딸의 귀여운 말실수를 기다랗게 묘사한다거나 셋째 딸의 막무가내
예쁜 짓을 그려내기도 하면서.

물론 훗날 썼던 『길가의 풀』을 보면, 당시 우리 주인이 쪼들리는
살림 때문에 하고 싶지 않은 일을 억지로 하면서 속으로 무슨 생각
을 하고 있었는지를 알 수 있긴 해.


켄조가 새로 구한 여분의 일감은 그의 학문이나 교육에 비해 그다
지 어려운 건 아니었다. 다만 그는 거기 들이는 시간과 노력이 싫었다.
무의미하게 시간을 낭비한다는 것이 목하 그에겐 무엇보다 두려웠다.
그는 살아 있는 동안, 뭔가를 이루어낸다, 그리고 이루어내야 한다고
생각하는 남자였다.


사실 우리 주인은 세속적인 명예나 지위, 돈 욕심 따위는 별로
없는 남자야. 문부성에서 주겠다는 박사학위를 거절하고 토오꾜
오 대학의 교수 자리를 걷어차는 걸 보라고. 좀 멋지지 않아? 하지
만 그에겐 말하자면 일종의 향상심 같은 것이 있어서 자신을 더 나
은 인간으로 완성해가겠다는, 제법 고상한 욕망은 늘 있었던 듯해.
뭔가를 이루어낸다는 건 그런 의미겠지. 하지만 현실은 가혹했어.
아이들은 계속 태어나고 주변에선 양아버지를 비롯한 결혼한 누
이, 형, 장인까지 끊임없이 경제적인 도움을 요구했거든. 말하자면
집안에선 우리 주인이 거의 유일하게 '출세'한 아들이었으니까. 어
때, 짠하지?

주인은 자신이 교사로서 자질이 있는지에 대해 끊임없이 의심
하고 고민했다고 알려져 있어. 이미 이 작품을 연재하는 중에 쿄시

에게 보낸 편지에 "그만두고 싶은 것은 교사, 하고 싶은 것은 창작" 이라고 쓰기도 했지. 하지만 당시 교사생활은 그 자신과 가족을 부양하는 유일하고 소중한 생업이었으니 '일자리를 잃는 것은 죽음의 원인'이라는 말은 과장이 아닌 현실이었다고. 그러니,

> 주인처럼 초연주의인 사람이라도 금전감각은 보통 인간과 다를 바가 없어. 아니, 곤궁한 만큼 남들보다 훨씬 돈 욕심이 많을지도 모르지.(199면)

그의 신경쇠약의 원인 가운데 하나는 바로 경제적 궁핍과 곤란이었어. 그리고 이러한 물질적 필요와 욕망이 근대화 이후, 즉 자본주의사회가 되면서 강조되기 시작했다는 건 누구나 아는 사실이잖아. 서양식 근대의 특징이라는 것이 인간의 물질적 탐욕을 긍정하고 그것을 드러내기를 오히려 권장하기도 한다는 것 아니겠어?

이 작품 속에는 카네다라는 실업가와 그 가족이 그런 종족의 대표로 나와. 경제적으로 성공하여 돈이면 무슨 일이든 할 수 있다고 생각하는 메이지 시대 부자의 전형. 그들은 '사람을 사람으로 생각하지 않는 병'에 걸린 환자이고 의리 망각, 인정 소각, 염치 불각이라는 삼각술을 사용하는 괴물이지. 이 물질만능주의자들은 결국 마지막 부분에서 타따라 산뻬이라는, 그들 못지않게 속물인 사위를 맞아 대까지 잇게 돼요. 물론 주인의 시선이 이렇게 주변에만 머물지는 않아.

이래 봬도 국민 작가, 일본 근대문학의 아버지라는 엄청난 별명을 지닌 우리 주인이라고.

20세기 오늘날 교통이 빈번하고 연회가 증가함은 물론이거니와 군국이 다사하여 러시아 정벌 이년째에 접어든 이때에 우리 전승국 국민은 반드시 로마인을 본받아 이러한 입욕구토의 기술을 연마해야 할 때에 이르렀다고 믿네. 그렇지 않으면 기껏 대국의 국민이 되었으나 가까운 장래에 모두가 대형과 같은 위장병 환자가 될 것임을 남몰래 마음 아파하고 있다네……(61~62면)

어때? 전쟁에 이겼다고 해서 위대한 국민이 되는 것이 아니라는 서늘한 인식이 보이지? 당시 러시아에 승리했다는 것은, 청일전쟁에 이어 아시아를 넘어 유럽과의 전쟁에서 이긴 것이라면서 '무적 일본'이라는 국가적 환상에 온 일본 국민이 도취해 있던 참이었어. 하지만 이 위대한 전쟁을 주인은 고양이와 쥐들의 한밤중 전쟁에 비유하잖아. 더구나 '러일전쟁의 연전연승'을 기뻐하며 '개선 축하회를 개최하고 아울러 군인 유족을 위로하기 위한' 의연금을 내달라는 어느 귀족의 편지를 아예 쓰레기통에 던져버리더라니까. 주인이 세상을 뜨던 1916년 1월 1일에 발표한 「점두록(点頭錄)」이라는 글에서는 좀더 확실한 반전사상을 발견할 수도 있어. 다음과 같은 구절이 있거든.

개인의 경우라도 그저 싸움에 강하다는 것은 자랑이 아니다. 쓸데없이 남을 상처 입힐 따름이다. 나라와 나라 역시 마찬가지로, 단지 이길 것 같다고 해서 괜스레 무기를 휘둘러서야 이웃들에게 폐를 끼칠 뿐이다. 문명을 파괴하는 것 말고 아무런 효과도 없다.

이것은 물론 1914년에 시작된 제1차 세계대전에 대한 비판이지만, 러일전쟁의 승리에 취해 있다가는 『산시로오』의 히로따 선생 말처럼 "일본은 멸망"할 것임을 이미 깨달았던 것 아닐까? 말하자면 메이지 유신 이후 일본이 끝없이 추구했던 이른바 대외팽창 정책에 대해 일찌감치 우려하고 있었다는 이야기. 이렇게 남들이 미처 깨닫지 못하는 것을 미리 알아채는 통찰력은 우리 주인의 남다른 점이라고 해야 할 거야.

요즘 사람들의 자각심이라고 하는 건 자기와 타인 사이에 이해관계의 깊은 골이 파여 있다는 사실을 너무나 잘 알고 있다는 말이지. 그리고 이 자각심이라는 것은 문명이 발달할수록 하루하루 더욱 예민해져가는 것이니 결국은 일거수일투족도 자연스럽게 할 수가 없게 되는 거야. (…) 한순간도 자신을 잊지 못하는 인간이라 (…) 자나 깨나 이 나라는 것이 가는 데마다 쫓아다니니 인간의 말과 행동이 인공적으로 좀스러워져서 스스로도 갑갑해지고 세상도 괴로워질 뿐, 마치 맞선을 보는 젊은 남녀 같은 기분으로 아침부터 밤까지 지내야만 하는 거야. 여유니 침착이니 하는 말은 (…) 의미가 없는 소리가 되어버리고. (…) 지금 사람들은 어떻게 하면 자기에게 이익이 되고 손해가 될지, (…) 문명의 저주야. 바보 같지.(478면)

끊임없이 이익과 손해를 따지고 남의 눈을 의식하며 긴장하여 자신을 바라보는 현대의 인간들, 이것은 문명의 저주라는 것이 주인의 생각이었어. 여기서 말하는 '자각심'이라는 것은 요즘 말로 하면 '자의식'이라고도 할 수 있을 텐데 이런 자의식 과잉의 인간들이 늘어나면서 인간관계가 모조리 망가지고 결국 사람과 사람 사이의 관계는 일종의 거래가 되어버리고 말 것이라는 우울한 예상을 품고 있잖아. 근대화가 불러온 공동체 파괴와 개인의 고립, 물질만능주의에 대한 우려가 느껴지지 않아?

　"어쨌든 이런 기세로 문명이 발달해간다면 난 사는 게 싫어" 하고 주인이 말했지.
　"사양할 것 없으니 죽어버리게나." 메이떼이가 단칼에 무지르더군.
　"죽는 건 더 싫어" 하고 주인은 말도 안 되는 고집을 부리고.(482면)

　죽는 건 괴롭지. 하지만 죽을 수 없다면 더욱 괴롭고. 신경쇠약인 국민에겐 살아 있다는 것이 죽는 것보다 훨씬 더 괴로운 일이거든. (…) 그러니 앞으로 세계적 추세로 자살자가 증가하고 그 자살자들이 모두 독창적인 방법으로 이 세상을 떠날 것이 분명하다고.(483~84면)

일본 국민 전체가 근대화 이후 신경쇠약에 걸려 있다고 주인은 보고 있었어. 그렇다면 출구는 무엇일까? 이른바 일본 정신, '야마또 혼'으로 돌아가면 되는 것일까?

　"야마또 혼! 외치며 일본인이 폐병 환자 같은 기침을 했다."
　"시작부터 당차네요" 하고 칸게쯔 군이 칭찬했지.
　"야마또 혼! 하고 신문팔이가 말한다. 야마또 혼! 하고 소매치기가 말한다.(…)"
　"토오고오 대장이 야마또 혼을 갖고 있다. 반찬가게 긴 씨도 야마또 혼을 갖고 있다. 사기꾼, 야바위꾼, 살인범도 야마또 혼을 갖고 있다."
　(…) "세모난 것이 야마또 혼인가, 네모난 것이 야마또 혼인가? 야마또 혼은 말 그대로 혼이다. 혼이니 늘 너울너울한다."

(…) "입에 담지 않는 자 아무도 없지만 누구도 본 적은 없다. 누구나 들었지만 아무도 만난 적은 없다. 야마또 혼이란 도깨비 같은 것인가?"(247~48면)

아무도 알 수 없는 야마또 혼으로 돌아갈 길은 이미 막혀 있어. 그러니 앞으로 나가는 수밖에 없겠지만 일본의 근대가 철저히 '외발적'인 것이어서 발전의 기준이 타인에게 있었던 까닭에, 끊임없이 남과 자신을, 서양과 일본을 비교할 수밖에 없으니 온 국민이 강박적으로 초조해하면서 서구적 발전, 물질적 풍요, 부국강병이라는 허망한 이념에 매달려 마음의 평안을 잃어가는 모습이 주인에겐 무척 걱정스러웠던 거겠지.

나체신자도 마찬가지야. 그렇게도 나체가 좋으면 자기 딸을 알몸뚱이로 만들어서, 내친김에 자기도 알몸으로 우에노 공원 산책이라도 해보시지. 못한다고? 못하는 게 아니지. 서양인이 하지 않으니까 자기도 안 하는 거겠지. 실제로 지극히 비합리적인 예복을 입고 거들먹거리면서 테이꼬꾸 호텔 따위를 드나들고 있잖아. 그 이유를 따져보면 아무것도 아냐. 그냥 서양인이 입으니까 입는다는 것뿐이야. 서양인은 강하니까 억지스럽든 바보 같든 흉내 내야 직성이 풀리는 거지. 긴 것에는 감겨라, 강한 것에는 굽혀라, 무거운 것에는 눌려라, 그렇게 당하기만 하는 건 좀 한심하잖아? 한심해도 할 수 없다면 그냥 넘어갈 테니 일본인을 너무 잘난 인간이라고 생각하지는 말아줘.(271면)

당시 외국인 접대 전용 시설로 세워진 로꾸메이깐(鹿鳴館)에서는 연일 무도회, 파티, 자선모임 따위가 이어지고 있었어. 수상이었던 이또오 히로부미 관저에서는 가면무도회까지 열릴 정도였다니까. 메이지 유신 한해 전에 태어나 메이지가 끝난 4년 후에 세상을 떠난 우리 주인 나쯔메 소오세끼의 생애 속엔 말 그대로 메이지 시기가 온전히 담겨 있지. 2년여의 런던 유학생활로 서양 문명의 속내를 직접 체험하기도 했던 메이지 지식인으로서, 그의 눈에 비친 무조건적 서양추수, 탈아입구(脫亞入歐)라는 일본 근대의 지향에 대한 차가운 비판이 주인의 작품 속엔 숨겨져 있어. 그렇다면 다시 동양적 정신수양의 세계로 돌아가 자신의 마음을 다스리면 되는 것일까?

서양 문명이 적극적, 진취적일지는 모르지만 결국은 평생을 불만스럽게 사는 인간이 만든 문명일 따름이야. 일본 문명은 자기 이외의 상태를 바꾸어 만족을 찾는 것이 아니지. 서양과 크게 다른 점은 근본적으로 주위 환경은 움직일 수 없는 것이라는 커다란 가정하에 발달했다는 거야. (…) 선가든 유가든 근본적으로는 이 문제를 다루는 거잖아. 아무리 제가 잘났어도 세상은 결코 마음대로 되지 않아. 지는 해를 돌이킬 수도, 가모 강을 거꾸로 흐르게 만들 수도 없지. 다만 뜻대로 되는 건 제 마음뿐이거든. 마음을 자유롭게 하는 수양만 하면 낙운관 학생이 아무리 난리를 쳐도 태연하지 않겠나? 진흙 너구리라도 상관없을 거고. 핀스께 따위가 어리석은 소리를 하면 이런 멍텅구리, 하고 넘어가면 되잖아.(333면)

야기 도꾸센이 설파하는 위와 같은 주장 역시 해결책이라고 보긴 어려울 듯해. 벼락이 쳐서 소나무가 쪼개지는 소란 속에서도 태연자약했던 노승은 실은 '귀머거리'였을 뿐이잖아.

주인의 첫 소설인 『이 몸은 고양이야』에서 그의 생각이 완전히 무르익어 드러나지 않는 것은 어쩌면 당연한 일이겠지. 게다가 이 몸을 화자로 내세운 까닭에 작품에 깊이가 없다는 둥, 지나치게 많은 이야기를 하는 통에 산만하다는 둥, 온갖 트집을 잡는 이들도 있었어. 그래서인지 이 몸은 다시는 주인의 작품 속에서 이런 활약을 하진 못해, 흥. 하지만 어쨌든 앞으로 나쓰메 소오세끼라는 작가가 깊이와 넓이를 더해가며 고민하고 형상화해나갈 문제의식이 이미 이 소설 속에 꽤나 많이 담겨 있지 않아?

끝으로 이 몸에겐 한가지 의문이 있어. 흔히들 이 작품을 명랑소설이니 골계소설이니 하더라고. 그런데 무슨 명랑소설에 죽음이 이렇게 많아? 처음부터 내 사랑하는 얼룩 양을 고작 감기 따위로 허망하게 죽게 하더니 목매다는 소나무, 교수대, 단두대, 목매달기의 역학, 자살 시대의 예언…… 결국 이 몸마저 죽게 만들잖아. 도대체 왜?

주인은 자신을 낳아준 어머니에 관해 거의 언급한 적이 없지만 파양 후 돌아온 생가에서 겨우 오륙년이 지나 주인이 14살, 그야말로 예민한 사춘기 소년이었을 때 어머니를 여의었어. 그 전엔 이복 누이가 그후엔 두 형, 그리고 주인이 유난히 좋아하고 따르던 셋째 형수까지 가까운 가족들을 떠나보내야 했지. 그 가운데 두 형은 주인이 스무살이던 해에 잇달아 폐결핵으로 세상을 떠났는데 당시 주인 역시 혈담이 이어져 폐결핵이 의심되기도 했으니 얼마나 두려웠겠어? 신경쇠약에 걸릴 수밖에 없었지. 게다가 이 소설을 쓴 것은 친우였던 마사오까 시끼마저 결핵으로, 임종조차 하지 못한 채 떠나보낸 지 겨우 두해가 지난 참이었거든. 열아홉살에 처음 시작된 위장병은 여전히 그를 괴롭히며 조금씩 악화되어 가고 있었고…… 훗날 주인은 수필집 『유리창 안』에 "내 육신은 난세입니다. 언제 어떤 변고가 일어날지 모릅니다"라고 썼어.

세상을 멀리 떨어뜨려놓고 생사와 고락을 달관한 듯한 초월적 눈길로 매사를 관조하는 것 같은 여유 있는 태도는 어쩌면 그에게 꼭 필요한 삶의 자세였을 거야. 그의 씨니컬한 유머감각이 가장 잘 드러나는 것도 죽음에 관한 이야기를 할 때잖아?

주인은 조만간 위장병으로 죽을 거야. 카네다 아저씨는 욕심 때문에 이미 죽었고. 가을 나뭇잎은 거의 다 떨어졌어. 죽는 것은 만물의 정해진 이치이니, 살아 있어봐야 별 도움이 안 될 바엔 일찌감치 죽는 편이 현명할지도 모르지. 여러 선생의 주장에 의하면 인간의 운명은 자살로 귀착된다잖아. 자칫하면 고양이도 그런 답답한 세상에 태어나야 할지도 몰라. 무서운 일이지. 어쩐지 영 짜증스럽군. 산뻬이 군의 맥주라도 마시고 좀 기운을 차려야지.(507면)

기운을 차리려고 마신 맥주 탓에 죽음을 맞는다? 이런 결말 좀 뜬금없지 않아? 왜 굳이 나를 죽게 만들었을까? 더구나 홀짝거리던 맥주에 만취하여 물 항아리에 빠져 고통스럽게 허우적거리다 죽다니, 너무 모양 빠지는 죽음 아니냐고요. 하지만 다음 결말은 역시 주인. 이 몸을 빗대어 자신의 죽음을 연습하고 있는 것이겠지.

이렇게 고통스러운 것은 요컨대 항아리 위로 기어오르고 싶다는 욕심 때문이다. 기어오르고 싶은 마음이야 굴뚝같지만 기어오르지 못한다는 건 뻔히 알고 있다. (…) 억지를 부리려고 하니 괴로운 거다.

멍청하게. 스스로 괴로움을 구하고 스스로 고문을 당하는 건 멍청한 짓이지.(510면)

태평은 죽어야만 얻을 수 있지. 나무아미타불, 나무아미타불. 고맙고 고마울 뿐이야.(510~11면)

고양이와 함께 언제라도 자신을 덮칠 수 있는 죽음을 늘 곁에 두고 살았던 자의 외로움이 이 작품엔 스며 있다고 나는 생각하고 있어. 짐짓 즐거운 체 부질없는 우스갯소리로 동서고금을 넘나들며 서글픈 허장성세로 죽음에의 공포를 눙치면서 조금씩 죽음과 낯을 익혀가는 일이 이 몸의 주인에겐 필요했던 것 아닐까? 이 작업이 그에게 얼마나 도움이 되었는지는 확실치 않아. 그가 만년, '하늘의 뜻을 따라 나를 버린다'는 경지에 이르렀다고도 전해지긴 하지만 사실 그는 위궤양에 의한 심각한 내출혈로 끝내 죽음이 가까웠을 때, 잠옷 앞자락을 헤치며 "여기 물을 뿌려줘. 죽으면 안 되니까"라고 말했어. 놀란 넷째 딸 아이꼬가 울음을 터뜨리자 안주인이 아이를 꾸짖었지. 그러자 이어진 "괜찮아, 괜찮아. 이제 울어도 돼." 이것이 주인의 마지막 말이었대. 또다른 기록에는 마지막으로 눈을 뜬 주인이 "뭘 좀 먹고 싶다"고 하더래. 의사가 하라는 대로 숟가락에 포도주를 담아 입에 넣어주었더니 "맛있네" 하는 말을 끝으로 눈을 감았다는군.

뭐, 어느 쪽이든 그다지 위대해 보이거나 인상적인 결말은 아니지?

어쨌든 이건 11년 후의 이야기고, 1905년 주인은 이 소설 속에서 멀쩡하게 살아 있는 이 몸을 죽게 만들고 이를 통해 당시의 우울에

서 벗어나 남은 삶을 견뎌낼 힘을 얻었던 것 아닐까 싶어. 이 몸께서 영면에 드신 것은 1908년 가을이야. 주인은 가까운 이들에게 이몸의 부고를 보내고, 자기 서재 뒤쪽 벚나무 아래 무덤을 만들고 이 몸의 안면을 기원하는 시구를 새긴 묘비까지 세웠지. 이 몸이 죽기 직전 모습을 「고양이 무덤(猫の墓)」이라는 수필로 쓰기도 했다지만 그건 난 모르는 일이고…… 그러니 있을 때 잘하라니까.

내 이야긴 여기까지.

긴 이야기를 들어주셔서 고맙고 고마울 뿐이야.

*

이 작품의 원제는 『吾輩は猫である』이고 지금까지 한글 번역서는 이를 대부분 '나는 고양이로소이다'로 옮겼습니다. 모든 이들이 하찮게 여기는, 버려진 새끼 고양이가 목에 힘을 주고 애써 자신을 '이 몸(吾輩)'이라 부르며 젠체하는 원제의 느낌을, 이 번역이 잘 살리고 있다고는 여겨지지 않습니다. 본문 역시 딱딱한 문어체 말투가 과연 이 새끼 고양이에게 어울릴까 싶은 의문이 있어, 유머감각 넘치는 38살 소오세끼가 한국의 독자들에게, 까칠하고 시건방진 새끼 고양이처럼 말을 건넨다면 어떤 말투일까를 상상하며 우리말로 옮겨보았습니다. 읽는 이들께서 어떻게 받아들이실지 궁금하고, 또 걱정스럽기도 합니다.

혹시 이러한 시도가 부자연스럽거나 오히려 가독성을 떨어뜨린다고 느끼시는 분이 계신다면 이는 온전히 번역자의 책임입니다.

서은혜(전주대 일문학과 교수)

# 작가연보

| | |
|---|---|
| **1867년** | 2월 9일, 토오꾜오에서 5남 3녀의 막내로 출생. 아버지 나쯔메 나오까쯔는 50세, 후처였던 어머니 치에는 41세. 소오세끼의 본명은 킨노스께(金之助), 낳자마자 남의 집에 보내졌다가 바로 돌아옴. |
| **1868년** | 시오바라 쇼오노스께·야스 부부(모두 29세)에게 양자로 입양됨. |
| **1870년** | 천연두에 걸려 얼굴에 흔적이 남음. |
| **1874년** | 양부모 사이에 불화가 생겨 일시적으로 양모와 함께 생가에 돌아와 지내기도 했으나 결국 양부모의 별거로 양부에게 맡겨짐. |
| **1875년** | 양부모의 이혼으로 시오바라 성을 지닌 채 생가로 돌아옴. |
| **1878년** | 이복누나 사와 사망. |
| **1880년** | 동네에서 일어난 불로 본가는 창고만 남기고 소실됨. |

| 1881년 | 생모 치에(55세) 사망. |
|---|---|
| 1884년 | 토오꾜오 제국대학 예과 입학. 동급생 마사오까 시끼(正岡子規)를 만남. |
| 1886년 | 위장병으로 학년 말 시험을 치르지 못해 낙제. |
| 1887년 | 3월 맏형 다이스께(31세), 6월 둘째 형 마사노리(29세)가 결핵으로 사망. |
| 1888년 | 시오바라에서 나쯔메 성으로 복적. 제1고등중학교 예과를 졸업하고 동교 본과에 진학, 영문학을 전공함. |
| 1889년 | 마사오까 시끼의 책을 평하면서 처음으로 '소오세끼(漱石)'라는 호를 쓰기 시작함. |
| 1890년 | 제1고등중학교 제1부 본과 졸업. 눈병 요양을 위해 하꼬네에 2주가량 체류. 토오꾜오 제국대학 문과대학 영문학과 입학. |
| 1891년 | 셋째 형수(24세) 사망. 영문학과 2학년으로 J. M. 딕슨 교수의 부탁을 받아 『호오조오끼(方丈記)』를 영어로 번역함. |
| 1892년 | 토오꾜오 전문학교(현 와세다 대학) 강사가 됨. |
| 1893년 | 제국대학 영문학과 졸업, 대학원 진학. 유시마 성당 안의 고등사범학교(츠꾸바 대학 전신)의 영어 수업에 촉탁됨. |
| 1895년 | 에히메 현 심상 중학교에 영어과 교사로 부임. 8월 이후 마쯔야마에 돌아와 있던 마사오까 시끼와 함께 생활하던 중 혼담이 있어 귀경. 귀족원 서기관장 나까네 시게까즈의 장녀 쿄오꼬(19세)와 맞선 후 약혼. |
| 1896년 | 에히메 심상 중학교 사직, 구마모또 제5고등학교(현 구마모또 대학) 강사로 부임. 6월 구마모또 시의 자택에서 결혼식. 제5고등학교 교사가 됨. |
| 1897년 | 아버지 나오까쯔(81세) 사망. 이후 상경하여 처가에 머묾. 쿄오꼬 |

유산.

1898년 쿄오꼬가 시라가와 강에 투신자살을 기도하나 구조됨. 이 무렵 제5고 학생이던 테라다 토라히꼬가 처음 방문.

1899년 장녀 출생.

1900년 문부성으로부터 영어 연구차 만 2년간 영국 유학을 명령받음. 9월 8일 기선으로 요꼬하마 출발, 10월 28일 런던 도착.

1901년 소오세끼 부재중 토오꾜오에서 차녀 출생. '런던 소식'을 잡지 『호또또기스(ホトトギス)』에 게재. 이 무렵부터 하숙집에 틀어박혀 '문학론' 저술에 몰두.

1902년 9월 마사오까 시끼(35세) 사망. 12월 5일 귀국길에 오름.

1903년 1월 24일 귀경. 제5고를 의원면직하고 제1고등학교 영어 수업 촉탁 사령과 함께 토오꾜오 제국대학 문과대학 영문학과 강사 사령장을 받음. 5월 제1고 제자인 후지무라 미사오가 케곤 폭포에서 투신자살. 3녀 출생.

1904년 메이지 대학 고등예과 강사 겸임. 『호또또기스』에 다까하마 쿄시 등과 합작한 하이꾸 및 하이꾸풍 시 게재.

1905년 1월 『이 몸은 고양이야(吾輩は猫である)』를 『호또또기스』에 발표. (이후 부정기적으로 게재.) 10월 『이 몸은 고양이야』 상편 발간. 4녀 출생.

1906년 4월 『도련님(坊っちゃん)』, 9월 『풀 베개(草枕)』 발표. 『이 몸은 고양이야』 중편 발간. '목요회' 결성.

1907년 1월 『태풍(野分)』 발표. 『아사히 신문(朝日新聞)』 입사를 결의하고 토오꾜오 제국대학과 제1고등학교에 사표 제출. 6월 장남 출생. 『양귀비 꽃(虞美人草)』 연재 시작. 『이 몸은 고양이야』 하편 발간.

1908년 『양귀비 꽃』 발간. 『갱부(坑夫)』『문조(文鳥)』,『꿈 열흘 밤(夢十夜)』

『산시로오(三四郞)』연재. 12월 차남 출생.

**1909년** 1월 『영일소품(永日小品)』연재 시작. 5월 『산시로오』발간. 6월 『그러고 나서(それから)』연재 시작. 9월 만주·조선 여행, 10월 『만·한 여기저기(滿韓ところどころ)』연재 시작. '아사히 문예란' 창설.

**1910년** 1월 『그러고 나서』발간. 3월 『문(門)』연재 시작. 5녀 출생. 6월 위궤양으로 입원, 퇴원 후 전지요양 중이던 슈젠지 온천에서 다량의 토혈, 위독 상태에 빠짐(슈젠지의 변고). 10월 귀경 후 재입원. 10월 『생각나는 일들(思ひ出す事など)』연재 시작.

**1911년** 『문』발간. 2월 문부성의 문학박사 학위 수여 건의를 물리침. 8월 칸사이 강연 여행 중 위궤양 재발로 오오사까에서 입원. 10월 『아사히 신문』에 사의 표명하나 만류당함. '아사히 문예란' 폐지. 11월 5녀 히나꼬 갑작스러운 사망.

**1912년** 1월 『히간 지나까지(彼岸過迄)』연재 시작. 『아사히 신문』입사에 진력해주었던 이께베 산잔(49세) 사망. 9월 치루 수술. 12월 『행인(行人)』연재 시작.

**1913년** 2월 강연집 『사회와 자신(社會と自分)』발간. 4월 위궤양 재발과 신경쇠약으로 『행인』연재 중단. 회복 후 유화를 배우기 시작함. 9월 『행인』연재 재개.

**1914년** 1월 『행인』, 9월 『마음(こころ)』발간. 11월 학습원에서 『나의 개인주의(私の個人主義)』강연.

**1915년** 1월 『유리창 안(硝子戶の中)』연재 시작. 3월 쿄오또 여행 중 위통으로 쓰러져 4월 귀경. 6월 『길가의 풀(道草)』연재 시작. 10월 『길가의 풀』발간. 11월 '목요회'에 아꾸따가와 류우노스께(芥川龍之介), 쿠메 마사오(久米正雄) 등이 참가함.

**1916년**    1월 1일 「점두록(点頭錄)」 발표. 류머티즘 치료를 위해 유가와라

온천으로 갔으나 류머티즘이 아닌 당뇨병으로 진단, 치료받음.

5월 『명암(明暗)』 연재를 시작했으나 미완으로 남음.

11월 16일 마지막 목요회 모임. 11월 말부터 위궤양 재발로 와병,

점차 상태가 악화되었고 12월 9일 오후 6시 45분 사망.

발간사

# 고전의 새로운 기준, 창비세계문학

오늘날 우리는 인간의 존엄과 개성이 매몰되어가는 시대를 살고 있다. 물질만능과 승자독식을 강요하는 자본주의가 전지구적으로 확산되면서 현대사회는 더 황폐해지고 삶의 질은 크게 훼손되었다. 경제성장만이 최고의 선으로 인정되고 상업주의에 물든 문화소비가 삶을 지배할수록 문학은 점점 더 변방으로 밀려나고 있다. 삶의 본질을 성찰하는 문학의 자리가 위축되는 세계에서는 가진 자와 못 가진 자 할 것 없이 모두가 불행할 수밖에 없다.

이 시대야말로 인간답게 산다는 것의 의미가 무엇인지 근본적인 화두를 다시 던지고 사유의 모험을 떠나야 할 때다. 우리는 그 여정에 반드시 필요한 벗과 스승이 다름 아닌 세계문학의 고전이라는 점을 강조한다. 고전에는 다양한 전통과 문화를 쌓아올린 공동체의 경험이 녹아들어 있고, 세계와 존재에 대한 탁월한 개인들의 치열한 탐색이 기록되어 있으며, 새로운 세상을 꿈꾸는 아름다운 도전과 눈물이 아로새겨 있기 때문이다. 이 무궁무진한 상상력의 보고이자 살아 있는 문화유산을 되새길 때만 개인의 일상에서 참다운 인간적 가치를 실현하고 근대적 삶의 의미와 한계를 성찰하는 지혜를 얻을 수 있을 것이다.

'창비세계문학'은 이러한 문제의식에서 출발한다. 세계문학의 참의미를 되새겨 '지금 여기'의 관점으로 우리의 정전을 재구성해야 할 필요성이 그 어느 때보다 절실하다. '정전'이란 본디 고정된 목록으로 존재하는 것이 아니라 그때그때 주어진 처소에서 새롭게 재구성됨으로써 생명을 이어가는 것이다. 우리는 먼저 전세계 문학들의 다양성과 차이를 존중하면서 국가와 민족, 언어의 경계를 넘어 보편적 가치에 기여할 수 있는 가능성에 주목하고자 한다. 근대를 깊이 성찰한 서양문학뿐 아니라 아시아와 라틴아메리카, 중동과 아프리카 등 비서구권 문학의 성취를 발굴하고 재평가하는 것 역시 세계문학의 지형도를 다시 그리려는 창비의 필수적인 작업이 될 것이다.

여러 전집들이 나와 있는 세계문학 시장에서 '창비세계문학'은 세계문학 독서의 새로운 기준이 되고자 한다. 참신하고 폭넓으면서도 엄정한 기획, 원작의 의도와 문체를 살려내는 적확하고 충실한 번역, 그리고 완성도 높은 책의 품질이 그 기초이다. 독서시장을 왜곡하는 값싼 유행과 상업주의에 맞서 문학정신을 굳건히 세우며, 안팎의 조언과 비판에 귀 기울이고 독자들과 꾸준히 소통하면서 진정 이 시대가 요구하는 세계문학이 무엇인지 되묻고 갱신해나갈 것이다.

1966년 계간 『창작과비평』을 창간한 이래 한국문학을 풍성하게 하고 민족문학과 세계문학 담론을 주도해온 창비가 오직 좋은 책으로 독자와 함께해왔듯, '창비세계문학' 역시 그러한 항심을 지켜나갈 것이다. '창비세계문학'이 다른 시공간에서 우리와 닮은 삶을 만나게 해주고, 가보지 못한 길을 걷게 하며, 그 길 끝에서 새로운 길을 열어주기를 소망한다. 또한 무한경쟁에 내몰린 젊은이와 청소년들에게 삶의 소중함과 기쁨을 일깨워주기를 바란다. 목록을 쌓아갈수록 '창비세계문학'이 독자들의 사랑으로 무르익고 그 감동이 세대를 넘나들며 이어진다면 더없는 보람이겠다.

2012년 가을
창비세계문학 기획위원회
김현균 서은혜 석영중 이욱연 임홍배 정혜용 한기욱

창비세계문학 54

# 이 몸은 고양이야

초판 1쇄 발행/2017년 2월 27일

지은이/나쓰메 소오세끼
옮긴이/서은혜
펴낸이/강일우
책임편집/권은경·이상술
조판/박아경
펴낸곳/(주)창비
등록/1986년 8월 5일 제85호
주소/10881 경기도 파주시 회동길 184
전화/031-955-3333
팩시밀리/영업 031-955-3399 편집 031-955-3400
홈페이지/www.changbi.com
전자우편/lit@changbi.com

한국어판 ⓒ (주)창비 2017
ISBN 978-89-364-6454-7 03830

∗ 이 책 내용의 전부 또는 일부를 재사용하려면
   반드시 저작권자와 창비 양측의 동의를 받아야 합니다.
∗ 책값은 뒤표지에 표시되어 있습니다.